W0388188

BASTEI
LÜBBE

FRANK YERBY

VIRGINIA LOVE

Aus dem Amerikanischen
von Lore Straßl

BASTEI LÜBBE

BASTEI-LÜBBE-TASCHENBUCH
Band 11585

Titel der Originalausgabe: McKenzie's Hundred
© 1985 by Frank Yerby
© der deutschsprachigen Ausgabe 1987
by Hestia Verlag GmbH, Bayreuth
Lizenzausgabe: Gustav Lübbe Verlag GmbH, Bergisch Gladbach
Printed in West Germany, Juni 1990
Einbandgestaltung: Klaus Blumenberg, Bergisch Gladbach
Satz, Druck und Bindung: Ebner Ulm
ISBN 3-404-11585-6

Der Preis dieses Bandes versteht sich einschließlich
der gesetzlichen Mehrwertsteuer

I

Rose McKenzie blickte ihren Bruder Jeff an. Er saß – oder mehr rekelte sich – auf dem Sitz ihr gegenüber in dem fast leeren Eisenbahnwagen. Vermutlich bildete er sich ein, ein Bild aristokratischer Eleganz abzugeben.

Nun, wir McKenzies sind eine der ersten Familien Virginias, dachte sie gequält. Auch wenn uns das jetzt nicht viel nutzen mag ...

Sie bedachte den Bruder mit dem wirklich schamlosen McKenzie-Lächeln. Es stand weit oben auf der Liste der Begründungen, die die Leute von Tidewater angaben, wenn sie hoch und heilig schworen, daß die Urahnen des Clans ein Zauberer und eine Hexe gewesen seien. Die beiden hatten es angeblich während einer Schwarzen Sabbatmesse im Dismal Swamp vor ein paar hundert Jahren in ihrer Lust und ihrem Übermut allzu toll getrieben.

»Bald sind wir da, Jeffie-Schatz, nicht wahr?« sagte sie in sanftem Ton. »Nach meiner Schätzung kann es nicht mehr weit sein ...«

»Nenn mich nicht Jeffie-Schatz!« empörte sich Geoffrey McKenzie. »Großer Gott, Zigi! Ich gebe ja zu, daß wir McKenzies Meister darin sind, uns in Schwierigkeiten zu bringen, aber mußtest du ausgerechnet *solche* Schwierigkeiten heraufbeschwören? Wegen skandalösen Benehmens rausgeschmissen! Wie zum Teufel sollen wir da den Kopf je wieder hoch tragen können? Die Leute, Schwesterherz, werden uns bestimmt nicht abnehmen, daß die Schulen in Boston vor dem 15. April schließen. Wir sind nämlich nicht die einzige Familie in Virginia, die mit Yankee-Sippschaft gesegnet ist. Halb Richmond hat Verwandte oben im Norden. Du kannst Gift darauf nehmen, daß wenigstens ein paar dieser boshaften alten Schandmäuler jetzt die Köpfe zusammenstecken und zwei und zwei zusammenzählen werden. Du hast sie wahrhaftig allzu häufig schockiert . . .«

»Sie werden zählen, bis sie das richtige Ergebnis haben«, sagte Rose Ann düster. »Oder das falsche. Nur daß in meinem Fall das richtige das falsche sein könnte. Jedenfalls, soweit es die öffentliche Meinung betrifft. Also . . .«

Geoffrey starrte seine Schwester an. Seine Kinnlade klappte herunter. Seine normalerweise gesunde Gesichtsfarbe wich vor Bestürzung winterlicher Blässe. Selbst seine Lippen verloren ihre Farbe.

»Großer Gott, Zigi!« flüsterte er. »Sag bloß nicht, daß du, daß du . . .«

»Daß ich was?« fragte Rose gedehnt.

»Daß du – nun, daß du in anderen Umständen bist. Bist du, Zigi?« Jeffs Stimme zitterte. Er war regelrecht verstört, wie seine Schwester wohl bemerkte.

»Und wenn?«

»Großer Gott!« krächzte Jeff.

Rose schaute durch das Fenster auf die sonnige Landschaft Virginias, die hinter ihnen zurückblieb, während der Zug schnaufend und prustend weiterratterte.

»Wenn«, sagte sie dumpf, »wäre es absolut legal, Jeff, mein Junge. Schließlich habe ich dieses pomadige Bürschchen ja geheiratet. Und ich kann es mit einem verdammten offiziellen Yankee-Schein beweisen. Schnörkelschrift, Band und Wachssiegel inklusive. Ganz abgesehen von dem Ring. Ich trag ihn an einem Band um den Hals, weil er mir unablässig vom Finger rutschte. Er hat ihn seiner fetten, schmierigen *Mamma mia* gestohlen, die hat ihn aus der alten Heimat mitgebracht. Aber . . .«

»Aber was, Zigi?« stöhnte Jeff.

»Aber ich glaube nicht, daß ich schwanger bin. Er war

nicht sehr gut, wo Männer - vor allem Ehemänner – gut sein sollten. Das heißt, wenn überhaupt welche je wirklich gut sind. Aber woher sollte ich das wohl wissen? Es gibt eben keine Möglichkeit, für eine hochwohlgeborene Jungfrau aus Virginia, das herauszufinden, oder? Jedenfalls nicht vorher . . .«

»Zigi, ich schwöre . . .«

»Tu's nicht. Und hör endlich auf, mich Zigi zu nennen! Die Tatsache, daß ich als kleines Kind unternehmungslustig war und ein paarmal losgezogen bin, ist wirklich kein Grund, mich mein Leben lang Zigeuner-Rose McKenzie zu nennen. Es fiel den Mädchen in der Schule ein, in die Tante Cornelia mich geschickt hatte – in Miß Phoebe Bradstreets Schule für junge Damen. Das war genau das richtige für mich, findest du nicht auch? Jedenfalls habe ich den Spitznamen seit dem Abend, an dem die olle Miß ›Frostgesicht‹ uns zum erstenmal – unter Aufsicht selbstverständlich – einen Ball besuchen ließ. Eine Menge feiner, aufrechter Yankee-Jungen war an dem Abend da. Als diese steifen und linkischen Gänschen aus dem Norden sahen, wie ich ranging, nannten sie mich . . .«

»Was? Kleines Luder, vermutlich.«

»Unter anderem. Aber sie entschieden sich doch für etwas Milderes. Weißt du, sie hatten inzwischen beschlossen, mich bei meinem zweiten Namen zu rufen. Sie fanden, Ann passe besser zu mir als Rose, denn süß und wie eine Blume sei ich doch wirklich nicht. Also tauften sie mich nach dem Ball die ›flotte Ann‹. Nicht schlecht, was meinst du?«

»Paßt wie eine zweite Haut! Aber wirklich, Zigi, was sollen wir jetzt tun? Nicht nur, daß du mit diesem verdammten Yankee durchgebrannt bist, du hast es auch noch so geschickt eingefädelt, daß die Pinkertons, die Tante Corny beauftragte, dich erst am *nächsten* Mittag aufgespürt haben! Jetzt können wir nicht einmal glaubhaft behaupten, daß zwischen euch beiden nichts war.«

»Nun nichts, so ganz nichts, vielleicht nicht.« Rose Ann seufzte. »Aber doch arg wenig. Außerdem habe ich dir ja gesagt, daß wir bei einem Friedensrichter waren und einen Trauschein als armselige Entschuldigung für die Vollziehung der Ehe haben. Also hör auf, dir Sorgen zu machen!«

»Das kann ich nicht! Überleg doch selbst, Rose! Nicht nur, daß du mit einem Yankee durchbrennst, es muß ja auch noch ein schmieriger Ausländer sein! Der Sohn eines italienischen Gemüsehändlers! Warum . . .«

»Mein Schwiegerpapa ist kein Händler! Er ist Unternehmer und der reichste Katholik in Boston. Ihm gehören zwanzig Gemüseläden, nicht nur einer! – Merkst du? Unserem lieben alten Bummelzug pressiert es plötzlich. Sieht ganz so aus, als hätte jemand dem Lokomotivführer eine Spitzklette unter den Sitz geschoben . . .«

»Auch das noch! Ich hatte gehofft, wir würden erst in Richmond ankommen, wenn es längst dunkel ist. Da hätte ich wenigstens eine kleine Chance gehabt, dich unbemerkt durch die Stadt und hinaus zur Hundert zu kriegen, aber jetzt . . .«

»Also, verdammt noch mal!« Der Fluch kam aus vollem Herzen. »Heiraten mag ja ein Fehler sein, Jeff McKenzie – und ich gebe zu, daß es in meinem Fall bedauerlicherweise einer war –, aber es ist weder eine Sünde noch ein Verbrechen! Giuseppe – das ist Joseph in Italienisch – war ein wirklich hübscher Junge. Mit der Zeit hätte ich ihm vielleicht was Nützliches beibringen können. Aber diese Hoffnung mußte ich ja nun leider aufgeben. Ich will damit sagen, Jeff, du kannst nicht von mir verlangen, daß ich mich schäme, weil ich mich in den hübschesten Jungen verliebt habe, den ich je sah – und in den nettesten vielleicht auch noch. Es tut mir leid, daß man uns nicht einmal eine Chance gegeben hat, uns besser kennenzulernen. Papa Giovanni hat unsere Ehe inzwischen wahrscheinlich schon annullieren lassen, wie er gedroht hat; Gründe hatte er genug. Einmal, weil ich nicht vom einzig wahren Glauben bin – ein Punkt, der nicht abzustreiten ist; dann, weil mein lieber, kleiner Joe-Joe, mein süßer Bubi, noch nicht volljährig ist – was leider ebenfalls stimmt.

Denn dieser so männlich aussehende Bursche hat mich angelogen. Er hat mir geschworen, ein reifer, ehrbarer Zwanzigjähriger zu sein. Dabei war er in Wirklichkeit ein winziger, bißchen scheuer Siebzehnjähriger. Sicher wird Papa Giovanni auch behaupten, daß ich ein lockeres, berechnendes Frauenzimmer aus dem Süden sei, wobei jedoch alles, außer dem Geschlecht und der geographischen Herkunft, anfechtbar ist. Das laß ich mir nicht gefallen, hörst du?«

»Rose«, seufzte Jeff, »der Ruf von weit mehr Frauen – und auch Männern – wurde ruiniert, weil sie dumm und nicht, weil sie schlecht waren. Das ist jetzt bei dir der Fall. Im Augenblick würde der McKenzie-Clan bestimmt leichter damit fertig werden, wenn du dich reumütig heimgeschlichen hättest. Ein gesunder Schrei als Preis der Sünde, die Hände ob des Betrugs ringend – so könnten sie dir verzeihen. Als unschuldiges – oder zumindest fast unschuldiges – Opfer feiger Gemeinheiten der Yankees, gram- und schamgebeugt und den Tränen freien Lauf lassen, weil dieser abgefeimte Heuchler dir übel mitgespielt hat – ja, vielleicht würde der Clan damit fertig werden. Es wird jedoch – so wie die Dinge liegen – darauf hinauslaufen, daß wir uns der Anklage moralischen Verfalls stellen müssen, weil eine Dame von edlem südlichem Geblüt ihren Platz in dieser Welt und der hohen, ritterlichen Klasse, der sie entsprang, so weit vergessen hat, daß sie doch tatsächlich einen abgefeimten, geldgierigen Yankee heiratete.«

Rose lächelte belustigt. »Mit anderen Worten, es wäre völlig in Ordnung gewesen, wenn ich mich mit dem Burschen bloß zum Spaß im Bett vergnügt hätte? Mein Fehler ist der, daß ich mir die amtliche Genehmigung dazu geholt habe. Seh' ich das richtig?«

»Ja!« donnerte Jeff. »Es geht nicht um die Moral, Zigi – verzeih, Rose Ann –, sondern um die Taktik. Die Stimmung hier ist ziemlich erregt, seit der schlaksige Affe aus Illinois nun tatsächlich im Weißen Haus sitzt. Und Virginia, unser stolzes altes Feudalreich . . . Schwester, ich könnte heulen!

Sieh doch selbst, wie es ausschaut! Sieben Südstaaten – South Carolina, Mississippi, Florida, Alabama, Georgia, Louisiana und Texas – haben sich bereits von der Union getrennt! Aber Virginia, unser Virginia, das Vaterland vieler Präsidenten, ihrer aller natürlicher Führer, hält sich zaudernd zurück. Dabei haben unsere Freunde in South Carolina schon am 9. Januar gezeigt, was sie können, als sie die Yankee-Verstärkung an Bord des US-Dampfschiffes *Star of the West* mit Kartätschen und Kanonenkugeln eingedeckt haben. Ich weiß nicht, was inzwischen im Hafen von Charleston passiert ist, aber als ich losfuhr, um dich zu holen, verlangten die Carolina-Jungs unter Beauregard, dem kleinen kreolischen Kampfhahn aus New Orleans, die Übergabe von Fort Sumter . . .«

»Also Krieg.« Rose seufzte. »Ich hab' noch nie jemanden kennengelernt – ob er nun aus South oder aus North Carolina kam –, der auch nur ein Fünkchen Verstand hat . . .«

»Rose!« Jeffs Stimme klang wie Donnergrollen.

»Jeffie – du warst genausooft wie ich oben im Norden zu Besuch bei unsern Yankee-Verwandten in Boston. Also mußt du ebensogut wie ich wissen, daß wir die Yankees nicht schlagen können. Eine Menge von ihnen sind tapfer wie Löwen und echte Gentlemen. Doch selbst wenn sie die feigen Krämerseelen *wären*, als die ihr Jungs sie gern hinstellen möchtet, und – was noch unwahrscheinlicher ist – wenn ein tapferer Südstaatler drei verdammte Yankees mit sich in den Tod nehmen könnte, indem er sie mit Deichseln oder Hickorystöcken erschlägt, würden immer noch drei Yankees dastehen und schießen, nachdem ihr alle tot seid. Denn, weiß Gott, es gibt in den ganzen Südstaaten nicht eine einzige Waffenfabrik. Außerdem werden sie nicht aufgeben. Sie sind die verdammt hartnäckigsten Leute, die man sich nur vorstellen kann. Sie werden vielleicht jede Schlacht verlieren – außer einer: der letzten. Und die ist es, die zählt! O Gott! Sitz nicht so da, ich meine, schau mich nicht so böse an! Wir müssen gegen sie kämpfen, und ich werde meinen Teil dazu beitragen. Vielleicht mehr als meinen Teil, denn ich liebe dieses verrückte Land. Also ändern wir das Thema. Verrat mir, du teurer, ritterlicher, feuerspeiender Vertreter der Familie, warum Gwen dich geschickt hat, mich heimzuholen, und nicht Caleb?«

Jeff starrte sie düster an. »Zigi, das ist eine rein rhetorische Frage, und du weißt das auch. Unsere Schwester kann man nicht für dumm verkaufen. Das aber müßte der Fall sein, wenn sie staubtrockenen Zunder und einen ewigen Funken zusammenwerfen würde. Wenn wir wieder zu Hause auf der Hundert sind, möchte ich, daß du mir versprichst, deine heißen schwitzenden Händchen vom armen Caleb fernzuhalten. Er ist ein braver Junge, doch sobald es um dich geht, wird er arg schwach. Und ich finde, eine gutgehende Ehe kaputtzumachen – und so betrachte ich Gwens mit Caleb Henry – fällt nicht gerade unter anständiges Benehmen.«

»Das sagst du nur, weil du auch ein männliches Wesen bist.« Rose lachte. »Mir ist noch nie ein hosentragendes Getier begegnet, das die Tugend eines anderen zu würdigen wußte ...«

»Calebs *Tugenden*, Zigeuner-Rose, sind das *letzte* an ihm, was dich interessiert«, knurrte Jeff. »Lieber Gott, womit habe ich bloß so eine leichtsinnige Schwester verdient, die sich wie eine läufige Wildkatze benimmt?«

»Du hast eben in der Wahl deiner Eltern einen großen Fehler gemacht«, erklärte Rose vergnügt. »Du mußt zugeben, ich bin auf ehrliche Weise zu meinen – Neigungen gekommen, Jeffie-Junge. Liegt in der Familie. Auf einem Piedestal zu stehen und als Beispiel reinen südstaatlichen Frauentums angebetet zu werden – während ihr Burschen euer Glück bei einer farbigen Schönen nach der anderen sucht –, war nie etwas, worauf wir McKenzie-Frauen Wert legten, Bruderherz. So gut müßtest du die Familiengeschichte eigentlich kennen. Gwen ist diejenige, die aus der Art geschlagen ist, nicht ich. Bei Gott, wenn wir uns nicht so ähnlich sähen, würde ich glauben, Mama hätte sich dieses Mal für Pas zahllose Seitensprünge revanchiert ...«

»Rose!« brüllte Jeff.

»Verdient hätte er es!« Rose lachte. »Aber weil wir von Pa sprechen, ich möchte, daß du ihm, sobald wir in Richmond angekommen sind, eine Flasche Rachenputzer kaufst. Sieh zu, daß du ihn möglichst schnell betrunken machst, dann vergißt er vielleicht, mir das Fell über die Ohren zu ziehen . . .«

»Das wäre nicht die Hälfte von dem, was du verdient hast!« sagte Jeff streng.

Rose warf ihm einen Blick zu, runzelte die buschigen Brauen, die die Farbe eines Waldbrandes hatten und ein typisches Merkmal der McKenzies waren.

»Und du erwartest wohl eine Auszeichnung für gutes Benehmen und makellose Keuschheit!« fragte sie.

»Großer Gott, Zigi – ich meine Rose –, ich bin schließlich ein *Mann*!«

»Und ich bin eine Frau. Eine Tatsache, die kleine Jungs ganz ordentlich erschreckt. Und deshalb wollt ihr immer Porzellanpüppchen aus uns machen. Aber ihr denkt nie daran, daß zum Sündigen *zwei* gehören, zumindest so weit es die fleischliche Lust betrifft, und . . .« Ein nachdenkliches, aber unverkennbar spöttisches Lächeln breitete sich über ihr Gesicht aus. Die McKenzieschen Sommersprossen, die wie Spritzer geschmolzenen Goldes darüber verteilt waren, jedoch entsprachen nicht dem Schönheitsideal der Zeit. »Oder vielleicht sollte ich lieber sagen, es gehören zwei dazu, *befriedigend* zu sündigen. All die Bedauernswerten, die nichts davon haben, sollten vom lieben Gott auch nicht zur Rechenschaft gezogen werden. Laß uns jetzt damit aufhören, ja? Diese Argumente über die doppelte Moral sind nicht mehr neu, seit Aristophanes *Lysistrata* schrieb . . .«

»Seit Aris . . . – *wer* hat *was* geschrieben?« schnaufte Jeff.

»Griechisch für dich, Jeffie-Schatz. Antik, klassisch und rein. Teil meiner guten, klassischen Yankee-Bildung, also vergiß es. Wechseln wir wieder das Thema. Sag mir, Bruderherz, warum nennt man unsere Pflanzung McKenzies Hundert? Mir scheint, wir haben weit weniger als hundert Morgen Land. Das wollte ich Pa schon lange fragen, aber immer ist mir etwas Interessanteres dazwischengekommen, und ich habe vergessen, es zu tun ...«

»Etwas Interessanteres in Hosen!« spottete Jeff.

»Oder lieber ohne sie. Komm schon, Jeffie, sag es mir!«

»Ich weiß es nicht. Es gibt zwei Theorien. Die erste ist die, daß die ursprünglichen königlichen Truppen, die herübergeschickt wurden, um das Tidewater-Gebiet zu kolonisieren, aus je hundert Mann bestanden. Die zweite ist die, daß jeder Angehörige dieser Truppe automatisch hundert Morgen Land zugeteilt bekam. Ich glaube eher an die erste Theorie. Alle ursprünglichen Hundert – Berkely, Shirley, Flowerdew und Bermuda – hatten zehn- bis zwanzigmal mehr als hundert Morgen. Pa schwört, daß die ursprüngliche McKenzie-Hundert weit über tausend hatte ...«

»Er übertreibt mal wieder schändlich«, sagte Rose abfällig. »Wenn wir damals so viel gehabt haben, wieso sind wir dann jetzt so schrecklich arm?«

»Erstens, würde ich nicht sagen, daß Pa richtiggehend lügt, sondern daß er sich eher über die momentanen Enttäuschungen hinwegzutrösten sucht, indem er Träume längst verflogenen Ruhms und der goldenen, alten Zeit nährt. Das ist doch auch verständlich, Zigi. Ich nehme an, unsere Hundert hatte ursprünglich zwei- bis dreihundert Morgen. Jetzt haben wir noch achtzig ...«

»Und fünf Neger – darunter zwei Frauen, und alle nicht mehr gerade jung –, die sich darum kümmern müssen. Du hattest, im Gegenteil zu deinen vornehmen Freunden, nie auch nur die geringste Chance beim Gesinde, weil wir nie junge Mädchen hatten«, stellte Ann trocken fest. »Wir haben ein wirklich hübsches altes Georgiahaus mit roten, efeuüberwucherten Ziegeln und was sonst dazu gehört. Aber das Dach leckt schon bei jedem stärkeren *Tau.* Über Regen müssen wir gar nicht reden. Das arme, alte, müde Ding fällt Ziegel für Ziegel in sich zusammen. Weißt du, Jeff, wenn ich nicht so dumm gewesen wäre und mich mit meinem niedlichen Italiener eingelassen hätte, wäre ich im Norden *geblieben.* Und wenn dieser Krieg vorbei ist, auf den ihr Feuerspeier offenbar so versessen seid, solltest auch du dich dort niederlassen, mein Zuckerlamm. Ich jedenfalls werde mich bei der erstbesten Gelegenheit irgendwohin verziehen. Vielleicht schlage ich mich nach Kalifornien durch. Ich hab' gehört, daß man dort gefallene Mädchen zu schätzen weiß.«

»Also Rose Ann, wirklich!« entrüstete sich Jeff.

»Verdammt!« fluchte sie herzhaft. »Dieses schnaufende Wrack läßt sich schon wieder Zeit! Wir werden wohl doch erst im Dunkeln in Richmond ankommen.«

»Zigi«, rügte Jeff, »in Zukunft wirst du deine lose Zunge hüten müssen. Den Leuten wird nicht gefallen, daß du mit jedem zweiten Atemzug wie ein Kavallerist fluchst. Eine junge Dame aus einer Familie wie der unseren kann es sich einfach nicht leisten, schlimmer als ein Nigger-Feldarbeiter oder ein heruntergekommener Häusler zu reden. Also paß auf, was du sagst!«

»Was heißt, aus einer Familie wie unserer? Was für eine besondere Stellung nimmt sie denn noch ein, Jeff McKenzie? Ich wünschte mir manchmal, ich wäre eine blonde Viertelnegerin. Dann könntet ihr mich als Dirne an irgend so einen reichen, alten Pflanzer flußabwärts verkaufen, der allen möglichen interessanten und abscheulichen Lastern frönt. Das würde mich *wirklich* amüsieren.«

»Rose, ich schwöre bei Gott . . .«, stöhnte Jeff.

»Tu's nicht«, sagte Rose sanft, als sie bemerkte, daß das Entsetzen ihres Bruders echt war. »Ich wollte dich doch bloß ärgern, mein Lämmchen. In Gesellschaft und in *Gwens* Anwesenheit werde ich wie eine Dame reden, das verspreche ich dir – wie eine vornehme *Bostoner* Dame. Möchtest du es gern hören? ›Oh, ich ertrage es einfach nicht, wie diese Leute aus den Südstaaten die Worte dehnen!‹«

Jeff lachte. »Diese Aussprache! Großartig! Man könnte wirklich glauben, du wärst mit gebackenen Bohnen und Kabeljau großgezogen worden, und deine Nase habe einen hübschen Blauton. Schau mal, es wird tatsächlich dunkel. Wie beruhigend ...«

»Jeff«, sagte Rose ruhig, »versuche bloß nicht, mich durch die Stadt zu schmuggeln oder mich auf der Hundert zu verstecken. Ich war – wenn auch nur für eine Nacht – *Ehefrau* eines gesunden jungen Burschen. Ich glaube zwar nicht, daß es Folgen haben wird, aber sicher bin ich nicht. Und ich werde es erst in etwa einem Monat wissen. Ich habe nie sonderlich auf den Kalender geachtet, denn, wie du vielleicht wissen solltest, Jeffie-Schatz, *mußte* ich das bisher niemals tun. All das Gerede über mein skandalöses Benehmen war nicht mehr als das: Gerede! Statt so genau auf die Perlen an Weisheit zu achten, die von meiner losen Zunge rollten, hätte der örtliche Verein mißgünstiger alter Klatschweiber lieber auf das achten sollen, was mehr als eines der unschuldsvollen jungen Dinger, die den Blick kaum vom Boden zu heben wagen, *getan* hat! Ich möchte mich der Welt selbst stellen. Ich mag ja eine aufsässige, rothaarige McKenzie sein, und mein Interesse für das andere Geschlecht ist wahrhaft ausgeprägt, aber feige bin ich ganz bestimmt nicht. Wie ich schon sagte, ich glaube nicht, daß ich dich vorzeitig zum Onkel mache, aber falls doch, so werde ich schon selbst damit fertig. Und *nicht*, Geoffrey McKenzie, Esquire und Virginia-Gentleman, indem ich dich oder Pa eine hagere, schwarze Vogelscheuche von Negerin suchen lasse, die mir dann ein Gebräu aus Schlangenköpfen, Sumpfwurzeln und Nachtkerzen einflößt – und mir, falls das nichts genützt hat, als letzten Ausweg eine Stricknadel in den Leib rammt. Ich lasse mich doch nicht fürs Leben verpfuschen, um einen Skandal zu vermeiden. Noch dazu einen Skandal wegen eines Kindes, das durchaus legitim ist und das ich wahrscheinlich wahnsinnig lieben würde. Also daß ihr mir, du oder Pa oder gar Caleb, ja nichts tut, hörst du? Vor allem aber, daß ihr euch nicht in irgendeinem törichten Duell umbringen laßt, nur weil ein hirnloser Idiot mich eine Hure genannt hat. Versprichst du mir das?«

Geoffrey McKenzie starrte seine Schwester an. Ihr Leben lang hatten sie sich nähergestanden als jemals irgendwelche anderen Angehörigen des Clans. Langsam, fast feierlich beugte er sich vor und küßte sie.

»Ich steh' auf deiner Seite, Zigi«, sagte er heiser. »Verdammt, ich steh' voll und ganz zu dir!«

Noch ehe sie in Richmond aus dem Zug ausstiegen, hörten sie das Gebrüll: Bestimmt tausend Männerstimmen hatten sich zu einem gewaltigen kehligen Tosen zusammengetan. Und sie sahen, woher es kam, nachdem sie zwei schwarze Dienstmänner gefunden und Roses Koffer und Taschen zusammengesucht hatten. Obwohl Rose aufgeregt darauf bestanden hatte, daß sie ihre muffigen alten Sachen einfach stehenlassen und sofort nachsehen sollten, was diesen göttlichen und erfreulichen Krawall verursachte. Der Schein unzähliger Fackeln fiel auf eine dichtgedrängte Menge. Es waren bestimmt mehr als zehntausend Männer und Jungen, die durch die Straßen der Hauptstadt zogen und sich dabei heiser brüllten. Dann und wann übertönten schrille, helle, aber nicht weniger aufgeregte Stimmen die tieferen der Männer. Denn Frauen aller Schichten säumten die Straßen und spornten die Marschierenden an.

»Hängt Abe Lincoln an 'nen hohen Apfelbaum!« sang ein klarer Tenor. Schon zehn Sekunden später brüllten es zehntausend Stimmen im Chor. »Auf nach Washington!« schrie ein anderer angehender Rebell; und dann: »Waffen! Gebt uns Waffen!«

»Zum Arsenal! Zum Arsenal!« rief ein anonymer, aber unternehmungslustiger Bürger, woraufhin der Mob schwerfällig wendete und eine neue Richtung einschlug.

»Nun«, sagte Jeff, und seine Stimme klang auf einmal ernst und besorgt, »sieht es ganz so aus, als wäre es soweit.«

»Ja, das glaube ich auch«, antwortete Rose Ann glücklich. »Ungemein aufregend, nicht wahr, Jeffie-Schatz? Schau! Dort ist Caleb! Das *beweist*, daß es Krieg gibt plus Hungersnot, Feuersbrunst und Überschwemmung, denn sonst hätte Gwen ihn nicht allein in die Stadt gehen lassen, das eifersüchtige Kätzchen. Und – das kann doch nicht sein! Da ist ja auch die Antwort auf das Gebet einer nach Liebe schmachtenden Jungfrau – uh, *Ex*jungfrau, jetzt, verdammt! – Colin Claiborne ist bei ihm! Na, das ist ein echter Brocken großer, schlanker Sünde in Hosen. Vielleicht werde ich sie mir eines schönen Tages leisten ...«

»Rose, du bist unverbesserlich!« stöhnte Jeff. Doch inzwischen schwenkte Rose Ann bereits ihren geschlossenen Sonnenschirm und flötete vergnügt: »Cabe! Colin! Wer hat denn euch zwei Sumpfratten auf die Stadt losgelassen?«

Neben ihrem Bruder Geoffrey und dem mit ihrem Gepäck und natürlich Jeffs einsamer Tasche beladenen Karren stand sie auf der anderen Straßenseite, gut zwanzig Meter von Caleb Henry und Colin Claiborne entfernt. Doch ihre hohe, klare Stimme erreichte die Männer mühelos, übertönte den Lärm des dichtgedrängten Mobs von zukünftigen Soldaten.

»Wenn das nicht die kleine Zigeuner-Rose höchstpersönlich ist!« sagte Colin Claiborne. »Cabe, du alter Lügner! Hast du nicht behauptet, dieses hübsche Bündel appetitlicher Sünde, das deine Schwägerin ist, sei hoch oben im Norden, im Yankeeland?«

»Habe ich, und das *war* sie auch«, entgegnete Caleb Henry grimmig. »Doch unter den gegebenen Umständen erschien es uns klüger, sie wieder heimzuholen. Also haben wir Jeff nach ihr geschickt.«

Colin lachte. »Komm mit. Zur Hölle mit dem Arsenal. Da drüben ist der Sektor, den ich belagern will! Und zwar sofort!«

Aber Caleb legte seine hagere, schwielige Hand auf Colins Arm und hielt den großen, jungen Aristokraten zurück.

»Colin«, sagte er steif. »Ich brauche dich wohl nicht daran zu erinnern, daß meine Schwägerin ein anständiges Mädchen ist und unter meinem Schutz steht, oder?«

»Erinnere mich ruhig, alter Gaul.« Colin grinste. »Aber

nutzen wird es dir nicht viel. Ich hab' vor, deinem Ehrgeiz ein Ende zu setzen, in Tidewater weiterhin der Sultan Nummer eins sein zu wollen. Jeder weiß doch, daß die arme Gwen dich jedesmal ohrfeigt, wenn sie dich dabei erwischt, wie du mit der süßen Zigeuner-Rose füßeln willst. Was ziemlich häufig vorkommen soll, wie ich gehört hab'. Angeblich sitzt dein Hals schon ganz schief.«

»Colin«, Caleb flüsterte es fast, »wer zum Teufel hat dir denn so etwas erzählt?«

»Nigger-Telegraph! Die schnellste bekannte Nachrichtenübermittlung. Wenn der alte Sam Morse in den Süden gekommen wäre und herausgefunden hätte, wie schnell unser ›Sag-es-einem-Neger-System‹ ist, wäre er bestimmt bei seiner Malerei geblieben.«

»Ich lasse sie auspeitschen!« knurrte Caleb. »Jeden dieser lügenden, schandmäuligen schwarzen Bastarde!«

»Nein, das wirst du nicht tun, alter Gaul, weil deine Gwen das nicht duldet. Und wie jede Ehefrau südlich der Mason-und-Dixie-Linie – und nördlich davon ebenfalls – hat bestimmt auch sie die Hosen an. Jetzt komm schon!«

»Colin, ich warne dich!«

»Spar dir deinen Atem. Du wirst ihn brauchen, um vor den Yankees davonzulaufen. Zu deiner Information, Caleb-Junge, meine Absichten gegenüber deiner Schwägerin sind so ehrenrührig, wie sie nur sein können. Aber da sie trotz allen gegenteiligen Geredes ein süßes kleines Mädchen ist und die aufregendsten Rundungen im ganzen alten Feudalreich aufweist, werde ich eines schönen Tages wohl doch meine goldene Freiheit aufgeben und um sie anhalten. Ja, ich glaube, es wird soweit sein, wenn die alten Herren in der Regierung sich aufraffen, ein Referendum über die Verordnung zur Sezession abzuhalten, und du und ich losmarschieren müssen, um Washington einzunehmen. Ja, dann wird mir wohl nichts anderes übrigbleiben. Seinen Nachschub ungeschützt zu lassen, wäre keine gute Taktik, meine Junge. Außerdem, je öfter ich Rose Ann sehe, desto besser gefällt mir diese Idee, daß sie

Herrin von Fairdale werden könnte. Also sieht es gerade umgekehrt aus, Cabe. Wenn sie sich einverstanden erklärt, mein mir rechtlich angetrautes Weib zu werden, und ich finde heraus, daß du da draußen in McKenzie-Hundert ernten willst, wo du nicht gesät hast, statt dich auf deine eigene Zucht zu beschränken, werde ich keine andere Wahl haben, als mit dir abzurechnen . . .«

»Und Rose sitzenlassen?« fragte Caleb hörbar besorgt. Die Claibornes gehörten nach den Byrds und den Carters zu den wohlhabendsten Pflanzern von Tidewater. Rose aus lauter Eifersucht die Chance zu verderben, Herrin von Fairdale zu werden, wäre geradezu niederträchtig, und das wußte Caleb Henry.

»Nein. Aber ich würde ihr den niedlichen Hintern ordentlich versohlen und sie dann mit ein paar Gänseblümchen an dein Grab schicken. Also, kommst du jetzt endlich?«

Sie bahnten sich einen Weg durch die aufgewühlte Menge, bis sie endlich den Bürgersteig erreichten, wo Jeff und Rose Ann warteten.

»Wie geht's, Zigeuner-Rose?« begrüßte Colin sie. »Wenn ich mich recht erinnere, bist du mir noch ein paar Küsse schuldig, denn fünf Ohrfeigen erscheinen mir doch arg viel für den letzten Kuß, den ich dir gestohlen habe . . .«

»Versuch doch, sie dir zu holen, dann wirst du Virginias erster Gefallener sein, noch ehe der Krieg überhaupt angefangen hat«, warnte Rose ihn zornig. »Und du, Cabe – willst du nicht einmal ›grüß dich‹ zu dem armen verirrten Lämmchen sagen, das an den Busen der Familie zurückgekehrt ist?«

»Nein«, entgegnete Cabe grimmig. »Aber was ich tun werde, ist dich festhalten, damit Vater Dave dich verdreschen kann. Und dann werden Jeff und ich ihn ablösen. Vielleicht nimmst du ja wenigstens ein bißchen Vernunft an, wenn wir damit fertig sind, dir das Fell dort zu gerben, wo bei dir der Verstand sitzt!«

Er kochte fast vor Wut – so sehr, daß Colin Claiborne, der

alles andere denn auf den Kopf gefallen war, nicht nur den Ärger aus dem normalerweise angenehmen Bariton heraushörte, sondern auch den Grund dahinter ahnte.

»Cabe«, sagte er, »du benimmst dich wie der Beleidigte in einem Ehrenhandel, durch den das ungeschriebene Gesetz verletzt wurde. *Du* aber *bist* hier nicht betroffen – oder solltest du vergessen haben, mit welchem der McKenzie-Mädchen du verheiratet bist? Doch glaubt ihr nicht, daß ihr mir angesichts meiner semi-demi ehrbaren Absichten unserer kleinen Rose gegenüber erzählen solltet, worum es überhaupt geht?«

»Rose«, sagte Jeff eine Spur zu schnell, während er sich bemühte, das nervöse Zittern zu unterdrücken, das sich in seiner Stimme bemerkbar machte, »ist gerade aus dieser feinen Schule hinausgeflogen, in die unsere Tante Cornelia sie geschickt hat. Sieht ganz so aus, als hätte sie die verzogene Tochter des Oberhauptes der schwarzen republikanischen Abolitionisten des Commonwealth von Massachusetts ein bißchen arg zugerichtet, als es um eine kleine Meinungsverschiedenheit über die Vorzüge einer für den Süden eigenen Einrichtung ging. Zumindest hat das dieser Stockfisch von Talarträger behauptet.«

Voller Zuneigung blickte Rose Ann ihren Bruder an. Sie war ganz versunken vor Bewunderung ob dieses trefflichen und meisterhaft ausgedachten Lügenmärchens. Doch Colin, der sie nur allzugut kannte, grinste sie an und sagte gedehnt: »Ich wette meinen letzten Dollar, daß da noch mehr dahintersteckt.«

»Du hast es erraten, Colin-Schatz.« Aus Roses grünen Augen blitzte der Schalk. »Du kannst dir nicht vorstellen, *wie* ich es genossen hab', ihr einen Tritt in den steifen Hintern zu geben, ihre Physiognomie mit den Fingernägeln zu verschönern und ihr das Stroh aus dem Kopf zu reißen. Aber was diese feine Bostonerin wirklich aufbrachte, war mein Angebot, ihnen den großen, kräftigen, schwarzen Zuchtbullen von unserer Niggerzuchtfarm auszuleihen, damit er sie alle decke, wo sie doch die Nigger so lieben.«

»Großer Gott!« Caleb schrie es fast. »Jeff, ich schlag' vor, daß wir sie einen Monat bei Brot und Wasser einsperren, *nachdem* Vater Dave ihr den Hintern mit der Niggerpeitsche gegerbt und ihr den Mund mit Seife ausgewaschen hat!«

»Wißt ihr was«, sagte Colin mit vorgetäuschtem Ernst. »Ihr schickt sie für zwei Wochen nach Fairdale. Ich bin der Beste, wenn es darum geht, ein wildes Füllen einzureiten und an die Trense zu gewöhnen.«

»Das bildest *du* dir ein«, sagte Rose Ann spöttisch. »In einer halben Stunde hätte ich dich so weit, daß du auf Händen und Knien herumkriechst und mich anflehst, meine schmutzigen Reitstiefel küssen zu dürfen.«

»Jetzt überstrapazierst du aber sowohl meine Vorstellungskraft wie meine Neugier, Zigeuner-Rose. Ich bitte um die Entschuldigung aller Anwesenden, einschließlich *deiner*, mein Honigkuchen, aber ich kann einfach nicht widerstehen, dir eine recht unschickliche Frage zu stellen. Sag mir, ist es eine deiner Angewohnheiten, Reitstiefel im *Bett* zu tragen?«

»Darauf kannst du Gift nehmen!« fauchte Rose. »Denn *Sporen* an nackte Fersen zu schnallen ist recht unbequem, mein lieber Colin.«

»Zigi«, sagte Jeff betrübt, »du hast mir versprochen, dich ab sofort wie eine Dame zu benehmen, wie die hochwohlgeborene Virginia-Gentlewoman, die du ja bist, Schwesterherz. Und jetzt enttäuschst du mich so.«

»O Gott! Jeffie-Schatz, verzeih mir!« flehte Rose. »Aber Colin *weiß*, daß ich bloß Spaß mache. Nicht wahr, Colin-Süßer?«

»Nein«, entgegnete Colin mit feierlichem Ernst. »Das weiß ich *nicht*, meine geliebte dornige Rose. Ich glaube ehrlich, daß du jedes Wort gemeint hast . . .«

»Und das hab' ich vielleicht sogar«, gestand Rose düster. »O meine verfluchte lose Zunge! Komm, Jeffie, bring mich heim, bevor ich noch mehr von dem sage, was ich nicht sollte. Colin, ich bitte untertänigst um Vergebung, falls ich dich gekränkt habe . . .«

»Das hast du nicht, Zuckerpüppchen. Und ich glaube, das könntest du nicht einmal dann, wenn du es ernsthaft versuchen würdest.« Eine Spur echter Zärtlichkeit sprach aus Colins Worten. »Jeff, geh nicht zu hart mit ihr ins Gericht. Nach all diesen gezierten Milchpüppchen, die von ihren berechnenden Mamas angedient werden, ist diese kleine Wildblume richtiggehend *erfrischend.* Und bitte deinen Papa, daß ich um sie anhalten darf, und zwar am Abend *nachdem* die zitternden Großväter der Convention sich endlich entschließen, die Sezession zum Volksentscheid zu stellen.«

»Das werde ich, Colin«, sagte Jeff ernst. »Und weißt du – du *weißt* es doch, nicht wahr? –, daß das über Rose alles nur Gerede ist?«

»Natürlich«, versicherte ihm Colin. »Man sagt, die Convention sei für morgen, den siebzehnten, geplant, also . . .«

»Großer Gott!« rief Rose. »Was geht hier eigentlich wirklich vor? Bitte, sag es uns doch! Jeff und ich blieben über Nacht in Washington hängen, weil keine Züge fuhren. Dort herrscht die wildeste Aufregung. Einige behaupten, es gäbe Krieg zwischen dem Norden und dem Süden; andere schworen, daß noch nichts passiert sei. Aber als wir uns nach dem Neuesten aus Virginia erkundigten, sagte man, daß alle Telegraphenleitungen abgeschnitten worden seien . . .«

»Das stimmt auch«, warf Caleb grimmig ein.

»Und?« hauchte Rose Ann.

»Fort Sumter ist nach zweitägigem Beschuß den Konföderierten unter Beauregard in die Hände gefallen«, berichtete Caleb. »Das war am Sonntag, dem vierzehnten. Ich erwähne das genaue Datum, Zigi, damit du es dir einprägst, denn es ist das Geburtsdatum unserer Südstaaten-Konföderation. Gestern, am Montag, dem fünfzehnten, rief der alte Abe 75 000 Mann zu den Waffen, um sie – ich zitiere, Rose Ann – ›zur Unterdrückung der Rebellion der Südstaaten einzusetzen‹ . . . Und er will sie bloß für 90 Tage. Er hat recht. Bis diese vertrottelten Tattergreise im Capitol sich zu einem Volksentscheid über die Sezessions-Verordnung entschließen, haben wir Washington längst in Schutt und Asche gelegt und diesen schlaksigen, äffischen Burschen im Weißen Haus angekettet, damit er innerhalb einer Woche geröstet wird.«

»Wahrscheinlicher ist, daß sie in der Zeit Richmond eingenommen und alle eure Frauen gefangengenommen haben, mit Gwen und mir oben auf der Liste«, sagte Rose Ann in zuckersüßem Ton. »Na, wäre *das* nicht wirklich ein herrliches Geschick, weit schlimmer als der Tod? Nachdem ich armes kleines Wesen, mit ein bißchen Unterstützung von deinem Liebling, Caleb – Gwen ist ja immerhin eine McKenzie und hat ihre lichten Momente, wie ich zufällig weiß –, damit fertig bin, die Yankee-Armee kampfunfähig zu machen, wäre der Krieg in einer Woche vorbei. Und das ist mehr, als ihr wilden Secesh-Jungs je schaffen würdet.«

»Jeff«, zischte Caleb durch zusammengebissene Zähne, »bring sie sofort heim. Oder, bei Gott, ich vergesse, daß ich ein Gentleman bin und . . .«

»Keine Angst«, beruhigte ihn Jeff. »Genau das habe ich nämlich vor. Und wenn wir dort sind, nähe ich ihr den Mund mit Bindfaden zu, nachdem ich ihn mit Schrot gefüllt habe, um ihre lose Zunge niederzudrücken. Komm, Zigi! Es war ein Fehler, meine Reitsachen zu Hause zu lassen, als ich dich abholen fuhr.«

Sie gingen zur anderen Straßenseite, wo die zwei freien - oder freigelassenen – Schwarzen mit den hochbeladenen Handkarren warteten, um sie nun, da die Straße frei war, zum Mietstall zu ziehen. Rose warf einen Blick über die Schulter auf Colin Claiborne. Er folgte ihr mit den Augen und dem benommenen Lächeln eines Mannes, der bereit ist, sich selbst ins Verderben zu stürzen. Jetzt hatte sie ihn soweit. Nachdem sie durch ihre eigene, himmelschreiende Dummheit eine ehrbare Heirat mit ihm zeitweilig, wenn nicht auf Dauer, unmöglich gemacht hatte! Sie hob den Blick zum finsteren, sternenlosen Himmel.

»Lieber Gott, bitte bring die Dinge wenigstens einigermaßen wieder in Ordnung für mich, ja? Du hast mich allzu stiefmütterlich bedacht, als du den Verstand verteilt hast. Deshalb gönne mir jetzt wenigstens ein bißchen Glück, mehr verlange ich ja gar nicht. Wenn du das tust, kümmere ich mich um den Rest selber. Ich danke dir, lieber Gott. Amen«, betete Rose Ann McKenzie.

Als sie noch etwa fünfzig Meter vom großen Haus der McKenzie-Hundert entfernt waren, konnten sie bereits die Stimme ihres Vaters hören.

»Unsere Südstaaten-Konföderation«, erklärte David McKenzie, »wird im Osten durch die Prozession der Äquinoktien begrenzt, im Westen durch das Urchaos und die untergehende Sonne, im Süden durch die Unterwelt und im Norden durch das Nordlicht.«

Rose lächelte ihren Bruder an, obwohl es inzwischen schon viel zu dunkel war, als daß er ihr Gesicht hätte sehen können.

»Hört sich ganz so an, als hätte Pa eine Flasche ergattert«, meinte sie.

»Was dir vielleicht für heute die Haut retten mag«, entgegnete Jeff grimmig. »Dafür wird er aber morgen um so schlechterer Laune sein. Zigi, verrate mir eins: Warum hast du dich vor Colin so benommen? Er ist der fetteste Fisch in Tidewater, und ein Blinder kann sehen, daß er verrückt nach dir ist. Und da du nicht wirklich geistig zurückgeblieben bist, verstehe ich nicht, warum du ihn absichtlich vor den Kopf gestoßen hast.«

»Jeffie-Schatz, *überleg* doch!« Rose seufzte. »Ich kann Colin wirklich nicht ausgerechnet jetzt um mich anhalten lassen! Ich bin *verheiratet*, oder hast du das vergessen? Ich hab' Tante Corny gebeten, mir sofort Bescheid zu geben, sobald die Ehe mit meinem Zuckerbubi Joe-Joe annulliert ist. Aber was ist, wenn dieser Sezessionskrieg, den ihr verdammten, dummen Feuerspeier jetzt ausbrütet, jegliche Post vom Yankeeland für die nächsten zehn Jahre unmöglich macht? Wenn ich erst frei bin, greife ich mit Händen und Füßen nach

Colin. Und wenn wir unseren ersten ernsthaften Streit haben, erkläre ich ihm auch, was er sicher als Beelzebub in unserer Hochzeitsnacht herausfinden wird: Daß nämlich nicht ein wilder Ritt auf Prinz Rupert bei einem Hindernisrennen daran schuld ist . . . Nein, lieber nicht beim ersten. Das wäre unklug. Wenn ich es *so* bald erzählte, würde er mich vielleicht einfach rausschmeißen. Sagen wir, bei unserem elften oder zwölften Streit. Bis dahin habe ich ihn so um meinen kleinen Finger gewickelt, daß er sich eher erschießt, als mich aufzugeben.«

»Das wäre auch eine Art, dich aufzugeben. Ziemlich rauh allerdings. Gott! Ich hatte *dieses* Problem ganz vergessen! Wir können bloß hoffen, daß du es nicht noch schlimmer machst, indem du im August ausschaust, als hättest du ein ganzes Spanferkel verschlungen! Komm jetzt, wagen wir uns in die Höhle des Löwen.«

»Du meinst in die der Löwin, nicht wahr? Pa ist wirklich nicht so schlimm. Aber wenn Gwen will, kann sie richtig gemein sein. Doch was soll's? Also gehen wir!«

Als sie ins Eßzimmer traten, starrte Dave McKenzie seine jüngere Tochter – und das Nesthäkchen – unter den buschigen Brauen heraus an. Seine waren so mit Weiß vermischt, daß sie an rauchdurchzogene Flammen erinnerten.

»Aber – aber . . . du siehst genau wie meine kleine Rose aus«, brummte er verwirrt. »Aber du kannst es nicht sein, oder, Kind? Denn meine Rose ist dort oben im steifen Norden, unter den scheinheiligen Abolitionistenschweinen . . .«

»Papa!« Die klare Stimme seiner Tochter Gwen zitterte vor Abscheu. »Du hast ja schon wieder getrunken! O Gott! Warum kannst du dieses abscheuliche Zeug nicht aufgeben?«

Rose Ann blickte ihre ältere Schwester an. Wie immer überkam sie mehr als nur ein bißchen Neid wegen Gwens vollkommener Schönheit. Im Gegensatz zum Rest der Familie, einschließlich Rose selbst, der aus Rotschöpfen bestand – »Aus Höllenfeuer, Schwefel und giftigen Dämpfen!«, wie Dave McKenzie häufig von seinen Vorfahren, aber auch von seinen Kindern sagte –, war Gwen vom blassest möglichen Blond, dem zum Albinismus nur noch ein Hauch fehlte. Und sie war von makelloser, klassischer Schönheit, und zwar so sehr, daß Rose schon fast vermutete, an dieser wie gemeißelten Vollkommenheit von Gesicht und Figur sei etwas seltsam Abstoßendes. Mit einer Sicherheit, die mit Eitelkeit nicht das geringste zu tun hatte, wußte Rose, daß Männer von Gwen ungemein beeindruckt waren – bis zu dem Augenblick, da sie – Rose – in Sicht kam. Dann war die arme Gwen vergessen, trotz ihrer ranken und schlanken nordischen Schneemaid-Figur und der feinen Züge ihres schönen Gesichts. In diesem Moment gab das Bild, das sich vor Roses inneres Auge geschoben hatte, ihr einen Hinweis auf das Problem. Sie sieht so – kalt aus, dachte sie. Und doch ist sie es nicht. Zumindest sagt Cabe, daß sie es nicht ist, und er muß es schließlich wissen!

Der Gedanke an Caleb ließ sie lächeln, denn sie erinnerte sich an seine offene Erklärung. »Du bist in den Norden gefahren. Warst ein ganzes Jahr bei deinen Yankee-Verwandten in Boston. Bist von hier fort als wildes Füllen, ganz Arme und Beine – nein, ganz Ellbogen, eckige Knie, vorstehende Zähne, zerzaustes Fuchshaar, hinten flach und vorne flach. Ich brauchte jemanden, also hab' ich Gwen geheiratet. Sie war keineswegs darauf eingestellt, gegen einen armen Sünder nachsichtige Duldung zu üben, der sich die Hörner abgestoßen hatte. Dann bist du zurückgekommen, und ich habe erkannt, daß ein Wunder geschehen war. Eine reine Augenweide, mit doppelten Portionen an den richtigen Stellen. Kurven, wo sie hingehören, alles genau richtig verteilt, so daß sie das begehrliche, ja lüsterne Auge eines armen alten abgerichteten Ehemanns einfach anziehen mußten, der auf Hungerrationen ländlichen Behagens gesetzt ist, wie sie hier eben so üblich sind . . .«

Seither war sie ihrem Schwager, so gut sich das machen ließ, aus dem Weg gegangen. Und jetzt hatte sie sich – außer es würde ein Wunder geschehen – eine großartige Möglichkeit verpatzt, diese Situation zu ändern, weil sie ihr Herz über den Verstand gesetzt hatte. Welche nette, höfliche Art, dies zu entschuldigen, dachte sie sarkastisch. Diese großartige Möglichkeit wäre ohne jeden Zweifel die Heirat mit dem reichsten und bestaussehendsten jungen Pflanzer von Tidewater gewesen.

Pa sagte quengelig: »Abscheuliches Zeug! Bourbon und Quellwasser, das ist Nektar vom Himmel. Ein Heilmittel für alle Gebrechen, das flüssige Bollwerk gegen Schmerzen, Sorgen und Enttäuschung – wie beispielsweise die mit dieser Schlangenbrut von Tochter, die der Teufel mir sandte – ›Schmerzender denn ein Schlangenbiß ist ein undankbares Kind!‹ sagte der Barde, und zu Recht! Wo war ich? O ja! Dieses Geschenk des Olymps, das du bleiches, käsiges Mädchen abscheuliches Zeug nennst! Gwennie-Tochter, dieser Whisky trägt zur Durchblutung der Herzkranzgefäße bei, er stärkt die Abwehrkräfte des Körpers, reinigt den Darm und zieht alle Knöpfe an meiner Weste zusammen.«

Rose sah, daß Pa wirklich groß in Form war, also lächelte sie ihn an und rief: »Hör schon auf zu schimpfen, Pa. Komm lieber her und gib deiner reuigen Tochter einen Kuß! Freust du dich nicht ein wenig, daß ich wieder da bin?«

»Rose!« brüllte Dave McKenzie, torkelte auf sie zu und schloß sie in die Arme.

So komm ich um die Schwielen auf meiner Kehrseite herum – wenigstens heute abend, dachte Zigeuner-Rose McKenzie.

2

»Rose«, sagte Gwendolin McKenzie zu ihrer jüngeren Schwester, »Colin Claiborne ist unten im Wohnzimmer. In Uniform. Und da die Claibornes sich das leisten können, ist sie die feinste, die ich je gesehen habe – mit einer Goldspange am Kragen. Das bedeutet, wie er mir gesagt hat, daß er Leutnant in der Armee der konföderierten Staaten von Amerika ist. Ich nehme an, du weißt, warum er da ist . . .«

»Sicher wissen, nein, Gwennie-Schatz«, sagte Rose traurig. »Aber ich vermute, daß er gekommen ist, um um meine Hand zu bitten. Und alles anschließende Territorium, so wie ich ihn kenne oder vielmehr, so gut wie nicht kenne. O Gott, Gwennie, was soll ich nur tun?«

»Das«, sagte Gwen in aller Schärfe, »ist eine Entscheidung, die nur *du* treffen kannst, Rose Ann. Aber beschäftigen wir uns erst einmal mit den praktischen Fragen. Die moralischen gehen mich nichts an, also werde ich dir auch keine Predigt halten. Meine Motive würdest du wahrscheinlich sowieso falsch auslegen. Um ehrlich zu sein, verbietet mir das mein Stolz als Frau.«

Rose starrte ihre Schwester einen Augenblick lang nachdenklich an.

»Du meinst«, flüsterte sie, »daß ich vielleicht auf die Idee kommen könnte – weil du einmal fast selbst in ihn verliebt warst –, daß du ganz einfach nicht möchtest, wenn eine andere ihn in die Klauen kriegt. Und schon gar nicht . . .«

»Richtig. Und ›fast‹ stimmt nicht«, sagte Gwen ruhig. »Ich *habe* ihn geliebt. Vielleicht liebe ich ihn noch. Nein – ganz bestimmt liebe ich ihn noch. Ich habe Caleb nur genommen, weil Colins Gleichgültigkeit mir gegenüber nicht zu übersehen war. Ich sehe nicht schlecht aus . . .«

»O Gwen, du bist *schön*!« seufzte Rose Ann.

»Aber ganz offensichtlich fehlt mir das McKenziesche Feuer. Du dagegen könntest, wie mein Lüstling von Gatte beschwört, einen Zypressenhain im Sumpf mitten im strömenden Regen lichterloh zum Brennen bringen, nur indem du fünfzig Meter vom nächsten Baum entfernt auf einem Sumpfpfad vorbeigehst. Obwohl ich drei Jahre älter bin als du, mußte ich fast mein ganzes Leben lang deinetwegen die zweite Geige spielen. O nein, ich nehme es nicht übel. Ich ziehe mein ruhiges, gleichförmiges Leben deinem ausgelassenen vor, Rose Ann. Aber dein Benehmen zu beobachten und das einiger weniger übermütiger, aber dafür um so verschlageneren Sünderinnen unter den Damen unserer Schicht, hat mich überzeugt . . .«

»Ja?« flüsterte Rose.

». . . daß Moral die Übertragung eines recht sehnsüchtigen menschlichen Verlangens nach ethischer Ordnung auf die harten Tatsachen des Lebens ist«, fuhr Gwen bitter fort. »Ich bin nicht sicher, daß es überhaupt Moral gibt, wohl aber, daß sie wenig nutzt. So kann beispielsweise ein ausgesprochener Schweinehund durch ausreichende und geschickte Heuchelei schließlich heiliggesprochen werden, Liebes. Also sehen wir uns deine Lage im Licht der Vernunft an, nicht durch eine Brille frommer Sentiments. Hier in Virginia wissen lediglich Jeff, Caleb und ich, daß du geheiratet hast. Die Verbindung zwischen uns und dem Norden, die ja nie sehr schnell oder gut war, ist nun völlig abgebrochen, da wir uns theoretisch bereits im Kriegszustand befinden. Die einzige Weise, auf die uns ein Brief aus Boston erreichen könnte, wäre, wenn Tante Cornelia ihn Freunden aus Kanada oder England schickt und sie bittet, ihn an uns weiterzuleiten. In beiden Fällen müßten wir zwischen drei und sechs Monaten warten, bis er ankommt. Also gibt es praktisch keine Möglichkeit, daß Colin von deiner Heirat mit dem jungen Lucarelli erfährt. Aber auch keine, daß du die Annullierung bekommen kannst, obwohl sie inzwischen höchstwahrscheinlich rechtskräftig wurde, da du dich ja ohne Zweifel der Vergehen der Verführung und Entführung schuldig gemacht hast. Und möglicherweise auch noch der Verführung eines Minderjährigen, außer du bist bereit auszusagen, daß das nicht der Fall war – großer Gott, wie kann man das? Ich meine, ohne sich Wörter zu bedienen, die eine wohlerzogene Dame aus dem Süden nicht in den Mund nimmt. Also sagen wir, daß du, eine verhältnismäßig erwachsene junge – äh – Person von achtzehn Jahren, keine schamlosen Intimitäten mit einem Kind männlichen Geschlechts begangen hast, das zwei Jahre jünger war als du.«

»Das ist so richtig süß wie Pudding formuliert.« Rose Ann seufzte. »Abgesehen von der Tatsache, daß weder Kirche noch Staat es schamlos finden, wenn zwei Menschen sich lieben, *nachdem* sie sich vor einem Priester oder einem Friedensrichter ihr Jawort gegeben haben, will ich doch deine schmutzige Neugier in diesem Punkt befriedigen: Aber natürlich, Gwennie-Schatz, habe ich meinen Zuckerbubi alles machen lassen.«

Gwens Lächeln war unendlich tiefsinnig, nach innen gekehrt, spöttisch und auf subtilste Weise triumphierend.

»Trotzdem kann ich dir nicht abraten«, schnurrte sie wie eine Katze, »denn der Einwand ist weiterhin lediglich moralisch, nicht pragmatisch. Sofortige Flitterwochen würden alle Fragen zum Verstummen bringen, nicht wahr? Oder sie erst gar nicht aufkommen lassen – vor allem, da der arme Colin selbst ziemlich dunkel ist und feine Quattrocentozüge hat, findest du nicht auch?«

Rose Ann starrte ihre Schwester an, bis sie sie nicht mehr sehen konnte. Ihre smaragdgrünen Augen waren tränenverschleiert.

»Sei verdammt, Gwen!« flüsterte sie. »Verdammt, verdammt.«

Dann stand sie ruhig auf und ging hinunter ins Wohnzimmer.

Colin Claiborne, frischgebackener Leutnant der konföderierten Armee, hörte stumm zu, bis sie geendet hatte, dann sagte er beherrscht und scheinbar unbewegt: »Ich verstehe.«

Rose Ann fuhr unbekümmert fort: »Und das ist nicht alles, Colin-Schatz. Vie-vielleicht bekomme ich sogar ein Kind. Ich – ich weiß es natürlich nicht. Nicht bis zum nächsten Monat jedenfalls, denn so ist es nun einmal bei uns Frauen. Deshalb kann ich es dir einfach nicht antun. Ich habe davon geträumt, *deine* Frau und Herrin von Fairdale zu werden, seit ich alt genug war zu wissen, was beides bedeutet. Ich habe es erst aufgegeben und mich mit Joe-Joe eingelassen, als mir klar wurde, daß ich überhaupt keine Chance habe.«

»Da hast du dich getäuscht«, sagte Colin trocken.

»Ich weiß. Ich war dumm. Aber das war ich ja immer. Zu meiner Verteidigung kann ich nur anführen, daß ich nicht so schlecht war – bin –, dich unter Vorspiegelung falscher Tatsachen zu heiraten und mein Perpetuum mobile von Mund zu halten, damit du denken würdest, du bekommst ein süßes unschuldiges kleines Mädchen aus Virginia und nicht . . .«

»Das, was ein verdammter Yankee, ein öliger Makkaronifresser, übriggelassen hat«, sagte Colin.

Roses Hand flog hoch. Der Handrücken lag auf dem halbgeöffneten Mund. Sie fühlte sich, als habe er sie geschlagen. Langsam, unendlich langsam ließ sie beide Hände fallen und erhob sich. Colin stand ebenfalls auf. Während sie einander gegenüberstanden, hörte sie das Ticken der alten Standuhr in der Diele. Das sonst so freundliche Geräusch empfand sie wie Hammerschläge, die schier unerträglich in ihr Bewußtsein donnerten.

»Leb wohl, Colin. Leb wohl – für immer«, flüsterte Rose Ann.

Doch kurz ehe er sich umdrehte und hinausmarschierte, steif wie der Soldat, für den er sich hielt, sah sie seine Augen. Was sie in ihnen las, ließ sie erstarren, brachte ihr plötzlich eisiges Blut zum Stocken. Sie hielt den Atem an.

Irgendwo in der entsetzlichen, hallenden Trostlosigkeit in ihr wimmerte es: Ich – ich habe ihn in den Tod geschickt!

In den nächsten drei Tagen verließ Rose Ann ihr Zimmer nicht und weinte fast pausenlos. Sie weinte, bis ihre unvergleichbaren seegrünen Augen, die ihr ganzes Leben lang so manchen Mann atemlos zum Schweigen gebracht hatten, so dick geschwollen waren, daß sie sie kaum noch öffnen konnte. Doch dann – schließlich war sie eine edelmütige, törichte und durch nichts so leicht umzuwerfende, rothaarige McKenzie – hörte sie mit diesem verdammten Unsinn schlagartig auf. Sie ging aus, schloß sich den Schwärmen junger Damen an, die Tanzfeste, Teegesellschaften und Bankette besuchten, wie sie in den Hotels und Pensionen zur Unterhaltung von Soldaten gegeben wurden, die vorübergehend zu Tausenden in Richmond und Umgebung untergebracht worden waren. Das Leben war ein glitzernder Reigen mit Goldborten, wippenden Federsträußen, Klängen von Märschen, piekfeinen Uniformen, tänzelnden Pferden und – oh – so gut aussehenden Offizieren! Rose Ann stand am Bürgersteig in Gesellschaft von Scharen lachender, winkender Mädchen, die in ihrem Alter waren. Viele davon waren ihre Freundinnen. Und wie sie winkte sie mit ihrem Spitzentüchlein den vorübermarschierenden Truppen zu. Sie nahm an den Präsentationen neuer Regimentsfarben für ein halbes hundert Kompanien von Freiwilligen teil. Von den Angehörigen mehrerer dieser Kompanien wurde sie zur Patin und Patronin gewählt und amtierte in dieser Eigenschaft, indem sie die neuen Feldzeichen – einstweilen noch unbefleckt von Kanonenrauch und Blut – den ebenfalls gewählten kommandierenden Offizieren feierlich überreichte, woraufhin sie von all diesen feinen jungen Offizieren glühend geküßt wurde. Sie sah bei den schneidigen Manövern der Infanteristen, leichten Reiter und Schützen zu. Ihr Herz schlug im Takt der Trommel, während die anfeuernden Klänge der Querpfeife ihr Blut aufwühlten. Der Krieg war ein Fest, ein Picknick, ein Spaß! Die Yankees würden nie kommen, und wenn doch, war sie bereit, sie höchstpersönlich davonzujagen, denn mit anderen eifrigen Rebellinnen ließ sie sich im Pistolenschießen ausbilden und bekam dreimal wöchentlich Unterricht durch einen dieser so gut aussehenden Offiziere.

Merkwürdigerweise blieben gerade die gefürchteten Einwände gegen ihren fröhlichen Einsatz aus, gegen die sie sich gewappnet hatte, und das empfand sie als richtiggehend schockierend. Der alte Löwe David McKenzie überschüttete seine vergnügte, übermütige, lebhafte jüngere Tochter mit einer heftigen, besitzergreifenden väterlichen Liebe. Gewöhnlich pflegte er Beschimpfungen an Roses brandroten Kopf zu schleudern, die durch seine unverfälschte Männereifersucht hitzig und scharf waren, und meist beschuldigte er sie, mit ihrem ungezügelten draufgängerischen Benehmen dem Familiennamen bestimmt noch Schande zu bringen. Doch jetzt war er erstaunlich lammfromm und wohlwollend. Ja, er ermutigte seine Zigeuner-Rose sogar, den häuslichen Herd zu verlassen, wann immer ihr danach zumute war.

»Diese Jungs – diese feinen und mutigen Muster großartigen jungen Mannestums unserer Südstaaten – ziehen in den Krieg, um unsere heimatliche Scholle zu schützen!« brummte er. »Und eine verdammte Menge von ihnen wird fallen. Denn im Gegensatz zu dir, Schwiegersohn Caleb, bin ich nicht so optimistisch zu denken, daß die Yankees beim Kanonenknall wie Ratten davonlaufen. Auf beiden Seiten meiner Kompanie bei Monterrey, Buena Vista und Cerro Gordo waren Yankees, und du kannst mir glauben, sie sind verdammt noch mal nicht weggerannt. Ich erinnere mich an einen jungen Leutnant – Grant hieß er, Ulyses Simpson Grant, er sagte mir allerdings, sein Name sei in Wirklichkeit Hiram –, der wie ein Komantsche durch einen Kugelhagel ritt. Er hing an der Seite seines Pferdes und hielt sich an der Mähne fest, um das Hauptquartier zu ersuchen, daß man uns Munition schicke, von der wir kaum noch was hatten. Und er war Yankee! Eine ganze Menge dieser feinen Jungs aus dem Norden kämpften wie er wie die Löwen in Mexiko. Und eben weil unsere Jungs sich einem Gegner stellen werden, der ihres Stahls würdig ist, ist es die patriotische Pflicht unserer bezaubernden jungen Damen, sie zu ermutigen und zu ermuntern, so gut sie es können.«

»Nun«, sagte Caleb gedehnt, »solange Rose diese Ermutigung und Ermunterung in aufrechter Stellung durchführt, mit dem Rocksaum unten und ihrem Spitzenhöschen oben, kann es wohl nicht allzusehr schaden.«

Gwendolyn McKenzie durchbohrte ihren Gatten mit ihrem Blick. Ihre blauen Augen waren ausdruckslos. Sie glichen Eisspeeren.

»Der Tag wird kommen«, sagte sie ruhig, »an dem Scheidungen in Virginia nicht mehr verpönt sein werden, Caleb. Und unter den gegebenen Umständen war berechtigter Totschlag das nie. Ich rate dir deshalb, deinen lüsternen Kadaver für die Yankees aufzusparen und aufzuhören, mir weiter Gründe zu liefern, das ungeschriebene Gesetz in Anspruch zu nehmen.«

In dem drückenden Schweigen, das diesem sanften, liebevollen Wortwechsel unter Eheleuten folgte, erhob sich Rose. Sie wußte nur zu gut, wann kein Öl auf schwelendes Feuer gegossen werden durfte, drückte ihrem Vater einen Kuß auf die Stirn und verließ das Haus.

Im Juni begann der Krieg schließlich ernst zu werden. Es gab bereits Gefallene, die in den Bauch geschossen oder von Bajonetten aufgespießt worden waren, beispielsweise in Philippi im seit Mai neuen Unionsstaat von West Virginia. Auch bei Big Bethel und Vienna, die beide im Old Dominion und für Gleichmut eine Spur zu nahe bei Richmond lagen, hatte es Tote gegeben. Gegen Ende Juni nahm Rose an einem weiteren Ball teil. Und Colin Claiborne war dort. Sie tanzte mit einem sympathischen jungen Burschen – der vom Mississippi gekommen war, »um all die eingebildeten, schwarzen, republikanischen Yankees und ein paar Dutzend anderer dazu ganz allein fertigzumachen!« –, als sie bemerkte, daß Colin Claiborne sie beobachtete und ihre Wespentaille abschätzte, als wären seine Augen ein Präzisionsinstrument. Sofort hörte sie auf zu tanzen.

»Entschuldige mich, Johnny«, bat sie ihren Tanzpartner. »Ich bin zurück, ehe ein Hase zweimal mit dem Stummelschwanz wackeln kann. Wart auf mich, denn ich möchte nicht, daß eine dieser flinken Virginia-Schönen dich mir stiehlt, hörst du?«

»Schätzchen«, versicherte ihr der frischgebackene Rekrut,

»ich weich' keinen Schritt von der Stelle, bis ich dich lebendes Wunder wieder in den Armen habe, selbst dann nicht, wenn man mich wegen Dienstverweigerung vors Kriegsgericht schleppen und in aller Herrgottsfrühe totschießen würde.«

Mit Volldampf bahnte sich Rose Ann einen Weg durch die Tanzenden, bis sie zu Colin kam, der mit einer kleinen Gruppe von Armee- und Marineoffizieren der Konföderierten zusammenstand. Auch ihr Bruder und ihr Schwager gehörten dazu.

»Schau mich gut an«, forderte sie ihn kategorisch auf. Dann, nach einer langen, atemlosen Pause: »Zufrieden?«

»Zigi, um Himmels willen!« sagte Caleb Henry. Seine Stimme klang angespannt. Doch Jeff, schneidig in seiner funkelnagelneuen Marineleutnants-Uniform, legte mahnend eine Hand auf Cabes Schulter.

»Laß sie in Ruhe«, warnte er mit grimmigem Unterton. »Laß sie das allein miteinander ausmachen. Es geht dich nämlich nichts an!«

»Ich habe dich etwas gefragt, Colin«, sagte Rose Ann. »Aber ich wiederhole natürlich gern, für den Fall, daß du dir heute morgen die Ohren nicht gewaschen hast. Bist du – zufrieden? Mit dem Ergebnis deiner Beobachtung *meiner* Konturen?«

»Völlig«, antwortete Colin spöttisch. »Doch hier ist wohl kaum der richtige Ort, uns darüber auszulassen. Und auch nicht die richtige Zeit. Außer Jeff und Caleb hat keiner der anderen Offiziere – und Gentlemen, wie anzunehmen ist – auch nur die geringste Ahnung, wovon du sprichst. Was einer von vielen Fällen ist, der Unwissenheit zum Segen macht, oder meinst du nicht? Was hältst du davon, wenn wir ein bißchen durch den Garten spazieren und uns über die Sache unterhalten? Ich würde gern Frieden mit dir schließen, ehe ich in den Krieg ziehe, Rose Ann.«

»Du hast deinen Frieden mit mir«, entgegnete Rose düster, »also müssen wir nicht durch den Garten spazieren, denn es gibt nichts, worüber wir uns zu unterhalten haben,

Colin. Jedenfalls nichts, was mich interessieren würde. Wenn du mich also entschuldigen würdest, mein Tanzpartner wartet und . . .«. Sie drehte sich um, aber Colin trat vor sie hin und griff nach ihrem Arm.

»Nichts, das dich interessieren würde?« fragte er so leise, daß die anderen es nicht hören konnten. »Nicht einmal eine Wiederholung meines Angebots, oder vielmehr meines Antrags, meiner Bitte, Zigeuner-Rose?«

»Nicht einmal das«, entgegnete sie mit Entschiedenheit. »Oder vielleicht gerade das nicht. Also . . .«

»Bitte!« flüsterte Colin drängend. Spannung schwang in seiner Stimme, die leicht zitterte. »Hör mich an, Rose Ann!«

Rose blieb stehen. Was sie dann tat, war eher eine Reaktion als kühle Überlegung. Colin war – so groß, so hübsch, und seine Augen waren so dunkel, so besorgt und – wirkten so bedrückt. Das Gefühl, das sie überwältigte, war warm, sanft und schmelzend.

»Na gut.« Sie seufzte. »Aber nur fünf Minuten, hörst du?«

»Ich – ich weiß einfach nicht, Colin-Schatz«, sagte sie, nachdem sie ihn angehört hatte, was natürlich weit länger gedauert hatte als die ihm zugestandenen fünf Minuten. »Ich – ich war fast mein ganzes Leben lang in dich verliebt. Doch jetzt habe ich Angst. Ich habe mich schlecht und dumm benommen. Ich habe einen hübschen Jungen geheiratet, der viel zu jung für mich war und auch noch nicht so sehr ein Mann, wenn dir das ein Trost ist . . .«

»Ja, es ist mir einer«, sagte Colin. »Sprich weiter, Rose Ann.«

»Und nun sagst du, du bist bereit, das Ganze zu vergessen. Du versprichst, nie wieder davon zu sprechen, nicht einmal, wenn wir einen ganz entsetzlichen Streit haben, einen unvermeidlichen, wie alle liebenden Paare, die es je gegeben hat. So etwas liegt ganz einfach in der menschlichen Natur.

Aber verstehst du denn nicht, Colin-Schatz, Liebling, Süßer, meine ganz große Liebe, daß das gar nicht das Ausschlaggebende ist?«

»Und was ist das Ausschlaggebende?« fragte Colin.

»Daß wir Krieg haben! Daß unter den Regierungen, gegen die wir kämpfen werden, auch die des Staates Massachusetts ist. Also, was glaubst du, was es mir nützen würde, bei der Legislatur dieses Staates ein Gesuch um Scheidung von Giuseppe einzureichen?«

»Giuseppe? O Gott!« entfuhr es Colin.

»Es ist ein hübscher Name. Daß du die Sprache nicht kennst, ändert nichts daran. Und er war ein sehr netter Junge . . .«

»Aber ein bißchen – effeminiert, sagen wir?« spöttelte Colin.

»Nein. Nur – zu jung. Und zu – unerfahren. O Gott! Reden wir nicht davon. Das ist kein Gespräch zwischen einem Gentleman und einer Dame. O verdammt! Zwischen einem Mann und einer Frau, mit der er nicht verheiratet ist. Was ich sagen will, ist, daß ich die nötigen Schritte nicht unternehmen *kann*, um offiziell frei zu werden, damit ich dich heiraten kann. Und falls er oder sein Papa sie unternommen haben – wie mein nicht gerade liebender Schwiegervater gedroht hat –, nutzt es uns nicht im geringsten. Denn es gibt einfach keine Möglichkeit, mich davon in Kenntnis zu setzen. Warum mußten diese dummen Leute aus South Carolina auch einen Krieg anfangen!«

»Wir können warten, Liebling«, beruhigte Colin sie. »Diese lächerliche Auseinandersetzung wird in spätestens sechs Wochen vorbei sein. Wahrscheinlich in kürzerer Zeit. Ich wette, der Krieg wird noch in der gleichen Stunde enden, in der dieses Geschmeiß von Krämerseelen endlich so viel Mut aufbringt, sich unserem Stahl zu stellen.«

»Colin, so ist es nicht. Aber ich werde nicht meinen Atem vergeuden, um dich oder irgendeinen anderen hirnverbrannten Südstaatler von dieser Tatsache überzeugen zu wollen.

Ich hab' mich inzwischen schon zu oft unbeliebt gemacht, weil ich gesagt hab', was wirklich geschehen wird. Also vergiß es. Die unleugbare Tatsache ist, daß wir beide nichts tun *können*, bis der Krieg vorbei ist. Also halte ich es für besser, wenn keiner dem andern irgendwelche Versprechungen macht. Außerdem finde ich es nur fair, daß ich dich ungebunden gehen lasse. Denn es könnte ja sein, daß du ein süßes, kleines, altes Mädchen heiraten willst, von der Art ›Oh, ich flehe Euch an, Ihr edler Ritter, berührt mich nicht!‹, an dem nicht ein Hauch von Skandal haftet, und du vergessen möchtest, daß du je auch nur von mir *gehört* hast. Schon gut, schon gut! Schau mich nicht so an. Verschieben wir das Ganze, bis der Krieg vorbei ist. Wenn du dann lebend zurückkommst und nicht zu verkrüppelt bist, die Kinder zu machen, die ich ehrlich gern haben möchte, dann ziehe ich es mit dir durch. Die Heirat, meine ich. So, und jetzt hör auf zu argumentieren und bring mich wieder hinein, ehe Jeff und Caleb glauben, sie müßten die Familienehre verteidigen. Ich habe alles gesagt. Du kennst jetzt meine Haltung, von der ich nicht abzubringen bin. Also, bring mich hinein, Colin, bitte?«

»Was? Ohne unsere Abmachung – so schlimm sie ist! – mit einem Kuß besiegelt zu haben?« fragte Colin traurig.

Rose Ann funkelte ihn zornig an. Doch dann wurden ihre grünen Augen sanft. Immerhin zog er in den Krieg. Sie erstarrte plötzlich und drückte die Hände auf die Brust, als eisige Furcht sie als fast körperlicher Schmerz durchzuckte. Aber die grimmige Wirklichkeit ihres Gedankens war nicht zu leugnen. Er mochte sogar ein einsames Heldengrab finden. Wie durfte sie ihm da den Trost eines sanften Abschiedskusses verweigern? Stumm trat sie in seine wartenden Arme.

Aber wie es bei Küssen zwischen zwei jungen Menschen so ist, die eine starke Anziehungskraft füreinander haben, geriet dieser Kuß schnell außer Kontrolle. Mehrere lange, lange Augenblicke später klammerte sich Rose Ann an Colin und stöhnte, schluchzte und seufzte die uralte Dummheit aller Verliebten: »O Colin-Schatz, ich liebe dich so sehr!«

Colin, der sich so offensichtliche, goldene Gelegenheiten nie entgehen ließ, faßte ihren Arm so fest, daß sie einen Bluterguß fürchten mußte und knurrte: »Komm mit!«

»Komm mit – wohin, Colin-Schatz?« murmelte Rose Ann.

»Dort hinüber, wo's dunkler ist. Fort von der Tür. Dort fällt zuviel Licht heraus!« waren die Worte poetischer Schönheit und reiner Zärtlichkeit, die von den Lippen ihres Liebsten kamen. Allerdings stieß er sie mit der Geschwindigkeit und dem Stakkato-Geräusch heraus, das das Maschinengewehr – das ein gewisser Dr. Richard J. Gatling fast in demselben Augenblick in Indianapolis in Indiana geduldig zusammensetzte – bald auf den Schlachtfeldern der halben Welt erzeugen würde. Aber die arme Rose war viel zu benommen und betört von Verlangen, als daß sie es bemerkt hätte. Gehorsam folgte sie Colin fort von der Tür des Hotels, in dem der Ball stattfand, und tiefer hinein in die Schatten der Bäume ringsum im Garten.

Und –

Mehrere eigentlich belanglose Kleinigkeiten stimmten nicht. Doch wie Belanglosigkeiten es an sich haben können, schafften sie es, nicht nur diesen schönen Augenblick zu verderben, sondern nahezu den Rest vom Leben des armen Colin. Eine der Belanglosigkeiten war die fast unvorstellbare Logistik einer nicht bis ins Detail vorgeplanten Verführung im Juni des Jahres 1861. Die andere war mangelnde Zeit.

Zum ersten: Obwohl Rose Ann McKenzie eine Wespentaille hatte, um die alle anderen Mädchen Richmonds sie beneideten, weigerte sie sich zu glauben, daß sie tatsächlich schmal genug war. Also hatte sie an diesem Abend, als sie sich für den Ball ankleidete, die alte Tante Cindy gerufen, damit sie ihr in das diabolische Martergerät eines Fischbeinkorsetts helfe. Dazu gehörte, daß das willige Opfer sich mit aller Kraft an einen Bettpfosten klammerte, während die noch willigere Foltermeisterin – es darf so gut wie mit Sicherheit angenommen werden, daß schwarze Sklavinnen ein gewisses Maß an rachsüchtiger, sadistischer Genugtuung empfinden, wenn sie ihren arroganten jungen Herrinnen so offensichtlich Schmerz zufügen durften – ihr möglichstes tat, dem besagten Opfer die Rippen einzudrücken. Was, wie behauptet wird, einigen der kräftigeren Zofen hin und wieder sogar gelang. Tante Cindy beispielsweise hatte keinerlei Hemmungen, ihren nackten schwarzen, schwieligen Fuß gegen Rose Anns delektable, in Spitzenhöschen gekleidete Kehrseite zu stemmen, um ihren Bemühungen größere Wirkung zu verleihen. Währenddessen zerrte sie an jenen grausamen Schnüren, damit das Korsett, das von Anfang an zu eng gewesen war, noch um ein Drittel eines Zentimeters enger geschnürt werden konnte.

Zum zweiten: Von dem Korsett abgesehen – das ihren Bruder Jeff, wie dieser versicherte, auf die Idee der Schiffspanzerung brachte, die er danach für die Flotte der Konföderierten entwarf –, trug Rose Ann *sechs* Petticoats mit Volants, von denen der oberste zusätzlich noch gerafft und bestickt war; und darunter *une cage américaine*, eine weiterentwickelte Krinolinenart. Es war dieses eigenartige Kleidungsstück, das dafür Sorge trug, daß Frauen, wenn sie mit ihren Galanen im Walzertakt über den Ballsaalboden schwebten, umgedrehten Kognakschwenkern glichen. Zunächst hatte man der Krinoline – eine beachtliche Verbesserung, zumindest wärmemäßig, über die mindestens dreißig Petticoats, die auszuhalten modische Damen gezwungen gewesen waren, wollten sie das gewünschte Aussehen eines schlanken Stengels erzielen, der anmutig aus einer Kürbishälfte wächst – ihre kelchgleiche Form durch eine Reihe von Fischbeinreifen gegeben, doch 1861 wurden diese Reifen aus *Stahl* hergestellt.

Von der wirklich ernsten Gefahr, an Urämie zu sterben, abgesehen, da ein Besuch der keuschen kleinen, der Göttin Kloake geweihten Tempel hinter den Hotels im Ballkleid ganz einfach viel zu umständlich war, versah diese modische Rüstung eine vornehm geborene Dame der 1850er und 1860er Jahre mit einer modernisierten und beachtlich verbesserten Version des mittelalterlichen Keuschheitsgürtels, wobei die Verbesserung in der Tatsache bestand, daß das 1850er und 1860er Modell getragen wurde und Realität war, das mittelalterliche dagegen fast sicher fiktiv.

Hier war es, wo das Zeitelement eine tragende Rolle spielte. Denn wie Colin zu seinem nagenden, schwellenden und ihn fast zum Weinen bringenden Ärger entdeckte, brauchte er allein schon eine Ewigkeit, das Zugband des knöchellangen, mit Rüschen und Spitzen besetzten und nach Lavendel riechenden Höschens zu *finden*, das hoch oben *unter* dem Korsett saß und an das deshalb ohnehin kaum heranzukommen war, während die Stahlreifen ihm unerwartete und schmerzhafte Schläge auf die verschiedensten Teile seiner Anatomie versetzten. So hatte Rose Ann mehr als genug Zeit, sich das Ganze durch den Kopf gehen zu lassen, bis sie schließlich einen sicheren Rückzug vom Rand des Abgrunds fand, in den ihre Torheit sie fast gestürzt hätte.

»Nein, Colin«, sagte sie fest.

»Warum nicht?« sagte der arme Colin etwas krächzend. Er war außer sich von dem qualvollsten körperlichen Schmerz, unter dem ein junger, abrupt frustrierter Mann nur leiden kann.

»Weil es *Unrecht* ist«, flüsterte Rose Ann. »Und schlimmer noch – es ist abscheulich. Ich – ich möchte nicht wie das Weibchen bei den Tieren auf dem Boden – genommen werden. Das ist zu – zu erniedrigend. Außerdem ...«

»Außerdem was?« stöhnte Colin.

»In spätestens fünf Minuten werden Jeff und Caleb, oder auch bloß einer von beiden, herauskommen, um nach mir zu sehen. Du könntest vielleicht vernünftig mit Jeff reden, aber nicht mit Caleb, jedenfalls nicht, wenn es um mich geht.«

»Rose Ann«, quetschte Colin heraus, dessen Stimme man die Qual anhörte. »Sag nicht, daß dieses brünstige Schwein dich ...«

»Nein.« Rose seufzte. »Aber nur, weil ich ihn nicht gelassen habe – nicht lasse. Nicht, daß er es nicht oft genug versucht hätte.«

»Ich bring' ihn um!« Colin brüllte es fast.

»Nein, das wirst du nicht tun, wenn du mich nicht für immer verlieren möchtest«, sagte Rose Ann ruhig.

»Großer Gott!« flüsterte Colin. »Soll das heißen, daß du . . .«

»Nein, es heißt nicht, was du jetzt meinst. Der einzige Mann, den ich *liebe*, bist du, Colin-Schatz. Aber ich mag Caleb, also möchte ich seinen Tod nicht. Und Jeff ist mein Bruder, ich will auch nicht, daß er in einem dummen Duell erschossen wird. Und wie ich schon sagte, ich liebe dich. Das heißt, wenn ich zusehen müßte, wie einer einen anderen von euch tötet, würde es mir das Herz brechen, Colin. Und mich höchstwahrscheinlich in den Wahnsinn treiben. Außerdem, statt einander meinetwegen zu morden – denn was ist ein Duell denn schon anderes als Mord? –, wäre es doch viel sinnvoller, wenn ihr statt dessen auf ein paar Yankees schießen würdet, meinst du nicht auch?«

»Was ich meine«, antwortete Colin stumpf, »ist, daß du mich gar nicht wirklich liebst. Denn sonst würdest – *könntest* – du gar nicht so voll eisiger Ruhe dastehen und mich in den Tod marschieren lassen, ohne daß mir auch nur ein Augenblick des Glücks vergönnt war!«

»Colin, du – du täuschst dich, weißt du?« flüsterte Rose Ann schwer. »Wie die meisten Männer verstehst du *überhaupt* nichts von Frauen. Im Augenblick möcht' ich dich so sehr, daß es *weh* tut.«

»Feine Art, mir das zu zeigen!« knurrte Colin.

»Colin!« sagte Rose da mit einer Stimme wie Grabsteingranit. »Willst du mich als Ehefrau – oder als deine Hure?«

»Ich«, antwortete Colin leise, ernst, fast demütig, »möchte dich einfach, Rose Ann. Egal, als was ich dich haben kann, egal, als was. Warte! Höre mich an, ehe du explodierst. Ich würde dich noch heute nacht heiraten, wenn ich es könnte.

Muß ich dich daran erinnern, warum – wessen Schuld es ist, daß es nicht möglich ist?«

Rose Ann stand da und starrte ihn an. Ihre grünen Augen nahmen sich aus wie zwei Seen der Pein und der Qual.

»Also gut«, sagte sie gequält, leise, traurig. »Ich treffe mich morgen am Tag mit dir, wo immer du auch willst. Und ich – werde dein sein. Du darfst mich nehmen, wie man so schön sagt. Aber . . .«

»Aber – was, Rose Ann?« würgte Colin heraus.

»Aber wenn du davonmarschierst und dich umbringen läßt und ich ein Kind von dir bekomme, dem du deinen Namen nicht geben kannst, weil du tot bist, verfluche ich deinen Namen und deine Erinnerungen für immer. Und dem Kind werde ich es ebenfalls beibringen.«

Colin senkte den Kopf, dann hob er ihn wieder.

»Ich – ich kann dir garantieren, daß das nicht passieren wird, Zigeuner-Rose«, murmelte er.

»Wie? Indem du den Feigling spielst?« brauste sie auf. »Dann würde ich dich verachten. Mehr noch, ich würde dir meine Tür für immer verschließen und mich für den Rest meines Lebens schämen. Oder zumindest solange ich brauchen würde, um aus deinem Sohn einen – Mann zu machen.«

Colin betrachtete sie eingehend. Er war nachdenklich.

»Du hast mich mißverstanden«, entgegnete er mit krächzender Stimme. »Ich habe durchaus vor, meine Pflicht zum Schutz meines Landes zu tun und, wenn es mir beschieden ist, auch mein Leben zu geben, um unsere hohe Zivilisation und unsere hehren Ideale zu erhalten. Also kann ich nicht garantieren, daß ich nicht fallen werde. Das kann kein Soldat. Was ich meinte, war, daß ich dafür sorgen kann, daß du – nicht schwanger wirst, bis es durchaus legal ist und ich an deiner Seite sein kann, um dich und unsere Kinder zu beschützen und für euch zu sorgen.«

»Wie?« fragte Rose ihn mit ihrer schrecklichen Direktheit.

»Das kann ich nicht erklären. Nein, das stimmt nicht, aber ich möchte es nicht, aus dem ganz einfachen Grund, daß ich gezwungen wäre – in Ermangelung anderer –, Begriffe zu benutzen, die nicht passend für die Ohren einer Dame wären. Für die Ohren – meiner *Gattin* und die Mutter meiner zukünftigen Söhne.«

»Ohhh, Colin!« Rose Ann schmolz wieder dahin und schmiegte sich in seine Arme.

Ehe er sie diesmal losließ, flüsterte er in ihre zierliche rosige Ohrmuschel: »Du triffst mich also morgen in der Stadt?«

Rose lehnte sich zurück und schaute zu den schattenhaften Umrissen seines Gesichts hoch, die sich vom Schein des fernen Gaslichts abhoben. Ihr Ton war wie das Kräuseln auf ruhigem Wasser. »Ja. Wann, Colin? Wo?«

»In Miß Emmas Teestube in der East Clay Street. Du weißt doch, wo sie ist, nicht wahr? Sie dürfte konventionell genug für jeden Geschmack sein . . .«

»Ja, sicher, aber . . .«

»Wir werden dort Tee trinken und uns von allen sehen lassen, dann spazieren wir hinaus – und verschwinden.«

»Wohin, Colin-Schatz?«

»Das sag' ich dir morgen. Jetzt bleibt uns keine Zeit mehr. Einige Leute sind aus dem Hotel gekommen, darunter dein Bruder und seine gegenwärtige Flamme, Mary Sue Hunters Point. Sag mir, Zigi-Liebling – ist die Sache ernst?«

»Hoffentlich nicht! Ich kann dieses kleine Weibsbild nicht ausstehen!« entgegnete Rose.

»Ich habe den starken Verdacht, daß du keine derartig errötenden jungen Damen ausstehen kannst, die ein Auge auf Jeff geworfen haben«, sagte Colin. »Ein besitzergreifender Stamm seid ihr, ihr McKenzies! Jedenfalls schlage ich vor, daß wir jetzt in ihre Richtung spazieren, vor allem, da dein allzusehr geliebter Schwager gerade mit trauriger Hundemiene herausgekommen ist. Wir sind uns doch einig, daß Diskretion Ehrensache ist, nicht wahr? Also komm, Liebling . . .«

»Großer Gott!« flüsterte Rose Ann. »Da kann einem ja angst und bange werden! Er sieht uns an, als wollte er uns beide in der Luft zerreißen!«

»Er wird nichts tun!« sagte Colin grimmig. »Nicht im Augenblick jedenfalls. Er hat keinen Nachttopf, in den er pinkeln ... Oh, verzeih mir, Schatz, das ist mir herausgerutscht!«

»Schon gut.« Rose Ann grinste. »Das sag' ich auch immer – und Schlimmeres.«

»Das glaub' ich dir.« Auch Colin grinste jetzt. »Aber wollen wir ehrlich sein, wenn Caleb die Hundert nicht im Griff hätte – und er macht seine Sache wirklich gut, das muß ich zugeben –, denn dein Säufer von altem Herrn ...«

»Aber Colin Claiborne!«

»Du weißt so gut wie ich, daß er das ist. Aber ich mag ihn trotzdem. Doch wie ich sagte, wenn Caleb die Hundert nicht für euch alle bewirtschaftete ... Denn bei Gott, Jeff ist wahrhaftig auch kein Pflanzer, er möchte nichts als nutzlose Maschinen erfinden, um die Arbeit zu tun, für die wir mehr als genug Nigger haben ...«

»Aber er ist wirklich gut!« warf Rose ein.

»Das weiß ich auch. Und vielleicht gibt dieser Krieg ihm genügend Gelegenheit, Nutzen aus seiner Erfindungsgabe zu ziehen. Aber um zu Caleb zurückzukommen: Die Heirat mit Gwen und die Bewirtschaftung eurer Pflanzung hat ihm finanziell die Haut gerettet. Was mir Sorge macht, ist sein Temperament. Du weißt doch, daß er zum Hauptmann unserer Kompanie gewählt wurde?«

»Nein!« hauchte Rose Ann. »Davon hat mir niemand ein Sterbenswörtchen gesagt!«

»Er ist es jedenfalls. Das macht ihn zu meinem vorgesetzten Offizier. Und so, wie er für dich empfindet, meine Liebe, glaube ich, daß ich bei jedem Befehl sehr vorsichtig sein muß, den er mir im Einsatz erteilt. Und mich vor allem vorsehen muß, daß ich ihn nicht allzuoft im Rücken habe ...«

»Cabe ist weder heimtückisch, noch feig«, sagte Rose fest. »So etwas Gemeines würde er nie tun!«

»Woher willst du wissen, wozu ein Mann unter der Belastung eines Gefechts imstande ist?« fragte Colin ernst. »Teufel, ich weiß nicht einmal, was *ich* in einer solchen Lage tun würde. Und Caleb ist ein Henry – ein Geschlecht, das nicht gerade dafür berühmt ist, Helden für die gute Sache hervorzubringen. Denk doch an seinen Vorfahren Patrick, in Erinnerung an ihn haben die Jungs Caleb wahrscheinlich zum kommandierenden Offizier gewählt.«

»Ein ziemlich entfernter Vorfahr!« rief Rose.

»So entfernt auch wieder nicht! Wenn man ihren Stammbaum genug zurückverfolgt, ist Calebs Familie zumindest im dritten Grad mit den direkten Nachkommen des berühmten Redners verwandt. Also nimm doch mal den alten Pat. Du hast seine Reden gelesen, sie stehen jetzt in jedem Schulbuch . . .«

»Natürlich: ›Cäsar hatte seinen Brutus; Karl I. seinen Cromwell; und Georg III. (›Verrat! Verrat!‹ von den hinteren Bänken) profitiert vielleicht von ihrem Beispiel. Wenn das Verrat ist, dann macht das Beste daraus!‹«

»Ja, genau das, aber noch treffender, die wahrhaft unsterbliche ›Gib mir Freiheit oder gib mir den Tod!‹-Rede. Der alte Pat war neununddreißig, als ihm dieses Juwel über die Lippen kam. Und das während eines Krieges, in dem alte Großväter mit sechzig kämpften. Und was hat er *getan*? Außer Reden zu halten, meine ich? Er hat sich so gut wie versteckt. Ganz sicher jedenfalls brachte er nie seine beredte Zunge oder seine haarige Haut in Gefahr, wenn es bedrohlich wurde. Also steckt es vielleicht gar nicht in Caleb, sich . . .«

»Einem anstürmenden Feind entgegenzuwerfen, wie die Claibornes es immer getan haben«, beendete Rose seinen Satz für ihn.

»Genau das. Nur beginne ich, mich zu fragen, ob ich den gleichen Mut wie sie aufbringen werde, wenn es auf Biegen oder Brechen geht. Daß ich jetzt *dich* zum Nachhausekommen habe, bremst meinen Ehrgeiz, ein Held zu werden, weißt du? Aber komm jetzt! Wir sollten uns nun wirklich zu den anderen gesellen, wenn wir uns nicht ins Gerede bringen wollen.« Colin nahm ihren Arm und führte sie – ein bißchen zu schnell! – zu den anderen.

Irgendwann zwischen 1793 und 1818 schrieb der große englische Mystiker William Blake folgende Zeilen:

Was wollen Männer von Frauen erlangen?
Das Mienenspiel befriedigten Verlangens.
Was wollen Frauen von Männern erlangen?
Das Mienenspiel befriedigten Verlangens.

Das mag der Grund sein, weshalb die intimen Beziehungen zwischen den Geschlechtern eine lange, im Grunde genommen nie endende Enttäuschung sind und die gewöhnlichen ein Zustand zwischen Waffenstillstand und offenem heftigem Krieg. Im Grunde seines Herzens weiß das jeder, genau wie er weiß, daß er eines Tages sterben wird. Und trotzdem läßt die Hoffnung, die erleichternde, törichte Hoffnung ihn nicht an die verdammte und verdammende Bestätigung glauben, die das Leben ihm Tag und Nacht vor Augen hält. *Er* wird nicht sterben! *Ihm* ist irgendwie die Unsterblichkeit beschieden! *Seine* Liebe wird sinnlich, leidenschaftlich, erfreulich und vollkommen sein. Doch mit der Zeit wird auch er seine eigenen Böcke schießen, und der leere Himmel, der keine Ohren hat, kann seine Gebete nicht erhören. Mit der Zeit wird auch seine Frau weinen: aus Scham, Empörung und – was am schlimmsten ist – aus Enttäuschung. Oder sie wendet sich dem Ehebruch zu und findet – manchmal – heraus, daß die süße Rache dem verräterischen Spiel einen besonderen Anreiz verleiht.

Nachdem sie die Teestube verlassen hatten, nahmen Rose Ann McKenzie und Colin Claiborne einen Mietwagen. Er wurde von einem Schwarzen gefahren, der höchstwahrscheinlich keinen von ihnen beiden kannte, und wenn doch – nicht davon sprechen würde. So kamen sie zu einem Haus, das dafür bekannt war, daß hier verschwiegene Rendezvous möglich waren. Es wurde von einer alten und erstaunlich böse aussehenden Schwarzen namens Tante Sukie geführt. Dort wurden sie zu Geliebten. In physischer Hinsicht jedenfalls. Oder zumindest glaubte Colin Claiborne das.

Warm, entspannt und befriedigt betrachtete er die liebliche nackte Nymphe an seiner Seite mit zunehmender Zärtlichkeit. Er war überzeugt, daß sie, die ihm solche exquisiten Freuden bereitet hatte, sein Leben zum siebten Himmel, zum Paradies, zur absoluten Glückseligkeit machen würde. In seiner unübertrefflichen Zufriedenheit schwor er – wie Männer es immer tun – ewige Treue. Und er würde diesen bedeutungslosen Schwur – wie Männer es immer tun – noch innerhalb eines Jahres brechen.

Während sie in der absoluten Finsternis ihres Geistes wimmerte: Ich war gar nicht hier. Nicht ich, Rose Ann McKenzie, ein wirkliches, lebendiges, echtes Mädchen. Nein, eine *Frau.* Eine Person. Was hatte Kleopatra gesagt? »Ich habe ein unsterbliches Verlangen in mir!« Aber ich war nicht hier. Nur mein Körper war es – nur ein Sack mit Eingeweiden und ohnmächtigem Blut – und so viel Verlangen, Verlangen, Verlangen, daß ich mich die ganze Nacht herumwerfen und -wälzen werde – oder mich der einsamen Sünde hingebe, die nicht einmal so gnädig ist, mich in den Wahnsinn zu treiben, wie man behauptet. Ich wollte, daß du – gut zu mir bist, Colin. Ich wollte, daß du süß und zärtlich bist und dir Zeit läßt. Statt dessen hast du dich wie ein Wilder auf mich gestürzt, hast geschnaubt, dich aufgebäumt und dich überhaupt wie ein Hengst aufgeführt! Und dann – alles vorbei. Das ganze in zwei Minuten. Nein, weniger . . .

Und das *Ding*, das du dir übergestülpt hast. Wenn ihr uns Frauen auf diese Weise davor bewahrt, Babys zu kriegen, würde ich sie lieber bekommen, selbst auf die Schande hin. So – so tot, so leblos. So – uhhh! Mein Joe-Joe war nicht so. Er ist heiß und hart und lebendig gewesen. Natürlich hat er nicht einmal so lange durchgehalten wie du. Jetzt frag' ich mich, ob das überhaupt einer von euch je tut oder kann ... Er hat nicht deine Erfahrung gehabt, doch da war er ohnehin besser dran, denn deine feine hast du dir bei stinkenden Negerinnen in der Gesindekammer geholt oder bei den schmutzigen Huren aus Arbeiterkreisen.

Du weißt ja gar nicht, was eine Frau ist, oder? Wenn dem so wäre, hätten wir wenigstens eine halbe Chance, die Nacht in Brand zu setzen, den Tag mit lodernden Flammen zu erhellen. Aber selbst dann wäre da immer noch mehr – mehr als nur Leiber, die sich winden und drehen und sich auf einem schmutzigen Bett zusammenpressen in diesem dreckigen alten Haus, das nach einer Million ungesetzlicher Vereinigungen riecht – nein, stinkt! Mehr als dieses häßliche, abstoßende Wort, das ihr Männer – ihr Tiere! – benutzt. Irgendwie gehört auch die Seele dazu, Colin. Denn ohne sie wird das Kind, das wir machen werden, seelenlos sein – ein Kaliban, ein Monstrum!

Jedenfalls hast du mich jetzt verloren. Ich liebe dich nicht mehr. Vielleicht schließt diese – Ablehnung – jeden stumpfsinnigen, gedankenlosen Mann ein. Aber das werde ich dir nicht sagen. Nicht jetzt. Es wäre zu – herzlos. Ich habe wohl *Liebe* von dir erwartet. Gewiß erwartete ich nicht, als fleischliche Puppe benutzt zu werden, die deine Männlichkeit befriedigt. Weißt du, was du *wirklich* getan hast, Colin? Du hast *mich* benutzt – meinen Körper jedenfalls –, um mit dir selbst zu spielen. Wenn es etwas Schlimmeres gibt als das, kenne ich es zumindest nicht ...

»Darling«, murmelte Colin schläfrig. »Du siehst nicht sehr glücklich aus ...«

»Bin ich auch nicht«, sagte sie trocken.

»O Gott, Rose Ann! Hab' ich was gesagt oder getan, das dich gekränkt hat? Wenn ja, tut es mir leid. Aber du weißt doch – mußt es wissen –, daß ich das nicht wollte, und ...«

Und du wolltest mich auch nicht befriedigen, nicht wahr? dachte sie verbittert. Du wolltest nicht, daß ich mich warm und sanft und glücklich fühle. Was du wolltest, hast du bekommen. Du hast dein Vergnügen gehabt und mich völlig davon ausgeschlossen ...

Sie lag da und blickte ihn an. Nein, sie studierte ihn, aufmerksam und sorgfältig, versuchte festzustellen, ob da etwas hinter diesem gutaussehenden Gesicht, dieser gutgebauten männlichen Figur war. Sie schloß traurig, daß da nichts war. Gar nichts.

»Nein, Colin, du hast mich nicht gekränkt. Mach dir deshalb keine Gedanken – es hat nichts mit dir zu tun.«

»Was ist es dann?« flüsterte er zärtlich.

»Nur eine meiner Stimmungen, nehme ich an. Komm, ziehen wir uns an und verschwinden von hier.«

3

Rose Ann McKenzie warf einen Blick auf die Soldatensokken, die sie strickte. Sie gehörten zu den Kleidungsstücken – wie auch lange warme Unterhosen und dicke Schals –, die die Frauen aus dem Süden, auf besonderen Wunsch der Konföderationsregierung, den Truppen aus Patriotismus spenden sollten, nachdem es Tag für Tag offensichtlicher geworden war, daß Bewaffnung und Bekleidung, einschließlich des Schuhzeugs, ein Problem von alptraumhaften Ausmaßen darstellten. Denn zwar konnten die Südstaaten, die ja vorwiegend Agrarland ihr eigen nannten, ihre Soldaten recht gut verpflegen, aber für alles andere fehlten ihnen Industrien. Natürlich und klugerweise hatte die Regierung Prioritäten gesetzt. Die Errichtung von Waffen- und Munitionsfabriken kam als erstes. An diesem Julitag des Jahres 1861 wurden wieder allzu viele junge Südstaatler an die Front geschickt, die jetzt ein Stück nördlich von Fredericksburg lag. Sie hatten nichts in den Händen und nur die Hoffnung, daß sie sich Gewehre vom Feind beschaffen könnten. In der gesetzgebenden Versammlung schlug ein distinguiertes Mitglied dieser hehren Körperschaft ernsthaft vor, daß die Truppen, für die es keine Waffen mehr gab, mit Piken ausgerüstet würden, die sich leicht und schnell in Schmieden herstellen ließen. Bei der Größe dieser Probleme war es kein Wunder, daß die Regierung so geringfügige Dinge wie Uniformen, Brotbeutel, Stiefel und andere verzweifelt benötigte Sachen an jegliche zivile Hilfsorganisationen abschob, die auch nur die entfernte Möglichkeit haben mochte, dergleichen zu beschaffen oder herzustellen. Das Ergebnis dieser Politik war noch nicht erkennbar, würde es jedoch bald sein: Die »Bolivar Ward«, wie die Südstaatensoldaten sich selbst nannten, und »Johnny Rebs« – »Reb« für Rebell –, den Spitznamen, den die Yankees sich für sie ausgedacht hatten, würden barfuß und mit nacktem Hinterteil das Ende des Krieges erleben.

Rose blickte verstohlen auf ihre Schwester Gwen, die mit ihr in der Stube saß und eifrig strickte. Unleugbar schneller und besser als sie. Gwen war gut in allen traditionellen Frauenarbeiten. Sie war eine fast perfekte Hausfrau, die das Haus so makellos sauber hielt, wie sein arg heruntergekommener Zustand und die aufreizende Schlampigkeit der beiden Sklavinnen es zuließen, die unter ihrem Kommando standen.

Außerdem ist sie süß und sanft und ein richtiger Engel – meistens jedenfalls, dachte Rose Ann gequält. Sie läßt nur dann ein bißchen Schwefeldampf ab, wenn Cabe oder ich, oder wir beide, sie wütend machen. Und schön ist sie obendrein noch. Während ich . . .

Sie starrte zu der Stuckdecke hinauf, die fleckig und modrig vom Wasser war, das bei jedem Regen durch ein fast zum Sieb gewordenes Dach sickerte. Dann blinzelte sie, um den Tränenschleier aufzulösen, der sich plötzlich vor ihren Augen geschlossen hatte.

Gwen streckte die Hand aus und legte sie kurz und sanft auf Roses Arm.

»Er wird schon durchkommen«, sagte sie tröstend. »Die Clairbornes verstehen es, auf sich aufzupassen. Er wird ruhmbedeckt mit jedem Orden zurückkommen, den die Regierung zu vergeben hat. Dann, nachdem du dein kleines, rechtliches Problem gelöst hast oder Zeit und Krieg es für dich gelöst haben . . .«

»Du meinst, daß Giuseppe sich freiwillig gemeldet hat und fallen könnte?« fragte Rose Ann. »Schon möglich. Tapfer genug dazu ist er. Nur ist er noch zu jung. Außerdem möchte ich nicht auf diese Weise frei werden. Ich möchte, daß er lebt. Und eine andere findet. Und – glücklich ist. Sehr glücklich. Das verdient er. Er ist ein sehr, sehr netter Junge, weißt du.«

»Manchmal frage ich mich, ob du deine Heirat mit ihm überhaupt annulliert haben *möchtest*«, sagte Gwen und hob die Brauen. »Aber selbst wenn nicht, kannst du nicht viel dagegen tun, nicht wahr? Befriedige wenigstens meine Neugier in einem Punkt: Möchtest du *wirklich*, daß deine unüberlegte Ehe mit dem jungen Lucarelli für ungültig erklärt wird?«

»Ja«, antwortete Rose Ann traurig. »Wirklich. Aber bloß, weil wir – eben nicht zueinander passen, nicht, weil ich ihn nicht mag.«

»Und Colins Antrag – den er, wie Jeff mir erzählt hat, wiederholte, nachdem er über den ersten Schock deines ziemlich umwerfenden Geständnisses hinweggekommen ist.« Gwen versuchte, nicht ganz erfolgreich freilich, eine gewisse Schärfe zu unterdrücken.

»Das hat nichts damit zu tun?«

»Gar nichts«, entgegnete Rose dumpf. Sie ließ die Stricknadeln und die halbe – und etwas formlose – Socke in den Schoß fallen, hob die Linke und spreizte die schlanken Finger. »Siehst du? Ich trage seinen Ring nicht. Ich habe vor, ihn ihm zurückzugeben, sobald er heimkommt.«

»Großer Gott, Rose Ann, warum?« fragte Gwen keuchend.

»Ich liebe ihn nicht mehr. Frag mich nicht, weshalb. Ich weiß es nicht und – nein, das ist nicht wahr. Nur kann ich es weder dir noch sonst jemandem sagen . . .«

»Du meinst – da ist ein anderer? Mein Caleb beispielsweise?«

»Nein. Es gibt keinen anderen, und dein geliebter Gatte ist es gewiß nicht! Mir ist ganz einfach jetzt nicht mehr nach Heiraten zumute. Oder überhaupt je. Schau dir doch diese verdammten Socken an! Sie sind entsetzlich, genau wie jegliche andere frauliche Verrichtung, an der ich mich versuche. Ich kann nicht kochen, ich kann nicht einmal einen Saum nähen und sticken schon gar nicht. Und bei jeder Art von Hausarbeit möchte ich hinausbrüllen! Wenn sie es zuließen, würde ich am liebsten in die Armee eintreten. Am liebsten in die Kavallerie, weil ich – verdammt noch mal – zu faul bin, zu Fuß zu gehen. Aber ich kann reiten wie ein Mann und schießen, sogar noch besser als die meisten. Kannst du dir *mich* mit einer Schar rotznasiger Bälger vorstellen, die alle gleichzeitig heulen und sich in die Hosen machen und . . .«

»Rose Ann«, sagte Gwen sanft. »Es ist das monatliche Unwohlsein, nicht wahr?«

»Ja.« Rose seufzte. »Aber du darfst mir glauben, das hat nichts damit zu tun. Ich krieg' keine Krämpfe und werd' nicht ekelhaft wie viele Frauen, Gwennie-Liebes. Es ist etwas anderes. Vor kurzem sah ich mich gezwungen, mich richtig und eingehend mit mir zu beschäftigen – und es hat mir gar nicht gefallen, was ich da herausgefunden habe. Ich glaube, das einzige, wozu ich tauge, wäre, mich von einem wirklich reichen Mann aushalten zu lassen oder Hure zu werden, natürlich eine gehobene, teure. Aber eine süße, liebende Ehefrau wie du, Schatz – nein, nie!«

»Rose Ann«, sagte Gwen streng, »hör auf, so zu reden! Hör sofort auf!«

»Na gut. Ich wollte dich nicht beleidigen, Schwesterherz. Sag, hast du seit seinem Einsatz schon etwas von Cabe gehört?«

»Nein. Genausowenig wie du von Colin. Sie sind in derselben Kompanie, wie du weißt. Also müßten Briefe von ihnen so gut wie gleichzeitig ankommen. Das heißt, wenn sie sich die Mühe machten zu schreiben. Das tun sie wahrscheinlich nicht. Sie sind zu sehr damit beschäftigt, Soldat zu spielen wie die kleinen Jungen, die sie im Grund genommen immer noch sind.«

»Gwen«, sagte Rose Ann leise. »Was würdest du tun, wenn – wenn Caleb fallen würde? Ihr zwei kommt doch gar nicht so besonders gut miteinander aus. Und Kinder habt ihr auch keine . . .«

»Ich weiß nicht. Ich weiß es wirklich nicht, Rose Ann. Ich würde ein Jahr lang Schwarz tragen, denn schließlich *mag* ich Caleb ja. Er ist nicht der schlimmste aller Ehemänner, weißt du? Sagen wir, er ist durchaus annehmbar, im Vergleich zu anderen verheirateten Männern hier. Du meinst, ob ich wieder heiraten würde? Vielleicht. Nach angemessener Zeit. Wenn der richtige Mann ebenfalls frei wäre und mir einen Heiratsantrag machte. Wer weiß?«

»*Dein* richtiger Mann wird frei sein«, sagte Rose Ann grimmig. »Dafür werde ich sorgen!«

Gwen starrte ihre Schwester an. Für den aufmerksamen Blick des leicht spöttischen Hexleins, das Rose Ann nun einmal war, wurden die klaren blauen Augen ein Schlachtfeld, auf dem – fast erkennbar – die himmlischen Heerscharen gegen die Truppen des Höllenfürsten kämpften. Die Engel siegten.

»Rose«, sagte Gwen ruhig, doch die Intensität ihrer Gefühle schwang aus ihrer Stimme, »das kannst du Colin nicht antun. Das darfst du einfach nicht! Ich könnte mir auch gar nicht vorstellen, daß eine Frau einem Mann etwas so unsagbar Gemeines antun könnte. Denn abscheulich und gemein wäre es, wenn sie seinen Antrag annimmt und ihn in dem Glauben in einen Krieg ziehen läßt, in dem er sich dem Tod in zahllosen entsetzlichen Formen stellen muß, daß er zu *ihr* nach Hause kommen kann. Abscheulich ist dafür nicht einmal stark genug!«

Rose Ann starrte auf ihr Strickzeug, das eine Socke werden sollte. Als sie wieder aufschaute, waren ihre Augen wie verschleierte Smaragde.

»Ich weiß, daß ich es nicht tun kann«, wimmerte sie. »Ich

bringe es nicht fertig. Also werde ich sein Leben und meines aufgrund einer Ehre ruinieren, die ich bereits verloren habe. Und alles nur, weil ich einfach nicht tapfer genug bin, um so grausam zu sein, wie ich es sein sollte. O Gwen! Siehst du denn nicht ein, daß sich im Laufe der Zeit herausstellen würde, daß diese Grausamkeit eine Gnade gewesen wäre?«

»Nein«, flüsterte Gwen. »Das seh' ich nicht ein! Vor allem nicht, wenn du dir vor Gott gelobst, ihn nie merken zu lassen, welche Zweifel du auch immer haben magst. Eine Täuschung? Natürlich. Aber – eine edle. Du wirst dein Versprechen halten, das du dem lieben, lieben Jungen gegeben hast, nicht wahr? Gibst du mir dein Wort darauf?«

»Ich – ich verspreche es«, wisperte Rose. »Aber – o Gott, Gwen, wie sehr ich mir wünschte, ich müßte es nicht!«

Zwei Tage nach diesem romantischen Gedankenaustausch der beiden Schwestern fand die erste wirkliche Schlacht des Bürgerkriegs statt, und zwar in der Nähe einer Ortschaft, die Manassas Junction hieß, weil dort zwei Eisenbahnlinien zusammenkamen. Sie tobte entlang eines Baches, etwa drei Kilometer östlich davon, der den etwas grandiosen Namen Bull Run River trug. Deshalb hat dieses schockierende Gefecht, das zu den am schlechtesten geführten und gekämpften Schlachten in der nordamerikanischen Geschichte gehört, zwei Namen. Der Norden nennt es »die erste Schlacht von Bull Run«, und der Süden »First Manassas«!

Der Süden gewann die Schlacht aus einem exzellenten Grund und zwei Dutzend verrückten Gründen. Der exzellente war, daß die Befehlshaber der Konföderierten ein System eingeführt hatten, mit dessen Hilfe sie sich untereinander durch Flaggensignale von hochgelegenen Punkten aus verständigen konnten. Sie versuchten es zum erstenmal bei Manassas Junction/Bull Run River, und es funktionierte großartig. Die verrückten Gründe sind ebenfalls einer Betrachtung wert. Der erste von ihnen war die Hitze. Es war so verdammt heiß, daß die grünen Yankeetruppen fast ohne Munition auf dem Schlachtfeld ankamen. Die meisten von ihnen hatten sich ihrer Patronengürtel entledigt und sie achtlos an den Wegrand geworfen, weil sie in der Hitze an den Hüften scheuerten. Die »New Yorker 69er«, »die kämpfenden Iren«, machten sich oben frei und kämpften die ganze Schlacht mit nacktem Oberkörper – oder »oben ohne«, wie ihre Nachfahren es vermutlich nennen würden. Das hatte sein Gutes, denn obwohl die glühende Hitze ein Vorteil für »Bolivar Ward«, alias »Johnny Reb« gegenüber »Billy Yank« oder »Bluebelly« war, da die Jungs aus dem Süden sie gewöhnt waren und die aus dem Norden nicht, konnten die 69er durch ihre nackten Oberkörper ihre eigenen Leute vom Gegner unterscheiden und brachten einander so wenigstens nicht gegenseitig um. Denn bei Manassas/Bull Run trugen die »Damnyankees« zum Teil Grau und die Rebellen zum Teil Blau. Wenn es nicht so blutig ernst gewesen wäre, hätte dieses Durcheinander leicht komisch wirken können. Die New Yorker »Feuerzuaven« hatten prächtige rote Feze auf dem Kopf und trugen Boleros und Pluderhosen nach türkischer Art. Die »Garibaldigardisten« hatten Hüte, die an einer Seite hochgeschlagen waren und von denen Hahnenfedern wippten. Die »New Yorker 69er« fielen mit ihren Schottenröcken auf. Das war alles recht komisch, bis Griffins und Ricketts Batterien von einem Regiment Fußsoldaten überlaufen und niedergemacht wurden, weil sie nicht gewagt hatten, auf die Männer zu schießen, von denen sich schließlich herausstellte, daß es Konföderierte waren.

Dann die unfaßbaren Gründe: Einmal war die gesamte Linke der Konföderation unter Evans und Bartov überrannt und so gut wie niedergemacht worden. Die Panik war so weit gegangen, daß die Soldaten ihre eigenen Offiziere niederschlugen, ja sogar mit den Bajonetten auf sie einstachen, als die sie am Rückzug zum alten Henry-Haus hindern wollten. Da hatte der Rebellengeneral Bernard Bee sich in den Steigbügeln aufgestellt, den Säbel gehoben und genau wie in einem heutigen Hollywood-Schinken gerufen: »Seht euch Jackson an! Er steht fest wie eine Felswand! Sammelt euch hinter den Virginiern, Jungs!« Woraufhin ihn ein Yankee-Scharfschütze aus dem Sattel geworfen hatte und er im Staub unter den Hufen seines Pferdes verblutet war.

Weiter unfaßbar: Warum stand Thomas J. (nach diesem idiotischen und/oder ruhmvollen Augenblick »Felswand« genannt) Jackson in diesem seltsamen und unvergeßlichen Augenblick wie eine Felswand? Sehr wahrscheinlich war er, als der religiöse Fanatiker, der er war, in eine seiner dem Beten geweihten Trancen versunken, die ihn so oft vor, während und nach einer Schlacht befielen. Zu solchen Zeiten war er sich seiner Umgebung nicht bewußt und »redete wild und verrückt«, wie ein zeitgenössischer Zeuge es formulierte. Beeilen wir uns, ihm zuzugestehen, daß er auch ein erstklassiger Kämpfer war, nachdem er sich durch Gebet und Meditation in Kampfstimmung gebracht hatte. Nur brauchte er dazu gewöhnlich so lange, daß in späteren Schlachten Tausende von Bolivar Wards niedergemetzelt worden waren, ehe der Herr »Felswand« endlich dazu gebracht wurde, weiterzumachen. Doch diese Rebs wußten das nicht. Sie nahmen den Kampf wieder auf und jagten die Damnyankees samt den Kutschen voll Kongreßabgeordneter mit ihren aufgeputzten Damen, die die Vorhut bildeten, bis über den Potomac.

Ebenfalls unfaßbar: Hiram Ulysses (alias Ulysses Simpson) Grant war irgendwo weit im Westen und vermutlich betrunken. Und William Tecumseh Sherman, der *da war*, war am Anfang dieser verpfuschten Geschichte damit beschäftigt, die Kongreßabgeordneten, die von Washington gekommen waren, um beim »glorreichen Sieg unserer Truppen!« dabeizusein, daran zu hindern – betrunkener als Grant je war oder sein würde – innerhalb der Linien herumzuirren und seinen Leuten im Weg zu stehen. So konnte er nicht wirklich eingreifen.

Also gewannen die Rebellen die Schlacht von Wie-immer-Sie-sie-nennen-Wollen. Das einzige Problem war die Tatsache, daß sie sich nun einbildeten, sie hätten den Krieg gewonnen.

Selbst Dave McKenzie, der es wirklich besser wußte und seine überzeugte Einschätzung der Lage ehrlich zugegeben hatte, ließ sich von der allgemeinen Begeisterung mitreißen. Er stürmte in die Stube, wo seine beiden Töchter saßen, und schwenkte eine Ausgabe der Richmond *Whig* vor ihren niedlichen, offensichtlich herrschaftlichen Stupsnäschen herum, Gwen und Rose Ann saßen wie üblich da und strickten am laufenden Band Socken, Schals und Unterhosen für die konföderierte Armee, obgleich zugegeben werden muß, daß Zigeuner-Roses eher einer Geheimwaffe der Yankees glichen denn etwas anderem.

»Hört euch das an, meine Zuckerpfläumchen!« krähte er und las laut mit whiskyträchtiger Brummstimme vor: »›Wir sind mit den stutzköpfigen Angebern zusammengestoßen und haben ihnen die wohlverdienten Prügel verpaßt! Aber was hätte man sonst schon bei einem Streit zwischen Kampfhahn und Misthaufen erwarten können?‹ Wenn das nicht treffend ist! Was sagt ihr, meine Lieblinge?«

Rose Ann starrte ihren Vater an. Sie hatte inzwischen fast ein Stadium der Versteinerung erreicht, bei all dieser Strickerei und angesichts ihrer felsenfesten Überzeugung, daß – was immer auch die Moral war – einen Mann zu heiraten, dessen Fähigkeiten als Liebhaber kaum einen Grad unterster Ansprüche erreichte, entweder die höchste oder niedrigste Grenze der Dummheit war; und das trug nicht gerade zur Erhebung ihrer Stimmung bei.

»Pa«, sie dehnte ihre Worte, »das ist der größte Blödsinn, den ich je gehört habe!«

»Warum – Rose!« donnerte McKenzie.

»Das weißt du selbst sehr gut, Pa«, antwortete Rose. »Haben unsere Jungs Washington eingenommen?«

»Nein, aber nur, weil Präsident Davis befahl, daß sie es nicht tun sollen«, grollte ihr Vater.

»Selbst wenn es ihnen geglückt wäre, hätten sie damit nicht viel erreicht. Der olle Abe hätte seine Regierung nach Philadelphia verlegt oder nach New York oder gar Boston und sich dort bereit gemacht, jetzt richtig zuzuschlagen. Pa, du süßes altes Dummchen – erinnerst du dich, was du mir von deiner Bärenjagd als junger Bursche in Kentucky erzählt hast? Sag mir eins: Was passiert, wenn man auf einen Bären schießt und ihn nicht mit dem ersten Schuß töten kann?«

»Dann ist man in ordentlichen Schwierigkeiten, Rose-Schätzchen«, antwortete Dave nachdenklich. »Würdest du deinem alten Pa erklären, worauf du hinauswillst?«

»Genau das: Wir haben jetzt einen verwundeten Bären gegen uns, den gefährlichsten und hartnäckigsten Kämpfer, den es gibt. Und was die Sache noch schlimmer macht: Er ist in seinem Stolz verletzt. Noch eine Frage, Pa: Haben wir General McDowells gesamte Armee ausgelöscht? Oder an die fünfzigtausend Gefangene gemacht?«

»Nein«, brummte Dave nun etwas verunsichert.

»Dann können wir uns auf etwas gefaßt machen.« Rose Ann seufzte. »Ich freue mich, daß wir die Schlacht gewonnen haben, aber das bringt uns nicht viel. Nicht die erste Schlacht zählt, sondern die letzte.«

»Halt endlich den Mund!« sagte Gwen unerwartet scharf.

»Vater, ich habe eine Frage: Wurden irgendwelche unserer Jungs – verwundet? Oder – getötet?«

»Ja«, antwortete Dave McKenzie düster. »Und eine verdammt große Menge noch dazu. Anfangs soll es einen harten Kampf gegeben haben. Es geht auch ein häßliches Gerücht um, daß einige unserer Truppen in Panik gerieten und rannten, bis General Bee und Brigadier General Jackson sie wieder zur Besinnung und zum Kämpfen brachten – genau vor dem Haus übrigens, in dem Cabes Großtante wohnt. Den armen Bee hat es dort erwischt. Aber Jackson ließ sich nicht unterkriegen, und dann kamen auch noch Joe Johnson und Beauregard, und danach Jubal Early und Kirby Smith. Das wurde den Yankees doch zuviel, vor allem, nachdem Major Jeb Stuart – Jeb, das sind seine Initialen, nicht sein Vorname – die Zuaven von den Yankee-Kanonen verjagte und unsere 33er Virginier herbeifegten und beide Batterien aufrieben. Ich sage euch . . .«

»Vater . . .«, Gwens Stimme war so leise, daß man sie kaum verstehen konnte. ». . . wurde – Colin – verwundet? Oder – oder gar getötet?«

»Oder«, warf Rose Ann salbungsvoll ein, »unser Liebling Caleb, den sein eigenes, immer liebendes Frauchen völlig vergessen hat.«

»O Gott!« sagte Gwen gereizt. »Du weißt doch genau, daß das nicht so ist, Rose Ann. Es ist bloß, daß ich . . .«

»Daß du Prioritäten setzt oder vielleicht einem den Vorzug gibst«, sagte Rose Ann in schnurrendem Ton. »Sag schon, Pa: Sind Cabe und Colin unter den Gefallenen?«

»Keine Ahnung. Ich hab' Jeff geschickt. Er soll herausfinden, was er kann. Denn seine hübsche Uniform öffnet Türen, die für einen müden alten Exsoldaten wie mich verschlossen bleiben. Er hat versprochen, abends vorbeizukommen und uns Bescheid zu geben – falls er etwas erfahren hat. Es herrscht noch ein ziemliches Durcheinander in der Stadt, wißt ihr . . .«

»Jeff!« rief Rose Ann. »Was macht er in Richmond, Pa? Er ist doch ganz unten im Marinestützpunkt bei Norfolk stationiert, oder etwa nicht?«

»Das ist er allerdings«, entgegnete McKenzie stolz. »Aber sie haben ihn und einen anderen feschen Burschen namens Brook – Leutnant John M. Brook – in geheimer Mission heraufgeschickt. Er wollte nicht einmal seinem armen alten Pa verraten, worum es geht. Aber ich habe es aus ihm herausgelockt, nachdem ich den beiden mein Ehrenwort gegeben habe, daß ich es keiner Menschenseele weitererzählen würde . . .«

»Dieses Ehrenwort wirst du jetzt brechen«, sagte Rose Ann freudig erregt, »und *uns* erzählen, worum es geht.«

»Ich weiß nicht . . .«, Dave zögerte.

»Vater«, sagte Gwen eisig, »wenn du dein Wort gegeben

hast, sollst du es auch nicht brechen. Wir müssen es nicht unbedingt wissen.«

»*Du* vielleicht nicht, aber *ich* schon!« protestierte Rose Ann. »Komm schon, Pa, du alter Schmeichler, erzähl deinem kleinen Babymädchen!« Sie warf sich an ihn, küßte ihn, kitzelte ihn an den Rippen, zog an seinen Ohrläppchen, zerzauste sein Haar und bearbeitete ihn, wie immer seit ihrer frühesten Kindheit, wenn sie etwas von ihm wollte.

Und wie immer wurde Dave McKenzie innerhalb von zwei Minuten zu Wachs unter Roses Händen.

»Nun – ah –, es kann ja nicht schaden, wenn ich in meinen eigenen vier Wänden davon spreche«, sagte er grinsend.

»Schon gar nicht, weil das, was die beiden jungen Idioten tun wollen, sowieso nicht möglich ist.«

»Was *wollen* sie denn tun, Papilein?« schmeichelte Rose Ann.

»Eine Dampffregatte ganz aus Eisen bauen. Hatten ein Schreiben vom Marineminister Mallory, das ihnen gestattet, siebenhundert *Tonnen* Roheisen und Eisenblech von den Tredegar-Werken hier in Richmond zu bestellen. Aber es weiß doch jeder, daß Eisen nicht schwimmt, und ein Schiff aus Eisen kann sich nur in einer Richtung bewegen – nach *unten*. Das hab' ich diesen jungen Narren gesagt, aber sie haben mir auf einen ganzen Stoß Bibeln geschworen, daß sie herausgefunden haben, *wie* man es zum Schwimmen bringen kann. Und mehr noch, sie wollen die Seiten und Decks und Kabinen ihrer Fregatte panzern – haben sie miteinander entworfen und Minister Mallory ein maßstabgetreues Modell gezeigt, das funktioniert, wie sie *behaupten*, mit einer Panzerung so dick, daß die schwersten Kanonenkugeln der föderalistischen Marine wie Erdnüsse daran abprallen werden. Diese jungen Hüpfer sind verückt! Der Krieg hat sich ihnen auf den Kopf geschlagen und ihnen den Verstand verwirrt!«

»Pa!« sagte Rose ernst, »wenn Jeffie sagt, daß er etwas tun kann, dann *kann* er es auch! Er ist keiner, der lügt oder übertreibt. Und wenn er es schafft, dann ist's aus mit der Blokkade! Überleg doch bloß! Dann kann ich wieder hübsche Nadeln und Spitze kaufen, die schon so rar werden wie Hühnerzähne . . .«

Gwen konnte nur den Kopf schütteln.

»Unter diesem Himmel stehst du an der Spitze aller hohlköpfigen, leichtsinnigen und frivolen Hennen, Rose Ann!« erklärte sie verärgert. »Dein Verlobter ist vielleicht schwer verwundet oder gar tot, und du denkst an Haarnadeln und Spitze! Ich weiß wirklich nicht was ich von dir halten soll!«

»Versuch es gar nicht erst«, spottete Rose Ann in perfekter Imitation des New-England-Dialekts. »Es könnte dein geistiges Fassungsvermögen über Gebühr strapazieren, altes Mädchen. Falls Colin verwundet oder gar getötet wurde – was Gott verhüten möge –, würde es mir leid tun. Aber ich werde mich nicht in ein Witwengewand zwängen oder an gebrochenem Herzen sterben, das darfst du mir glauben. Wie ich dir schon sagte, liebe ich ihn nicht, und zu einem solchen Maß der Heuchelei wäre ich nicht imstande. Deshalb überlasse ich das Weinen dir, meine teure Schwester, obgleich ich möglicherweise ein paar Tränen mit dir weinen werde, wenn – und wieder kann ich nur sagen: Gott verhüte es – Cabe etwas zustoßen würde.«

Dave McKenzie starrte seine Jüngste verwirrt an.

»Rose-Baby«, sagte er verblüfften Tons. »Warum hast du wie eine Ausländerin geredet? So la-di-da mit all diesen vornehmen Worten? Ich schwör' bei Gott, ich hab' nicht verstanden, was du gesagt hast!«

»Nicht wie eine Ausländerin, Pa – wie ein verfluchtes Yankeeweib.« Rose Ann lachte. »Und ich wollte bloß Gwen ärgern, die so entsetzlich lieb und süß sein kann, daß ich ihr manchmal am liebsten den Schädel einschlagen würde. Gwennie-Liebes, verzeih mir. Ich bin nicht verliebt, aber ich war es auch einmal, drum weiß ich, wie das ist. Also werd' ich so viele Gebete sagen, wie du nur möchtest, daß Colin gesund zurückkommt. Aber ich werde nicht beten, daß Caleb *nicht* heimkommt. Denn das wäre ... Was war das Wort, das du benutzt hast? Ah ja, abscheulich. Das wäre es wirklich, Liebes. Nein, unerhört. Oder sogar entsetzlich. Siehst du, was ich für ein feines Bostoner Vokabular habe?«

Gwen starrte sie mit großen Augen an.

»Nein«, flüsterte sie schließlich, und ihre Stimme war von kratzender Heiserkeit. »Du bist nicht – frivol, Rose Ann. Du bist – widerlich!«

Dann drehte sie sich um und verließ mit aller Würde, die sie aufbringen konnte, das Zimmer.

»Sie leben beide«, sagte Jeff McKenzie. »Aber, es tut mir leid, Gwen, daß ich es sagen muß, denn Caleb ist ein bißchen mitgenommen. Er hat am rechten Oberarm einen Säbelhieb abgekriegt, und nun ist der Arm leicht gelähmt, aber die Knochenflicker der Armee sind sicher, daß sich das bald gibt. Nur glaubt er es ihnen nicht und ist in verzweifelter Stimmung. Sieht so aus, als hätte er auf dem Schlachtfeld Ruhm eingeheimst. Er bekam eine schriftliche Auszeichnung von Brigadegeneral Thomas Jackson von der Armee von Virginia höchstpersönlich. Und da General Jackson der hervorragende Held des Tages war – die Zeitungen nennen ihn ›Felswand-Jackson‹ wegen seiner unerschütterlichen Haltung vor dem alten Henry-Haus –, bedeutet eine Auszeichnung von ihm eine ganze Menge. Nur konnte General Jackson sie nicht selber unterzeichnen, weil er einen Schuß durch die rechte Hand abgekriegt hat, da hat er seinem Adjutanten befohlen, es zu tun. Sofort hat unser Cabe, der wie ein abgestochenes Schwein geblutet hat und kaum noch bei Bewußtsein dastand, gekrächzt: ›Sir, es wäre eine große Ehre, wenn Sie die Auszeichnung zurückbehalten würden, bis Sie sie selbst unterschreiben können. Denn mit *Ihrer* Unterschrift ist es eine Urkunde, auf die selbst meine Ururenkel noch stolz sein werden!‹ Man erzählt, daß der General die Versetzung Cabes in seine Einheit veranlassen wird. Man hat gehört, wie er gesagt hat, als Cabe weggetragen wurde: ›*Das* ist der Schlag von jungen Offizieren, die ich in meinem Stab brauche . . .‹«

»Und – Colin?« wisperte Gwen.

Rose Ann starrte sie an. Sie erkannte sofort, daß Gwen diese Frage einfach nicht hatte zurückhalten können. Die Sehnsucht und das Verlangen und die unendliche Qual in der Stimme ihrer Schwester waren Eissplitter, glühende Kohlen, die Vibrationen einer in der Erinnerung hochgehaltenen Zärtlichkeit, Glocken im Sturm, Tod und Hölle, ein Fanal.

Während sie das bleiche, schöne Gesicht ihrer Schwester studierte, erinnerte sich Rose seltsamerweise plötzlich an die Maschine, die der alte Professor Upjohn ihrer Klasse in Boston erklärt hatte. Die alten griechischen Dramatiker hatten, wie der Professor erläuterte, ein verrücktes Gerät aus Rollen und Seilen benutzt, um eine der olympischen Gottheiten auf die Bühne hinunterzulassen, wenn sie selbst nicht mehr wußten, wie sie ihre erfundenen Helden aus dem heraufbeschworenen Schlamassel wieder herausbekommen sollten, in das sie sie hineingetrieben hatten. Also holten sie sich einen netten alten weißbärtigen Gott herunter, damit er ein Wunder bewirke und alles wieder in Ordnung bringe. So einen Gott brauchte Gwen jetzt, um ihr Leben wieder in sichere Bahnen zu lenken.

Mir geht es nicht wie dir, Liebes, dachte sie plötzlich, während ihr Herz voller Mitleid langsam im Rhythmus eines Trauermarsches schlug. Ich würde dir Colin auf einem silbernen Tablett servieren, wenn ich es könnte. Aber was ist mit – Caleb? Er ist ein schrecklich netter Junge, weißt du? Nein – er ist jetzt mehr als das. Er ist ein Held – und ein Mann. Während Colin . . .?

»Colin«, sagte Jeff, »ist drüben in Fairdale. Nein, er hat nicht einmal einen Kratzer abgekriegt. Sie haben ihm zwei Wochen Urlaub gegeben, damit – nun, damit er sich – ah – erholen kann . . .«

Rose blickte ihren Bruder an. Sie fragte ihn sehr, sehr leise. »Aber wenn er nicht verwundet ist, warum – um alles in der

Welt – haben sie das getan? Sicher, die Clairbornes sind reich und einflußreich, aber die Armee läßt sich doch nicht bestechen.«

»Tut sie auch nicht«, brummte Jeff mürrisch. »Nur – es gibt auch noch andere Arten von Verwundungen, Zigi. Ich wiederhole: Colin hat keinen Kratzer abbekommen, aber seelisch hat es ihn arg erwischt. Er war ein bißchen nah bei einer Detonation, da hat sein Gehör gelitten. Im Augenblick ist er völlig taub – und da sind eben noch seine Nerven. Darum hat er dich noch nicht besucht, Schwester. Die Ärzte sagen, daß es sich in sieben bis zehn Tagen wieder legt. Schock nennen sie es. Sie haben mir erzählt, daß es nach jeder Schlacht Dutzende von solchen Fällen gibt – gewöhnlich unter den Übersensiblen . . .« Seine Stimme war allmählich immer leiser geworden und verstummte nun ganz.

Aber Rose Ann war unerbittlich, eine Tigerin mit sicherem Jagdinstinkt.

»Was du mir da sagst, Jeffie-Schatz«, murmelte sie betont müde, »ist eine nette und höfliche Definition von – Feigheit, nicht wahr?«

»O Gott!« knirschte Gwendolyn McKenzie. »Wie kannst du nur – wie kannst du es nur wagen? – so etwas zu denken, geschweige denn zu sagen?«

»Ich muß es denken und sagen ebenfalls, denn schließlich habe ich mit Colin zu tun, Gwennie-Liebling, nicht du.« Rose Ann seufzte. »Das ist eine Tatsache, die du in letzter Zeit immer häufiger vergißt. Ich soll – oder sollte – ihn eines schönen Tages heiraten. Ihn zum Vater meiner Kinder machen, nach denen ich mich wirklich sehne. Und gerade hier, mein liebes Schwesterherz, laufe ich gegen ein ziemlich wirres Dickicht gegensätzlicher – sagen wir, Verantwortungen. Ich werde meinem Gatten geloben, ihm eine gute, liebende und treue Frau zu sein sowie die Herrin und Hüterin seines Zuhauses und die Mutter seiner Kinder. Doch gerade da kommt der Konflikt, wie ich es sehe. Diese

Kinder werden meine genauso wie seine sein. Also habe ich auch eine große, sehr große Verantwortung ihnen gegenüber. Ich muß sie nicht nur Rechtschaffenheit und Gottesfurcht lehren, sondern ihnen auch beibringen, richtige Männer und Frauen zu *sein.* Damit das möglich ist, muß ich ihnen etwas in die Wiege mitgeben – das Ergebnis eines gesunden Körpers und eines intelligenten Geistes. Aber auch Mumm im Leib und Standhaftigkeit, alles, was dazu gehört, sich vor niemandem zu beugen, außer vor Gott dem Allmächtigen. Nun, wir McKenzies haben all das immer gehabt und noch mehr. Aber es gehören zwei dazu, ein Baby zu machen. Also glaube ich nicht, daß es von einem zukünftigen Vater zuviel verlangt ist, daß er wenigstens ein Mann ist.«

Das Schweigen, das nach ihren Worten einsetzte, war greifbar, schwer und lastete drückend auf ihnen. Geoffrey McKenzie brach es.

»Ich muß dir beipflichten, Zigi«, sagte er leise. »Das ist zweifellos dein Recht als Frau. Weißt du was: Ich hole dich und Gwen morgen ab und fahre euch in die Stadt zum Militärhospital, damit ihr Cabe besuchen könnt. Mary Sues Leute überlassen mir für das Wochenende ihren Landauer, damit wir ein bißchen was unternehmen können. Ich muß ja schon am Montag wieder nach Norfolk zurück. Also kann ich euch und Pa, wenn er möchte, nach Richmond bringen. Na, was meint ihr dazu?«

»Fein«, antwortete Gwen tonlos.

»Mit mir brauchst du nicht rechnen«, fauchte Rose Ann. »Ich würde nicht von hier bis zum Fluß mit dieser affektierten Pute Mary Sue Hunter fahren, denn wenn, würde ich nur in Versuchung kommen, sie hineinzustoßen.«

»Zigi«, sagte Jeff betrübt, »du sprichst von deiner zukünftigen Schwägerin, weißt du?«

»O Gott!« wimmerte Rose. »Jeff, du hast doch nicht! Du kannst doch nicht . . .«

»*Was* habe oder kann ich nicht, Zigeuner-Rose?« fragte Jeff mit leichtem Spott.

»Um so ein – *Ding* wie Mary Sue Hunter anhalten!« wütete Rose nun.

»Ein ganz entzückendes kleines Ding für meinen Geschmack.« Jeff grinste. »Komm herunter von deinem hohen Roß, Zigi. Ich könnte die Venus von Milo heimbringen, und sie würde dir nicht gefallen. Du bist eben eine eifersüchtige, besitzgierige, rothaarige, sommersprossige McKenzie, wie es sie schlimmer nicht geben könnte. Also was ist? Kommst du morgen mit?«

»Nein«, entgegnete Rose verdrossen.

Jeff packte sie nicht gerade sanft am Ellbogen und zog sie in die Diele. Über die Schulter rief er: »Ich werde erst einmal ein Wörtchen unter vier Augen mit dieser Tigerin reden, ehe ich meine Reitpeitsche hole. Bin gleich wieder zurück, Gwen.«

»Du mußt mitkommen«, flüsterte er. »Caleb schwört, daß er dir etwas Wichtiges zu sagen hat . . .«

»Wo ich ihn treffen soll? An einem netten verschwiegenen Ort, wohin ich ohne mein Spitzenhöschen kommen soll?« fragte Rose Ann verbittert.

»Gott, er ist ja wirklich ein abgefeimter Sünder«, Jeff lachte, »aber diesmal hat er tatsächlich keine ehrenrührigen Absichten, Zigi. Was immer ihm Sorgen macht, muß ziemlich schwerwiegend sein. Ich vermute, es hat etwas mit Colin und der Detonation zu tun. Aber Caleb will mir kein Sterbenswörtchen darüber verraten. Er sagte, ›wenn Rose will, kann sie ja mit dir darüber reden, sobald ich es ihr erzählt habe, denn es ist absolut *ihre* Angelegenheit. Ich darf es nicht. Das Schlimme daran ist, daß sie mich hassen wird, nur weil ich es ihr sage. Aber ich muß es tun! Es wäre einfach nicht fair, sie im Glauben zu lassen . . .‹ Und dann hat er die Zähne zusammengebissen, und ich habe kein Wort mehr aus ihm herausbekommen. Klingt nicht sehr erfreulich, oder?«

»Nein«, murmelte Rose Ann. »Ganz und gar nicht. Also gut, Jeffie-Schatz, ich komme morgen mit. Dieses *eine* Mal werde ich mich wohl zurückhalten können und deinen süßen Liebling Mary Sue nicht mit den bloßen Händen erwürgen.

Aber es wird mir ordentlich schwerfallen, das darfst du mir glauben.«

Die kleine Gruppe, die sich um Caleb Henrys Bett geschart hatte – David McKenzie, seine Töchter, sein Sohn und dessen Verlobte – sah sich einem Phänomen gegenüber, das in Kürze zum festen Bestandteil der amerikanischen Geschichte werden würde. Aber ihre Generation war die erste, die sich ihm stellen mußte: Den psychologischen Nachwirkungen, die eine gerade überstandene, größere Schlacht in einem *modernen* Krieg mit sich brachte.

»Wie fühlt man sich als Held, Hauptmann Henry?« fragte dieses Gänschen Mary Sue Hunter mit einfältigem Lächeln. Sie schien sich nicht bewußt zu sein, daß Rose Anns grüne Augen, die sie mit unerbittlicher Heftigkeit musterten, sie bereits nicht nur bis auf die Haut, sondern auch durch das schale Fleisch, das wäßrige Blut und die zerbrechlichen Knochen durchbohrt hatten. Im Moment sezierte sie den gehaltlosen Geist des armen kleinen Dings und die unsterbliche Seele – fall es eine gab.

Calebs Augen verzehrten Rose Ann wie die eines ausgehungerten Wolfs. Er hatte starke Schmerzen und hohes Fieber. Denn obwohl der Krieg, in dem das Schicksal ihn bestimmt hatte zu kämpfen, im Grunde genommen der erste moderne war – in dem unter anderem Panzerschiffe eingeführt wurden, sowie das Maschinengewehr und die Luftaufklärung, und zumindest ein erfolgreicher U-Boot-Angriff stattfand –, befand sowohl der Süden wie der Norden sich auf dem Gebiet der Medizin noch im finstersten Mittelalter. Calebs klaffende Säbelwunde am Arm war wiederholt von Ärzten mit schmutzigen, blutbesudelten Händen untersucht und von Sanitätern verbunden worden, die direkt von den unbeschreiblichen Latrinen jener Zeit gekommen waren, und auch sie hatten sich nicht die Hände gewaschen. So kann es nur als wahres Wunder bezeichnet werden, daß Calebs stark entzündeter Arm gerade noch rechtzeitig heilte, ehe die blutrünstigen Schlächter dazu kamen, ihn ihm an der Schulter abzuhacken.

»Sag du zu mir und nenn mich nicht Hauptmann Henry, Kleines«, sagte er, »sondern Cabe, und häng ein ›Schatz‹ oder ›Liebling‹ an, mein Püppchen. Neues Gesetz. Vom Kriegsministerium gerade erlassen: Alle hübschen Mädchen haben unter Androhung der Todesstrafe den Befehl, sich in mich zu verlieben!«

»Jemand«, sagte seine Frau zuckersüß, »sollte die Yankees mit Ferngläsern ausstatten, damit sie zum Zielen besser sehen können. Oder ihnen Anatomieunterricht erteilen und ihnen den Unterschied zwischen Arm und Hals erklären.«

»Witwenschwarz würde dir gut stehen, nicht wahr, Gwennie, Liebling«, sagte Caleb todernst. »Aber der Spieß läßt sich auch umdrehen! Süße Zigeuner-Rose, schönste aller Frauen, könntest du nicht ein bißchen Schweinfurter Grün in ihre Suppe mischen? Dann könnten wir zwei in unbekannte Ferne reisen und . . .«

»Cabe«, sagte Rose Ann, »ich mag große, gutaussehende Männer. Abgesehen davon, daß du der zurückgebliebenste des ganzen Henry-Wurfs bist, könnte wohl nicht einmal eine Mutter diesen Fehler der Natur lieben, den sie dir da zwischen Augenbrauen und Kinn beschert hat. Das einzige, wonach es überhaupt ausschaut, ist das Südende eines Pferdes, das nordwärts trottet.«

»Zugegeben. Aber ich hab' so viele andere gute Eigenschaften: Ich bin nett, liebenswert, rein . . .«

»O Gott!« stöhnte Jeff. »Cabe, würdest du bitte eine Minute ernst sein? Du hast wahrhaftig Grips, und ich möchte, daß du ihn eine Weile benutzt. Johnny Brooke und ich haben so gut wie freie Hand bekommen, alles zu erfinden, was der Marine auch nur im entferntesten von Nutzen sein könnte. Nun gibt es immer eine Menge, das bei den Waffengattungen gleich ist. Also sag mir, aus deiner Erfahrung im Kampf, was ihr Jungs am dringendsten braucht?«

»Eine Tarnkappe«, brummte Cabe. »Kugelsichere Haut.

Verbesserte Beine und Füße, die sich schneller als achtzig Stundenkilometer zurückziehen können. Ein urteilsfähiges Gift, das, in alle Brunnen, Seen und Flüsse gegossen, automatisch alle hirnverbrannten Idioten umbringt, die je wieder davon träumen, einen weiteren Krieg anzufangen.«

Rose Ann starrte ihren Schwager nun mit echtem Interesse an. Als sie aus den Augenwinkeln bemerkte, daß ihr Vater protestierend den Mund öffnen wollte, winkte sie gebieterisch ab.

»Cabe«, sagte sie ruhig. »Das klingt seltsam aus dem Mund eines Helden. Und nach allem, was ich gehört habe, warst du ausgesprochen mutig.«

»Ein Narr war ich!« knurrte Caleb. »Ich bin nur so gottverdammt wütend geworden, als ich gesehen habe, daß unsere Jungs wie die Ratten vor den Bluebelly Yankees davongerannt sind, daß ich einfach vergessen habe, wo zum Teufel ich war, und dann habe ich versucht, sie – wenigstens die aus meiner Kompanie – mit der flachen Säbelklinge wieder zu den Fahnen zu holen. Ehrlich gesagt, ich war hysterisch. Ich schrie, zeterte und kreischte wie ein Waschweib. Na ja, aber zumindest hat es seinen Zweck erfüllt. Laß dir eines sagen, Zigi: In diesem Krieg wird ein Held von der Wirklichkeit überholt. Ich habe ein paar wirklich tapfere Burschen in meiner Kompanie gehabt. Hast du eine Ahnung, wie lange sie noch gelebt haben, als die ganze – zumindest hat es so ausgesehen – Yankee-Armee über die Brücke und die Red-House-Furt gestürmt kam? Dreißig Sekunden. Weniger vielleicht. Ich hätte den armen Bastarden befehlen sollen, daß sie sich zurückziehen. Ich hätte . . .«

»Beruhige dich, Caleb«, sagte Jeff mit sanfter, mitfühlender Stimme. »Du hast dich gut gehalten, und das ist es, was zählt.«

»Ja.« Caleb seufzte. »So sieht es aus, nicht wahr? Was wir die Jungs lehren müssen, ist der gemäßigte Mittelweg, Jeff. Sie dürfen nicht so aufgeputscht sein, daß sie sich hipp-hipphurra mutig in die Schlacht stürzen und gleich in den ersten fünf Minuten niedergemetzelt werden können. Aber sie dürfen auch nicht so feig sein, daß sie sofort davonrennen, und die Flanken ihrer Kameraden dem Feind öffnen. Ich hab' eimerweise Tränen geweint um die armen standhaften Teufel, die in Sekunden auf ihrem Posten gefallen sind, als die blaue Sturzflut sie überrollt hat. Aber ich werde diese erbärmlichen Feiglinge, die sie im Stich gelassen haben – und vor allem einen –, mein Leben lang hassen . . .«

»Colin?« fragte Rose tonlos.

»Das erzähle ich dir später«, brummte Caleb. »Und allein, wenn das möglich ist. Also gut, Jeff, Erfindungen: ein Repetiergewehr, mit dem man sechs-, acht- oder gar zwölfmal schießen und eine Angriffswelle wie diese abwehren kann, ohne beim Versuch zu laden umgebracht zu werden . . .«

»Da hat er den wunden Punkt getroffen, Jeff-Junge«, sagte Dave McKenzie zu seinem Sohn. »Im Krieg gegen die Mexikaner habe ich gesehen, wie unsere Jungs von Lanzen der mexikanischen Kavallerie – *Lanzen*, kannst du dir das vorstellen? – aufgespießt oder mit Lassos von den Pferden geholt und über Kaktus und Stein geschleift wurden, ehe sie unsere verdammten Musketen mit dem glatten Lauf wieder laden konnten. Ja, ein Repetiergewehr könnte da wirklich helfen.«

»Das glaub' ich«, Jeff seufzte, »aber weißt du, was du da verlangst, Cabe? Schon 1855 hat Colt versucht, sein Revolverprinzip aufs Gewehr anzuwenden, und weißt du, was passiert ist? Als die Soldaten, die sie ausprobiert haben, auf den Abzug drückten, um die Patronen im Lauf abzufeuern, sind alle anderen im Drehmagazin ebenfalls losgegangen und haben einem der Schützen den Arm abgerissen.«

»Dann einen Hinterlader!« sagte Caleb fiebrig. »Ein Gewehr, das man auf dem Bauch hinter einer gottverdammten Deckung liegend laden kann! Was ich am Bull Run Creek und vor dem Haus meiner armen Großtante gesehen hab', verwundert mich immer wieder, wie überhaupt *je* jemand überleben kann, der einen Vorderlader während der Schlacht laden muß.«

»Wißt ihr«, sagte Mary Sue Hunter seufzend, »ich verstehe kein *Wort*, das ihr Männer sagt!«

»Das ist offensichtlich«, schnaubte Rose Ann abfällig. »Aber sei still und laß wenigstens mich etwas lernen. Cabe, warum werden die Männer beim Laden getötet?«

»Weil man dabei aufstehen muß und so aus seinem zitternden Kadaver eine perfekte Zielscheibe für einen einigermaßen guten Schützen macht. Es dauert zu lange: Man muß das Ende der Papierhülse abreißen, das Pulver in den Lauf schütten, die Kugel mit dem Rest des Papiers in den Lauf stopfen, mit dem Ladestock nachschieben, den Ladestock wieder herausziehen, den Hammer spannen, ein Zündhütchen auf den Nippel der Kammer legen, den Hammer vorsichtig spannen und dann den Abzug ziehen, um zu schießen – *einmal.* Und während der gesamten Zeit feuert die ganze verfluchte Yankee-Armee auf einen. Natürlich versuchen wir es abwechselnd zu tun: Einige Kameraden schießen, während die anderen laden, aber selbst da ist es ein Wunder, daß einer davonkommt.«

»Und diese neue Gewehrart, die du erwähnt hast, würde das alles ändern? Könnte die Probleme lösen?« fragte Rose Ann.

»Ja«, antwortete Jeff. »Ein Hinterlader ist ein Gewehr, Zigi, das man vom Laufende her lädt, statt von der Mündung. Mit anderen Worten, von hinten statt von vorn. Man braucht also keinen Ladestock und kann auf diese praktisch selbstmörderische Prozedur verzichten, die jetzt nötig ist. Man öffnet bloß das hintere Ende des Gewehrs, direkt über dem Abzug, steckt eine Hülse mit Kugel und allem hinein, macht zu, legt ein Zündhütchen auf den Nippel und feuert los. Das geht dreimal so schnell, und das Schönste daran ist, daß man es im Liegen erledigen kann und so kein so gutes Ziel für ihre Scharfschützen abgibt.«

»Warum haben wir dann keine Hinterlader?« fragte Rose.

»Weil wir Südstaatler sind«, entgegnete Caleb bitter. »Was heißt, daß wir eben alles andersherum machen oder zu spät.«

»Und was alles noch schlimmer macht«, warf Jeff ein, »die Yankees *haben* bereits Hinterlader. Christian Sharps hat seinen Hinterladermechanismus 1848 *hier* in Virginia erfunden, in der Harpers-Ferry-Waffenschmiede. Aber die Militärs, wie die Militärs nun einmal sind, konnten sich damit nicht anfreunden. Doch jetzt, so schwört unser Geheimdienst, überschlagen sie sich regelrecht, ihn endlich selbst herzustellen. In Connecticut – in Hartford, glaube ich. Wenn jemand mir nur *ein* Verschlußstück stehlen könnte – ein *einziges* – würde ich das Blatt in diesem Krieg innerhalb von sechs Monaten zu unseren Gunsten wenden können. Und auf die Dauer! Ich brauche kein ganzes Gewehr, bloß einen Verschluß, ein Stück, das man in der Hosentasche tragen kann oder in einem Damentäschchen. Aber diese verdammte Fabrik ist so gut bewacht, daß sie selbst auf vorüberfliegende Möwen schießen. Nicht einmal unseren Agenten ist es gelungen, auch nur bis auf acht Kilometer heranzukommen.«

»Jeff«, sagte Rose atemlos, »schick *mich*!«

»Waaaas?« fragte Jeff fassungslos.

»Ich meine, was ich gesagt habe. Selbst wenn ich keines dieser Wie-immer-du-sie-auch-nennst stehlen könnte, könnte ich dir eine so genaue Zeichnung davon machen, daß du es danach herstellen kannst. Oder ich mache dir eine Karte von Hartfort, so daß du einen Trupp von unseren Kanonenbooten bis vor die Tür schicken könntest. Ich war in Miß Bradstreets Schule im Zeichnen die Beste, weißt du? Außerdem könnte ich dir wahrscheinlich eins beschaffen. Mein Yankee-Akzent ist besser als perfekt. Ich schau' nicht schlecht aus. Ich habe mehr Schneid als irgend jemand, von dem ihr auch bloß gehört habt. Und ich bin – eine Frau. Besorg mir falsche Papiere und schick mich nach Hartford, damit ich meinen Gatten suchen kann, der mich mit unseren drei Kindern hat sitzenlassen, und innerhalb von einer Woche werden sie mir dieses Verschlußstück und dazu den allerbesten französischen Sekt in meinen zierlichen Schuh schütten.«

»Weißt du, Jeff«, sagte Caleb mit einem Grinsen, »ich wette, daß die Zigeunerin es wirklich schaffen würde.«

»Und du weißt, Cabe, warum dieser Vorschlag nicht durchführbar ist«, knurrte Jeff. »Wir haben ein halbes Dutzend Spioninnen im Geheimdienst, und jede einzelne ist eine – Hure!«

»Aber Jeff!« rief Mary Sue Hunter.

»Tut mir leid, Liebling«, murmelte Jeff.

»Schick mich«, beharrte Rose Ann spöttisch lächelnd. »Ich tue es unter der Bedingung, daß ich das Geld, das ich mir nebenbei verdiene, behalten darf. Ich war schon immer der Meinung, daß man sich beim ältesten Gewerbe der Welt recht angenehm sein Brot verdienen kann. Und außerdem sind einige dieser verdammten Yankeejungs wirklich ganz nett . . .«

»Pa«, knurrte Jeff, »wenn du ihr nicht bald zu ihrem eigenen Besten den Hintern versohlst, tu' ich es, so wahr mir Gott helfe!«

»Rose McKenzie!« stöhnte ihr Vater. »Ich schwöre bei Gott, ich weiß nicht, wo ich dich herhab'.«

»Du hast mich unter einem Busch gefunden«, gab Rose lachend zurück, »oder in einem hohlen Baum im Dismal Swamp. Oh, komm schon, geliebtes Väterchen. Du weißt genau, von wo du mich gekriegt hast – und wie. Und wenn du versuchst, mich schlecht zu behandeln, dann erzähle ich den versammelten Anwesenden die vollständige und unbearbeitete Geschichte deiner jüngeren Tage. Ich habe sie aus erster Quelle – von Tante Corny. Laß mich überlegen . . . Soll ich erzählen, wie du dir das Bein gebrochen hast, als du aus Martha Claibornes Hinterzimmer im ersten Stock gesprungen bist? Vielleicht dürfte ich eigentlich gar nicht mit Colin verlobt sein, weil – hm, wie formuliert man das vornehm? O ja! Weil unsere Verwandtschaft vielleicht ein wenig zu eng ist?«

»Zigi! Ich werde dich gleich hier verdreschen!« brüllte Jeff.

»Worauf ich dem kleinen Unschuldslämmchen hier Namen, Daten und Orte deiner eigenen Ausflüge aufzählen werde, die du abseits des Pfades der Tugend unternahmst«, erklärte Rose Ann vergnügt. »Angefangen vor langer Zeit – sagen wir, an jenem Abend, da die gute Witwe Tolliver dir ein paar männliche Tricks beigebracht hat, du weißt schon, damals, als Pa dich mit einem Mahnbrief zu ihr geschickt hat, weil sie mit der Miete säumig war. Du warst ganze dreizehn. Sie hat ihre Schulden recht anständig bezahlt an jenem Abend, nicht wahr? Aber die Zinsen hat Pa nie zu Gesicht gekriegt.«

»Ohhhhh, Jeff!« wimmerte Mary Sue Hunter und brach in bittere Tränen aus.

Gwen legte die Arme um die bebenden Schultern ihrer zukünftigen Schwägerin.

»Du mußt nicht auf das hören, was Rose Ann erzählt«, sagte sie mit erheblicher Schärfe. »Weißt du, sie leidet unter Maul- und Klauenseuche – einer Krankheit, die bei Eselinnen häufig ist.«

»Da magst du recht haben, Gwennie-Schatz.« Rose seufzte. »Jedesmal, wenn ich den Mund aufmache, schiebe ich meinen eigenen Fuß – ah, Huf – hinein, nicht wahr? Tut mir leid, Mary Sue. Ich wollte Jeff nur ärgern. Er war sein Leben lang ein wahrer *Heiliger.* Wenn er vom einzig wahren Glauben wäre, würden sie ihn in Gips gießen, ihn bunt anstreichen und in eine Kirchennische stellen. Glaub nichts, was ich sage, Kindchen. Ich bin eine Lügnerin und eine böse Hexe. Ich hab's ganz einfach nicht mit der Wahreit.«

»Die Untertreibung des Jahres.« Caleb kicherte vergnügt, dann wurde er ernst. »Aber du hast da ein Stück harte Wahrheit von dir gegeben, Zigi. Ganz spontan. Hast wohl gedacht, du machst einen Witz . . .«

»Und wobei?« wollte Rose wissen.

»Nun . . .«, begann Caleb, aber Dave McKenzie unterbrach ihn.

»Großer Gott!« donnerte er. »Diese wilden Sprößlinge, die ich mir da herangezogen habe, mit all ihrem frivolen Gerede, haben mich doch glatt das Wichtigste vergessen lassen, was ich dich fragen wollte. Deine Großtante Judith, soviel ich mich an die Gegend dort erinnere – ihr Haus muß doch ziemlich dicht am Kampfplatz gelegen haben. Direkt oberhalb von Sudley Road, nicht wahr? Muß immer daran denken, daß ihr Haus genau zwischen den beiden Armeen lag. Ich nehm' an, die riesigen Robinien haben ein bißchen Schutz geboten, aber . . .«

Caleb senkte den Kopf. Als er wieder hochblickte, glitzerten Tränen in seinen Augen.

»Sie war nicht meine Großtante, oder vielmehr schon, aber durch Heirat«, seine Stimme versagte fast den Dienst. »Ihr alter Herr war der Henry. Hat unter Kapitän Truxton auf der *Constellation* gedient. Sie ist – tot. Wir – haben sie umgebracht. Wir – und sie. Wir und die Yankees. Sie war fünfundachtzig. Bettlägerig und hilflos. Das Haus – das alte Henry-Haus wurde durchlöchert. Die meisten dieser herrlichen Scheinakazien sind von Granattreffern zersplittert und zerfetzt worden. So ist dieser Krieg: Weder Alter noch Geschlecht, noch der schwerverdiente Ruhm eines Seehelden, noch der Respekt, der seiner Witwe gebührte, wurden in Betracht gezogen. Dazu war keine Zeit. Es wird auch keine mehr geben. Es ist ein – *moderner* Krieg. Die alten Begriffe, wie Anständigkeit, Ritterlichkeit, das Recht von Zivilisten, haben keine Gültigkeit mehr. Sie sind heute keinen Pfifferling wert . . .«

Er wandte das Gesicht von ihnen allen ab und der Wand zu. Sein schmaler Körper zuckte krampfhaft. Das war zuviel für Rose Ann. Sie eilte zum Bett, hob energisch die Stahlreifen des *cage américaine*, so daß ihr Petticoat sichtbar wurde, und kniete neben seinem Bett nieder. Dann nahm sie Caleb in ihre starken jungen Arme und sagte beschwichtigend: »O nein, Cabe-Schatz! Du darfst nicht weinen! Es war doch nicht deine Schuld! War es ganz und gar nicht! Du warst tapfer – ein Held. Du hättest gar nichts . . .«

»Rose Ann«, sagte Gwen ruhig, »darf ich dich daran erinnern, daß Cabe *mein* Gatte ist und daß ihn zu trösten meine Pflicht ist – oder sein sollte. Mein Vorrecht, wenn du es so nennen willst. Also würdest du so gut sein und ihn loslassen, ehe du ihn ganz erdrückst?«

»O Gott!« stöhnte Rose Ann. »Kann ich denn *nie* etwas richtig machen? Gwen, verzeih mir. Aber du weißt verdammt gut, daß ich es nicht so meinte ...«

»Vergiß es«, sagte Gwen müde. »Du meinst nie etwas, und viel Verstand hast du auch nicht. Also gibt es nichts zu vergeben. Cabe, du solltest dir den Tod deiner Großtante nicht so zu Herzen nehmen. Sie war schon sehr alt und ...«

»Und wäre ohnehin bald gestorben«, beendete Caleb den Satz für sie. »O verflucht! Tut mir einen Gefallen, ihr alle. Laßt mich allein! Ich bin müde, und mir ist hundeelend zumute, und ich habe genug von dem Besuch. Noch länger höflich sein zu müssen, würde mich umbringen. Mir ist danach, wie ein tollwütiger Wolf zu heulen und mit dem Schädel gegen diese Wand zu rennen. Also geht, verdammt. Ihr alle – außer Zigi. Ich muß mit dir reden, Zuckerpüppchen ...«

»Cabe ...« Gwen sprach seinen Namen so gedehnt, daß es wie ein Stöhnen klang, oder ein Wimmern oder wie beides.

»O zum Teufel!« knirschte Caleb. »Wie verbohrt kann ein Weibsbild bloß sein? Meine teuerste Gattin, ich habe nicht die Absicht, deine kleine Schwester auf das Bett zu werfen und ihr in meiner höllischen Gier das Rüschenhöschen zu zerfetzen, um meine Lust an ihr zu befriedigen. Aber nur, um keinen Flecken der Ehre hochwohlgeborener südlicher Männlichkeit zu hinterlassen, indem ich eine Dame in horizontaler Lage enttäusche. Fühlte ich mich dazu imstande, würde ich ihr mit Freuden meinen Willen aufzwingen, sie vergewaltigen und was noch alles. Doch mein körperlicher Zustand läßt das gegenwärtig nicht zu. Also bleibt es bei Worten, einem Gespräch. Warnung vor Unheil, Vorahnung von Desaster. Des Schicksals gemeine

Grausamkeit, das eines Mädchens rosige Träume zerstört . . .«

»Caleb, du fieberst!« rügte Gwen ihn in scharfem Ton. »Du redest irr, ist dir das klar?«

»War ich jemals anders als fiebrig und irr, meine Süße? Himmel! Ernsthaft, Gwen, ich muß mit Rose über etwas sprechen, das nur sie angeht, sonst niemanden. Und dich ganz sicher nicht, um die Sache klarzustellen. Mich auch nicht. Nur daß es mir zur Kenntnis kam, auf sehr ungute Weise. Tatsächlich hat der, um den es geht, mir fast den Arm amputiert. Ich muß Zigi warnen, oder es zumindest versuchen. Es ist meine Pflicht . . .«

»Du hast es bereits«, sagte Rose Ann unnatürlich ruhig. »Er rannte davon wie eine Ratte, nicht wahr? Und du hast versucht ihn aufzuhalten. Da hat er . . .«

»Eine reine Vermutung deinerseits«, entgegnete Caleb mit verzerrtem Grinsen. »Als virginischer Offizier und Gentleman weigere ich mich, das vor allen Anwesenden zu bestätigen oder abzustreiten. Angenommen, jemand hätte dich und natürlich einen deiner zahlreichen Verehrer aus Tante Sukies Haus in Richmond kommen sehen . . .«

Ihm fiel ihr kaum merkliches Zusammenzucken auf, und er sah, wie alle Farbe aus ihrem Gesicht wich – rot und rosa und sogar die goldenen Pünktchen verschwanden. Tief in seinem Innersten war Caleb Henry in gewissem Maß so sehr Herr seines Lebens, um ihm Symmetrie, Harmonie, ja eine gewisse Tiefe und Würde zu verleihen und das zu sein, was er spöttisch von sich behauptet hatte: ein Virginier und Gentleman. Denn daß er durch Zufall Offizier und ein wirklich tüchtiger war – eine Tatsache, die ihn selbst mehr überraschte als alle anderen! –, hatte wirklich nicht viel damit zu tun. Also murmelte er, für die anderen unhörbar: »Großer Gott!«, und fuhr fort: »Du möchtest doch nicht, daß das oder irgendwelche anderen Fragen, die mit deiner Ehre als Dame zu tun haben, in der Öffentlichkeit erörtert werden, oder?«

»Nein«, flüsterte Rose Ann gequält. »Das möchte ich nicht . . .«

»Also wollen wir auch nicht vor anderen die Mannesehre eines anderen Offiziers und wahrscheinlich auch Gentlemans diskutieren und ihm so sein Recht vorenthalten, sich zu verteidigen. Würden alle anderen nun die Güte haben, einschließlich Jeffs süßen Leckerbissens – wenn du mich das nächste Mal besuchst, Schätzchen, dann bring Besteck und eine Serviette mit, damit ich all deine köstlichen kleinen Köstlichkeiten *au naturel* verzehren kann, was soviel wie ohne jegliches Drumherum bedeutet –, endlich zu verschwinden, damit ich Rose das sagen kann, wozu ich mich gezwungen sehe!«

»Kommt schon«, forderte Gwen nun die anderen in ruhigem Ton auf. »Lassen wir dieses würdige Pärchen allein, damit mein von Herzen geliebter Gatte einen besseren Mann, als er es ist oder je sein wird, in Verruf bringen kann.«

Caleb blickte sie spöttisch an.

»Besser in welcher Beziehung? Vielleicht im Heu?« erkundigte er sich.

»Wenn ich *das* wüßte«, sagte sie stumpf, »was ich jedoch – bedauerlicherweise! – nicht weiß, würde es mich in tiefster Seele erfreuen, es dir unter die Nase zu reiben. Und sollte ich es je herausfinden, werde ich es tun. Darauf kannst du dich verlassen!«

Sie drehte sich auf dem Absatz um und marschierte hinaus. Der Rest der Familie folgte ihr leicht benommen. Rose Ann natürlich nicht.

»Also gut, Cabe«, forderte Rose Ann ihn auf, »sprich schon!«

»Nein«, entgegnete Caleb, »nicht, ehe du mir ausführlich in allen schmutzigen Einzelheiten von deinem Besuch – oder vielmehr deinen Besuchen – in Tante Sukies Haus erzählt hast.«

»Nein«, sagte Rose Ann.

»Warum nicht? Du wirst doch nicht abstreiten, daß du

dort warst? Du wärst ein verdammt schlechter Pokerspieler, Zigi. Als ich diese letzte Zuflucht für abgehärtete und einsame Sünder erwähnt habe, konnte ich in deinem Gesicht wie in einem Buch lesen. Was heißt Buch – in einem dicken Wälzer. Und dieser Wälzer war bestimmt nicht die Bibel!«

»Es würde dir nicht schaden, die Bibel einmal zu lesen«, entgegnete Rose Ann. »Du würdest daraus etwas lernen. Also red schon, Cabe!«

»Wenn du nicht redest, tu ich es auch nicht. Also erzähl, wie behutsam Colin – es war doch Colin, nicht wahr? – dir deine Dessous ausgezogen hat, denn ein Gentleman wie Colin Claiborne würde sie bestimmt nicht in Fetzen reißen, wie ein alter Lüstling wie ich es täte, ohne darüber nachzudenken. Dann rücke ich auch heraus.«

Rose blickte ihn nachdenklich an, dann bedachte sie ihn mit einem schelmischen Lächeln.

»Dieses Problem hat sich gar nicht ergeben«, erklärte sie. »Ich habe sie ganz alleine ausgezogen.«

»O Gott!« wisperte Caleb. »Zigi – du hast doch nicht wirklich ... Du kannst doch nicht ... Nicht mit diesem – diesem ...« Rose sah, daß er zutiefst bestürzt war, ja, daß er aussah, als wäre er gerade tödlich verwundet worden.

»O doch, habe ich, ganz frivol«, seufzte sie. »Mach nicht so ein Gesicht, Cabe! Was kann es dir schließlich schon bedeuten?«

»Nur – mein Leben«, flüsterte Caleb gebrochen. »Wenn du aus dieser Tür gehst, süße wilde Zigeuner-Rose, werde ich mich auf die dreckige Matratze zurücklegen – und sterben ...«

Sie sah, daß er wahrhaftig Tränen in den Augen hatte. Sie kamen natürlich von seiner körperlichen Schwäche und dem Wundfieber, das aber wußte Rose nicht. O lieber Gott, betete sie stumm, hilf mir doch, daß ich nicht noch mehr solcher Dummheiten mache. Bitte, tust du das?

»Cabe, tut mir leid«, sagte sie, »aber du bist schließlich mit meiner Schwester verheiratet, nicht mit mir. Und wenn es dir ein Trost ist, kann ich dir ruhig sagen, daß das Ganze eine Enttäuschung war. Eine große. Und ich glaube, ich hatte durchaus das Recht, mich zu überzeugen, ehe ich mich für den Rest meines Lebens an einen Mann binde, der . . .«

»Ein armseliger, schnell zündender Schlappschwanz ist?« fragte Caleb sardonisch.

»Genau. Ihr Männer treibt es kreuz und quer – Erfahrungen sammeln, nennt ihr es – ehe ihr euch mit dem Mädchen zusammentut, das scheinbar für euch geschaffen ist. Wir Frauen dagegen sollen allein schon aufgrund von Annahmen, hinter denen kein bißchen konkretes Wissen steckt, den erstbesten nehmen, der einigermaßen etwas hermacht und um unsere Hand bittet! Das ist nicht fair, Cabe. Und um die Sache noch schlimmer zu machen, habt ihr verdammten Südstaatler die idiotische Idee, daß das weibliche Geschlecht in zwei Gruppen aufgeteilt ist: in gute Frauen und schlechte. Was automatisch jede wirklich *normale* Frau ausschließt. Denn Frauen wie ich *möchten* geliebt werden und mit dem, den sie lieben, ins Bett gehen, Caleb Henry. Und sie wollen von ihm heiß und innig und hart und oft geliebt werden. Das bedeutet nach eurer Auffassung, daß *alle* Frauen, die Frauen *sind*, schlecht sind! Bleiben also bloß solche verschämten Gänschen wie Mary Sue oder Eisberge aus dem kalten Norden wie Gwen . . .«

»Gwen ist nicht kalt«, sagte Caleb ernst. »Das ist ja gerade das Problem . . .«

»Wie bitte? Ich will verdammt sein!« explodierte Rose Ann. »Cabe, zu deiner Information, dieses Piedestal, auf das ihr Gentlemen aus dem Süden eure Frauen hebt, ist ein arg kalter und einsamer Ort. Hätte nie gedacht, daß *du* dich beschweren würdest, weil Gwen dich im Bett nicht das Frösteln lehrt . . .«

»Tu ich ja nicht. Aber benutzt zu werden – selten und unvorhersehbar – als Ersatz für den Bastard, den sie haben wollte und nicht bekommen konnte, ist gar nicht so schmeichelhaft, Rose Ann.«

Sie starrte ihn an, flüsterte: »Du hast es also gewußt ...«

»Ich *weiß* es«, verbesserte Caleb sie. »Deshalb fühle ich mich zu einer Art Einleitung zu meiner folgenden Erklärung verpflichtet: Zigi-Baby, kein Mann weiß, wie er in einer Schlacht reagieren wird. Und der Unterschied zwischen einem Helden und einem gottverdammten Narren ist für das unbedarfte Auge nicht erkennbar. Ich hätte mir bei Manassas vor Schiß fast in die Hose gemacht, Kleines. Nur durch einen besonderen Umstand ist es mir gelungen, meine Furcht zu vergessen. Dieser Umstand war, daß solcher Blödsinn, ja Wahnsinn, wie vaterländischer Stolz, und meine eigene Vorstellung von mir als Liebhaber, Kämpfer und Mann, mich so verdammt wütend gemacht haben, als ich sehen mußte, daß die ritterlichen und überlegenen Südstaatler – wieder so ein Begriff, der einen Mann noch lange nicht zum intellektuellen Riesen macht – wie Schafe vor den angeblich feigen Yankees davonrannten, daß ich mich wie ein Esel benommen habe. Das ist wohl die passende Definition für einen tapferen, heldenhaften Soldaten, wie meine Auszeichnung vom ollen ›Felswand‹ beweist. Baby, diese Bluebellies haben auf uns *geschossen*! Mit richtiger Munition, nicht mit Platzpatronen. Mit Springfield-Hinterladern haben sie auf uns gezielt, deren konische Kugeln aus einer Entfernung von fast tausend Metern *töten* können! Unter diesen Umständen ist die einzige vernünftige Verteidigung, wie der Blitz davonzulaufen. Deshalb bitte ich dich auch, dem armen Colin zu vergeben. Als er mir den Arm fast abgeschlagen hat, weil er an mir vorbei wollte, war seine Furcht durchaus berechtigt. Außerdem hat Mut auf dem Feld absolut nichts damit zu tun, daß ein Mann ein lieber und liebender Ehemann und guter Vater ist. Wenn du mir nicht glaubst, frage Gwen!«

»Cabe«, flüsterte Rose Ann, »wenn du nicht mit Gwen verheiratet wärest, würde ich mich auf der Stelle in dich verlieben. Glaub mir, das würde ich wirklich. Du bist ehrlich – edelmütig, nicht wahr?«

»Dann vergifte sie doch!« Caleb grinste.

»Sei still! Du täuschst dich, weißt du? Es hat schon auf eine ganz bestimmte Weise etwas damit zu tun, die sehr wichtig ist für kleine Dampfmaschinen mit festgebundenen Sicherheitsventilen wie mich. Cabe-Schatz, sag mir eins: Hast du schon einmal einen Zuchtbullen oder Zuchthengst gesehen, der *nicht* tapfer war?«

Caleb starrte sie an, dann warf er den Kopf zurück und brüllte vor Lachen, bis ihm die Tränen regelrecht den Hals verschlossen.

»Lieber Gott«, keuchte er, »warum hast du sie nicht drei Monate früher heimgeschickt – ehe ich Gwen geheiratet habe?«

Rose Ann, die nie etwas auf morgen verschob, was heute getan werden konnte, ritt gleich am nächsten Morgen – ohne jemandem im McKenzie-Haushalt etwas zu sagen, auch nicht den Sklaven – hinüber nach Fairdale. Das war die große Plantage, auf der Colins Vater, der selige Creighton Claiborne, die Weisheit bewiesen hatte, die Kultivierung von Tabak aufzugeben, da sie den Boden ruinierte, und sich der vielseitigeren Feldwirtschaft zuzuwenden. So war um 1861 ihre Produktion von Weizen, Luzerne, Klee, Gemüse und vor allem Erdnüssen die höchste einer einzelnen Plantage im ganzen Staat. Rose Ann unternahm diesen Ritt mit der nüchternen und unerschütterlichen Entschlossenheit, ihre Verlobung mit Colin zu brechen.

Mit unleugbarer Bosheit wählte sie eine frühe Morgenstunde, weil sie wußte, daß Martha Claiborne, Colins Mutter – eine erstaunlich guterhaltene, ja noch schöne Frau Anfang Fünfzig – nie vor Mittag aufstand. Statt dessen ruhte sie mit Kölnisch Wasser getränkten Wattebäuschen auf den Augen, die Krähenfüßen entgegenwirken sollten, sowie einer dicken Schicht Buttermilch auf Gesicht, Hals, Schultern, Armen, ja selbst dem Busen, zur Erhaltung des schneeigen Weißes ihrer Haut, in einem abgedunkelten Zimmer.

Schon vor langem war Rose zu der Folgerung gekommen,

daß Martha Claiborne als Schwiegermutter zu haben, ein Los war, das mit vollem Recht als »schlimmer als der Tod« erachtet werden konnte. Aber mit Hilfe ihrer, wie sie geglaubt hatte, unendlichen Liebe zu Colin, hatte sie gehofft, das ertragen zu können. Doch nun war diese Liebe gestorben, hatte ihr Ende auf fast gnädige und schnelle Weise und unter so eindeutigen Umständen gefunden, daß sie nicht einmal eine Träne darüber vergießen mußte. So empfand sie im großen und ganzen tiefe Erleichterung, während sie durch die lange Eichenallee ritt, die zu der düsteren georgianischen Pracht des Herrenhauses von Fairdale führte.

Ich bin froh, daß ich auch mit Martha nichts zu tun haben muß, dachte sie. Denn sie hat gar nichts für mich übrig, überhaupt für keinen von uns jüngeren McKenzies. Wahrscheinlich nimmt sie an, Pa selbst hat uns erzählt, daß er sich mit ihr im Bett vergnügt hat, und wir es nicht von diesen ewigen Klatschbasen von Niggern erfahren haben. Und auf ihre überspannte Art gibt sie Pa auch noch die Schuld am Tod des alten Creighton. Konnte Pa denn was dafür, daß der alte Narr den Kopf verloren und den Falschen herausgefordert hat, als er dahintergekommen war, daß die Hexe ihn betrogen hat? Was hätte es denn genutzt, wenn Pa vorgetreten wäre und gesagt hätte, daß er der Schuldige war, und nicht Pierre Roldan? Ein Duell hätte es trotzdem gegeben, und da der alte Creighton nicht einmal ein feuerrotes Scheunentor aus zwanzig Schritt Entfernung getroffen hätte, wäre das Ergebnis das gleiche gewesen. Und vielleicht hat er sich überhaupt nicht getäuscht. Ich wette, Pierre Roldan war gar nicht so unschuldig. Wer weiß, mit wie vielen Männern die schöne Martha Creightons Bett angewärmt hat, wann immer Colins lieber alter Papa – wenn er es überhaupt war! – außer Haus war. Nein, das sollte ich wohl vergessen. Es ist wahrscheinlich doch Creighton Claiborne gewesen, der Colin gemacht hat. Denn so läßt sich am ehesten erklären, wieso mein teurer Exliebling und Exheld da verdammt schlecht war, wo es doch im Grunde das Bemühen eines Mannes sein sollte, gut zu sein, wenn er nicht gerade vorhat, ins Kloster zu gehen und sein Leben der Meditation und dem Gebet zu widmen!

Sie ritt zum Portikus des Claibornschen Herrenhauses. Sie hatte davon geträumt, die Herrin hier zu werden. Doch als sie dieses Monstrum aus efeuüberwucherten roten Ziegeln jetzt betrachtete, war sie fast froh, daß daraus nichts mehr werden würde.

Sie spürte einen leichten Ruck, und sah, daß Jeremy, der oberste Stallknecht der Claibornes, nach Prinz Ruperts Zügel gegriffen hatte.

»Wie geht es Ihnen, Miß Rose Ann?« Jeremy strahlte über das ganze Gesicht. »Sie sind wahrhaftig ein Schmaus für diese müden alten Augen, ja wirklich, Missy.«

Rose war sich zufrieden der Tatsache bewußt, daß Jeremy sie anbetete. Das taten fast alle Sklaven auf sämtlichen Pflanzungen, die sie besuchte. Die Sklavinnen waren eine andere Sache. Wir Frauen, dachte sie amüsiert, kommen offenbar nicht so recht miteinander aus, egal, was für eine Hautfarbe wir haben.

»Wie geht's dir, Jeremy?« fragte sie freundlich. »Ist der junge Master zu Hause?«

Die Claiborneschen Sklaven nannten Colin immer noch den »jungen Master«, obwohl jegliche Notwendigkeit zwichen ihm und dem »alten Master« zu unterscheiden, für immer durch Pierre Roldans verächtlichen, nicht einmal absichtlich auf ihn gezielten Schuß geendet hatte. »Ich habe versucht, an dem alten Narren vorbeizuschießen«, hatte Roldan hinterher versichert. »Aber er hat zu zucken angefangen und ist mir regelrecht in die Schußlinie gewackelt.« Rose Ann zweifelte nicht an der Wahrheit dieser Behauptung. Der arme alte Esel hat wahrscheinlich sterben wollen, nach allem, was er erfahren hat, dachte sie.

»Ja, Ma'am. Ganz sicher ist er das, Miß Rose Ann. Aber ich weiß nicht, wie Sie mit ihm reden können. Er kann überhaupt nichts hören, wissen Sie?«

Roses Augen verdunkelten sich verärgert, als sie das hörte.

Sie erinnerte sich an Calebs Stimme, als er bedächtig und betrübt gesagt hatte: »Große Detonation, pah! Das ist ja lachhaft, Zigi! In unserem Sektor hat es so gut wie gar kein Artilleriefeuer gegeben. Anfangs jedenfalls nicht. Mit den großen Kanonen haben sie erst später geschossen, nachdem der arme Bee und ›Felswand‹-Jackson uns wieder angespornt hatten, und selbst da hat Jeb Stuart ein Ende mit ihrer Infanterie-Unterstützung gemacht, und die 33er haben ihre Kanoniere so gut wie umgelegt. Als die Kanonen zu schießen angefangen haben, war Colin längst nicht mehr zu sehen.«

»Nun«, sagte sie mit gespielter Fröhlichkeit, der jedoch eine Spur bitterer Schärfe anhaftete, »umarmen und küssen und ihn zwicken und kitzeln sowie sein Haar zerzausen kann ich ja trotzdem, nicht wahr, Jeremy? Schließlich gehört er mir so sehr, wie du ihm gehörst.«

»Das ist die reine Wahrheit, die Sie da gesprochen haben, Miß Rose Ann!« Jeremy lachte. »Schlimmer noch, denn Sie haben Ihre Ketten und Stricke und Bande fest um sein Herz geschlungen!«

»Und wenn er nicht lieb ist, nehme ich die Peitsche«, erklärte Rose Ann. »Geh, sag, Junius soll mich anmelden . . . O Gott! Wie könnt ihr Master Colin überhaupt was sagen, wenn er doch nicht mehr hören kann?«

»Der alte Junius kann schreiben«, sagte Jeremy stolz. »Und Bess, seine Frau, ebenfalls. Wenn wir unserm jungen Master was sagen wollen, sagen wir es Junius oder Bess, dann schreiben sie es ihm auf. So geht es recht gut . . .«

»Na fein. Paß schön auf Prinz Rupert auf, während ich im kleinen Salon warte. Aber sei vorsichtig, er ist leicht erregbar und lebhaft.«

»Weiß ich, Missy«, versicherte ihr Jeremy. »Aber weil er das schnellste Pferd in ganz Virginia ist, können wir ihm seine kleinen Tricks schon verzeihen. Sie haben doch in den letzten drei Jahren jedesmal das Rennen für Damen gewonnen, nicht wahr, Miß Rose Ann?«

»Und in diesem Jahr werde ich es wieder gewinnen. Das

heißt, wenn es überhaupt stattfindet, solange es diesen schrecklichen Krieg gibt. Es ärgert mich nur, daß der ›Sattel-und-Sporen-Verband‹ mich nicht bei den Herren-Disziplinen mitmachen läßt.«

»Weil sie Angst haben.« Jeremy lachte. »Sie wissen, daß Sie all die jungen Herren schlagen würden, und diese Schande würden sie nicht überleben!«

»Wäre nicht schade um sie!« Auch Rose Ann lachte. »Weißt du was, ich suche Junius selber. Kümmere du dich nur um Prinz Rupert.«

Als Colin in den kleinen Salon kam, hielt er ein paar Blatt Papier in der einen und einen Bleistift in der anderen Hand. Mit kläglicher Miene deutete er mit dem Bleistift aufs Ohr, dann streckte er ihn ihr entgegen.

Reglos und mit ernstem Gesicht blickte Rose Ann ihn an.

»Nein«, sagte sie langsam und deutlich. »Ich brauche dir nichts aufzuschreiben, Colin, da ich nicht die Absicht habe, bei diesem schändlichen Theater mitzumachen. Du kannst mich sehr gut hören, denn deine Schwierigkeiten liegen nicht in den Ohren, sondern in dem Rückgrat, das du bei deiner Geburt nicht mitgekriegt hast – genausowenig wie einige andere männliche Attribute, fürchte ich. Aber viele Worte sind ohnehin nicht nötig. Wir haben bereits alles gesagt, was zu sagen war. Die Bedeutung wird dir auch ohne Worte klar genug sein, Mamas kleiner Junge, der nicht einmal weiß, wie man eine Frau – liebt und schätzt und glücklich macht – und am wenigsten im Bett. Also, nimm das hier. Eines ist sowieso von dir, und das andere ist – ein Geschenk von mir. Oder nennen wir es ein Symbol dessen, wovon ich weiß, daß du es bist. Meine Einschätzung deines Wertes.«

Colin starrte auf ihre lederbekleidete Handfläche – sie hatte sich nicht die Mühe gemacht, ihre Reithandschuhe auszuziehen. Auf der linken lag der Verlobungsring, den er ihr geschenkt hatte. Der wertvolle Solitär fing das Licht wie gefrorenes Feuer. Er war so kalt wie die Unendlichkeit, die er ohne sie sein mußte, durchdringend wie die Qual, die ihn in diesem Moment wie mit der Endgültigkeit des Todes durchbohrte. Doch was auf ihrer anderen Hand lag, war in gewisser Weise noch schlimmer. Es hob sich daunig weich und schneeweiß vom schwarzen Handschuhleder ab: eine kleine weiße Feder.

Colin starrte sie entsetzt an. Mit wilden törichten Gesten deutete er auf Ohren und Lippen.

»Zum Teufel«, brummte Rose Ann müde. Sie drehte die Hände um. Der Brillantring fiel und die Feder schwebte auf den Boden.

Colin zuckte vorwärts wie ein Krüppel, ein Spastiker, ein Mann, den die schreckliche Last der Jahre niederdrückte. Er kniete sich hin und tastete im hohen Teppichflor nach dem Ring. Die weiße Feder ignorierte er. Es war das einzige, was er mit ihr in diesem schrecklichen Augenblick und für den Rest seines Lebens tun konnte.

Als Rose Ann sich umdrehte, fiel ihr Blick auf die orientalische Vase auf ihrem Ständer neben dem Kamin. Sie kannte sie gut. Sie war Marthas Lieblingsstück, das sie von ihrer Hochzeitsreise aus dem Mittleren Osten mitgebracht hatte. Es war ganz offensichtlich, daß irgendein Basarverkäufer ihre beschränkte Kultur und Intelligenz sowie ihren Geschmack richtig eingeschätzt hatte. Die Vase war einfach abscheulich, eine dieser schreienden Fälschungen, die geschäftstüchtige Levantiner speziell zum Verkauf an englische und amerikanische Reisende herstellten. Rose wurde übel, wenn sie sie nur anschaute. Monatelang hatte sie unter der Drohung von Marthas subtilen Hinweisen gelebt, daß sie sie der Braut ihres Sohnes zur Hochzeit zu schenken beabsichtige. Und nun hatte sie eine Idee. Vielleicht war es aber auch das Blut der ersten McKenzies – der Hexe und des Zauberers –, das sie dazu veranlaßte.

Mit zwei langen Schritten und einem Wirbel des Reifrocks ihres Reitkostüms ging sie zum Kamin. Ohne Zögern hob sie die gräßliche Vase hoch über die absurde feminine Imitation eines hohen Zylinderhutes und schmetterte sie auf den Boden, so daß sie in unzählige grellfarbige Scherben zersprang.

Colin – der taube Colin – sprang zwei Meter hoch.

Rose starrte ihn an, die grünen Augen plötzlich sanft vor Mitleid. Da nun sah sie die Tränen, die über sein Gesicht rannen, sah den weißen Speichel eines Schwätzers an den Winkeln dieses heftig zitternden – und schwachen und törichten, wie sie in Gedanken hinzufügte – Mundes, und ihr Smaragdblick härtete sich, wurde zu dem einer Löwin.

»Leb wohl, Colin. Leb wohl – für immer!« sagte sie.

4

Sie war, wie Rose Ann sich selbst zugab, in einem Stimmungstief: traurig, durcheinander und so einsam, daß es weh tat; nervös wie eine Katze, nannte sie es. Und gib's doch zu, sagte sie zu dem Abbild der mutigen Südstaaten-Heroine im Toilettenspiegel, die den Nerv gehabt hatte, dem armen Colin die weiße Feder zu geben, du hast ganz einfach richtige Angst!

An diesem Samstagmorgen, dem 28. Juni 1862, hatte sie auch mehr als genug Grund für all diese Gefühle. Von einem vollen Viertel des Kompasses, oder genauer gesagt, vom Norden bis Osten oder schon eine Spur im Südosten, hörte sie jetzt Kanonendonner; manchmal sogar das unheimlich wimmernde, pfeifende Kreischen eines Geschosses; und unterschied die berstende, krachende Explosion, die es beim Aufschlag verursachte, vom tiefen Knall der Kanone, die es tausend Meter weit geschossen hatte, um tapfere Männer zu schrecklichen Haufen aus blutigen Eingeweiden und zersplitterten Knochen zu machen. So nahe waren die Yankee-Kanonen bereits – im besten Fall noch zwischen zwölf und fünfzehn Kilometer weit entfernt. Es weckte in ihr das Bedürfnis, sich niederzuknien und zu beten – nicht für sich, für die es, gefallene Frau, die sie war, sicher keine Rettung mehr gab, aber für ihre drei kämpfenden Krieger.

Sie wußte mehr oder weniger, wo zwei von ihnen waren. Caleb – Major Caleb Henry, seit seiner Versetzung zu »Felswand«-Jacksons Stab, auf besondere Veranlassung dieses beispiellosen Kämpfers – befand sich mit dem General im Shenandoah Valley. Sie waren bereit, alle Yankee-Streitkräfte, die dorthin kamen, aus dem Hinterhalt anzugreifen und am Boden zu zerstören. Colin, der immer noch Leutnant war und vermutlich bleiben würde – sofern er nicht aufgrund seines offensichtlichen Mangels an soldatischen Fähigkeiten zum Hauptfeldwebel oder einem noch niedrigeren Dienstgrad degradiert wurde –, war bei der Armee von Northern Virginia, über die vor kurzem General Robert E. Lee den Befehl übernommen hatte, nachdem General Joseph E. Johnson, ihr bisheriger kommandierender Offizier, schwer verwundet worden war, und zwar am 31. Mai in der Schlacht von Seven Pines, nahe der Ortschaft Fair Oaks, etwa zwölf Kilometer östlich von Richmond. Aber am schlimmsten war, daß sie nicht wußte, wo ihr Bruder Jeff jetzt war. Norfolk war am 9. Mai evakuiert worden. Jeff und John Brooke waren sogar noch bis zum 11. dort geblieben, um zu beaufsichtigen, wie ihr Meisterstück, die eisengepanzerte *Virginia* verbrannt wurde. Bei seinem letzten Besuch zu Hause, Mitte März, hatte Jeff verzweifelnd erklärt, daß sein und Brookes Traum, woraus ein Kampfschiff sein sollte, der Wirklichkeit hatte weichen müssen. Sie hatten ihr Schiff aus den Überresten der Union-Dampffregatte *Merrimac* gebaut, aber es lag mit seiner gesamten Länge von fast zehn Metern durch den Eisenpanzer zu tief. Und seine rostige, schnaufende Maschine hätte einen Engel zum Weinen gebracht – oder zum Fluchen. Trotzdem hatte die *Virginia* die Union-Schlachtschiffe *Cumberland* und *Congress* versenkt und hätte dem Norden nicht einmal mehr ein Ruderboot übriggelassen, wäre John Ericssons *Monitor* nicht gewesen, diese komische Demonstration gewaltiger Überlegenheit der Yankee-Technik. »Ein verdammter Kochtopf auf einer Schindel!« hatte Jeff sie schnaubend beschrieben. Jedenfalls war sie gerade zur rechten Zeit angekommen – wie in einem schlechten Melodrama eines billigen Schreiberlings –, die *Virginia* zu einem krachenden, eisenverbeulenden Kampf herauszufordern. »Die *Monitor* hat gewonnen«, knurrte Jeff. »Sie hat zwar unsere *Virginia* weder stark beschädigt noch versenken, ja sie nicht einmal besiegen können, aber sie hat verdammt verhindert, daß wir sie dafür einsetzen konnten, wofür wir sie gebaut haben: Die Bluebellies um ihre Flotte zu bringen und die Blockade für immer zu brechen, so daß wir aufhören müßten, dieses eklige Zeug zu trinken!«

Also war Jeff jetzt woanders. Im Südwesten. Wahrscheinlich in Pensacola, Mobile oder an den Flüssen der Middle Border. Aber auch dort siegten die verdammten Yankees unablässig. New Orleans war am 24. April von ihrer Flotte eingenommen worden, Pensacola am 10. Mai, Memphis in Tennessee am 6. des Monats Juni. Allen, die ihr hatten zuhören wollen, hatte sie gesagt, daß der Süden die Yankees letztendlich nicht schlagen könnte, aber sie hatten ihr nicht glauben wollen und sie beschuldigt, ihre Erziehung im Norden färbe ab; außerdem hätten General Jackson und General Johnston bereits wirklich beachtliche Siege errungen ...

Aber bei Seven Pines hatte die Schlacht so nahe bei Richmond stattgefunden, daß man die Leichen der gefallenen Konföderierten zur Bestattung in die Stadt gebracht hatte – sechstausend Mann! Sie war in der Stadt gewesen, hatte die herzzerreißenden Schreie der Mütter, Liebsten, Schwestern und Ehefrauen gehört, hatte gesehen, wie sie reihenweise in Ohnmacht fielen. Was war das für ein Sieg, wenn sechstausend tapfere Jungs ihr Leben lassen mußten, um ihn zu erringen? Die Yankees hatten nur fünftausend Mann verloren. Aber jedem Bolivar Ward standen drei bis fünf verdammte Yankees gegenüber. Also mußten die Yankees im Grunde genommen die letzte Schlacht gar nicht mehr gewinnen, wie sie einmal gesagt hatte. Sie könnten sie sogar verlieren, trotzdem wäre der Krieg vorbei und sie hätten ihn gewonnen, weil alle Jungs des Südens in ihrem Bemühen, sie zu besiegen, umgekommen wären ...

So darf ich nicht denken! rügte sie sich heftig. Aber sie kam nicht dagegen an. Sie nahm zusehends ab, denn ihr nervöser, verkrampfter Magen ließ sie nicht essen. So hatte ihr Frühstück an diesem Morgen wie üblich aus einer dampfenden Tasse dessen bestanden, was Jeff »ekliges Zeug« genannt hatte. Gar keine schlechte Beschreibung für den Kaffeesatz aus gerösteten Erdnüssen – einem von verschiedenen Ersatzkaffees, denn echter Kaffee war nicht zu bekommen, seit die Yankee-Marine getan hatte, was sich Jeff und seine Freunde aus der südlichen Behelfsflotte geschworen hatten zu verhindern: Den Bluebellies war es gelungen, alle größeren südlichen Häfen zu blockieren. Im vergangenen Herbst – der Krieg dauerte noch nicht einmal sechs Monate – hatten alle Richmonder Zeitungen, wie *Whig*, *Enquirer* und *Examiner*, das Format der Seiten um die Hälfte verkleinern müssen, weil es an Papier mangelte und an Blei zum Gießen von Lettern. Nun, Ende Juni 1862, verfügten sie nur noch über ein Viertel ihres ehemaligen Formats. Sie waren voll von Geschichten über die Triumphe der Südstaatentruppen. Sie schrieben, daß das, was General Jackson vor nicht ganz zwei Wochen im Valley getan hatte, nämlich die mehr als hunderttausend Mann starken Yankee-Streitkräfte mit seiner entschlossenen kleinen Armee aufzureiben, die kaum ein Viertel so stark war, ein wahres Wunder gewesen sei – oder eines der großen Meisterstücke militärischen Genies in der langen Chronik menschlicher Tapferkeit.

Bedrückt war Rose Ann jedoch davon überzeugt, daß der Norden weiter angreifen und Schlachten auf Kosten schrecklicher Verluste verlieren, und der Süden weitere Gegenangriffe durchführen und Schlachten auf Kosten weit schrecklicherer Verluste gewinnen würde, weil der Norden seine Gefallenen ersetzen konnte und der Süden nicht. Der

Süden, ihr geliebter Süden, bedeckte sich mit Ruhm, gewann jede Schlacht und verlor den verdammten Krieg.

In Richmond ging es gar nicht mehr so fröhlich zu. All die feschen Offiziere in ihren prächtigen Uniformen waren fort. Da es nicht einmal mehr genügend graues Tuch für Offiziersuniformen gab, zogen die »Bolivar Wards« jetzt in solchen in den Krieg, die aus »Niggerstoff« waren, wie man ihn früher genannt hatte. Jetzt jedoch bezeichnete man die Farbe beschönigend als »Walnußbraun« – ein Farbton, wie der der Uniformen ihrer Nachkommen, in denen diese in zwei Weltkriegen kämpfen und ihn »khaki« nennen würden.

Die Frauen von Richmond und aus der Umgebung ließen allmählich den Patriotismus vermissen. Die Leichen ihrer Krieger, die kaum zehn Kilometer von der Stadtmitte entfernt gefallen waren, kamen häufig vor der Ankündigung ihres Heldentodes in einfachen Kiefernsärgen zu Hause an. Bedachte man die emotionale Belastung eines so makabren Vorfalls, ferner die Einschnürung durch die schrecklichen Fischbeinkorsetts und die Hungerrationen, von denen die Stadtbewohner leben mußten, konnte es keinen objektiven Beobachter wundern, daß die übliche Reaktion auf diese inzwischen bedauerlicherweise alltäglichen Vorkommnisse eine sofortige Ohnmacht war und daß die Betroffenen, wenn sie wieder zu sich gekommen waren, Tag und Nacht schrien.

Die Krankenhäuser waren mit verwundeten Helden geradezu vollgestopft. Und die Frauen der tapferen Kämpfer, die sich daran machten, sie zu besuchen, mußten nicht nach dem Weg fragen. Es reichte aus, die feinen Näschen in den Wind zu heben. Denn dem Gestank aus diesen Institutionen der Heilkunst – zusammengesetzt aus dem Geruch brandiger Wunden, verwesender amputierter Gliedmaßen (die sich schneller anhäuften, als sie begraben werden konnten und denen gewöhnlich in ein oder zwei Tagen der Rest des armen »Bolivars« folgte), den nicht ausgeleerter Bettpfannen und schmutziger Wäsche, wie er aus den Fenstern der Stationen drang und dazu noch der natürliche Körpergeruch von Männern, die sich seit Wochen nicht mehr gewaschen hatten – zu folgen, war der sicherste und schnellste Weg, dorthin zu gelangen, wo zudem noch ein chronischer Mangel an Pflegepersonal herrschte.

Der Verlust einer Haarnadel oder Nähnadel war bereits eine kleinere Katastrophe, ein zerbrochener Kamm schon eine große. Keiner dieser Artikel und auch Spiegel – was für Frauen besonders ärgerlich war – konnte ersetzt werden. Merkwürdigerweise aber waren Spitzen, Seide, Satin, französische Parfüms und dergleichen Luxusgüter noch zu bekommen – wenn man ganze Reisetaschen voll von 10- und 20-Dollar-*Gold*münzen hatte. Die verlangten die heimlichen Blockadebrecher dafür. Denn diese patriotischen Gentlemen, allesamt »Monopolisten« – das war der Begriff, mit dem die »Josephine Rebs« und/oder die »Berta Wards« »Schieber« belegten. Die wollten nämlich keine »Schienbeinpflaster« annehmen, also keine der von den Konföderierten herausgegebenen Banknoten.

Wenn ich nur etwas tun könnte, dachte Rose Ann an diesem schicksalsschweren Junimorgen und begleitete ihre Hilflosigkeit mit einem Stöhnen. Sie war sich durchaus der Tatsache bewußt, daß ihre Schwester Gwen ihr jetzt bestimmt eisig erklären würde, daß es genug zu tun gäbe. Und daß sie und zwanzig wie sie hundert Jahre zu beschäftigen wären, wenn sie nur Hand anlegen wollten. Gwen hatte den großen Salon des McKenzie-Hauses in eine Miniaturtextilfabrik umgewandelt. Vom Speicher hatte sie sich das mehr als hundert Jahre alte Spinnrad ihrer Urgroßmutter geholt und sich selbst beigebracht, damit umzugehen. Caesar, den ältesten Sklaven, der als Tischler ausgebildet war, hatte sie zur »Shirley Hundert«, der Pflanzung der Carters, geschickt, die zu der Zeit noch nicht im Einzugsgebiet von McClellans Yankee-Armee gelegen hatte, um den Webstuhl, der auf wundersame Weise dort erhalten geblieben war, zu studieren und eine Zeichnung davon anzufertigen. Der Cartersche Webstuhl war höchstwahrscheinlich der einzig übriggebliebene im Tidewatergebiet, wenn nicht im ganzen Staat, da die Textilfabriken der Yankees und der Briten den Damen des Südens längst die mühsame Arbeit des Spinnens und Webens abgenommen hatten, die notwendig gewesen war, um die Kleidung für die ganze Familie und die Sklaven anzufertigen. Caesar, ein hochintelligenter Mann – eine Eigenschaft, die ihn den Virginiern suspekt machte, die sich noch an den brillanten Nat Turner erinnerten und an die Revolte vor dreißig Jahren, deren Anführer er gewesen war – kam mit einem perfekten Satz Zeichnungen zurück. Zwei Monate später hatte Gwen ihren Webstuhl. Aber das Schlagen der Lade und das raschelnde Wispern des Schützens, wenn er hin und her sauste, um den Schußfaden waagrecht über und unter die Kettfäden zu befördern, machte Rose Ann fast verrückt, die alles andere denn eine ruhige, friedliche und häusliche Seele war. Außerdem dauerte es so lange! Ein Faden nach dem andern, hinein und heraus, über und unter die Kettfäden, die so sorgfältig und geduldig mit der Hand – gewöhnlich von Venus, der Tochter der alten Tante Cindy – befestigt wurden. Cindys Hände waren noch nicht so knotig und verkrüppelt von der Arbeit. Aber die Methode, deren sich Gwen und ihre Sklavinnen bedienen mußten, blieb veraltet, auch wenn sie jetzt nach hundert Jahren wieder hervorgeholt worden war. Sie war dafür verantwortlich, daß es Stunden dauerte, bis auch bloß ein Meter Stoff gewebt war. Und das nur unter der Voraussetzung, daß nichts brach oder sonstwie schiefging. Doch das war fast immer der Fall. Denn dieses blöde Ding, das nach Rose Anns Meinung ein teuflisches Eigenleben besaß, machte sich eine perverse Freude daraus, auf ständig andere Weise den Geist aufzugeben. Es konnte schon vorkommen, daß sie für ein paar Quadratzoll des groben Gewebes einen halben Tag brauchten. Dazusitzen und so etwas ausgesprochen Langweiliges zu tun wie zu weben, gefiel Zigeuner-Rose McKenzie natürlich gar nicht.

Um nun also zu vermeiden, von der armen, geduldigen Gwen zu einer stumpfsinnigen Arbeit herangezogen zu werden, zog sie sich rasch in ihren eigenen, privaten patriotischen Kriegsdienst zurück, der die Betreuung ihres Heilkräutergartens war. Das Herz dieses Gartens bestand aus Reihen um Reihen von Mohn, den sie zog, um die Militärhospitäler in Richmond mit dem dringend benötigten Opium zu versorgen. Zunächst ging sie die Reihen entlang, um die Kapseln zu begutachten. In jene, die reif genug waren, stach sie mit einer großen Nadel – sie trug sie an einem festen Zwirn, den sie durchs Öhr gezogen hatte, am Hals, denn während der Blockade eine Nadel zu verlieren, wäre wahrhaftig ein entschuldbarer Grund für einen Tränenausbruch gewesen. Danach betrachtete sie die Kapseln, die sie in den vergangenen Tagen angeritzt hatte. An mehreren fand sie eine zufriedenstellende Menge Milchsaft, der aus den winzigen Löchern gequollen war und sich bereits zu Opiumküchlein verdickt hatte. Oder, um die Worte in den Broschüren zu benutzen, die die medizinische Abteilung des Kriegsministeriums an eifrige Patriotinnen wie sie verteilt hatte: Der Milchsaft war »ausgeschwitzt« worden und hatte sich »durch Verdunstung verdickt«. Sie kratzte die gummiartige Substanz mit einem stumpfen Messer herunter, ließ sie in eine gewöhnliche Teetasse fallen und starrte sie an. Was würde passieren, wenn ich ein bißchen von diesem Zeug kaute? fragte sie sich in ihrer üblichen unvorsichtigen Neugier. Oder wenn ich mir eine Pfeife aus einem Maiskolben machte und es rauchte? Man sagt, daß man davon herrliche Träume bekommt – und Gott weiß, ein Traum könnte recht angenehm sein, jetzt, wo die Mannsbilder, die noch in Reichweite sind, Krüppel, Greise oder – Feiglinge sind ...

Sie zwickte ein wenig von dem Rohopium ab und rollte es zwischen Daumen und Zeigefinger. Aber Zentimeter von ihren weinroten Lippen entfernt hielt sie dann inne. Sie hatte sich an die Schreie der armen Teufel in den Hospitälern erinnert, an denen sie vorbeigegangen war, während Skalpelle und Knochensägen in diese Beklagenswerten schnitten, und Pfleger sie auf den Operationstischen festhielten. Chloroform, Lachgas und Äther waren inzwischen durchaus bekannt, aber im blockierten Süden nicht zu bekommen. Also war der einzige Ausweg der medizinischen Abteilung, auf das uralte Schlafmittel Opium zurückzugreifen. Einige der besseren Ärzte hatten zwar erkannt, daß es süchtig machte, aber wenn man nur die Wahl zwischen ihm und der brutalen Tatsache hatte, daß die Schwerverwundeten unter dem Messer an traumatischem Schock starben, konnte man im Grunde genommen gar nicht von einer Wahl sprechen. Also benutzten sie Opium und veranlaßten die Frauen des Südens, Mohn in ihren Gärten anzupflanzen.

Nein! mahnte Rose Ann sich streng. Sei keine Eselin! Diese armen, tapferen Burschen brauchen das Zeug, du aber nicht! Wär' doch eine Gemeinheit, es an dich zu verschwenden, damit du irgendwas Wildes, Aufregendes träumst. Als ob du Träume brauchtest! Wenn all das wirklich verrückt machte, von dem die Leute es behaupten, dann wärst du jetzt längst im Irrenhaus!

Von den Mohnbeeten ging sie zu ihrem kleinen Hartriegelhain. Experimente hatten erwiesen, daß die Beeren der Hartriegelbäume, wenn sie durch Kochen zu einer Paste verdickt wurden, etwa die gleichen Alkaloideigenschaften hatten wie die Chinarinde oder vielmehr das aus ihr gewonnene Chinin, das ein unübertreffliches Mittel gegen Malaria war. Virginia mit seinen vielen Sümpfen war ein Malariagebiet. Also plagte Rose Ann sich, diesen Ersatz für Chinin zu erzeugen, genauso wie andere Grundstoffe: die Rinde von Weiden, Kirschbäumen und spanischen Eichen, aber auch die Wurzeln von Edelkastanien und ihren kleineren Verwandten, einer Zwergkastanienart, genannt Chinquapin. Weiter im Süden machten und benutzten die Frauen Baumwollsamen als weiteren Ersatzstoff; das Tidewater-Gebiet war jedoch insgesamt zu feucht, als daß Baumwolle hier gut gewachsen wäre. Rose Ann vermutete jedoch scharfsinnig, daß keine dieser heimischen Heilmittel ein ausreichender Ersatz für das so dringend benötigte Chinin war oder daß sie überhaupt halfen.

Wenn du wirklich Mut hättest, sagte sie sich wütend, oder wenigstens ein bißchen von der Tapferkeit, deren Mangel du dem armen Colin vorgeworfen hast, würdest du zusehen, daß du in den Norden kommst und ein paar Pfund Chinin holst. Du könntest es schon einschmuggeln. Wenn du dich deines besten Back-Bay-Boston-Akzents bedientest und . . .

Aber sie wußte, daß das nicht ging. Denn erstens einmal, woher sollte sie das Geld für die Fahrkarte nehmen? Und sie müßte mit dem Zug fahren, um auch nur irgendwo nahe genug an einen der verschiedenen Orte zu gelangen, von wo aus sie zu Fuß die ungenaue und häufig wechselnde Grenze überqueren könnte. Keiner der McKenzies hatte je einen roten Heller – außer vielleicht Gwen. Die brachte es als kluge und sparsame Hausfrau immer wieder fertig, ein bißchen zur Seite zu legen. Aber sie konnte ihre ältere Schwester weder um Geld bitten, noch es von ihr stehlen. Das hätte sie bedenkenlos nur bei Pa tun können. Nur daß Pa, wann immer er zu einem bißchen Baren kam, es schneller versoff, als daß jemand ihn darum hätte berauben können. Und Jeff und Caleb, die ihr ohne weiteres einen oder mehrere Dollar überlassen hätten, wenn sie selber welche besaßen – was auch nicht gerade oft der Fall war – waren fort, um in diesem schrecklichen Krieg heldenhaft zu kämpfen.

Außerdem mußte sie sich selbst eingestehen, daß sie davor zurückscheute, es zu versuchen. Nicht so sehr, weil sie Angst hatte, ihre cremefarbene, goldgesprenkelte Haut in Gefahr zu bringen, sondern weil sie ziemlich sicher war, wozu ihr brisantes McKenzie-Temperament sie treiben würde, das wie eine Kartätsche zu explodieren pflegte. Sie wußte, was an den Grenzposten geschah, wo Grenzgängerinnen von Yankee-Beamtinnen durchsucht wurden, die schlimmer als blutrünstige Jagdhündinnen waren. Das hatte sie erfahren, weil sie Maud O'Sullivan besucht hatte, die Irin aus einem von Richmonds Slumvierteln, die versucht hatte, Chinin zu schmuggeln, um es zu verkaufen und mit dem Erlös ihre Familie vor dem Verhungern zu bewahren. Die Richmonder

Zeitungen hatten die arme Maud schon fast als Märtyrerin hingestellt. Sie hatten doch tatsächlich mit einem in jenen prüden viktorianischen Tagen unerhöhrten Wagemut gedruckt, daß diese erbärmlichen Yankee-Beamtinnen ihre Machtbefugnisse so weit mißbraucht hatten, daß sie die Krinoline und andere Unterkleidungen von des armen Mädchens zitterndem Leib gerissen und dann »die intimsten Teile ihres Körpers durchsucht hatten!« So jedenfalls hatte die *Whig* entsetzten Tons geschrieben. Die arme Maud, der der Wortschatz der *Whig* fehlte, hatte es weniger vornehm formuliert. »Sagen Sie mir, Miß McKenzie«, hatte sie gejammert, »wie im geheiligten Namen unserer Großmutter, soll ich meinen Mike je davon überzeugen, wenn er aus diesem grausamen Krieg zurückkommt und mich heiratet, daß ich nicht schlecht war, sondern daß diese verfluchten Yankee-Mistweiber mich mit ihren dreckigen Fingern *ruiniert* haben.«

Wenn es je eine unbeantwortete Frage gegeben hat, dann ist dies eine, hatte Rose Ann gedacht. Aber sie war beharrlich in ihren nicht ausgesprochenen selbstlosen und uneigennützigen Bemühungen gewesen, noch mehr Nützliches von der armen Maud zu erfahren, und so hatte sie auch diese eine Einzelheit gehört, die all ihre feinen Pläne wie ein Kartenhaus zusammenfallen ließ. Die sogenannten Yankee-Beamtinnen waren überhaupt keine Yankees, sondern stammten aus dem Süden. Sie kamen aus den westlichen Landesteilen, die zu dem neuen Union-Staat West-Virginia zusammengefügt worden waren, oder aus den Bergen von Tennessee und Kentucky. Gegen sie angewendet war ihre Trumpfkarte, ihr sorgfältig kultivierter und einwandfreier New-England-Akzent, völlig wertlos. Da sie aus dem Süden waren, hätten sie ihn vermutlich nicht einmal als solchen erkannt. Und weil ihr die offensichtliche Tatsache klar war, hatte sie Schmuggeln als Möglichkeit aufgegeben. Denn, wenn eine dieser empfindsamen Bergblumen bei mir da stochert, wo ein Mädchen bei Gott nicht gestochert werden sollte, jedenfalls nicht mit den Fingern einer Frau, außer vielleicht in der allerschlimmsten

Einsamkeit mit ihren eigenen, würde ich sie ganz bestimmt umbringen und müßte dafür hängen.

Die einzige andere wirklich interessante und patriotische Aufgabe, die sie entschlossen gewesen war, auf sich zu nehmen, hatten ihr die amtlichen Stellen, an die sie sich gewandt hatte, mit grimmiger Endgültigkeit verwehrt. »Sie als Krankenschwester beschäftigen!« hatte jeder einzelne der Chefärzte *aller* Militärhospitäler gebrüllt, an die sie sich gewandt hatte. »Miß McKenzie, wenn ich Ihren Vater und Ihre Familie nicht so gut kennen würde, müßte ich wahrhaftig schlecht von Ihnen denken! Keine *anständige* junge Frau sollte auch nur davon *träumen*, eine solche Beschäftigung auszuführen, bei der sie *täglich* so intimen Kontakt zu fremden Männern hätte. Es ist für eine junge Dame unschicklich, so etwas überhaupt in Betracht zu ziehen!«

Und das war es. Selbst nachdem sie hartnäckig argumentiert hatte, daß kein Mann, der sein Blut für Virginia und den Süden vergossen habe, für sie ein Fremder sein könnte. Ja, daß jeder tatsächlich dadurch zu einem Bruder geworden sei! Ein schroffer alter Knochenflicker und langjähriger Freund ihres Vaters hatte gebrummt: »Das ist aber nicht, was die Leute denken und *sagen* werden, Rose Ann. Sie werden behaupten, er sei dein – Liebhaber!«

»Das hieße, mir drei- oder vier*tausend* Liebhaber zur selben Zeit unterzuschieben!« rief sie. »Gott segne Ihr süßes, kleines, altes, großzügiges Herz, Herr Doktor. Welches Mädchen könnte sich mehr wünschen?«

Woraufhin er gedroht hatte, die Wache zu rufen, um sie vor die Tür setzen zu lassen. Und das war es – um es zu wiederholen – gewesen.

Also ging sie an diesem sonnigen Morgen Ende Juni fröhlich genug den verschiedenen Arbeiten in ihrem Heilkräutergarten nach. Denn obgleich sie nicht sonderlich aufregend waren, sorgten sie doch für ihren Aufenthalt an der frischen Luft, die sie zum völligen Ruin ihres cremefarbenen Teints so sehr liebte.

Als sie von der kleinen Abgrenzung von Wunderbäumen aufblickte, den einzigen Pflanzen, die sie nicht mochte, weil aus ihren Samen Rizinusöl gewonnen wurde, sah sie Brutus, Caesars Sohn. Ihr Großvater, ein begeisterter Lateiner, hatte all seinen Sklaven klassische Namen gegeben. Brutus trieb die Schafherde herbei, die Dave McKenzie mit einem Kredit von der Bank erstanden hatte. Nur eine einzige Bank war bereit gewesen, einem Mann wie ihm, der als leichtsinnig bekannt war, Kredit zu gewähren, nachdem er in Form eines unterzeichneten Kaufvertrags den Beweis erbracht hatte, daß er einen Mangel des Südens beheben und Wolle erzeugen wollte. Wolle war bisher immer aus dem Norden, aus Kanada, Schottland und Australien eingeführt worden, nun jedoch mußte sie aufgrund der Blockade gezwungenermaßen zu Hause erzeugt werden. Als Brutus die Herde mit Hilfe des ausgebildeten Hirtenhundes näher brachte, den ihr Vater ebenfalls gekauft hatte, sah sie, daß sein schwarzes Gesicht einen besorgten Ausdruck hatte. Immer wieder drehte er den Kopf nach Norden und Osten, und seine breite Nase schien zu wittern.

»Großer Gott, Brutus, was ist los?« erkundigte sie sich.

»Die Kanonen, Miß Rose Ann«, antwortete Brutus beunruhigt. »Sie schießen nicht mehr. Nicht eine einzige. Es ist so still, daß meine Ohren richtig weh tun. Ihre nicht, Missy?«

»Ja, das stimmt!« rief Rose Ann erstaunt, dann erstarrte sie. Das war kein gutes Zeichen! Wenn die Yankee-Artillerie, jene Waffengattung, deren Überlegenheit sowohl in Geschicklichkeit wie Stärke überwältigend war, zu schießen aufgehört hatte, konnte es nur bedeuten, daß die aus dem Norden was im Schilde führten. Bei jedem anderen General, außer eben dem ollen McClellan als Befehlshaber, so folgerte sie, hätte man nun meinen können, daß sie einen Flankenangriff versuchen wollten. Aber an dem Tag, als Caleb aufgebrochen war, um sich »Felswand«-Jacksons Stab anzuschließen, hatte er gesagt, daß McClellan soviel Mut zu einem Kampf hätte wie ein neugeborenes Lamm. Dafür sei er aber der beste Taktiker sowohl der Yankees wie auch der Konföderierten, wenn es um den Rückzug und die Festigung von Stellungen ginge. »Er greift eben nicht gerne an«, hatte Cabe gesagt, »aber um Himmels willen, laßt ihn seine Artillerie nicht hinter einem Erd- und Holzwall aufstellen, wo wir *ihn* angreifen müßten. Denn das wäre reiner, erbarmungsloser Mord. Er schießt das tapferste Regiment, ja eine Brigade oder selbst eine Division zu blutigen Fetzen, ehe man auch nur die erste Strophe von *Dixie* singen kann.«

Sie ziehen sich also zurück, schloß sie, aber wohin? Sie brauchte weniger als eine Minute, um das zu erraten. General Lees Armee von Virginia befand sich jetzt *nördlich* der verdammten Yankees und war in einem weiten Halbkreis verteilt, der von Meadow Bridge, vorbei an Mechanicsville zu Graines' Mill und sogar noch weiter bis fast zum Old Cold Harbor reichte. Um den Rückzug in diese Richtung anzutreten, müßte McClellan sich den Weg durch die beste Infanterie und die besten Schützen auf Gottes grüner Erde *erkämpfen.* Und das würde er nicht tun. Das könnte er nicht. Denn das bedeutete Selbstmord für die ganze verfluchte »Bluebelly-Armee«. Also muß er hier herunter kommen! Schräg an den Ufern des York oder James entlang. Aber wenn er das tut, wird General Lee bestimmt General Jackson oder General Longstreet oder General Ewell oder Jeb Stuart schicken, um ihn lebenden Leibs zu verschlingen, wenn er seine ganze Armee so exponierte ...

Sie hielt inne und ihre grünen Augen blitzten. Es gab nicht einen in der konföderierten Armee, der die Gegend so gut kannte wie sie. Sie hatte sich ihren Spitznamen Zigeuner-Rose zumindest zum Teil damit verdient, daß sie durch das ganze sumpfige und von Dickicht überwucherte Hinterland gestreift war, kaum daß sie alt genug gewesen war, sich auf ihrem ersten, fetten Shetlandpony zu halten. Und das hatte sie auch noch getan, nachdem sie die beste Reiterin des gesamten alten Feudalreichs geworden war. Also wußte sie mit einer Sicherheit, die keinen Zweifel offenließ, was General

McClellan tun mußte: Er würde sich mit seiner riesigen Armee durch den White Oak Swamp stehlen, diesem Sumpfgebiet, das zwischen dem Chickahominy und dem James – und damit in der richtigen Richtung – lag, um dann in der Nähe der Long Bridge Road herauszukommen.

Ich werde zu General Lees Hauptquartier reiten oder besser noch zu Jeb Stuarts – falls ich diesen gutaussehenden Teufel *finden* kann! – und ... Da hielt sie wieder inne. So sehr General James Ewell Brown Stuart sie auch mochte, würde er ihr doch nicht glauben, wenn sie mit einer unbestätigten Meldung zu ihm kam. Er würde nur lachen und sein Möglichstes tun, eine Hand spielerisch auf ihre Brust zu legen. Das jedoch nur, weil es taktisch unmöglich war, einem Mädchen im Reifrock in den Hintern zu kneifen oder sie herzhaft zu küssen. Danach, sobald sie wieder bei Atem war, würde er ihr raten, das Soldatenhandwerk den Soldaten zu überlassen, und sich dann entfernen, wobei er ein wenig falsch »Komm zur Kavallerie« pfeifen würde. Rose Ann schwärmte für diesen galanten und tapferen Kavalleriebefehlshaber, genau wie jede weiße Virginierin unter 96. Sie hatte ihn jedesmal gesehen, wenn er in Richmond war, weil Jeb sie hübsch genug fand – wie verdammt noch mal zweihundert andere Mädchen auch! –, um sie zu den Gesellschaften einzuladen, die er gab, wenn er sich gerade in der Hauptstadt aufhielt. Sie wußte nicht, wen sie lieber mochte ... Hör mit dieser Heuchelei auf, Rose Ann! befahl sie sich mit bitterem, aber absolut ehrlichem Spott. Mit welchem dieser beiden kämpfenden Halunken würdest du lieber ins Heu kriechen, wenn einer davon auch nur mit dem kleinen Finger winken würde? Mit Jeb Stuart oder seinem Adjutanten, Major J. H. Heros von Borcke ... Oder mit beiden gleichzeitig! Ohhh Gott! Ich tät es bestimmt! Und jedes dieser albernen Gänschen, die jedesmal gleich in Ohnmacht fallen, wenn Jeb oder Heros in ihre Richtung lächeln, täte es ebenfalls. Nur sind die nicht ehrlich genug, es sich selbst zuzugeben!

Inzwischen raste sie bereits zum Haus, denn nun wußte

sie, was sie tun mußte: Sie würde sich als Kavalleriekundschafterin betätigen und das melden, was sie mit absoluter Sicherheit sehen würde, wenn sie sich in die richtige Richtung begab. Und nicht das, was jeder dieser wackeren Krieger nur für die lebhafte Phantasie einer Frau halten würde, obgleich – oder vielleicht gerade deshalb – die jüngeren konföderierten Offiziere allgemein glaubten, daß Zigeuner-Rose McKenzie das verwegenste kleine Mädchen von Virginia, wenn nicht vom ganzen Süden, sei!

Ein Reitkostüm anzuziehen, war in jenen Tagen, da diese für Reiterinnen noch verrückter waren als ihre übliche Kleidung, eine zeitraubende Angelegenheit. Auch zu ihm gehörte ein Reifrock, kaum schmäler als der der üblichen Kleider. Rose Ann war nahe daran, sich eine von Jeffs Hosen auszuborgen und sich wie ein Mann auf Prinz Rupert zu schwingen. Aber sie wußte, wenn sie das täte, wäre ihr Ruf, der im besten Fall etwas zu wünschen übrigließ, völlig ruiniert. Also plagte sie sich in dieses voluminöse Kostüm, das ihr das Aussehen eines Mädchens verlieh, das verzweifelt versuchte, mit dem Oberkörper einem Armeezelt zu entsteigen, wenn sie im Damensattel auf ihrem leicht erregbaren und lebhaften Wallach saß, auf den sie nur mit Hilfe einer kleinen Treppenleiter kam oder der verschränkten Hände sowie des breiten Rückens von Caesar, Brutus oder Cassius. Außerdem schlug der Saum des Reitrocks, der so geschnitten war, daß die fromme viktorianische Fiktion erhalten blieb, *Damen*, jedenfalls, wären nicht mit so vulgärem Beiwerk wie Beinen ausgestattet, bei jeder Gangart, außer im Schritt gegen Prinz Ruperts Weiche, was ihn halb wahnsinnig und nur sehr schwer lenkbar machte. Das Ganze wäre nicht so schlimm gewesen, wären in den Rocksaum nicht mehrere *Pfund* Schrotkörner eingenäht worden, um ihn selbst im Galopp nach unten zu ziehen und so die Schicklichkeit zu wahren, auf die sie persönlich nicht den geringsten Wert legte.

Endlich fertig, machte sie sich in schnellem Trott auf zur Kreuzung von Darbytown- und Long-Bridge-Road, die etwa zwei oder drei Kilometer von der Stelle entfernt war, bei der die White Oak Swamps kommt. Und wie fast immer bewährte sich ihr rotschöpfiges McKenzie-Glück. Oder nicht? Das fragte sie sich den Rest ihres Lebens. Mit einer etwas größeren Neigung zur Philosophie hätte sie vielleicht zu dem Zeitpunkt das zweite Gesetz des Zufalls aufstellen können, das sich folgendermaßen formulieren ließe: Zufälle – Risiko, blindes Walten, Chance – leisten *nie* etwas, soweit es das Ordnen der Probleme des menschlichen Daseins betrifft, doch wenn es darum geht, alles noch schlimmer durcheinanderzubringen, als es bereits ist, ist das Walten des Zufalls und aller ähnlichen Kräfte außerhalb der menschlichen Kontrolle unübertrefflich!

Nehmen wir die Tatsache, daß die Kavalleristen der Union, auf die sie stieß und von denen zwei eifrig damit beschäftigt waren, ihre karge Mahlzeit an ihrem Posten an der Seite der Long-Bridge-Road zu kochen, und zwar genau an dem Punkt, wo er aus dem Sumpf kam, Angehörige des 9. Black-Horse-Troops und der 11. Division der Commonwealth-von-Massachusetts-Freiwilligen angeschlossen, ausschließlich Bostoner waren.

Das wurde ihr nicht sofort bewußt, denn bei diesen Posten, mit denen sie als erstes sprach, war das – weil sie einfache Soldaten und noch dazu zur Arbeiterklasse irischer Abstammung zählten – nicht sogleich erkennbar. Nachdem diese Posten verlegen die Mündungen ihrer Sharp-Karabiner senkten (genau diese Hinterlader, von denen Jeff gern gehabt hätte, daß sie oder sonst jemand einen für ihn stehle; aber Rose Ann, die nichts von ihnen verstand, wußte das zu diesem Zeitpunkt nicht), die sie auf ihre Brust gerichtet hatten, lachte sie erheitert und sagte in ihrem besten »Back-Bay«-Akzent: »Oh, sind wir nicht schrecklich wild? Ich sage, meine teuren Freunde, würde es euch wohl etwas ausmachen, mit eurer Artillerie in eine andere Richtung zu deuten? Sie macht Prinz Rupert nervös.«

»Prinz Rupert?« fragte einer der Posten.

»Mein Pferd. Gewehre regen ihn entsetzlich auf, den Armen! Dürfte ich mich erkundigen, was ihr da kocht? Es riecht absolut köstlich! Also hört auf, so kriegerisch und streng dreinzublicken, und ladet mich zu einer Portion ein. Ich bin, wie ich euch versichern kann, hungrig wie ein Bär!«

»Pete«, sagte einer der Posten mit einem Grinsen, das die unverhohlene Lüsternheit selbst war, »diese kleine ›Josephine Reb‹ ist bildhübsch! Die erste Südstaatlerin, die ich bisher gesehen habe, die nicht wie das hintere Ende eines Pferdes aussieht. Und da wir sie gefangengenommen haben, schlage ich vor, daß wir sie dem Hauptmann übergeben. Sagen wir, übermorgen. Und jetzt nehmen wir sie mit in den Sumpf, aus dem wir gerade gekommen sind, dann werden wir schon feststellen, ob das stimmt, was man sich über ›Reb‹-Frauen erzählt.«

»Einen Augenblick, mein Guter!« sagte Rose Ann scharf. »Wer wen gefangengenommen hat, steht noch zur Debatte. Und der einzige Grund, aus dem ich ein feines Pärchen wie euch nicht General Lee übergeben habe, ist die Tatsache, daß ich *keine* ›Reb‹ bin. Ich komme aus Boston in Massachusetts, was ihr bereits erkennen hättet müssen, wenn ihr ein Ohr für Sprache hättet!«

»Ich will verdammt sein«, sagte der eine Posten nachdenklich. »Sie redet tatsächlich nicht wie eine ›Reb‹. Ed, mein Junge, sie hört sich eher an wie eine dieser vornehmen Damen von Beacon Hill, die durch einen Mann hindurchsehen, als wäre er gar nicht da . . .«

»Genau dort wohne ich«, erklärte Rose Ann unverfroren. »In der Chestnut Street.« Sie hatte ihren kleinen Derringer bei sich, aber ein paar von den verdammten Yankeeposten unter den gegebenen Umständen zu erschießen, wäre kaum ratsam. Besonders nicht, solange sie sich durch Reden aus der Affäre ziehen konnte.

Der erste Posten, der seine nicht gerade spaßigen Pläne, sich auf seine Weise zu vergnügen, wie Felle davonschwimmen sah, fragte säuerlich: »Und was machen Sie hier, Miß Beacon Hill?«

»Ich bin geschäftlich hier«, erklärte Rose Ann ruhig. »Mein Vater hat eine Schuhfabrik in Lynn. Und seine Hauptabnehmer für die billigeren Arbeitsschuhe sind Südstaatler, die sie für ihre Neger kaufen. Er kam auf das dringende Ersuchen seines Hauptvertreters in Richmond hierher. Der wollte die Einzelheiten eines größeren Auftrags mit ihm besprechen, ehe dieser schreckliche Krieg, den jeder kommen sehen konnte, die Lieferung unmöglich machen würde. Mein Vater ist nicht bei bester Gesundheit, deshalb begleitete ich ihn. Der Kriegsausbruch überraschte uns hier. Das ist alles. Außer daß die ›Johnny Rebs‹ viel galanter und gastfreundlicher sind als ihr zwei. Also, wenn ihr nicht vorhabt, diesen köstlich duftenden Eintopf, den ihr da kocht, mit mir hungrigem Yankee-Flüchtling zu teilen, dann geht mir bitte aus dem Weg, damit ich meinen Morgenritt fortsetzen kann.«

Die beiden Posten blickten einander an.

»Das dürfen wir nicht, Miß«, sagte der frustrierte Lüstling. »Das hier ist sozusagen eine geheime Mission. Wenn die ›Johnnies‹ davon Wind bekämen, wären der arme Pete und ich morgen selbst der Eintopf. Denn der Hauptmann würde uns mitsamt Haut und Haar, Uniform, Stiefeln und Sporen zu Hackfleisch verarbeiten. So leid es mir tut, Sie müssen mit mir zum Hauptquartier kommen. Aber keine Angst, das Schlimmste, was Ihnen passieren kann, ist, daß man Sie bis morgen festhält. Denn bis dahin haben wir dieses Unternehmen hinter uns, wie die ›Johnnie Rebs‹ zu ihrem Leidwesen feststellen werden.«

Rose zuckte unmerklich zusammen, als sie das hörte, hatte sich jedoch im großen und ganzen bewundernswert unter Kontrolle. Sie lächelte die Posten an und sagte honigsüß: »Sieht euer Hauptmann gut aus? Wenn ja, könnte dieser Zwischenfall mir sogar Spaß machen.«

Der Posten namens Pete grinste sie an.

»Nun, Miß«, witzelte er, »Sie dürfen nicht vergessen, daß wir einfache Soldaten sind. Für uns sieht jeder Offizier wie der Hintern des Teufels aus. Aber bisher sind noch keine feinen Damen bei seinem Anblick in Ohnmacht gefallen. Also ist anzunehmen, daß ein keckes Mädchen wie Sie selbst seine Physiognomie erträgt, die bestimmt eine schreckliche Heimsuchung für seine arme alte Dame gewesen sein muß.«

Die Angelegenheit verzögerte sich noch weiter, da die beiden stritten, wer sie zum Hauptquartier bringen sollte. Denn ihre Stellung völlig ungeschützt zurückzulassen, wäre ein Vergehen, das sie vors Kriegsgericht bringen könnte. Ed, der sich einbildete, ein Frauenheld zu sein, ließ den armen Pete spüren, daß er sein Vorgesetzter war. Wenn Rose Ann sich nicht täuschte, war er Unteroffizier, also zwei Ränge höher als der einfache Rekrut Pete. So eskortierte er Rose Ann ins Lager der 9. »Black-Horses« und flirtete den ganzen Weg über mannhaft mit ihr.

Sie mit ihrem ungebändigten Temperament flirtete vergnügt zurück und versuchte gleichzeitig, ihm nützliche militärische Geheimnisse zu entlocken. Was natürlich vergebliche Liebesmüh war. Denn das, was das Oberkommando vorhat, dringt vielleicht die Ränge so weit hinunter, daß ein grauhaariger Feldwebel mit den Streifen langjähriger Dienstzeit es aufgrund harter Erfahrung erraten kann. Aber ein so niedriger Dienstgrad wie ein Unteroffizier erfuhr nie etwas. Ihm wurde nur befohlen, was seine Vorgesetzten zu einem bestimmten Zeitpunkt für nötig hielten, wozu sehr oft gehörte, daß er und seine Korporalschaft irgendeinen Punkt von dubiosem Wert halten sollten, wobei sie häufig den Tod fanden.

Aber tatsächlich brauchte Rose Ann nichts weiter als ihre seegrünen Augen, ihre lebhafte Phantasie und ihre Intelligenz, die aufgrund ihrer Ungezwungenheit um so schärfer war, um sofort zu erkennen, was die verdammten Yankees vorhatten. Außerdem hatte sie den zusätzlichen Vorteil, daß sie mit unermüdlicher Aufmerksamkeit – hauptsächlich, weil sie ihren weisen, nach Whisky riechenden alten Sünder von Vater anbetete – den Geschichten Dave McKenzies zugehört hatte, wenn er vom Krieg mit Mexiko erzählte. Und mehr noch, statt sich bei diesem endlosen Theoretisieren über die Fehler in der Strategie in diesem Krieg zu langweilen – der alles andere als der Sonntagsausflug gewesen war, als den allzu viele Möchtegernhistoriker ihn hinstellen wollten –, war sie ehrlich daran interessiert gewesen und war soweit gegangen, mit dem Bleistift in der Hand, mit ihrem Vater zu argumentieren, wenn der sich über seine groben, selbstgezeichneten Karten von Buena Vista, Veracruz und Monterrey beugte. So war es nicht von der Hand zu weisen, daß die Konföderation sich mindestens um die Dienste eines erstklassigen Brigadegenerals brachte, weil sie sie nicht eingezogen hatte.

Während sie Prinz Rupert am Zügel hinter sich herführte und scheinbar sorglos mit dem Korporal neben sich plauderte, zeichnete sie im Geist eine Karte der Gegend. Da die riesige Yankee-Armee sich jetzt hier an der Kreuzung der Charles-City und Long-Bridge-Road befand, mußte sie südwärts weiterziehen, um den James zu erreichen. War sie erst am Fluß angekommen, konnte sie sich auf Transportdampfern südwärts zum Meer zurückziehen. So sah es zumindest aus. Aber das war es eben: Es war zu verdammt offensichtlich! Und McClellan, der schlechteste General, wenn es anzugreifen hieß, war einer der besten Strategen – wie General Lee höchstpersönlich sagte –, die diese Welt kleinlicher Wichtigtuer je gesehen hatte, soweit es um Rückzugs- und Verteidigungstaktik ging.

Also wurde Rose Ann klar, daß er ganz sicher nicht die selbstmörderische Torheit begehen würde, eine Armee, so groß wie seine, auf Schiffe zu verladen, während er einen schlagkräftigen Feind im Rücken hatte, der bereit war, seine Männer niederzumetzeln, wenn sie, so gut wie wehrlos, auf die Schiffe verfrachtet wurden. Nein. Ehe er sich weiter zurückzog, *mußte* General McClellan sich stellen, *mußte* die nächste Schlacht gewinnen oder ihren geliebten Jungs in Walnußbraun so gewaltige Verluste zufügen, daß ihnen nichts übrigblieb, als sich zurückzuziehen. Und dann konnte er seine Armee fortbringen.

Aber – wo? Im Namen Gottes, wo? Rose Ann ließ die gesamte Gegend über den Laterna-magica-Schirm ihres fast fotografischen Gedächtnisses ziehen. Entlang einer der drei Straßen, die nordwestwärts nach Richmond führten? Unsinn! Die Charles-City-, Darbytown- und New-Market-Road liefen durch flaches Gebiet, wo Jacksons Truppen, die so schnell marschierten, daß man sie die »Fußkavallerie« nannte, oder Jeb Stuarts echte Kavallerie, die vor zwei Wochen rings um die gesamte Yankee-Armee geritten war und ihren Nachschub im Wert von sieben Millionen Dollar zerstört hatte, sie zu Hackfleisch machen würden, bis Longstreet und beide Hills, A. P. und D. H. ankamen, um zu verschlingen, was bis dahin von den »Bluebellies« noch übrig war.

Vielleicht am Fluß selbst? Das wäre aus Yankee-Sicht noch schlimmer. Mit dem Rücken zu Orten wie Chaffees Bluff, Deep Bottom oder Turkey Bend war ihnen der Tod sicher – außer sie stellten ihre Artillerie vor ihre Infanterie und riskierten, daß sie überrannt wurde. Dieses Gebiet war so verdammt flach, daß . . . Da hielt sie inne. Großer Gott! Malvern Hill! Wenn sie ihre großen Geschütze auf diesen Hügel postierten und in halber Höhe auf jeder Seite, dann brauchten sie bloß loszuballern. Das ist das einzige, worin sie gut sind. Ich habe die armen verwundeten Teufel die Yankee-Kanoniere endlose Male verfluchen gehört! Ich muß hier weg! Ich muß Jeb warnen, falls ich ihn finden kann. Oder General Lee persönlich! Er ist der höflichste Gentleman, den ich je gesehen habe. Ich glaube, daß er nicht einmal eine einzige Verwünschung kennt. Also wenn ich ihm sage, daß ich Dave McKenzies Tochter bin, und ihn erinnere, daß Pa in Mexiko an seiner Seite gekämpft hat – wie hieß dieser schreckliche Ort bloß? Ah ja, El Telégrafo Hill –, läßt er mich ihm vielleicht sagen, wessen ich sicher bin. Im Gegensatz zu den meisten Südstaatlern behandelt er Frauen nicht wie Spielzeug, Törinnen, oder – was am schlimmsten ist – wie Heilige aus Gips, die man auf ein Piedestal stellt. Man erzählt, daß er seiner Frau zuhört und ihren Rat befolgt, wenn er ihn gut findet. Kann man sich Jeb Stuart oder Heros von Borcke oder »Felswand«-Jackson vorstellen, wie sie auf irgend jemanden in Röcken hören? Jetzt muß ich also zusehen, daß ich von diesen verdammten Yankees fortkomme und . . .

Die Antwort des Postens auf eine müßige Frage traf sie plötzlich wie ein Schlag. »Woher wir sind, Miß?« sagte er lachend. »Aus Ihrer eigenen Stadt. Aus Boston! Bestimmt kennen Sie alle unsere Offiziere, weil sie genau die Art von Jungs sind, die den jungen Damen von Beacon Hill den Hof machen . . .«

Oje, dachte Rose Ann verzweifelnd. Wenn nur einer von ihnen auf einem der Bälle war, die wir mit Miß Bradstreet besuchen durften, sitze ich in der Patsche. Denn kaum zehn Minuten nachdem wir dort waren, habe ich jeden wirklich gut aussehenden Burschen dort mit meiner gedehnten südlichen Redeweise betört. In gewissen Kreisen war ich von einem Ende Bostons zum anderen als »die Dixie-Belle« bekannt.

»Ed, mein Lieber«, sagte sie süß. »Ich bin sehr müde. Helfen Sie mir bitte auf mein Pferd, ja? O nein, keine Angst, ich werde nicht versuchen wegzureiten. Ich gebe Ihnen die Zügel, dann können Sie uns führen.«

Mit lüsternem Grinsen tat Ed ihr den Gefallen. Rasch schob er seine Pranken unter ihre Krinoline und kniff sie begeistert durch die weiche baumwollene Rüschenunterhose in den Schenkel, ehe er sie zögernd im Sattel absetzte.

Woraufhin Zigeuner-Rose ihm leicht und verspielt mit der Reitpeitsche einen Schlag versetzte. Und mit einem Grimm, der so offensichtlich unecht war, daß Ed um Zentimeter wuchs, und überzeugt war, daß er Eindruck geschunden habe, sagte: »Sie schlimmer, schlimmer Junge! Ich werde Ihren Hauptmann bitten, daß er Sie bei Sonnenaufgang erschießen läßt!«

»Bei Gott, dann gibt es einen irischen Sünder, der morgen

glücklich sterben wird«, sagte er grinsend. »Wie wär's, wenn ich Ihnen auch noch einen Kuß stehlen würde? Dafür dürfen sie mich dann ruhig zweimal erschießen!«

Mit süßem Lächeln beugte Rose sich hinunter und drückte einen weichen, feuchten Kuß auf seine schmutzige, stoppelige Wange.

»Aber jetzt benehmen Sie sich, Eddie-Junge«, murmelte sie. »Sonst werde ich mich wirklich bei Ihrem Hauptmann beschweren.«

Auf neuentdeckten rosigen Wolken schwebend, führte Korporal Eddie sie in das Lager.

»Geschenk für den Hauptmann!« sagte er mit einem unverschämten Grinsen, als er seine scheinbare Gefangene zu den beiden liegenden Baumstämmen führte, auf denen der Hauptmann und zwei Leutnants saßen und den schmackhaften Eintopf aus Fleisch, Kartoffeln und Zwiebeln verschlangen, der eine New-England-Erfindung war und – besonders in Seemannskreisen – Labskaus genannt wurde. Alle drei sprangen auf die Füße und nahmen hastig ihre schwarzen Kossuth-Hüte ab, deren linke Krempe sie auf australische Art hochgestülpt und mit der Messingspange der 9. »Black-Horse« befestigt hatten, und starrten sie in unverhohlenem Staunen an.

Zigeuner-Rose warf einen schnellen Blick auf die verwunderten jungen Gesichter. Wie die Flieger in späteren Kriegen waren Kavallerieoffiziere noch regelrechte Kinder. Das machte den Umgang mit ihnen für Rose Ann zum Kinderspiel, um so mehr, da sie allmählich ihren Amateurstatus als Hexlein verlor. Zu ihrer unendlichen Erleichterung stellte sie fest, daß sie keinen von ihnen kannte, und entspannte sich völlig, denn wenn sie sich auf irgend etwas verlassen konnte, so war es ihr untrügliches Gedächtnis.

Das ihr jedoch in diesem Fall einen Streich spielte, und zwar aus einem Grund, den jede wirklich weibliche Frau verstehen kann. Um sich an einen Mann erinnern zu können, muß man ihn *ansehen*! Äußerst bedauerlicherweise für Rose

Ann, für ihn selbst und für mehrere tausend »Johnny Rebs« und/oder »Bolivar Wards«, war der eine Leutnant, und in der Rangfolge dritte Offizier der 9. »Black-Horse«, nicht die Art Mann, die je von Frauen bemerkt wird. Ihr Blick flog vielleicht über sein langweiliges Ochsenfroschgesicht mit der fleckigen Haut, die zahlreiche Narben von der Akne aufwies, die er selbst jetzt mit dreiundzwanzig noch nicht ganz los war, auf seine vorstehenden Augen, durch die dicke Brille noch vergrößert, die ihn eigentlich vom Militärdienst hätte befreien sollen, nur daß er eben ein Freiwilliger war – und zu dem Zeitpunkt wies keine Seite Freiwillige zurück, selbst wenn sie wie noch etwas warme Leichen kurz vor der Leichenstarre aussahen –, und blickte laut gähnend weg, oder bemühte sich nicht, einen leichten Schauder zu unterdrükken.

Noch bedauerlicher, aber völlig natürlich war die Folge dieser immer gleichen Reaktion aller weiblichen Wesen auf ihn, daß Leutnant Elliot Prescott soweit war, Frauen von ganzem mitleidigem, unglücklichem Herzen zu hassen, eine Tatsache, die ihn so gut wie immun gegenüber einem so bezaubernden Hexlein wie Rose Ann machte.

Das Problem war nämlich, daß er Frauen liebte. Mehr noch, er betete sie an. Er wurde von Liebe verzehrt, sein ganzer, gedrungener Körper brannte ständig vor akutem und fast unbeherrschbarem Verlangen, was eine so große Tragödie war, daß nicht einmal die größten schöpferischen Genies der Weltliteratur je versuchten, es zu schildern, obgleich es ihres Geschicks durchaus würdig gewesen wäre: die lebenslange, unerträgliche, ja unglaubliche Seelenqual jener, die ohne auch nur eine Spur Zweifel und die geringste Hoffnung erkannt haben, daß sie nicht geliebt werden können.

Jetzt, während er durch die dicken Brillengläser auf Rose Ann schaute und ihrem vergnügten und wahrheitsgetreuen Geplauder über Boston lauschte, wie sie es gekannt und wirklich geliebt hatte, erinnerte er sich – wütend! – an ihre süße Stimme, wie sie auf ihre eigene, sonnengewärmte, heimatlich gedehnte Redeweise zu ihm gesagt hatte: »Tut mir leid, Fröschchen, aber mir ist momentan nicht nach Tanzen ...« Dann hatte sie sich noch im gleichen Augenblick umgedreht und war in die Umarmung eines dieser hochgewachsenen, kühlen, selbstbeherrschten Back-Bay-Aristokraten geglitten, die er nur um eine Spur weniger haßte als die Frauen, um sich mit ihm im Walzertakt zu drehen ...

Also wartete er, bis sie eine Verschnaufpause machte, ehe er rauh zu Hauptmann Sedgwick sagte: »Sir, lassen Sie sie herunterholen, und nehmen Sie sie unter Arrest. Sie ist eine Reb-Spionin, Sir. Ich bin ihr einmal zufällig begegnet. Natürlich kennt sie Boston sehr gut und kann unseren Akzent fast perfekt nachahmen. Sie besuchte Miß Phoebe Bradstreets Schule für junge Damen in der Court Street – bis sie wegen skandalösen Verhaltens ausgestoßen und in ihr heimatliches Virginia zurückgeschickt wurde ...«

Hauptmann Jonathan Sedgwick starrte ihn an.

»Elliot, sind Sie *sicher*?« fragte er.

»Absolut, Sir. Sie brannte mit dem Sohn des reichen italienischen Kaufmanns Giovanni Lucarelli durch. Signor Lucarelli ließ die Ehe annullieren, da Giuseppe noch nicht mündig war. Also ist diese hübsche Hexe hier sowohl eine abgeschobene Ehefrau wie Witwe, da der arme Giuseppe, der mein Freund war, es schließlich fertigbrachte, sich bei Seven Pines umbringen zu lassen ...«

Auch wenn sie eine Sünderin war, so abgehärtet war Rose Ann denn doch nicht. Bei dieser schrecklichen Neuigkeit brach sie in haltlose Tränen aus, die ihre Wangen nur so überfluteten.

»O nein!« stöhnte sie. »Nicht mein Joe-Joe! Nicht mein süßer kleiner Zuckerbubi!«

»Tom«, sagte Hauptmann Sedgwick ernst zu Oberleutnant Thomas Meredith, »nehmen Sie den Zügel des Pferdes. Junge Frau, ich fürchte, ich muß Sie unter Arrest stellen.«

In diesem Augenblick kam Rose Ann zu sich. Als Oberstleutnant Merediths Finger sich noch fünfzehn Zentimeter von Prinz Ruperts Zügel entfernt befanden, riß sie sie hoch und schlug ihre Reitpeitsche pfeifend auf ihres Wallachs Weiche. Prinz Rupert, der eine solche Behandlung überhaupt nicht gewohnt war, machte einen gewaltigen Satz. Nur eine Reiterin wie Rose Ann konnte sich auf ihm halten, was in einem Damensattel besonders schwierig war, von der unangenehmen Art, so zu reiten, ganz zu schweigen. Beim zweiten Riesensatz war sie jenseits des Lagerfeuers und fast in Sicherheit. Da tat Leutnant Elliot Prescott etwas, wozu vermutlich nur einer unter den Hunderttausenden von Männern in den Streitkräften der Union fähig gewesen wäre: Er zog seinen schweren Dienstrevolver, zielte kühl und schoß.

Seine Treffsicherheit war entweder sehr gut oder sehr schlecht, je nachdem, von welcher Seite man es sah. Die 44er-Kaliber-Kugel seines 1860er-Modells-Armee-Colt drang ihr ins Kreuz, knapp links von der Wirbelsäule, zerschmetterte ihre unteren Rippen, wurde von den kräftigen McKenzie-Knochen weiter nach links abgelenkt und pflügte sich ihren Weg durch die schlanke Taille. Doch weit genug seitwärts, als daß sie ihre inneren Organe hätte verletzen können.

Was als nächstes geschah, wurde ein Teil der McKenzie-Sage. Von unverfälschtem keltischem Blut, einer Rasse, deren Frauen ihre Männer fast immer an Mut übertroffen haben, mit einer Abstammung, die zu Königin Boadicea zurückreichte, bewies Rose Ann an diesem Tag reine Wundertaten in willensstarkem Mut. Und sie führte sie mit fast unterwürfiger Demut aus, ohne zu wissen, daß sie mutig war.

Was sie rettete, war natürlich die Tatsache, daß sie nicht verfolgt wurde. Denn Hauptmann Jonathan Sedgwick und Oberleutnant Thomas Meredith standen auf der kleinen Lichtung und starrten Leutnant Elliot Prescott mit absoluter Verachtung an.

»Elliot«, sagte Tom Meredith dumpf, »ein Mann, der eine Frau erschießt – oder auch nur auf sie schießt –, ist erbärmlicher als ein Hund!«

»Da kann ich bloß beipflichten«, sagte der Hauptmann.

»Ihr Glück, daß Sie nicht getroffen haben, denn sonst würde ich Sie zum Rekruten degradieren und Sie Latrinen reinigen lassen!«

»Aber Sir!« Der arme Elliot weinte fast. »Ich durfte doch nicht zulassen, daß sie entkommt! Sie wird zu den Rebs reiten und ihnen sagen . . .«

»Was?« fragte Tom Meredith angewidert. »Daß sie am Rand eines Sumpfes auf einen Trupp Yankee-Reiterei gestoßen ist? Wieviel Beachtung, glauben Sie, wird das Rebellen-Oberkommando ihren Worten schenken? Falls sie überhaupt an irgend jemand von Bedeutung herankommt, was ich bezweifle. Sie wird viel zu sehr damit beschäftigt sein, hübsch wie sie ist, die vorderste Postenkette abzuwehren. Sie werden ihr erst zuhören, wenn sie sie schließlich überzeugt, daß sie nicht vorhat, ihnen zu gestatten, ihr ihr hübsches Spitzenhöschen auszuziehen . . .«

»Hauptmann, Sir!« beschwor Elliot Prescott ihn. »Schikken Sie ihr Reiter nach! Sie ist eine Spionin! Eine Spionin, das versichere ich Ihnen!«

»Elliot«, sagte der Hauptmann seufzend, »Sie haben zu viele dieser Penny-Geschichten gelesen und sich zu viele Melodramen angesehen. Und jetzt schweigen Sie endlich! Das ist ein Befehl, verdammt!«

Was natürlich Zigeuner-Rose nicht half, denn sie wußte es ja nicht. Etwa einen dreiviertel Kilometer entfernt hielt sie Prinz Rupert an.

Ich bin getroffen! wimmerten ihre Gedanken. Man hat auf mich geschossen. Ich blute grauenvoll. Ich werde sterben! Leb wohl, Jeffie-Schatz. Leb wohl, Pa. Es tut mir leid. Trauert nicht um mich. Vor allem du nicht, Pa. Jeff hat seine Mary Sue, aber du hast – niemanden. Aber trauere nicht, bitte, Pa. Besauf dich! Bleibe betrunken, eine Woche, einen Monat, ein Jahr – und dann vergiß mich, ja? Ich hab' sowieso nie was getaugt. Schlecht, verdorben, unmoralisch war ich – und als Frau und Mutter hätte ich sowieso nichts getaugt.

Aber du hörst auch die Sündigen, wenn sie sterben, nicht

wahr, lieber Gott? Ich bitte dich nur um eines: Gib mir noch eine Stunde – oder zwei. Laß mich etwas Gutes tun, ehe du mich holst. Laß mich Jeb erreichen, damit er es General Lee sagen kann und General Jackson und Cabe und sogar dem armen Colin. Oder laß mich zu irgend jemand, dem ich sagen kann, wo *sie* sind, was sie vorhaben – all diese Kanonen, diese schrecklichen Kanonen da oben auf Malvern Hill, wo sie ...

Nein! Nicht auf die Straße! Zurück! Zurück in den Sumpf. Dort können Sie dir nicht folgen. Du kennst jeden verdammten Pfad, und sie – sie müssen erst satteln, sie waren ja gerade beim Essen, aber trotzdem, so im Freien könnten sie mich leicht einholen. Doch hier, hier herinnen, hier ...

Sie saß auf Prinz Rupert und untersuchte ihre Taille mit zitternden Fingern. Sie fand sowohl das Einschußloch als auch die Stelle, wo die Kugel ihren Körper wieder verlassen hatte. Sie dachte nach. Bauchschuß. Pa sagt, nicht einer in einer Million überlebt so einen Schuß. Na gut, ich werde nicht überleben. Ich muß auch nicht überleben, aber so lange wenigstens muß ich noch am Leben bleiben, bis ich unsere Armee erreicht habe. Der Petticoat! Reiß ein paar Streifen ab. Stopf sie in diese zwei Löcher, gib dem Blut etwas, woran es verkrusten kann. Vorsichtig, ganz vorsichtig. Nein, es tut nicht zu sehr weh, es ist taub, weil der Schock noch nicht vergangen ist. Doch wenn er vorbei ist, wird es schlimmer werden. Aber ich darf nicht stöhnen oder weinen oder schreien, weil der verdammte Sumpf voller verdammter Yankees ist und ...

So ist's richtig. Ich fühle mich sogar besser – oder nicht? Mach schon, Zigeuner-Rose! Nimm diesen Weg – nach Richmond. Pa hat ein ganzes Lamm zu General Lee geschickt mit einem Zettel: »In Erinnerung an Telegraph Hill, Dave McKenzie« – und er hat Cassius gesagt, er soll es – wohin bringen? Nach Mechanicsville! Ohhh Gott! Das ist so verdammt weit! Elf Kilometer nördlich von Richmond, und vorher muß ich durch Richmond. Aber das darf ich nicht.

Denn dort würden sie mich aufhalten und ins nächste Krankenhaus stecken, und niemand wird mir glauben, und die Yankees werden Malvern Hill erreichen und befestigen und dann . . .

Grimmig ritt sie weiter durch den Sumpf. Sie riß noch ein paar Streifen vom Petticoat ab, wickelte sie um ihre Taille und zog das freie Ende durch einen der Gurtringe am Sattel und band es dort fest, damit Prinz Rupert sie weitertragen würde, selbst wenn sie herunterrutschte. Er würde ihre arme Leiche heimschaffen, und sie würde so vielleicht ihre geliebten, nur mit Mais ernährten Jungs warnen, selbst wenn sie tot war und es ihnen nicht mehr selbst sagen konnte . . .

Aber sie rutschte nicht herunter. Sie ritt weiter. Sie hatte nun Schmerzen. Größere, als sie je geglaubt hatte, daß ein Mensch haben könnte, ohne zu sterben. Und sie durfte nicht einmal schreien, weil sie die Yankees hören konnten, die wie Elefanten durchs Gebüsch stapften. Stumm betete sie, sagte sie »Colin, verzeih mir. Du hast ein Recht gehabt, davonzulaufen. Niemand sollte gezwungen sein, so etwas auszuhalten. Ich fürchte mich vor dem Höllenfeuer, das wir beide uns mit der Sünde verdienten, die wir gemeinsam begangen haben und die nicht einmal Spaß gemacht hat, was vielleicht schon Strafe genug war . . . Gwen, verzeih mir, Schatz. Du bist ein Engel, und ich war dir eine schreckliche Schwester, wie ich mit Caleb geflirtet und dich geärgert habe und dich die ganze Arbeit allein machen ließ, während ich . . .«

Einen großen Teil der Zeit war sie halb bewußtlos. Im Sattel zusammengesackt, setzte sie all ihre Willenskraft ein, um nicht herunterzufallen. Sie ritt weiter, und der Schmerz war grauenvoll. Demütig betete sie: »Nimm mich. Schick mich für immer ins Höllenfeuer, aber laß mich erst hinkommen, hinkommen, laß mich hinkommen . . . O Gott! Es tut so weh, so weh, so weh, und ich darf nicht, will nicht, werde nicht schreien. Vater unser, der du bist im Himmel, hab' Erbarmen mit mir Sünderin, mir armen, sterbenden Sünderin, laß mich hinkommen – o Gott . . .«

Und sie kam hin. Und was bewies sie damit? Daß das Leben absurd ist. Ohne Vernunft, Bedeutung, Wahrheit. Aber wenn eine Frau durch die tiefste Hölle reitet, allein von Mut getrieben, von nacktem Willen aufrecht gehalten und über das zerfetzte Fleisch hinauswachsend, so kann sie dieser Tatsache doch einen ziemlich überzeugenden Sinn verleihen. Wie Selbstaufopferung. Wie Würde. Wie Tapferkeit. Jedenfalls kam sie an. Vielleicht, weil zu viele Leben von ihrem abhingen. Also durfte sie nicht davongleiten und sich zu früh der Erleichterung hingeben, keine Schmerzen mehr im gnädigen Nichts zu haben und ihr süßes Fleisch den Würmern zu überlassen . . .

Als sie in den Hof des Hauses an der Mechanicsville Road ritt, war es Sonntagmorgen, der 29. Juni. Sie war die ganze Nacht hindurch geritten, und doch lebte sie nicht nur noch, sondern war auch bei Bewußtsein. Einigermaßen jedenfalls. Sie sagte: »General Stuart. Bringen Sie mich zu ihm. Ich muß ihm sagen . . .«

Der Wachposten grinste sie an. Ihr Reitkostüm war schwarz. Er konnte nicht sehen, daß es eine brettsteife Masse getrockneten Blutes war, oder erkennen, daß sie vor Fieber brannte, und auch nicht, daß ihre zierliche Taille gespannt wie ein Trommelfell geschwollen war und drohte durch das Fischbeinkorsett zu bersten, das sie überhaupt nicht brauchte, das jedoch diesmal recht nützlich war, weil es vielleicht verhinderte, daß ihre Eingeweide herausfielen.

»Schätzchen«, sagte er, »wer weiß schon, wo der olle General Stuart ist? Schau doch mich an! Alle Mädchen sagen, was ich für ein hübscher Junge bin. Du weißt bloß nicht, wie süß ich sein kann, aber wenn du mich erst kennenlernst . . .«

»General – Lee?« wisperte sie.

»Drei Häuser weiter. Aber komm schon, Schätzchen, General Lee ist ein bißchen zu alt für dich und . . .«

Er erstarrte. Dann würgte er: »Allmächtiger Gott!« Er ließ seine Enfield fallen, hob beide Arme und fing sie auf, als sie fiel.

»Weiß irgend jemand, wer diese junge Frau ist?« fragte General Lee.

»Ich«, erklang oder vielmehr krächzte eine Stimme aus der Gruppe der anwesenden Offiziere.

»Treten Sie näher«, befahl der General. »Sie sind Major ...«

»Henry, Sir. Caleb Henry, von General Jacksons Stab ...«

General Lee blickte ihn an.

»Tränen, Major?« fragte er ruhig. »Wohl kaum das, was man von einem Adjutanten General Jacksons erwarten würde.«

»Ja, Sir. Ich weiß, Sir. Aber zum Teufel, ja. Ich weine. Und wenn sie stirbt, werde ich überhaupt nicht mehr aufhören ...«

»Ist sie – eine Verwandte, Major?«

»Meine Schwägerin, Sir. Die verwegenste Frau auf Gottes grüner Erde. Die Tochter eines Mannes, der behauptet, er hätte mit Ihnen in Mexiko gekämpft, Sir. Aber ich würde das nicht unbedingt beschwören. Meines Schwiegervaters Mund kann nicht mit einem Gebetbuch verglichen werden ...«

»Sein Name? Der der jungen Frau?«

»Dave McKenzie, Sir. Von der ›McKenzie-Hundert‹. Und das tapfere kleine Ding dort drinnen ist seine Tochter Rose Ann.«

Der General lächelte. »Nun, Dave hat es mit der Wahrheit nicht immer genau genommen, aber in diesem Fall schon. Er und ich lagen einmal eine ganze Nacht lang hinter Baumstämmen, hinter dem Hügel, den die Mexikaner El Telégrafo nannten, während Santa Anas Kavallerie rings um uns herumdonnerte. Und ich weiß nicht, wer von uns mehr Angst hatte ... Daves Tochter, also? Das erklärt eine Menge. Sagen Sie, Major, haben Sie eine Ahnung, wer auf sie geschossen hat?«

»Nein, Sir. Ich nehme an, Yankee-Posten, die sie davon abhalten wollten zu tun, was sie *getan* hat. Die ganze Nacht hindurch muß sie geritten sein, blutend wie ein abgestochenes Ferkel, um hierher zu Ihnen zu kommen, Sir. Um Ihnen was mitzuteilen.«

»Daran besteht wohl kein Zweifel, Major.« General Lee seufzte. »Die Frage ist nur, was?«

»General«, grollte eine tiefe Stimme. »Ich habe den Posten, der sie hierherbrachte, befragen lassen, und er sagt . . .«

»Was, General?« fragte General Lee.

»Daß sie ständig wiederholt hat: Malvern Hill, Malvern Hill, und dazu etwas über Geschütze und Kanonen gemurmelt hat«, sagte »Prinz« John Magruder.

General Lee stand da wie versteinert, wie eine Statue. Nur seine Augen lebten. Sie brannten.

»Malvern Hill! Aber natürlich! Ich brauche eine Karte!«

Alle die großen Generale, Lee und seine Adjutanten, Prinz John Magruder, »Felswand«-Jackson, Longstreet, B. Huger, die beiden Hills, A. P. und D. H. – außer natürlich J. E. B. Stuart, der unterwegs war, um die White-House-Station zu überfallen und Yankeeausrüstung zu verbrennen – waren über die Karte gebeugt, als der Generalstabsarzt der Armee von North Virginia aus dem Hinterzimmer kam.

»Nun, General?« fragte General Lee . . .

»Sieht schlecht aus, Sir«, sagte der Generalstabsarzt seufzend. »Ich fürchte, es gibt keine Hoffnung mehr für das arme Ding, aber . . .«

»O Gott!« schrie Caleb fast.

»Beherrschen Sie sich, Major«, rügte ihn General Lee nicht unfreundlich. »Was wollten Sie sagen, General?«

»Daß sie andererseits eigentlich schon seit gestern tot sein müßte, es aber nicht ist. Menschen, die so zäh sind, überleben manchmal, auch wenn man ihnen keine Hoffnung mehr gibt. Wenn sie sorgfältige, aufopfernde Pflege hätte, vielleicht . . . Aber das würde bedeuten, daß wir eine der Matronen aus den Hospitälern abziehen oder eine der katholischen Ordensschwestern bitten müßten. Hier haben wir nur Sanitäter, und das ginge einfach nicht!«

General Lee wandte sich an Caleb.

»Was ist mit Ihrer Gattin, Major?« fragte er. »Sie ist doch die Schwester unserer kleinen Heldin, nicht wahr?«

»Ja, Sir. Und sie würde zur Witwe durch ihre eigene Hand werden, wenn ich sie nicht herholte, um die arme Rose Ann zu pflegen. Habe ich Ihre Erlaubnis, Sir?«

General Lee war für seine unerschütterliche Einhaltung höflicher militärischer Formen bekannt. Er drehte sich zu »Felswand«-Jackson um.

»Nun, Tom«, sagte er sanft. »Glaubst du, du könntest diesen jungen Mann zwei Tage entbehren?«

»Natürlich. Wenn es einem so guten Zweck dient, General. Erlaubnis gewährt, Major. Also sehen Sie zu, daß Sie weiterkommen!« schnaubte »Felswand«-Jackson.

»Meine kleine Rose!« jammerte Dave McKenzie. »Mein armer kleiner Liebling Rose! Da liegt sie im Sterben! Und wozu, frage ich dich, lieber Gott? Wozu?«

»Vater, willst du bitte endlich still sein?« sagte Gwen müde. »Es tut mir leid, daß ich sie überhaupt heimgebracht habe. Natürlich war das Haus dort entsetzlich, aber zumindest hätte ich da nicht dein ewiges Greinen hören müssen ... O hallo, Mary Sue! Ich nehme an, du hast die Neuigkeit vom Negertelegraphen?«

»Ja, allerdings«, antwortete Mary Sue Hunter. »Gwen, hast du ein Zimmer, in das du mich einquartieren könntest? Ich bin gekommen, um *dir* zu helfen. Auch du mußt hin und wieder schlafen, weißt du? Und genau wie Mama sagt, man darf jemand, dem es so schlecht geht wie der armen Rose Ann, nicht der Gnade von Negerinnen überlassen. Oh, ich weiß natürlich, daß sie mich nicht ausstehen kann, aber schließlich ist sie Jeffs Schwester und ...«

»Das ist wirklich lieb von dir, Kleines«, sagte Gwen. »Und ich muß zugeben, daß ich Hilfe brauchen kann. Du kannst bei mir im Zimmer schlafen, jetzt wo Caleb nicht da ist ...«

»Das glaubst *du*, Gwennie«, sagte eine unendlich müde

Stimme von der Tür. »Aber macht euch deshalb keine Sorgen, meine Zuckerpfläumchen, ich schlafe in der Mitte, und ihr Süßen könnt um mich würfeln.«

»Cabe«, sagte Gwen zuckersüß, »gibt es denn keine Möglichkeit, daß ich einen Yankee-Scharfschützen kennenlerne? Ich habe extra ein 20-Dollar-Goldstück für den Menschenfreund gespart, der mir dein räudiges Fell heimbringt, das ich dann über die Stalltür nageln werde . . .«

»Grüß dich, Cabe«, brummte Dave McKenzie. »Haben sie dir Urlaub gegeben? . . . Großer Gott, Sohn! Du – du bist ja verwundet! Du blutest!«

»Nur ein Kratzer«, entgegnete Caleb abfällig. »Eine verbrauchte, abgeprallte Kugel hat mein Kinn gestreift. Sie wird mir nur zu einer interessanten Narbe verhelfen, die all die patriotischen kleinen Lieblinge wie Mary Sue hier küssen können . . . Nun, Schätzchen, wie wär's? Möchtest du nicht die erste sein, die einen verwundeten Helden belohnt?«

»Das ist Gwens Sache, Major«, wehrte Mary Sue ab. »Aber laß mich nach dieser häßlichen Wunde sehen. Ich werde sie säubern und verbinden, ehe etwas reinkommt und sie sich entzündet . . .«

»Später.« Caleb seufzte. »Was ich jetzt brauchte, wäre ein Schluck deines Whiskys, Vater Dave. Ich bin so erschöpft und erschlagen, daß ich glauben könnte, ich schleppte mich auf dem Zahnfleisch meiner Backenzähne dahin.«

»Bring ich sofort!« Dave freute sich über diese Entschuldigung, sich selbst einen Schluck gönnen zu dürfen. »Aber sag uns, Junge, was geht vor? War eine ordentliche Menge Artilleriefeuer gestern.«

Caleb senkte den Kopf, blickte wieder hoch und nickte in die Richtung der halboffenen Schlafzimmertür. Er konnte den schmächtigen, länglichen Hügel sehen, der Rose Anns Figur war, und der so still lag – zu still!

»Wie geht's ihr?« fragte er mit krächzender Stimme.

»Unverändert, glaube ich«, antwortete Gwen. »Ich werde sie durchbringen, Caleb! Ich bin ebenfalls eine McKenzie, und so hartnäckig, wie man nur sein kann. Rose Ann hat sich zwar nie sonderlich beliebt gemacht bei mir, aber sie ist meine kleine Schwester, und um ehrlich zu sein, ich mag sie.«

»Sie ist – anbetungswürdig«, sagte Cabe mit stiller Bitterkeit. »Du mußt sie retten, Gwen-Schatz. Es wäre einfach zu unfair, sie – umsonst sterben zu lassen . . .«

»Umsonst?« rief Mary Sue. »Aber alle sagen, sie sei die größte Heldin dieses Krieges! Man sagt, sie sei dreißig Kilometer geritten, um General Lees Armee zu retten, und das obwohl sie schwer verwundet war . . .«

»Vierzig«, verbesserte Caleb sie. »Und nicht schwer verwundet, sondern regelrecht zerfleischt. Bauchschuß! Ihre armen Innereien von einer großkalibrigen Kugel zerfetzt. Ich hätte den Schmerz nicht ausgehalten, auf diesem wahren Satan von Wallach! Ich hätte mir die Lunge aus dem Leib gebrüllt. Aber sie hat nicht geschrien. Sie durfte es nicht. Es waren Yankees ringsum, und sie mußte durchkommen, um uns zu warnen . . .«

»Und hat sie das vielleicht nicht?« schnaubte Dave.

»Ja. Nur hat sie nicht mit dem militärischen Verstand gerechnet. Old Cabe Henrys zweites Gesetz. Das erste Gesetz lautet: Man kann von keinem Nigger erwarten, daß er etwas wirklich Nützliches tut, denn jeder Nigger, der klug genug ist, daß er etwas Nützliches tun könnte, wird seine Intelligenz benutzen, um den kürzesten Weg nach Kanada zu finden.«

»Und das zweite?« fragte Gwen spöttisch.

»Daß es so was wie einen guten Soldaten nicht gibt, weil jeder, der klug genug wäre, ein *guter* Soldat zu sein, zu verdammt klug ist, irgendeine Art von Soldat zu sein. Denn bei einigermaßen vernünftigen Überlegungen würde er erkennen, daß es ratsam ist, sich in die Richtung zu verziehen, wo das Wispern der sanften Brise im Gras und das Zwitschern der Vögel nicht von schwerem Artilleriefeuer übertönt wird . . .«

»Ich nehme an, daß hinter deinem Sarkasmus etwas

steckt«, sagte Gwen, »aber ich wünschte wirklich, du würdest zur Sache kommen.«

»Na gut. Der hohe Herr und Gebieter Robert wurde gewarnt. Unser kleiner Liebling Zigeuner-Rose warnte ihn – auf Kosten ihres eigenen süßen Lebens, möglicherweise. Und als großer militärischer Stratege, der er ist, dachte er sich einen Plan aus, die Situation in den Griff zu kriegen, der wirklich bewundernswert war – auf dem Papier. Zuerst mußte die Yankee-Nachhut ausgeschaltet werden. Klassische Taktik, Vater Dave. Also schickte er Prinz John die Williamsburg Road ostwärts entlang. Wir, die wahren Helden von Jacksons Fußkavallerie, und D. H. Hills Jungs, sollten über die Grapevine Bridge kommen und die verdammten Yankees nördlich vom White Oak Swamp aufreiben. Longstreet und A. P. Hill sollten den verdammten Chickahominy wieder hochziehen, die Meadow und Mechanicsville-Brücken überqueren, Richmond in weitem Bogen umgehen und mit des alten B. Hugers Verstärkung McClellan den Weg abschneiden, ehe er vom Südende des Sumpfes zum Malvern Hill kommen konnte ...«

»Hört sich gut an«, brummte Dave. »Ich seh keinen Fehler in dieser Taktik, Junge.«

»Sie war zu schön, zu sauber«, knurrte Cabe. »Sie hat die Dummheit der menschlichen Natur nicht miteinbezogen. Zunächst einmal war es Sonntag, also hatte der olle Jack Jackson das Bedürfnis zu beten. Und das hat er getan: gebetet. Und hat uns die Grapevine Bridge wieder aufbauen lassen, die wir überhaupt nicht brauchten, weil wir durch den seichten Fluß auch hätten waten können. Und Prinz John Magruder kroch dahin. Er hat Savage Station erst lange nach Mittag erreicht, wo diese wilden Iren ihn zurückschlugen und ohne wirkliche Schwierigkeiten in den Sumpf eindringen konnten. Also war ein ganzer Tag, für den unsere arme Zigeuner-Rose ihr tapferes Blut vergossen hat, einfach vergeudet ...«

»Großer Gott!« hauchte Dave. »Aber am nächsten Morgen – Montag, nicht wahr? – da habt ihr doch ...«

»Nichts geleistet. Weiterer Brückenbau. Nördlich von dem verfluchten Sumpf, während wir doch *südlich* davon hätten sein sollen, um zu verhindern, daß die Yankees den mörderischen Hügel erreichen. Und Longstreet und Hill – A. P. –, die in der richtigen Stellung waren, haben herumgetrödelt und darauf gewartet, daß Huger kommen würde. Nur konnte Huger nicht. Die verdammten Yankees hatten die Bäume an allen Sumpfstraßen gefällt, und uns hochgeborenen Südstaatlern, denen ständig gerade irgendwas ausgeht, mangelte es an Äxten . . .«

»Großer Gott!« ächzte Dave.

»Und General Theophilus Holmes, der seine Truppen die Flußstraße entlangmarschieren ließ, um Malvern Hill vor McClellan zu erreichen, setzte ihre linke Flanke den Kanonenbooten der ›Bluebelly‹-Marine auf dem James aus. Die Geschütze feuerten ihre langen, schlanken Geschosse – die unsere Jungs ›Laternenpfosten‹ nennen – nach den Worten dieser armen Burschen aus Carolina ausgesprochen sorglos gegen sie ab. Sie waren der Panik nahe, als der alte Holmes, der kaum noch tauber sein könnte, sich umdrehte und fragte: ›Hab' ich Kanonenfeuer gehört?‹ Da haben sie, statt davonzulaufen, gelacht, und haben den Malvern Hill tatsächlich erreicht. Aber McClellans Vorhut kam vor ihnen an und fing an, die – nun – maskulinen Attribute dieser Arbeitersöhne abzuschießen, bis der olle Holmes nach Hilfe schrie. Longstreet schickte Prinz John, um den alten Furz herauszuholen, aber nachdem er Magruder hatte gehen lassen, fing der olle Jim an, die Yankee-Flanke anzugreifen, die immer noch unterwegs zu dem verdammten Hügel war, den uns die arme kleine Rosie zu schenken versucht hatte. Aber die verdammten Yankees haben aufgehört, vor uns furchterregenden Kriegern Angst zu haben. Also haben sie sich umgedreht und dem alten Jim Longstreet so übel mitgespielt, daß er eilig Kuriere aussandte, um Prinz John Magruder zurückzuholen. Und Magruder, der zurückmarschiert ist, um Longstreet zu helfen. Und Longstreet, der die Schlacht von Fraysers Farm oder Glendale geschlagen – und auf gewisse Weise gewonnen hat, aber selbst mit Hills Hilfe so lange dazu gebraucht hat, daß die Hauptmacht der ›Bluebellies‹ bis Einbruch der Dunkelheit Malvern Hill erreichen konnte. Und so war noch ein Tag verstrichen, für den unser armer Liebling sich hat durchlöchern lassen . . .«

»Und am Dienstag?« wisperte Gwen.

»Als ich den Hügel gesehen habe, Schatz, hab' ich dir ein paar Abschiedszeilen geschrieben und sie in meinem Knopfloch befestigt«, antwortete Caleb ruhig. »Die ganze Armee vom Potomac war da droben, mit zweihundertfünfzig dieser Geschütze, die Reihe um Reihe auf uns gerichtet waren. Und dann, wahrscheinlich weil er gedacht hat, daß McClellan nicht ihr-wißt-schon-was hat, hat Master Bob uns befohlen, diesen Hügel anzugreifen. Armisteads Corps aus Hugers Division kam nicht mal dazu anzufangen. Die Yankees schlachteten sie an Ort und Stelle ab. Also stürmten wir und stürmten wir und stürmten wir – und sie schossen und schossen und schossen. Bis siebentausend von uns tapferen Irren tot waren. Weil McClellan genügend Kugeln hat. Er hält sie nur gern sicher hinter Feldschanzen. Also wenn das arme Kind stirbt, wird es umsonst sein, denn es ist noch kein General geboren, der nur einen Funken Verstand hat, nicht einmal Master Bob . . .«

»O Gott!« stöhnte Gwen. »Aber wenigstens eins kann ich dir sagen: Du hast deinen Lover Boy zurück, Schatz. Der olle Colin hat seine Million-Dollarwunde, auch wenn niemand mir einreden kann, daß er sie sich nicht selbst zugefügt hat. Eine abgeschossene Kniescheibe – und wenn das nicht eine ideale Weise war, es zu tun, freß ich meine Stiefel mitsamt den Sporen. Sich ein nettes rundes Loch durch den Fuß zu schießen, bringt nichts mehr. Wenn man damit daherkommt, sagt der Hauptmann bloß: ›Komm schon, du Blutschänder deiner sämtlichen weiblichen Verwandten, und hink! Aber räum das Scheißloch aus – entschuldige, Mary Sue, ich meine damit die Latrine – und wenn du schon dabei bist, dann bring den Maultieren hier Heu . . .«

»Caleb!« Gwens Stimme war angespannt von fast sichtbarer Wut. »Das ist schändlich! Das ist unverzeihlich, und du weißt es! Die Claibornes waren immer Helden, in jedem Krieg, in dem wir bisher kämpfen mußten. Und da *wagst* du es, zu sagen, daß . . .«

»Daß seine Eier gegen seine Mandeln drücken«, brummte Caleb. »Denn so hoch sind sie inzwischen schon gekrochen, Schatz. Das süße dreiviertel tote Kind da drinnen kennt die Wahrheit, sie hat sich privat davon überzeugt. Aber da sie eine echte Dame ist – eine *echte* Frau, eine Eigenschaft, von der du nicht mal etwas weißt, Gwen, meine Liebe. Hat sie dir nicht erzählt, daß dieser Apfel deines sehenden Auges mir bei Manassas fast den Arm abgehackt hat, damit ich ihn nicht aufhalten konnte, als er sich hastig zurückziehen wollte . . .« Er hielt inne, grinste sie an wie ein müder, böse spottender Wolf und fuhr fort: »Also laß dir eines sagen, Honigkuchen: Wenn ich heute nacht aufbreche, werde ich wahrscheinlich sehr lange wegbleiben. Aber da diese etwas außer Form geratene Auseinandersetzung mit den Yankees mich vor jeglichem anhaltendem Verlangen nach Dreck geheilt hat, den ich vielleicht gehabt haben mochte, bitte ich dich nicht, mir irgendwelche Versprechen zu geben. Vor allem nicht, da du das eine, das du mir vor Gott gegeben hast, inzwischen in deinem trügerischen Herzen zehntausendmal gebrochen hast . . .«

»Zehnmillionenmal«, verbesserte Gwen ihn. »Also?«

»Also hör: Wenn – und falls – ich zurückkomme, werde ich mich nicht als Untersuchungsrichter aufspielen, um herauszufinden, was du während meiner Abwesenheit getan hast. Deshalb ersuche ich dich jetzt förmlich, daß du deine süßen roten Lippen zuknöpfst und mir nicht von selbst irgendwas gestehst, was ich nicht wissen muß, und womit fertig zu werden ich vielleicht größere Schwierigkeiten hätte. Das ist doch fair, oder nicht?«

»Durchaus«, bestätigte Gwen.

»Aber laß mich *nie* durch Zufall herausfinden, daß *er* es war. Jeden anderen könnte ich dir wahrscheinlich verzeihen, wenn ich die harten Tatsachen der Zeit, der Entfernung und des weiblichen Wesens in Betracht ziehe. Ich würde dir lediglich für eine Woche oder so den Hintern blau schlagen, aber es dann vergessen ...«

»Caleb!« brauste Gwen empört auf. »Das muß ich mir nicht anhören! Du deutest an ...«

»Daß du eine potentielle Ehebrecherin und Hure bist? Welche Frau ist das *nicht*, wenn der Druck groß genug ist? Selbst meine ehrbare und jetzt selige Mama hätte vielleicht ...«

»Allmächtiger!« brüllte Dave McKenzie. »Jetzt reicht's aber!«

»Tut mir leid, Vater Dave, aber so ist es eben. Und als erwachsener Mann, der nicht gerade beschränkt ist, trotz all des Rachenputzers, in dem du dein Gehirn eingeweicht hast, weißt du das sehr wohl. Jedenfalls, Gwen-Schatz, wenn du dein – Teufel, *mein* Nest mit diesem schlotternden, eierlosen Wunder beschmutzt, bringe ich ihn um. Ich mache ihn mausetot! Und breche dir jeden Knochen, angefangen bei diesen herzerfreuenden blühenden Rundungen, und von dort auf- und abwärts ...«

Er grinste sie ruhig, ja friedlich an. Dann fragte er: »Wie wär's mit dem Schluck, den du mir versprochen hast, Vater Dave?«

5

»Wo ist sie?« knirschte Colin Claiborne.

Gwen blickte auf das dickverbundene, geschiente Bein. Es ragte aus dem Schmutzbrett seines Einspänners, von dem er die Hälfte hatte abschneiden lassen, damit es Platz hatte. Wie sie bereits wußte, würde er dieses Bein nie wieder beugen können.

»Drinnen.« Sie deutete mit einem Kopfnicken auf das immer weiter herunterkommende McKenziesche Herrenhaus. »Warte doch! Ich glaube wirklich nicht, daß sie stirbt, auch wenn Dr. Hendrick es gesagt hat. Sie ist nur von einer einzigen Revolverkugel getroffen worden, und das reicht nicht, um eine McKenzie umzubringen. Einer unserer Ahnen ist nach einer Schlacht einmal mit dem Schwert in einer und seinem Kopf in der anderen Hand heimgekehrt. Er hat seiner Frau mit Zeichen zu verstehen gegeben, daß sie das gräßliche Ding wieder an seinen Platz auf dem blutenden Hals nähen soll. Und ein paar Wochen nachdem sie das getan hat, war er wieder so gut wie neu. Aber sie war ja auch eine Hexe wie alle McKenzie-Frauen.«

Colin starrte sie an. Sein Gesicht war düster.

»Willst auch *du* mich quälen, Gwen?«

»Wenn ich es recht bedenke, ja«, antwortete sie bitter. »Ich habe schon so viele Enttäuschungen erlebt, aber die grausamste war doch, als ich erfahren mußte, daß du den Feigling gespielt hast, Colin. Außer du sagst mir jetzt, daß man dich verleumdet hat . . .«

Er senkte den Kopf, blickte wieder auf.

»Nein«, antwortete er rauh. »Das werde ich dir nicht sagen, weil es nicht wahr wäre. Ich bin ein Feigling, das war mir zuvor nur nicht bewußt. Mir hat die Gelegenheit gefehlt, es herauszufinden, nehme ich an. Bedauerlicherweise. Denn wenn ich es gewußt hätte, wäre ich nicht in den Krieg gezogen. Eine Memme wie mich in der Nähe zu haben, ist einfach zu gefährlich. Es bringt andere in Lebensgefahr, wenn einer panikerfüllt flieht und eine Bresche zurückläßt, wo sein wertloser Kadaver hätte sein sollen. Aber genug davon! Wo sind eure Neger? Von diesem Einspänner zu steigen, gehört zu den vielen Dingen, die ich ohne Hilfe nicht mehr so recht fertigbringe . . .«

»Ich helfe dir«, sagte Gwen freundlich. »Im Gegensatz zu

euch vornehmen Clairbornes sind wir arm wie die Kirchenmäuse und haben bloß drei Schwarze, die im Augenblick ihren vielfältigen Aufgaben nachgehen. Aber denk dir nichts dabei, ich bin sehr stark – oder ist es unter der Würde eines verwundeten Helden, die Hilfe einer Frau in Anspruch zu nehmen?«

»Gwen, hör auf!« sagte Colin scharf. »Das arme kleine Ding, das da drinnen liegt, hat jedes Recht, mich zu maßregeln, ja mich zu quälen, wenn sie es für richtig hält. Aber *du* nicht!«

»Oh, welche Toren wir Sterblichen sind!« zitierte Gwen bitter. »Du hast natürlich recht, Colin. Es steht mir nicht zu, nicht wahr?«

Da schaute er sie lange und eingehend an. Danach wurde ihm bewußt, daß es das erste Mal in ihrer beider Leben war, daß er Gwendolyn McKenzie-Henry je wirklich *angesehen* hatte.

Bei Gott, sie ist – atemberaubend! dachte er. Weshalb ist mir das bisher noch nie aufgefallen? Weil, folgerte er bedächtig, ich sie noch nie zuvor mit so flammenden Wangen gesehen habe! Durch ihren Grimm, ihren Abscheu – ihre abgrundtiefe Verachtung für . . . einen Feigling – hervorgerufen. Aber warum sollte sie das so mitnehmen? Was bedeutet *ihr* das?

Er brauchte nicht lange, um das zu erkennen. Feiglinge sind im allgemeinen nicht dumm, denn gerade ihre kluge Einschätzung der Realitäten des Lebens ist die Wurzel ihres Kleinmuts. Aber sobald er es erkannt hatte, verdrängte er diese allzu genaue Einschätzung der Situation. Sie war – zu aufwühlend. Er war nicht sicher, ob er sie in den Griff bekommen könnte.

Stumm griff er nach seinen Krücken und streckte eine Gwen entgegen, die andere stemmte er auf den Kies der Einfahrt und legte die Rechte auf das gepolsterte Querholz der Krücke, während er die Linke nach Gwen ausstreckte.

Sie nahm sie. Und im selben Augenblick wußte er es. Mit

absoluter Gewißheit wurde es ihm klar. Er spürte die Nerven wie ein Nest winziger Schlangen unter dem warmen Fleisch ihrer Hand kribbeln. Aber er freute sich nicht über diese Erkenntnis. Sie beunruhigte ihn im Gegenteil – sehr sogar.

Reicht es nicht, daß du ein Feigling bist? fragte er sich in bitterer Offenheit. Willst du dich vielleicht auch noch wie ein Schwein benehmen?

Er schwang sich hinunter von dem Einspänner und schwankte, als sein guter Fuß, der linke, den Boden berührte. Er wäre ganz bestimmt gestürzt, wenn sie nicht schnell beide Arme um ihn geschlungen und ihn mit schmachtender Zärtlichkeit an ihren Busen gedrückt hätte.

Sie ließ ihn nicht sofort los, wie sie es hätte tun sollen. Sie konnte es nicht. Das war die einfache, schreckliche Tatsache.

Er hing in ihren Armen, blickte hinunter in ihre blaßblauen Augen, und sah, wie die rote Flut in ihren Wangen höher stieg. Willenlos beugte er sich zu dem wilden Beben der roten Lippen hinab. Aber im letzten, qualvollen Augenblick, nur noch um Haaresbreite von ihrem Mund entfernt, hielt er inne. Er seufzte. Sagte: »Es ist besser, du läßt mich los, meine Liebe. Man könnte vielleicht falsche Schlüsse ziehen, falls uns jemand beobachtet, weißt du . . .«

»O Gott!« stöhnte sie. »Colin, du darfst nicht denken, glauben, es bedeutet . . .«

»Etwas?« sagte er leise. »Nein, natürlich nicht, Gwen. Ich bin immer noch der Feigling, der vom Schlachtfeld geflohen ist und sich selbst die Kniescheibe abgeschossen hat, um nicht mehr in dieses Grauen zurückkehren oder sich je wieder dem Feind seines Vaterlandes stellen zu müssen. Und du bist die Gattin eines tapferen und ritterlichen Soldaten, der alles das verdient, was du ihm geben kannst. Komm, meine Liebe, gehen wir hinein zu Rose Ann. Wenn sie nicht stirbt – worum ich den lieben Gott bitte –, warum hat sie dann nach mir geschickt?«

Gwen senkte das silberblonde Haupt und sagte scharf: »Einen Augenblick, Colin.« Ein Schauder durchrann sie. Sie richtete sich auf und wischte sich heftig die saphirnen, flüssigen Kristalle und die plötzlich geschmolzenen Perlen aus den Augen.

»Ich – ich bin wieder ganz in Ordnung«, erklärte sie betont heiter und drückte leicht seinen Arm. »Und ich verspreche hiermit, in Zukunft meine – etwas unvorhersehbaren – Reaktionen besser unter Kontrolle zu halten. Warum Rose Ann nach dir geschickt hat? Weil *sie* glaubt, daß sie stirbt. Aber sie wird nicht. Oder vielmehr, sie würde nicht, wenn sie es nicht zuließe. Es ist alles in ihrem etwas unheimlichen, aber wundervollen Köpfchen. Sie glaubt offenbar, dir schreckliches Unrecht getan zu haben, und scheint zu meinen, daß sie nicht friedlich in ihrem Grab ruhen kann, ehe sie die Sachen nicht in Ordnung gebracht hat. Und – weißt du was, Colin? – ich bin so gut wie sicher, daß sie wie ein Gummiball aus ihrer Verzweiflung hüpfen wird, sobald du sie beruhigt hast.«

»Dann komm!« quetschte Colin heraus. Die Hoffnung wurde zur glühendheißen Zange, die an seinem Herzen riß, und in seinem Kopf wirbelte es. O Gott, wenn sie mir nur verzeihen könnte, dann würde ich mit meinem lahmen Bein losmarschieren, Kanonenkugeln mit den Zähnen auffangen und Washington eigenhändig einnehmen! Das war natürlich eine schamlose Übertreibung, und er wußte es.

Als sie das Krankenzimmer betraten, stockte Colin fast das Herz. Rose Ann war immer schlank gewesen, doch bis zu dem Zeitpunkt, da er sie zum letzten Mal gesehen hatte, auch an den richtigen Stellen angenehm gerundet, ohne »erfreulich üppig« zu sein, wie man es im Süden nannte. Jetzt aber war sie ausgemergelt, nicht viel mehr als Haut und Knochen. Tatsächlich wog sie an diesem Tag Anfang August knapp unter 63 Pfund, also knapp 42 Pfund weniger als früher.

Colin blieb wie angewurzelt stehen. Seine Augen begannen zu brennen, verschleierten sich.

»O mein Gott!« stöhnte er.

Rose Ann öffnete ein grünes Auge, dann das andere. Die Augen beherrschten jetzt das winzige Gesicht. Sie streckte eine Klaue aus, die einem verhungernden Spatzen Schande gemacht hätte, und schnitt eine grauenvoll makabre Grimasse, die eigentlich ein sanftes, gewinnendes Lächeln sein sollte.

»Komm her, Colin«, murmelte sie. »Kann nicht – laut reden. Überhaupt kaum. Also knie dich hierher neben mein Bett und ...«

»Rose Ann!« keuchte Gwendolyn.

»Ohhh Gott!« wimmerte Rose und begann zu weinen. Auf schreckliche, bittere Weise wurde Colin bewußt, daß er lieber zwanzigmal den Malvern Hill hochgestürmt wäre, geradewegs in die Mündungen der Vierundsechzigpfünder der Yankees hinein, als sie so weinen zu hören.

»Siehst du«, stöhnte sie. »Ich bin schlecht, böse, gedankenlos! Habe mich nicht einmal an dein armes Bein erinnert! Komm her, so nah du kannst. Setz dich neben mich auf die Bettkante. *Das* kannst du doch, oder?«

»Natürlich.« Colin schleppte sich auf seinen Krücken vorwärts. »O Rose Ann, mein Liebling, mein ...«

Bei diesen Worten wirbelte Gwen herum und wollte zur Tür gehen.

»Nein!« schrillte Rose Ann. »Bitte bleib, Gwen! Ich *möchte*, daß du hörst, was ich Colin zu sagen habe. Vor allem den Teil über – dich ...«

»Bitte, meine Liebe«, sagte Colin zur – wie er sich wieder gemahnte – Frau seines besten Freundes.

Gwen drehte sich um, kehrte langsam zurück und sank auf einen Stuhl. Ihr Gesicht war kreidebleich.

»Colin«, wisperte Rose Ann. »Ich möchte dich um Verzeihung bitten, ganz demütig. Wenn ich es könnte, würde ich mich vor dir auf die Knie werfen und es tun. Ich war – dumm. Als ich dich einen F-f-feigling genannt und dir die weiße Feder gegeben habe, hatte ich ja keine Ahnung, wie – wie es ist, wenn auf einen geschossen wird ...«

»Und jetzt weißt du es«, sagte Colin bitter.

»Jetzt weiß ich es. Man dürfte von niemandem verlangen,

daß er sich so etwas stellt. Einer, der nicht davonrennt, wenn man auf ihn schießt, ist ein Esel mit Spat und Senkrücken. Die einzigen, die noch dümmer sind, sind die, die einen Krieg anfangen. Denn es gibt nichts, was es wert wäre, daß Menschen umgebracht werden! Oder daß man ihnen die Eingeweide herausschießt und zuläßt, daß sie solche Schmerzen bekommen, und . . .«

»So zu reiten«, sagte Colin ernst. »Vierzig schreckliche Kilometer lang hast du die Erde mit deinem tapferen Blut getränkt! Du hast die Zähne zusammengebissen, damit ihnen kein Wimmern entfliehen konnte und du zur Rettung . . .«

»Von nichts und niemandem. Ich habe wieder einmal versagt! Habe so lange zu General Lee gebraucht, daß diese verdammten Yankees mehr als genug Zeit hatten, alle ihre großen Kanonen auf den Malvern Hill zu schaffen! Kannst du dir vorstellen, wie man sich da *fühlt*, Colin? Nicht nur, daß man sich die dummen Eingeweide herausschießen läßt, sondern daß man auch noch s-sieben-t-tausend gute, tapfere Jungs auf dem Gewissen hat?«

»O mein Gott!« keuchte Gwen. »*Das* also hast du dir eingebildet! Rose Ann, du täuschst dich! O mein armer Liebling! Wie sehr du dich täuschst! Du . . .«

»Du hast es noch mehr als rechtzeitig geschafft«, sagte Colin ruhig. »Nur Männer, dumme *Männer*, einschließlich General Lee, haben alles vermasselt, wie üblich. Wir sollten uns zurückziehen und die Welt euch Frauen überlassen, damit sie mit ein bißchen mehr Anstand und Vernunft regiert würde. Du *hast* diese siebentausend Jungs gerettet, Rose Ann. Und die Männer, diese verdammten idiotischen Männer - und Feiglinge wie ich –, haben sie wieder verloren. Also gib dir daran nicht die Schuld, mein Liebling . . .«

»Ich glaube es dir nicht!« flüsterte Rose Ann.

»Ich werde es dir beweisen«, sagte Colin stumpf. »Später, morgen oder übermorgen. Was wolltest du mir sonst noch sagen?«

»Es geht um – Gwen. Schau sie dir an, Colin! Es ist das

erste und letzte Mal, daß du die Chance hast – einen Engel zu sehen . . .«

»Rose Ann!« wies Gwen sie zurecht.

»Ein Engel! Sie hat bis zum Umfallen gearbeitet. Hat mich gepflegt – mich, die ich sie immer nur geärgert habe. Selbst dieses Gänschen Mary Sue Hunter ist besser als ich, weil sie gleich gekommen ist und hilft, wo sie nur kann. Aber Gwen – ich werde nie wieder gutmachen können, was sie für mich getan hat! Sie hat mich gebadet, mir das Haar gekämmt, mich mit dem Löffel gefüttert und – ja, ich sage es – mir den stinkigen Hintern wie den eines Babys geputzt! Das ist die Güte in Person, Colin, die dort sitzt. Die beste Schwester, die ein Mädchen haben kann. Und alles, was ich getan habe, war, ihr das Leben schwerzumachen. Darum möchte ich, daß du mir zweierlei versprichst . . .«

»Und das wäre?« fragte Colin.

»Daß du sie heiratest, wenn der arme Cabe nicht lebend aus diesem schrecklichen Krieg heimkehren sollte, und daß du sie glücklich machst. Versuch nicht, mir das Wort zu verbieten, Gwen! Denn ich lege meiner Zunge ja doch nie Zügel an. Weil sie dich liebt, Colin. Weil sie dich immer geliebt hat und vielleicht immer lieben wird . . .«

»O mein Gott!« stöhnte Gwen.

»Aber wenn Cabe doch heimkommt, mußt du mir versprechen, daß du Virginia verläßt, ganz, hörst du? Geh nach Kalifornien oder gar nach Australien. Gib ihnen die Chance, die sie mit dir hier nie haben könnten. Denn ich wette, wenn dieser Krieg endlich vorbei ist, wenn Cabe aufhört, so verdammt idiotisch tapfer zu sein und lebendig heimkommt, werden sie aufhören, sich wie Hund und Katze aufzuführen, und werden sich aneinanderklammern.«

»Rose Ann«, flüsterte Colin, »könnte ich denn, in diesem zweiten Fall, nicht hierbleiben – und dich heiraten?«

»Nein, Colin«, entgegnete Rose Ann traurig. »Und nicht, weil du aus der Schlacht davongelaufen bist. Das ist mir jetzt völlig egal. Wie ich schon sagte, glaube ich nun, daß das vielleicht sogar klug war. Aber – ich liebe dich nicht. Ich gebe ja zu, daß die Liebe nicht so entsetzlich wichtig ist. Aber jemanden nicht zu lieben, auf *die* Weise, wie ich dich nicht liebe, ist es das doch. Ich – verzeih mir, Gwennie – möchte einfach nicht, daß du mich berührst, Colin. Ich mag dich. Ich glaube, daß du ein netter Junge bist, der eines schönen Tages mit sich zurechtkommt und ein Mann wird. Aber ich möchte ganz einfach nicht, daß du mich berührst, und das ist keine Beleidigung, glaub mir, denn es könnte durchaus sein, daß ich von einem Burschen berührt werden *möchte*, der dir auf keine Weise, die zählt, das Wasser reichen kann. Ich bin eben eine Frau und ein bißchen verdreht. Warum liebt Gwen Cabe nicht, dafür aber dich? Das ist aus meiner Sicht sogar noch verdrehter.«

»Das ist es wohl«, murmelte Gwen bitter.

»Gwen-Schatz, sei mir jetzt nicht böse. Wenn ich je von hier aufstehen kann, werde ich verschwinden, irgendwohin. Denn was ich in den letzten Wochen von Cabe gesehen habe, macht ihn für mich zum strahlenden Ritter. Und soweit es mich betrifft, möchte ich keine Risiken eingehen. Geht jetzt, ihr zwei. Schickt mir Mary Sue, dann könnt ihr irgendwo Händchen halten . . .«

»Nein«, entgegnete Colin. »Ich habe nicht vor, Gwens Hand zu halten, solange sie einen lebenden Gatten hat, der ein Mann ist, den ich bewundere und hoch achte. Ich habe anderes zu tun, und zumindest eines davon erscheint mir viel wichtiger zu sein . . . Bringst du mich zu meinem Einspänner, Gwen?«

Gwen stand mit anmutiger Geschmeidigkeit auf. Sie trug das Herz in den blaßblauen Augen. Sie ging mit Colin zum Wagen und half ihm, als er mit dem steifen Bein mühsam einstieg.

»Colin«, flüsterte sie, als er nach den Zügeln griff, »du – du verachtest mich, nicht wahr?«

»Nein«, antwortete er ruhig. »Ich versuche nur, nichts zu tun, dessentwegen ich mich noch mehr verachten müßte, als ich es bereits tue, Gwen. Mich in dich zu verlieben, würde mir nur allzu leicht fallen. Aber – geben wir uns Zeit, ja? Wir brauchen sie – und Freiheit von solchen irdischen Giganten wie Caleb und Rose Ann. Dann können wir beiden arme, gewöhnliche Sterbliche vielleicht ein bißchen atmen. Das verstehst du doch, nicht wahr?«

»Ganz genau. Und du hast recht. Leb wohl, Colin.«

Am gleichen Nachmittag fuhr Colin Claiborne die Mechanicsville Road hoch und bat, mit General Lee sprechen zu dürfen. Die Posten, als Südstaatler – oder wie man in jenen Tagen gern sagte: Sotherons – erkannten sofort, daß ein Mann, der wie Colin gekleidet war, ziemlich vornehm sein mußte. Sein bandagiertes Bein verringerte die abgrundtiefe Verachtung ein wenig, die sie für junge Zivilisten empfanden. »Gebrochen?« fragten sie ihn. »Sind Sie bei einer Fuchsjagd vom Pferd gefallen?«

Die Frage war boshaft, und Colin wußte es. Einfache Bauern, und aus dieser Schicht kamen die Posten offenbar, haßten die fuchsjagenden Aristokraten in ihren roten Röcken aus tiefstem Herzen.

»Nein«, antwortete er ruhig. »Eine Kugel hat mir die Kniescheibe zerschmettert. Und weil ein Mann, der sein Bein nicht mehr biegen kann, solange er lebt, nicht mehr reiten und marschieren kann, hat man mir den Abschied als Invalid gegeben. Also fragt, ob der General mich empfängt. Es ist wichtig, sonst würde ich ihn nicht um seine kostbare Zeit bitten. Sagt ihm, es ist zu einer schlimmen Ungerechtigkeit gekommen . . .«

Einer ging. Kam zurück.

»Sie haben fünf Minuten, Mister«, sagte er.

General Lee nahm sich mit seiner üblichen Höflichkeit die Zeit, Colin nach seinem Bein zu fragen. Colin gab ihm die gewohnte erfundene Antwort: »Eine abgeprallte Kugel hat mir die Kniescheibe durchschlagen, Sir. Das beendete meine militärische Laufbahn. Worum es nicht schade ist, da ich ohnehin kein guter Soldat war, Sir.«

»Ich verstehe – Leutnant, sagten Sie? Was kann ich für Sie tun, junger Mann?«

Colin sagte es ihm und endete: »Also hat das arme Ding sich entsetzliche Vorwürfe gemacht. Sie hat geglaubt, sie wäre nicht rechtzeitig zu Ihnen gekommen, und hat sich deshalb die Schuld für alle Verluste am Malvern Hill gegeben. Sir, könnten Sie ihr nicht eine Auszeichnung geben? Ihr Schwager, Major Henry, erzählte mir, daß Sie gesehen haben, in welchem Zustand sie war, als die Posten sie brachten und . . .«

»Ich hatte nicht erwartet, daß sie am Leben bleiben würde«, sagte General Lee. »Der Generalstabsarzt ebenfalls nicht, und er versteht viel mehr davon. Diese junge Frau, Leutnant, ist der tapferste Soldat, den dieser Krieg bisher hervorgebracht hat. Ich hatte vor, ihr selbst einen Besuch abzustatten, um zu sehen, wie es ihr geht. Aber der Krieg verhindert alles, selbst gute Manieren. Natürlich schreibe ich ihr eine Auszeichnung – und zwar jetzt sofort. Wenn Sie warten möchten, können Sie sie ihr selbst bringen . . .«

»Sir«, bat Colin, »könnten sie mir noch einen Gefallen tun und sie ihr durch einen Ihrer Adjutanten schicken? Den beeindruckendsten, den Sie entbehren können? Von möglichst hohem Rang, es muß ja nicht gleich ein Brigadegeneral sein. Ein Oberstleutnant, vielleicht. Ich weiß, daß es merkwürdig klingt, Sir, aber wenn ich ihr die Auszeichnung brächte, würde sie die Wirkung verlieren und der Geste viel von ihrem Wert rauben. Ich will, daß sie aus dem Bett aufsteht, in dem sie dahinsiecht, Sir. Ich möchte, daß sie – lebt!«

General Lee blickte Colin nun mit echtem Interesse an. Wie alle wirklich großen Männer auf jeglichem Gebiet, selbst auf dem ausgesprochen barbarischen, in dem er ein alter Meister war, hatte er eine tiefe Ader wahrer Subtilität. Er wußte sehr wohl, daß ein junger Mann durchaus verschiedene Eigenschaften gleichzeitig haben konnte, die sich widersprechen. So wie dieser hier vor ihm. So gut aussehend, offensichtlich aristokratisch, gut erzogen, reich. Und so – verdammt.

»Sagen Sie mir Leutnant – Claiborne, sagten Sie?«

»Ja, Sir. Und nicht mehr Leutnant, bitte! Ich war ein – schlechter Soldat, Sir. Ich habe den Titel nie verdient. Nennen Sie mich bitte bloß – Claiborne. Oder Colin . . .«

Der General deutete mit einer schnellen, fast brüsken Geste auf Colins verbundenes Bein.

»Selbst zugefügt?« fragte er ruhig.

Colin senkte den Kopf. Er starrte bitter zu Boden, während das, was er seine Seele nannte, drei komplette Runden durch Fegefeuer und Hölle machte. Er blickte wieder auf. Sah den General fest an.

»Ja, Sir«, gestand er.

Der General streckte die Hand aus und legte sie auf Colins Schulter.

»Und nun haben Sie bereits erkannt, daß es leichter gewesen wäre, im Feld zu bleiben, ja zu sterben«, sagte er sanft. »Gott hab' Erbarmen mit Ihnen, Junge. Der Weg zurück zur Selbstachtung ist der längste, einsamste und dornigste, den es gibt. Aber Sie werden es schaffen, glaube ich. In Ihnen steckt Ehrlichkeit, und das hilft. Also gut, ich werde Miß McKenzie ihre Auszeichnung für Tapferkeit durch Oberstleutnant Bryant von meinem Stab morgen nachmittag schicken. Aber befriedigen Sie meine Neugier in einem Punkt, junger Mr. Colin Claiborne. Was ist Ihre Beziehung zu dieser mutigen jungen Dame?«

»Ich – liebe sie, Sir«, flüsterte Colin. »Wir waren – verlobt. Doch eines, was ihre grünen Augen tun können, ist, in die Seele eines Mannes zu spähen. Also – gab sie mir meinen Ring zurück. *Ehe* ich das tat. Sie wußte, daß ich es tun würde. Dann beschämte sie mich über jede Hoffnung, es je wiedergutmachen zu können, indem sie mir – der ganzen Welt – zeigte, was Mut ist . . .«

»Amen.« Der General seufzte. »Sagen Sie ihr eines für

mich: Das nächste Mal, wenn sie es für richtig hält, mir einen Hügel zu schenken, verspreche ich bei meiner Ehre als Soldat, ihn einzunehmen und zu halten ...«

Er streckte Colin die Hand entgegen. Da er nichts anderes tun konnte, nahm Colin die erhobene Hand, schüttelte sie kurz, und drehte sich so schnell um, daß er fast fiel, damit der General nur ja nicht sah, wie diese Geste ihn erschüttert hatte.

»Wache!« rief der General. »Helft diesem Herrn – einem unserer verwundeten Veteranen – auf seinen Wagen!«

»Es gibt«, hatte Theodore McKenzie, Rose Anns Großvater, der mehreren Generationen junger Offiziere in West Point klassische Literatur beigebracht oder es zumindest versucht hatte, immer gesagt, »nur zwei Gottheiten, die überhaupt einen Einfluß auf die menschliche Existenz, auf das Geschick des Menschen haben. Die eine ist Ananke, die Notwendigkeit, der sogar Zeus der Donnerer sich beugen muß, die andere ist Hasard – der blinde Zufall ...«

Was Rose Ann McKenzie und das, was ihr als nächstes zustieß, reiflich bewies. Ganz bestimmt hatte die kleine Göttin Ate, die Mutwilligkeit, die der alte Professor Ted McKenzie offenbar völlig vergessen hatte, ihre Hand ebenfalls im Spiel.

Sehen wir uns die Umstände an. Inzwischen hatte die Öffentlichkeit Zigeuner-Roses Heldentat mehr oder weniger vergessen, vor allem, weil sie zu keinen spektakulären Ergebnissen geführt hatte. Die Konföderation hatte die »Sieben Tage«-Serie von Schlachten gewonnen, aber so unangenehm knapp, daß die Leute zu ahnen begannen, daß es ein Pyrrhussieg gewesen war. Schlimmer noch, der Süden hatte die letzte dieser Schlachten, die am Malvern Hill, verloren und ausgesprochen tragische Verluste erlitten. Die Richmond *Whig* brummelte: »In verschiedenen Hauptquartieren wurde viel gebetet, und man hatte großes Vertrauen zur göttlichen Vorsehung, doch nichts bewirkte Wunder. Der Feldzug war eine einzige Reihe von Schnitzern. Sie geschahen einer nach dem anderen, und alle waren gewaltig!«

Aber während der langen Flaute zwischen der Malvern-Hill-Schlacht am 1. Juli und dem Anfang der zweiten Bull-Run-Kampagne am 23. August hatten die Zeitschriften wenig, über das sie hätten berichten können – bis Oberstleutnant Bryant kam. Auf seinem Weg zurück zum Hauptquartier von seinem Auftrag, den er im Grunde genommen Colin Claiborne verdankte – nämlich die von General Lee ausgestellte Auszeichnung für Tapferkeit (man kann sie immer noch, in einem schönen Mahagonirahmen, über dem Kamin des vornehmen Salons im Herrenhaus der McKenzies hängen sehen, nun, da die Historische Gesellschaft von Virginia das alte Haus als Schrein der Konföderation unter Denkmalschutz gestellt und es in einer Pracht restauriert hatte, wie es sie nie gab, während die McKenzies darin wohnten) Rose Ann McKenzie zu überreichen –, kehrte Oberstleutnant Hilaron Bryant, ein eitler und redseliger Mann, in einer Bar in Richmond ein, um sich ein Glas zu genehmigen. Er hatte keinerlei Hemmungen, der wesensverwandten Gesellschaft, die er dort anfand, zu erklären: »Größte Heldin in der Geschichte der Südstaaten! Bei meiner Ehre, das ist sie! Und hübsch! Meine Herren, ich versichere Ihnen, so ausgezehrt sie durch ihre Verwundung und die schrecklichen Schmerzen auch im Augenblick ist, ist Rose Ann McKenzie die schönste Frau, deren Anblick zu genießen meine Augen je die Gelegenheit hatten! Und ihre Schwester Gwendolyn, Mrs. Henry – Major Caleb Henrys Gattin – ist fast so schön . . .«

»Henry? Einer *der* Henrys, nehme ich an?«

Die Frage war geschickt, und der Mann, der sie gestellt hatte, noch geschickter. Anthony Collins von der Richmonder *Dispatch* war das, was man in jenen Tagen einen »Dämonenreporter« nannte. Tony Collins hatte den Ruf, für einen »Exklusiv«-Artikel fast alles zu tun (der Begriff »Knüller« war zu jenem Zeitpunkt noch nicht geprägt), und das für eine Zeitung, deren journalistische Ethik nicht übermäßig hoch war und die man durchaus sensationslüstern nennen konnte.

»Ein Nachkomme des Großen Redners höchstpersönlich«, erklärte Oberstleutnant Bryant. Er fragte sich kurz, ob das auch wirklich stimmte. Aber erwärmt durch den guten Bourbon mit Quellwasser und sogar mehr noch durch die Aufmerksamkeit der Männer hier, die des langweiligen Lebens in fast jeder Stadt des unter Blockade stehenden Südens mehr als überdrüssig waren, tat er diese Skrupel als unwichtig ab. Es hörte sich gut an, ergab eine gute Geschichte, und daß sie, wie die meisten guten Geschichten, nicht stimmte, störte ihn nicht. »Ist ein naher Freund«, fuhr er fort, was im besten Fall eine Halbwahrheit war. Denn Caleb mit seiner Intelligenz, seiner Neigung zum Sarkasmus, ertrug Schwätzer wie Hilaron Bryant nicht leicht. »Angehöriger von General Jacksons Stab, zu dem er auf des Generals eigenes Ersuchen versetzt wurde, nachdem er Augenzeuge von Hauptmann Henrys Heldenmut bei Manassas gewesen war . . .«

Das, sagte sich Tony Collins sofort, brachte nichts ein. Helden gab es bei den Konföderierten zahllose. Aber eine SCHÖNE HELDIN – er sah diese Überschrift bereits in fettgedruckten Riesenlettern vor sich – war reines Gold für einen Reporter. Natürlich hatte er etwas über die tapfere Tat des McKenzie-Mädchens gehört. Doch das war vor zwei Monaten gewesen, oder? Etwa um die Zeit der »Sieben Tage« . . . Er war neu in Richmond, er kam aus Savannah oben in Georgia, wo die Yankee-Fregatten, die am Horizont deutlich zu sehen waren, das Leben noch trostloser gemacht hatten, als es hier in der Hauptstadt der Konföderierten war. Also hatte der Name McKenzie ihm nichts gesagt. Zu der Zeit hatte er sich mit den Verwicklungen einer Skandalgeschichte beschäftigt – eine edle Dame aus einer der ersten Familien Virginias, mit einem ebenfalls edlen Gemahl und einem etwas weniger edlen, dafür aber jüngeren und besser aussehenden Liebhaber, der von einem Schuß des empörten Gatten gestreift worden war, als er das Boudoir der Dame durch das Fenster und über eine Regenrinne verlassen hatte. Deshalb hatte er nicht mehr an die Geschichte mit der »Kriegsheldin« gedacht. Außerdem hatte er bereits eine etwas unerfreuliche Erfahrung mit einer »Heldin« gemacht. Er hatte dieses irische Mädchen interviewt – wie hieß sie doch? Maud O'Higgins, O'Riley, O'Sullivan! Das war der Name – sie hatte Chinin aus dem Land der Yankees einschmuggeln wollen. Sie hatte sich als Schlampe aus der Arbeiterklasse entpuppt, und ihr Körpergeruch hatte dazu geführt, sie bereits aus zwei Metern Entfernung in die große Armee der Ungewaschenen einzustufen. So hatte er sofort seine Absicht fallengelassen, persönlich den Schaden zu inspizieren, den die sondierenden Finger der Yankee-Grenzbeamtinnen angerichtet hatten.

Aus diesem Grund fragte er nun scheinbar gleichmütig. »Diese McKenzies – wer sind sie?«

Die Reaktion darauf waren entrüstete Blicke und einige »Großer Gott!« Aber als der geborene Schauspieler, der er war, wußte »Dämonenreporter« Collins sich sofort zu helfen.

»Tut mir leid, meine Herren«, bedauerte er mit einem entschuldigenden Grinsen. »Aber ich bin ein einfacher Tonfresser aus Georgia und wurde hierher nach Old Virginia von meiner Zeitung, der Savannah *Blade*, geschickt. Nun ja, und ich verliebte mich quasi in den Liebreiz des Lebens im alten Feudalreich und beschloß zu bleiben. Jetzt arbeite ich für die *Dispatch*. Wenn Sie also die Ignoranz eines armen Georgia-Boys entschuldigten, würde ich mich freuen, wenn Sie mir ein wenig über dieses Thema erzählten.«

Seine Bitte wurde erfüllt. Die McKenzies, erfuhr er, waren ein Clan von Gutsherren an der schottischen Grenze gewesen, die, obgleich sie selbst Protestanten waren, erstaunlicherweise Maria Stuart gegen Königin Elisabeth unterstützt hatten und deshalb – um 1570 – aus Schottland in die Neue Welt hatten fliehen müssen, über Holland zunächst, da es zu diesem frühen Zeitpunkt noch keine englische Kolonie in Nordamerika gegeben hatte. Jedenfalls waren die McKenzies mit der *Sarah Constant*, der *Goodspeed* oder der *Discovery* gekommen, doch auf welchem der drei Schiffe der kleinen Flottille, die am 14. Mai 1607 bei Jamestown landete, konnte von ihren Nachfahren nie geklärt werden. Im nüchternen kolonialen Virginia waren sie ob ihrer Streitsucht, Hurerei, Trinkerei und ihrer Krawalle berüchtigt. Sie hatten im Krieg von Jenkins Ear gekämpft, in Bacons Rebellion, dem französischen und indischen Krieg, der Revolution – und sich in allen Kriegen wegen ihrer Tapferkeit ausgezeichnet. Schon von früh an hatten ihre Frauen den Ruf gehabt, »ein bißchen keck, ein winziges bißchen ungebändigt . . .« zu sein. Aber die McKenzie-Mädchen waren immer so gewandt gewesen, daß niemand ihnen je konkrete Sünden hatte anhängen können, und so verheirateten sie sich gut, mit dem Ergebnis, daß die meisten ersten Familien Virginias jetzt mit dem Clan verwandt waren. Es hatte einmal eine nicht rein spaßhafte Anklage der Hexerei gegen McKenzie-Frauen gegeben. »Ihre Schwarzen Künste«, erklärte ein Anwesender Tony Collins, »bestanden darin, daß sie einen Burschen im Handumdrehen betören konnten.«

Im Krieg von 1812, nachdem sie festgestellt hatten, daß Feigheit und Kleinmut in der Armee weitverbreitet waren, waren sie zur See gegangen. McKenzies waren an Bord sowohl der *Constitution* wie der *Constellation* gefallen. Und es war nicht ganz so lange her, daß Dave McKenzie, der Vater der wackeren Heldin, die General Lee mit der Auszeichnung geehrt hatte, in Mexiko, Schulter an Schulter mit General Lee, Beauregard, Longstreet, Prinz John Magruder, »Felswand«-Jackson, dem Präsidenten der Konföderation Jefferson Davies, und solchen Union-Größen wie dem Virginier George H. Thomas, Meade, McClellan und Ulysses »bedingungslose Übergabe«-Garant gekämpft hatte.

Während sie so erzählten, wurde Collins bewußt, daß sie ihm da auf einem Silbertablett die vielleicht größte Story seiner Laufbahn präsentierten. Doch noch fehlte ihm »der Clou«. Diese Geschichte war immerhin schon zwei Monate alt, wie konnte er ihr da den notwendigen »Biß« geben, der den Verleger vor Freude hüpfen ließe und ihm die dringend benötigte Gehaltserhöhung einbrächte, ohne daß er darum bitten mußte.

Fast unmittelbar darauf versorgte Oberstleutnant Hilaron Bryant ihn mit genug »Biß, um einen ganzen Bären zu zerfleischen«, wie er es für sich erfreut formulierte. Das Problem mit Bryant war, daß er, obwohl er kein schlechter Offizier war und innerhalb der Grenzen seiner Intelligenz und Fähigkeiten sogar tüchtig, leider die weit übertriebenen Ansichten des kleinen Mannes von seinen eigenen Fähigkeiten hatte. Robert E. Lee, der Hilaron Bryant schon sein Leben lang kannte und ihn wirklich mochte, hatte nicht die geringste Absicht, ihn in näherer Zeit zum General zu befördern oder ihm eine Aufgabe zu übertragen, die schnelles Denken, Scharfsinn und rasche Entscheidung erforderte. Mut hatte Oberstleutnant Bryant, sogar mehr als genug. Aber Mut bei einem Zweit- oder gar Drittklassigen gehört zu dem Gefährlichsten für seine Untergebenen, denn der kann mehr guten Männern den Tod einbringen als die Beulenpest. Intelligente Feiglinge wie Colin Claiborne sind für ihre eigene Seite weit weniger bedrohlich als eingebildete, pompöse, zu tapfere Idioten, für deren Spezies Hilaron Bryant in bestimmtem Maß ein Beispiel war. Er nährte im Augenblick bitteren Groll gegen seinen lebenslangen Freund Bob Lee und sogar noch größeren gegen ruhmbedeckte Offiziere wie »Felswand«-Jackson, den Kavalleriebefehlshaber Jeb Stuart – und eine Menge andere. Er mit seinem ungeheuren Scharfsinn konnte hinterher immer genau auf ihre Fehler hinweisen, doch es fiel ihm nie ein, da Bescheidenheit und Demut selten Charaktereigenschaften von kleinen Leuten sind, sich zu fragen, was *er* an ihrer Stelle getan hätte, wenn es darum ging, Entscheidungen in Sekundenbruchteilen zu fällen, und das aufgrund von Informationen, die mitten in der Schlacht gewöhnlich ungenügend, falsch oder überhaupt nicht vorhanden sind. O nein! Sie waren Dummköpfe und Stümper, alle miteinander, während er, das größte militärische Genie aller Zeiten, aus den nichtigsten Gründen zurückgehalten wurde. Niemand gab ihm seine rechtmäßige Chance, als der Kämpfer und Stratege zu brillieren, der er war.

Der Reporter sagte: »Ich verstehe nicht, was diese junge Dame *tat* – abgesehen davon, daß sie sich von irgendeinem Yankee-Posten, der durchdrehte, voll Löcher schießen ließ –, das von so großer Bedeutung war ... Ich hörte, daß sie Lees Armee gerettet hat, aber nach den »Sieben Tagen« begruben sie unsere Gefallenen in Massen. Und McClellan blieb bis zum 3. August in seinem Stützpunkt in Harrison Landing am James, mitten zwischen den Häusern unserer großen Familien, und niemand hat auch nur mit einem Kindergewehr in seine Richtung geschossen!«

»Natürlich nicht, junger Herr!« schnaubte Oberstleutnant Bryant. »Auf diese junge Dame – dieses schöne junge Mädchen – wurde am 28. Juni geschossen. Und sie ritt die ganze Nacht hindurch blutend, fast sterbend, um General Lee rechtzeitig zu warnen, daß die Unions-Truppen aus dem White Oak Swamp zum Malvern Hill unterwegs waren – *der* perfekten natürlichen Formation, um in Virginia defensive Artilleriebatterien aufzustellen. Sie *erreichte* General Lee am Sonntag, dem 29. Juni, junger Mann. Und *wann* fand die Schlacht am Malvern Hill statt?«

»Allmächtiger!« hauchte Tony Collins. »Am Dienstag, dem 1. Juli!«

»Richtig«, knurrte Oberstleutnant Bryant. »Also behaupte ich immer noch, daß die kleine Miß McKenzie die größte Heldin in der gesamten Geschichte des Südens ist, junger Mr. Zeitungsmann. Kann man ihr die Schuld daran geben, daß militärische Unfähigkeit den unbezahlbaren Vorteil nicht nutzte, für den sie ihr tapferes Blut vergossen hat und fast gestorben wäre, um ihn uns zu geben?«

»Dämonenreporter« Collins hatte also seine Geschichte. Und um seine eigenen Worte zu benutzen: Er holte alles aus ihr heraus. Er besuchte »McKenzies Hundert« dreimal, aus dem ganz einfachen Grund, weil Gwen nicht zuließ, daß er

Rose Ann durch eine Inquisition ermüdete, um die die Inquisitoren der Kirche ihn beneidet hätten. Er hätte zur süßen Zigeuner-Rose, wie er sie in seinem Artikel nannte, Tag und Nacht gesprochen, wenn Gwen es zugelassen hätte. Seine Beschreibung von Roses Schönheit war lyrisch, die von Gwen nicht weniger. Großmütig verzieh er der älteren Schwester in seiner Zeitung vor ganz Richmond, daß sie besorgt um die noch schwache Konstitution der Heldin gewesen war. Er nannte sie »Schutzengel« und zitierte Rose Anns Lobpreisung für die aufopfernde Pflege – »der das Leben unserer Heldin hauptsächlich zu verdanken ist!« Er beschrieb den mürrischen Dave McKenzie, »Held eines früheren Krieges, aus dem er als Invalide heimgekommen ist . . .«, was eine Übertreibung war, denn wenn Daves leichtes Humpeln, das er einer Kugel verdankte, die ihn bei Chapultepec ins linke Bein getroffen hatte, ausreichende Entschuldigung war, am gegenwärtigen Krieg nicht teilzunehmen, waren es sein Alter (er war um zehn Jahre älter als seine früheren Kampfgefährten im mexikanischen Krieg), und seine vom Alkohol angegriffene Leber war es noch viel mehr. Collins erwähnte Jeffs Beitrag zu »unserer heiligen Sache«, seine fähige Unterstützung Leutnant Brooks im Entwurf und Bau der eisengepanzerten *Virgina.* Aber seine Beschreibung des »heroischen Rittes der süßen Zigeuner-Rose McKenzie« war ein Meisterwerk blühender viktorianischer Sentimentalität. Ein Absatz genügt, die Qualität zu verraten:

»So ritt unsere tapfere Heldin die ganze Nacht hindurch und tränkte die Erde mit ihrem kostbaren Blut! Und erblühte nicht überall dort, wo ein Rubintropfen ihrer schwindenden Kraft, ihres schwindenden Lebens, die Erde benetzte, in diesem Augenblick eine Blume, dann gibt es, das schwöre ich, keine Gerechtigkeit im Himmel . . .«

Obgleich »Dämonenreporter« Collins heftig, mit Worten destillierten Giftes, die »allgemeine Unfähigkeit« des Oberkommandos angriff, das »das beispiellose Opfer unseres Darlings Zigeuner-Rose« nicht nutzte – und als Quelle einen

»verdienten höheren Offizier« nannte, »der natürlich nicht möchte, daß sein Name genannt wird« –, war die Wirkung auf die Öffentlichkeit überwältigend. Andere Zeitungen griffen die Story auf, nicht nur überall im Staat Virginia, sondern selbst in so weit entfernten Städten wie St. Louis, Natchez oder New Orleans. Reporter belagerten General Lee, der die Geschichte höflich als »im wesentlichen richtig« bezeichnete. Sowohl Gwen wie Mary Sue Hunter wurden von den Schwärmen von Zeitungsleuten, die wie Heuschrecken über »McKenzies Hundert« herfielen, in wahre Verzweiflung getrieben. Delegationen von Damen aus Virginia kamen mit Blumen und Früchten für »unsere Heldin«. Präsident und Mrs. Davis fühlten sich zu einem Besuch veranlaßt, und Rose Ann verbrachte eine entsetzliche Stunde mit ihnen, da der alte Jeff zum Plaudern absolut kein Talent hatte, die First Lady jedoch um so mehr. Dave McKenzie schwoll vor väterlichem Stolz natürlich zu fast doppelter Größe an. Und Jeb Stuart, der aus den Zeitungen zum erstenmal von »Darling Roses« Heldentat erfuhr, führte einen Überfall auf die Blumengärten aller Pflanzungen im Umkreis von vielen Meilen durch und erschien dann mit zwanzig Reitern, die vom schwarzen Kossuthhut bis zu den Hufen ihrer Pferde mit Rosen bedeckt waren und Rose Ann buchstäblich darunter begruben.

Das alles hob Zigeuner-Roses Stimmung unendlich. Aber daß Colin Claiborne den Deus ex machina gespielt hatte, oder vielleicht, daß die grimmige Ananke sich mit der lachenden Ate und den betrunkenen, zotigen Göttern des spöttischen Zufalls verbündete, hatte hauptsächlich zur Folge, daß ein neues Element in Rose Anns Leben kam, das imstande war, es zur Unkenntlichkeit zu verzerren, ja die Macht besaß, es zu vernichten.

Dieses Element marschierte am selben Tag in ihr Krankenzimmer, als Jeb Stuart und seine wilden Reiter sie unter Rosen begraben hatten. Er war, wie ihr benommen bewußt wurde, der schönste Mann, den sie je gesehen hatte.

Ja, so überwältigt war sie, daß sie erst dann bemerkte, als Heros von Borcke, Jeb Stuarts importierter Adjutant, in schier brüllendes Gelächter ausbrach, daß er den Fremden begleitet hatte. Nun gehörte schon allerhand dazu, Heros von Borcke zu übersehen, denn der pommersche Freiwillige war ein echter Riese. Er war gut zwei Meter zehn, und er war nicht dürr, wie Männer über zwei Meter gern sind, sondern regelrecht faßförmig, ausgesprochen muskulös und so fett wie ein gut geschrubbtes preußisches Schwein. Er war auch in einem Maße fröhlich, daß seine Gesellschaft eine Freude war. Zu all dem sah er obendrein noch sehr, sehr gut aus. Siebenundneunzig Prozent aller Virginierinnen unter sechsundneunzig waren hoffnungslos in ihn verliebt – die gleichen siebenundneunzig Prozent, die auch in J. E. B. »Jeb« Stuart verliebt waren. Was bei der vorherrschenden mittviktorianischen Moral das Gewissen so manchen zarten Mädchens gequält haben mußte. Wenige von ihnen waren in so delikaten Angelegenheiten so offen und so ehrlich wie Zigeuner-Rose McKenzie.

»Ho!« brüllte Heros. »Blick Zizi nicht so an, mein Kleines! Er ist – ein Schweinehund. Aber ich weiß nicht, wie ihr hier dazu sagt.«

»Heros!« rügte Rose Ann. »Hör damit auf. Du sprichst besser Englisch als ich. Und du benützt diesen deutschen Akzent doch nur, um dumme Mädchen zu amüsieren. Aber ich bin kein dummes Mädchen oder überhaupt kein Mädchen mehr. Meine Mädchenträume hat eine Kugel zerschmettert. Wenn du Augen im Kopf hättest, würdest du sehen, daß ich sogar wie ein altes Weib aussehe.«

»Guter Gott!« sagte der wunder-, wunderschöne Mann mit sanftem Lächeln. Und Rose sah sogar da, daß er nur mit den Lippen, nicht den Augen lächelte. »Möge er die Welt mit solchen alten Weibern wie Sie neu bevölkern, meine Teure!«

Gebieterisch wandte er sich an Heros von Borcke und sagte scharf auf hochdeutsch: »Du kannst jetzt gehen, Heros. Wie ich vermutete, ist sie für meine Zwecke perfekt. Also sei so gut und laß uns nun allein!«

»Potz Blitz und Donnerschlag!« fluchte Heros auf deutsch. »Wer zum Teufel glaubst du, daß du bist, Zizi? Verflucht und ...«

»Hört auf!« befahl Rose Ann. Aus den Höhen oder Tiefen dieser absolut überheblichen Überzeugung, daß alle Welt, verdammt noch mal, der selig faulen Bequemlichkeit wegen, die die Nordamerikaner zu den schlechtesten Linguisten auf Erden gemacht hat, Englisch sprechen sollte, fuhr sie fort: »Hört auf, euch auf deutsch anzubellen, oder geht heim!«

»Tut mir leid, Liebes«, brummte Heros. »Aber dieser hirnverbrannte Dummkopf ...«

»Da! Es geht schon wieder los!« tadelte Rose Ann. »Warum beschimpfst du deinen wirklich netten Freund?«

Der schöne Mann hob den Kopf und lachte in klangvollem Bariton. »Heros, der heute groß in Form ist, nennt mich einen Dummkopf. Aber er vergißt zu erwähnen, daß ich es war, der ihn an den Ohren durch die Leipziger Universität schleifte. Diese Ohren sind gar nicht so lang und haarig, wie sie eigentlich sein müßten, denn hätte ich es nicht getan, hätte er die Universität nie bis zum Abschluß durchgestanden. Er ist ein lieber Kerl, meine Teure, aber an Gehirn mangelt es ihm. Seit Jahren schon frage ich mich, ob sein riesiger Schädel gefüllt oder völlig leer ist. Was meinen Sie, bezaubernde Walküre?«

Zigeuner-Rose blickte staunend von einem zum anderen. »Streitet ihr euch immer so?«

»Immer«, versicherte Heros vergnügt, »vom ersten Tag an. Der olle Zizi ist ein großartiger Bursche, aber er hat einige merkwürdige Vorstellungen. Weißt du, er möchte ein Deutscher sein. Aber warum sollte *irgend jemand* ein Deutscher sein wollen? Ich bin so ein riesiger Tolpatsch von Deutschem, dabei wäre ich so gern ein schlanker, vornehmer Franzose mit einem Schnurrbärtchen, damit ich all die hübschen Mädchen verführen könnte, wie es diese verteufelten Franzosen tun!«

»Oh, das schaffst du auch so großartig«, entgegnete Rose Ann trocken. »All die Babys, die vor den Kirchtüren ausgesetzt werden, sind kräftige Blondschöpfe und sehen genauso aus wie *du*, Heros. Aber wie ist's, willst du mir deinen Freund nicht endlich vorstellen?«

»Mit tiefstem Bedauern und größter Bekümmernis«, seufzte der riesige Deutsche. »Denn wie ich schon sagte, Zizi ist ein Schweinehund. Aber so ein Wort habt ihr in englisch ja nicht. Wie würdet ihr also so einen Schweinehund nennen, wie Zizi einer ist?«

Rose lachte. »Nun, wenn er wirklich *schlimm* ist, würden wir ihn den ersten Teil dieses Worts nennen und den zweiten auslassen. Ist er aber noch schlimmer, dann schimpfen wir ihn einen Sohn des zweiten Teils deines zungenbrecherischen Worts, weiblichen Geschlechts jedoch.«

»Einen *Hurensohn*?« fragte Heros eifrig. Er benutzte natürlich das deutsche Wort, das jedoch so ähnlich wie das englische *whoreson* mit derselben Bedeutung klingt.

»Ich weiß nicht, was das bedeutet, aber es hört sich entsetzlich an, also bin ich sicher, daß es ein unfeines Wort ist«, sagte Rose Ann gekünstelt. »Stell mir deinen Freund jetzt endlich vor!«

»Potz Donner, Blitz und Hagelsturm!« Heros seufzte. »Na ja, wenn es sich nicht vermeiden läßt. Dieser Hurenhüpfer ist Graf Sissimond Kurt Radetzy, und er ist Böhme . . .«

»Bohemien?« erkundigte sich Rose Ann, die das Wort nicht so recht verstanden hatte. »Du meinst, einer dieser wilden, unbekümmerten, leichtlebigen Burschen, die Bilder von nackten Frauen malen, Wein trinken, singen und am Hungertuch nagen?«

Heros lachte schallend. »Genau das, mein kleiner Liebling.«

»Er ist natürlich wieder einmal witzig«, sagte Graf Radetzy mit seinem eisigen, freudlosen Lächeln. »Tatsächlich bin ich Österreicher, aber die Provinz, aus der ich stamme, ist Teil des alten Königreichs Böhmen. Ich bin in Prag geboren, der Stadt des großen Märtyrers Jan Hus, dessen Geschichte die ganze Welt kennt . . .«

»Außer mir«, warf Rose Ann seufzend ein. »Ich bin eine schreckliche Ignorantin, Graf. Oh, das ist auch nicht richtig, nicht wahr? Ich müßte ›Mylord‹ sagen, oder?«

»Nein.« Heros grinste. »Denn er ist kein Graf mehr, Süße. Er verlor Titel und Ländereien, als er aus der österreichisch-ungarischen Monarchie verstoßen wurde, weil er einen reichen alten Juden umgebracht hat, dieser Nichtmehrgraf, der nichts taugt, mein süßer Liebling. Na, bist du jetzt mit meinem virginischen Akzent zufrieden, Honigpüppchen?«

»Heros, du bist einfach unmöglich!« Wieder seufzte Rose. »Stimmt etwas von diesen schrecklichen Dingen, die er über Sie sagt, Graf Radetzy?«

»Ich fürchte ja«, gestand Radetzy. »Als Jüngling war ich viel zu impulsiv. Inzwischen habe ich gelernt, die Dinge kühler und überlegt anzugehen. Hätte ich mir die Mühe gemacht, herauszufinden, daß der Prinz nicht dem Juden Steinermann, sondern seiner gesamten, habgierigen hakennasigen Sippschaft Geld schuldete, würde ich mich erst mal an einem von ihnen versucht haben. Dann hätte man mich auch nicht des Landes verwiesen, sondern mir sogar einen Orden verpaßt, wahrscheinlich das *Swastika* . . .«

»Sie wollen damit sagen«, flüsterte Rose Ann, »daß Sie wahrhaftig in Friedenszeiten einen reichen alten Mann getötet haben, weil . . .«

». . . er ein Jude war?« entgegnete Radetzy ruhig. »Natürlich. Ein vollkommen vernünftiges Vorgehen, wenn man es mit dem ›auserwählten Volk‹ zu tun hat, finde ich . . .«

Rose starrte ihn mit großen Augen an.

»Sie – Sie sind – schrecklich!« sagte sie.

Radetzy warf den Kopf zurück und lachte. Es klang angenehm, fast wie ein lautes Schnurren.

»Das wurde mir schon oft vorgeworfen«, gestand er. »Vor allem von sentimentalen Damen. Was ich wirklich bin, meine schöne Walküre, ist praktisch. Da es ganz offensichtlich die

Bestimmung des deutschen Volkes ist, die Welt zu beherrschen . . .«

»Deutschland, Deutschland über alles, eh?« knurrte Heros. »Was dieser Mann wirklich ist, meine Süße, ist wahnsinnig! Er hat zu viele Bücher von idiotischen Philosophen gelesen. Das ist das eine. Das andere ist, daß er ein Deutscher sein *möchte*, und das ist die Wurzel seines Wahnsinns . . .«

»Ist er das denn nicht?« fragte Rose Ann verwundert. »Na schön, er ist aus Österreich, aber Österreicher *sind* doch Deutsche, oder nicht?«

»Einige sind es, andere nicht.« Radetzy seufzte. »Es kommt darauf an, aus welchem Teil des Reiches sie stammen. Ein Österreicher kann ein Kroate sein, ein Balte, ein Tscheche, ein Slowene, ein Ungar, selbst ein Slawe, wenn er zu weit im Osten geboren ist. Genau wie dieser riesenhafte Tölpel von Rechts wegen ein Pole sein müßte, da Pommern, von woher er kommt, immer ein Teil Polens gewesen war, bis wir Deutschen es den Polen vor hundert Jahren stahlen . . .«

»*Wir* Deutschen!« schnaubte Heros. »Schau ihn dir an, und zwar sorgfältig, mein Kleines. Siehst du, daß sein Haar so schwarz wie die Nacht ist und so glatt wie die Schwänze der Pferde, die seine barbarischen Vorfahren aus den asiatischen Steppen ritten, als sie vor Hunderten von Jahren Europa überfielen? Und seine Haut – sie hat den gelblich-goldenen Ton, den ihm seine hunnischen oder seine ungarischen Ahnen vererbt haben. Schau dir die Augen an! Siehst du, wie schräg sie stehen . . .?«

»Aber sie sind blau«, warf Rose Ann ein.

»Grau«, verbesserte Radetzy sie. »Ich habe sie von meiner Mutter, die so blond war wie dieser tölpische, ungebildete Kerl, und sie stammte aus einer Wiener Familie. Aber zum Teil hat er recht. Mein Vater war Ungar, mit hauptsächlich magyarischem Blut. Und die Magyaren – Gott habe Erbarmen mit ihnen! – waren Orientalen. Aber viele Vorfahren dieses fetten Polen waren – uhh! – *Slawen.* Das Volk, von dessen Namen sich das Wort *Sklave* ableitet!«

»Zizi, alter Junge«, knurrte Heros von Borcke, und er meinte es ernst, dessen war sich Rose Ann plötzlich sicher, »erinnere mich daran, daß ich dir bald den Hals umdrehe!«

»Oh, hört endlich auf, ihr zwei!« befahl Rose Ann. »Heros, du hast deinen Freund Graf Radetzy sicher nicht hierhergebracht, damit ich Kopfschmerzen von dem kriege, worüber ihr euch streitet und von dem ich nichts weiß und erst recht nichts verstehe, oder?«

»Nein, liebreizende Miß McKenzie«, versicherte Radetzy ihr. »Ich bat ihn – oder vielmehr, ich mußte ihn geradezu anflehen –, mich hierherzubringen und mich Ihnen vorzustellen. Denn ein Punkt in diesem Zeitungsbericht über Ihre großartige Tat fiel mir besonders auf – und das war die Geschicklichkeit, mit der Sie diese Yankee-Posten durch Ihren Bostoner Akzent getäuscht haben. Also sagte ich mir, Kurt, alter Junge, diese Dame kann der edlen Sache unserer Südstaaten von beispiellosem Wert sein . . .«

»Der edlen Sache *Ihrer* Südstaaten!« explodierte Rose Ann. »Aber Sie sind doch . . .«

»Ein Ausländer?« fragte Radetzy. »Nicht mehr, meine Teure. Ich bin naturalisierter Bürger der Konföderation und des Staates Louisiana, da New Orleans als der größte Hafen des Südens der war, zu dem ich am leichtesten Zugang hatte, nachdem ich ins Exil verbannt wurde. Als ich erkannte, daß der Süden ihn unter dem Sturm der überwältigenden Marinestreitkräfte des Nordens nicht würde halten können, begab ich mich hierher und bot meine Dienste und besonderen Fähigkeiten Ihrer – unserer – Regierung an . . .«

»Besondere Fähigkeiten! Daß ich nicht lache!« schnaubte Heros. »Er meint damit, daß er ein Spion der Reichsregierung war. Ein Angehöriger des Totenkopftrupps der österreichischen Polizei, deren Aufgabe es war, Leute verschwinden zu lassen. Einfach – *puff,* und weg waren sie.«

»Nicht immer einfach – *puff,* Heros, mein Junge«, sagte Radetzy.

»Das würde ich meinen!« schnaubte Heros. »Weit häufiger war es – langsam und äußerst grausam. Jedenfalls aber verschwanden sie immer, wenn dein Totenkopftrupp mit ihnen fertig war, oder vielmehr das, was von ihnen übriggeblieben war. Aber alles, was du *damit* tun mußtest, war, es in einem Abfalleimer fortzutragen und in die Kanalisation zu werfen, eh, Schreckenskurt, wie man dich damals genannt hat?«

»Großer Gott!« flüsterte Rose Ann. »Und Sie sind *hierhergekommen*, um unserer Regierung diese Art von Diensten anzubieten, und ...«

»Sie wurden willkommen geheißen? Natürlich nicht, süßes kleines Mädchen! Ich war mir von vornherein bewußt, wie es mit der angelsächsischen Gefühlsduselei aussieht. O nein, ich bot ihr lediglich meine unvergleichliche Erfahrung in der Reorganisation ihres Geheimdienstes an. Ich wurde sofort aufgenommen – im Rang eines Obersts! – und bekam freie Hand, alles Notwendige zu veranlassen. Aber ich hatte mich ja auch an den Richtigen gewandt – Ihren damaligen Kriegsminister, der inzwischen das Staatsministerium leitet –, an den Juden Judah Benjamin. Ein außerordentlich fähiger und intelligenter Mann. Äußerst – subtil. Fast wie ein Europäer. Wir kamen blendend miteinander aus. Mit diesem neuen Mann, General Randolph – George W. Randolph, der das Kriegsministerium übernahm, als unser tüchtiger jüdischer Anwalt aufstieg –, verstehe ich mich weniger gut. Aber ihm scheint klar zu sein, daß er von der Sache nichts versteht, und so hat er mich bisher in Ruhe gelassen. Mehr will ich gar nicht ...«

»Aber – aber Sie haben doch gesagt, daß Sie die Juden *hassen*!« flüsterte Rose Ann. »Und jetzt ...«

»Nein, ich verachte sie nur. Sie sind nicht wichtig genug, gehaßt zu werden. So ganz besondere wie Benjamin lasse ich vielleicht sogar am Leben, damit sie mir bei dem nicht unbedeutenden Problem helfen, die anderen aus dem Weg zu räumen. Großer Gott, es gibt so viele von diesen schleimigen Bettlern! Und wenn man auch noch die wimmelnden

Schwärme der sich pausenlos vermehrenden, hoffnungslos unzulänglichen südländischen Rassen dazurechnet, die Kleider- und Parfümhersteller, wie die Franzosen, die Spaghetti- und Bambinomacher, wie die Italiener, die Maultier treibenden Banditen wie die Spanier und Portugiesen, fürchte ich, wird unsere Aufgabe wahrhaftig schwierig werden.«

»Und was ist mit *uns*?« wisperte Rose Ann. »Wir Schotten und Iren? Wir sind nicht groß, blond und nordisch, wie mir scheint.«

»Aber Ihre Vorfahren waren nordisch«, sagte Radetzy wohlwollend. »Die Jüten, die Pikten und die Skoten waren alles tüchtige Wikingerstämme, die das Land eroberten. Außerdem, schauen Sie mal in den Spiegel! Diese Haut, dieses flammende Haar! Sie sind die perfekte Mutter gesunder teutonischer Krieger, mein schönes Kind!«

»Und ich habe da überhaupt nicht mitzureden?« fragte Rose Ann scharf.

»Nicht ein Wort!« Radetzy lachte. »Die drei großen Ks sind der Frau auf den Leib geschrieben: Küche, Kinder und Kirche, meine Teure.«

»Ich will verdammt sein!« entfuhr es Rose Ann.

»Das wirst du auch, mein armes, kleines Mädchen, wenn du auf diesen Wahnsinnigen hörst«, sagte Heros. »Also komm, Zizi. Du hast unsere Heldin für einen Tag lange genug belästigt!«

»Nein!« rief Rose Ann. »Bitte nicht, Heros! Oder zumindest noch nicht. Ich muß den ganzen langen Tag im Bett liegen und kann mich die meiste Zeit mit niemandem unterhalten. Außerdem, wenn ich ehrlich sein will, finde ich ihn faszinierend. Sagen Sie mir, Graf Radetzy . . .«

»Für Sie Kurt, mein Liebling, bitte!«

»Ich bin nicht Ihr Liebling, aber ich werde Sie Kurt nennen, weil Sie für einen Grafen zu verrückt sind. Aber würden Sie mir bitte verraten, warum Sie *hier* herübergekommen sind?«

»Ihre entzückende Konföderation war für einen Mann

mit meinen Ideen und Idealen genau das Richtige«, antwortete Kurt Radetzy gemessen. »Ganz Europa steckt im Griff des wirren Liberalismus – obwohl, was noch schlimmer ist, die Völker meines Kontinents nicht sonderlich auf das irre Gewäsch dieses verrückten Juden Karl Marx und seines Speichelleckers Friedrich Engels hören. Ihr großartiger Süden dagegen erkennt, aus Instinkt offenbar, die richtige Ordnung der Dinge. Für die Neger die Peitsche! Denn wozu sonst sollten diese geistlosen Affen taugen, als uns als zweibeinige Lasttiere zu dienen?«

»Und die Frauen?« fragte Heros sarkastisch. »Du warst doch immer der Meinung, daß das passendste Geschenk für einen Bräutigam eine Peitsche mit Bleikugeln ist, Zizi. Bist du nun so diplomatisch, das zu leugnen?«

»Natürlich nicht.« Radetzy lachte. »Aber dergleichen ist nur für dumme Frauenzimmer erforderlich. Intelligente, wie unsere Heldin hier, werden durchaus imstande sein, ihr hübsches Gesäß vor Striemen zu schützen – mit Leichtigkeit . . .«

»Wie?« erkundigte sich Rose Ann tonlos.

»Indem sie uns, ihren Herren und Gebietern, bedingungslos gehorchen«, erwiderte Kurt mit charmantem Lächeln. »Man empfindet kein Vergnügen daran, ausgleichende Gewalt anzuwenden, meine Teure. Wie viel einfacher ist es da, wenn ihr süßen Mädchen sie gar nicht erst erforderlich macht?«

»Ich verstehe«, sagte Rose, zu ruhig.

»Nun, dann fahren Sie fort«, forderte Radetzy sie auf.

»Was haben Sie gegen die Juden?« fragte Rose scheinbar gleichmütig.

»Oh, da gibt es allerlei Gründe. Der hauptsächliche ist, daß es ihnen geglückt ist, unsere edle teutonische Zivilisation zu pervertieren, indem sie das schleichende Gift dieses Bastardsprößlings des Mosaischen Gesetzes unter uns eingeführt haben – die christliche Religion.«

»Dann glauben Sie also nicht an Christus oder das Christentum?« erkundigte sich Rose Ann verwundert.

»Natürlich nicht. Mehr noch, ich lehne sie völlig ab. Ich bin zu den Göttern meiner Väter zurückgekehrt: Wotan und Frigg und Thor und Tyr und so schönen Walküren wie Sie eine sind, mein schönes *Fräulein* McKenzie. Diese Götter werden mich dereinst nach Walhall tragen, wenn ich sterbe!«

»Verrückt«, brummte Heros. »Absolut verrückt . . .«

»Doch amüsant, glaube ich«, sagte Rose und kicherte. »Aber verraten Sie mir eines, Kurtie-Boy, obwohl ich es natürlich zu schätzen weiß, daß Sie einem armen dummen Mädchen wie mir Unterricht darüber erteilen, wie wundervoll ihr Deutschen seid – weshalb hat Heros Sie hierhergebracht, um mich zu sehen?«

»Genau aus diesem Grund, vor allem«, erwiderte Kurt Radetzy. »Um Sie zu *sehen.* Aber mehr, als nur in dem Sinn des Wortes, süßes Mädchen, obgleich das, wie ich offen gestehe, ein außerordentliches Vergnügen ist. Doch ich kam, um zu sehen, was Sie sind. Ich kam, um Ihre geistigen Qualitäten zu erkennen, die Sie so einmalig machen. Und ich wurde nicht enttäuscht. Ich habe das Gefühl, daß ich einen wahren Hort gefunden habe. Darf ich Sie wieder besuchen, und nicht nur einmal?«

»Gott im Himmel!« stöhnte Heros von Borcke.

»Warum?« fragte sie.

»Es würde Zeit sparen. Ich habe mit Ihrem Arzt gesprochen. Er sagt, Sie brauchen noch zwei, drei Wochen, vielleicht auch einen Monat Bettruhe. Während dieser Zeit könnte ich Sie viel von dem lehren, was Sie wissen und können müssen.«

»Was soll ich wissen und können müssen?« erkundigte sich Rose Ann scharf.

»Den letzten Schliff und besondere Umgangsformen. Ich beabsichtige, eine Europäerin von hohem Adel aus Ihnen zu machen, die über jeden Zweifel erhaben ist. Ich bin schon jetzt überzeugt, daß kein Pygmalion je besseres Material für eine meisterhafte Galatea hatte! Ich werde sehr stolz auf Sie sein, meine Teure!«

»Aber *wozu*, Kurt? Sagen Sie schon!«

»Damit Sie in jeder Beziehung vorbereitet sind, sich meiner Gruppe anzuschließen. Um *la prima Diva* meiner Organisation zu werden. Die Nummer eins! Die für alle Zeiten Gesegnete der Konföderation!«

»Nummer eins, sagst du?« knurrte Heros. »Wovon? Von deiner Selbstmördertruppe, Zizi?«

»Großer Gott!« entfuhr es Rose Ann.

»Hören Sie, Rose Ann – Sie gestatten doch, daß ich Sie so nenne? –, ich gestehe, daß das Risiko für uns beide hoch ist. Es mag uns das Leben kosten. Das leugne ich nicht. Aber wenn wir sterben, dann als Soldaten für eine gute, eine hehre Sache. Was ich aus Ihnen machen will, aus einer Frau, deren Mut über jeglichen Zweifel erhaben ist und die Talent als Schauspielerin hat? Nun, die erste und höchste Agentin unseres neuen, reorganisierten Geheimdienstes.«

»Allmächtiger!« hauchte Rose Ann.

»Sie werden durch die Nordstaaten reisen und über unbegrenzte Mittel verfügen, überall Kontaktleute haben und Schreiben erhalten, und außerdem wird für subtilere Möglichkeiten gesorgt werden, damit Sie sich einführen können. Mit dem Programm, das ich geplant habe, werden Sie für den Süden in zwei Monaten mehr leisten, als seine Armeen bisher in den zwei Kriegsjahren. Nun, meine Teure, was meinen Sie?«

»Ich weiß nicht«, wisperte Rose Ann. »Ich glaube nicht, daß ich noch so mutig bin, Kurt. Eine Kugel, die durch den Leib gegangen ist, nimmt einen ordentlich mit, wissen Sie?«

»Ja, das weiß ich«, versicherte er sanft und verständnisvoll. »Mich hat es auf diese Weise zweimal erwischt, und ich muß zugeben, daß es äußerst unangenehm war. Aber die Gefahr, daß es zu ähnlichem kommt, ist für Sie nicht sehr groß. Bisher jedenfalls haben die Yankees unsere Agentinnen, wenn sie sie ertappten, nicht mehr als ein paar Monate eingesperrt und sie dann unauffällig in den Süden abgeschoben. Die Männer erschießen sie, oder sie hängen sie auf. Außerdem werde ich Sie auf den ersten Reisen begleiten. Wir geben uns als Mann und Frau aus und ...«

»Waaaas?« keuchte Rose Ann.

»Einer deiner üblichen schmutzigen Tricks bei Frauen, eh, Zizi?« sagte Heros ein wenig zu ruhig.

»Nein«, entgegnete Kurt spöttisch. »Ich habe nicht die Absicht, mir bei diesem hübschen Kind etwas herauszunehmen. Wenn sie allerdings eines Nachts in hingebungsvoller Stimmung sein sollte, wäre es wenig gentlemanlike, ihrem Wunsch nicht entgegenzukommen, aber ...«

»Von allen unerträglichen, egoistischen, eingebildeten, unmöglichen ...«

»Schuften«, half ihr Heros. »Schurken. Halunken.«

»Ja!« rief Rose. »All das!«

Kurt lächelte.

»Nun«, sagte er. »All das war ich gelegentlich, doch nur im Dienste des glorreichen Staates. Denn, meine Liebe, selbst der große Hegel fand, daß konventionelle Ethik und Moral unwesentlich sind, wenn es um die Belange des Großdeutschen Reiches und seiner Helden geht ...«

»Und der alte Kant, was hat der gesagt?« fragte Heros spöttisch. »Du hast doch seine *Kritik der reinen Vernunft* gelesen, nicht wahr, Herr Philosoph?«

»Humbug, dieser Immanuel Kant! Reine Vernunft, pah! Reiner Dreck! Die physische Existenz der Dinge von der Wahrnehmung unabhängig aus der Vernunft durch logisches Schließen gewonnen, aber ...« Kurt unterbrach sich. Ein ungewohnt charmantes Lächeln erhellte sein viel zu gut aussehendes Gesicht. Ja, charmant ohne Zweifel, dachte Rose Ann, trotzdem verursacht es mir eine Gänsehaut ...

»Aha!« sagte er zu Heros. »Ich durchschaue dich, mein Freund! Du willst mich mit einer tiefschürfenden, philosophischen Diskussion ablenken, damit ich vergesse, was ich hier wollte. Da bemühst du dich vergebens, alte Junge. Ich lasse mich von meinem Vorhaben nicht abbringen. Rose Ann, lassen Sie sich meinen Vorschlag durch den Kopf gehen. Sie lieben den Süden, weil er Ihre Heimat ist, und ich liebe ihn, weil ich ihn als Treibhaus für die Saat der Weltherrschaft benutzen kann, wie ich glaube, wenn auch nicht durch uns Deutsche allein, so doch zumindest durch die blonden, weißen, überlegenen Rassen, um alle anderen zu unseren Dienern, unseren Sklaven zu machen, oder im Fall so extrem schädlicher Auswüchse wie der Juden, um sie auszurotten. Schon gut, schon gut! Ich weiß, daß Sie mir nicht beipflichten. Ich weiß, daß Sie das nicht wollen, denn Ihr mitleidiges Herz verbietet eine solche rauhe Härte des Geistes. Aber wir können einen Teil des Weges gemeinsam gehen, meine Liebe. Erreichen Sie erst einmal Ihre konstitutionellen Ziele. Meines kann warten. Uns Angehörigen der Superrasse fällt es nicht schwer, uns in Geduld zu fassen, da unser Sieg letztendlich unvermeidbar ist.«

»Wenn Sie mir vorschlagen«, sagte Rose Ann mit einer Mischung aus Ärger und Schalk, »daß wir miteinander reisen und in Hotels als Mann und Frau absteigen sollen, kommen wir nicht einmal bis zu unserer Gartentür, Kurt-Schätzchen! Und wenn Sie sich einbilden, Sie könnten mich zwei- oder dreimal die Woche besuchen, um mich zu einer Großherzogin oder dergleichen zu machen, ohne meinem Vater sehr überzeugende Gründe dafür zu nennen, sind Sie noch verrückter, als Sie sich anhören. Pa ist ein ausgezeichneter Schütze, das dürfen Sie mir glauben. Und Burschen, die mit Absichten, die das Tageslicht scheuen, um seine Tochter herumscharwenzeln, enden gewöhnlich als Leichen.«

»Dann heiraten Sie mich!« platzte Kurt heraus. Er tat es ohne merkliche Verschnaufpause, von Überlegung ganz zu schweigen. »Wenn Sie auf dieser dummen Konvention bestehen, auch schön. Es ist ein geringes Opfer für die gute Sache. Welche Art von Trauung bevorzugen Sie? Eine katholische? Eine protestantische? Eine standesamtliche? Ich werde meinen eigenen Glauben solange zurückstellen. Denn es würde wohl zu schwierig sein, in diesem unaufgeklärten Land einen Geistlichen zu finden, der je auch nur von der Götterdämmerung gehört hat.«

Heros konnte nur den Kopf schütteln.

»Zizi«, stöhnte er. »Verstehst du denn *überhaupt* nichts von Frauen?«

Kurt warf den Kopf zurück und lachte schallend.

»Abgesehen von der ganz offensichtlichen Tatsache, daß sie den Mund halten und tun sollen, was man ihnen sagt, um ihr niedliches Gesäß vor Striemen zu bewahren, was gäbe es da noch über sie zu wissen?« fragte er heiter. »Also kommen Sie schon! Wir vergeuden nur Zeit. Für wann soll ich die Trauung ansetzen, meine geliebte zukünftige Gattin? Oh – wenn es das ist, was Sie beunruhigt, so werde ich nicht auf meinen Rechten als Ehemann bestehen . . .«

»Aber ich würde ganz bestimmt auf meinen als Ehefrau bestehen«, erklärte ihm Rose Ann feierlich. Ihre grünen Augen wurden zu Smaragden, die schelmisch funkelten. »Meine Bedingungen sind, daß Sie mich in unserer Hochzeitsnacht, die ganze Nacht hindurch, heftig und leidenschaftlich und in siebenundzwanzig verschiedenen Stellungen lieben und daß Sie mich noch in dieser ersten Nacht schwängern. Und last not least, will ich eine *große* Familie. Sechs Jungen und sechs Mädchen. Also wenigstens ein Dutzend, lieber aber noch vierzehn oder fünfzehn Kinder . . .«

Kurt Radetzy lächelte sie zufrieden an. Und nun bemerkte sie, daß Heros' Beschreibung von ihm durchaus zutreffend gewesen war. Seine nebelgrauen Augen standen tatsächlich schräg. Ganz sicher. Seine Wangenknochen waren hoch, und der Schnitt seiner wirklich schönen Züge war wahrhaftig orientalisch. Im Augenblick sah er aus wie ein mongolischer Bogenschütze, der überlegend über die Chinesische Mauer späht, die erbaut worden war, um Barbaren wie ihn fernzuhalten.

»Gut«, sagte er ruhig. »Sonst noch etwas?«

»O Gott!« Rose Ann lachte. »Jetzt haben Sie meinen Bluff aufgedeckt, nicht wahr, Kurt-Schatz. Also gut. Wollen wir zur Abwechslung mal ernst sein. Sie gefallen mir sehr, Kurt. Welchem Mädchen würde ein so gutaussehender Bursche wie Sie nicht gefallen. Aber ich liebe Sie nicht. Und ich würde nie einen Mann heiraten, den ich nicht liebe. Ja, ich würde nicht einmal einen heiraten, den ich liebe, wenn er mich nicht, über jeglichen Zweifel hinaus, von etwas überzeugen könnte . . .«

»Und das wäre?« erkundigte sich Kurt.

»Daß er mich wahnsinnig und über alle Maßen liebt und anbetet!« erklärte Rose Ann fest.

Wieder lächelte Kurt. »Nun, das ist keine unüberwindbare Schwierigkeit, wie mir scheint.« Er stand auf und trat ans Bett. Ganz ruhig legte er seine Rechte, von deren makellos gepflegten Fingern ein Duft wie Wald und Heide – er mußte von Kölnisch- oder Toilettenwasser stammen – aufstieg, unter ihr Kinn. Er hob ihr Gesicht dem seinen entgegen, beugte sich darüber und küßte ihren Mund. Von weit weg – wie von einer fernen Küste – hörte sie Heros' »O großer Gott!« Doch danach gab es nichts anderes mehr für sie als Kurt Radetzys Kuß.

Und er ging durchaus nicht grob vor. Er küßte sie unendlich sanft. Und er nahm sich Zeit dafür. Er formte ihre Lippen unter dem weichen, tastenden Druck der seinen. Roses erster Impuls, den Mund heftig von seinem zu reißen und sich mädchenhaft über seine Unverschämtheit zu empören, erstarb noch im Entstehen. Ihre Lippen erblühten unter den seinen, schwollen an wie die voll Blut gesaugten Blütenblätter einer tropischen fleischfressenden Pflanze in einem dampfenden Urwald, wurden seufzend noch weicher und nachgiebiger.

Und dann, zu ihrem ungeheuren Erstaunen, glitt seine heiße Zungenspitze, so eifrig wie die einer von den Flötentönen eines Schlangenbeschwörers gelockten Kobra, zwischen ihre Lippen. Ihre Verblüffung dauerte den Bruchteil einer Sekunde zu lange. Ehe sie mit Entrüstung reagieren konnte, hatte bereits das die Führung übernommen, was sie ihr

»niedriges Ich« nannte. Sie entdeckte ohne besonderes Staunen, daß sie sich wünschte, er würde sie für immer so küssen. Ihr wurde mit der Ehrlichkeit aller McKenzie-Frauen bewußt, zu denen selbst ihre viel vorsichtigere Schwester zählte, daß sie gar nicht wollte, daß er aufhörte, sondern daß er mit ihr jene Sünde beging, an die sie nicht einmal in tiefster Seele denken durfte, nicht als die hochgeborene Jungfrau, die sie nicht mehr war. Und auch nicht als die Witwe, die sie seit der Heldentat ihres Lieblings Joe-Joe bei Seven Pines geworden war. Sie wünschte sich, Heros von Borcke würde verschwinden und sie und Kurtie-Schatz allein lassen, damit sie ...

Aber ich bin so schwach! wimmerte sie innerlich. Und er soll nicht sehen, daß ich jetzt zwei Nabel statt einen habe, dank der Kugel des Froschgesichts. Und außerdem ist es Unrecht. Und ich habe es einmal mit Colin getan, und es war nicht schön. Aber dieser ungarisch-österreichische Deutsche, dieser chinesisch aussehende Schweinehund mit den nebelgrauen Augen ist bei Gott nicht – ist nicht – Colin! O Gott! O Allmächtiger, ich ...

Er nahm die Lippen von den ihren. Und dann, überlegend, ganz tief in Gedanken versunken, mit dem Ausdruck – doch das wurde ihr erst später bewußt, denn in diesem Augenblick war sie allem anderen verschlossen – eines Wissenschaftlers, der in ein neues, ihn ganz beanspruchendes Experiment vertieft ist, schob er die Hand unter ihren Nacken, unter die dunklen Flammen ihres Haares, das so rot wie der Sonnenuntergang war, und ließ die Finger über ihr Rückgrat wandern. Er tastete sich von einem Wirbel zum nächsten abwärts und murmelte abwesend auf deutsch: »Ach so – es müßte irgendwo hier sein. Bei den meisten Frauen ist es – ich muß überlegen – eins, zwei, drei, vier, fünf ... Ja, hier!« Sie spürte, wie seine Finger diesen Punkt berührten, nahe dem fünften Wirbel, von ihrem Schlüsselbein nach unten gezählt. Sie erstarrte, wurde absolut steif. Dann explodierte sie innerlich. Wurde zu einem Gatling-Maschinengewehr, das Salve um Salve des ärgsten, schrecklichsten, lähmendsten, mörderisch süßen, kaum erträglichen *Lustgefühls* abfeuerte, das sie je in ihrem Leben empfunden hatte. Solange er seine Hand dort ließ und seine Finger auf diesen magischen Punkt drückten, würde es auch nicht aufhören. Und wenn es nicht aufhörte, würde sie sterben, aber – lieber Gott – wenn Sterben so war, war sie durchaus bereit, in den Himmel einzuziehen oder, was wahrscheinlicher war, ihre gerechte Strafe in der Hölle auf sich zu nehmen, täglich einmal und an Sonntagen dreimal!

Ihr wurde bewußt, was es war, obgleich sie die Bezeichnung dafür nicht kannte. Es war, was geschah, wenn ein Paar sich *richtig* liebte. Oft genug hatte sie gehört, wie Negermädchen untereinander darüber sprachen und so schreckliche Dinge sagten wie: »Dann hat sein altes, langes, schwarzes Ding wie der Blitz eingeschlagen, und meine Seele ist geradewegs ins Paradies geflogen!«

Er zog seine Hand zurück – und diese Flutwelle, dieser Vulkan und die glühende Lava, die ihr Inneres überflutete, schwanden wie mit einem Fingerschnippen. Ihr Verstand übernahm wieder. Das darf nicht sein! wimmerte er. Er hat doch nichts getan, als mich ein paar Meilen oberhalb der Stelle berührt, wo die meisten Burschen immer hinfassen wollen, und trotzdem – ohhh, Gott! Wie entsetzlich! Er muß mich für eine schlimme, ausgehungerte Dirne halten, und jetzt kann er, wird er mich nicht mehr achten, nie wieder, nicht, solange ich – solange er und ich – leben!

Aber er lächelte sie jetzt sanft, ja zärtlich an.

»Ich muß nun deinen Vater suchen, um ihn um deine Hand zu bitten, und um alles andere natürlich ebenfalls. Also, bis zum nächstenmal, mein Liebes. Komm, Heros. Du weißt doch, ich habe noch eine Menge zu tun«, sagte Kurt Radetzy.

6

Ein begeistertes Quieken hervorstoßend, flog Mary Sue Hunter in den kleinen Salon des McKenzie-Hauses. Das Quieken war dem einer weißen Maus, an die sie erinnerte, wirklich sehr ähnlich. Aber an der Tür hielt sie dann doch inne, und ein Ausdruck tiefster Bewunderung zog über ihr herzförmiges Gesichtchen.

»Ohhh!« hauchte sie. »Es ist – himmlisch! Zu wunderschön für Worte!«

Gwen, die neben Rose Ann kniete, lächelte ihre zukünftige Schwägerin an. Dann nahm sie die Stecknadeln aus dem Mund – denn sie war damit beschäftigt, die Schulterpartie des betreffenden »Es« – Rose Anns Hochzeitskleid – zu raffen, damit es nicht von diesem Hauch von Mädchen herunterrutschte, zu dem ihre jüngere Schwester geworden war, ehe sie den Altar erreichte. »Ja, nicht wahr?« fragte Gwen. »Es war das Hochzeitskleid unserer Großmutter. Mamas Kleid war hoffnungslos. Sie war angenehm üppig, als sie Vater heiratete, während Rose Ann . . .«

»Mich gibt es nicht«, murmelte Rose Ann verdrießlich. »Ich bin tot. Dieser verdammte Yankee hat mich umgebracht! Wenn ich St. Pauls in diesem Zirkuszelt betrete, werden all die vornehmen Damen aus Virginias oberen Zehntausend vor hysterischem Gelächter aus den Kirchenbänken fallen. Das heißt, wenn überhaupt irgend jemand kommt. Wir McKenzies sind heutzutage kaum noch was, wißt ihr?«

»Da täuschst du dich aber gewaltig, Rose Ann«, widersprach Mary Sue. »Großer Gott, habt ihr McKenzies euch was eingebrockt!«

»Das kann ich mir gar nicht vorstellen, Mary Sue«, sagte Gwen ruhig. »Aber vielleicht verrätst du uns, womit der McKenzie-Clan sich *diesmal* in die Nesseln gesetzt hat.«

»Oh, ihr seid einfach zu populär!« quiekte Mary Sue. »Da man weiß, daß ich mit Jeff verlobt bin, werde ich bestürmt, wohin ich auch komme! Alle meine Freundinnen und ihre

Mamas wollen unbedingt wissen, ob sie auch wirklich auf eurer Einladungsliste stehen. Und wenn ihr auch bloß eine der Damen der ersten Familien von Virginia vergeßt – nur *eine*, Gwennie-Schatz –, habt ihr euch eine Feindin fürs Leben gemacht. Jeder *weiß*, daß Präsident und Mrs. Davis teilnehmen werden, und Mrs. Lee, selbst wenn der General nicht kann. Und da all die jungen Dinger unseres Kreises überzeugt sind, daß Jeb Stuart, zu Ehren des Trauzeugen Major von Borcke, kommen wird, gibt es kein Riechsalz mehr in den Apotheken. Denn alle diese Damen haben vor, beim Anblick von Jeb oder dem Major – oder von beiden – in Ohnmacht zu fallen!«

»Bestimmt wegen beiden«, sagte Gwen lächelnd. »Heros ist ein wirklich gutaussehender kräftiger Riese, nicht wahr? Nur verstehe ich nicht so recht, Mary Sue: Was soll unser Problem sein?«

Mary Sue blickte sie an. Eindringlich sagte sie: »Gwen, es ist ein *ernstes* Problem. Vor allem, wenn du die Tatsache hinzufügst, daß *jedes* weibliche Wesen in Richmond es kaum erwarten kann, diesen ausländischen *Aristokraten* zu sehen, den Rose Ann heiratet! Jedesmal, wenn ich ihn bloß *erwähne*, stürzen sie sich auf mich wie Hühnerhabichte auf einen Hof voller Hennen!«

»Und was erzählst du ihnen, wenn ich fragen darf?« erkundigte sich Rose Ann müde.

»Welch schöner Mann er ist! Groß und dunkelhaarig und – irgendwie geheimnisvoll. Mit schrägstehenden Augen wie ein Chinese, nur blau . . .«

»Grau«, verbesserte Rose Ann noch müder.

»Nun, jedenfalls hell«, fuhr Mary Sue glucksend fort. »Und jedesmal, wenn er einen anblickt, so fest und nachdenklich, weiß man nicht mehr, was die rechte und was die linke Hand und was oben und unten ist.«

»Also genau das, was *anständigen* Mädchen aus dem Süden *nicht* passieren sollte?« zog Rose Ann sie auf. »Gut. Weißt du was, Mary Sue? Heirate *du* ihn. Brenn mit ihm vor meinem Hochzeitstag durch. Ich wäre dir dankbar dafür, denn ganz bestimmt würdest du mir damit einen Gefallen tun. Und Jeff vermutlich ebenfalls . . .«

»Aber Rose Ann!« keuchte Mary Sue. »Wie kannst du so über den Mann sprechen, den du *liebst*? Den du heiraten wirst!«

»Zergliedere diese Feststellungen in ihre einzelnen Teile, dann kommst du weiter.« Rose Ann seufzte. »Vielleicht kommst du der Wahrheit dann ein bißchen näher. Mit einem hast du recht: Ich werde Kurt Radetzy heiraten. Weder die höllischen Heerscharen, noch die Yankee-Armee könnten mich davon abhalten. Aber ich liebe ihn nicht. Er ist – schrecklich. Nein, ›grauenvoll‹ paßt besser zu ihm. Meistens hasse ich ihn. Aber . . .«

»Aber – was, Rose?« wisperte Gwen.

Rose blickte erst sie an, dann Mary Sue.

»Was geschähe, wenn die Wahrheit ausgesprochen würde?« fragte sie düster. »Die ganze Wahrheit. Es wäre in etwa, als würde man die Büchse der Pandora öffnen, nicht wahr? Die Welt wäre nie wieder so wie zuvor. Jedenfalls nicht die warme, sanfte, *sichere* und behagliche Welt, in der wir Frauen leben. Pflichtest du mir nicht bei, Gwennie-Schatz?«

Gwen blickte ihre Schwester, ihre herausfordernde Schwester an und sah sich ihrer tödlichsten Feindin gegenüber, ihrer besten Freundin, ihrer Schwester, ihrem anderen Ich, ihrem fast zweiten Selbst. Dann sagte sie mit einer bitteren Ehrlichkeit, die menschlicher Größe so nahekam, wie es nur möglich war: »Völlig. Du hast absolut recht, Rose Ann.«

»Ich weiß nicht, wovon ihr sprecht!« ärgerte sich Mary Sue.

»Natürlich nicht, du kleines Ding«, sagte Rose Ann ruhig. Es klang sanft, fast zärtlich. »Aber die Frage ist: Möchtest du es denn? Und würdest du es ertragen, wenn du es wüßtest?«

»Was ertragen?« rief Mary Sue.

»Die Wahrheit. Die Wahrheit ist etwas ziemlich Unbequemes. Sie ist, wie man so schön sagt, der Spiegel der Seele. Nur ist die Seele nicht unbedingt etwas Schönes. Ich blicke in meine lieber nicht zu oft. Hab's nicht so gern, wenn mich schaudert.«

»O Gott! Hör auf, mich mit Rätseln zu ärgern, Rose Ann. Ich bin so sehr Frau wie du! Und ich *kann* die Wahrheit ertragen, hörst du? Also erzähl sie mir! Beispielsweise, warum du den Grafen Radetzy heiratest, wenn du ihn nicht liebst.«

Rose Ann schaute nicht sie, sondern Gwen an. Ihre Blicke trafen sich und wichen einander nicht aus.

»Weil«, sagte sie und dachte, ihre Stimme sei zu Asche, zu Sand geworden und sie spüre den Geschmack von beidem, »ich ihn so sehr haben will, daß es schmerzt . . .«

»Ohhh, Gott«, wimmerte Mary Sue. »Ich . . .«

Da sie Gwen nicht anblickte, konnte sie auch nicht sehen, was auf den Wangen und in den Augen der blaßblonden, älteren Schwester brannte.

»Verzeih mir, Gwennie-Schatz«, sagte Rose Ann zerknirscht. »Und du auch, Kleines. Das ist genau das, was man uns Frauen gelehrt hat, nicht einmal zu *denken*, geschweige denn es auszusprechen. Ich fürchte, ich bin die Nummereins-Kandidatin für ein Freudenhaus, aber . . .«

»Nein«, entgegnete Gwen. »Du bist nur ehrlich – und unbedacht. Eine ungute Mischung, soweit es um die Erhaltung des guten Rufes geht. Aber fromme Heuchelei beiseite, jede Frau, die das ist – eine Frau –, kennt dieses Gefühl und wurde mehr als einmal von ihm gequält. Doch ist es ausreichender Grund, Schwesterherz, einen Mann zu heiraten, den du nicht einmal *magst*?«

»Es sieht ganz so aus, als würde er für längere Zeit in Richmond stationiert werden. Und ich kann doch nicht einfach auf und davon? Wohin sollte ich gehen? Also, da meine Gefühle für ihn sind, wie sie sind, ist die Ehe – sicherer, Gwen-Schatz. ›Besser heiraten, als innerlich verbrennen‹, sagt die Bibel.«

»Die Bibel sagt daaas?« keuchte Mary Sue.

»Du hast recht gehört, Kleines.« Rose seufzte. »Wechseln wir das Thema, ja? Es geht uns doch nur unter die Haut und . . .«

»Nein!« entgegnete Mary Sue in scharfem Ton. »Nicht jedenfalls, bis ich auch zu Wort gekommen bin. Das Schlimmste ist, daß wir Frauen uns ganz einfach schämen, von – unseren Problemen zu reden. Also, da wir schon diese altmodische heimische Beichtstunde abhalten, laßt auch mich beichten! Wenn Jeff nicht ein so vollendeter Gentleman wäre, daß ich oft in Versuchung kam, ihm eins über den Schädel zu geben, damit er es sich überlegt und nicht mehr so verdammt anständig und *respektvoll* mir gegenüber ist, wenn wir ganz allein und ungestört waren, dann wäre ich wohl zwanzigmal und öfter eine gefallene Frau. Und in unserer Hochzeitsnacht wird er der verblüffteste, kleine, reine und unschuldige Südstaaten-Junge sein, von dem man je gehört hat. Denn – so helf mir Gott – ich werde alles mit ihm machen, nur, ich werde ihn nicht loslassen.«

Rose Ann ging zu Mary Sue, beugte sich über sie und küßte sie sanft. Dann richtete sie sich lächelnd auf.

»Willkommen in der Schwesternschaft der schlechten, brünstigen, ausgehungerten Weiber, Kleines«, sagte sie lachend. »Eines hast du mir jedenfalls gerade klargemacht . . .«

»Und das wäre?« flüsterte Mary Sue.

»Daß mein Bruder nicht halb so dumm ist, wie ich dachte. Wenn ich mich recht erinnere, wolltest du uns doch noch etwas sagen . . .«

»Ja. Eines habe ich schon gesagt. Gwen-Schatz, was wirst du *tun*, wo doch all diese Leute Einladungen zur Hochzeit erwarten? Denn wenn du irgend jemanden vergißt, der hier auch bloß ein kleines bißchen wichtig ist, dann hast du dir für den Rest deines Lebens genügend Schwierigkeiten eingeheimst. Du weißt doch, wie die Leute von Tidewater sind . . .«

»Und ob!« seufzte Gwen. »Und dabei hatten wir an eine

verhältnismäßig kleine und stille Hochzeit gedacht. Natürlich *mußten* wir den Präsidenten und seine Frau einladen, schließlich waren sie so freundlich, Zigi einen Krankenbesuch zu machen. Was bedeutete, daß wir auch Mrs. Lee einladen mußten, damit es nicht so aussieht, als wollten wir nichts mit dem Militär zu tun haben. Natürlich wird sie wahrscheinlich sowieso nicht kommen, weil sie so gut wie invalid ist und nie irgendwohin geht, außer in die Kirche, aber . . .«

»Aber Varina Howell Davis *wird* kommen, denn sie liebt nichts mehr als gesellschaftliche Ereignisse, wo sie sich sehen und *hören* lassen kann. Jetzt haben wir den Salat!« sagte Mary Sue. »Aber selbst ohne *sie* würde jeder an der ›Hochzeit des Jahrhunderts‹, wie man sie bereits nennt, teilnehmen wollen. Denn wann hat es das schon gegeben, daß eine Virginierin einen ausländischen Aristokraten heiratet? Jedenfalls nicht seit Menschengedenken! Jedesmal, wenn Major von Borcke in die Stadt kommt, versperren ihm ganze Scharen von Mädchen den Weg – angestiftet von ihren Mamas natürlich –, um ihn über Graf Radetzy auszufragen. Und er erzählt ihnen die *entsetzlichsten* Lügen. Einmal hat er behauptet, Rose Ann-Schatz, daß dein Verlobter der illegitime Halbbruder des österreichischen Kaisers ist, und das nächste Mal, daß er der morganatische Sohn des Königs von Ungarn ist. Dann witzelt er, daß dein Kurt der Buddha von Buda und die Pest von Pest ist. Oder er schwört, daß es ihn gar nicht gibt, daß er ein Produkt ihrer wilden Phantasie sei, denn er sei schon vor Jahren eingekocht worden, um das ungarische Gulasch damit anzudicken.«

»Was hältst du davon, Gwen-Süßes, wenn wir ganz einfach eine Anzeige in sämtlichen Zeitungen aufgeben und alle en masse einladen? Den Fleischer, den Bäcker, die Iren aus dem Slum, die freien Neger, die . . .«

»Weißt du, Zigi, das ist eine großartige Idee, wenn wir deine Übertreibungen mal vergessen«, meinte Gwen. »Warte, ich notiere mir gleich alles. Wir entschuldigen uns für diese unorthodoxe Weise unserer Einladung mit der Ausrede der Knappheit durch den Krieg und vor allem natürlich der Blockade, die es uns unmöglich macht, all unsren guten Freunden eigene Einladungen zu schicken, wie wir es gern hätten, und . . .«

»Nein!« unterbrach Rose Ann sie lachend. »Sagen wir, wir *wollten* nicht, da wir es für unpatriotisch halten, so viel Papier und Tinte zu benutzen, die die Zeitungen dringend brauchen, um ihre Kriegsberichte zu drucken. Und das ist nicht einmal eine echte Lüge, Gwennie-Liebling. Es ist alles verdammt knapp, weißt du . . .«

»Wieder einmal das McKenzie-Talent, schamlos zu lügen, Rose Ann? Nun ja, ein bißchen Wahrheit steckt tatsächlich dahinter, also laß mich überlegen . . .«

Sie tauchte den Kiel der Feder von ihrem ältesten, zähesten Hahn – metallene Schreibfedern waren inzwischen nicht mehr zu bekommen – in die Tinte, die sie aus Kermesbeerensaft und verkohlter Weidenrinde hergestellt hatte, und kritzelte ihren ersten Entwurf auf eine von Dave McKenzies unzähligen unbezahlten Rechnungen. Der endgültige Wortlaut, ein wahres Meisterstück gesellschaftlicher Diplomatie, lautete folgendermaßen:

»Aufgrund der gegenwärtigen Schwierigkeiten, Papier, Drucktypen und Tinte zu beschaffen, unter denen alle Drukkereien unserer schönen Stadt leiden, da ein Nachschub durch die Blockade unserer barbarischen Feinde verhindert wird, hält die Familie McKenzie es für unpatriotisch, sich Materials zu bedienen, das so notwendig für die Zeitungen ist, damit wir über die Geschehnisse an den weitverstreuten Fronten auf dem laufenden gehalten werden können. Deshalb laden wir auf diesem Wege alle unsere Freunde herzlich ein sowie alle von Oberst Radetzys Offizierskameraden, die am 5. November 1862 dienstfrei sind, an der Trauung von Miß Rose Ann McKenzie und Oberst (Graf) Sisimond Kurt Radetzy, von der Armee der Konföderierten Staaten, um elf Uhr in der Episkopalkirche St. Paul teilzunehmen – sowie am allgemeinen Empfang im Ballsaal des Hotels Exchange, der um achtzehn Uhr beginnt . . .«

»Das dürfte seinen Zweck erfüllen.« Gwen seufzte. »Würdest du diesen Text bitte morgen zu allen Zeitungen bringen, Mary Sue? Du hast es nicht so weit in die Stadt wie wir. Die Rechnungen sollen an mich geschickt werden, nicht an Vater. Und versichere ihnen, daß sie bezahlt werden.«

»Gut!« sagte Mary Sue. »Das ist eine echte Erleichterung, Gwen-Liebling. Ich hatte schon befürchtet, wir würden auch noch in einen Bürgerkrieg der hiesigen Damen verwickelt werden, weil der mit den Yankees nicht schon genügt. Und jetzt meine *große* Neuigkeit! Mädchen, ich habe von Jeff gehört!«

»O Gott!« stöhnte Rose Ann. »Wo ist er? Sag's mir, damit ich ihm eine Bombe mit schon aktiviertem Zünder schicken kann, damit sie ihn himmelhoch sprengt. Diese ganze Zeit ohne ein Lebenszeichen! Ich hatte solche Angst um ihn, daß es mich schon fast verrückt gemacht hat . . .«

»Dazu gehört nicht viel«, rügte Gwen. »Zigi, wenn du nicht sofort aufhörst so zu weinen, bekommt dein Hochzeitskleid Flecken, die wir nicht mehr herausbekommen. Außerdem, wenn du dich über eine gute Nachricht so aufregst, wirst du gleich wieder ins Bett müssen. Der Doktor hat gesagt, du brauchst vor allem Ruhe, ein wenig Bewegung und keine Aufregung . . .«

»Komm schon, Mary Sue! Erzähl mir alles über meinen Jeffie-Schatz! Wo ist er? Was macht er? Außer daß er alle schönen Mädchen dazu bringt, bei seinem Anblick vor Verlangen in Ohnmacht zu fallen, wo immer er ihnen auch begegnet . . .«

Mary Sue stampfte mit ihrem zierlichen Fuß auf. Doch nicht länger konnte man ihn »gut beschuht« nennen. So klein er war, klapperte er ganz ordentlich auf dem Wohnzimmerboden. Denn erstens war dieser Boden kahl, da Gwen seine Teppiche beschlagnahmt hatte, um Dringenderes aus ihnen herzustellen – beispielsweise Handtaschen als Ersatz für die, aus deren Leder man die Oberteile für Schuhe gemacht hatte wie solche, die auch Mary Sue Hunter trug. Aber der zweite Grund, daß der nicht gerade niedliche Slipper der zierlichen Miß Hunter einen solchen Krach machte, war der, daß er eine Holzsohle hatte. Der Süden hatte seine Schuhe und andere Lederwaren bisher aus New England bezogen. Der Krieg hatte diese Quelle zum Versiegen gebracht, die Blockade alle anderen. Was die Damen des Südens Ende Oktober 1862 am Leib und auf dem Kopf trugen, hätte man als komisch bezeichnen können, wäre es nicht so traurig gewesen.

»Hör damit auf, Rose Ann!« rief Mary Sue. »Ich bin so schon eifersüchtig genug, ohne daß du mich noch aufziehen mußt! Ich weiß, daß ich nicht hü-hübsch b-bin, a-aber ...«

Wieder schlang Rose Ann die Arme um »dieses winzige Ding«, wie sie Jeffs Verlobte für sich nannte.

»Aber du bist süß und lieb und gut, und Jeff könnte keine bessere Frau finden«, sagte sie und meinte es so. »Du und Gwen, ihr habt mein nutzloses Leben so gut wie gerettet, wie könnte ich da gegen dich sein? Und du darfst mir glauben, jedes Weibsbild, das meinen kleinen alten Bruder mit der Absicht ansieht, ihn dir wegzunehmen, bekommt es mit *mir* zu tun, Zuckerpüppchen. Und ich bin viel gröber und gemeiner, als du es je sein könntest! Also trockne deine hübschen Augen, ehe du sie dir mit Weinen verdirbst, und mir dabei auch noch mein Hochzeitskleid ruinierst. Und jetzt sag schon, Kleinchen, was hat Jeff geschrieben?«

»D-daß er in Cha-charleston in South Carolina stationiert ist.« Der Gedanke an ihren rothaarigen, sommersprossigen Liebsten trocknete ihr schnell die strömenden Tränen. »Und daß er an allen möglichen Projekten unter einem Mann namens Hunley arbeitet, der ein genialer Erfinder ist, wie Jeff schreibt. Und daß er in der letzten Oktoberwoche Urlaub bekommen wird. Fünfzehn Tage, weil er schon so lange ...«

Doch da hatte Rose Ann sie schon um die Schultern gefaßt und sie mit erstaunlicher Kraft so weit herumgewirbelt, daß sie nun zur Tür schaute.

»O du niedliche kleine Idiotin!« heulte sie. »Alles, was du in deinem hübschen Köpfchen hast, ist Grütze! Sieh zu, daß du weiterkommst! Reite sofort nach Richmond!«

»Aber was soll ich denn in Richmond, Rose Ann?« fragte Mary Sue fast ein bißchen erschrocken.

»Jeff ein Telegramm schicken, Gänschen! Ihm meine Hochzeit mitteilen! Er soll seinen kommandierenden Offizier um Reiseorder ersuchen und um die Erlaubnis, seinen Urlaub in Richmond verbringen zu dürfen. Behaupte, daß ich an gebrochenem Herzen sterben werde und du ebenfalls, wenn er nicht kommt! Die meisten höheren Offiziere sind sowieso ganz verrückt sentimental, wenn es um Hochzeiten und so etwas geht, weil sie so idiotisch sind, die Frauen des Südens als wahre Madonnen in den Himmel zu heben! Allmächtiger, wenn sie wüßten, wie wir *wirklich* sind . . .«

Mary Sue Hunter kicherte mädchenhaft.

»Nur gut, daß sie es nicht wissen, sonst würden sie alle in den nächsten Wald fliehen, um unseren hitzigen Händchen zu entkommen!« Nun lachte sie laut. »Also gut, ich bin schon unterwegs.«

»Warte doch!« hielt Gwen sie auf. »Mary Sue, hast du denn genug Geld für ein *so langes* Telegramm?«

»O nein! Aber ich werde kurz zu Hause anhalten und mir von Papa welches geben lassen . . .«

»Ich gebe dir jetzt gleich welches«, sagte Gwen ruhig. »Oder zumindest, ehe du aufbrichst. Denn es hat keinen Sinn, wenn du jetzt Hals über Kopf davonreitest. Das Telegrafenamt ist bis zweiundzwanzig Uhr geöffnet – und sogar noch länger, wenn wichtige Nachrichten zu senden sind. Schließlich ist Richmond die Hauptstadt der Konföderation. Und Jeff wird es auf jeden Fall erst morgen früh bekommen, egal, wann wir es heute abschicken. Also, warum sollten wir es überstürzen? Was sagt ihr dazu, wenn wir uns eine schöne heiße Tasse gönnen? Wollt ihr Sassafrastee oder Kaffee-Ersatz?«

»Uhh! Uhh!« brummte Rose Ann. »Und falls es dir nicht

aufgefallen sein sollte, Gwen-Liebling, das waren zwei Uhhs! Eines für jeden dieser gräßlichen Magenumdreher. Meine armen, kugelversehrten Innereien werden mit dem grauenvollen Zeug einfach nicht fertig, das wir heutzutage zu trinken bekommen. Außerdem haben wir kein Stäubchen Zucker und müßten mit Zuckerhirsesirup süßen, und der, wie ihr wißt, macht die Zähne *schwarz.*«

»Das stimmt leider.« Mary Sue seufzte. »Gwen-Liebling, du mußt nicht die perfekte Gastgeberin spielen. *Niemand* hat mehr etwas Besonderes anzubieten. Wie ich gehört habe, lassen sogar die Harrisons und Carters nach. Warum setzen wir uns nicht einfach gemütlich zusammen und unterhalten uns eine Weile?«

»Worüber?« fragte Rose Ann verdrießlich. »Bitte nicht über Kurtie, denn ich muß mich schämen zuzugeben, wieviel ich über ihn *nicht* weiß. Und alles, was ich über ihn weiß und wünschte, es nicht zu wissen.«

»Großer Gott, Rose Ann, *so* schlimm kann er doch nicht sein! Denn warum würdest du sonst davon *träumen*, ihn zu heiraten?«

»Tu ich ja gar nicht! Ich träume davon, ihn *nicht* zu heiraten. Aber das Glück habe ich wohl nicht! Wenn einer McKenzie erst einmal die weiblichen Instinkte in den Kopf steigen, ist sie verloren.«

»Rose«, sagte Gwen ruhig, »ich versuche gar nicht, das zu bestreiten. Aber es ist nicht ganz so, wie du es hinstellst. Wir sind tatsächlich viel zu leidenschaftlich. Auch ich, wie ich zu meiner Schande zugeben muß. Aber in der ganzen Geschichte des Clans sind wir – unsere Vorfahren jedenfalls – nur unter unvorhergesehenen Umständen in Schwierigkeiten geraten – sagen wir, in problematischen Situationen. Durch impulsives Verhalten. Und nur dann, wenn wir Wochen, Monate, ja Jahre ungeheurer Versuchung ausgesetzt waren. Aber ich schwöre, ich habe noch *nie* von einer McKenzie gehört, die sich schon im vorhinein kühl und ruhig entschloß, etwas zu tun, das sie nicht tun sollte. Ich finde, das wäre die Definition für unentschuldbare Unmoral.«

»Das finde ich auch«, sagte Rose kläglich. »Aber so ist es eben. Kurt ist ein unvorhergesehener Umstand, eine Ein-Mann-problematische Situation, eine fleischgewordene, ungeheure Versuchung, die es fertigbringt, all diese Wochen, Monate, Jahre, die du erwähnt hast, Gwen, zu Minuten zu komprimieren. In seiner Nähe werden alle meine Impulse plötzlich explosiv und unbeherrschbar. Und gottverdammt *falsch* . . .«

»Ohhh!« jauchzte Mary Sue. »Das hört sich ja schrecklich an. Und – und aufregend!«

»Zuckerpüppchen, du hast mich wirklich getäuscht«, gestand Rose Ann ihr mit müdem Lächeln ein. »Doch nun, da wir das nicht gerade erbauliche Thema meines Verlobten erschöpft haben, worüber wollen wir uns jetzt unterhalten? Ich bin dafür, daß wir den Krieg aus dem Spiel lassen. Wir haben ihn bereits verloren, oder zumindest so gut wie . . .«

»Aber Rose Ann!« quiekte Mary Sue. »Wie kannst du so etwas sagen? Unsere tapferen Jungs haben bisher so gut wie jede Schlacht gewonnen und . . .«

»Gänschen.« Rose Ann seufzte. »Du bist ein süßes Ding, und ich mag dich ehrlich – ich werde deinen zwei Dutzend rotschöpfigen und sommersprossigen Sprößlingen auch eine liebevolle Tante sein –, aber sehr klug bist du wirklich nicht, weißt du? Hat man dir da nicht beigebracht, was ein Pyrrhussieg ist, als du ein intelligentes kleines Mädchen in der Schule warst?«

»Nein. Was ist ein ›Pirroß‹?« fragte Mary Sue.

»O Gott! Vergiß es.« Rose Ann seufzte. »Gwen, bitte hilf mir aus diesem prächtigen Zirkuszelt heraus. Mir läuft wieder der kalte Schweiß über den Rücken. Und ich möchte wirklich nicht gern die Achselhöhlen fleckig machen . . .«

»Aber wie kannst du transpirieren – wo es doch so kühl ist?« wunderte sich Mary Sue.

»Das ist ein Zeichen der Schwäche«, erklärte Gwen. »Zigi,

ich glaube, es ist das beste, wenn du dich wieder ein bißchen hinlegst.«

»Na gut«, erklärte Rose Ann sich einverstanden. »Aber nur, wenn ihr zwei euch zu mir setzt. So ganz allein herumzuliegen, ist entsetzlich . . .«

»Rose Ann«, fragte Mary Sue kläglich, »warum denkst du, daß wir den Krieg schon so gut wie verloren haben?«

»Ich denke es nicht, ich weiß es. Und wir haben ihn bereits verloren. Außer jeder Frau in den Südstaaten, ob nun verheiratet oder ledig, fällt etwas dazu ein, wie sie an jedem zweiten Tag einen Sohn bekommen und ihn so schnell großziehen kann, daß er schon in zwei weiteren Tagen mit einem Gewehr umzugehen versteht. Hör zu, Kleinchen, während ich hier gelegen und beschlossen hab', nicht zu sterben, haben Master Bob Lee und Kompanie den zweiten Bull-Run-Feldzug gewonnen. Dann hat unser persönlicher und privater Held, der kleine olle Cabe Henry – der ein weiterer Grund ist, warum ich Kurt heiraten muß, weil dieses schlimme gelbhaarige Frauenzimmer hier sich einfach weigert, ihren lieben Mann mit mir zu teilen! –, Harpers Ferry eingenommen und elftausend verdammte Yankees zu Kriegsgefangenen gemacht – mit ein wenig Unterstützung von ›Felswand‹-Jackson, natürlich. Inzwischen war Master Robert in Maryland eingedrungen, vielleicht, weil er sich eingebildet hat, daß die Bevölkerung sich wie ein Mann erheben und sich unserer guten Sache anschließen würde. Nur dachte sie gar nicht daran, o nein! Es genügte ein Blick auf unsere tapferen, barfüßigen, zerlumpten, verlausten und wie Ziegen stinkenden Jungs . . .«

»Rose Ann, also wirklich!« rief Mary Sue.

»Zuckerpüppchen, du hast bereits Farbe bekannt und dich der Wahrheit verschrieben, und hier ist sie: Als unsere Jungs durch Frederick City marschierten, rief ihnen eine nette alte Dame zu, der die Tränen über die Wangen strömten, ›Gott schütze euch, ihr schmutzigen, armen Seelen!‹ Also erhob sich niemand, um sich uns anzuschließen. Diese Marylander sagten sich, daß eine Armee, von der ein Drittel der Männer vom Mitmarschieren befreit werden mußte, weil sie ihrer armen, knochigen, blasenübersäten, nackten Füßen wegen nicht mit ihren Kompanien Schritt halten konnten, keinen Krieg gewinnen kann . . .«

»Aber wir haben in Maryland doch gesiegt!« rief Mary Sue.

»Das haben wir, bei Gott. Unsere Armee wurde auch von einem militärischen Genie namens Robert E. Lee geführt, und Lee hatte die tapfersten Soldaten der Geschichte, mit Ausnahme vielleicht der gottverdammt mutigen Jungs in Blau, gegen die sie angekämpft haben. Und beide, sowohl die Jungs in Blau wie unsere in Walnußbraun, überschwemmten die alte, tief zwischen den Bürgersteigen liegende Straße vor der Dunkerkirche mit so viel Blut, daß es denen, die Schuhe hatten, oben hineinrann. Und das blutige Ergebnis: Zwölftausend tapfere Yankee-Jungen lagen tot in ihren Stiefeln. Die sie *hatten.* Gott hab' Erbarmen mit ihnen und nimm ihre Seelen auf, auch wenn sie keine Zeit zur Reue hatten. *Und* elftausend unserer eigenen supertapferen, maisgefütterten Helden sind gefallen! Nur barfuß. Und zerlumpt. Gleiches Gebet. Amen!«

»Zigi«, flüsterte Gwen. »Die Zeitungen haben nichts über die Verluste gebracht. Und wenn ich mich recht erinnere, auch nichts über *irgendwelche* der Einzelheiten, die du da erwähnt hast. Also, wie *kannst* du das wissen? Ich muß zugeben, daß du dich wirklich angehört hast, als wüßtest du genau Bescheid, aber . . .«

»Von Kurt. Es ist sein Job, so etwas zu wissen. Das meiste hat Heros erzählt, der *dort* war! Wir haben also gesiegt. Und sind aus Maryland wieder herausmarschiert, *ohne* Washington einzunehmen oder es auch nur ernsthaft zu bedrohen, oder ohne in Pennsylvania einzufallen, was – wie Kurt glaubt – Master Robert vorhatte. Ohne überhaupt etwas zu erreichen, außer daß dreiundzwanzigtausend tapfere, nette, liebenswerte Jungs in der Blüte ihres Mannestums umgebracht worden sind. Also, wenn du wieder zu Hause bist, dann schlag im Lexikon deines Papas das Wort *Pyrrhussieg* nach. Oder laß es dir von Gwen erklären. Sie ist die *kluge* McKenzie-Schwester, weißt du?«

»Gwen, was bedeutet dieses schreckliche Wort?« fragte Mary Sue kläglich.

»Später!« entgegnete Gwen scharf. »Ich kann dir ja folgen, aber bist du nicht ein bißchen zu pessimistisch? Schließlich hat General Lee unsere Armee gerettet und . . .«

»Und nichts. In der gleichen Nacht bekamen die Streitkräfte der Union vierzehntausend Mann Verstärkung. Und bei uns ist der *letzte* Mann, der genau das ist, der Eingeweide in seiner Mitte hat, Gehirn im Kopf und in der Hose außer Beinen auch noch etwas anderes, *bereits* in der Armee. Es gibt keine weiteren Männer, Schatz. Die einzigen, die noch übrig sind, sind Jungs wie dein Liebling Colin . . .«

»Rose Ann, ich habe dir gesagt . . .«

»Schon gut, Gwennie-Schatz. Ich bin nur ein wenig taub und ein winziges bißchen skeptisch, was die Fähigkeit der Vervollkommnung des weiblichen Wesens betrifft, insbesondere, wenn es um die McKenzies geht. Also vergessen wir das. Außerdem sehe ich meine Ansicht in dem bestätigt, *was* die Zeitungen veröffentlicht haben. Was ist am 16. April dieses Jahres hier in Richmond geschehen, Gwennie, mein Herzblatt?«

Gwen überlegte.

»Oh«, sagte sie. »Das war der Tag, an dem der Kongreß das erste Einberufungsgesetz verabschiedete, nicht wahr?«

»Du bist Klassenbeste, Schatz. Dieses Gesetz setzte fest, daß ein Wehrpflichtiger einen Ersatzmann schicken darf, dem man das abschießen kann, was er selbst sowieso nicht hat. Und wenn mir nun noch eine von euch intelligenten, maisernährten Patriotinnen sagen würde, wie noch etwa im August der Preis für einen erstklassigen Ersatzmann war?«

»Zwischen fünfzehnhundert und dreitausend Dollar!«

antwortete Mary Sue bitter. »Alle reichen Feiglinge gaben Anzeigen auf, in denen sie armen Teufeln das und mehr boten, wenn sie an ihrer Statt in den Krieg marschieren würden und sich ...«

»Aha!« sagte Rose Ann belustigt.

»Rose, Colin hat sich freiwillig gemeldet. Schön, vielleicht *hat* er in der Schlacht den Kopf verloren, aber du hast selbst gesagt ...«

»Daß ich es ihm nicht verdenken kann. Und das tue ich auch nicht. Eine Kugel im Leib ist gar nicht angenehm. Aber vergessen wir das. Sehr wenige Feiglinge waren reich. Doch eine verdammte Menge fühlte sich plötzlich zum Priester berufen, weil Geistliche nicht eingezogen wurden, genausowenig wie Lehrer mit mindestens zwanzig Schülern. Also sind hier, wo wenige sich für eine Schulbildung interessieren, Schulen und Akademien und was noch wie Pilze aus dem Boden geschossen. Ebenso Apotheken, weil Pharmazeuten ebenfalls vom Wehrdienst befreit sind. Und ihr würdet euch wundern, wie viele Burschen feststellten, daß ihre Eltern völlig vergessen hatten, ihre Namen auf den Naturalisierungsanträgen mit anzugeben, als sie sie als kleine Kinder aus der alten Heimat mitbrachten. Das heißt, wenn ihr euch überhaupt noch wundern könnt! Ich kann es jedenfalls nicht mehr. Jedes Konsulat in unseren Konföderierten Staaten von Amerika wurde überlaufen von wackeren Burschen, die ihren Treueeid auf fremde Fahnen leisteten. Und weil wie alles, was wir tun, auch dieses idiotische Gesetz nicht richtig gemacht wurde, hat es eine Lücke, durch die man ein ganzes Gespann von Missouri-Maultieren treiben könnte: Ein Mann kann nicht in einem Staat einberufen werden, in dem er nicht seinen festen Wohnsitz hat. So wurde die Reiselust plötzlich zur Epidemie, Schwesterherz. Woraus sich schließen läßt, daß wir Sothorons von Natur aus dem einen oder anderen Extrem anhängen. Wir haben die tapfersten, mutigsten Kämpfer auf Gottes grüner Erde in unseren Streitkräften. Nur verbrauchen wir sie zu verdammt schnell, indem wir etwas versuchen, was unmöglich ist: die Yankees zu schlagen. Und wir haben die erbärmlichsten, elendsten, rückgratlosesten, hundsföttischsten Feiglinge in der ganzen Menschheitsgeschichte! Und zum Teufel mit ihnen!«

»Ich habe ein bißchen was von all dem gehört.« Gwen seufzte. »Aber ich habe es als unwichtig abgetan. Und so wie ich *dich* kenne, bin ich sicher, daß du wie üblich übertreibst . . .«

»Die maisfressende Regierung mit Master Jeff an der Spitze denkt anders, Gwen-Schatz. Aber machen wir mit unserem Unterricht in der neuesten Geschichte weiter. Was ist am 17. September geschehen, also vor etwas über einem Monat? Komm schon, Schwesterherz, sag es mir!«

»Das zweite Einberufungsgesetz wurde verabschiedet«, antwortete Gwen grimmig, »das bestimmt . . .«

»Daß alle Ersatzmänner ebenfalls wehrdienstpflichtig sind. Was bedeutet, daß alle Feiglinge, die für deren armseliges Fell bezahlt haben, damit sie es als kugelsicheren Panzer verwenden können, um sich darunter zu verkriechen, nun keinerlei Schutz mehr haben. Und das Resultat: Jedes Gericht überall in unseren tapferen Südstaaten hat Fälle vorliegen, für deren Aufarbeitung es mindestens zehn Jahre braucht. Und das sind nur jene gerechnet, mit denen unsere Ritter des hohen und heiligen Ordens der Feigheit an es herangetreten sind. Nämlich all jene, die sich die Unverletzbarkeit der Verträge anerkennen ließen, die sie mit der Regierng und/oder den ländlichen Dummköpfen abgeschlossen haben, die sie sich kauften, um ihr eigenes Fell zu retten – und von denen siebenundneunzig Prozent desertierten, nachdem sie kaum zwei Stunden im Feldlager waren. So sieht es also im Augenblick aus. Natürlich hat die Regierung ihre Großzügigkeit durch neue Ausnahmen bewiesen, um auszugleichen, daß sie zu den Hasenfüßen so gemein war . . .«

»Unter anderem mit der«, sagte Gwen bitter, »die Fabrikbesitzer, ihre Mechaniker und anderes Personal vom Wehrdienst zu befreien, die mit der Herstellung von Waffen und

Munition zu tun haben. Aber Zigi, wenn du fair bist, mußt du zugeben, daß Colin seine kleine Waffen- und Munitionsfabrik gründete, *nachdem* seine Verletzung – ob nun selbstzugefügt oder nicht – ihn von weiterem Wehrdienst ohnehin ausschloß.«

»Oh, das gebe ich gerne zu«, versicherte ihr Rose Ann, »nun, da du mir erzählt hast, daß Colin ins Waffenherstellungsgeschäft eingestiegen ist. Schatz, glaubst du mir, daß ich das wirklich nicht wußte? Ich bin in letzter Zeit nicht unter die Leute gekommen, wenn du dich erinnerst. Und niemand hier, nicht einmal du, hat sich die Mühe gemacht, mir die frohe Botschaft kundzutun. Colin hat mein Sarkasmus gewiß nicht gegolten, Gwen. Ich gebe gern zu, daß eine ganze Menge für ihn spricht. Er hat sich freiwillig gemeldet und hat sein Bestes getan. In der Schlacht, unter Beschuß, hat er festgestellt, daß er ein Feigling ist. Damit ist er verdammt noch mal besser als diese Horde von Memmen, die sich schon von vornherein entschieden hat, es zu sein und sich jedes nur möglichen Tricks bediente, um ihr wertloses Fell zu schützen. Verrat mir doch, stellt das olle, große, dunkelhaarige Steifbein auch eigenen Sprengstoff her?«

»Nein, ich glaube nicht«, antwortete Gwen. »Das tun die wenigsten Munitionsfabriken, soviel ich weiß. Sie beziehen ihn von den chemischen Werken, die ihn herstellen, und füllen damit Patronen, Artilleriegeschosse und Torpedos für die Marine und dergleichen . . .«

»Wie schade.« Rose Ann seufzte. »Denn ich wäre gern die erste gewesen, die etwas beisteuert, und hätte ihm bestimmt meinen Nachttopf gebracht – randvoll mit selbstgemachtem, noch heißem Pipi. Gott – er würde rot wie ein Hummer werden und zu stammeln anfangen, wenn ich ihm meinen persönlichen Beitrag zur guten Sache brächte!«

»Rose Ann! Also ich muß schon bitten! Ich glaube, wenn du nicht mit jedem zweiten Atemzug etwas Entsetzliches sagen könntest, würdest du verschmachten und sterben. Aber es treibt einem *wirklich* die Schamröte ins Gesicht, nicht wahr? Ich meine, daß das Kriegsministerium doch tatsächlich offiziell ersucht, daß die *Damen* den Urin ihrer Familien sammeln, um ihn dem Komitee zur Beschaffung von Salpeter zu überlassen. Nur gut, daß wir unsere Negerinnen haben, die ihn für uns hinbringen. Aber ich verstehe nicht, wie sie *daraus* Schießpulver machen können«, gestand Mary Sue.

»Der menschliche Urin«, erklärte Gwen geduldig, »hat einen hohen Stickstoffgehalt. Und Stickstoff ist das Grundmaterial zur Herstellung von Sprengstoffen. Also würde ich sagen, daß wir in diesem Fall unser weibliches Schamgefühl vergessen sollten, soweit es diese natürliche Körperfunktion betrifft. Jedenfalls, Rose – Colin hat einen erstklassigen Ingenieur angestellt, der seine kleine Fabrik für ihn leitet. Es ist ein Schwede namens Lindsholm, der in seiner Heimat das Büchsenmacherhandwerk gelernt hat. Colin hat mir gesagt, daß sie gar nicht versuchen wollen, mit den großen Herstellern zu konkurrieren, sondern sich auf neue Waffen und solche, die noch im Versuchsstadium sind, beschränken werden, wie die Hinterlader und die Repetierkarabiner, von denen Cabe und Jeff sagten, daß sie die Waffen seien, die unsere Truppen am nötigsten hätten.«

Rose Ann grinste ihre Schwester spöttisch an.

»Und *wo* hat dir dein Liebling Colin das erzählt, Gwen-Schatz?« schnurrte sie. »Bei Tante Sukie?«

»Wer ist Tante Sukie?« fragte Mary Sue erstaunt. »Hört sich an, als wäre das eine Negerin.«

»Ist sie auch«, bestätigte Gwen ruhig und kühl. »Tante Sukie ist eine alte Hexe von freier Negerin. Sie führt eine Einrichtung, deren genaue Art ich vielleicht lieber nicht erläutern sollte. Und zu deiner unschuldigen Information, Mary Sue – denn es könnte mir gar nicht gleichgültiger sein, was Rose Ann über diese Sache denkt, und ich werde sie in meiner Großmut auch nicht daran erinnern, daß sie wohl kaum ein Recht hat, irgend jemandes Benehmen zu kritisieren. Nur frage ich mich natürlich, woher *sie* dieses gräßliche Haus kennt.«

»Von meinen häufigen Besuchen mit meinen Scharen von Liebhabern«, antwortete Rose Ann feierlich. »Und es ist nicht gräßlich, Schwesterherz. Eigentlich recht gemütlich. Und nun rück du mit der Sprache heraus. Woher kennst *du* es?«

Gwen blickte ihre Schwester an, musterte sie kritisch. Dann seufzte sie resigniert.

»Ich hoffe bloß, daß du mich damit nur aufziehen wolltest, Zigi, und es nicht eine dieser Wahrheiten war, die man als Spaß hinstellt. Bei dir weiß man das nie. Und woher *ich* von Tante Sukies Haus weiß? Ganz einfach, Cabe hat mir davon erzählt. Mein teurer Gemahl gestand, dort fast ein Stammkunde gewesen zu sein. In seiner frühen Jugend, *ehe* er mich geheiratet hat, wie er schwor. Aber ich vermute, später auch noch. Was zu den vielen Dingen gehört, die mich kalt lassen. Doch falls es euch beide interessiert, ich traf Colin Claiborne zufällig, als ich vor einigen Tagen in der Stadt war, um einzukaufen, oder vielmehr als ich einkaufen wollte – es ist ja kaum noch etwas zu bekommen. Und falls jemand noch mehr über die Einzelheiten wissen möchte: Ja, ich freute mich, ihn wiederzusehen! Colin ist ein sehr netter junger Mann, der mehr als genug bestraft wurde für das, was durchaus keine unnatürliche Sünde war. Übrigens, Zigi, ich nutzte die Gelegenheit und lud Colin zu deiner Hochzeit ein. Ich behauptete, du *möchtest*, daß er kommt . . .«

»Was nicht der Fall ist, aber lediglich deshalb, weil er sicher die Einladung als Bosheit meinerseits ansieht – als wollte ich Salz in seine Wunden streuen. Aber geschehen ist geschehen. Was ist eigentlich mit Cabe? Wird er Urlaub bekommen? Sie lagern doch irgendwo um Fredericksburg herum, oder? Da hätte er es nicht zu weit hierher . . .«

»Keine Angst. Mein etwas weniger als liebender Gatte, der immer etwas polygame Ideen hatte, soweit es dich und mich betraf, wird hier sein. Ich glaube ernsthaft, er wäre für die Dauer der Hochzeit desertiert, wenn General Jackson ihm nicht zu diesem Anlaß Urlaub zugesagt hätte. Übrigens, weil wir gerade davon reden: Dir wird noch eine zusätzliche Ehre zuteil, mein Liebes. Cabe schreibt, als er den General um den Urlaub ersucht habe, habe der geantwortet: ›Selbstverständlich, Major. Und wenn es Ihnen recht ist, begleite ich Sie. Die Yankees verhalten sich zur Zeit erstaunlich ruhig, denn wir schulden dieser jungen Dame sehr viel.‹«

»Ohhh, gut!« freute sich Rose Ann. »Der alte Jack Jackson höchstpersönlich! Das bedeutet, daß *zwei* Generale bei der Trauung anwesend sein werden?«

»Zwei?« hauchte Mary Sue ehrfürchtig. »Wer ist der andere? Doch nicht – General Lee?«

»O nein, Baby. So größenwahnsinnig bin ich nun auch wieder nicht. Jeb, natürlich. Er hat Heros aufgetragen, mich zu fragen, was ich mir von *ihm* als Hochzeitsgeschenk wünsche, nur dürfte es weder ein Knopf von seiner Uniform sein noch eine Locke seines Haares. Offenbar haben all die Gänschen, die nach seiner Liebe schmachten, ihm so viele Knöpfe von seiner Uniform abgeschnitten und so viele Stückchen von seinem Umhang abgeschnipselt, daß er schon fast in Lumpen herumläuft. Und wenn er einigen dieser liebeskranken Maiden, die ihn bitten, ihnen als Andenken noch ein Löckchen zu geben, eines gibt, wird er bald so kahl wie ein Straußenei sein. Also hab' ich es mir reiflich überlegt und ihm sagen lassen, daß ich gern Abe Lincolns *Barthaare* hätte. Und Jeb hat geschworen, daß er sie mir bringt, und dazu noch die Prinzessin Salm-Salm in Ketten, als Leibmagd für mich . . .«

»Und wer, wenn ich fragen darf, ist Prinzessin Salm-Salm?« erkundigte sich Gwen.

»Des ›Ehrlichen‹ Abe Wonnepfropfen. Sie ist eine dunkelhäutige Ausländerin, die aus der Hand liest und dergleichen. So hat man es mir jedenfalls erzählt. Auf jeden Fall ist die arme, fette, kleine Mary Todd ihretwegen schier wahnsinnig vor Eifersucht, weil sie den langen, dürren und häßlichen Abe in aller Öffentlichkeit küßt, wenn die First Lady nicht in der Nähe ist. He, das ist doch wirklich verrückt, nicht wahr? Mary Todd ist eine echte Tochter des Südens und kommt noch dazu aus einer sklavenhaltenden Familie, trotzdem ist sie die First Lady des Yankeereichs! Aber ich finde, sie sollte sich wegen ein bißchen unschuldigen Spaßes nicht so aufführen. Ich bin sicher, daß nichts dabei ist. Die Prinzessin küßt den ollen Abe doch nur, weil er der Präsident der ›Unvereinigten Staaten‹ ist. Kann sich jemand vorstellen, daß irgendeine Frau diesen tölpischen Mann küßt, der wie ein Affe aussieht, weil es ihr Spaß macht? Ich meine, weil sie es wirklich *möchte*?«

»Ja«, entgegnete Gwen ernst. »Sogar sehr gut. Häßlichkeit raubt einem Mann nicht den Charme. Und ich habe von Frauen gehört, die ihm persönlich begegnet sind, daß Präsident Lincoln sehr anziehend ist. Sie erzählten, daß er einen herrlichen Humor hat und daß er es fertigbringt, daß alle in seiner Nähe sich sofort wohl fühlen. Das ist etwas, was man von *unserem* Präsidenten nun wahrhaftig nicht behaupten kann.«

»Das kann man wohl sagen! Der olle Jeff ist steif wie ein Brett. Und Varina Howell ist völlig überspannt. Aber was hat Cabe sonst noch geschrieben? Bringt er all diese gutaussehenden Obersten und Majore von Jacksons Stab ebenfalls mit?«

»Wenn, hat er es zumindest nicht erwähnt. Der Rest seines Briefes war ziemlich düster. Er schrieb so einiges, das deinem Ärger über die Einberufungsgesetze Gewicht verleiht. Er hat das Gefühl, daß sie der Moral der Armee in einem beunruhigenden Maße schaden. Das größte Ärgernis erregt dabei die eine Bestimmung unter der Wehrdienstbefreiung – die übrigens, wie mir jetzt bewußt wird, ein weiterer Grund wäre, daß Colin nicht in den Kriegsdienst zurück müßte, selbst wenn er nicht verwundet wäre und seine Waffenfabrik nicht hätte. Den Claibornes gehören etwa fünfundfünfzig oder sechsundfünfzig Neger, wenn ich mich recht erinnere ...«

»Das 20-Nigger-Gesetz? Das war absolut nicht klug! Das hat all die armen Leute zur Armee gebracht. Schönes Gesetz, wenn ein Bauer mit vierzig Morgen Land und einem Maultier gegen die Yankees ausrücken muß und seine Frau und die Kinder vermutlich daheim verhungern. Denn was er für die achtzehn Dollar wertlosen Papiergelds im Monat in einem Lebensmittelladen oder beim Fleischer kriegt, kann er in einem Fingerhut heimtragen. Die Nabobs dagegen, die sich jeden Handstreich von Hunderten von Niggern machen lassen können, hören nicht einmal das Sirren einer Kugel. Ich kann's den armen Leuten nicht verdenken, wenn sie sich aufregen . . .«

»Ich auch nicht.« Gwen seufzte. »Gegen die Überlegung hinter dieser Klausel ist nichts einzuwenden, nämlich, daß ein Großplantagenbesitzer mehr für die Konföderation leisten kann, wenn er zu Haus bleibt und die Armee mit Nahrungsmitteln versorgt, als wenn er Soldat werden muß. Aber das wurde den Leuten nicht klargelegt, und jetzt ist es dazu einfach zu spät. Caleb schreibt, daß von Tag zu Tag mehr Soldaten desertieren. Und zwar nicht die Feiglinge, Grenzgänger und Ersatzleute, die jeder froh war wieder loszuwerden – General Jackson hat sich schließlich von vornherein geweigert, Ersatzmänner in seiner Armee aufzunehmen, sondern gute tapfere Jungs, die bisher wie die Tiger gekämpft hatten. Sie bekommen Briefe, in denen steht: ›Wenn du nicht heimkommst, Junge, werden wir bestimmt alle verhungern, so wahr uns Gott helfe!‹«

»Das ist wirklich *traurig*!« Mary Sue seufzte. »Gwen, ich sage es gar nicht gern, aber ich habe Hunger wie ein Bär. Doch nun tu dir nichts an, hörst du. Wenn ihr selber knapp seid, dann sag es ruhig, und ich sehe zu, daß ich heimkomme. Heutzutage sind so gut wie alle knapp dran, egal, wie reich sie einmal waren . . .«

»Nun, wir McKenzies waren nie wirklich reich«, entgegnete Gwen mit einem Lächeln, »aber wir hatten immer zu essen und werden auch weiterhin nicht verhungern, jedenfalls nicht, solange die Regierung die Neger nicht zu Arbeitskompanien einbezieht, obwohl das Gerücht ja bereits umgeht. Wir können dir Maisfladen anbieten, die auf einem Schaufelblatt in der Glutasche gebacken sind. Denn Tante Cindy behauptet, daß es so am schnellsten geht. Dann Schinken, Süßkartoffeln, Buttermilch, soviel du nur trinken kannst, Butter für die Aschenfladen und die Kartoffeln – aber alles ist etwas geschmacklos, weil wir kein Salz haben.«

»Wer hat das schon?« brummte Rose Ann düster. »Heros sagt, er hat gesehen, wie Jebs Soldaten ganze Handvoll Salz verschlangen, als sie vor einiger Zeit einen Yankee-Nachschubwagen erbeutet hatten. Soviel ich weiß, gibt es in der ganzen verdammten Konföderation nur ein einziges Salzbergwerk. Es ist natürlich hier in Virginia, bei Saltville, im Südwesten des Staates. Aber trotzdem ist es ein ganz schönes Stück entfernt, und außerdem müssen wir das gewonnene Salz mit allen anderen Staaten teilen. Ich sage zu Gwen schon die ganze Zeit, daß wir Cassius oder Brutus zur Küste schikken sollten, damit sie uns eine kleine Saline machen, indem sie Meerwasser in eine Mulde gießen und es in der Sonne verdunsten lassen. Dann bleibt nämlich eine dünne Salzkruste zurück. Aber Gwen hat Angst, weil die Neger ein bißchen unruhig sind und vielleicht weglaufen würden. Oder daß irgendein Bauer, der Hilfe braucht, aber kein Geld hat, sich eine zu leisten, unsere Neger stehlen könnte. O Gott, es ist jetzt alles so entsetzlich! Mary Sue, bitte bleib und brich das Brot mit uns. Ich *brauche* Gesellschaft, weißt du?«

In diesem Augenblick hörten sie das Klimpern von Banjosaiten. Einen Herzschlag später erklang ein Bariton von wahrer Opernreife, der mühelos in einem Lied emporschwoll, dessen Worte unverständlich, ja unerkennbar für sie waren. Sie hätten natürlich auch ein französisches *Chanson d'amour* nicht verstanden, doch zumindest die Sprache als Französisch erkannt. In welcher Sprache dieses abgefaßt war, wußten sie nicht, nur daß es sich nicht um Deutsch handeln konnte. Denn Heros von Borcke hatte ihnen genügend derbe Trinklieder sowie romantische Liebeslieder vorgetragen, daß sie das erkannt hätten.

Mary Sues Augen wurden riesig in dem winzigen Gesicht.

»*Er?*« flüsterte sie.

»Ja«, antwortete Rose Ann düster. »Der, der singt, jedenfalls. Der Banjospieler ist Sweeny, einer von Jebs Kavalleristen. Sein Job ist es, neben Jeb herzureiten und auf diesem verdammten Banjo zu klimpern, während die Kugeln um sie herum pfeifen und die Granaten ringsum explodieren. Denn dieser Idiot von Jeb hält sich für einen galanten Troubadour und schmettert mitten in der Schlacht Liebeslieder. Das bringt ihm ganz sicher eines unschönen Tages den Tod und dem armen Sweeny vermutlich ebenfalls!«

»Aber jetzt begleitet er Graf Radetzy . . .?«

»Weil Jeb ihn ihm geliehen hat. Kurt übertreibt mit allem. Diese verfluchten Serenaden fingen an, als Heros zu ihm gesagt hat: ›Sie ist ein sehr romantisches, kleines Mädchen. Also wenn du wirklich vorhast, sie zu heiraten, dann gib dir ein bißchen Mühe und mache ihr den Hof!‹ Das ist vermutlich ein ungarisches Lied. Kurt kennt mehr Lieder in dieser Sprache als in jeder anderen, von Deutsch und Französisch abgesehen. Er beherrscht sieben oder acht Sprachen und kann Lieder in zehn oder zwölf singen. Was mir recht viel nutzt, wo ich nicht einmal richtig Englisch kann, wenn man es recht bedenkt . . .«

»Du scheinst dich über diese ritterliche Aufmerksamkeit nicht sonderlich zu freuen«, sagte Gwen barsch.

»Tue ich auch nicht. Wenn er von selbst darauf gekommen wäre, vielleicht – aber man mußte es ihm erst sagen oder ihn zumindest daran erinnern. In ihm steckt nicht eine Spur von Romantik. Er ist – eine Maschine. Ich hasse ihn nicht, nehme ich an, denn wie könnte ich mich sonst so entsetzlich von ihm angezogen fühlen? Aber ich *mag* einfach diese Art von Mann nicht, die er ist. Ich hoffe bloß, daß ich ihn wenigstens ein bißchen ändern kann, wenn wir erst verheiratet sind . . .«

»In diesem Fall«, riet Gwen grimmig, »heirate ihn *nicht*! Die einzige Weise, in der eine Frau in der Geschichte jemals einen Mann geändert hat, war mit einer Axt. Ich muß zugeben, daß Cabe sich geändert hat, aber dafür bin nicht ich verantwortlich, sondern der Krieg. Also sei keine Torin, Schwesterherz. Oh, ich gebe ja zu, daß er der bestaussehende Mann ist, den ich je gesehen habe, aber Schönheit ist, was Schönheit macht, also . . .«

»Gwen, hast du je jemanden von diesen Verrückten gekannt, die Opium rauchen – oder Laudanum trinken?« flüsterte Rose. »Nun, so was wie sie bin *ich.* Ich bin süchtig nach *ihm.* Frag mich nicht, wieso. Das *kann* ich dir nicht sagen. Dazu fehlen mir die Worte. Und überhaupt ist es – der Grund, weshalb ich seinetwegen so fühle – einfach zu schrecklich . . .«

Gwen betrachtete ihre Schwester nachdenklich.

»Zigi«, sagte sie bedächtig und leise, »du hast doch nicht zugelassen, daß er . . .«

»Nein, aber wohl hauptsächlich deshalb nicht, weil er es gar nicht versucht hat. Die Sache ist – nun – Intimitäten langweilen ihn offensichtlich. Er hat sich nie das geringste bei mir herausgenommen. Ein paar Küsse, eine sanfte Zärtlichkeit, das ist alles. Ich glaube, ich interessiere ihn nicht einmal so sehr, daß er sich die Mühe machen würde. Außer als Instrument, dessen er sich bedienen kann, als Figur in dem einzigen Spiel, das ihm etwas gibt – und das ist sein wilder Wahnsinnsplan, die ganze Welt zu beherrschen. Wenn er diesem Ziel auch nur einigermaßen nahegekommen ist, wird er mich wie ein Stück glühende Kohle fallenlassen. Also bin ich verloren. Komm, hilf mir, etwas anzuziehen. Ich gehe wohl besser und unterhalte mich ein bißchen mit ihm, sonst schmettert er, bis es dunkel wird.«

Es war sehr still im Schlafzimmer, nachdem sie gegangen war – so still, daß sie das sanfte Rauschen aus dem Garten vor dem Fenster hören konnten. Die beiden jungen Frauen blickten einander bestürzt an.

»Möge Gott ihr in seiner unendlichen Gnade helfen!« flüsterte Gwendolyn McKenzie-Henry.

7

Am Mittwoch vor dem Sonntag, an dem die Hochzeit stattfinden sollte, saß Rose Ann mit Kurt in dem gelben Rattaneinspänner, den er gemietet hatte, und bewunderte die souveräne Weise, mit der er mit dem viel zu feurigen Fuchswallach umging, den er mit dem kleinen Wagen geliehen hatte.

Er macht alles gut, dachte sie, und das ist ebenfalls etwas, das ihn so erschreckend macht. Er reitet besser und schneller als Jebs wilde Kavalleristen. Und bei dem Geschicklichkeitsschießen mit Revolvern aller in Richmond stationierten Offiziere vor zwei Wochen habe ich gesehen, wie er drei von vier Flaschen getroffen hat, die gleichzeitig hochgeworfen wurden. Und zwar, ehe sie auf dem Boden aufschlugen. Außerdem bemüht er sich wirklich, netter zu sein – sanft und aufmerksam – und zärtlich! Vielleicht habe ich ihn doch falsch eingeschätzt. Vielleicht war das ganze schreckliche Gerede wirklich nur Gerede. Diese Ausfahrten, beispielsweise. Nur weil Dr. Hendricks gesagt hat, daß ich frische Luft mehr als alles andere brauche, um wieder Appetit zu kriegen. Er meinte, ich müsse ein wenig zunehmen, damit ich nicht sofort umkippe, wenn es haarig wird. Deshalb fährt Kurt nun *jeden* Nachmittag mit mir aus – in einem Einspänner, der sogar ein Klappverdeck hat, damit ich nur ja keinen Tropfen abkriege, falls es mal regnen sollte. Und sein Negerdiener hockt auf dem kleinen Rumpelsitz hinter uns, damit selbst die schlimmsten Klatschmäuler in der Stadt nicht behaupten können, wir wären ja irgendwo allein gewesen, und mir meinen *makellosen* Ruf beschmutzen. Lachhaft! Ich, eine Eine-Nacht-Ehefrau. Eine Geschiedene – nein, eine Annullierte, wenn es so ein Wort gäbe. Eine – Witwe. Armer Joe-Joe. Mein armer, kleiner, süßer Zuckerbubi. Ruhe in Frieden, du Süßer. Und verzeih mir, ja? Wo war ich? O ja. Mein Ruf. Ich war Colins – Hure. Nein, das stimmt auch nicht. Huren werden *bezahlt.* Sagen wir, sein Betthäschen. Großer Gott! Angenommen, Kurt erwartet, daß ich – unberührt bin? Ein

Mann mit seiner Erfahrung, die er bestimmt hat, wird sofort erkennen, daß ein anderer bei mir Kirschen gepflückt – oder sie vielmehr *zerquetscht* hat. O Gott! Allmächtiger, ich ...

»Kurt«, sagte sie leise und besorgt. »Ich – ich muß dir etwas sagen ...«

»Was denn, mein Liebling?« Kurt schenkte ihr ein strahlendes Lächeln.

»O Gott!« stöhnte sie. »Ich weiß nicht, wie ich ...«

»Wie du mir deine Sünden gestehen sollst?« fragte er, ohne daß dieses eisglitzernde Lächeln verschwand. »Willst du mir sagen, daß du durchs ganze Regiment gereicht wurdest?«

Rose starrte ihn an.

»Ich will verdammt sein!« explodierte sie.

»Nun, ist das nicht der Fall?« Radetzy lachte. »Das hatte ich als mindestes erwartet. Rothaarige sind gewöhnlich ziemlich sinnliche Geschöpfe. Muß wohl an der Farbe liegen, nehme ich an. Die Flammen auf ihren verwegenen Köpfchen sind ein ziemlich genauer Anzeiger ihrer inneren Temperatur ...«

»Und das würde dir nichts *ausmachen*?« hauchte sie. »Also gut. Schön. Du hast recht. Da habe ich meinen Yankee-Akzent her. Ich habe ihn unter der ganzen verdammten Armee der Union gelernt.«

Er warf den Kopf zurück und lachte schallend.

»So etwas habe ich schon vermutet«, erklärte er erheitert. »Schon gut, ich höre damit auf. Ich habe dich nur aufgezogen, mein Liebes. Also, was ist es Schreckliches, das du mir erzählen willst?«

»Daß ich schon – einmal verheiratet war«, flüsterte Rose Ann. »Ich bin mit einem sehr netten Jungen durchgebrannt, in den ich ehrlich verliebt war, nur hat er mich wegen seines Alters beschwindelt. Er war zwei Jahre jünger als ich und noch nicht volljährig. Also hat sein Vater die Ehe annullieren lassen. Außerdem ist der arme Junge bei Seven Pines gefallen ...«

»Ich verstehe nicht, wo das Problem ist«, sagte Kurt sanft. »Warum warst du über eine so unwichtige Sache so besorgt, Süße?«

»Ich – ich möchte nicht, daß du denkst, ich sei – schlecht gewesen – leichtsinnig, zu frei, unmoralisch . . .«

»Aber warum um alles in der Welt sollte ich so etwas denken?« fragte er echt erstaunt. Dann verstand er. »Oh!« Er lachte. »Du meinst – deinen körperlichen Zustand. Wie drollig! Rose Ann, meine Liebe, die meisten Männer verlangen Jungfräulichkeit bei ihren Bräuten, weil sie ihrer selbst so unsicher sind und mehr noch ihrer Fähigkeit als Liebhaber, daß sie wohl zu Recht befürchten, was geschehen würde, wenn die süßen kleinen Mädchen Vergleichsmöglichkeiten hätten. Aber diese Angst habe ich nicht, Ich habe einmal die wahre Königin der *les Poules de luxe* aus dem teuersten *Maison close* am linken Ufer herausgeholt; und sie folgte mir wochenlang in unterwürfiger Anbetung, bis ich dieses Geschöpfs müde wurde und sie ersuchte, mich in Ruhe zu lassen; woraufhin sie sich noch in derselben Nacht in die Seine gestürzt hat. Nein, meine Liebe, ob du einen oder zwei Liebhaber gehabt hast, ehe ich dich kennenlernte, ist etwas, das mich höchstens zum Gähnen brächte. Hättest du viele gehabt, würde es mir natürlich etwas ausmachen, doch nur, weil kein Genießer abgelegten Abfall appetitlich findet. Doch deine Jugend, deine Frische, deine unschuldige Offenheit versichern mir, daß dies nicht der Fall ist. Ich weiß, daß ich das außerordentlich exquisite Vergnügen haben werde, die Freuden der Liebe in dir zu erwecken und dich diese zarte und himmlische Form reiner Ekstase zu lehren. Also sehe ich keinen Grund, daß du dir Sorgen über deine schulmädchenhaften, stümperischen Versuche und Enttäuschungen machen müßtest . . .«

»Was macht dich so sicher, daß ich enttäuscht war?« fragte sie ein wenig verdrossen und dachte: Er weiß einfach zu verdammt viel! Oder er liest in meinem Gesicht wie in einem offenen Buch. Oder . . .

»Du lebst in einem Land, in dem die Männer vorwiegend

Angelsachsen sind. Ihre vererbte Prüderie macht sie zu den allerschlechtesten Liebhabern. Deshalb sind englische und amerikanische Touristinnen seit Generationen ein Vergnügen für uns schlimme, sündige Europäer, meine Süße.«

»Aber mein – Mann – war kein Angelsache. Er war – Italiener . . .«

»Noch schlimmer!« Kurt lachte. »Wenn sie mit einer hübschen zarten Tochter kommerzieller Freude nach oben gehen, binden sie ihre Pferde unten gar nicht erst an, weil das nicht nötig ist. Sie *wissen*, daß sie in eineinhalb Minuten fertig sind . . .«

»Du bist zu – zu selbstgefällig! Ich hasse dich! Du bist ein schrecklicher, entsetzlicher Mann, Kurt Radetzy!«

»Hmmmmmmmmmmmmm«, murmelte er. »Das ist eine interessante Entwicklung. Da wollen wir mal sehen, wie sehr du mich haßt, Zigeuner-Rose.«

»Nenn mich nicht so! Und küß mich nicht. Ich will nicht, daß du mich küßt! Nein . . . nein! Mnnnnnnnnnnnnnnnnnnnnnnnnnnn – Mnnnnnnnnnnnnnnnnnn . . . Oh! Ohhhhhhhhhhh. Ah. Ah. Ahhhhhhhhh . . . Gott!«

Sie saß neben ihm, klammerte sich an seinen Arm, während immer noch Schauer über ihren Rücken rannen, und sie zitterte. Jeder Nerv in ihrem schlanken Leib war wie eine Violinsaite, die zu straff gespannt war, jeder Schwung gerade unterhalb des Zerreißpunkts. Und im Dunkel ihres Geistes, ihres Herzens gellte ein unendlich süßer, verzweifelter Schrei: Wieder! Es ist noch schlimmer geworden! Dabei hat er mich diesmal kaum berührt. Also werde ich Sonntag nacht sterben, wie Kristall in Splitter zerspringen und glitzernd auf dem Teppich liegen. Und ich hoffe, er zerschneidet sich die verdammten Füße, wenn er versucht, auf mir herumzutrampeln.

Sie murmelte: »Ich liebe dich, Kurt. Ich glaube nicht, daß du dir vorstellen kannst, wie schrecklich, wie entsetzlich ich dich liebe. Es – es bringt mich um – Stück für Stück.«

»Hmmm – eine weitere interessante Entwicklung. Jetzt liebst du mich also? Beweise es!«

Sie richtete sich auf. Starrte ihn an. Flüsterte: »Beweisen – wie, Kurt?«

Er deutete mit der Peitsche in die Richtung, wo sich einer der beiden Beobachtungsballons der Union-Armee wie ein bedrohlicher dunkler Mond vom klaren Herbsthimmel abhob. Er war ziemlich weit entfernt. Auf der anderen Seite des Chickahominy, schätzte sie. Aber wenn sie hoch genug stiegen, würden sie Richmond ganz deutlich sehen können – und auch die drei Lager, die außerhalb lagen, in denen General Lee seine Armee hatte. Jackson – dachte sie – ist noch irgendwo oben bei Fredericksburg, was bedeutet, daß McClellans Bluebellies in der vergangenen Woche, am 26. Oktober, den Potomac wieder überquert haben. So daß sie jetzt zwischen General Jacksons Streitkräften und Richmond sind, also wird mein süßer, verrückter, alter Schwager Cabe Henry vielleicht doch nicht zur Hochzeit kommen können.

Kurts plötzlich barsche Stimme riß sie aus ihren Gedanken. »Finde heraus, was diese verdammten Dinger in die Luft bringt. Mit deinem süßen Lächeln und deinem kultivierten New-England-Akzent schaffst du es. Ich werde dich noch vor dem Morgengrauen über den Chickahominy bringen. Alles Weitere hängt dann von dir ab . . .«

»Herausfinden – was sie in die Luft bringt?« echote sie flüsternd. »Ein Gas, nicht wahr, Liebster?«

»Natürlich. Aber welche Art von Gas? Das Kriegsministerium hat mich ersucht, genaue Informationen zu dieser Frage zu besorgen. Natürlich werden sie verdammt nichts damit anfangen können, wenn ich – wir – sie ihnen beschafft haben. Ein Freund von mir, glaube ich, dagegen sehr wohl. Zum Wohle des Groß-Pangermanischen Reiches, natürlich. Genialer Bursche, mein Freund Ferdie. Er beschäftigt sich eingehend mit den Möglichkeiten, Flugmaschinen herzustellen. Falls diese Yankees eine einfachere Weise entdeckt haben, eines der leichteren Gase herzustellen, sagen wir Helium oder Hydrogen, wäre er zuhöchst erfreut. Im Augenblick arbeiten sechs Ingenieure für ihn und versuchen eine Dampfmaschine zu entwerfen, die leicht genug ist, von einem Ballon getragen zu werden. Wenn er das schafft und wir – du und ich, Liebling – ihm die Formel für das Gas besorgen, welches die Yankees auch immer benutzen, wird Ferdie ein Luftschiff herstellen, das sich durch große Schraubenpropeller mit hoher Geschwindigkeit durch die Luft schieben kann, und dann wird es aus sein mit Englands so gerühmter Unübertrefflichkeit.«

»Ferdie – wer?« wisperte Rose Ann noch schwächer.

»Von Zeppelin. Ferdinand Graf von Zeppelin. Ein prima Freund, der Ferdie. Er versucht wie verrückt, als Militärattaché an die preußische Botschaft in Washington zu kommen. Er wird es wohl schaffen. Wenn Ferdie sich etwas in den Kopf setzt, führt er es auch durch . . .«

»Aber warum nach Washington?« fragte Rose Ann ein wenig verärgert. »Warum nicht nach Richmond?«

»Weil ihr Südstaatler ihm in wissenschaftlicher Hinsicht nichts zu bieten habt. Der Norden ist euch um hundert Jahre voraus. Auf gewisse Weise sind sie sogar Europa voraus. Wir werden Ferdie wahrscheinlich in Washington treffen, wenn wir von unserer Hochzeitsreise nach Europa zurückkehren . . .«

»Wir – wir fahren nach *Europa*, Kurt?« rief Rose Ann.

»Ja, allerdings. Habe ich das denn noch nicht erwähnt? Nein? Tut mir leid, Liebes. Weißt du, ich muß nach London, denn da sind zwei oder drei hohe Lords, die sich bisher sehr für unsere gute Sache interessiert hatten, deren Interesse inzwischen aber abgestumpft zu sein scheint. Ich beabsichtige, ihnen ein wenig einzuheizen.«

»Oh, ich verstehe«, sagte Rose Ann. »Du sagst ihnen, wenn sie uns nicht sofort anerkennen und uns dann die britische Flotte schicken, um die Yankee-Blockade zu brechen, werden sie *nie* wieder Baumwolle von uns bekommen!«

Radetzy lachte herzhaft.

»Meine kleine Außenministerin! Du meinst, ich soll die Herren vom Innenministerium in die roten Nasen kneifen? Rose Ann-Darling, die verrückte Idee von euch Südstaatlern, daß die Baumwolle König ist, müßt ihr vergessen. Die Briten, als die hinterlistigen Halunken, die sie sind, haben sich vor diesem Krieg, den ja jedes Kind kommen sehen konnte, mit solchen Mengen von Baumwolle eingedeckt, daß ihre Textilfabriken mindestens drei Jahre lang damit auskommen. Mit siebenhunderttausend Ballen, genau gesagt. Und in ihren Lagerhäusern hatten sie gut dreihundert Millionen Pfund fertige Ware aus Baumwolle. Ihr und die Yankees habt ihnen die verdammten, berechnenden Hintern gerettet. Sie hatten so stark überproduziert, daß der Markt übersättigt war. Tatsache ist, Liebes, daß die Preise für britische Textilien 1861 so gefallen waren, daß die Gauner gezwungen waren, unter dem Selbstkostenpreis zu verkaufen. Ihre gesamte Textilindustrie sah sich dem Ruin gegenüber. Also war die Yankee-Blockade, die seit 1861 bis weit in dieses Jahr dauerte, der größte Witz in der Geschichte. Denn die Union hatte lediglich je einen seetüchtigen Kreuzer pro etwa fünfzehnhundert Kilometer südliche Küstenlinie. Ein Himmelsgeschenk für sie. Es gab dieser Rasse schmutziger Krämer das perfekte Argument, ihre Kunden zu überzeugen, daß es keinesfalls einen ruinösen Überschuß gab, sondern daß im Gegenteil ein Mangel herrschte. Dadurch konnten sie ihre schlecht gearbeitete Massenware zu horrenden Preisen verkaufen. Um die ganze Lage noch lachhafter zu machen, haben eure edlen Staatsmänner aus dem Süden nicht nur so getan, als wäre die Union-Blockade wirkungsvoll, sondern auch noch euren Pflanzern befohlen, die Baumwollerzeugung einzuschränken, und das alles von der Annahme ausgehend, daß weder Frankreich noch England ohne euer unübertreffliches Produkt auskommen können . . .«

»Na und, können sie es vielleicht?« fragte Rose Ann. »Ich habe immer gehört, daß die europäische Textilindustrie auf unsere Baumwolle *angewiesen* ist!«

»Angewiesen *war.* Das ist vorbei. Dank eurem reizenden Bürgerkrieg! Nichts, meine Liebe, regt den stumpfen Geist der Krämerklasse so schnell zu etwas Ähnlichem wie Überlegungen an als eine Bedrohung ihres Geldsacks. So haben die ›John Bulls‹ und ›Emile du Ponts‹ nun entdeckt – vielleicht hat man sie aber auch darauf aufmerksam gemacht –, daß es eine wirtschaftliche Torheit wäre, sich auf eine einzige, monopolistische Bezugsquelle zu verlassen. Ergebnis: Die Spinnereien und Webereien in Schottland produzieren erstklassige Wollwaren und die in Irland Leinen aus ihrem heimischen Flachs. Und in Frankreich gilt das gleiche für die Normandie und die Bretagne. Und um die Zukunft der Konföderation noch düsterer zu machen, ermutigen die Briten die Brasilianer, die Ägypter und Inder mittels aktiver Unterstützung, Baumwolle bis an die Stufen ihrer schmutzigen Hütten heranzubauen. Wenn dieser grausame Krieg vorbei ist, werdet ihr keine Absatzmärkte mehr haben. Die ägyptische Baumwolle beispielsweise ist eurer an Qualität weit überlegen. Und selbst wenn es euch gelingen sollte, an der Sklaverei festzuhalten, was ich bezweifle, werdet ihr niemals imstande sein, mit der Art von Lumpenproletariat mitzuhalten, das eure britischen Vettern dazu gebracht hat, sich in den Kampf zu stürzen, soweit es die Herstellung von Rohbaumwolle betrifft. Mit dem, was *einer* von euren kräftigen Niggern an einem Tag ißt, könnten sich zwei Familien dieser armseligen Hungerleider eine ganze Woche lang ernähren.«

Rose Ann starrte ihren Verlobten an.

»Kurt«, fragte sie ruhig, »warum bist du überhaupt herübergekommen, um uns zu helfen, wenn du – uns so verachtest?«

»Bei Zeus, das ist eine Überlegung wert! Warum bin ich das wirklich? Erstens einmal, meine teuerste Rose: Ich verachte euch *nicht.* So rückständig ihr zweifellos seid, seid ihr doch meine idiotischen Vettern. Sagen wir einmal, weil sowohl die Angeln wie die Sachsen ursprünglich aus Germanien kamen. Zweitens, wie ich schon einmal erwähnte, habt nur ihr Sotherons, nach uns Deutschen natürlich, Verständnis für die Wichtigkeit der Rasse. Und letztlich werden wir euch eingehend und schnell erziehen, sobald ihr unter unserer Kontrolle seid . . .«

»O Gott!« rief Rose Ann. »Heros hat mir erzählt, daß du während eines Teils des zweiten Manassas-Feldzugs mit Jebs Kavalleristen geritten bist. Hast du dabei nicht verstanden, was wir mit Leuten tun, die uns Vorschriften machen wollen?«

»Natürlich. Ihr seid blutdürstige Stämme heulender Wilder, nicht wahr? Aber meine teuerste Liebste, wir Deutschen haben nicht die Absicht, Krieg gegen euch zu führen, da wir durchaus imstande sind, euch auf subtilere Weise von der Weisheit des Entschlusses, euch uns anzuschließen, überzeugen zu können. Übrigens, ihr werdet eure Schwarzen freigeben müssen, weißt du? Im Augenblick sind sie das größte Handikap, das ihr habt.«

»Waaaaas?« keuchte Rose Ann.

»Du hast richtig gehört. Weißt du, meine Liebe, es ist sehr einfach, edle Sentiments in der Brust von Leuten gegen eine Institution zu wecken, von der sie insgeheim befürchten, daß sie ihre prekäre wirtschaftliche Lage beeinträchtigen könnte. Deshalb blutet das Herz der Lohnsklaven in Europa für die armen Neger, denen es im Großteil der Fälle besser geht als ihnen. Niemand setzt alte, nutzlose Sklaven auf die Straße. Sie müssen nicht verhungern, was Arbeitern auf dem Kontinent aber jeden Tag passiert. Also würde keine europäische Regierung es wagen, sich öffentlich auf die Seite der Südstaaten zu stellen. Deshalb ist diesem ländlichen Machiavelli Lincoln – auf Propagandaebene – mit dieser verdammten Proklamation der Befreiung aller Sklaven *un Coup de tonnerre* geglückt.«

»Ich weiß nicht, was diesem Beweis der darwinistischen Theorie seine feine Proklamation nutzen soll«, sagte Rose Ann, »da ihm die Möglickeit fehlt, sie durchzusetzen!«

»Beweis der darwinistischen Theorie? Oh, das ist wirklich

gut! Das fehlende Glied, nach dem du Chaillu am Kongo gesucht hat? Der ehrliche Abe hat tatsächlich eine leichte Ähnlichkeit mit Affen, aber glaube mir, Liebchen, er verfügt über einen erstklassigen Verstand. Er muß seine Proklamation gar nicht durchsetzen. Alles, was er mit diesem bedeutungslosen Geschreibsel und seiner Aussage tun muß, hat er bereits getan: Er hat die einzige Nation, die euch zu Hilfe hätte kommen können und die dazu geneigt war – ihre oberen Klassen jedenfalls –, davon abgehalten, es zu tun. Es ist erst eine Weile her, daß dieser schweinische, jüdische Radikale Karl Marx eine Rede vor englischen Arbeitern in London gehalten und durch Akklamation eine offene Erklärung erhalten hat, daß der Erfolg freier Institutionen von großer Wichtigkeit für sie sei. Also werden weder England noch Frankreich auch nur einen Finger rühren, um euch zu helfen. Louis Napoleon hängt zu sehr seinem wilden Traum nach, Mexiko zum französischen Protektorat zu machen, und die Regierung Ihrer Majestät fürchtet ihre Arbeiterklasse. Die Briten haben ein gutes Gedächtnis, und die Umwälzungen von 1848 auf dem Kontinent, vor allem die in Paris und Wien, sind noch zu frisch in ihrer Erinnerung.«

Rose Ann blickte auf ihren exotischen Liebsten. In diesem Augenblick, im schrägen Schein der Nachmittagssonne, war der orientalische Schnitt seiner Züge besonders auffällig. Er sah gar nicht – dessen wurde sie sich wieder bewußt – wie ein Angehöriger der weißen Rasse aus, deren Überlegenheit er ständig proklamierte. Trotz all seiner offenbaren Kultiviertheit und seiner gewandten Intellektualität erinnerte er doch an einen wilden Barbaren aus den Steppen Asiens. Allerdings an einen erstaunlich gut aussehenden. Wenn seine Augen nicht so hell wären, würde er fast wie ein Chinese aussehen, dachte sie.

»Kurt, verrate mir was«, bat sie. »Du bist doch Ungar, zumindest halb, aber ich habe nie gehört, daß du Ungarn auch nur erwähnt hättest. Als ich noch klein war, in den fünfziger Jahren, waren alle begeistert von Lajos Kossuth. Die Leute –

meine Familie unter ihnen, denn Pa nahm uns alle nach Washington mit, um ihn reden zu hören – reisten Hunderte von Meilen, um seine Aufforderung zu hören, daß alle mithelfen sollten, Ungarn unabhängig zu machen. Doch seit ich dich kenne, hast du den Namen des größten Patrioten deines Landes noch nicht ein einziges Mal erwähnt.«

Er wandte sich ihr mit finster zusammengezogenen Brauen zu. Es war offensichtlich, daß sie mit ihren Worten an eine offene Wunde gerührt hatte.

»Rose Ann«, sagte er barsch, »ich werde versuchen, ein paar Verwirrungen in deinem seltsamen, kleinen Köpfchen zu ordnen. Ich bin *kein* Ungar der Nationalität nach, sondern nur – und auch nur halb – der Abstammung nach. Wie ich dir schon sagte, bin ich in Prag geboren, der Hauptstadt von Böhmen. Ich war erwachsen, als ich zum erstenmal Buda und Pest besuchte. Ich spreche Ungarisch auch nicht sehr gut. Ich fürchte sogar, am schlechtesten von meinen Sprachen. Warte, unterbrich mich nicht! Ich habe mein magyarisches Blut nie verleugnet und schäme mich seiner auch nicht. Ich *fühle* mich bloß nicht als Ungar. Wohl hauptsächlich deshalb, weil ich nicht als einer aufwuchs. Weißt du, mein Vater, Ludwig – oder vielmehr Louis – Graf Radetzy, wurde in Prag ermordet, wohin die österreichisch-ungarische Regierung ihn mit einer Abteilung ungarischen Militärs geschickt hatte, um in diesen unruhigen Zeiten auf die Böhmen zu achten. Da es bald offensichtlich wurde, daß dieser Auftrag längere Zeit in Anspruch nehmen würde, schickte er nach meiner Mutter, die in Pest war, und sie blieb bei ihm in Böhmen. Sie waren etwa zwei Jahre dort, als ich zur Welt kam. Drei Wochen später fiel mein Vater einem Attentat zum Opfer. Du siehst also, daß ich ihn nicht wirklich kannte. Sein Mörder war weder Tscheche noch Slowake, wie man hätte vermuten können, sondern ein Kroate, der eigens nach Prag gereist war, um ihn umzubringen. Oder vielmehr, er war geschickt worden – von einer dieser terroristischen Untergrundbewegungen, an denen es zu jener Zeit in Kroatien –

damals unter ungarischer Herrschaft – keinen Mangel hatte. Das Jahr meiner Geburt, 1830, zeichnete mich, weil ich mein ganzes Leben lang davon hören sollte. In jenem Jahr erhoben sich die Pariser gegen Karl X., die Belgier gegen die Holländer und die Polen gegen die Russen. Es gab sogar eine Revolution gegen den Kirchenstaat durch eine Gruppe, die sich Karbonari nannte. Meine Mutter, die eine österreichische Baronesse und mit einer genauen Vorstellung aufgewachsen war, was den Platz der unteren Klassen betraf, kehrte mit mir nach Wien zurück. Dort heiratete sie wieder – einen Otto von Schwarzenberg, einen Cousin des Felix Fürst zu Schwarzenberg, der Franz Joseph I. die Thronbesteigung ermöglichte. Und der die Revolte der Ungarn gegen das Reich niederschlug, mit Hilfe russischer Truppen natürlich, die der Zar geschickt hatte . . .«

»Kurt-Schatz«, seufzte Rose Ann, »ich komme schon eine ganze Weile nicht mehr mit . . .«

»Verständlich. Was ich sagen will, meine Süße ist, daß ich in einer aristokratischen österreichischen Familie aufwuchs, mit all den ziemlich starren Vorstellungen, die damit verbunden sind. Meine Kindheit war sehr unglücklich: Ich betete meinen Stiefvater an, während der mich verachtete . . .«

»Großer Gott, Kurt, warum?«

»Meines Aussehens wegen. Wenn er zu meiner Mutter über mich sprach, nannte er mich nur den ›kleinen Mongolen‹ oder ›dein kleiner Tatar‹. Erst kurz nach meinem achtzehnten Geburtstag gelang es mir, seine Gunst zu gewinnen. Als er herausfand, daß ich als freiwilliger Agent der Geheimpolizei mitgeholfen hatte, die Revolte der Liberalen in Wien 1848 – diesem weiteren schrecklichen Jahr der Revolutionen – niederzuschlagen, und dem Fürsten zu Windisch-Grätz die Namen der Rebellen mitgeteilt hatte, woraufhin der sie sofort hängen ließ . . .«

»Kurt«, sagte Rose Ann mit bedrückter Stimme, »warum hast du das getan?«

»Weil die Demokratie immer und überall ein Fehler ist!«

donnerte Radetzy. »Genau wie die minderwertigen Rassen müssen auch die unteren Klassen fest im Griff gehalten werden. Für ein gutfunktionierendes demokratisches System, meine Liebe, brauchte dieses wimmernde Ungeziefer, dieser Abschaum in euren Städten, und brauchten eure geistlosen, brutalen Bauern auf dem Land etwas, das keiner von ihnen allen hat: Intelligenz! Eine erfolgreiche Regierung, meine Liebste, ist immer das Werk einer Elite, zusammengesetzt aus dem überlegenen Verstand einer überlegenen Rasse!«

»Wie ihr Chinesen?« stichelte Rose Ann.

»Chinesen!« brüllte er. »Das . . .«

Doch sofort gewann er seine eisige Beherrschung wieder.

»Wenn du meinst«, sagte er mit finsterem Lächeln. »Wir wilden Mongolen aus den öden Steppen Asiens waren immer ein Herrenvolk, nie Sklaven. Und wir verstehen sehr wohl mit Minderwertigen umzugehen. Wenn du mir nicht glaubst, dann frag die Kroaten. Oder die Rumänen. Aber mir scheint, ich habe dein hübsches Köpfchen für eine einzige Sitzung nun mit genügend bedeutenden Ideen vollgestopft. Ich bringe dich jetzt nach Hause. Und du gehst am besten früh schlafen, weil ich dich schon im Morgengrauen abholen werde, damit du dich daranmachen kannst, die Yankees zu betören, so daß sie dir erzählen, womit sie ihre Ballons gefüllt haben.«

»Ohhh, Gott«, wimmerte Rose Ann. »Ich dachte, ich hätte dich davon abgelenkt, Kurtie-Schatz. Schließlich warst du so damit beschäftigt, meinem armen, schwachen Gehirn Schliff zu geben, daß ich hoffte, du hättest den verdammten Ballon vergessen . . .«

»Habe ich aber nicht. Ich vergesse *nie* etwas, süßes Mädchen. Also drehen wir Rosinante um und . . .«

»Nein, Kurt! Ich bin gar nicht mehr mutig! Das Loch in meiner Mitte hat mich erkennen lassen, daß all mein vorheriger sogenannter Mut nichts weiter als Ignoranz war. Und Dummheit ebenfalls, nehme ich an. Kurt-Liebling, ich möchte nicht, daß man wieder auf mich schießt!«

»Sie werden nicht auf dich schießen, meine Süße. Warum sollten sie? Du bist für sie nur ein einfaches Mädchen, das aus reiner weiblicher Neugier dumme Fragen stellt. Und wenn du erst deine Reize spielen läßt . . .«

Sie blinzelte ihn finster an. In ihren grünen Augen begann sich Ärger zu regen – und Gekränktheit.

»Kurt«, flüsterte sie. »Angenommen, einer dieser verdammten Yankees kommt auf die Idee, daß es sich nicht rentiert, mit der Information gratis herauszurücken? Gesetzt den Fall, einer der höheren Offiziere verlangt eine besondere Art der Bezahlung dafür – du verstehst schon, was ich meine . . .«

»In einem solchen Fall täuschst du eben so lange Nachgiebigkeit vor, bis du die Information hast, und dann siehst du zu, daß du verschwinden kannst.«

»Aber – angenommen, ich *kann* nicht verschwinden. Angenommen, es gibt keine Möglichkeit . . .«

»Und du hast dadurch eine Entschuldigung *a priori*, den sinnlichen Instinkten deines roten Schopfes nachzugeben?« Er lachte. »Nun, dann genieße es, mein Liebling. Soldaten geben ihr Leben für die gute Sache. Was ist im Vergleich dazu schon eine gelegentliche Spende eines kleinen Teils deiner niedlichen Anatomie?«

Dreißig Sekunden nachdem er diese Worte von sich gegeben hatte, zerrte sie an ihrem Ringfinger und versuchte den herrlichen Solitär herunterzureißen, den er ihr geschenkt hatte. Tränen verschleierten ihre Augen.

»Darf ich fragen, was du da machst?« erkundigte er sich kalt.

»D-d-d-den verd-d-d-dammten R-r-r-ring abnehmen!« schluchzte sie. »Ihn d-d-d-dir z-z-zurückgeben. Weil d-d-du mich nicht l-l-l-liebst, K-k-kurt. K-k-kein M-m-mann, d-d-der eine F-frau l-l-liebt, w-w-würde s-s-sie als Hure verkaufen!«

»Stimmt.« Er seufzte. »Ich hatte vergessen, wie primitiv eure Auffassung ist. Ich liebe dich wirklich, Rose Ann. Nur finde ich eben, daß nichts, schon gar nicht ein so entartetes Gefühl wie Eifersucht, unserer guten Sache im Wege stehen darf. Aber jeder hat eben nicht die gleiche Einstellung. Also gut, du mußt diese Information nicht besorgen . . .«

»Ich werde sie aber besorgen!« brüllte sie,. »Und wenn ich mit der ganzen verdammten Yankee-Armee schlafen muß!«

»Und mit der Marine, falls die zur Verfügung steht, nehme ich an.« Er lachte. »Ich habe es mir anders überlegt. Du mußt diesen ›Bluebellies‹ nichts anbieten, ja es nicht einmal andeuten. Sie sind keine Dummköpfe, weißt du? Wärst du zu bereitwillig, würden sie dich schnell für eine Spionin halten. Und dann könnte es schon sein, daß sie dich erschießen – nachdem sie dich durch das ganze Regiment gereicht haben. Außerdem, wer weiß, vielleicht mache ich mir die Haltung eines eurer eifersüchtigen Südstaaten-Troglodyten zu eigen, hänge dich mit den Handgelenken an einen Fensterbalken und schlage dir den niedlichen Hintern mit der Reitpeitsche striemig.« Dann beugte er sich über sie und küßte sie – ganz langsam und lange. Wühlte sie wieder auf, machte sie atemlos, blind.

»Kurt«, quetschte sie heiser hervor. »Bring mich irgendwohin. Nicht – nach Hause. Und liebe mich – die ganze Nacht. Dann hole ich dir deinen verdammten Yankee-Ballon. Ich bringe ihn heim zu dir – unter meiner Krinoline versteckt!«

Darüber lachte er vergnügt.

»O komm, meine Süße. Bis zu unserer Hochzeit sind es nur noch drei Tage. Bestimmt kannst du noch solange warten. Wäre doch schade, die Gelegenheit zu verderben, denkst du nicht?«

»Nein, ich denke nicht. Ich fühle nur. Und du hast sie bereits verdorben, indem du mich so geküßt hast. Du – du hast mich – *verdorben*! Hast mich erkennen lassen, daß ich nicht anständig bin. Daß ich – amoralisch bin. Und das war ich nicht, bevor ich dich kennengelernt habe. Zumindest *glaube* ich nicht, daß ich es war.«

Er blickte sie neugierig an.

»*Weißt* du es denn nicht?« fragte er. »Du hast doch gesagt, daß du schon . . .«

»Daß ich schon verheiratet war? Aber er war unschuldig. Ein Kind. Und es war genau wie du gesagt hast. Eine Enttäuschung. Und jetzt . . .«

»Bringe ich dich nach Hause«, sagte er ernst, »damit du deinen dringend benötigten Schlaf bekommst.«

»Nein«, sagte sie erneut, doch ruhig diesmal. »Bring mich nicht heim. Denn wenn, werde ich mich um fünf Uhr früh unmöglich aus dem Haus schleichen können. Bring mich in eine Pension oder ein Hotel. Setz mich dort ab. Dann fahr zu uns nach Hause und erzähle Gwen, daß wir einen entsetzlichen Streit hatten. Daß ich aus dem Wagen gesprungen und durch die Menge davongelaufen bin und daß du mich nicht finden konntest. Das wird sie dir glauben. Jeder, der mich kennt, würde das. Ich habe rotes Haar, ein schreckliches Temperament und unberechenbare Launen! Schlimmer als sonst irgend jemand in ganz Virginia. Also müssen wir die Zeit totschlagen, bis es dunkel genug ist, diese Lüge glaubhaft zu machen. Weißt du was, bring mich zu der Waffenfabrik, die Colin Claiborne gegründet hat. Ich würde sie mir gern ansehen, und außerdem könnte ich Colin fragen, was ich ihm von den Yankees stehlen soll, wenn ich schon im Norden bin . . .«

»Ich habe gehört, daß du einmal mit ihm verlobt warst«, sagte Kurt trocken.

»Stimmt. Nur hat er den Feigling im Feld gespielt, da habe ich ihm die Meinung gesagt und daß es aus mit uns ist. Inzwischen habe ich mich dafür entschuldigt, weil es nicht fair war. Ein Mann ist entweder tapfer oder er ist es nicht. Und nachdem ich einen Monat auf dem Rücken gelegen habe und mir stinkender Eiter aus der Schußwunde im Bauch gesickert ist, war mir klargeworden, daß man niemandem Feigheit vorwerfen darf.«

»Und doch hast du ihn offenbar nicht zurückgenommen.«

»Nein, mir ist auch klargeworden, daß ich ihn nicht liebe. Ich würde nie einen Mann heiraten, den ich nicht liebe. Außer dir. Denn ich liebe dich nicht, weißt du? Ich hasse deine perverse Überheblichkeit und Grausamkeit. Nur will ich dich so sehr, daß es weh tut. Und das dürfte ein Ausgleich für die fehlende Liebe sein, denke ich. Muß es jedenfalls sein. Also dreh den Gaul um. Fahr zurück durch Richmond. Colins kleine Waffenfabrik ist draußen auf der Sixth Street, nahe dem Kanal, etwa hundert Meter vor den Tredegar-Eisenwerken.«

»Also gut«, sagte Kurt.

»Entschuldigen Sie, daß ich Ihnen die Hand nicht gebe, Graf Radetzy«, bat Colin. »Aber wie Sie sehen, ist meine schmutzig . . .«

Er trug, wie Rose Ann sah, einen blauen Arbeitskittel und blaue Arbeitshosen, einen Pullover, eine schwere Lederschürze und eine Mütze. Alles, einschließlich Gesicht und Hände, ja sogar sein Schnurrbart und Haar, war fett- und ölbeschmiert. Durch die Wand des einfachen, fast kahlen Büros war das Pfeifen und Pochen der Maschinen in seiner Fabrik zu hören.

»Selbstverständlich«, sagte Kurt höflich. »Die zukünftige Gräfin Radetzy und ich sind hier, um Ihnen unsere Dienste anzubieten. Auf dem Rückweg von unserer geplanten Hochzeitsreise auf den Kontinent und nach England beabsichtigen wir im Yankee-Land Station zu machen. Wenn es irgend etwas geben sollte, das wir Ihnen für Ihre berufliche Verwertung besorgen können . . .«

»O Gott, ja!« seufzte Colin. »Eines von Christian Sharps Hinterladerverschlußstücken. Die Armee hat zwar bei Harpers Ferry zwei von Sharps Hinterladern erobert, doch sie haben sie ihren eigenen Ingenieuren überlassen, damit sie diese hier im Arsenal nachbauen können. Aber uns armen Zivilisten gestatten sie nicht einmal einen Blick darauf.«

»Wenn diese Hinterlader so gut sind, warum hat dann

nicht jeder Yankee-Soldat einen?« fragte Rose Ann. »Cabe sagt, Sharp hat dieses neumodische Gewehr schon 1848 erfunden. Da hätten sie doch Zeit gehabt, davon eine Million und mehr herzustellen!«

»Weißt du«, sagte Colin ernst, »darüber zerbreche ich mir schon lange den Kopf. John Browns Sturmtruppen waren mit Sharps Hinterladern bewaffnet, als sie Harpers Ferry angriffen. Trotzdem habe ich noch von keiner einzigen Yankee-Kompanie gehört, die damit ausgerüstet wäre. Ein Segen von oben, natürlich. Denn mit einem Gewehr, das so schnell und sicher geladen werden kann wie der Sharps-Karabiner, hätten sie uns längst alle umgebracht. Ich kann mir einfach nicht vorstellen, warum sie nicht ihre gesamten Streitkräfte damit ausgestattet haben.«

»Ich schon«, sagte Kurt ernst. »Denn ich habe in meinem Heimatland nur allzu große Erfahrung mit der abgrundtiefen menschlichen Dummheit und Sturheit gemacht. Preußen entwickelte das Dreyssche Zündnagelgewehr schon 1848, aber alle Versuche progressiver Militärs, den österreichischen Generalstab dazu zu bringen, es zu kopieren, stießen nur auf Gelächter oder Unwillen. Das Problem ist, daß wir bald gegen die Preußen kämpfen müssen, und wenn wir es tun, werden wir abgeschlachtet. Vorderlader kommen ganz einfach nicht gegen Hinterlader an, aber versuchen Sie, das einmal einem österreichischen Dickschädel beizubringen! Und was die Konföderierten betrifft, nun, Lincoln hatte das Pech, James W. Ripley als Feldzeugmeister zu übernehmen. Im Vergleich zu ihm ist ein Esel ein Wunder an Scharfsinn und ein Maultier ein Wunder an Lenkbarkeit und Gefügigkeit. Ripley hat sich dem Befehl des Präsidenten einfach widersetzt, die Union-Truppen mit Hinterladern auszurüsten. Schon gar nicht, was noch schlimmer – oder von unserem Standpunkt besser – ist, mit Repetiergewehren, von denen die Yankees, Mr. Claiborne, zumindest zwei durchaus brauchbare Modelle haben. Von Ripley ist bekannt, daß er an ihn gerichtete Orders, die Yankee-Infanterie mit modernen Waffen auszustatten, einfach zerrissen hat. Ich glaube, ihn ekelt instinktiv vor *allem*, was neu ist.«

Kurt wandte sich Rose Ann zu und bedachte sie mit einem eisig blitzenden Lächeln.

»Aus diesem Grund, meine Süße, werden wir General Ripley einen Besuch abstatten, sobald wir in Washington ankommen. Ich werde ihm bestätigen, wie sehr er recht hat, sich all diesen modernen Trends im Waffenwesen zu widersetzen, und ihm erzählen, daß das preußische Zündnadelgewehr eine Katastrophe ist . . .«

»Es *ist* auch ziemlich schlimm, Graf«, warf Colin ein. »Dieser Nadelmechanismus ist zu fein. Ich ließ mir ein paar Muster von drüben schicken. Für ausgebildete preußische Infanteristen mögen sie ja brauchbar sein, aber unsere barfüßigen Sumpfratten oder ein Hinterwäldler würden sie schon am ersten Tag unwiderruflich kaputtmachen.«

»Damit haben Sie sicher recht«, entgegnete Radetzy, »doch die Preußen sind dabei, sie zu verbessern. Inzwischen werden wir jedenfalls die Ripleys in den Reihen der Yankees in ihrem Standpunkt bekräftigen. Du, Rose Ann, wirst die Intelligenz des Gentlemans bewundern – und sein gutes Aussehen, und ihm einen Kuß oder mehr auf seine bärtige Wange drücken, wenn ich gerade nicht hinsehe.«

»Bist du sicher, daß ich nicht mit ihm ins Heu kriechen soll, Kurtie-Schatz?« fragte Rose Ann sarkastisch.

»Oh, ich glaube nicht, daß so drastische Maßnahmen erforderlich sein werden«, antwortete Kurt heiter. »Übrigens, Mr. Claiborne . . .«

»Nennen Sie mich Colin«, sagte Claiborne traurig. »Als Rose Anns Gemahl *müssen* Sie mein Freund sein.«

»Abgemacht!« Radetzy lachte. »Colin, alter Junge, was würden Sie sagen, wenn wir Ihnen eines von Spencers Repetiergewehren stehlen würden oder vielleicht gar einen noch weiterentwickelten Henry-Stutzen?«

Colin schüttelte traurig den Kopf.

»Lieber nicht.«

Rose Ann starrte ihn an.

»Warum nicht, Colin-Schatz?« fragte sie.

»Weil ich die Munition dafür nicht herstellen könnte«, entgegnete Colin. »Genausowenig wie irgendein anderer Waffenfabrikant im ganzen Süden. Ich nehme an, ich könnte die Patronenhülsen aus Frankreich bekommen, von Le Facheaux, die könnten sie herstellen. Aber weißt du, was es bedeuten würde, wenn wir versuchten, die Millionen, die wir brauchen würden, durch die Blockade zu bekommen. Das würde ein Le Facheaux . . .«

Er öffnete einen Wandschrank, holte einen schweren Revolver heraus und reichte ihn Graf Radetzy.

»Entladen Sie ihn, dann werden Sie sehen, was mit ihm nicht stimmt«, forderte Colin ihn auf.

Radetzy studierte die schwere Handwaffe ein paar Sekunden lang, dann zog er geschickt die Patronen aus der hinteren Seite der Trommel. Zu Rose Anns Staunen waren sie aus glänzendem Messing, von der konischen Kugel abgesehen, die ins vordere Patronenende gedrückt war. Sie bestand aus gewöhnlichem Blei.

»Oh, die sind aber hübsch!« rief sie.

»Wahrhaftig die Reaktion einer Frau!« stellte Kurt lachend fest. »Das also sind die berühmten Le Facheaux-Zündnadelpatronen?«

»Ja. Möchten Sie diesen Revolver unter Beschuß laden?« fragte Colin.

»Großer Gott, nein! Die Franzosen sind die schlechtesten Ingenieure der Welt! Ein geduldiger Mann, der zu Hause ungestört am Tisch sitzt, brauchte eine halbe Stunde, um die waagerecht montierten Zündnadeln richtig in die Seitenschlitze des Zylinders einzufügen. Das ist eine Variante des preußischen Nadelgewehrs, nicht wahr? Nur, statt die Nadeln zum Teil des Gewehrs zu machen, machen sie sie zum Teil der Patrone. Typisch für die Franzosen! Ich nehme an, daß dieses System durchaus funktioniert, aber ganz offensichtlich macht sie das Laden des Revolvers genauso umständlich, wie es die gegenwärtige Vorderladermethode mit dem losen Pulver, der separaten Kugel und dem ebenfalls separaten Zündhütchen ist. Das Ganze ist viel zu umständlich. Aber diese Nation katzbuckelnder Kleider- und Parfümmacher macht ja nie etwas richtig . . .«

»Sie haben die Miniékugel erfunden, oder nicht?« sagte Rose Ann. »Und mein Schwager sagt, daß diese Art von Kugel doppelt so weit fliegt und ihr Ziel mit fünfmal größerer Sicherheit trifft!«

Sie sagte es etwas gereizt, weil Kurts Chauvinismus gegenüber jeglicher Nation oder jeglichem Volk, das nicht deutsch war oder deutsch sprach, sie zu ärgern begann. Sie war noch nicht soweit zu erkennen, daß Heros von Borcke recht hatte: Das Problem ihres Verlobten war genau die Tatsache, daß er kein Deutscher war, aber einer sein wollte. Ein Zustand, der allen Mischrassen und unterdrückten Völkern der Geschichte zu schaffen gemacht hatte. Die Erkenntnis, daß so gut wie alles, was man hat – Sprache, Religion, Wissenschaft, Kultur, Ethik, ja in manchen Fällen sogar mehr als die Hälfte seines Blutes –, einem von einer herrschenden Rasse aufgezwungen wurde, kann einen schon mitnehmen.

Wieder bedachte Radetzy sie mit seinem eisigen Lächeln.

»Das Problem deiner Behauptung, mein Liebes«, entgegnete er in sanftem Ton, ist, daß zwar die technischen Aspekte stimmen, nicht aber die historischen. Die sogenannte Miniékugel ist weder eine Kugel, noch hat Hauptmann Minié sie erfunden. Es ist ein konisches Geschoß, und erfunden hat es 1823 Hauptmann Nelson von Ihrer Majestät 34. Regiment. Hauptmann Minié bekam nur eines oder zwei davon in seine gutmanikürten Hände – Gott weiß wie – und machte ein so begeistertes Geschrei, daß die französische Armee sie übernahm. Zu Miniés Ehre sei jedoch gesagt, daß er nie behauptet hat, sie erfunden zu haben. Das haben andere für ihn besorgt. Er hat es nur nie sehr laut bestritten.«

»Das habe ich auch nicht gewußt«, sagte Colin bewundernd.

Das machte Rose Ann noch wütender. Sie wollte nicht, daß Colin sich vor Kurt klein machte. Sie vermutete, daß Colin Claiborne selbst als Feigling ein besserer Mensch war als Kurt Radetzy. Später, als Alter und Umstände ihr Zeit gaben, über alles nachzudenken, erkannte sie, daß Mut belanglos ist, daß, welche Qualität er auch immer haben mag, von den Umständen gegeben ist. Daß sein Wert – oder Unwert – davon abhängt, weswegen man mutig ist.

»Warum kannst du nicht so hübsche Patronen – Kugeln – oder was immer es ist, wie die hier machen, Colin?«

»Genau wie diese, möchte ich gar nicht«, entgegnete Colin. »Eine Waffe, die mit Zündnadelpatronen schießt, wäre noch schwieriger zu laden – und was schlimmer ist, man würde dazu sogar noch länger brauchen – als die Gewehre, die wir jetzt haben. Und Gott weiß, eine Enfield unter Beschuß zu laden, kommt einem Selbstmord so nahe wie nur irgendwas.«

»Da kann ich nur beistimmen«, erklärte Kurt ernst. Das leicht übertriebene Mitgefühl, das in seinen Worten mitschwang, sollte Rose offenbar wissen lassen, daß er die Wahrheit über Colins Verwundung kannte. »Aber unser österreichisches System ist sogar noch schlimmer. Unsere Truppen werden mit übergroßen Kugeln, stählernen Ladestöcken und einem Holzhammer ausgerüstet. Und da stehen sie dann, hämmern los und bemühen sich, diese Riesendinger in die Läufe zu stoßen, während der Feind kaltblütig einen nach dem anderen abschießt. Manchmal glaube ich, wenn es um reine Dummheit geht, ist der österreichische Generalstab nicht zu übertreffen.«

»Und doch«, sagte Colin und versuchte Rose Ann mit den Augen zu bannen, mit der Stimme, dem Tonfall und der leicht gebeugten, fast geduckten Haltung seines langen, dünnen Körpers, die ein einziges Flehen war, »ist die Leichtigkeit, mit der eine Miniékugel geladen werden kann, nicht immer von Vorteil. Bei Malvern Hill . . .« Er hielt inne und sein trauriger Blick beschwor sie und übertrug sein inbrünstiges

Flehen: *Hör mir zu, Zigeuner-Rose! Hör zu und verzeih mir, bitte!*». . . führte ich einen Trupp . . .«, die Worte kamen zu laut und herausfordernd, als könnten sie so ihre Zweifel besiegen. ». . . als ein Infanterist neben mir das Feuer eröffnete. Er war – fast noch ein Kind. Einer dieser Jungen vom Land, die auf einen Zettel *18* schrieben und ihn sich in den Schuh legten, damit sie nicht völlig logen, wenn sie bei der Rekrutierung schwören, daß sie ›über achtzehn‹ waren. Jedenfalls lud er sein Gewehr und vergaß, es abzufeuern, dann lud er es erneut und vergaß wieder, es abzufeuern, oder vielleicht ist ihm auch bloß der Finger am Abzug erstarrt, als er daran dachte, daß er Jungen, die auch nicht anders waren als er, erschießen müßte. Jedenfalls hat er seine Enfield sechzehnmal mindestens geladen, ohne auch bloß einmal damit zu schießen. Aber diesmal – hauptsächlich, weil ich ihn anbrüllte: ›Schieß, verdammter Idiot!‹ – schoß er. Seine Waffe – explodierte. Sie schälte sich zurück, wie sich die Häute einer Zwiebel schälen – und dann hatte er kein Gesicht mehr. Nur zwei erstaunlich blaue Augen, die wild aus – blutigem Hackfleisch starrten. Kein Kinn. Er fiel nicht. Er stand bloß da, wie versteinert vor Erstaunen. Da habe ich . . .«

Schnell trat Rose Ann zu ihm. Sie stellte sich auf Zehenspitzen. Sie drückte die schrecklichen, schmerzlichen, ihm selbst schadenden Worte, die er hatte sagen wollen, zurück in seinen Mund.

Dann wich sie zurück, und in ihren Augen schimmerten Tränen.

»Es ist schon gut, Colin-Schatz«, sagte sie tröstend. »Es ist alles gut.«

Kurt brach das schmerzliche Schweigen, und er tat es taktvoll.

»Ist es unbedingt nötig, alter Junge«, sagte er mit einem betont kläglichen Lächeln, »daß ich Sie zu einem Duell fordere? Ich täte es nämlich wirklich nicht gern.«

»Tu nicht so, Kurt«, fauchte Rose. »Ich habe Colin nur geküßt, weil ich nicht wollte, daß er sich vor einem Schweinehund wie dir erniedrigt. Abgesehen davon, natürlich, liebe ich ihn herzlich. Colin, du hast gesagt, daß du nicht so hübsche Messingdinger wie diese machen willst. Verrätst du mir – uns –, warum nicht?«

»Ich würde viel lieber solche herstellen – wenn ich könnte.« Colin drehte sich wieder zu dem Wandschrank um und holte einen anderen Revolver heraus. Er war sehr klein. Und sehr schön, auf irgendeine finstere Weise. Er streckte ihn Kurt mit dem Schaft voraus entgegen.

Kurt nahm ihn, studierte ihn eine halbe Minute lang oder weniger und erkannte sofort, wie er funktionierte. Er berührte den Riegel unmittelbar vor und unterhalb der Trommel. Der kurze, drei Zoll lange Lauf klappte nach oben. Kurt nahm alle sieben der winzigen Kaliber-22-Messingpatronen aus der Trommel. Er untersuchte sie eingehend.

»Ich muß zugeben, daß ich verblüfft bin. Wo in aller Welt ist das Zündhütchen, alter Junge? Der Zündkegel? Das Fulminat? Oder was zum Teufel Sie sonst zum Feuern benutzen?«

»Im Innern des hervorstehenden Revolvers rings um das hintere Hülsenende dieser kleinen Schönheiten. Man nennt sie Randzündpatronen oder -geschosse. Sie und dieses niedliche Stück blutigen Mordes – fühlen Sie doch, wie leicht er ist! Der ganze Revolver wiegt nur zweihundertsiebenundzwanzig Gramm! – werden von Smith und Wesson in Hartford in Connecticut hergestellt. Sie sind nicht Armee-Eigentum. Die Yankee-Offiziere kaufen sie sich von ihrem eigenen Geld. Aber dieses kleine Juwel und sein etwas größerer Bruder, ein 32er mit einem Sechszollauf, sind die verdammt besten Faustfeuerwaffen, die heutzutage auf dieser unserer Erde hergestellt werden. Die Jungs bringen mir immer wieder welche mit, die sie toten Union-Offizieren abgenommen haben, und flehen mich an, solche Waffen herzustellen, aber das kann ich nicht. Das ist ja das Verfluchte, Kurt – Verzeihung, Graf . . .«

»Kurt ist völlig in Ordnung, Colin«, versicherte ihm Kurt ernst. »Was wollten Sie sagen?«

»Daß ich diese Munition nicht nachmachen kann. Ich habe dazu weder das Material noch die Maschinen. O sicher, ich könnte ein paar Patronen mit der Hand machen. Oder Lindsholm könnte es. Er ist Mechaniker und eines dieser schwedischen Genies, die alles fertigbringen. Aber wir brauchten Millionen davon! Und Maschinen, die zehntausend dieser Messinghülsen in einer Stunde anfertigen können. Also versuche ich einen anständigen Hinterlader zu entwickeln, für den man nur Papierhülsen und Zündhütchen braucht wie für die Sharps. Alles andere ist uns unmöglich! O Gott, wenn ich nur daran denke, wie ich auf die Mechaniker herabgesehen habe, wie alle idiotischen jungen Möchtegernkavaliere meiner Klasse! Wir sind so verdammt rückständig hier, Kurt. Deshalb haben wir auch keine Chance, den Krieg zu gewinnen . . .«

»Ich muß zugeben, daß die Chancen tatsächlich gering sind«, sagte Kurt mit ehrlichem Bedauern. »Aber es gibt *eine* gute Chance – und die, mein Freund, haben Sie mir gegeben.«

Colin starrte ihn an.

»Ich?« flüsterte er. »Wie, Kurt?«

»Indem Sie mich sehen ließen, daß ich unsere Reise durch die Nordstaaten unter falschen Voraussetzungen angegangen wäre. Ich hatte vorgehabt, mich auf fortschrittliche Seitenwaffen zu stehlen, die diese Rasse von Mechanikern, die die Yankees sind, entwickelt hat. Aber sie wären von keinem wirklichen Nutzen für Sie, nicht wahr? Also werden wir . . .«

»Was, Kurt?« fragte Rose Ann.

»Werden wir uns statt dessen auf psychologische Kriegführung spezialisieren, meine Süße. Es gibt eine Menge Mißmut und Unzufriedenheit im Yankee-Land, weißt du? Also werden wir alles nur mögliche tun, um solche Dummköpfe wie Ripley in ihrer Sturheit zu bestärken, die Spencer- und Henry-Repetiergewehre nicht in der Armee einzuführen, mit der Behauptung – würdet ihr das glauben? –, daß sie Munition vergeuden. Und wir werden diesem Stamm von ahnungslosen Sympathisanten in New York und im Mittelwesten einen Beweis unserer inbrünstigen Liebe und Zuneigung geben. Wir werden sie in Champagner schwimmen lassen und sie mit Kaviar mästen!«

»Woher bekommen wir das Geld, um all das tun zu können, Kurtie-Schatz?« erkundigte sich Rose Ann.

»Von den hohen Tieren in ›Merrie Old England‹, mein Zuckerschatz. Es wird einfach sein, sie zu überzeugen, von welchem Vorteil für ihr Handels-Imperium zwei geschwächte, sich ständig in den Haaren liegende kleine Nationen, statt einer einzigen, gigantischen, ungeheuer starken in Amerika für sie sein wird. Danach geht es nach Paris. Dort werde ich Louis Napoleon darauf hinweisen, wie lange sein neues französisches Reich in Mexiko bestehen wird, wenn er zuläßt, daß die Yankees euch arme Teufel fertigmachen, worauf sie dann Juárez, dem häßlichen schwarzen Affen von Indio, helfen können, den armen Maximilian langsam über einem Feuer zu rösten. Louis Napoleon wird genügend Geld ausspucken, wenn ich ihm das klarmache, darauf kannst du wetten! Und davon werde ich genügend abzweigen, um dich in Zobel und Pariser Roben zu hüllen und mit Brillanten zu schmücken! Also gib Freund Colin noch einen Kuß, denn ihm verdanke ich die Idee des Jahres!«

»Nein!« sagte Rose Ann fast feierlich. »Ich gebe ihm keinen Kuß mehr, jedenfalls nicht umsonst. Er wird dafür bezahlen müssen . . .«

»Dich dafür bezahlen?« Colin blinzelte erstaunt.

»Ja, mein guter Herr«, fuhr Rose Ann im gleichen Ton übertriebenen Ernstes fort. »Du wirst mir diesen niedlichen Revolver und drei Patronen – Kugeln – oder wie immer du sie nennst – dazu geben müssen. Drei genügen mir. Das ist doch nur fair, oder?«

»Nein«, entgegnete Colin. »Erst muß ich wissen, wozu du das haben willst, Zigeuner-Rose . . .«

»Um Kurt zu erschießen, wenn er je eine andere Frau anschaut«, antwortete Rose ruhig. »Um die Frau zu töten, die in mein Revier eingedrungen ist. Und um *mich* umzubringen und so die vielen Leute um den Spaß zu bringen, mich würgend und um mich schlagend und blau anlaufend vom Strick baumeln zu sehen. Na, willst du jetzt den Kuß?«

Colin schüttelte den Kopf.

»Unter diesen Umständen nicht«, brummte er.

Kurt lachte. »Ach, geben sie ihr doch das hübsche Spielzeug. Wenn sie mich je ertappt, *verdiene* ich es, erschossen zu werden. Dieses Maß an Dummheit sah ich schon immer als Kapitalverbrechen an. Oh, Entschuldigung! Wir sind sehr anmaßend! Ich bezahle Ihnen selbstverständlich den Preis, den Sie für dieses zierliche Schmuckstück für richtig halten.«

»Nein«, entgegnete Colin ruhig. »Ich schenke es Rose. Aber ich möchte keinesfalls einen Kuß dafür.«

»Warum nicht, alter Junge?« fragte Kurt. »Ich habe nichts dagegen.«

»Das ist einer der Gründe. Aber ein besserer ist, daß ich gelernt habe, nichts, was Rose sagt, auf die leichte Schulter zu nehmen. Und ich möchte kein Mitschuldiger bei einem Mord – oder Selbstmord sein. Außerdem habe ich meine Bezahlung schon.«

»Kurt«, sagte Rose Ann kläglich, »kannst du diesen verdammten Ballon nicht einfach vergessen?«

»Nein, ich habe unserem Oberkommando diese Information versprochen. Wir beschaffen sie ihnen also besser, sonst machen sie sich vielleicht Gedanken über unsere langen Flitterwochen. Nun, hier sind wir . . .«

»A-aber«, stammelte Rose Ann. »Wo sind wir hier?«

»Das ist mein Quartier. Ich schmuggle dich die Hintertreppe hoch, damit dich niemand sieht. Du darfst dich aber nicht vom Fleck rühren, bis ich zurück bin und an der Schulter unserer lieben Gwen ausgeweint sowie ihr mein Herz wegen unseres schrecklichen Streits und deiner gemeinen Flucht ausgeschüttet habe. Also warte, mein Liebes!«

»Kurt«, murmelte Rose Ann bedrückt, »ich möchte aber nicht in *deinem* Quartier übernachten.«

»Ich fürchte, du hast keine andere Wahl, mein Liebling. Alle Pensionen und Hotels sind gestopft voll mit Flüchtlingen, Soldatenliebchen und dergleichen. Außerdem bist du in Richmond zu bekannt. Wie zum Teufel glaubst du, daß du, ohne Aufsehen zu erregen, ohne Gepäck, in einem Hotel übernachten könntest?«

»Jedenfalls wäre das Aufsehen weniger groß, als wenn jemand dahinterkommt, daß ich in *deinem* Quartier übernachtet habe, Kurtie-Schatz!«

»Aber das wird niemand herausfinden. Niemand findet je etwas heraus über das, was ich tue, wenn ich es nicht will! Also komm schon!«

»Kurt . . .«, wimmerte sie. »Du – du wirst zurückkommen. Und – und mich lieben. Und ich – ich möchte das nicht! Ich möchte unsere Ehe nicht beschmutzen, Kurtie-Liebling!«

»Dann tu's nicht«, sagte er mit dieser Gleichmütigkeit, die einen rasend machen konnte. »Ich werde dich nicht lieben. Mein Ehrenwort, Süßes. Ich werde in meinem bequemen Lehnsessel schlafen und . . .«

»Kurt«, sagte sie bitter, »schwörst du mir, daß du mich – abwehren wirst? Daß du ein Tischbein ausreißt und es mir über den Kopf haust? Das wirst du nämlich tun müssen, weißt du? Denn wenn nicht, werde ich in ein teuflisches, ausgehungertes Geheul ausbrechen und . . .«

»Gut.« Er lachte. »Das dürfte sehr amüsant werden, wenn ich es recht bedenke. Also, kommst du jetzt endlich! Die Zeit vergeht, Liebchen!«

Um zehn Uhr am nächsten Vormittag trat Rose Ann aus dem niedrigen Mischwald und schritt geradewegs auf das Lager der einzigen Kompanie des Ballon-Corps zu.

Mit gesenktem Kopf schleppte sie sich dahin. Sie wagte nicht, den Blick vom Boden zu heben. Ich werde ihnen *sagen*, daß ich eine Spionin bin, dachte sie. Dann werden sie mich vor ein Kriegsgericht stellen und mich zum Tod verurteilen. Sie werden mich erschießen. Oder hängen. Aber in jedem Fall werde ich tot sein und meinen Frieden haben. Denn Tote können nicht denken, oder? Und sich nicht erinnern. Und ich möchte weder das eine noch das andere. Denn sonst müßte ich verrückt werden. Ich wußte, daß ich wild und leichtsinnig und töricht und sogar – sogar – sag schon die Wahrheit, Rose Ann! – ein bißchen zu warmherzig und – Gott verzeih mir! – heißblütiger war, als es für ein Mädchen in meinen Gegebenheiten gut – oder sicher! – ist. Aber es ist mir immer gelungen, mich dazu zu bringen, daß ich mich für anständig hielt, selbst nach diesem – uh! – Nachmittag in Tante Sukies Haus mit Colin. Ich machte mir weis, daß ich dem Mann, den ich ja heiraten wollte, ein bißchen Glück und zärtliche Erinnerung in den Krieg mitgeben wollte, aus dem er, mein armer tapferer Held, vielleicht nicht zurückkehren würde!

Aber wie war es *diesmal* gewesen? Schlimmer. Viel schlimmer! Einfach entsetzlich. Aber auf andere – entgegengesetzte Weise. Der arme Colin hatte *überhaupt* nicht gewußt, wie eine Frau funktioniert – jedenfalls nicht, wie *ich* funktioniere. Kurt dagegen weiß *alles* – nur, er hat mehr darüber vergessen, als jeder andere jemals wußte. Dieses eiskalte Schwein, das nur dasaß und zuließ, ja mich zwang, daß ich ihm Avancen mache. Dabei lächelte sein Mund, während seine sumpfnebligen, abwaschwassergrauen Augen nur – *wie* dreinschauten? Ab-ab-abfällig! Ja, das ist das Wort! Und höhnisch! Während ich verrückt war und mich aufgeführt habe wie eine läufige Hündin ... O Gott!

Angefangen hatte es mit so vielen kleinen, unbedeutenden Dingen – zumindest hatte sie sie dafür gehalten, bis sie sich häuften und sie einfach überwältigten. Erstens einmal war sie so müde gewesen. Im Grunde genommen war sie eigentlich immer müde, seit Leutnant Froschgesicht auf sie geschossen hatte. Und sie fürchtete, daß sie noch viele Jahre müde bleiben würde, wenn nicht gar für den Rest ihres Lebens. Denn eine Kaliber-44-Kugel mitten durch den Bauch war etwas, wovon nicht einmal eine McKenzie sich so schnell erholte.

Also hatte sie nichts Verfängliches darin gesehen, sich auf Kurts Bett zu legen, während sie auf seine Rückkehr wartete. Aber zwar waren die Stahlreifen ihres *Cage américaine* von unten nach oben zusammenklappbar, wie sie es wohl sein mußten, denn sonst könnte man sich mit einem Reifrock ja nicht hinsetzen, doch seitwärts waren sie es nicht. Sie würde sie also verbiegen und ihr armes, viel zu dünnes Gestell damit verletzen, wenn sie einschlief und sich umdrehte, was sie sicher tun würde. Also beschloß sie, das ganze Gerüst auszuziehen, das ihrem Reifrock die hübsche Glockenform gab. Aber als sie es tat, bemerkte sie, daß der einzige Petticoat, den sie trug, sehr alt war und – was noch schlimmer war – zwei oder drei große aufgesetzte Flicken hatte. Was gegen Ende 1862 der übliche Zustand war – selbst bei reichen Damen in der Konföderation. Alle klagten über abgetragene Bekleidung. Und die Yankee-Blockade verhinderte, daß sie sich neue kaufen konnten – selbst wenn sie noch genügend Goldmünzen hatten, überhaupt etwas zu kaufen, da niemand – nicht einmal die Blockadebrecher oder vielmehr sie schon gar nicht – das Papiergeld der Konföderierten als Bezahlung annehmen wollte.

So sah sie sich nun einem quälenden Dilemma gegenüber. Sie mußte entweder ihr Kleid wieder anziehen oder den Petticoat ausziehen. Aber wenn sie sich in einem der wenigen, ihr noch gebliebenen, guten Kleider hinlegte, würde sie es völlig zerknittern. Zog sie andererseits den Petticoat aus, war sie in unerlaubtem Maße unbekleidet für das Auge eines Mannes, mit dem sie – noch – nicht verheiratet war. Daß ein Mieder, ein Fischbeinkorsett – das sie aus reiner Gewohnheit trug, obwohl sie es wahrhaftig nicht brauchte, so dünn wie sie jetzt war – und ein knöchellanges, dichtgerüschtes Höschen gar nicht so schamlos war, hätte weder sie noch sonst eine Dame ihrer Zeit geglaubt. Außerdem sind alle sexuellen Reaktionen im Grunde genommen konditionierte Reflexe, und in einem Zeitalter, da Männer allein schon vom Anblick zierlicher Damenfesseln wild wurden, war ihre Überzeugung, daß sie in Mieder und dünnem Musselinhöschen, so voluminös das auch war, einen hübschen und provozierenden Anblick bot, nicht unberechtigt.

Aber sie war so entsetzlich müde, und wenn Kurt zurückkam und sie in ihrer Unterkleidung sah – was machte das schließlich schon aus, da er ohnehin in drei Tagen, wenn schon nicht das Vergnügen (denn bedauernd befürchtete sie, daß es das, dürr wie sie nun war, wohl kaum sein würde), dann zumindest das Recht haben würde, sie so zu sehen, wann immer er wollte. Also zog sie den ausgewaschenen, geflickten Petticoat aus, versteckte ihn unter ihrem Kleid und hängte beides sehr sorgsam über eine Stuhllehne. Dann legte sie sich in Kurts Bett, zog die Decke bis zum Kopf hoch und sank sofort in tiefen Schlaf.

Was sie geweckt hatte, wußte sie nicht. Aber da sie sich völlig ausgeruht und entspannt fühlte, mußte sie wohl wenigstens drei Viertel der Nacht geschlafen haben. Die große Uhr auf dem Kaminsims bestätigte ihre Vermutung. Es war fast vier Uhr früh. Doch erst um fünf oder gar erst zehn Minuten später wurde ihr bewußt, daß sie die Uhr eigentlich gar nicht hätte *sehen* können, denn Anfang November war es in Virginia um vier Uhr morgens gewöhnlich zu dunkel, auch bloß die Hand vor den Augen zu sehen. Sie war sicher, daß Kurt keine der patentierten Petroleumlampen angezündet hatte. Denn als er gegangen war, um Gwen die unverschämte Lüge zu erzählen, die sie für glaubhaft gehalten hatte, war es, obwohl die Dämmerung bereits einsetzte, noch zu hell im Zimmer gewesen, als daß er daran auch nur gedacht hätte. Und selbst wenn er daran gedacht hätte, würde sie ihn davon abgehalten haben, weil Petroleum ebenfalls immer schwieriger zu bekommen war.

Doch nun brannte eine der Lampen, was bedeutete . . .

Sie drehte sich im Bett um. Da war er. Mit katzenhafter Geschmeidigkeit hatte er es sich in dem großen Sessel bequem gemacht, genau wie er es versprochen hatte. Er hatte seine Jacke, Weste und Krawatte ausgezogen und, wie sie nun sah, auch seine Stiefel. Im Schlaf entspannt war sein Gesicht das eines völlig anderen Mannes. Das des Mannes, der er wahrscheinlich geworden wäre, wenn er sich nicht mit diesen idiotischen, rassistischen Philosophen beschäftigt hätte. Oder wenn er nicht seinem eigenen quälenden Minderwertigkeitskomplex zum Opfer gefallen wäre, der auf so Unbedeutendem beruhte wie goldgelber Haut und den leicht schrägstehenden Augen seiner magyarischen Vorfahren, die ursprünglich aus den Steppen Asiens gekommen waren. Oder wohl hauptsächlich, wenn diese Gefühle nicht vertieft und verschlimmert worden wären durch eine Reihe von Zufällen in der Geschichte, die ihn gezwungen hatten, unter einem Stamm nordischer Barbaren zu leben. Und die waren nicht nur unfähig zu erkennen, daß die biologische Zufälligkeit der Rasse unwichtig und unbedeutend ist, sondern sie beharrten in ihrer ganzen Geschichte auf dem Glauben, daß ihr Gesichtsschnitt, ihre Hautfarbe, ihre Statur nicht nur die Schönheit per se seien, sondern darüber hinaus auch das Zeichen dessen, was sie in ihrer Besessenheit als ihre unbestreitbare Überlegenheit über jegliche andere Rasse und jeglichen anderen Volksstamm auf Erden ansahen.

Als sie ihn so schlafen sah und so anständig ihre Ehre achtend, die sie nicht mehr besaß, überflutete Rose Ann eine gewaltige Welle fast mütterlicher Zärtlichkeit. Dieses Gefühl hatte nicht eine Spur von Sinnlichkeit in sich. Sie empfand eine warme Wohligkeit und war zutiefst gerührt, weil Kurt sie respektierte, was die Größe, ja die Heiligkeit seiner Liebe bewies. Ihr noch gesundes Ego ließ zu diesem Zeitpunkt noch nicht zu, daß sie auf die Idee gekommen wäre, er könnte es vorgezogen haben, im Sessel zu schlafen, weil er völlig unfähig war zu lieben – außer sich selbst natürlich und die fanatische Sache, der er sich verschrieben hatte. Und daß Frauen im allgemeinen und sie im besonderen ihn so wenig interessierten – von ihrem Nutzen als Kreaturen abgesehen, an denen er seine eiskalte Lust, sie zu beherrschen, zu quälen, zu erniedrigen und schließlich zu brechen, ausließ –, daß er sich lieber auf den Sessel gelegt hatte, als zu ihr ins Bett zu schlüpfen und diesen schmutzigen, riechenden und unendlich langweiligen Geschlechtsakt mit ihr durchzuführen.

Soweit war alles gut. Und wenn sie nicht eines der impulsivsten, armen, süßen Geschöpfe unter dem gleichgültigen, gefühllosen und unbewohnten – eine weitere Vorstellung, die sie sich nicht machen konnte – Himmel gewesen wäre, dieser selige Zustand der Unwissenheit, der in ihrem romantischen Fall der Erkenntnis vorzuziehen ist, was des Lebens düstere Wirklichkeit immer ist, wäre die Sache auf dieser Ebene rosiger Sublimierung geblieben, die ihr zumindest ein bißchen Selbstbeherrschung gestattete.

Doch erfüllt von einer durchaus nicht sexuellen Zärtlichkeit, sprang sie aus dem Bett und flog zu ihm. Was natürlich die unterste Stufe der Idiotie war. Die Biochemie körperlicher Anziehungskraft ist tatsächlich unerklärlich. Warum fühlen wir uns von einigen Leuten angezogen – gewöhnlich von denen, die wir unbedingt vermeiden sollten – und sind anderen gegenüber völlig gleichgültig – und gewöhnlich würden gerade sie zumindest erträgliche Partner sein? Weshalb war die Betörung, die Kurt Radetzy auf Rose Ann McKenzies Sinne ausübte, so entsetzlich, so unwiderstehlich stark?

Keiner der Voodoo-Medizinmänner, die bald auf der Bildfläche erscheinen würden – hauptsächlich in Wien –, würde das während ihrer langen Lebenszeit je wirklich erklären. Zu behaupten, sie wäre in höchstem Maße sexuell gewesen, wäre absoluter Unsinn. Denn anderen Männern gegenüber, die so attraktiv waren wie Sisimond Graf Radetzy – oder sogar noch attraktiver –, war sie kalt wie Eis. Außerdem, wer noch nicht entdeckt hat, daß die fast nymphomanische Geliebte eines Mannes die frigide Gattin eines anderen Mannes ist, versteht nichts von Frauen.

Jedenfalls küßte Rose ihren sanften, respektvollen Liebsten, ihren süßen Kurtie-Schatz, und sofort wurden all die alten Stimuli frei und brachten den Zündstoff tief in ihr zur Explosion. Ihre Nerven wanden sich wie ein Schlangennest und verwandelten sich in Peitschen, die sie unerbittlich in das trieb, was sie selbst in diesem Augenblick als absolute Schande erachtete.

Kurt öffnete ein nebelgraues Auge.

»Was ist los?« murmelte er schläfrig. Dann fügte er in einem Ton tödlicher Verachtung in österreichischem Deutsch hinzu: »Ach Gott, wie ihr mannstollen geilen Weiber mir zum Hals heraushängt! Was willst du von mir, meine brünstige, kleine Schlampe? Daß ich dich – für dich – da unten kitzle?«

»O Kurt, Kurt«, wimmerte sie.

»Oder möchtest du an meinem dritten Bein ziehen?« fuhr er fort, sie grausam zu beleidigen, da er wußte, daß sie nichts von den schrecklichen Dingen verstand, die er da auf deutsch zu ihr sagte, bis sie schließlich aufbrauste: »Sprich englisch, verdammt.«

»Ach so«, sagte er noch auf deutsch, dann »Möchtest du, daß ich dich liebe, mein Püppchen?«

»Ja! O Gott, ja! Aber nein! Nein! Nein, nein, nein, bitte nicht! Nicht, nicht, nicht, nicht . . .«

»Nur ein bißchen, damit du friedlich weiterschlafen kannst, mein kleiner Schatz. Laß mich sehen . . .«

»O nein, Kurt, nein!« Sie schrie gellend, als sie erkannte, was er tun wollte. Aber er achtete überhaupt nicht auf ihre halbherzigen Proteste. Kühl und behutsam zog er ihr das Rüschenhöschen bis über die Knie hinunter. Dann hob er sie auf seinen Schoß. Als er sie da hatte, fischte er sanft ihre beiden festen, vollendet geformten Brüste aus dem Mieder. Danach spielte er mit ihrem zierlichen Körper mit einer Geschicklichkeit, die so perfekt wie perfide war. Das wurde ihr natürlich nicht bewußt. Sie war zu sehr damit beschäftigt, die Sinne zu verlieren und zu sterben, um wieder zum Leben zu erwachen und Patronen und Kartätschen und Torpedos und was es sonst an Brisantem gab, in sich zum Explodieren zu bringen. Das geschah fast unabhängig von dem, was die unaufhörlichen, berechnenden Zärtlichkeiten seiner Zungenspitze, seiner Lippen und seiner geübten Hände bei ihr auslösten. Sie erreichte den Orgasmus, oder wie sie es nannten, »schaffte es« – denn abgesehen von ein paar ausgesprochen gelehrten Medizinern hatte niemand zu jener Zeit dieses rauhe und häßliche Wort für ein so schönes Gefühl je auch nur gehört – mindestens ein dutzendmal. Aber als er schließlich sagte: »Das ist jetzt genug, mein kleiner Liebling«, wußte sie, daß es nicht genug, ja nicht einmal ganz richtig gewesen war. Denn so schön das Gefühl war, war es doch nicht, was sie erwartet oder gewünscht hatte. Denn was sie sich wünschte, war das Echte, das Wahre, bis zum Äußersten mit allen Konsequenzen durchgeführt.

So sagte sie und wisperte die Worte: »Nein. Lieb mich, Kurt! Lieb mich richtig! Tu's ganz!«

Er zuckte die Schultern, hob sie auf und warf sie lieblos auf den dicken Zottelteppich am Boden.

»Nein, Kurt! Nicht so! Nicht – hier . . .«

Sein höhnisches Lächeln schnitt ihr die Worte ab und den Atem.

»Mein Bett ist mir zu gut für läufige Hündinnen«, erklärte Sisimond Kurt Radetzy.

Als alle fünfzig Soldaten sämtlicher Mannschaftsgrade des neuen Ballon-Corps der Union-Armee sich um sie geschart hatten, brüllten, schrien, lachten und Dinge sagten, wie: »Hallo, ›Josephine Reb!‹ Komm sag, was machst du auf unserer Seite der Front? Gott, bist du niedlich! Wie wär's mit einem süßen Kuß nach Rebellenart? Gib mir einen, dann mach ich Schluß mit diesem verdammten Krieg, das verspreche ich dir!« erklärte sie mit dem gedehntesten, honigsüßen Südakzent, den sie nur fertigbrachte: »Ich bin eine Spionin, Schatz. Sie haben mich herübergeschickt, damit ich herausbekomme, wie ihr es fertigbringt, daß diese großen Ballons hochsteigen, statt herunterzufallen, wie sie es doch meiner Meinung nach eigentlich müßten.«

Da lachten sie alle schallend, und zwei oder drei riefen: »Holt doch den Hauptmann! Und den Professor! Damit sie es ihr erklären können.«

Der Hauptmann des Ballon-Corps war ein sehr gut aussehender Blondschopf. Bei seinem Anblick fühlte Rose Ann sich gleich viel besser, obwohl sie völlig mitgenommen war. Der ganze Leib schmerzte, und sie mußte mit gespreizten Schenkeln gehen, weil sie so wund war. Er machte sie mit Professor Lewis bekannt, dem Chef-Aeronauten der Streitkräfte der Union, und gemeinsam führten sie sie auf eine Besichtigungstour. Sie zeigten ihr die verschiedenen Karren, die alle von vier riesigen Percherons gezogen wurden, lediglich der Säurekarren brauchte nur zwei. Es gab einen Wagen für jeden der beiden Ballons, die die gesamte Luftwaffe der Vereinigten Staaten darstellten und die in diesem November 1862 die größte Luftmacht der Welt war. Tatsächlich fand sie ihresgleichen erst im Deutsch-Französischen Krieg von 1870/71.

Danach führten sie Rose Ann freudig die zwei großen Generatoren vor, in denen sie Wasserstoff herstellten, indem sie Schwefelsäure über Alteisen gossen, von dem sie mehr als genug von den Schlachtfeldern ringsum zusammengetragen hatten. Als sie damit fertig waren, schlugen sie vor, Rose Ann in einem der Ballons mit hochzunehmen. Der Gedanke allein erschreckte sie schon halb zu Tode, aber sie hielt es für ihre Pflicht als Spionin, das Angebot anzunehmen.

Doch ehe sie den großen Gasbeutel füllen konnten, stellte Rose Ann fest, daß sie fast am Verhungern war. Kein Wunder nach all diesen Übungen der vergangenen Nacht – oder vielmehr heute morgen, dachte sie bitter. Also sagte sie: »Ehe ihr mich in dem Ballon da mitnehmt, könntet ihr mir da nicht etwas zu essen besorgen? Ich habe solchen Hunger, daß mein Rücken meinen Bauch fragt, ob ich vielleicht nicht mehr schlucken kann.«

Woraufhin man sie zu einem wahren Festmahl einlud – mehr und besseres Essen, als sie seit Beginn dieses schrecklichen Krieges je gesehen hatte. Sie aß so viel, daß Professor Lewis behauptete, der Ballon würde nicht mehr aufsteigen, wenn sie soviel Ballast mitnahm.

Aber er tat es doch. Kurz bevor sie und der Professor in die Lüfte segelten, erklärte sie ihnen wieder kläglich: »Es ist wahrhaftig nicht fair gegen euch nette, süße Yankee-Boys. Ich bin wahrhaftig eine Spionin, wißt ihr? Das beste wäre, ihr würdet mich erschießen oder vielleicht hängen.«

»Mädchen«, sagte der Professor lächelnd, »wir erschießen nur häßliche, alte Hexen. Und mit den häßlichen, alten Hexen haben wir schon 1600 in Salem aufgeräumt. Also, kommen Sie – Sie werden es genießen . . .«

Sie genoß es wirklich. Aber sie erkannte auch sofort, daß eine Beobachtung vom Ballon aus dieser Entfernung nicht sehr wirkungsvoll war. Richmond und die Lager waren zwar zu erkennen, aber General Lees ganze Armee hätte zum Angriff vorrücken können, ohne daß die Aeronauten sie unter dem Schutz der Bäume und Sträucher hätten sehen können, bis sie in Schußweite waren.

Als sie Professor Lewis darauf aufmerksam machte, sagte er: »Deshalb unternehmen wir auch nichts weiter, Miß McKenzie. Um genau sein zu können, müßten wir bis mindestens eine Meile herankönnen. Aber ich möchte lieber nicht daran denken, was selbst das kleinste Geschütz aus geringerer Entfernung als einer Meile mit einem Ballon anrichten könnte, der mit etwas so leicht Entflammbarem wie Wasserstoff gefüllt ist. Beobachtungsballons werden niemals wirklich sinnvoll sein, solange wir nicht gelernt haben, Helium herzustellen, das nicht brennt. Inzwischen werden wir wohl bei Kavallerie-Kundschaftern bleiben müssen . . . Außerdem haben Sie doch nicht im Ernst geglaubt, daß wir Ihnen das alles gezeigt hätten, wenn es euch ›Rebs‹ etwas nutzen würde, oder?«

Also kehrte sie mit kompletter und detaillierter Information über das Ballon-Corps der Union-Armee zu Kurt zurück. Sie berichtete auch die Tatsache, daß die Yankees das Ganze abblasen wollten. Aber als er sie erfreut küssen wollte, wandte sie das Gesicht ab und sagte: »Nein. Küß mich nicht! Nie wieder! Ich werde dich nicht heiraten, Kurt. Du – hast mich wie eine – Hure behandelt. Du hast mir auf deutsch schmutzige Namen gegeben. Und du hast mich nicht – süß und zärtlich und langsam geliebt, sondern so, als wäre ich ein – Tier.«

»Und bist du das denn nicht? Sogar ein besonders edles, wie mir scheint. Schöner Bau, gute Gangart. Und schnelle Reaktion, wenn der Reiter Peitsche und Sporen einsetzt.«

Blind vor Wut holte sie mit der Rechten aus, und der Schlag hätte genügt, ihm den Kiefer zu brechen. Aber er fing ihr Handgelenk in der Luft ab, drehte es unbarmherzig, warf sie aufs Bett, hielt sie dort mühelos mit einer Hand fest, während er ihren Rock, Petticoat und die Stahlreifen mit der anderen hochhob. Dann riß er ihr das Höschen herunter und liebte sie so lange, bis er ihr schließlich einen Kissenzipfel in den Mund stopfen mußte, damit sie nicht das Haus niederschrie und alle Nachbarn alarmierte, weil es so entsetzlich schrecklich schlimm, wundervoll exquisit, mörderisch gut – o Gott – so gut war.

Als er damit fertig war, wußte sie dreierlei: Erstens, daß sie ihn doch heiraten würde. Zweitens, daß sie völlig mitgenommen und gar nicht bräutlich zu ihrer eigenen Hochzeit erscheinen würde. Und drittens, daß sie das Schlimmste geworden war, was ein Mensch nur werden konnte: ein Sklave.

Und hoffnungsloser und hilfloser als jedes Negermädchen, das zwischen den Tabakreihen Unkraut jätete.

8

Die Hochzeit fand in der Episkopalkirche St. Pauls an der Ecke Ninth und Grace Street in Richmond statt. Daß sie in so imposantem Rahmen abgehalten wurde – St. Pauls wurde die »Kirche der Konföderation« genannt, da so viele hohe Persönlichkeiten der Südstaaten dort die Messe besuchten –, war der Tatsache zu verdanken, daß es schon vor Jahren, nachdem der Clan durch Heirat mit vielen der ersten Familien Virginias verschwägert war, einem ihrer Vorfahren als klug erschienen war, seine Position dadurch zu stärken, daß er seinen strengen schottisch-presbyterianischen Glauben aufgab und den der Kirche der Elite annahm. Sogar unter den beschränkten Umständen des Novembers 1862 war es eine prächtige Hochzeit. Die ersten Familien Virginias kamen in Massen. Das wären sie vermutlich auch, selbst wenn Gwens kleines Meisterwerk der Diplomatie, das in allen Zeitungen veröffentlicht worden war, ihnen dazu nicht *Carte blanche* gegeben hätte. Denn niemand konnte sich erinnern, daß eine Virginierin je einen ausländischen Adeligen geheiratet hatte, ganz zu schweigen einen, der so mysteriös, gut aussehend und so reich war, wie Graf Radetzy es angeblich war. Die paar Damen, die ihn tatsächlich gesehen hatten, gewöhnlich wenn er an einem sonnigen Nachmittag mit Rose Ann ausfuhr, verfielen in wahre Ekstase, wenn sie seine Schönheit beschrieben. Man bediente sich dazu der ausgefallensten Vergleiche, »griechischer Gott« war einer der häufigsten. Da die modernen Griechen nur noch einen Bruchteil des Blutes ihrer Ahnen geerbt haben, weil die Türken und Slawen und ein paar wilde Tataren über Jahrhunderte der Schändung hinweg den Sprechern des vulgären Griechisch ihre physischen Charakteristika aufgedrückt hatten, war diese Beschreibung vielleicht gar nicht so abwegig.

Wie alle Zeitungen gebührend berichteten, hatten die Platzanweiser Schwierigkeiten gehabt, den Mittelgang für das Brautpaar und seine Begleitung freizuhalten, so sehr war die Kirche mit selbsternannten Freunden des McKenzie-Clans angefüllt. Präsident und Mrs. Davis wurden von vereinzeltem Klatschen und nur einigen Hochrufen begrüßt. Die erste Familie war nicht sonderlich beliebt; der alte Jeff nicht, weil er das Pech hatte, gezwungen zu sein, bei einer Rasse von Individualisten für Ordnung und Vernunft zu sorgen. Diese Individualisten huldigten der Ansicht, daß einer so gut wie der andere sei und sie sich verdammt noch mal von *niemandem* Befehle erteilen ließen – was sich schließlich als der Stein erwies, an dem die Konföderation zerschellte –, während Varina Howell Davis zu gut aussah, zu modisch und für den Geschmack der Kritiker zu sehr Salonlöwin war. Ihre Kritiker gehörten durchaus nicht alle ihrem eigenen Geschlecht an. Andererseits mochte jeder Mrs. Lee, trotzdem wurde sie weder durch Klatschen noch Jubelrufe begrüßt, als sie sich fast schüchtern am Arm ihres jüngsten Kindes, einer Tochter, durch die Kirchentür stahl. Die wenigen – *sehr* wenigen –, die sie erkannten, wußten, daß sie es nicht gemocht hätte, und nahmen deshalb aus Achtung davon Abstand. Doch die Mehrzahl der Anwesenden bei Rose Anns Hochzeit hatten Mary Ann Randolph Custis Lee noch nie gesehen oder sie zumindest nicht als die Gemahlin des größten Generals der Südstaaten erkannt. Mrs. Lee war von Natur aus schüchtern und konservativ, und man hielt sie für eine »ältere Invalidin« und sprach auch so von ihr. Invalidin stimmte wahrscheinlich, denn wie allzu viele Frauen ihrer Zeit war sie ganz einfach angegriffen vom zu häufigen Kinderkriegen. Die Tochter, die sie an diesem Sonntagmorgen begleitete, war das siebte ihrer Kinder. Doch selbst 1862 wurde eine Frau Anfang Fünfzig, wie Mrs. Lee es war, nicht als wirklich ältlich angesehen. Sie ging selten irgendwohin, außer hin und wieder in die Kirche. Und selbst dann, wie immer, kleidete sie sich einfach, was schon fast ein Kapitalverbrechen im modischen Richmond war. Aus all diesen Gründen jedenfalls, und vielleicht noch einigen mehr, erregte ihr Kommen kaum Aufmerksamkeit, außer bei den McKenzies selbst, für die es eine große Ehre war.

Als jedoch »Felswand«-Jackson durch die Kirchentür schritt, mit Major Caleb Henry an seiner Seite, dem Schwager der Braut, wurden die Jubelrufe zum Donnern und das Klatschen zum Musketenfeuer. Doch so populär Jackson war, ließ seine Begrüßung durch die Zuschauer in der Kirche bei Rose Ann McKenzies Hochzeit sich doch nicht mit der tobenden vergleichen, mit der man Jeb Stuart empfing. Als dieser lachende Kavalier von Kavallerieführer klickend in Stiefeln und Sporen, den Hut mit dem Federbusch in der Hand, eine rote Schärpe um die Mitte – der fuchsrote Bart leuchtete in der Morgensonne – den Mittelgang entlang zu seinem Platz schritt, drohten die Sopranschreie reinster Freude die bemalten Kirchenfenster zum Zerspringen zu bringen. Jede Generation bringt ihre eigene Zahl hysterischer junger Weiblichkeiten hervor. Bedauerlich, daß der Bürgerkrieg offenbar keine eigenen Begriffe für sie prägte, sondern lediglich viktorianische Anglizismen wie »wilde Hummeln« für sie übernahm. Hätte man Jeb Stuarts Verehrerinnen bewaffnet, wären sie zweifellos, schon allein aufgrund ihrer Zahl, imstande gewesen, Washington einzunehmen und den Krieg zu beenden.

Trotzdem wurde ihm an diesem Sonntagmorgen die Schau gestohlen. Denn als der Bräutigam schließlich in der Tür stand, flogen ihm alle Frauenherzen entgegen, und alle Weiblichkeiten, denen der Atem wegblieb, sahen nur ihn, obgleich der sonst so verehrte pommerische Riese Heros von Borcke ihn noch überragte. Denn Kurt Radetzy, als Meister wirkungsvollen Auftretens, hatte sich entschieden, nicht seine Konföderationsuniform zu tragen. Statt dessen schritt er nun, mit dem Tschako unter dem Arm, in der Paradeuniform eines Hauptmanns der ungarischen Husaren feierlich den Mittelgang entlang. Es waren zwar die Ungarn gewesen, die die Husaren hervorgebracht hatten, die leichte Reiterei, doch in einem nicht geringen Maß ihrer beeindruckenden Uniformen wegen waren alsbald Nachahmungen dieses Corps und vor allem der genannten Uniformen in fast jeder europäischen Armee aufgetaucht. Kurts Uniform war ein wahres Wunder an Pracht: Sie war grün und golden, mit blitzenden Auszeichnungen von Untertassengröße an der Schärpe, die diagonal über eine Schulter, die muskulöse Brust, die mit Goldborten verzierte Jacke und oberhalb der Hose verlief, die wie eine zweite Haut anlag und arrogant seine gutausgebildete Männlichkeit – oder zumindest die sichtbaren Konturen davon – voll zur Schau stellte. Das ließ alle anderen Männer neben ihm »einfach kränklich!« erscheinen – wie eine allzu deutlich hörbare Frauenstimme flüsterte. Am schicksten war das Cape, der Umhang oder Mantel, oder was es sonst immer war, das von einer Schulter hing, als wäre es im letzten Augenblick lässig darübergeworfen worden, während es tatsächlich genau im richtigen Winkel an die Paradeuniform *genäht* war, so auf den Millimeter berechnet, daß ein leerer Ärmel mit atemberaubender (bei den Damen jedenfalls) *Insouciance* herabbaumelte. Seine Reitstiefel spiegelten. Sein Säbelgriff war ganz offensichtlich aus purem massivem Gold, die Scheide aus Silber, mit Gold und kostbaren Steinen eingelegt. Selbst seine Sporen schienen aus Gold zu sein.

Sein genau berechnetes Auftreten bewirkte absolutes Schweigen, in dem nur der eingezogene, fast schluchzende Atem mehrerer hundert Damen zu hören war, ehe sie ihn wieder ausstießen und zu flüstern begannen:

»Sieht noch besser aus als Jeb und Heros miteinander, und dazu gehört schon was, sag' ich dir . . .«

»Verrät mir vielleicht jemand, wie diese kleine *schlampige* und *vulgäre* Zigeuner-Rose McKenzie sich diesen Mann geangelt hat?«

»Mit ihren Katzenkrallen hat sie sich dieses prächtige Mannsstück geschnappt, nachdem sie ihm diese skandalös enge Hose um zwei Uhr früh bei Tante Sukie heruntergerissen hat, da könnt' ich wetten!«

»Psssssssst! Mädchen! Psssssssst. Ihr seid in einer *Kirche*, vergeßt das nicht!«

Dann schwebte endlich Rose Ann am Arm von Dave McKenzie in einer Wolke weißen, brokatverzierten Satins herein, der im Lauf der Zeit eierschalen-, ja cremefarben geworden war. Ihr feuerrotes Haar war mit Tüll verschleiert und mit weißen Rosen besteckt. Ihr Lilienstengel von Oberkörper wirkte unbeschreiblich schlank und zierlich über dem immensen cremefarbenen Glockenkelch ihres Reifrocks. In den Armen, die dünn wie Weidenruten geworden waren, trug sie ein Riesenbukett Rosen. Als sie das gesenkte Gesicht hob, sah man, daß ihre seegrünen Augen, denen einer Eule gleich, in dem winzigen Gesicht, das wie der Rest ihres Körpers geschrumpft war, die wundersame Alchimie, Hexerei, Magie von Destilliersteinen hatten: Aus den Smaragden lösten sich überquellend Brillanten, die zuckend an den Wimpern hingen und eine Weile der Anziehungskraft der Erde trotzten, bis sie schließlich, glitzernd und wie weißes Feuer blendend und allmählich zu schmelzenden Perlen werdend, über die Wangen rannen, die weiß wie der Tod waren. Ihr Anblick war sogar noch überwältigender als der von Kurt. Nach zwei Sekunden gab es kein trockenes Frauenauge mehr in St. Pauls. Nicht einmal ihre erklärten Feindinnen konnten sich der Tränen enthalten. Und die Augen aller Männer, ausgenommen dreier, schimmerten verdächtig feucht. Die Augen dieser drei Ausnahmen brannten heiß und blind und überlaufend. Sie gehörten Dave McKenzie, der nahezu wie ein Jährlingskalb brüllte; Cabe Henry, der sich durchaus bewußt war, daß er Aufsehen erregte, was ihm aber verdammt egal war; und Colin Claiborne, der sich der Tränen gebrochenen Herzens, des bitteren Verlusts, die über sein aristokratisches Gesicht rannen, nicht bewußt war.

Doch abgesehen davon, daß eine Flutenkontrolle nötig gewesen wäre, verlief die Zeremonie glatt. Es gab nur einen Zwischenfall, und der war unbeabsichtigt. Sein zeitlicher Ablauf hätte sich jedoch fast als katastrophal erwiesen. Denn gerade als der Bischof Jonathan Ewell, das Oberhaupt von St. Paul, sagte: »Wenn irgend jemand Einwände gegen die

Vereinigung im heiligen Sakrament der Ehe dieses jungen Paares hat, möge er nun sprechen oder für immer schweigen!« stieß Mary Sue Hunter, Rose Anns Brautjungfer, die aus irgendeinem Grund ständig nervös den Kopf gedreht hatte, um den Mittelgang entlang und durch die offene Tür zu spähen, ein Quieken wie ein abgestochenes Ferkel aus und wirbelte in einer Organdywolke durch den Mittelgang auf die Straße hinaus.

In der lähmenden Stille sagte der Bischof zu einem der beiden Meßdiener: »Tim, sieh mal nach, was zum Teufel in diese junge Frau gefahren ist. Wir unterbrechen die Zeremonie, bis du zurück bist.«

Tim flatterte in scharlachfarbener Robe davon, die einem Kirchenfürsten Ehre gemacht hätte, und kam mit einem breiten Grinsen zurück, das sein sommersprossiges Gesicht spaltete.

»Sir«, rief er. »Es ist Miß Hunters Verlobter, der Bruder der Braut, Leutnant Jeff McKenzie von der Marine . . .«

»Ohhhhhh, Gott!« schluchzte Rose Ann.

»Er sagt, er ist zu spät angekommen und wollte nicht hereinplatzen und die Trauung stören, deshalb . . .«

»Geh zu dem Leutnant zurück«, sagte Bischof Ewell freudig, »und erkläre ihm, daß ich durch meine Ernennung zum Feldgeistlichen der Marine in diesem Abschnitt einen Rang habe, der mit dem eines Schiffskapitäns gleichgestellt ist und der deshalb höher als seiner ist. Sag ihm, ich *befehle* ihm, sein sommersprossiges McKenzie-Gestell mit dem roten Schopf sofort hier hereinzubefördern!«

»Kapitän, Sir« – Tim grinste den Bischof an –, »ich glaube aber nicht, daß Sie einen höheren Rang als General *Lee* haben, oder, Sir? Er ist nämlich auch da draußen!«

»Entschuldigen Sie mich bitte?« wandte Bischof Ewell sich an das Brautpaar. »Ich bin gleich zurück und knüpfe dann den Knoten zu Ende. Aber da General Lee hier ist, können wir ihn doch nicht vor der Kirche warten lassen, nicht wahr?«

»O nein!« hauchte Rose Ann. »Bitte holen Sie ihn herein,

Vater. Sagen Sie ihm, daß wir uns sooo geehrt fühlen würden, wenn er den Trauschein als Zeuge unterzeichnen würde, nicht wahr, Kurt-Schatz?«

»Absolut!« versicherte Kurt.

Bischof Ewell schritt zur Tür. Drei Minuten später kehrte er zurück mit Jeff und einem Bündel aus Organdy und Tüll, das den jungen Marineleutnant umschlungen hatte und schluchzte und plapperte: »JeffohJeffmeinLieblingJeffie-Schatz!« Ihnen folgte eine stattliche Gestalt. Es war General Robert E. Lee, der Rose Ann trotz all seiner unendlichen und echten Menschlichkeit immer wieder an eine wandelnde Marmorstatue erinnerte. Impulsiv, wie sie stets war, ließ sie ihren Bräutigam allein vor dem Altar stehen und rannte den Mittelgang entlang und faßte den Oberbefehlshaber der Konföderierten Armeen einfach am Arm.

»Oh, Sir!« hauchte sie und blinzelte eine Tränenflut zurück, die diese neue Aufregung hervorgerufen hatte. »Würden Sie bitte mitkommen und sich neben uns stellen? Unser Haupttrauzeuge sein? Es wäre eine so riesige Ehre für uns ...«

»Es ist *mir* eine Ehre, Kind«, versicherte General Lee ernst. »Ich schulde es Ihnen – und mehr noch – für Malvern Hill. Genau wie meine Entschuldigung, daß wir nicht rechtzeitig anlangten, um ihn für Sie einzunehmen ...«

»O nein, Sir!« widersprach Rose Ann. »Die Langsame war ich. Aber es war so verdammt schwer, mich auf dem Pferd zu halten ... O Gott! Tu ich's doch schon wieder! Sage ein schlimmes Wort vor *Ihnen*, Sir – und *in der Kirche*! Ich bitte Sie untertänigst um Verzeihung, Sir!«

»Ist schon gut, Kind«, beruhigte sie der General. »*Diesmal* werde ich Ihnen den Mund nicht mit Seife auswaschen. Führen Sie mich, ja?«

Aber noch ehe sie den Altar erreichten, bemerkte Rose Ann, wie Mary Sue sich vor Jeff aufführte. Und das brachte sie auf eine ausgesprochen vernünftige Idee.

Wenn Jeffie-Schatz sie heute abend nicht mit einem Tischbein abwehrt, dachte sie, ist dieses arme kleine Ding ein gefallenes Mädchen. »Bischof Ewell«, bat sie. »Trauen Sie die beiden doch auch gleich mit uns. Machen wir eine Doppelhochzeit daraus. Den Papierkram kann man ja später erledigen, nicht wahr? Solange sie ihren heiligen Eid vor Ihnen und in Anwesenheit von Zeugen leisten, ist es doch legal, nicht wahr?«

»Ja«, antwortete der Bischof. »Aber ich muß sagen, daß das äußerst ungewöhnlich ist und . . .«

Rose Ann beugte sich näher und flüsterte, doch trotz ihrer Absicht, die Sache nur zwischen sich und dem Bischof auszumachen, war ihre klare Stimme wenigstens in den vordersten fünf Bankreihen zu hören. »Ich bin der Meinung, daß die Verhütung fleischlicher Sünde bedeutend wirkungsvoller ist, als sie zu vergeben. Und wenn Sie nicht *ernsthaft* etwas dagegen haben, wäre mir schon lieber, wenn mein Neffe oder meine Nichte nicht den Makel eines – uh – Findlings tragen müßte.« Sie hatte »Bastard« sagen wollen, sich aber gerade noch gefangen. Trotzdem wußte der Bischof genau, was sie meinte.

»Also Rose Ann, du – du bist au-ausgesprochen ge-gemein!« schluchzte Mary Sue Hunter. »Traust du denn *niemandem*?«

»Schatz«, seufzte Rose Ann. »Ich traue fast allen, nur nicht der menschlichen Natur. Vater, Sie haben gesagt, daß Ihr Rang höher als Jeffies ist. Also befehlen Sie ihm, Mary Sue zu heiraten, damit ich aufhören kann zu argumentieren.«

»Ohhhhhh, Gott!« wimmerte Mary Sue. »Jeder würde denken . . .«

»Ich *weiß* es«, unterbrach Rose Ann sie. »Hast du eine Ahnung, Kleinchen, wie groß der Mond heute nacht sein wird? Größer als ein Kürbis und doppelt so gelb. Das wird dir geradewegs in den Kopf steigen und – uh – der anderen Seite deiner Münze ebenfalls. Jeffie-Schatz, was sagst du dazu?«

»Ich bin hundertprozentig dafür«, erklärte Jeff strahlend.

»Also hole das schneeweiße Schießgewehr hervor und zwing sie, einen anständigen armen Matrosen aus mir zu machen!«

»Du bist ebenfalls gemein, Jeff McKenzie!« heulte Mary Sue. »Du bist unerträglich und, und einfach . . .«, mehr brachte sie nicht heraus. Ihre Augen begannen zu leuchten. Sie wirbelte herum und rannte zu ihrer Mutter, die fünf Bankreihen entfernt saß.

»Mama!« quiekte sie. »Gib mir deinen Ehering! Ich brauche ihn – sofort!«

Und das war das. Die rasch erweiterte Trauung war schnell vollzogen. Doch als Graf Radetzy sich über seine Braut beugte, um sie zu küssen, legte Rose Ann den Kopf zurück und blickte ihm eindringlich ins Gesicht, in die Augen.

»Kurt«, flüsterte sie, »bitte brich mir nicht das Herz. Ich bitte dich – nein, ich flehe dich an, tu's nicht. Es ist das einzige Herz, das ich habe. Und es gehört ganz dir. Für immer. Also – brich es nicht – bitte.«

Kurt bedachte sie mit einem Lächeln so zärtlich und überzeugend, wie nur so pathologische und gewissenlose Schurken, wie er einer war, es vermutlich fertigbringen. Deshalb ist ihnen auch in den meisten Fällen ihr Erfolg bei den Frauen sicher.

»Ich glaube nicht, daß du dir deshalb Sorgen machen mußt, mein kleiner Liebling«, entgegnete er.

Sie und Kurt sowie Jeff und Mary Sue verbrachten ihre Hochzeitsnacht im Hotel Exchange. Als der Portier ihnen grinsend zwei aneinander anschließende Zimmer geben wollte, wehrte Mary Sue sich dagegen.

»Wenn der arme, kleine, olle Jeff nach Hilfe brüllt, möchte ich nicht, daß du zu uns hereinstürmst, Rose Ann«, erklärte sie.

»Da bin schon eher ich diejenige, die versuchen wird, die Feuertreppe hinunterzufliehen«, entgegnete Rose Ann, halb im Spaß. Kurt studierte sie aus den Augenwinkeln wie ein schläfriger Tiger. Er war schon lange der Meinung, daß sie Rohmaterial von erster Güte war und deshalb überzeugt, daß sie, gut geschliffen und poliert, außergewöhnlich nützlich für seine eigenen Zwecke sei, die – im Augenblick jedenfalls – mit denen der Konföderation übereinstimmten.

So studierte er nun ihr Gesicht mit der akuten scharfsinnigen Intelligenz, deren größenwahnsinnige Paranoiker wie er durchaus fähig sind – da die Wurzel ihres Übels in einer hoffnungslos verzerrten Wahrnehmung der Prämisse ihrer grandiosen Pläne liegt und nie in ihrer untadelig logischen Entwicklung der Stufen, die von besagter Prämisse wegführen –, und entschied sich sofort, sich weder Drohungen, Gewalt noch Furchteinflößung zu bedienen, um sie zu beherrschen – zumindest gegenwärtig nicht –, weil ihm das durch die Lenkung ihrer Sinne einfacher zu bewerkstelligen schien. Er hatte bereits geschlossen, daß sie, wie er es nannte, ein mannstolles Weib war, eine Nymphomanin, was nur wieder einmal bewies, daß das Endergebnis jeglicher Taktik, so glänzend sie an sich auch sein mag, sich nie von der Voraussetzung trennen läßt, auf der sie begründet ist. Diese fälschliche Voraussetzung verdammte seine Mission natürlich von Anfang an zum Scheitern. Was keine Rolle spielte, da die Missionen Größenwahnsinniger immer scheitern. Die Tragödie liegt darin, welche Folgen sie für andere haben, für den Weg verhältnismäßig normaler Menschen, die ihnen im Weg stehen. Sisimond Kurt Radetzy kam nahe daran, Rose Anns Leben zu zerstören, ja, sie als Person zu vernichten. Und siebenundsiebzig Jahre später führten seine Nachfahren in Geist und Intellekt ihre eigene Götterdämmerung herbei und tränkten drei Viertel der Welt mit Blut.

Aber zugegeben, in dieser ersten Nacht ihrer Flitterwochen, und in noch vielen weiteren Nächten, funktionierte seine Taktik sehr gut. Denn er hatte beschlossen, sanft und zärtlich zu seiner jungen Frau zu sein. Rose Ann und er schlossen sich Jeff und Mary Sue, wie zuvor ausgemacht, bei einem sehr, sehr späten Frühstück an. Aber die neuen Radetzys kamen viel, viel später als die neuen McKenzies im Frühstückszimmer des Hotels an. So spät tatsächlich, daß Jeff schon unruhig war und Mary Sue nach seiner Hand griff.

»Vergiß nicht, er ist ein Ausländer«, erinnerte sie ihn mit einem glücklichen Kichern. »Also nehme ich an, daß er ein paar schmutzige Tricks kennt, von denen ihr netten, süßen, anständigen, amerikanischen Jungs noch nicht einmal gehört habt. Ich glaube, ich sollte mich bald mal so richtig schwesterlich mit Zigeuner-Rose unterhalten. Und vielleicht kann sie mich etwas lehren, was ich dann sehr glücklich sein werde, dir beizubringen, mein geliebter Gatte!«

Jeff starrte sie mit entsetzten Augen an.

»Mary Sue«, krächzte er. »Soll das heißen, daß du – daß du nicht – glücklich bist! Daß ich dich nicht – befriedigen konnte?«

Mary Sue war natürlich ein völliger Neuling auf diesem Gebiet angewandter Wissenschaft, das von äußerster Wichtigkeit für alle Ehefrauen sein sollte, es aber gewöhnlich nicht ist! Auf dem Gebiet der maskulinen Psychologie. So verletzte sie diesen unsterblichen Grundsatz, den der große Mark Twain niederlegte: »Die Wahrheit ist ein so kostbares Gut, daß man sich ihrer so sparsam wie nur möglich bedienen sollte!« Sie pflügte wie ein rasender Mississippidampfer mit voller Kraft voraus dahin und verwundete den armen Jeff McKenzie dabei fast tödlich.

»Nun«, seufzte sie. »Weit weniger Wiederholungen und dafür eine viel größere – Ausdauer wären mir schon viel lieber gewesen, Jeffie-Schatz, wenn du weißt, was ich meine. Kaninchen leben doch auf trockenem Land, nicht wahr. Ich hätte nie erwartet, daß es sie auch bei der Marine gibt . . .«

»Mary Sue!« donnerte oder keuchte Jeff, oder beides. Doch in diesem Augenblick kam seine Schwester, mit ihrem Gatten hinter sich, durch die Flügeltür. Wie bei fast allen Südstaatlern der Oberschicht ruhte Jeffs literarische Kultur auf drei ziemlich wackligen Säulen: auf Sir Walter Scott, der

Bibel und Shakespeare. Doch für den Augenblick genügte das. Als er die Augen seiner Schwester und den Glanz in ihren smaragdenen Tiefen sah, erklangen in ihm wie Musik die Worte aus der Szene in Capulets Garten:

Ein Paar der schönsten Stern' am ganzen Himmel
Wird ausgesandt und bittet ihre Augen . . .

Mein Gott, wie sie von innen heraus strahlt! Da sieht man es wieder einmal. Da machte ich mir entsetzliche Sorgen, weil sie schon wieder einen verdammten Ausländer heiratet, und jetzt . . .

Aber auch Mary Sue starrte Rose Ann an, studierte mit sicherem weiblichem Instinkt ihr Gesicht, ihre Augen. Die neue Mrs. Geoffrey McKenzie brauchte nur dreißig Sekunden, um absolut sicher zu sein. Mit einem Schrei reinster Wonne sprang sie auf, flog Rose Ann entgegen und warf die Arme um ihre Schwägerin. Die beiden küßten einander gut zwanzigmal, dann brachen sie in einen wahren Tränensturm aus, der von sonnigen Brisen Absolut-mit-sich-selbst-und-der-Welt-zufriedenem-Lachens durchzogen wurde.

Verwundert stand Jeff auf und streckte Kurt die Hand entgegen.

»Frauen!« Er schüttelte den Kopf. »Können Sie sie verstehen, Graf?«

»Nein, Schwager, und ich möchte es auch gar nicht. Ich finde, es gehört gerade zu ihren Reizen, daß man sie nicht verstehen kann. Nun, Geoffrey, alter Junge, ich hoffe, du bist glücklich? Ich muß gestehen, ich fühle mich im siebten Himmel . . .«

»Nun – ja, ich glaube schon, Graf«, entgegnete Jeff mit spürbarem Mangel an Überzeugung.

»Probleme?« erkundigte sich Kurt mit nahezu echtem Mitgefühl. »Aber ich schlage vor, wir duzen uns, und du vergißt den Grafen völlig. Ich weiß nicht, ob Rose Ann es dir erzählt hat, ich bin naturalisierter Bürger der Konföderation geworden. Es ist höchst unwahrscheinlich, daß ich je wieder nach Mitteleuropa zurückkehren werde. Es gibt verschiedene – nun – politische Gründe, die einen Versuch meinerseits, meinen Titel und meine von väterlicher Seite geerbten Besitztümer – die in Ungarn liegen, einem Land, dessen Bürger ich nicht einmal bin – zurückzuverlangen, keineswegs ratsam machen. Also nenne mich Kurt, ja? Mehr bin ich nicht, ganz einfach Kurt Radetzy, ein Bürger der Konföderierten Staaten von Amerika.«

»Und ein Oberst in ihrer Armee«, fügte Jeff hinzu. »Ich muß gestehen, ich bin erleichtert, daß du vorhast zu bleiben. Ich hatte schon Angst, du würdest meine kleine Wildkatze von Schwester so weit fortschleppen, daß ich sie nie wiedersehen würde. Ich mag sie nämlich sehr. Wir McKenzies mögen sie alle, würde ich sagen . . .«

»Und der Rest der Leute von Richmond und *Umgebung*, wie mir scheint.« Kurt lächelte. »Setzen wir uns doch. Die beiden Damen sind sichtlich so sehr in weibliche Vertraulichkeiten vertieft, daß sie offenbar gar nicht an eine kleine Stärkung denken. Nun ziehen sie auch noch zwei Stühle an den freien Tisch dort drüben! Und ich könnte wirklich eine Tasse Kaffee brauchen. Zu dumm, daß es keinen echten gibt . . .«

»Ich habe daran gedacht«, sagte Jeff verschmitzt und brachte ein sorgfältig eingewickeltes und verschnürtes Päckchen aus seiner Tasche zum Vorschein. »Ein ganzes Pfund besten brasilianischen Kaffees! Ein Freund auf der *Alabama* hat ihn mir mitgebracht. Rufen wir den Kellner und schicken ihn damit in die Küche, so daß man uns zu diesem festlichen Anlaß einen wirklich guten aufbrüht.«

»Aber mit der Warnung«, sagte Kurt, als der Kellner in Hörweite kam, »daß ich den Geschmack von gerösteten Erdnüssen erkennen kann, selbst wenn nur ein Zehntel untergemischt wurde. Also wenn einer dieser fetten und unverschämten Nigger-Kellner oder -Köche dieses Hauses sich einbildet, er könne sich ein wenig davon – etwa für den eigenen Bedarf – abzweigen, werde ich ihm persönlich die Haut in Streifen abziehen . . .«

»Und ich halte ihn für dich, während du es tust«, erklärte

Jeff lachend. »Da, Rodney – bring das in die Küche und laß uns davon einen heißen und starken Kaffee brauen. Aber von *allem*, hörst du?«

»Ja, Sir, Master Jeff«, sagte der Kellner traurig. »Ich werde nicht einmal zu sehr daran riechen. Darauf dürfen Sie Ihren letzten Dollar wetten.«

Jeff blickte besorgt auf seine Frau und seine Schwester, deren gedehnter Virginiadialekt die Geschwindigkeit ihres offenbar brennend interessanten Gesprächs nicht merklich bremste.

»Ich frage mich, worüber zum Teufel sie sich unterhalten«, brummte er.

»Über uns.« Kurt lachte selbstzufrieden. »Ich würde sagen, sie verdammen uns als viehische Lustmolche in die Hölle.«

»Nein«, entgegnete Jeff bedrückt. »Mich jedenfalls nicht. Ich fürchte, ich war ein bißchen zu nervös und zu behutsam. Jedenfalls hat mein geliebtes Frauchen mich heute morgen offen als eine Kreuzung zwischen Kaninchen und Schlappschwanz betitelt. Eine verdammte Art, sein Eheleben zu beginnen, würde ich sagen . . .«

»Dagegen läßt sich leicht etwas tun«, entgegnete Kurt glatt und bemühte sich mannhaft, nicht abfällig zu klingen.

»Wie?« fragte Jeff heiser. »Bitte, Kurt, verrat es mir!«

Woraufhin Kurt Jeff sorgfältig die uralten Techniken beschrieb, die mangels Vokabular und aufgrund von Prüderie und Scham von jeder Generation aufs neue erfunden werden müssen, da die Überlieferung in diesem besonderen Fall offenbar völlig versagte.

So hatte Jeff McKenzie auf gewisse Weise Glück: Er erhielt an diesem späten Novembervormittag genaue und ausführliche Auskunft von einem Experten, die sogar zu fünfundsiebzig Prozent komplett war. Die restlichen fünfundzwanzig Prozent wagte Kurt ihm nicht anzuvertrauen, aus Angst, über erlaubbare Maßen zu schockieren. Sie bestanden aus nichts Ungewöhnlichem, sondern waren lediglich jene heterosexuellen Techniken, welche die konservative Mittelklasse schon immer fast oder ganz als Perversion betrachtet hat. Und so gut wie jede Nation auf Erden beschuldigt den Nachbarn, diese unnatürlichen, sündigen Techniken entweder erfunden zu haben oder sie allgemein zu praktizieren. Was, wie Kurt spöttisch dachte, ein so guter Beweis für ihre Allgemeingültigkeit war, wie man ihn sich nur wünschen konnte.

Dieser Austausch von Vertraulichkeiten zwischen den Neuvermählten wurde von der Rückkehr des Kellners mit dem Kaffee unterbrochen, dessen betörender Duft allen in Reichweite Tränen entlockte. Rose Ann in ihrer Großzügigkeit hätte allen im Frühstückszimmer eine Tasse angeboten, doch sowohl ihr Mann wie ihr Bruder verboten ihr diese Torheit, weil sie zweifellos dazu geführt hätte, daß für sie selbst nichts übriggeblieben wäre. Sie mußten ihre karge Ration jedoch trotzdem teilen, denn lange ehe sie damit fertig waren, stürmten Gwen und Cabe durch die Tür, um sich zu ihnen zu setzen.

»Ich habe vergessen zu fragen, wann ihr nach Wilmington aufbrecht«, erklärte Gwen. »Also habe ich diesen Faulpelz aufgeweckt – ich mußte ihn fast aus dem Bett zerren – und wir sind hastig in die Stadt gefahren aus Angst, wir würden euch schon nicht mehr antreffen.«

»Das Bedürfnis, in einem weichen warmen Bett zu bleiben, neben meiner – einmal in Jahren – netten warmen Frau, ist kein Zeichen von Faulheit«, sagte Cabe lachend. »Eher das Gegenteil. Wär's mir überlassen geblieben, hätte ich bis nach Weihnachten weitergemacht . . .«

»O du!« sagte Gwen verärgert. »Mußt du immer so – vulgär sein, Cabe?«

»Jawohl, Ma'am«, spöttelte Cabe. »Muß ich. Ein bißchen Vulgarität schadet nichts und niemandem. Wenn ich meine ein wenig öfter hätte ausüben können, hätte ich jetzt vier oder fünf Sprößlinge. Zigi-Schatz, bist du glücklich?«

»Und wenn ich es – nicht wäre?« flüsterte Rose Ann.

»Würde ich so schnell eine Witwe aus dir machen, daß sich dir der Kopf dreht«, antwortete Cabe in spaßigem Ton, der viel Wahrheit beinhaltete.

»Mary Sue-Schatz«, fuhr er fort, »hat dieser lange Salzwasserbursche dich vergangene Nacht glücklich gemacht?«

»Nein«, antwortete Mary Sue schalkhaft – allerdings enthielt dieser Schalk auch eine Spur bitterer Wahrheit. Denn Rose Anns Lobeshymnen wegen Kurts Fähigkeiten auf einem Gebiet zuzuhören, in dem ihr Jeffie-Liebster sich als Schnellzünder erwiesen hatte, trug nicht zur (ehe)fraulichen Duldsamkeit bei. »Nein, gar nicht. Tatsache ist, daß er mich *schrecklich* behandelt hat!«

»Dann hör mir mal gut zu, Jeff«, sagte Cabe düster. »Ein Kerl, der nicht weiß, wie man mit einem schmackhaften kleinen Brocken in Honig eingelegtem zartem – uh – Schweinefleisch umgeht, sollte meiner Meinung nach von seinen Qualen erlöst werden.«

»Cabe«, fiel Gwen frostig ein. »Dein Vokalubar ist – abstoßend. Und du bist es ebenfalls!«

»Ja, Ma'am. Du findest mich die ganze Zeit über abstoßend. Nur jede zweite Achttagewoche und zweimal in einem Doppelmonat aus Sonntagen scheint mir, daß es dir gefällt. Graf, ich hoffe bei Gott, daß Sie dieses arme, dumme Kind – das einfach nicht klug genug war, sich mich zu schnappen, solange es die Chance hatte – gut behandeln.«

»Selbstverständlich, Major«, entgegnete Kurt freundlich, aber irgendwie hatte seine Stimme einen harten Klang. Er hatte Caleb als einen dieser aufgeblasenen und beschränkten Südstaatler eingestuft, die man fünf Minuten und nicht länger ertragen kann. Über die Aufgeblasenheit ließ sich vielleicht reden. Aber was die Beschränktheit betraf, hätte er sich gar nicht mehr täuschen können. Kurt sprach lässig, mit diesem fast perfekten, britischen Akzent, den er von seinem englischen Kindermädchen hatte, das seine Mutter eigens zu diesem Zweck aus England hatte kommen lassen. Dieser Akzent ist offenbar mit voller Absicht so geschaffen, daß er jeden heißblütigen Amerikaner die Wand hochgehen läßt und fügte hinzu: »Das heißt, natürlich – Major Henry, wenn ich mich nicht irre?«

»Caleb Henry zu Ihren Diensten, Sir«, sagte Cabe mit gefährlicher Ruhe. Was allen auffiel, außer Radetzy. »Was wollten Sie sagen, Graf?«

»Daß ich die neue Gräfin Radetzy sehr gut behandeln werde – solange sie sich ihres Platzes und ihrer Stellung bewußt ist und sich sorgfältig an alle Regeln hält . . .«

»Ich würd' mich wirklich freuen zu hören, was das für Regeln sind, Graf«, sagte Cabe.

»Oh, sie sind sehr einfach, wirklich«, entgegnete Kurt, »da sie sich alle aus dem Wahlspruch meiner Familie ableiten, der da heißt: *Quieta non movere.* Kurz gesagt, sie muß sich bewußt sein, daß mein Wort Gesetz ist, mein geringster Wunsch Befehl, und ihre Antwort auf *alles*, was ich sage, muß ›Ja, Liebling‹ sein, und zwar in weichem und freudigem Ton gesprochen.«

»Und wenn sie es ganz einfach nicht für richtig hält, diese arg merkwürdigen Regeln zu befolgen, was dann, Graf?« Cabes Stimme war jetzt kaum noch mehr als ein Flüstern.

»Dann werde ich ihre niedliche Kehrseite mit Striemen versehen«, antwortete Kurt mit freundlichem Lächeln. Er fügte hinzu, und ließ die Worte in das drückende Schweigen wie ein Stein ins Auge des Orkans fallen: »Blutigen Striemen!«

»Dann«, sagte Cabe mit einer Stimme, die klang, als sage er ein sorgenvolles Gebet auf, »muß ich Rose Anns Heirat wohl annullieren, und zwar auf die schnellstmögliche Weise. Haben Sie jemanden hier, den Sie als Sekundanten nehmen können, Graf oder Nicht-Graf?«

Kurt Radetzy starrte Caleb Henry mit eisiger Ruhe an, die mit sichtlicher Ungläubigkeit gepaart war.

»Oh, also wirklich, mein Guter!« sagte er mit absolut eisigem Lachen. »Sie glauben doch nicht tatsächlich, daß ich mich herabließe, ein Duell mit einer Person auszutragen, die so weit unter mir steht, oder? Das ist doch unglaublich . . .«

Blind vor Wut griff Caleb über den Tisch und faßte den Grafen am gerüschten Hemdkragen seines Zivil-Anzugs, den er für die Bahnfahrt nach Wilmington in North Carolina angelegt hatte.

»Sie . . .«, knirschte er, aber Kurts Stimme unterbrach ihn. Sie war nicht einmal laut, aber ihr eisiges Zischen war wie eine Klinge, die durch die kühle Luft des regnerischen Vormittags schwang.

»Nehmen Sie Ihre schmutzigen Pranken von mir, Sie ungehobelter Südstaatenhundesohn!« sagte Sisimond Kurt Graf Radetzy.

Caleb, der in Uniform war, nahm die besagten Pranken weg. Dann – weil eine konföderierte Handfeuerwaffe in dem Halfter mit dem Griff nach vorn auf der der Hand, mit der üblicherweise geschossen wurde, gegenüberliegenden Seite des Gürtels getragen wurde – legte er den Arm diagonal über die Brust und bemühte sich, den mit einem Knopf verschlossenen Überschlag des Halfters zu öffnen. Erst dann konnte er seinen Marine-Colt vom Kaliber 38 herausziehen. Der Grund, daß er – wie viele Armee-Offiziere, sowohl des Südens wie des Nordens – das Marine-Modell dem von der Armee ausgegebenen vorzog, lag darin, daß es mindestens ein Pfund leichter als das 44er-Modell der Armee war und so theoretisch schneller gezogen werden konnte. Theoretisch. Cabe starrte jedoch bereits seit mehreren Sekunden in die Zwillingseulenaugen von Kurt Radetzys doppelläufigem Derringer vom Kaliber 41, bevor er seinen Marine-Colt überhaupt aus dem dreimal verfluchten Halfter herausbekam.

»Ich würde das nicht tun, wenn ich Sie wäre, mein Lieber.«

Aber der Graf rechnete nicht mit dem Temperament – dem *Südstaaten*-Temperament. Cabe war sich durchaus der Tatsache bewußt, daß Kurt ihn mühelos töten könnte mit diesem hübschen, fein gravierten Spielzeug, das da aus nächster Nähe auf ihn gerichtet war. Aber es war ihm egal. Er würde lieber vierzigmal sterben, als daß er, ein *weißer* Südstaatler, sich von einem schleimigen Hundsfott von Ausländer einschüchtern ließe. In ruhigerer Gemütsverfassung war Caleb Henry durchaus bereit, zuzugeben, verstandesmäßig jedenfalls, daß die tiefverwurzelte Überzeugung der Angelsachsen nicht stimmte, daß alle anderen, die auf dieser schönen Erde wandeln, nicht nur niedriger, sondern mit ihnen verglichen reines Ungeziefer seien. Doch jetzt trübte die Wut seinen Verstand. Diese Unverschämtheit des gottverdammten Ausländers, der es *wagte, ihn,* einen Mann aus *Gottes eigenem Land,* den Vereinigten Staaten und den Konföderierten Staaten zu beleidigen! Diese Vorstellung zerriß ihn schier in seiner Arroganz. Und daß dieser andere, der zumindest zum Teil von Vorfahren desselben Blutes abstammte und die gleiche Einstellung gegenüber den minderwertigen anderen Rassen hatte, *ihn,* Caleb Henry, zu ihnen zählte, ging über alles Erträgliche!

So zog er seinen Marine-Colt ganz heraus und richtete ihn kühl und sorgsam auf Graf Radetzys aristokratische Brust.

»Jetzt«, sagte er in seinem gedehnten virginischen Dialekt, »wollen wir mal sehen, ob all das edle blaue Blut, das Sie von Ihren adligen Vorfahren haben, Sie schneller und treffsicherer schießen läßt, als dieser räudige Südstaatenhund es kann. Scheint mir, Sie haben sich verschätzt, Graf . . .«

»Jeff!« schrillte Mary Sues Stimme durch den Raum. »Tu was! Ohhhhhhhhh, Gott! Das ist ja *furchtbar* . . .«

Aber inzwischen hatte Zigeuner-Rose schon eingegriffen. Graziös wie die Schwanenjungfrau der Mythologie hatte sie den Oberkörper so schnell und geschickt zwischen diese beiden Werkzeuge männlicher Unvernunft geschoben, daß die Läufe beider Waffen zu ihren beiden Seiten gegen sie drückten. Es waren nur ihr verzweifelt zitterndes Fleisch, ihr heftig pochendes Herz und ihr freiwillig hingehaltenes Leben dazwischen.

»Jetzt«, sagte sie bedächtig, mit der viel zu großen Ruhe purer Verzweiflung, »schießt! Einer von euch, oder beide. Spielt keine Rolle. Denn wenn einer von euch den anderen töten würde, könnte ich nicht mehr leben. Also schießt und bringt es hinter uns. Dann erspart ihr mir die Mühe, es selbst zu tun.«

Die unglaublich harte Ausbildung in seiner Jugend, die ihn zum Linguisten gemacht hatte, zum erstklassigen Reiter, zum so geschickten Fechter, daß er im Fechtverein seiner Universität zum Fechtmeister gekürt worden war, zum Scharfschützen, zum hervorragenden Tänzer, zum fast opernreifen Sänger, zum Stegreifdichter – überhaupt eben zu allem, außer einem menschlichen Wesen –, zwang Kurt Radetzy, sich als erster zu der Geste herabzulassen. Er nahm den Lauf seines Derringers von Rose Anns Seite, schob ihn zurück in das Achselhalfter und sagte mit seiner beispiellosen scheinbaren Lauterkeit – die so überzeugend war, daß die meisten Leute, die ihn kannten, Jahre brauchten, bis sie nicht mehr an sie glaubten und an ihn ... – »Nein, nein. Nicht einmal die Ehre darf zu einem solchen Preis erkauft werden, glaube ich. Außerdem habe ich mich schlecht benommen. Also, Major Henry, da Sie schließlich ein Offizier der Armee der Konföderierten Staaten von Amerika und allein schon aufgrund dieses Ranges ein Gentleman sind, ersuche ich Sie, meine untertänige Entschuldigung anzunehmen ...«

»Cabe!« knirschte Gwen. »Entschuldige auch *du* dich! Und zwar *sofort.* Oder bei Gott ...«

»Bei Gott, was, Gwen, mein Herzblatt?« Cabe vergaß den Südstaaten- und/oder Sumpfrattendialekt völlig, dessen er sich bislang bedient hatte. »Was kannst du mir denn noch antun, was du mir nicht bereits angetan hast? Deine Drohungen schrecken mich nicht mehr. Ein Mann, der erfahren mußte, wie seine zärtlichen Worte nur Verachtung fanden, der selbst verhöhnt wurde, läßt sich schnell ein dikkes Fell wachsen. Ich bin kein edler Edelmann, also verspreche ich nicht, mich gleich in der nächsten Schlacht erschießen zu lassen, damit du frei wirst, deinen hübschen Feigling zu heiraten ...«

»O Gott!« stieß Gwen hervor. »Cabe, du bist betrunken! Oder wahnsinnig, oder beides!«

»Beides. Vom bitteren Wein unverdienter Qual. Überwältigt von einem Wahnsinn ohne Methode. Ich kann nicht einmal versprechen, nicht zu fallen. Aber wenn ich falle, schwöre ich, komme ich zurück und räche mich als Geist an dir und ihm. Bis seine Leber durch seine Feigheit so weiß wie Schnee ist. Graf Radetzy, keine Entschuldigung! Ein Waffenstillstand, den ich hier hoch und heilig schwöre nicht zu brechen, bis zu der Stunde, da ich erfahre, daß Sie durch Wort und Tat diese süße wilde Zigeuner-Rose unglücklich gemacht haben, die aus meinem Herzen ein Rosenspalier gemacht und mir das Leben durch Millionen Dornen ausgeblutet hat. Dornen, die sich zu tief eingruben, als daß sie sich je losreißen ließen, außer durch den Tod, den ich manchmal nur zu gern willkommen hieße. Dann aber werde ich Sie finden und wenn ich durch das Höllenfeuer selbst gehen müßte. Möge Gott an diesem Tag oder in dieser Nacht Erbarmen mit Ihnen haben, mein kleiner, geckenhafter Freund!«

Er drehte sich um, blieb nur lange genug stehen, um seinen Revolver ins Halfter zurückzustecken, und ging zur Tür.

»Gwen«, bat Rose Ann, »geh ihm nach. Vor Gott und den Menschen ist er immer noch dein Mann. Du hast gehört, was er gesagt hat? Nun, dann hör dir auch das an! Wenn *ich* je herausfinde, daß, was er glaubt, wahr ist, dann wate ich selbst bis zu den Achseln durch die Hölle, und wenn mir das Fleisch von den Knochen abfällt, um dich dafür bezahlen zu lassen. Vergiß das nie!«

»Ich«, sagte Jeff seufzend, »könnte noch eine Tasse Kaffee brauchen. Und ein bißchen süßen Frieden und Ruhe. Wir McKenzies sind ein bißchen zu heftig, zu streitbar. Und auf Cabe hat es wohl abgefärbt. Kurt, verzeih uns unser Benehmen oder vielmehr unseren Mangel daran. Rose Ann, du siehst aus wie ein bevorstehendes Zugunglück.

Und was mein kleines Frauchen betrifft, vielleicht könntest du mir da ein paar Stunden Unterricht im Hintern-Versohlen geben, Kurt . . .«

»Also wirklich!« empörte sich Mary Sue McKenzie, geborene Hunter.

9

Graf und Gräfin Radetzy nahmen den Mittagszug nach Wilmington in North Carolina. Von dieser Stadt an der Atlantikküste, die damals als Haupthafen der Konföderation für Schiffsreisen nach Europa galt, fuhren sie nach Frankreich. Denn Kurt hatte sich gesagt, daß seine Geschäfte hier – da sie sich ausschließlich um Kaiser Louis Napoleon III. drehten – schnell erledigt sein würden, und ihm so, wie er hoffte, genügend Zeit ließen für die weit komplizierteren und delikateren Verhandlungen in England. Seine großen Hoffnungen, was das französische Unternehmen betraf, beruhten auf der wohlbekannten Tatsache, daß Louis Napoleon offen und freimütig zu den Südstaaten stand. Vor einem Jahr, im November 1861, als die beiden Regierungsbeauftragten der Konföderation, James M. Mason von Virginia und John Slidell von Louisiana – der erste mit einem Auftrag in London, der zweite in Paris –, unter Gewaltandrohung durch Kapitän Charles Wilkes vom US-Kreuzer *San Jacinto* mitten in der Bahama-Passage von Bord des britischen Dampfers *Trent* geholt worden waren, war der Kaiser von Frankreich so weit gegangen, der Unions-Regierung ein Ultimatum zu stellen, natürlich in der Annahme, daß die Briten sich bereits eingeschaltet hätten oder ihm den Rücken decken würden.

»Was beweist«, erklärte Kurt seiner jungen Frau, während sie am Morgen des zehnten Tages ihrer Reise zum Kontinent an Deck des Blockadebrechers *Cynthia* spazierengingen, um die schrecklichen Kopfschmerzen zu lindern, über die Rose

Ann sich immer nach einem weiteren seiner endlosen – und fruchtlosen! – Versuche beschwerte, wenigstens zehn Worte Französisch in ihr absolut stures Köpfchen zu hämmern, »daß er die Briten nicht kennt, die schlüpfrig wie Aale sind. Und was schlimmer ist, er wußte nicht einmal, was er aber in seiner Stellung unbedingt wissen müßte, wieviel weniger wirkliche Macht der englische Hochadel und die adligen oberen Klassen haben, als sie zu haben scheinen. Natürlich waren Lord Russell und die Country-Partei dafür, den USA den Krieg zu erklären, aber der Premierminister Lord Palmerston keineswegs. Außerdem hatten all diese hohen Herren vergessen, daß sie ihre eigene Mittelklasse und untere Klasse zu bedenken hatten. Und die, mein süßes Weibchen, war ohne Ausnahme gegen unsere edle Konföderation der Südstaaten ...«

»Warum?« fragte Ann scharf.

»Eurer ›eigentümlichen‹ Einrichtungen wegen. Oder vielmehr wegen eurer hartnäckigen Weigerung, der heutigen zivilisierten öffentlichen Meinung genügend Achtung entgegenzubringen oder wenigstens zu heucheln. Es stört niemanden, daß ihr Sklaven *haltet*, mein Liebes. Was die Europäer euch jedoch sehr verübeln, ist, daß ihr sie Sklaven *nennt* und euch nicht einmal zu der einfachen Geste herablaßt, ihnen wenigstens einen Hungerlohn zu bezahlen, um den ihr sie mit Leichtigkeit betrügen könntet, so dumm wie die Nigger sind ...«

»Kurt«, sagte Rose Ann verdrossen, »manchmal finde ich, daß du einfach *schrecklich* bist!«

»Ich *bin* schrecklich«, entgegnete er amüsiert. »Deshalb liebst du mich ja, meine Süße! Fast alle Frauen bewundern und achten einen guten Mann, doch geliebt hat noch nie eine Frau einen. Das ist zu sehr gegen des ollen Darwins Theorie vom Überleben der Stärksten. Die Frauen bemerkten schnell, daß die wirklich netten Burschen bald von den Säbelzahntigern aufgefressen wurden und sie mit ihren affengleichen Bälgern zurückließen. So daß sie entweder verhungern mußten oder dem besagten Tiger als Nachspeise dienten. Kerle wie ich dagegen hoben große schwere Steine auf und schlugen diesen Großkatzen den Schädel ein. Im Lauf der Jahrhunderte fixierte sich im Weibchen dieser Instinkt, genau abzuschätzen, welcher Bursche ausreichend für es sorgen und sich auch seiner fleischlichen Bedürfnisse zur völligen Zufriedenheit seines brünstigen Herzens annehmen könnte. Was mich erinnert: Gehen wir doch in unsere gemütliche Kabine und beenden dieses Gespräch dort . . .«

»Nein.«

»Warum nicht, Liebling?« erkundigte er sich ehrlich überrascht.

»Weil wir es nicht beenden würden. Ich möchte es aber. Ich bin so entsetzlich unwissend, Kurtie-Schatz. Du hast beispielsweise gesagt – oder angedeutet –, daß die Engländer Sklaven haben, sie aber was anderes nennen. Was denn?«

»Die Flitterwochen sind wohl endgültig vorbei, meine Süße, nicht wahr? Wenn du Unterhaltung vorziehst . . .«

»Du meinst, statt uns zu lieben? O nein. Weißt du, wir können die Zeit, die du damit zubringst, mir ein bißchen Bildung beizubringen, ja wieder hereinholen, indem wir nicht zum Abendessen gehen. Also sag schon! Wie nennen sie sie?«

»Fabrikarbeiter. Du hast doch Dickens gelesen, nicht wahr?«

»Ja. *David Copperfield* und *Oliver Twist* und *Der Raritätenladen* und . . .«

»Das genügt. Dickens untertrieb sogar noch. Das Elend der britischen Arbeiterklasse ist unglaublich. Und den Arbeitern auf dem Kontinent – außer in Deutschland natürlich – geht es nicht viel besser. Ein Negersklave, jeder Negersklave, außer natürlich einem, der einem eurer nicht knappen Anhänger des Marquis de Sade in die Hände gefallen ist, ist viel besser dran. Die Sache ist, meine Rose, daß alle modernen Industrienationen Sklaven halten und weit mehr Profit aus ihnen herausschlagen als ihr aus euren Schwarzen – und mit viel weniger unsinniger Sentimentalität. Aber sie sind klug genug, den Tribut der Heuchelei zu bezahlen, den das Laster der Tugend schuldet, wie La Rouchefoucauld behauptet. Also geben sie gar nicht erst zu, daß sie Sklaven haben, und was noch besser ist, ihre Sklaven wissen nicht einmal, daß sie Sklaven *sind*, was ganz gut für die persönliche Sicherheit jener Elite ist, deren Erhaltung, Unterstützung, ja sogar verdammt respektvolle Verhätschelung das oberste Ziel der Gesellschaft ist oder wenigstens sein sollte . . .«

»Hmmmmm«, schnurrte Rose Ann. »Und wer unter ihnen am meisten respektvoll verhätschelt werden sollte, ist ein kleiner oller, wie ein Chinese aussehender ungarischer Exgraf, nicht wahr, Kurtie-Schatz?«

Kurt blickte sie an, und seine blaßgrauen Augen funkelten fast weiß vor plötzlichem Zorn. Doch wie üblich war seine Selbstbeherrschung bewundernswert.

»Der weibliche Instinkt, die Kruste von eines Mannes tiefster Wunde abzukratzen, meine Süße?« fragte er ruhig. »Aber du hast recht, ich hatte oft Grund, mein Aussehen zu bedauern, was jedoch vermutlich nicht nötig gewesen wäre, hätte man meinem Vater gestattet, in Magyaroszág zu bleiben . . .«

»Magyah . . . was?« fragte Rose Ann.

»Magyaroszág. Der Name Ungarns auf ungarisch oder vielmehr in der ursprünglichen Magyarensprache, von der ich wünschte, ich beherrschte sie besser. Aber vielleicht habe ich einmal die Gelegenheit, ein Jahr oder auch zwei im Heimatland meines Vaters zu verbringen und sie wirklich perfekt zu lernen. Aber wie üblich hast du die Bedeutung dessen mißverstanden, was ich sagte, Rose Ann. Ich beharre nicht darauf, daß die Elite ausschließlich teutonisch oder nordisch ist. Sie soll nur eine Herrenrasse sein, und das waren die Magyaren zweifellos und sind es noch. Selbst der Name unseres Landes und unseres Volkes ist ein geschichtlicher Fehler. Wir sind nicht hunnischer, sondern finnisch-ugrischer Abstammung. Doch es steht fest, daß unsere Vorfahren Mongolen waren, die mit dem Bogen in der Hand in Europa eingeritten kamen. Aber ebenso steht fest, daß sie Eroberer waren und daß niemand, weder Deutsche noch Türken, es je vermochten, auf die Dauer etwas gegen uns auszurichten. Und wir unterwarfen uns alle Völker ringsum. Kroaten, Slowaken, Tschechen, Slowenen, Serben, Slawen, alle waren unsere Vasallen. So fließt in meinen Adern das Blut nicht nur von einer, sondern von zwei Herrenrassen, den Magyaren und den Deutschen. Und es macht mir schlimm genug zu schaffen, daß die eine die andere verachtet. Doch genug meiner kleinen persönlichen Probleme! Unser Ziel ist hehr. Wir müssen die Herrschaft über die gesamte Erdkugel durch eine pangermanische Herrenrasse errichten – denn dem Volk meines Vaters, den Magyaren, haftet in ihren Ansichten noch zuviel des Orientalischen an, als daß sie es je schaffen würden. Wir werden eurer Mischung aus Pikten, Skoten, Kelten, Jüten und Sachsen – denn sie alle waren eure Vorfahren, meine Süße – gestatten, über einige der außenliegenden Gebiete zu herrschen, wie die Britischen Inseln, Kanada, vielleicht sogar Australien. Doch das mittlere Nordamerika ist zu bedeutend, es einem Volk mit der Querköpfigkeit und dem Mystizismus zu überlassen, mit dem alle belastet sind, die einen etwas zu großen Anteil an keltischem Blut mitbekommen haben. Wer auch immer von euch törichterweise kämpfenden angelsächsischen Stämmen diesen Wahnsinnskrieg gewinnt, spielt keine Rolle, denn wir Deutschen werden schließlich zum Wohle der Menschheit übernehmen!«

»Einschließlich der Nigger und Welschen?« zog Rose Ann ihn auf.

»Einschließlich aller wilden, rückständigen, schwachköpfigen Rassen wie die schwarze, die nur zu Sklaven taugt. Und auch über die hoffnungslos minderwertigen weißen – oder fast weißen – Rassen, wie die Romanen, die den Vorteil haben, leichtherzig, künstlerisch begabt und gar nicht wirklich so dumm zu sein. Ihr Problem ist es, daß es ihnen an Tatkraft, Geduld und Ausdauer mangelt und sie obendrein die unfähigsten Leute unter der Sonne sind. Aber unsere Herrschaft wird gut für all diese minderwertigen Rassen sein, diese tierischen Rohlinge, einschließlich der Slawen. Wenn wir sie führen, ihre Schluderei beheben und die Peitsche ansetzen, wann immer es nötig ist, sie in Gang zu bringen, werden sie viel gewinnen. Welch eine Welt wir dann haben werden, mein Liebes!«

»Kann ich mir vorstellen! Und all diese armen, armen zurückgebliebenen und dummen Leute stehen da und lassen sich das von euch großen, blonden, blauäugigen, arischen, nordischen Deutschen . . .«, sie hob spielerisch die Hand und zerzauste beim Sprechen sein tintenschwarzes Haar und ließ die Finger dann über den mongolischen Schnitt seiner Wangenknochen wandern, ». . . einfach gefallen?«

Er funkelte sie mit diesen nebelgrauen Augen an. Dann, nach einer Weile, lächelte er.

»O ja. Genau wie du dich zurücklehnst oder dich freudig nach vorn beugst und zuläßt, daß ich all *das* mit dir tue«, sagte er lachend.

Sie starrte ihn an.

»Weißt du, ich hasse dich, Kurt. Ich hasse dich wirklich«, erklärte sie.

»Gut, dann gehen wir jetzt hinunter, damit du mir beweisen kannst, wie sehr du mich haßt«, forderte er sie erheitert auf.

»Nein! Ganz bestimmt nicht! Ich habe nicht vor, mich von dir während des Rests der Reise noch einmal berühren zu lassen. Und wenn wir in Frankreich von Bord gegangen sind, nun, dann hängt alles davon ab, wie du mich behandelst, und . . .«

Mit eisiger Ruhe zuckte er die Schultern und sagte mit absoluter Gleichgültigkeit. »Gut. Wie du meinst, meine Liebe.«

Das Problem war, daß seine Gleichgültigkeit weder falsch noch vorgetäuscht war und deshalb der weiblichen Eitelkeit einen harten Schlag versetzte. Im Lauf der ganzen Geschichte konnten Frauen Männer aufgrund des größeren Ungestüms männlichen Verlangens mühelos beherrschen.

Rose Ann war viel zu intelligent, um zu glauben, daß eines der beiden Geschlechter leidenschaftlicher als das andere sei. Frauen waren lediglich – langsamer. Ihr Geschlecht brauchte viel länger, zu entflammen, zu brennen, zu lodern, Weißglut zu erreichen. Aber wenn wir erst einmal soweit sind, dachte sie düster, hält es an. Die ganze Nacht. Eine Woche. Zwei Wochen. Einen Monat, bis so ein richtiger Schweinehund wie dieser daherkommt und uns hübsch abkühlt, danke! Und genau wie er sagt, ist es immer ein gemeiner, grausamer, herzloser Schuft wie er, wie mein Kurtie-Schatz, der genau weiß, was er mit uns machen muß. Nette Jungs, wie mein armer kleiner Zuckerbubi Joe-Joe, oder Colin, oder, nach dem, was Mary Sue sagt, mein Bruder Jeff, haben das offenbar ganz einfach nicht heraus. Die meisten Männer flammen lichterloh auf und brennen gleich aus. Aber dieses eiskalte, gleichgültige, langsame, oh, so wunderbar langsame Hineinarbeiten, dieses In-einen-Hineinarbeiten, im Gegensatz zu diesem Einen-in-einer-halben-Minute-in-Stücke-Zerhämmern, sondern ganz laaaaangsaam, laaaaangsaaaam, oh soooo laaangsaaam, bis man – oder vielmehr, bis mein Inneres zu Wachs schmilzt, schmilzt und ich auf ihm zusammensacke, stöhne, weine, seinen Namen stammele, zu ihm bete wie zum lieben Jesuskind, nicht aufzuhören, nicht aufzuhören, nie aufzuhören, immer weiterzumachen nur weiterzumachen, weiterzumachen mich genau in der Mitte auseinanderzureißen, mich umzubringen, ohhhhhh, Goooooott!

Sie sagte: »Also gut, gehen wir hinunter.«

Er lachte, gähnte, auch das war nicht gespielt, sagte: »Nein, ich habe es mir anders überlegt. Ich würde viel lieber nicht, meine Süße. Außerdem sollten wir wirklich etwas wegen deines nichtexistenten Französisch unternehmen, weißt du?«

»Warum?« fauchte sie. »Sollen *sie* doch englisch lernen. Sie leben doch so gut von uns Touristen, oder vielleicht nicht? Ganz abgesehen davon, ich *kann nicht* Französisch lernen. Ich kann *überhaupt* keine Sprache lernen. Ich arbeite schon mein Leben lang an meinem Englisch und komme immer noch nicht ganz mit der Grammatik zurecht.«

»Englisch hat keine Grammatik. Es ist nicht einmal eine Sprache für sich, sondern ein Mischmasch. Französisch ist gar nicht schwierig, und doch behauptest du, du könntest dich nicht erinnern, wie man irgend etwas ausspricht. Komm, versuch es. Sag etwas auf französisch zu mir.«

Sie sagte feierlich: »*Voulez-vous se coucher avec moi?*«

Er lachte. »Peut-être. Doch nur, wenn du diesen Satz richtig sagst.«

»Aber Kurt«, jammerte sie, »er ist richtig. Ich hab' ihn im Wörterbuch und in der Grammatik nachgeschlagen, für den Fall, daß ich eines Nachts, wenn du nicht in der Nähe bist, einem feschen Franzosen begegne.«

»Er würde dich auslachen, wenn du ihn so fragen würdest«, sagte Kurt amüsiert. »Oder er würde dich für verrückt halten. O sicher, grammatikalisch ist er richtig. Nur würde es niemandem, der französisch spricht, einfallen, es so zu sagen.«

»Was würde er denn sagen? Komm, verrate es mir! Wie soll ich dich in Paris betrügen können, wenn ich das nicht weiß? Und deshalb kommen die Leute doch nach Paris, nicht wahr? Um ihre gesetzlich angetraute bessere Hälfte zu betrügen, oder nicht?«

»O ja, natürlich. Hör zu, meine Süße. Zu jemandem, mit dem du ins Bett steigen willst, würdest du nie *vouz* sagen, sondern *tu*, was ›du‹ heißt. Also wenn du wirklich deinen niedlichen Plumpudding sanft gestoßen haben möchtest, sagst du: ›*Tu veux te coucher avec moi, mon petit chou?*‹ Oder vielmehr nicht einmal das. Du schließt nur ganz langsam eines deiner großen grünen Augen, hebst eine fuchsrote Braue und nickst in die Richtung der Boudoirtür. Und zwanzig lüsterne Franzosen werden in dem Ansturm umkommen. Oder vielmehr sie würden es, wenn du ein bißchen weniger wie ein Kleiderständer aussähst. Du mußt wirklich ein paar Pfund zunehmen, weißt du?«

»Ohhhh, Gott!« wimmerte sie. »Erinnere mich daran, dich möglichst bald umzubringen. Auf eine ganz grausame Weise. Bevor du mich noch ganz um meinen Verstand bringst. Also komm!«

»Komm wohin?« fragte er mehr boshaft, als um sie aufzuziehen.

»Nach unten. In unsere Kabine. Damit du mich liebst. Die ganze Nacht lang. Auf siebenundvierzigerlei Weise. All die schmutzigen, schmutzigen Tricks! Du hast es gehört, Kurt, also komm!«

Betont versteckte er ein Gähnen hinter dem Handrücken.

»Also gut, mein Liebling, wenn du darauf bestehst.«

Rose Ann gefiel es in Paris *überhaupt* nicht. Vor allem war sie wütend über diese unglaubliche Sturheit, mit der die Franzosen darauf bestanden, *französisch* zu sprechen. Zwar teilte sie nicht die Nummer-eins-Überzeugung der Angelsachsen, daß alle anderen Rassen und Völker Ungeziefer seien, das unter ihrem majestätischen Füßchen zerquetscht werden sollte. Das hatte sie wohl allein schon durch ihre Heirat mit zwei Ausländern hintereinander bewiesen. Aber sie beharrte unerschütterlich auf der zweiten: daß die *ganze* Welt zu ihrer Bequemlichkeit englisch sprechen sollte. Ein Standpunkt, von dem ihre rassischen Brüder und Schwestern so eingenommen waren, daß sie noch während ihrer Lebenszeit drei Vierteln der Erdbewohner Englisch aufgebürdet haben. Ganz einfach dadurch, daß sie es immer lauter auf die armen hilflosen Eingeborenen einbrüllten.

»Schließlich«, sagte sie wütend zu Kurt, »*sind* wir Touristen. Wir kommen hierher, geben unser Geld in ihren Hotels aus und kaufen ihre Parfüme, ihre Kleider und ihren Schmuck. Es genügt ihnen nicht, uns hinten und vorn zu betrügen. Sie geben sich nicht einmal die Mühe, so reden zu lernen, daß man sie verstehen kann!«

»Sie geben sich der Einbildung hin«, sagte Kurt, »daß dies ihr Land ist, meine Süße, in dem sie ihre eigene Sprache sprechen sollten. Aber mit ein bißchen Zeit werden sie es schon lernen. Sie sind wirklich nicht dumm, weißt du? So, aber komm jetzt. Du hast eine Anprobe bei Mme. Peluche. Wir dinieren *chez les* Slidells am Freitag, und da mußt du blendend aussehen. Ich habe so ein Gefühl, als würde *Son Majesté* unerwartet erscheinen. Ich habe ihn so weit, daß er mir aus der sorgfältig manikürten Hand frißt, meine Liebste – und wenn er sich wirklich bei den Slidells zeigt, bin ich sicher, daß ich die Sache zu einem guten Abschluß bringe und wir gleich nächste Woche nach England weiterreisen können.«

»Wie sehr ich das hoffe!« seufzte Rose Ann. »Denn zumindest werde ich die Leute verstehen, wenn sie etwas zu mir sagen . . .«

»Dafür wirst du ihre Speisen nicht essen können. Denn die sind absolut grauenvoll! Sie kochen alles sechsunddreißig Stunden, ehe sie es auftischen, und sie verstehen absolut nichts vom Würzen. Ich fürchte sehr, daß du das reizende Pfund oder die zwei, die du in Paris zugenommen hast, wieder abnehmen wirst . . .«

»Kurt«, sagte sie besorgt. »Wir geben eine unheimliche Menge Geld aus . . . Wo hast du es her?«

»Vom kaiserlichen Schatzamt, natürlich. Ich habe Louis Napoelon völlig davon überzeugt, daß ich, und nur ich, ihm die verdammten Yankees lange genug vom Hals halten kann, bis er sein Marionettenreich in Mexiko gefestigt hat. Er hat vergangenes Jahr einen ziemlichen Schock bekommen, weißt du? Er schrieb Palmerston eine freundliche Note, in der er England Frankreichs Unterstützung bei jeglicher Strafaktion zusagte, die Ihrer Majestät Regierung gegen den Norden für seine Unverschämtheit unternehmen wollte, Schüsse über den Bug eines Dampfers unter britischer Flagge zu feuern und Slidell sowie Mason davon herunterzuholen. Also antwortete der alte Palmerston mit einer äußerst charmanten Note, die sich auf drei dutzenderlei Weise auslegen ließ. Louis, der wirklich nicht ausgesprochen klug ist, deutete sie als Einverständnis und schickte ein Ultimatum nach Washington. Woraufhin Palmerston des lieben Louis zweite

Note und eine Kopie dessen Ultimatums ans Weiße Haus zu Prinzgemahl Albert brachte, der sofort die politische Wirkung erkannte, wenn es so aussähe, als würde Ihrer Majestät Regierung als Anhängsel des napoleonischen Versuchsballons in einen idiotischen Krieg gezogen, der wahrscheinlich nicht zu gewinnen war. Als guter Deutscher, der er war, und trotz der Tatsache, daß er im Sterben lag – er ließ die gute Königin Viktoria drei Tage später als Witwe zurück, weißt du? –, schwächte er die wütende Note, die die Country-Partei aufgesetzt hatte, um Washington einzuheizen, soweit ab, daß sie sich wie eine Einladung zum Sonntagnachmittagstee beim Vikar las. Als Ergebnis überließ der ›Ehrliche Abe‹ Ihrer Majestät Marine Slidell und Mason und forderte den armen, alten Louis Napoleon zu einem unnatürlichen Akt in einer aus einer Reihe unbequemer und schmerzhafter Stellungen an sich selbst auf. Das hat den armen, alten Kerl ganz schön umgehauen.«

»Ich wette, du könntest ihm ein paar Tage geben, eh, Kurtie?« Rose Ann seufzte. »Was die unnatürlichen Akte in abartigen Stellungen betrifft, zumindest. Aber sag mir, was hat all diese hohe Politik mit *uns* zu tun?«

»Sie ist unser Schlüssel zum Reichtum, Püppchen. Es gelang mir, den dritten Napoelon, *Son Majesté* Louis, darauf hinzuweisen, daß, je länger ich den amerikanischen Bürgerkrieg für ihn ausdehnen könnte, desto größer Maximilians Chancen in Mexiko wären. Daß sowohl ein siegreicher und freundlicher Süden als auch ein durch einen Pyrrhussieg so erschöpfter Norden, daß er keinen Finger mehr zu rühren imstande wäre, gleichermaßen dazu beitrügen, sein französisches Protektorat südlich des Rio Grande zu festigen. Und daß ich zwar nicht für beide dieser *Coup de tonnere* sorgen könnte, aber doch sehr wohl für einen . . .«

»Wie denn?« erkundigte sich Rose Ann.

»Indem ich mich als *Son Majestés agent provocateur* betätige und als *laissance*-Mann für die Copperhead-Bewegung im Norden diene, dieser mit uns sympathisierenden Gruppe, und diese Verräterschweine mit Louis' guten Louisdor bezahle, von denen natürlich eine Menge an *unseren* gierigen kleinen Fingern kleben bleiben wird. So, aber jetzt komm endlich! Ich habe Mme. Peluche ein paar Vorschläge für deine *Robe pour cette soirée* gemacht. Sie dürfte absolut atemberaubend werden, denn wie du weißt, bewundert Mme. Peluche meinen Geschmack. So schlug sie im Spaß vor, der jedoch sehr ernst gemeint war, daß wir beide in Paris bleiben sollten, damit ich ihr Chefdesigner werden könnte. Sie ist überzeugt davon, daß sie und ich als Partner mit Leichtigkeit Monsieur Charles Frederick Worth, den gegenwärtigen *Roi de la Haute Couture*, entthronen könnten. Merkwürdig, findest du nicht, daß ein Engländer aus Lincolnshire der König der Pariser Mode ist? Kluger Bursche, der kleine Charlie. Er hat alle Ehemänner der *les grandes Dames du haut monde et bon ton*, die seine horrenden Preise bezahlen müssen, damit versöhnt, daß er seine Kreationen von *lebendigen* Modellen vorführen läßt. Wahrhaftig, sehr klug ausgedacht! Während die Damen die Fetzen betrachten, mustern ihre Gatten die Modelle. Fazit: Alle sind glücklich, einschließlich Charlies Bankier.«

»Du solltest es versuchen«, sagte Rose düster. »Nur glaube ich nicht, daß du dazu weibisch genug bist. Aber wer kann schon wissen? Vieles, was du tust und mich zu tun veranlaßt – erscheint mir regelrecht abartig . . .«

»Ach so? Hebt wieder einmal die verteufelte, viktorianische Prüderie ihr unschönes Haupt? Meine Liebe, ich kann mich nicht entsinnen, dich je zu etwas *gezwungen* zu haben. Ganz im Gegenteil. Ich überlegte bereits, ob ich nicht einen elastischen Guttaperchastock in unserem Zimmer bereitstellen sollte, um dich abzuwehren, damit ich wenigstens ein bißchen zum Schlafen komme . . .«

Sie senkte den Kopf und starrte auf die Spitzen ihrer Schuhe. Als sie wieder hochblickte, waren ihre Augen überquellende flüssige Smaragde.

»Du hast recht«, flüsterte sie. »Ich bin einfach schrecklich, nicht wahr? Eine dieser . . . wie sagtest du? – irgendwas mit Manin . . .«

»Eine Nymphomanin? Nein, meine Süße, durchaus nicht. Du bist eine völlig normale Frau in einer Welt, in der Frauen es nicht sein dürfen. Ein bißchen primitiv vielleicht, aber nichts Schlimmeres. Doch ich muß sagen, daß es mir leid tut. Glaub mir, ich ahnte nicht, daß meine – unendlich verderbten – europäischen Verfeinerungen und Variationen der Grundform dich bedrücken. Weißt du was, wenn dir irgendwelche der Praktiken zuwider sind, dann sag es gleich. Ich werde sie dann sofort aus unserem Repertoire der Zärtlichkeiten nehmen.«

»Dann wirst du sie alle weglassen müssen«, sagte sie ruhig. »Außer einer – dem ganz einfachen, üblichen Lieben. Denn all diese Variationen, wie du es nennst, geben mir danach einen ekligen Geschmack, statt daß ich mich wohlig und gut und erschöpft und glücklich fühlen würde. Ich möchte mich nicht so – abartig fühlen, Kurt. Ich möchte dich nur lieben, wie eine Frau ihren Mann lieben sollte, und dir viele, viele Kinder schenken!«

»Gott verhüte!« sagte er inbrünstig. »Ich bin nicht versessen auf Bälger, weißt du? Oh, später vielleicht, wenn ich uns ein Vermögen geschaffen habe und wir es uns leisten können, uns irgendwo niederzulassen. Aber verrat mir, damit ich mich der angelsächsischen protestantischen und puritanischen Norm anpassen kann: *wie* genau sollte eine gute Gattin ihren Gemahl lieben? In einem dicken Flanellnachthemd, im Dunkeln und nachdem sie fromm einen Vers oder mehr aus der Bibel gelesen hat?«

Da mußte sie lachen und fühlte sich gleich ein bißchen froher.

»Nun, ich käme mit bedeutend weniger Licht und viel weniger Spiegeln aus«, gestand sie kichernd. »Das gibt mir immer das Gefühl, als führte ich eine Parade an – vor allem, wenn ich oben bin. Stell dir vor, ich habe gar nicht gewußt, daß man es so tun kann. Ich oben und auf und ab reitend . . . Oh, Gooott! Komm, verschwinden wir von hier.«

Wen die Götter vernichten wollen, treiben sie erst in den Wahn. Und es gibt keine einfachere Weise, das geistige Gleichgewicht eines Angehörigen der Spezies Homo sapiens zu stören, als ihm eine Reihe leichter Erfolge zu bescheren, bis seine selbstzufriedene Selbstgefälligkeit ihn blind für Fußangeln auf seinem Weg macht.

Dieser Freitagabend im Haus des inoffiziellen Botschafters der Konföderierten in Frankreich – inoffiziell nur, weil Louis Napoleon III. in seiner Vorsicht darauf wartete, daß England die Konföderation *zuerst* anerkenne, was jedoch die Regierung Ihrer Majestät seit Lincolns Proklamation der Befreiung aller Sklaven am 22. September dieses nun schnell zu Ende gehenden Jahres 1862 durchaus nicht mehr vorhatte – verlief ziemlich glatt. Mehrere der anwesenden Französinnen sprachen Englisch, zumindest auf ihre Weise, und freuten sich, ihre Bonmots in Shakespeares Zunge an Rose Ann zu versuchen. Was dem armen Ding arg zu schaffen machte, da sie zu ihrem Leidwesen erkennen mußte, daß, was sie sprach, gar nicht Englisch war, sondern ein virginisches Amerikanisch, das durch verschiedene regionale Dialekte verfälscht wurde, unter denen der Mischmasch der schwarzen Sklaven, mit denen sie täglich in Berührung kam, sogar noch vorherrschte. Aber sie faßte Mut und bemühte sich verzweifelt zu verstehen, was diese schillernden Paradiesvögel sagten. Denn zunächst brachte ihr gequetschter britischer Akzent, mit dieser mörderischen französischen Betonung und Sprechweise noch dazu, sie den Tränen nahe, bis ihr schließlich bewußt wurde, daß ihr kultivierter New-England-Akzent dem, was diese Damen zu sprechen versuchten – und ehrlich glaubten, *daß* sie es sprachen –, weit näherkam, als ihr gedehntes »Maisbrot-mit-Melasse-Virginisch«. Also wechselte sie zu ihm über, und alsbald sah alles besser aus. Es dauerte nicht lange und sie war der Star des Balls, als sie diesen *grandes Dames françaises* verspielt zu ihrem Staunen und ihrer Freude immer unverschämtere Lügen auftischte. Sie beendete gerade ihr *chef d'œuvre*, eine in allen Einzelheiten ausgeklügelte, phantasievolle Geschichte, wie sie von einem rebellischen, riesenhaften, pechschwarzen, wilden und lüsternen Sklaven entführt worden war und wie ihr Vater und Bruder sie im allerletzten Augenblick vor einem Geschick bewahrten, das schlimmer war als der Tod – und diesen letzteren Teil gab sie in einem solchen Ton zweideutigen Bedauerns von sich, daß eine Hälfte der vornehmen Damen den Eindruck gewann, ihre Retter seien gar nicht wirklich rechtzeitig angelangt; während die andere Hälfte überzeugt war, Rose Ann sei traurig darüber, daß ihre Retter sich nicht um ihre eigenen verflixten Angelegenheiten gekümmert und nicht wenigstens bis zum nächsten Morgen gewartet hatten; als sie bemerkte, daß die Gemahlin des österreichischen Botschafters sie mit grimmiger Mißbilligung musterte und – was noch schlimmer war, wie ihr jetzt klar wurde – ihren Kurtie-Schatz mit unverkennbarem absolut mörderischem, eiskaltem Haß.

Dieser Schock verdarb ihr die Geschichte. Sie hielt mitten im Satz inne, wurde jedoch sofort mit einem Chor von »Erzählen Sie doch bitte weiter!« und *»Continuez, s'il vous plaît!«* bestürmt. Also nahm sie sich zusammen und beendete die Geschichte mit einer grauenvollen Beschreibung, wie ihr Vater und ihr Bruder, nachdem sie dem Nigger mit der Peitsche die schwarze Haut zerfetzt hatten, ihn lebend in einem Kessel voll Erdnußöl kochten, daß man seine Schreie bis nach North Carolina hören konnte, ehe er endlich für seine Untat mit der Aufgabe seines Geistes bezahlte ...

Doch ehe sie ihren Kurtie fragen konnte, weshalb die Gemahlin des Botschafters seines Landes ihn so haßerfüllt ansah, und auch, warum der Botschafter selbst, wie sie jetzt bemerkte, auf Kurts pausenloses Geplaudere in Hochdeutsch mit frostiger Einsilbigkeit antwortete, traf *Son Majesté* Louis Napoleon ein. Er wurde begleitet von zwei ziemlich finster wirkenden Zuaven, die in ihrem Fes, Burnus und der Pluderhose wie nordafrikanische Banditen aussahen, tatsächlich aber Korsen waren. Denn der Kaiser sprach in fließendem

Italienisch zu ihnen, das sich stark von seinem Französisch abhob, von dem Rose, die nicht ein Wort irgendeiner anderen als ihrer eigenen Sprache sprach, jedoch nicht wußte, daß es grauenvoll war. Doch als Kurt sie selig dem Kaiser vorstellte, machte ihr Louis Napoleon Komplimente in durchaus annehmbarem *amerikanischem* Englisch. Zu Rose Anns atemlosen »Oh, Majestät, Sie sprechen ja genau wie *wir*! Ich meine – nicht wie Engländer! Sondern wie wir Amerikaner ...«, erwiderte der Kaiser lächelnd: »Natürlich, meine Teure. Ich war mehrere Jahre als Flüchtling in Ihrem Land. Außerdem war mein Vater Holländer und meine Mutter Kreolin. Und das amerikanische Englisch ist erstaunlich leicht zu lernen, wenn man Plattdeutsch spricht, das Ihr charmanter Gemahl Niederdeutsch nennt. Plattdeutsch war die Sprache meiner Kindheit, genau wie das Patois meiner Mutter, das dem Französisch Ihres New Orleans näherkommt als dem Französisch der Franzosen. Kurt, ich beneide Sie! Sie haben sich da die schönste aller Rosen gepflückt!«

Als der österreichische Botschafter die unverhohlene Gunst des Kaisers bemerkte, wurde er fast schmeichlerisch freundlich zu Kurt. Doch als er sich mit Rose Ann unterhalten wollte, stellte er zu seiner Bestürzung fest, daß in einem Zeitalter, da jeder, der auch nur einigermaßen kultiviert sein wollte, ein passables Französisch sprach, diese kleine Wildblume nicht einmal *»Bon soir!«* sagen konnte. Und da er als österreichischer Staatsbeamter genug zu tun gehabt hatte, all die Sprachen zu lernen, die er brauchte, um sich mit den Vertretern der rassisch unterschiedlichen Völker der österreichisch-ungarischen Monarchie in ihren verschiedenen Sprachen zu unterhalten, war ihm keine Zeit geblieben, auch noch die Sprache eines Landes zu lernen, mit dem Österreich in jenen Tagen so wenig zu tun hatte wie mit England. So sah er sich nun gezwungen, seine Gemahlin zu rufen, damit sie seine höflichen Bemerkungen für Rose Ann übersetzte.

Das tat sie mit einem abgehackten, perfekten Englisch, das nicht ganz das Zittern ihrer Wut zu verbergen vermochte, weil sie durch das Protokoll gezwungen war – wenn auch nur als unparteiische Dolmetscherin –, zu einer Person zu sprechen, die sie offensichtlich verachtete. Rose Ann streckte impulsiv die Hand aus und legte sie auf den fast kupferbraunen Arm der anderen.

»Warum – hassen Sie uns, Frau von Zorndorf?« fragte sie mit trauriger Schulmädchenstimme. »Hören Sie, wenn ich irgend etwas getan habe, was Sie beleidigt hat, geschah es ohne Absicht. Das müssen Sie mir glauben. Und was immer es auch war, ich entschuldige mich dafür . . .«

»Gott strafe dich, Gerta!« donnerte der Baron von Zorndorf auf hochdeutsch. »Du kannst doch diesem Mädchen nicht die Schuld dafür geben, daß . . .«

»Ich spreche auch kein Deutsch.« Rose Ann seufzte. »Ich nehme an, Sie denken jetzt alle, daß Kurt verrückt war, weil er ein so armes, unwissendes Mädchen wie mich geheiratet hat . . .«

»Nein, meine Liebe«, versicherte ihr die Baronin von Zorndorf. »Wir – ich denke das nicht. Man sieht, daß Sie ein unschuldiges – Kind sind. Warum also sollte ich Sie mit meiner Meinung über Ihren Gatten beunruhigen? Sie werden früh genug selbst erkennen, was er ist . . . Wie mein Gemahl, der Baron, gerade sagte, darf man wirklich nicht Ihnen die Schuld für Ihres Gatten Verbrechen und auch nicht für seine Sünden geben. Denn wie ich jetzt sehe, sind Sie nur ein weiteres seiner Opfer . . .«

»Verbrechen? Sünden?« wisperte Rose Ann. »Ohhhh, Gott – Heros sagte . . .«

»Heros?« fragte der Botschafter.

»Von Borcke«, erklärte Rose Ann. »Er ist in meiner Heimat und kämpft als Freiwilliger auf unserer Seite. Und alle Mädchen sind ihn ihn verliebt!«

»Kein Wunder«, sagte die Baronin mit frostigem Lächeln. »Heros von Borcke ist ein erstaunlich gut aussehender Mann und ein sehr netter obendrein. Von allen Preußen, die ich kenne, ist er der einzige nicht langweilige . . .«

»Stimmt nicht«, brummte ihr Gemahl. »Von Borcke ist Pommer, kein Preuße . . .«

»Da ist wohl kaum ein Unterschied!« sagte die Baronin scharf. »Wenn sie von so weit aus dem Osten sind, sind sie für mich alle Kosaken. Außerdem, rassisch gesehen, sind Pommern und Preußen so gut wie gleich. Und weißt du, was Goethe über die Preußen gesagt hat?«

»Was hat er gesagt?« erkundigte sich Rose Ann, die klug genug war, nicht zu fragen, *wer* Goethe war, obwohl sie das ebenfalls nicht wußte.

»Daß sie Wilde sind«, antwortete die Baronin trocken. »Und er hatte recht damit, das sind sie wirklich.«

Rose Ann starrte sie an. Die Baronin von Zorndorf war eine auffallende Frau, Ende Vierzig, Anfang Fünfzig, wie sie schätzte. Seltsamerweise war sie sehr dunkel, viel mehr als die Österreicher es normalerweise sind, wie eine Orientalin – eine Inderin, dachte Rose Ann. Und als sie ihr offenbar ständiges Stirnrunzeln sah, fragte sie sich, warum sie so wütend auf die ganze Welt war. Impulsiv sagte sie: »Sie mögen Menschen wohl nicht sehr, Baronin?«

Die Baronin seufzte und entspannte sich. Ihre Stirn glättete sich. In ihrer Jugend, ohne diese finstere Miene, muß sie eine sehr schöne Frau gewesen sein, dachte Rose Ann. Sie war es eigentlich immer noch, doch war es nun die reife Schönheit der Matrone.

»Im Gegenteil, im allgemeinen mag ich Menschen sehr«, entgegnete sie mit dieser tiefen, klangvollen Stimme, die zu ihrem Teint paßte. »Unter zwei Bedingungen natürlich . . .«

»Die da wären?« flüsterte Rose Ann.

»Daß diese Menschen einfach und anständig sind, wie Sie offenbar, mein Kind. Die zweite Bedingung ist schon schwieriger: Wenn diese Menschen mit der Tugend der Unkompliziertheit und Anständigkeit zulassen, daß man sie mag . . .«

»Warum sollten sie das nicht?« fragte Rose Ann mit offenem Staunen. »*Jeder* möchte doch, daß man ihn mag, denke ich.«

»Stimmt.« Die Baronin nickte. »Aber sie wollen nicht von *jedem* gemocht werden.«

»Jetzt komme ich aber wirklich nicht mehr mit«, gestand Rose Ann kläglich. »Ich fürchte, Sie werden es mir erklären müssen, Baronin – mit einfachen Worten. Ich bin nicht sehr gescheit, wissen Sie . . .«

»Gestatten Sie, daß ich Ihnen da widerspreche.« Gerta von Zorndorf lächelte. »Sie haben die Dame des Hofes meisterhaft unterhalten. Sie sind eine sehr phantasievolle Geschichtenerzählerin, nicht wahr, mein Kind? Sie erzählten dieser Schar aufgedonnerter und gehirnloser Püppchen genau das, was sie hören wollten, und überzeugend noch dazu . . .«

»Vorsicht, Gerta!« mahnte von Zorndorf. »Sie können uns hören.«

Die Baronin, die sah, daß Rose Ann kein Wort ihres Mannes verstand, und nun sichtlich verlegen und beschämt war – denn die neue Gräfin Radetzy hatte inzwischen erkannt, welch ein geistiger und gesellschaftlicher Krüppel ein Mensch in einer polyglotten Welt ist, und um so mehr, wenn diese Welt die ist, in der der Partner zu Hause ist wie ein Fisch im Wasser –, antwortete ihrem Gemahl nun auf englisch, das er offenbar recht gut verstand, auch wenn er es nicht sprach. »Natürlich können sie mich hören, Karl, aber sie können mich nicht verstehen. Weißt du, mein Lieber, ich *spreche* Englisch, sie dagegen nicht, nicht einmal die, die es von sich glauben.«

Sie wandte sich wieder Ann zu. »Sehen wir mal, ob ich nicht erklären kann, was ich meinte. Macht es Ihnen sonderlich viel aus, ob Ihre Schwarzen Sie mögen oder nicht?«

»Ich würde *sterben*, wenn sie mich nicht mögen würden!« rief Rose Ann. »Ohhh, Gott, Sie haben dies schreckliche, verlogene Buch gelesen, das diese bissige Yankee-Frau geschrieben hat! Hören Sie, Baronin, unsere Schwarzen *lieben* uns! Ehrlich! Und wir lieben sie. Wir peitschen sie nicht blutig. Nie. Oder vielmehr fast nie. Nur, wenn einer von ihnen einmal etwas ganz *Schreckliches* tut, was manchmal vorkommt, weil sie ja auch Menschen sind. Aber können Sie sich denn nicht vorstellen, wie es wäre, auf einer Pflanzung zu leben und von Menschen umgeben zu sein, die einen *hassen*? Das würde ich nicht aushalten, Nehmen wir einmal unsere Köchin, die alte Tante Cindy. Wenn ich von einer Party oder einem Tanz auch nur zehn Minuten zu spät heimkomme, ist sie schon da, stemmt die Hände in die Hüften, funkelt mich an und brüllt: ›Jetzt hör'n Sie mir mal zu, Miß Rose Ann, ich laß nicht zu, daß Sie mir Schande mach'n, hör'n Sie? Wenn Sie wieder mal so spät heimkomm'n, krieg'n Sie den Gürtel von mein'm Mann zu spür'n, un' Mast'r Dave wird mir noch helf'n dabei, das könn'n Sie mir glaub'n!‹ Und Papa würde es wirklich, und zwar so, daß ich es richtig spüre ...«

»Dann ist das Beispiel, das ich benutzen wollte, fehl am Platz«, sagte die Baronin. »Also werde ich ganz einfach die Tatsachen schildern und es kurz machen. In meiner Heimat Österreich gibt es viele gute, einfache, anständige Leute, die mir nie etwas Böses antun oder auch nur ein schlimmes Wort zu mir sagen würden, die mir jedoch so weit wie nur möglich aus dem Wege gehen. Im Gegensatz zu Ihrem Ungeheuer von – eh – Gatten, wünschen sie weder meinen Tod, noch daß mein Gemahl aus dem Auswärtigen Dienst ausgestoßen wird, weil er mich geheiratet hat. Wenn sie erfahren, daß ich verreist bin, überhäufen sie Karl mit Einladungen, doch wenn ich in Wien bin, speisen wir allein – oder in einem Kreis von Ehepaaren, die sich in derselben Lage befinden, weil sie genau wie wir eine Mischehe eingegangen sind. Das gilt überall da als der schlimmste Fauxpas, wo Deutsch gesprochen wird ...«

»Das stimmt nicht ganz«, warf der Botschafter traurig ein.

»Es *ist* wahr, Karl, und du weißt es«, widersprach die Baronin.

Rose Ann starrte die beiden mit atemloser Verblüffung an. Wenn in ihrem heimatlichen Virginia jemand von einem »gemischten Paar« sprach, so meinte er damit, daß ein Weißer mit einer Farbigen – gewöhnlich einer Viertel- oder Achtel-, doch nie einer hundertprozentigen Negerin – in offener, herausfordernder Sünde zusammenlebte. Und das war die *einzige* Möglichkeit, daß sie überhaupt zusammenleben konnten, da das Gesetz eine Heirat zwischen ihnen nicht zuließ. Früher, das zumindest schwor ihr Papa, hatte es auch umgekehrte Paare gegeben, wo der *Mann* ein Mulatte gewesen war oder ein Terzeron, oder hin und wieder sogar ganz schwarz und die Frau weiß. Sie kam gewöhnlich aus den Reihen der Dienstboten. Aber das war vor langer Zeit gewesen, ehe die Sklaverei-Frage die Gemüter mehr als nur ein bißchen erhitzt hatte. Jetzt wäre eine solche Verbindung einfach unmöglich. Der Nigger wäre alsbald Ehrengast beim Lynchen, und die Frau würde schon in der ersten Nacht, in der sie es versuchte, blutig gepeitscht ...

Überlegend betrachtete sie heimlich den dunklen Teint der Baronin. Aber das konnte nicht sein! So dunkel die Haut auch war, negroid wirkte sie nicht im geringsten, eher – wieder kam ihr dieser Gedanke – sah die Baronin wie eine Inderin aus. Rose Ann hatte schon Inder gesehen. Vor dem Krieg waren manche aus dem Norden gekommen, hatten mit Teppichen sowie hübschem Zierat aus Elfenbein, Messing und dergleichen gehandelt. So platzte sie jetzt heraus: »Sind Sie aus – Indien, Baronin?«

»Großer Gott, nein!« Die Baronin lachte. »Obwohl Kurt mich oft beschuldigt hat, die Tochter eines Schlangenbeschwörers zu sein. Ich bin – Jüdin, Kind. Und ich hoffe ehrlich, daß diese Tatsache Sie nicht stört, denn ich möchte Ihre Freundschaft, wenn das möglich ist ...«

»Mich stören?« Roses Erstaunen war ganz offensichtlich echt. »Warum in aller Welt sollte mich das stören, Baronin?«

Gerta von Zorndorf warf einen schnellen Blick in die hinterste Ecke des Salons, wohin Kurt den Kaiser der Franzosen abgedrängt hatte. Es schien unmöglich zu sein, daß ein einzelner Mann einen anderen abdrängen konnte, der fast so groß war wie er, doch Kurt schaffte das großartig. Er redete schnell und unentwegt, so daß Seine Arme Alte Majestät einfach nicht dazu kam, auch nur ein Wort einzuwerfen. Rose Ann strengte die Ohren an und fing ein paar Worte auf, die sie als italienisch erkannte. O Gott! dachte sie verzweifelnd. Ich wette, er kann sogar Chinesisch und Malaiisch!

»Ihr Gatte – könnte etwas dagegen haben«, sagte die Baronin bitter.

»Soll er doch!« rief Rose Ann. »Ich werde ihm sagen, er kann mich ... Oh, verzeihen Sie.« Impulsiv wie immer, sprang sie von ihrem Stuhl auf, beugte sich vor und drückte einen festen Kuß auf die kupferfarbene Wange der Baronin.

»Da!« sagte sie gurrend. »Jetzt *sind* wir Freundinnen, und dagegen kann Kurtie wenig machen. In Virginia, wo ich zu Haus bin, haben wir so dumme Vorurteile nicht. Der Staatsminister der Föderation ist ein Jude, falls Sie das nicht gewußt haben sollten. Er kam zu unserem Hochzeitsempfang, wenn auch nicht zur Trauung. Ich nehme an, er wollte die *Kirche* nicht betreten, aber wissen Sie was? Er und Kurt sind wirklich gute Freunde!«

»Dann ist er ein Tor!« sagte Gerta finster. »Wissen Sie, Rose Ann, da ist noch mehr als die Tatsache, daß ich Jüdin bin. Mein Mädchenname war Steinermann. Sagt Ihnen das etwas?«

Rose Ann überlegte. Ihr war, als hätte sie den Namen schon einmal gehört, aber ...

Plötzlich erinnerte sie sich an ihn. Und an mehr. Es war, als schmettere eine Faust aus Granit und Eis in ihren kugelzerrissenen Leib. Sie setzte sich nicht auf ihren Stuhl zurück, sondern sackte regelrecht darauf zusammen. So saß sie und starrte ihre neue Freundin mit kummervollem Gesicht an.

»Der Mann, den K-kurt get-tötet hat«, stammelte sie. »Ihr V-vater?«

»Mein Onkel. Aber er hat mich großgezogen, und ich liebte ihn, als wäre er es gewesen. So, wie Sie verstehen können, Rose Ann ...«

Aber die neue Gräfin Radetzy war bereits wieder von ihrem Stuhl gesprungen und kniete sich, ohne jegliche Achtung vor Mme. Peluches teurer Kreation, vor Gerta von Zorndorf nieder.

»Es tut mir so leid!« schluchzte sie! »Ohhhh, Gott! Wie konnte Kurt nur so *schlecht* sein!«

»Das ist ihm nicht schwergefallen«, begann Gerta, doch ihr Gemahl unterbrach sie mit ein paar, in gütigem Ton geäußerten Worten auf deutsch.

Da mußte die Baronin lächeln.

»Mein Gemahl sagt, daß sie ein Engel sind. Aber ich glaube, er täuscht sich, oder?«

»O Gott, ja!« rief Rose Ann. »Ich bin einfach – *schrecklich*, aber ich habe nicht gewußt, daß man es mir anmerkt.«

Gerta streckte eine mit kostbaren Ringen geschmückte Hand aus und strich über Rose Anns leuchtendes Haar.

»Das kann man auch nicht, weil Sie es nicht sind«, versicherte sie ihr. »Was Sie sind, ist *féerique*, ja elfisch, mit einem großen Potential von – Frohsinn. Aber von einer schalkhaften Art, glaube ich. Oder vielmehr, Sie wären es, wenn ich nicht diese tiefe und schreckliche Traurigkeit in Ihnen spürte.« Sie deutete mit einem brüsken Kopfnicken auf Kurt, der so mit seinem eigenen Vorhaben beschäftigt war, daß er nicht sah und hörte, was ringsum vorging – als wollte er dem Kaiser einen Waggon voll hölzerner Muskatnüsse, gebrochener Sprungfedern und die Schlüssel zum Rathaus verkaufen, dachte Rose Ann bitter. »Ist *er* der Grund Ihrer Traurigkeit?«

»Ja«, gestand Rose Ann ohne merkliches Zögern. »Manchmal glaube ich, daß ich – ihn hasse, Baronin. Er ist so – eigenartig. Ich kenne das richtige Wort nicht für das, was er ist . . .«

»Stehen sie auf, Kind«, sagte die Baronin ruhig. »Es ist nicht nur unbequem für Sie, sondern beginnt mehr Aufmerksamkeit zu erregen, als Sie oder ich brauchen können. So ist es besser! Verraten Sie mir eines, Kind: Wenn Sie schon soviel über Kurt Radetzy wissen, daß Sie Ihre Zweifel haben, warum verlassen Sie ihn dann nicht? Von einem völlig unparteiischen Standpunkt aus, abseits meiner mehr als ausreichenden Gründe, ihn zu hassen, ist das genau das, was ich Ihnen raten würde . . .«

»Ich kann nicht«, seufzte Rose Ann. »Weil ich glaube, daß ich – ihn liebe, mehr, als ich ihn hasse. Aber das ist auch verkehrt. Ich liebe ihn *nicht*, und ich glaube auch nicht, daß ich ihn je geliebt habe. Es ist nur, daß ich ohne ihn nicht sein kann. Für mich ist er wie ein Gift oder eine Droge.«

»*Warum* können Sie nicht ohne ihn sein, Rose Ann?« fragte Gerta von Zorndorf.

Rose Ann senkte die Augen und starrte auf die Spitzen ihrer eleganten Schuhe. Dann blickte sie wieder hoch.

»Das kann ich Ihnen nicht sagen, Baronin«, murmelte sie. »Und nicht, weil ich nicht will, sondern weil ich die Worte nicht einmal kenne, die ich dazu brauchte. Es ist zu schrecklich. Ich glaube, selbst wenn ich sie kennen würde, könnte ich es nicht sagen, weil ich mich zu sehr schämen würde. Es ist etwas, wovon anständige Frauen *nie* sprechen. Mehr noch, wir gestatten uns meistens nicht einmal, darüber nachzudenken. Denn wenn wir es täten, müßten wir uns zugeben, daß wir gar nicht wirklich anständig sind, sondern nicht besser als diese bemalten leichten Mädchen, die man des Nachts auf den Trottoirs der Boulevards sieht. Nein, wir sind schlimmer. Denn sie tun, was sie tun, für Geld, um davon zu leben, nicht, weil sie zu Sklavinnen gemacht wurden wie wir.«

Der Baron und die Baronin wechselten einen langen bedeutungsvollen Blick.

»Genau das gleiche, was die arme, kleine Ilse immer von ihm gesagt hat«, murmelte der Baron.

»Bitte!« flehte Rose Ann. »Wechseln wir das Thema. Es ist sowieso nicht wert, darüber zu sprechen, und . . .«

»Später!« sagte Gerta scharf. Dann wandte sie sich an den Baron und sagte auf hochdeutsch – und die Intensität ihres Zorns ließ sie noch barscher klingen: »Karl, ich werde es ihr sagen! Ich werde zu einem so ungeheuerlichen Betrug nicht schweigen. Nichts kann rechtfertigen, auch deine Vorstellung von diplomatischer Diskretion nicht, daß wir untätig zusehen, wie dieses Ungeheuer ein weiteres Leben vernichtet. Das Leben eines Kindes wie dieses es ist, so engelhaft und süß . . .«

»Gerta, nein!« donnerte Karl von Zorndorf. »Es geht dich nichts an! Außerdem, wie willst du wissen, wie das arme kleine Ding auf eine so schreckliche Neuigkeit reagiert. Ja, es könnte sein, daß sie sich . . .«

»Umbringt? Unsinn! Der Typ ist sie nicht. Mehr noch, sie liebt ihn nicht. Und sie ist im Grund genommen in moralischer Hinsicht völlig normal. Sie wird ohne ihn viel besser dran sein – wie jede normale Frau.«

Sie wandte sich wieder an Rose Ann, die diesem etwas hitzigen Wortwechsel bedrückt gefolgt war und sich gedacht hatte: Meine Güte, wie klug diese Ausländer doch sind! Sie wechseln zwischen zwei oder drei Sprachen hin und her, während ich nicht einmal meine Muttersprache so sonderlich gut beherrsche. Ich habe mich wohl unter der Verandatreppe versteckt, als der liebe Gott den Verstand verteilt hat.

»Rose Ann«, sagte die Baronin ruhig. »Sie dürfen ganz einfach nicht länger bei diesem Schurken bleiben. Sie müssen ihn sofort verlassen. Warten Sie! Ich *kenne* die Schwierigkeiten. Sie sind allein in einem fremden Land, dessen Sprache Sie nicht beherrschen. Und sie brauchen mir nicht zu sagen, daß er Ihr gemeinsames Vermögen verwaltet. Kommen Sie in unsere Botschaft, dann wird mein Gemahl Ihnen den Flüchtlingsstatus anerkennen. Ein Vorwand dafür wird ihm schon einfallen, legal oder nicht. Denn wenn nicht, breche ich die diplomatischen Beziehungen zu ihm ab!«

»Großer Gott!« stöhnte der Baron.

»Und zerbrechen Sie sich Ihr hübsches rotes Köpfchen wegen Ihres Mangels an Mitteln nicht. Da mein Onkel Josef, den Ihr Ungeheuer ermordet hat, mich nicht davon abbringen konnte, einen Christen zu ehelichen, gab er sein Einverständnis zu meiner Heirat mit Karl nur unter der Bedingung, daß wir eine gesetzliche Gütertrennung eingingen. So kann ich über das Vermögen nach Belieben verfügen, das er mir hinterließ, nachdem Ihr Liebling ihn erschoß. Glauben Sie mir, es wird mir ein Vergnügen sein, soviel nur erforderlich ist auszugeben, um Sie aus den Klauen dieses abgefeimten Schurken Sisimond Kurt Radetzy zu befreien. Ich bezahle Ihnen mit Freuden Ihre Rückkehr in Ihre Heimat mit allen anfallenden Kosten, kümmere mich um alle Vorbereitungen für Ihre Reise und begleite Sie persönlich nach Le Havre zu Ihrem Schiff. Und ich werde zu unser beider Schutz zwei kräftige, nicht gerade zimperliche Österreicher aus der Botschaft mitnehmen, deren Hauptaufgabe es dort ist, Karl und – in meinem Fall natürlich etwas widerwilliger – mich vor Anschlägen zu bewahren. Und da Xenophobie allen nordischen Rassen so gut wie angeboren ist, wird allein der Gedanke, daß sie möglicherweie einen Ungarn zerfleischen dürfen, sie vor Freude Luftsprünge machen lassen. Nun, was meinen Sie? Ich versichere Ihnen, bei diesem Schuft zu bleiben, kann nur zum Verlust Ihres guten Rufes, ganz abgesehen von dem Ihrer Jugend und Schönheit führen, ja sogar – wie ich sehr befürchte – Ihres Lebens.«

»A-aber – aber . . .«, stammelte Rose Ann. »Warum sollten Sie das alles tun?«

»Nennen wir es ein Brandopfer auf der Gruft meines Onkels Josef«, entgegnete Gerta von Zorndorf grimmig. »Das ist Motiv genug, mein Kind! Aber ein weiterer ist die Empörung einer echten Frau, die zusehen muß, wie eine Geschlechtsgenossin betrogen wird. Und dazu kommt noch, daß ich Sie charmante kleine Primitive ins Herz geschlossen habe.«

»Sie sagten ›betrogen‹«, flüsterte Rose Ann. »Was haben Sie damit gemeint, Frau von Zorndorf?«

»Fragen Sie Kurt Radetzy, wer die Frau – nein! Wer das andere arme mißbrauchte Mädchenkind namens Ilse ist«, sagte die Baronin bitter. »Und wer der Mann – oder vielmehr diese Kreatur männlichen Geschlechts – ist, von dem sie drei Kinder hat. Und auch, was die römisch-katholische Kirche, in deren Glauben sowohl er wie Ilse von Hohlenrühe geboren sind, über Scheidung sagt. Und ...«

»Gerta!« donnerte nun der Baron. »Schweig! Selbst um deine Rache zu befriedigen, hast du kein Recht, dieses sanfte kleine Herz zu brechen!«

Ohne ein Wort stand Rose Ann auf. Sie drehte sich um. Schritt zum Balkon, der auf die Seine schaute. Stand da, starrte in die unendliche Schwärze der Nacht. Und ihr wurde bewußt, daß sie – nichts empfand. Absolut nichts.

Hinter ihr, im Salon, mußte die Baronin von Zorndorf ihren Gemahl fast mit Gewalt davon abhalten, auf den Balkon zu stürzen, um etwas wiedergutzumachen, soweit er es vermochte.

»Nein!« sagte sie fest. »Sie wird selbst darüber hinwegkommen. Sie hat Stolz, Karl. Intelligenz, Willenskraft. Außerdem, *wie* könntest du sie beruhigen, wenn ihr keine gemeinsame Sprache habt? Indem du sie in die Arme nimmst? Ihr Gesicht mit Küssen bedeckst?«

»Das ist absolut kein schlechter Rat, Gerta«, knurrte der Baron. »Gäbe Gott, ich könnte es!«

Als Rose Ann schließlich in den Salon zurückkehrte, sah sie, daß die Baronin ihr besorgt entgegenblickte und Mitgefühl aus ihren Augen sprach sowie Bedauern, vielleicht sogar ein wenig Furcht. Sofort ging sie wieder zu ihren neuen Freunden.

»Wie fühlen Sie sich, Kind?« fragte die Baronin mit echter Besorgnis. »Ich weiß, daß ich Ihnen Entsetzliches mitgeteilt habe. Aber darüber zu schweigen, hätte mich zum Komplizen dieses unverzeihlich gemeinen Halunken gemacht. Sie müssen mir vergeben und versuchen zu verstehen ...«

»Das tue ich«, versicherte Rose Ann. »Das ist es nicht. Ich glaube, ich habe immer gewußt, daß er mich betrog, daß er mich armes, kleines, dummes Südstaatenmädchen hintergeht. Ich bin Ihnen nicht böse, weil Sie mich aufgeklärt haben, Baronin. Ich bin sicher, sobald ich den Schock überwunden habe, werde ich Ihnen dafür sogar sehr dankbar sein. Mein Hauptproblem ist im Augenblick, daß ich so entsetzlich müde bin. Ich bin einfach noch nicht wieder kräftig genug, seit dieser verdammte Yankee mir in den Bauch geschossen hat.«

Gerta blickte sie ein bißchen spöttisch an und wollte schon mokant lächeln, als sie erkannte, daß Rose Ann die reine Wahrheit gesagt hatte.

»Erzählen Sie uns doch davon«, ersuchte sie sie, »aber bitte langsam, damit auch mein Gemahl es verstehen kann.«

Rose Ann erzählte ihre bittere Geschichte und erzählte sie gut und dachte die ganze Zeit: Wenn dieser fette, pustelgesichtige und häßliche Yankee-Leutnant von Frosch nicht gewesen wär, hätte ich Kurt nie kennengelernt, und dann ... Aber plötzlich unterbrach Gerta sie.

»Warten Sie, Rose Ann«, bat sie. Dann hob sie die warme tiefe Stimme und rief: »*Venez ici, tout le monde! Écoutez l'histoire de cette trop brave fille! Croyez-moi, c'est absolument formidable!*«

So wurde Rose Ann wieder zum Star der Gesellschaft, um so mehr, da Gerta ihre Geschichte Satz um Satz in tadelloses Französisch übersetzte. Diese viktoranische Zeit war die sentimentalste, ja sogar tränenreichste Zeit der moderneren Geschichte; und außerdem war ihre Erzählung wirklich herzergreifend. Alle anwesenden Damen weinten, und jede einzelne umarmte und küßte sie. Das tat auch der Kaiser, den ihre Geschichte sichtlich erschüttert hatte. Nur Kurt verdarb die Stimmung fast, aus seinen eigenen Gründen.

»*Je me suis souvent demandé*«, sagte er, »*pourquoi ce type, lui, n'a pu étre mieux trieur . . .*«

Niemand brauchte das für Rose Ann zu übersetzen. Am Gesichtsausdruck der Umstehenden konnte sie ablesen, was Kurt gemeint hatte: »Ich frage mich oft, weshalb dieser Kerl nicht ein besserer Schütze hätte sein können!«

Ruhig ging sie zu ihm und nahm seinen Arm.

»Bring mich ins Hotel zurück, Kurt. Und wenn wir dort

sind, dann stoß mich vom Balkon unseres Zimmers. Er ist doch hoch genug, nicht wahr? Ich werde einen Abschiedsbrief hinterlassen, daß ich selbst gesprungen bin. Dann werden wir vielleicht beide unseren Frieden haben. Also komm!«

Kurt starrte sie finster an. Dann entspannte er sich. Seufzte. Sie hatte ihm an diesem Abend wieder einmal bewiesen, wie brauchbar sie war. War sie es erst einmal nicht mehr, würde es leicht genug sein, sich ihrer zu entledigen. Doch jetzt noch nicht.

»Ich habe nur Spaß gemacht, meine Liebste«, versicherte er ihr, beugte sich zu ihr hinab und küßte sie. »Eure Majestät, tausend Dank für die Gunst, die Sie mir erwiesen haben! Meine Damen, meine Herren, verehrte Gastgeber, ich bin Ihr Diener!«

Er sagte das natürlich alles auf französisch, so bekam Rose Ann nichts davon mit, außer dem Beginn schrecklicher Kopfschmerzen, die sie beim Klang einer fremden Sprache, *jeder* fremden Sprache, immer bekam.

Dann nahm er ihren Arm und führte sie hinaus.

Als sie wieder in ihrem prächtigen Hotelzimmer waren, stieß Kurt sie nicht vom Balkon. Statt dessen liebte er sie, sehr langsam und sorgfältig, bis die Sonne sich bleich durch ihr Fenster stahl und das Klappern von Hufen und Rattern von Kutschenrädern auf dem Boulevard weit unten zu hören war.

Dreiviertel tot wie üblich nach einer ganzen Nacht endloser innerer Detonationen, die alle Kraft und Geschwindigkeit des inzwischen erfundenen Gatling-Maschinengewehrs hatten, dachte sie, da sie mit ihren Liebesübungen (hoffentlich!) fertig waren, die Zeit wäre nun günstig, sich von ihm entweder bestätigen oder abstreiten zu lassen, was die Baronin Gerta von Zorndorf ihr erzählt hatte. Sie blies die nassen roten Strähnen ihres Haares aus dem blau zerbissenen und geschwollenen Mund und flüsterte:

»Kurtie-Schatz, wer ist Iehl-sie?«

»Wer ist was?« brummte er. »Oh, du meinste *Ilse.* Das ist ein Mädchenname. Ein deutscher. I-l-s-e. Eliza in Englisch, nehme ich an. Ein weitverbreiteter Name. Ich kenne mindestens zwei Dutzend Mädchen, die so heißen.«

Sie strich mühsam die schweißverklebte Mähne aus dem Gesicht und starrte ihn über eine feuchtglitzernde nackte Schulter hinweg an. Dabei fiel ihr auf, daß es im Zimmer anhaltend nach vollendeter Leidenschaft, gesättigter Lust und befriedigtem Begehren roch. (Bestimmt genau wie bei Tante Sukie nach einer geschäftigen Nacht, dachte sie bitter.)

»Nicht zwei Dutzend, Kurt«, sagte sie ruhig. »Nur eine. Eine ganz besondere. *Deine.* Die Mutter deiner Kinder. Willst du das leugnen?«

»Natürlich nicht«, sagte er amüsiert. »Ich habe überall Bastardbälger. Es ist sogar möglich, daß einige von ihnen von einem Mädchen oder auch zwei namens Ilse sind. Wie sollte ich das wissen? Ich habe nie wie ein Mönch gelebt, und wie gesagt, Ilse ist ein häufiger Name. Wenn du ihn laut auf einer Einkaufsstraße in Deutschland riefst, würden sich mindestens vierzig Frauen fragend nach dir umdrehen. Aber sag mir, wer hat davon zu dir gesprochen?«

»Die Baronin von Zorndorf«, antwortete Rose Ann.

»Diese gottverdammte Jüdin«, sagte er mit eisigem Ton. »Ich habe gesehen, daß sie dir schmeichelte, mein Liebes. Karl ist in etwa in Ordnung, aber natürlich hat er sich selbst ruiniert durch seine Heirat mit dieser jüdischen Hexe. Sobald wir an der Macht sind, geben wir ihm die Chance, sie aus dem Weg zu räumen. Und wenn er sich weigert, wird er sie in die Hölle begleiten. Was zum Teufel hat sie dir gesagt?«

»Nichts, nur daß ich dich fragen soll, wer diese Ilse ist. Und wer der Vater ihrer Kinder ist. Sag mir – bist du römisch-katholisch, Kurt?«

»Ich *war* es«, erwiderte er. »Ehe ich mit altem hebräischem Aberglauben Schluß machte. Warum?«

»Kurt«, stöhnte sie, »sag mir nicht, daß du . . .«

»Daß ich *was?*« fragte er abfällig.

»Daß du eine Frau hast und Kinder. Daß ich nur deine ausgehaltene Geliebte bin, deine Konkubine, deine Hure . . .«

Er lächelte sie an.

»Hübscher Gedanke, dieses letztere. Dann sag mir doch, wieviel ich dir für die vergangene Nacht schulde?«

»Töte mich. Jetzt gleich!« forderte sie ihn auf. »Ich hole diese kleine Pistole, die Colin mir geschenkt hat . . .«

»Revolver«, verbesserte er. »Pistolen sind flach, wie mein Derringer . . .«

»Ohhhhhh, Gott!« wimmerte sie. »Ich hole es, wie immer du es auch nennst. Denn ich kann nicht mehr leben, so weh mir das tut. Eine solche Schande ertrage ich nicht!«

Amüsiert fragte er: »Warum stürzt du dich nicht einfach, so wie du jetzt bist, vom Balkon? Du wirst berühmt werden. So etwas lieben die Franzosen. Ich sehe schon die Schlagzeilen vor mir: *Morte d'Amour! Fille Nue se Jete de Balcon de l'Huitième Étage!*«

Sie starrte ihn an, dann wirbelte sie herum und rannte. Er sprang aus dem Bett und holte sie gerade noch ein, als sie auf den Balkon dieses Zimmers im siebten Stock stürzte. Er packte sie so fest an der roten Fahne ihres Haares, daß sie auf ihr zierliches Gesäß fiel, und zerrte sie ins Schlafzimmer zurück. Dort hob er sie auf und warf sie quer auf das Bett; schmetterte seinen schlanken, muskulösen Körper auf sie und zwang sie schon allein durch die Wucht des Aufpralls, die Beine zu spreizen. Noch im gleichen Augenblick vergrub er seine erigierte Männlichkeit in ihrer straffen Scheide, und Rose Ann, schon erregt, drehte den Kopf seitwärts und schrie ins Kissen, würgte, schluchzte, keuchte, während er vor sich hin hämmerte und mit ungeheurer Heftigkeit versuchte zu kommen, zu kommen, doch vergebens, vergebens, vergebens. Aber er versuchte es weiter. Und sie übertraf Dr. Gatlings mörderische Erfindung in Tödlichkeit sowie Geschwindigkeit, starb in leibzerreißenden Salven, die geradewegs zur gefürchteten, verhaßten, schmerzhaften Hölle drangen, dann hoch, hoch, hoch, brausend der Sonne entgegen, und das Wachs von Ikarus' Schwingen schmolz über des Himmels höchsten Spitzen. Dann wieder hinunter, hinunter, hinunter, die verstreuten Federn ihrer eigenen Vernichtung hinter sich herziehend und Eiskristalle, Mikrometeoriten, Sonnenstrahlen, Flammenzungen; hinunter in die warme süße weiche Dunkelheit, in den Schoß der Zeit, wo nichts war, nicht einmal trostlose Verzweiflung.

Als sie wieder zu sich kam, saß er auf der Bettkante, blickte sie an und lächelte sein eisiges, wahrhaftig wahnbesessenes Lächeln.

»Damit wäre das Thema abgeschlossen, nicht wahr, meine Süße? Wir werden doch keine weiteren langweiligen, schauspielerisch minderwertigen Melodramen – oder Torheiten – mehr machen, oder?«

Sie senkte den Kopf, blickte mit trockenen Augen wieder hoch. Sie war nun selbst über den Trost von Tränen hinaus. »Nein. Du hast das bekommen, was dieser verdammte Yankee-General Grant von Fort Donelson verlangte: bedingungslose Kapitulation. Ich bin kein – Mensch mehr, sondern eine Sklavin. Ein Ding! Also brauche ich auch keinen Stolz mehr zu haben, nicht wahr? Und wie kann ich – könnte irgendwer – Achtung vor dem haben, was ich jetzt bin? Dein Betthäschen! Dein Spielzeug. *Nicht* – deine Hure, denn Huren werden bezahlt, nicht wahr? Deine kleine Dirne, die sich auf den Bauch wirft, um dir die Stiefel zu lecken, und hofft, daß du so gütig bist, sie nicht zu treten. Nur . . .«

»Nur was?« fragte er.

»Könntest du – würdest du – nicht wenigstens so rücksichtsvoll sein – es zu leugnen. Den Anstand haben – zu lügen? Zu sagen: Ich kenne diese Ilse nicht. Ich bin nicht mit ihr verheiratet. Ihre Kinder sind nicht von mir. Könntest du das, Kurt?«

Er lächelte sein eisiges Lächeln weiter und sagte: »Ich

kenne diese Ilse nicht. Ich bin nicht mit ihr verheiratet. Ihre Kinder sind nicht von mir. Zufrieden?«

Sie stöhnte. »O Gott!«

»Hör zu, mein Kleines«, sagte er ruhig. Er sprach in diesem freundlichen Ton, der – wie sie allmählich erkannte – zum Schlimmsten an ihm gehörte, oder vielmehr ein Symptom dafür war. »Ich bin ein Angehöriger der Superrasse, einer Elite sogar unter dem Herrenvolk, also ist die allgemeine Moral nicht auf mich anzuwenden. Ich befehle. Andere gehorchen. Vor allem Frauen. Schlaf jetzt, ja? Ich muß baden, dieser Geruch von verbrauchter Geschlechtlichkeit, den du überall an mir zurückgelassen hast, beleidigt meine Nase. Wir Deutschen sind ein reinliches Volk, weißt du?«

Die schwelende Glut einer McKenzie flammte flüchtig in ihren Augen auf. »Angenommen, ich würde, während du weg bist . . .« Den Rest ließ sie ungesagt, drohend in der grauen Morgenluft von Paris hängen, dieser grauesten aller Städte.

Er zuckte die Schultern mit einem Gleichmut, der nicht im geringsten vorgetäuscht oder übertrieben war.

»Das ist dir überlassen, meine Süße«, sagte er und verließ das Zimmer.

Und mehr noch: Am Abend erklärte er ihr ruhig: »Ich gehe aus. Du brauchst nicht auf mich zu warten und aufzubleiben, meine Liebe, denn es wird wahrscheinlich sehr spät werden.«

Sie starrte ihn an.

»Du – du gehst zu ihr!« flüsterte sie. »Du besuchst – deine *Frau* und deine Kinder . . .«

Er entgegnete ruhig, ohne merklichen Ärger. »Wir wollen eines klarstellen, Rose Ann – ein für allemal –, du stellst mir keine Fragen über mein Kommen und Gehen. Nie! Und ich habe nicht die Gewohnheit, Erklärungen abzugeben. Schwächlinge und Minderwertige erklären, nicht jedoch der, der die Macht und das Recht hat. Ich schlage vor, daß du zu packen anfängst. Wir reisen übermorgen nach London ab.«

Aber als er am Abend ihre kleine Suite verließ, saß sie im

großen Sessel und blickte von den Seiten des französischen Romans, den sie nicht lesen konnte, hinüber zu denen des Wörterbuchs, die sie nicht einmal sehen konnte. Sie trug ihren gesteppten Morgenrock, unter dem der spitzenbesetzte Saum ihres Nachthemds hervorragte. Aber was ihr zärtlich liebender Gemahl nicht wußte, war, daß sie darunter voll angekleidet war, von dem einen Kleidungsstück abgesehen, das sie verraten hätte: ihr *cage amèricaine,* denn niemand trägt im Bett Stahlreifen, die einen Reifrock stützen.

Als er ihren scheinbaren Eifer bemerkte, beugte er sich über sie und küßte sie.

»Großartig! Wenn du so weitermachst, wirst du wahrscheinlich etwas lernen. Du hast ein ausgezeichnetes Ohr, und deine Aussprache ist erstaunlich gut. Ein bißchen Übung, selbst durch das Lesen solchen Unsinns, dürfte Wunder wirken ... Gute Nacht, meine Süße. Bleib nicht zu lange auf. Nein, nein, bleib sitzen, bequem, gemütlich und – gehorsam! Ich finde schon allein hinaus.«

Knappe Minuten nachdem er die Straße erreicht hatte, war sie hinter ihm. Sie war mehr als ein bißchen atemlos von den Stufen der sieben Stockwerke, die sie hatte hinunterlaufen müssen. Denn 1862 gab es zwar in New York in mehreren Hotels bereits Aufzüge, die dampfbetrieben waren und »vertikale Bahn« genannt wurden, doch in Europa war diese Neuerung noch nicht eingeführt und würde es auch erst werden, wenn die Elektrizität sie erleichterte.

Sie sah, wie der majestätische Protier des Hotels eine Droschke für Kurt anhielt, sich wegen des großzügigen Trinkgelds respektvoll verbeugte und sich lächelnd wieder aufrichtete. Aber sie wollte nicht, daß der Portier auch für sie eine Droschke rief, denn sie wollte nicht, daß er sie sah, und viel weniger wollte sie ihm sagen, wohin sie fuhr. So senkte sie den Kopf, wandte das Gesicht der Straßenseite des Trottoirs zu, damit er sie nicht erkennen konnte, und eilte an ihm vorbei zur nächsten Ecke. Sie hatte Glück. Dort stand eine Droschke.

Doch damit war es auch schon vorbei mit ihrem Glück.

Sie deutete auf die geschwind davonfahrende Droschke, in der Kurt saß, und zischte auf wahrhaft melodramatische Weise: »Folgen Sie dieser Droschke!«

Doch noch ehe sie den Türgriff drücken konnte, um einzusteigen, bemerkte sie, daß der Droschkenkutscher sie mit seinen kleinen blauen Augen, die er über dem gewaltigen Schnurrbart eines napoleonischen Feldmarschalls weit aufgerissen hatte, verblüfft anstarrte.

»*Qu'est-ce que vous m'avez dit, mâmzelle?*« fragte er.

»Ohhhhh, Gott!« stöhnte Rose Ann, dann schrie sie ihn an: »Ich sagte: Folgen Sie dieser Droschke!«

Aber armen, unwissenden Ureinwohnern eine Sprache verständlich zu machen, indem man sie nur immer lauter werdend herausbrüllt, dauert Generationen. Und Rose Ann hatte nicht einmal Minuten. Sie hüpfte nun in ihrer ungeheuren Wut auf die Sturheit der Franzosen auf und ab.

»Ich sagte«, kreischte sie, »folgen . . .« Da sah sie, was der Droschkenkutscher tat. Er hatte den Zeigefinger zur Stirn gehoben und beschrieb dort einen kleinen Kreis – ein uraltes Zeichen, das selbst Rose Ann erkannte. Die Franzosen hatten im Lauf ihrer Geschichte allzu viele ungebetene Gäste gehabt – vor allem Engländer und Deutsche –, und so waren sie zu dem fremdenfeindlichsten Volk in ganz Europa geworden. Und seit unendlicher Zeit schon sahen Pariser Droschkenfahrer die Touristen – aus gutem Grund – als eine sehr niedrige Sparte Mensch an. Dieser beschrieb sogar noch einen weiteren unmißverständlichen Kreis unmittelbar an der Schläfe.

»*Vous êtes folle, vous*«, sagte er lakonisch, schlug seinem alten Gaul die Zügel leicht über den Rücken und fuhr weiter. Rose Ann blieb händeringend und weinend zurück.

Ignoranz ist gewöhnlich der teuerste Luxus. Aber in Rose Anns Fall, wer weiß? Da sie wirklich weder bereit noch darauf vorbereitet war, ihren Kurtie-Schatz zu diesem Zeitpunkt aufzugeben, war der Stupser, den der Narrentöter ihr mit seinem Streitkolben versetzte, wirklich ganz sanft – was gesagt werden sollte.

10

Rose Ann blickte über den Tisch des fast saalgleichen Eßzimmers, des außerordentlich luxuriösen – und für sie, die viel von der instinktiven Genügsamkeit ihrer sparsamen schottischen Vorfahren im Blut hatte –, unverschämt teuren Appartements hinweg. Kurt hatte es in Washington, im District of Columbia, gemietet, der Hauptstadt jener Nation, gegen die die beiden Männer kämpften, die sie am meisten auf der Welt liebte – ihr Bruder Jeff und ihr Schwager (»der Mann meiner *Schwester*«, ermahnte sie sich sofort, wie immer, wenn sie an ihn dachte und sie sein schmales spöttisches Gesicht vor ihrem inneren Auge sah). Und sie kämpften, um das zu verteidigen, was ihnen allen lieb und teuer war.

»Sie wirken – besorgt, Gräfin«, sagte ihr Tischnachbar, Ferdinand Graf von Zeppelin.

»Ich *bin* besorgt.« Rose Ann seufzte. »Sie sind sich meiner Sentiments bewußt, doch hier ist wohl kaum der richtige Ort, sich darüber zu unterhalten. Sagen wir so, Graf . . .«

»Ferdi, bitte!« sagte Graf von Zeppelin.

»Gut, aber nur, wenn Sie mich Rose nennen. Einverstanden?«

»Einverstanden. Aber bitte sprechen Sie doch weiter, liebe Rose. Sie wollten mir von Ihren Sorgen erzählen. Glauben Sie mir, ich bin ganz Ohr.«

»So leicht ist es gar nicht, davon zu reden«, sagte Rose Ann. Sie mochte Graf von Zeppelin sehr, den neuen Militärattaché der preußischen Botschaft. Er war ein großer Mann, stattlich, ungemein gut aussehend, und vor allem erinnerte er sie an ihren guten Freund Heros von Borcke, dem er tatsächlich sehr ähnlich sah. Das erinnerte sie an Baronin von Zorndorfs Worte, daß es kaum einen Unterschied zwischen Pommern und Preußen gäbe. »Weil sie im Grunde genommen mit meiner Stimmung zusammenhängen«, fügte sie traurig hinzu. »Ich wurde im Norden erzogen, so wußte ich immer, daß wir – unsere Seite – nicht gewinnen können. Aber ich tröstete mich mit dem Gedanken, daß wir – nun – die besseren Menschen sind. Edler. Intelligenter. Mit höherer Zivilisation . . .«

Ferdinand von Zeppelin schüttelte den mächtigen Kopf.

»Tut mir leid, meine liebe Rose«, sagte er rauh, »aber es dürfte ziemlich schwierig sein zu beweisen, daß ein Volk, das seine schwarzen Sklaven mit der Peitsche zur Arbeit in den Feldern antreibt, eine höhere Zivilisation hat als andere, die so etwas nicht tun . . .«

»Sie haben ja recht«, seufzte sie. »Ich könnte natürlich mit all den alten Argumenten über die entsetzlichen Zustände der Fabrikarbeiter im Norden kommen – die reine Lohnsklaven sind. Aber man wäscht sich selbst nicht dadurch rein, indem man andere anschwärzt. Außerdem können sich die Fabrikarbeiter, da sie frei sind, organisieren und allmählich ihre Lage verbessern. Während unsere ›eigentümliche Institution‹, die Sklavenhaltung, uns mit sich hinunterzieht . . .«

»Sie ist etwas, über das die Welt hinausgewachsen ist«, sagte von Zeppelin. »Ihre Konföderation ist ein Anachronismus – per se. Genau wie das österreichisch-ungarische Reich und all die kleinen Kurfürstentümer und Großherzogtümer von Deutschland, ehe Sie mich daran erinnern! Aber wir Preußen werden etwas dagegen unternehmen. Doch Sie erwähnten die Organisation von Arbeitern, ist das nicht etwas, gegen das Ihr teurer Gemahl sehr ist? Unser Geheimdienst, der etwas besser als der österreichische ist, ist sicher, daß er mit dem kürzlichen Zwischenfall in London zur Weihnachtszeit etwas zu tun gehabt hat.«

Rose Ann blickte über das Zimmer mit den vielen Gästen hinweg zu Kurt hinüber. Denn bereits jetzt drängte man sich in der vornehmen Gesellschaft Washingtons um Einladungen zu den Soiréen, die Graf und Gräfin Radetzy gaben. Er scherzte und lachte mit einer kleinen Gruppe, die sich um – dieses absolute Beispiel militärischer Dummheit! dachte sie – Brigadegeneral James W. Ripley, Lincolns Feldzeugmeister, geschart hatte.

»Das *hatte* er«, erwiderte sie mit eisiger Wut. »Er hat diesen bezahlten Attentäter zu der Versammlung geschickt, um Karl Marx umzubringen. Ich habe auch andere Vorstellungen als Marx, aber ich halte nichts davon, daß man Menschen gleich umbringt, nur weil sie eine andere Meinung haben oder weil die Länge oder Form ihrer Nase meine ästhetischen Sinne beleidigt! Wirklich bedauerlich, daß die Arbeiter den Schützen so verprügelten, daß er starb, ohne vorher sein Bewußtsein wiedererlangt zu haben, denn sonst . . .«

»Sonst hätte man Ihren Gemahl verhaftet und ihm den Prozeß gemacht. Und so, wie die englischen Gesetze sind, hätte er das Tageslicht für viele Jahre nur durch Gitter gesehen«, sagte Ferdinand von Zeppelin ernst. »Was mich zu einem Punkt bringt, über den ich mir Gedanken mache, seit wir uns kennenlernten, meine teure Rose . . .«

»Bei dieser Ballondemonstration auf dem Rasen des Weißen Hauses«, sagte Rose. »Haben Sie all die Geheimnisse erfahren, derentwegen das preußische Oberkommando – wie Kurt schwört – Sie herübergeschickt hat, lieber Ferdi?«

»Natürlich nicht – leider!« Graf von Zeppelin lachte. »Ballons sind in der Kriegführung nutzlos, vor allem deshalb, weil wir entflammbare Gase verwenden müßten, damit sie aufsteigen. Mein Traum ist, ein System zu erfinden, das sie mit eigenem Antrieb bewegt, und ein Steuerungssystem, das so gut wie das eines Schiffes ist. Es wurde natürlich schon einmal geschafft, wenn auch auf beschränkte, primitive Weise. Der Franzose Henry Giffard flog einen wurstförmigen Ballon, den er mit einer kleinen Dampfmaschine von drei PS antrieb, von Paris nach Trappes – und das war schon 1852. Seine Ideen waren mehr oder weniger korrekt, aber die

Materialien, die er für ihre Ausführung hatte, waren erschreckend primitiv. Eine Dampfmaschine ist zu schwer und setzt wahrscheinlich das Luftschiff auch noch in Brand. Der Treibstoff dafür wiegt ebenfalls zuviel, also läßt sich kaum noch etwas anderes mitnehmen ...«

»Wie – Bomben«, warf Rose Ann bitter ein.

»Nun – ja«, gab Graf von Zeppelin widerwillig zu, »aber in Friedenszeit, meine liebe Rose, Passagiere, Post und Güter. Diese Wurstform – oder vielmehr Zigarrenform war sehr gut. Feine Überwindung des Luftwiderstandes. Aber es muß fester gemacht werden – etwas wie ein inneres Gerüst fehlt. Doch woraus? Und die Motoren? Jeder müßte eine Leistung von mehreren hundert Pferdestärken haben, und doch darf jedes PS nicht mehr als fünf Pfund wiegen. Nur drei wären natürlich besser, zwei ideal und eins ist mein unmöglicher Traum! Doch so, wie es um die Wissenschaft und unser Allgemeinwissen bestellt ist, wird die Idee wohl über das menschliche Vorstellungsvermögen gehen, fürchte ich. Aber wie kann ich eine so hübsche Frau wie Sie mit diesen technischen Dingen langweilen! Verzeihen Sie.«

»Sie haben mich absolut nicht gelangweilt. Ich finde alles entsetzlich interessant. Und Sie *werden* es schaffen, Ferdi. Eines Tages werden Ihre Luftschiffe den Himmel in allen Richtungen überqueren. Da bin ich ganz sicher!«

Sie meinte nicht wirklich, was sie sagte. Sie wollte dem großen, gutaussehenden, preußischen Junker nur auf leicht kokette Weise ein Kompliment machen, und ahnte nicht, daß Graf Zeppelin ein halbes Jahrhundert später ihre Worte wahrmachen würde.

»Aber wechseln wir auf jeden Fall das Thema«, sagte der Graf ruhig. »Ihre Ablenkungstaktik ist großartig, Rose, doch ich bin beharrlich. Sie können natürlich sagen, daß die Sache mich absolut nichts angeht und deshalb die Antwort verweigern. Das steht Ihnen natürlich frei. Und ich möchte mich schon entschuldigen, ehe ich die Frage stelle. Aber verraten Sie mir, wie in aller Welt kam ein Mädchen, so schön und intelligent wie Sie, dazu, einen Wahnsinnigen wie Zizi – oder vielmehr Kurt – Radetzy zu heiraten?«

Sie antwortete feierlich: »Er hielt um mich an. Und da ich nicht mehr die Jüngste war und mich sonst niemand um meine Hand gebeten hatte und ich doch keine alte Jungfer werden wollte ...«

»Ich entschuldige mich, Rose. Es tut mir wirklich leid«, versicherte Ferdinand von Zeppelin.

»Nein, *ich* muß mich entschuldigen.« Sie seufzte. »Ich habe ihn geheiratet, weil er ganz einfach das schönste männliche Wesen war, das mir je unter die Augen gekommen ist und ...«

»Und Sie ihn liebten oder es zumindest glaubten?«

»Nein«, antwortete sie tonlos. »Das glaubte ich nicht. Er konnte mich nie täuschen. Die Schlange hat den Vogel nur in ihren Bann gezogen, ihn hypnotisiert, nichts weiter. Nur daß das etwas zu vereinfacht erklärt wäre. Sagen wir, Gott macht sie, doch sie finden zueinander. Aber seltsam, daß Sie davon sprechen, ich war der Meinung, daß Sie sein Freund wären ...«

»Ich *war* es«, entgegnete von Zeppelin steif. »Es ist Ihnen sicher bewußt, daß Ihr – eh – Gemahl sich mit seinem betörenden Charme mühelos Freunde schafft, nur bleiben sie ihm nicht. Nicht nachdem sie ihn richtig kennengelernt haben.«

»Sie sagen das mit mitfühlender Milde, Ferdi. Doch Ihre Feststellung – Ihre galante Untertreibung – bezieht sich nicht auf – seine Frauen, lieber Freund. Ihre Sorge um mich ist – rührend. Aber vergeudet. Man braucht nicht so sehr auf die Gefühle einer – armen, in den Schmutz gezogenen Konkubine zu achten, Graf von Zeppelin! Sie kennen – Ilse, nicht wahr? Und die Kinder? Erzählen Sie mir von ihnen. Wie viele sind es? Wie sind sie? Reißen sie lebenden Vögeln die Flügel aus? Blenden sie arme, kleine Kätzchen mit glühenden Eisen?«

»O Gott!« flüsterte er und starrte sie verblüfft an. Der Kragen seiner prächtigen Uniform schien ihn zu würgen. Da sah er, wie tief in ihren Augen Tränen schimmerten. Er beugte sich vor und strich mit einer rosigweißen Prankenhand sanft über ihre Wange.

»So hat er also ein falsches Spiel mit Ihnen getrieben?« sagte er leise. »Ist eine Ehe mit Ihnen eingegangen, die . . .«

»Die Bigamie ist«, beendete Rose Ann den Satz für ihn und schüttelte die Tränen aus den Augen. »Und ich danke Ihnen für Ihren Gentleman-Instinkt, der Sie erkennen ließ, das es so sein mußte. Ich glaube nicht, daß es Ihnen gegenüber nötig ist, auch nur zu erwähnen, daß ich – wenn auch vielleicht nicht den nötigen Anstand, den ich mir selbstgerecht einbilde zu haben – über ausreichend Stolz verfüge, eine so zweifelhafte Verbindung nicht einzugehen. Und nun bitte ich Sie um einen wirklich ungeheuren Gefallen, Ferdi: Fragen Sie nicht, weshalb ich ihn nicht verlassen habe, obwohl er mich rechtlich nicht halten kann. Ich – ich *kann* es Ihnen nicht sagen.«

»Warum nicht?« fragte der Graf. »Sie würden feststellen, daß ich sehr verständnisvoll bin . . .«

»Weil ich feige bin«, flüsterte sie dumpf. »Ich bin ganz einfach nicht tapfer genug, um mich den logischen Konsequenzen meiner Sünden zu stellen. Ich weiß,daß ich das Schlimmste verdiene – all den Spott, all die Verachtung, die anständige Leute mir ins Gesicht werfen können, die schrecklichste Strafe, die Gott der Allmächtige auf mich herabschicken könnte –, aber ich bin so schwach und heuchlerisch, daß ich vor den Augen der Welt zu verbergen versuche, was ich wirklich bin. Natürlich ist mir völlig klar, daß mir das auf die Dauer nicht gelingen wird. Und an dem Tag, da meine Schande aufgedeckt wird, werde ich nur noch eine Entscheidung treffen müssen . . .«

»Welche?« fragte der Graf sehr leise.

»Wie ich sterben werde? O nein, nicht auf die einfachste, die schnellste und die leichteste Weise. Die – langsamste. Die schmerzhafteste. Gebe Gott, daß ich die Würde wiedererlange, die ich einst hatte, damit ich mich bestrafen kann für das, was ich bin. Oder um zumindest mit der Strafe anzufangen. Seine Satanische Majestät und all die netten kleinen Teufelchen werden dann schon weitermachen . . .«

»Großer Gott!« entsetzte sich von Zeppelin. »Rose, hören Sie mir zu! Was Sie da reden, ist eine schreckliche Blasphemie. Nur Gott hat das Recht, über uns zu richten! Wir selbst dürfen es nicht! Und er in seiner unendlichen Güte hat immer und immer wieder viel schlimmere Sünden verziehen als die, derer Sie sich selbst beschuldigen. Außerdem, glaube ich, haben wir bereits die Lösung für alle Ihre Probleme. Ich meine damit natürlich den jungen Forrester. Er ist ein feiner und gutaussehender Bursche, wie er jedem jungen Mädchen gefallen kann. Und er betet Sie ganz offensichtlich an. Übrigens – ich habe ihn heute noch gar nicht hier gesehen. Haben Sie ihn nicht eingeladen?«

»Greg? Oh, er wird bald hier sein. Mit jemandem, den ich ihn bat mitzubringen, damit ein bißchen Aufregung in diese Gesellschaft kommt. Was ein weiterer Beweis für meine Verdrehtheit ist, nehme ich an. Denn wenn General Ripley Oberst Hiram Berdan durch diese Tür treten sieht, wird ihn der Schlag rühren, und das werde ich genießen. Was Greg Forrester betrifft, gebe ich ehrlich zu, daß ich ihn gut leiden kann und mich auch mit Leichtigkeit in ihn verlieben könnte, wenn ich es mir gestattete. Nur werde ich das nicht. Und fragen Sie mich bitte nicht, weshalb. Die Antwort darauf ist genau die gleiche wie auf die Frage, die ich Sie vor einer Weile bat, mir nicht zu stellen. Mit anderen Worten, der Grund, weshalb ich Kurt nicht verlassen kann und Greg nicht lieben werde, ist derselbe und genauso unaussprechlich – in beiden Fällen . . .«

»Ich muß gestehen, daß ich Sie nicht verstehen kann.« Graf von Zeppelin seufzte.

»Ich bin ein hoffnungsloser Fall«, sagte sie bitter. »Doch nun sollten wir uns lieber unter die Menge mischen, ehe die Klatschbasen dieser Stadt auch *Sie* auf die Liste all der armen Unschuldslämmer setzen, die ich angeblich verführt habe, lieber Ferdi. Doch würden Sie mir zuvor, bitte, noch etwas verraten? Sie kennen Kurts *Ehe*frau Ilse doch, nicht wahr? Wie ist sie? Bitte die Wahrheit! Sie müssen meine Gefühle nicht schonen. Solch freundliche Skrupel sind unnötig. Ich bin inzwischen abgehärtet. Ist – sie schön? Leidenschaftlich? Intelligent? Reich? Aristokratisch? Von Adel?«

»Eine Hand wäscht die andere«, sagte der Graf. »Ich erzähle es Ihnen, wenn Sie mir verraten, wie es Zizi – Kurt – schaffte, plötzlich so erstaunlich reich zu werden. Solange ich ihn kenne, hatte er nie auch nur einen roten Heller in der Tasche. Aber so, wie Sie beide jetzt leben, die strahlenden Gesellschaften, die Sie *jedes* Wochenende geben . . .«

»Das ist einfach erklärt«, erwiderte sie. »Durch Tricks und Betrug. Er machte Louis Napoleon weis, er könne seinem Marionettenkaiser unten in Mexiko die Yankees so lange vom Hals halten, bis das französische Protektorat dort auf festen Füßen steht. Kaum waren wir dann in London angekommen, ist er in das, was man dort die City nennt, gegangen und hat mit Louis' Geld an der Börse spekuliert. Und hat er dabei vielleicht sein Hemd verloren, wie jeder *normale* Mann in einem solchen Fall? Von wegen! Er hat hunderttausend Pfund Reingewinn gemacht! Einen Teil davon hat er ausgegeben für seinen Versuch, Marx töten zu lassen. Erstens, weil Karl Marx ein Jude ist, und zweitens, weil die Arbeiterklasse ihren Platz kennen und behalten und sich untertänig verbeugen sollte, wenn mein lieber Kurtie vorbeigeht; Ideen, die das *Kommunistische Manifest* nicht gerade in ihnen weckt. Aber das hat ihn nicht viel gekostet. Ungeschickte Pfuscher wie dieses mörderische Werkzeug, das er sich da gekauft hat, sind billig. Danach lernte er einen äußerst edlen Lord kennen, der durchaus bereit war, Kurt für einen Preis in Kreise einzuführen, wo man mit Spekulationen viel Geld machen konnte. Der Preis war – ich. Dieser senile Narr zog mich so oft mit den Augen aus, daß ich fast eine Lungenentzündung bekam, ohne zu wissen, wieso. Er machte Kurt auf etwas wirklich Gutes aufmerksam: auf zwei eisengepanzerte

Schiffe, die in Lairds Werft lagen, angeblich für die türkische Regierung. Oder für Dänemark. Oder für China. Die Lüge wurde jeden Tag geändert. Tatsächlich waren sie für unsere glorreiche Konföderation bestimmt. Und wenn sie erst mal durch die hohe See pflügen wie die *Alabama*, müßten unsere Anteile an ihren Prisengeldern uns zu Millionären machen. Kurt konnte früh einsteigen, dank der Absichten Seiner Lordschaft auf meine heilige Ehre. Das war sehr gut. Denn bald darauf erreichte die Nachricht von dem grauenvollen Gemetzel bei Fredericksburg die City, und jedes hohe Tier mit Zähnen wie der alte Dobbins und jede hochgeborene Ladyschaft mit einem Kinn bis zu den Knien wollte Anteile haben, was den Preis dafür himmelhoch nach oben schnellen ließ. Also müßten wir eigentlich für den Rest unseres Lebens finanziell ausgesorgt haben. So, aber jetzt sind Sie dran. Erzählen Sie . . .«

»Noch nicht!« entgegnete der Graf streng. »Der – Preis. Haben Sie ihn – bezahlt?«

Rose stand auf und machte ihm den hübschesten und spöttischsten Hofknicks, der nur denkbar war.

»Ich bin – eine gehorsame Gattin, Eure Exzellenz«, sagte sie.

»Ach Gott!« flüsterte von Zeppelin. »Nun gut, ich ziehe es vor, Ihnen nicht zu glauben, meine Rose. Und was Ilse betrifft. Sie ist nicht – schön, aber – voller Liebreiz, würde ich sagen. Weich, süß und sehr sanft. Von hellstem Blond. Ich bin überzeugt, Kurt heiratete sie, um sicherzugehen, daß seine Kinder nicht ihm ähnlich sehen würden. Er leidet entsetzlich unter seinem exotischen Aussehen, wissen Sie? So schön er auch ist, Ihr – Liebster –, wirkt er doch viel eher wie ein Asiat denn ein Europäer. O ja! Dann mußte er aus dem Reich fliehen, weil . . .«

»Weil er den jüdischen Bankier Steinermann ermordet hat«, warf Rose Ann gequält ein.

»Ja, so ist es. Ilses Eltern, die von Zizis Eskapaden genug hatten, versuchten die Ehe annullieren zu lassen. Aber das gelang ihnen nicht. Denn so hilfreich die kirchlichen Behörden auch sind, waren da immerhin die Kinder. Zwei Mädchen und ein Knabe. Schöne kleine Dinger . . .«

»Sie werden – zu Ungeheuern werden«, sagte Rose Ann düster. »Der Junge zumindest . . .«

»Das ist schon möglich. Jedenfalls weigerte Ilse sich heftig dagegen, die ehelichen Bande zwischen sich und ihrem Herrn und Gebieter durchtrennen zu lassen, so daß der Herzog und die Herzogin von Hohlenrübe . . .«

»Herzog!« rief Rose Ann und warf die Hände in spöttischer Verzweiflung hoch. »Dachte ich es mir doch, daß er es unter nichts Geringerem tun würde. Sagen Sie mir, Ferdi, hätte es denn nicht auch königliche Prinzessinnen gegeben?«

»Sicher. Aber ihnen hätte man bestimmt nicht erlaubt, einen Abenteurer wie Zizi zu heiraten, dessen Titel zwar echt ist, ihm aber rechtlich nicht mehr zusteht, seit seine Mutter ihn als Kind als Österreicher naturalisieren ließ. Wissen Sie, sie entwickelte eine ziemliche Abneigung gegen alles Ungarische, weil sie zu lange gezwungen gewesen war, unter diesen schrägäugigen Barbaren zu leben. Jedenfalls, wie ich schon sagte, mußten der Herzog und die Herzogin ihre Absicht aufgeben, schon deshalb, weil Ilse mit ihren Kindern nach Paris durchbrannte, nur weil sie gehört hatte, daß Zizi – Kurt – dort sei. Er war es aber nicht, und so wäre sie mit ihren Kleinen fast verhungert. Nun schicken ihre Eltern ihr regelmäßig Geld, denn sie weigert sich, nach Österreich zurückzukehren, weil – wie sie glaubt – Radetzy gewiß einmal in Paris auftauchen wird . . .«

»Ist er auch«, warf Rose Ann trocken ein. »Also werden es wohl bald *vier* Kinder sein. Oh, gut! Hier ist Greg mit dem Oberst. Kommen Sie. Der Spaß beginnt!«

Und sie täuschte sich nicht. Als sie den Rand der Gruppe erreichte, erzählte Brigadegeneral James Ripley gerade: »Und da war er unser langer schlaksiger Affe von Präsident und zielte kniend mit diesem lächerlichen Schießgewehr von Karabiner auf die Zielscheibe. Dann schoß er bumm, bumm,

bumm – siebenmal. Und wie viele Löcher waren auf der Scheibe zu sehen? Ich versichere Ihnen, meine Damen und Herren – nicht eines! Also sagte ich zu ihm: ›Sehen Sie, Mr. President – dieses kleine Spielzeug vergeudet nur Munition! Solange ich Feldzeugmeister bin, *weigere* ich mich, das Geld der Steuerzahler so zum Fenster hinauszuwerfen!‹«

»Das einzige, was diese Geschichte beweist«, fiel Oberst Berdan nun eisig ein, »ist, daß der Präsident ein schlechter Schütze ist, nicht aber, daß der Spencer-Karabiner ein schlechtes Gewehr ist. *Ich* beispielsweise traf mit diesem großartigen Repetiergewehr mit allen sieben Kugeln seines Magazins nicht nur ins Schwarze, sondern auch in einem Muster, das sich mit einer Handfläche bedecken ließ. Aber leider sind weder der Spencer noch der Henry in ausreichender Zahl vorhanden, als daß man auch nur ein Regiment damit ausrüsten könnte, was hauptsächlich Ihrer Einmischung zuzuschreiben ist, General. Aber zumindest ist wenigstens der Sharps-Hinterlader in voller Produktion. Und obgleich meine Jungs fast rebellieren mußten, um ihn zu kriegen, haben wir ihn jetzt, bei Gott! Und ich trage nun eine Verfügung des Präsidenten in meiner Tasche, die Ihnen befiehlt, uns damit auszurüsten, General. Und der Präsident, falls Sie das vergessen haben sollten, ist der Oberbefehlshaber der Streitkräfte der Republik und hat damit wohl einen etwas höheren Rang als Sie!«

»Ich erkenne diese Verfügung nicht an!« heulte Ripley auf. »Ich werde nicht dulden, daß unsere Truppen mit Repetiergewehren und Hinterladern ausgestattet werden und Mengen von Munition vergeuden!«

»Lieber vergeuden Sie Menschenleben«, sagte Oberst Hiram Berdan scharf. »Es ist ganz offensichtlich, daß Sie nie im Fronteinsatz waren, General. Oh, ich gebe ja zu, daß hinter einer Feldschanze auch der Springfield-Vorderlader gut genug ist, aber da tut es jedes andere einigermaßen genaue Gewehr ebenfalls, selbst die alte vorrevolutionäre War-Kentucky-Steinschloßflinte. Sie reden vom Vergeuden des Geldes der Steuerzahler, aber ich bin völlig sicher, daß es eben diesen Steuerzahlern viel lieber wäre, Sie würden ihr Geld vergeuden statt ihre Söhne. In jeder der bisherigen Schlachten kam es zum größten Teil der Verluste – unserer und der des Feindes – nur aus dem einen Grund, daß ein Soldat nur einmal schießen kann und er dann mitten auf dem Schlachtfeld – unter Beschuß! – stehenbleiben muß, um wieder zu laden, was bei einem Vorderlader so umständlich ist, daß er dazu drei Minuten braucht. Drei Minuten, in denen er aufrecht stehen muß und so eine großartige Zielscheibe für jeden Scharfschützen des Feindes abgibt. Danach kann er natürlich wieder schießen, aber eben auch nur ein einziges, armseliges Mal, ehe er mit dieser geradezu selbstmörderischen Prozedur – auf dem Schlachtfeld jedenfalls – von neuem anfangen muß. Das heißt, wenn er überhaupt so lange am Leben bleibt, um auch nur eine weitere Patronenhülse aus seinem Patronenbeutel herauszuholen. Bei Antietam und Fredericksburg schafften die meisten das nicht. O Gott! Geben Sie mir eine Infanteriedivision, die mit Spencers oder Henrys ausgerüstet ist, dann treibe ich die ›Rebs‹ innerhalb einer Woche in den Golf von Mexiko!«

»Viel eher wird dieses hübsche Spielzeug nach der ersten Runde auseinanderbrechen, oder Sie werden Ihre gesamte Munition in fünf Minuten in die Luft jagen!« höhnte General Ripley. »Ich sagte Ihnen, Oberst Berdan, solange ich Geldzeugmeister bin, werden die Truppen kampferprobte und zuverlässige Waffen bekommen und nicht dieses Wahnsinnszeug von verrückten Erfindern!«

Oberst Hiram Berdan wandte sich zu seinem Freund Gregory Forrester um.

»Möge Gott in seiner unendlichen Güte«, sagte er fast betend, »mich und die Männer unter meinem Befehl von Idioten wie diesem erlösen!«

Aber Greg hörte ihn überhaupt nicht. Verloren und benommen hing sein Blick an Rose Ann und formte ihr Gesicht mit Meißelschlägen reinsten Lichtes in die parfüm- und kerzenwachsgeschwängerte Luft, und das qualvolle Verlangen in seinen tiefblauen Augen schrie lauter als eine Stimme. Rose Ann blickte ihn an und dachte: O Gott, wenn ich ihm nur früher begegnet wäre, als ich noch die Frau eines anständigen Mannes hätte werden können ... Aber jetzt geht es nicht mehr, Greg, du feiner, aufrechter, edler, guter lieber Junge, denn ...

Da hörte sie Kurts eisige Stimme mit Messerschärfe die plötzliche Stille durchschneiden. »Oberst, Sie befinden sich in meinem Haus, und nicht einmal als eingeladener Gast. Ich muß Sie deshalb ersuchen, dem General den ihm aufgrund seines Rangs zustehenden Respekt zu erweisen, ganz von der Tatsache abgesehen, daß er völlig recht hat, was die Spielzeuge für einen zukünftigen Krieg betrifft. Und wenn Sie sich nicht wie ein Offizier und Gentleman benehmen können, muß ich Sie höflich ersuchen zu gehen.«

»Sie brauchen mich um nichts zu ersuchen, Graf«, sagte Hiram Berdan, »denn genau das hatte ich ohnehin vor. Ich hatte überhaupt nicht beabsichtigt, diese Grube von Mokassin-Schlangen zu betreten. Aber Greg sagte mir, daß der General hier sei, und es war meine Pflicht, ihm die Verfügung des Präsidenten zum frühestmöglichen Zeitpunkt zu überbringen. Die beiden Verfügungen des Präsidenten, von denen ich eine bereits übergab. Da Abraham Lincoln ein gütiger Mann ist, mit einem Maß von Geduld, das mir unbegreiflich und manchmal sogar lähmend für den Erfolg unserer Streitkräfte erscheint, bat er mich, die andere zurückzuhalten, außer Brigadegeneral Ripley zwinge mich, sie ihm kundzutun. Die Bedingung, unter der ich des Präsidenten zweite Verfügung, von ihm als dem Oberbefehlshaber der Streitkräfte der Republik an den ihm unterstehenden General Ripley vorlesen soll, ist bereits erfüllt. Diese Bedingung war, daß der General, wie bereits mehrmals zuvor, sich hartnäckig weigert, einen direkten Befehl des Präsidenten auszuführen. Doch da ich für absolute Fairneß bin, erkenne ich an, daß General Ripleys Weigerung im Ärger geäußert wurde.

So gebe ich ihm hiermit die Möglichkeit, sie zurückzuziehen. Ich frage Sie nun in Anwesenheit dieser Zeugen: Brigadegeneral James R. Ripley, weigern Sie sich immer noch, diese präsidiale Order auszuführen, die von Mr. Lincoln persönlich unterzeichnet ist und die Sie anweist, mein Regiment von Scharfschützen ohne Aufschub mit den von uns angeforderten Sharp-Hinterladern auszurüsten?«

Er holte die Verfügung des Präsidenten aus der Brusttasche und streckte sie General Ripley entgegen.

Kochend vor Wut riß der General sie ihm aus der Hand, zerknüllte sie und warf sie auf den Boden.

»Da haben Sie Ihre Antwort, Oberst!« brüllte er.

»In diesem Fall«, sagte Hiram Berdan, »ersucht mich der Präsident, Sie davon zu informieren, daß Sie Ihres Postens als Feldzeugmeister enthoben sind und daß Sie sofort in den Ruhestand zu treten haben, selbstverständlich in Ihrem gegenwärtigen Rang. Was beweist, daß Abraham Lincoln ein Heiliger ist. Denn wenn man bedenkt, wie viele Leben uns Ihre maultierhafte Sturheit und Ihre eselhafte Dummheit gekostet hat, würde ich Sie an seiner Stelle zum Rekruten degradieren und für den Rest Ihres Lebens zum Latrinendienst einteilen. Und das nur, weil ich Ihre Handlung so sehr zu Ihren Gunsten auslege, wie es nur möglich ist. Denn wenn ich mich hier umschaue und die Gesellschaft sehe, in der Sie sich bewegen, steigt mir der unverkennbare Geruch von Verrat in die Nase, auch wenn er zum Teil süß parfümiert ist. Was mich erinnert . . .«

Er wirbelte auf den Absätzen herum und stellte sich vor Kurt.

»Sie haben mir bereits die Tür gewiesen, Graf Radetzy«, sagte er ruhig, »aber es könnte sehr leicht sein, daß ich wiederkomme, sowohl ungeladen wie auch unangemeldet. In Begleitung einiger Freunde aus dem Geheimdienst. Die – eh – politischen Verbindungen der Leute, die Sie – und Ihre charmante Gemahlin – einladen, erscheint ihnen ein wenig, sagen wir, eigenartig. Jeder bekannte Copperhead in der

Stadt war zu dem einen oder anderen Zeitpunkt Ihr Gast, genauso wie die meisten der prominenten Herren aus dem Süden mit ausgesprochen zweifelhafter Loyalität. Hohe Offiziere von – unsicherer Haltung, mit hohen Ambitionen und leeren Köpfen, die wir nur allzugut kennen, jene, die labil genug sind, sich kaufen . . .« Er hob einen Mundwinkel unter dem schweren Walroßschnurrbart zu einem leicht lüsternen Lächeln und blickte Rose Ann an. ». . . oder verführen zu lassen, scheinen besondere Günstlinge Ihrer Gastlichkeit zu sein. Wäre ich mit dem exklusiven Besitz einer so jungen und schönen Frau wie der Ihren gesegnet, Sir, würde ich sie hinter Schloß und Riegel halten. Sie scheinen natürlich anderer Ansicht zu sein, was selbstverständlich Ihr Recht ist. Doch als selbsternannter Sprecher einiger der jüngeren Offiziere, die unseren Patriotismus nicht auf die leichte Schulter nehmen, möchte ich Sie darauf hinweisen, Graf, daß Reisen bildet. Sie zeigen mir Ihre Tür, ich Ihnen den nächsten Hafen. Doch nach allem, was unsere guten Freunde von Scotland Yard uns mitteilten, könnte es sein, daß Sie in Ihrem Heimatland nicht willkommen sind. Aber die Welt ist groß, nicht wahr? Und Grenzen in etwas würdeloser Hast zu überqueren, dem örtlichen Henker gewöhnlich nur um einen Sprung voraus, scheint sich zu einer Ihrer Gewohnheiten entwickelt zu haben . . . Eine angenehme Nacht allen Anwesenden, Ihnen, reizende Lady, und Ihnen, Sir. O ja, ehe ich es vergesse, wir brauchen keine bewiesenen oder auch nur beweisbaren Beschuldigungen; eine Erklärung, wie ›unerwünschter Ausländer‹ oder, sagen wir, ›Persona non grata‹ genügt völlig.«

Rose Ann starrte den Oberst an. Er war groß, hager und neigte zur Kahlheit. Sie lachte erfreut auf.

»Bravo, Oberst Berdan!« rief sie. »Darf ich sagen, daß Sie ein beachtlicher Mann sind?«

Der Oberst verbeugte sich mit theatralischer Anmut.

»Vielen Dank, verehrte Dame.« Er lachte. »Wenn Sie mich auf Ihre Liste von Armeeoffizieren setzen möchten, die besonders nett behandelt werden sollen, während Ihr überaus verständnisvoller Gemahl den Blick abwendet, würde ich mit Vergnügen mitmachen. Bis zu einem – gewissen Punkt . . .«

»Der da ist?« fragte Rose Ann mit einem Schnurren in der Stimme.

»Ich schlage vor, daß wir damit bis zu unserer nächsten Begegnung warten, gnädige Frau.« Der Oberst verbeugte sich erneut. »Noch einmal, einen angenehmen Abend.« Dann drehte er sich halb um. »Kommen Sie mit, Leutnant Forrester?«

»Sir . . .«, sagte Greg mit unsicherer Stimme. »Ich . . .«

»Oh, bleiben Sie ruhig und amüsieren Sie sich, Greg, mein Junge«, sagte Oberst Berdan spöttisch. »Wenn man bedenkt, wie wenig Sie wissen und wie gut Sie aussehen, könnte das Interesse an Ihnen sogar privater Natur sein . . .« Noch einmal verbeugte er sich, dann richtete er sich auf und schritt zur Tür, ein Glissando tiefklingenden Lachens wie ein Banner hinter sich herziehend.

»Ich glaube, ich unternehme besser etwas gegen diesen arroganten Bursche«, murmelte Kurt.

»Mach dich nicht lächerlich, Kurt. Das ist ein *Mann.* Er würde dich bei lebendigem Leib verschlingen und deine Knochen ausspucken.«

Sie streckte eine Hand aus und zerzauste verspielt Gregs dichte Mähne dunkelbraunen Haares. So kräftig die Farbe war, durchzogen sie doch rote und goldene Strähnen. Leutnant Greg Forrester von der US-Armee ist ebenfalls ein Zukkerbubi, dachte Rose Ann. Und sogar noch hübscher, als mein Joe-Joe es war. Und so nett. Denn netter könnte niemand sein. Und ich bin – verkommen. Auf diese Weise, wie die Leute es sich nicht einmal vorstellen können, wenn sie über Moral sprechen. Greg-Süßer, du brauchst keine gut dressierte Zirkusdirne, die schon durch die verdammtesten Reifen springt, noch ehe ihr Herr und Gebieter auch nur mit der Peitsche knallt. Also muß ich zusehen, daß ich dich loswerde. Ich muß dein nettes sauberes Jungenherz brechen, bevor ich auch dich verderbe. Verderbtheit ist ansteckend, Greggie-Schatz! Laut sagte sie: »Bekomme ich denn nicht einmal einen Kuß, Greg, mein Herzblatt?«

»Nein!« rief Greg, und Tränen brachen fast aus seiner Stimme. »Das ist ja gerade das Problem! Sir, könnten wir uns nicht – Sie und Rose Ann und ich – irgendwohin zurückziehen? Wir stecken *wirklich* in Schwierigkeiten. Ich vielleicht noch nicht sehr tief, weil ich ihnen zu unwichtig bin, als daß sie meine wirkliche Verbindung mit Ihnen beiden ahnten. Aber wie Oberst Berdan sagte, sind sie sehr mißtrauisch, was Sie und Rose Ann betrifft. Also sollten wir uns sofort besprechen, weil . . .«

»Beruhigen Sie sich, alter Junge«, sagte Kurt unerschütterlich. »Wir werden uns bald genug in aller Ruhe unterhalten können, denn ich bin überzeugt, daß unsere Gäste alle innerhalb der nächsten halben Stunde aufbrechen werden. Ihr ungehobelter Oberst hat sie so erschreckt, daß sie sich *in die Hose machen.*« Kurt sagte diese letzten Worte auf deutsch.

Rose übersetzte das auf ihre südliche Weise, die Ausschmückungen liebte.

»Muß das sein, Rose Ann?« unterbrach Greg. »Warum tun Sie immer so frivol? Sie *sind* ein Engel! Warum versuchen Sie immer wie ein – loses Mädchen zu klingen?«

»Weil ich ein loses Mädchen *bin*«, antwortete Rose Ann. »Nicht wahr, Kurt?«

»So gut wie zerstückelt.« Kurt gähnte. »Da! Habe ich es nicht gesagt? Sie gehen . . .«

General Ripley führte den überstürzten Aufbruch an. Den Kopf gesenkt, vor sich hin murmelnd, bot er einen mitleiderregenden Anblick, fand Rose Ann. Er tat ihr leid, obwohl er seine Zurechtweisung mehr als verdient hatte. Aber als Washingtons konservative und heimlich prosüdliche Elite ihre Entschuldigungen stammelte und ihren würdelosen Rückzug antrat, wurde ihr eines bewußt: Sie und Kurt waren in Washington erledigt. Welchen Einfluß sie hier auch gehabt haben mochten, damit war es nun vorbei. Allan Pinkertons

Geheimdienst war nicht sehr wirkungsvoll, aber gefürchtet. Immerhin war es diesem großen Detektiv gelungen, eine oder auch zwei Spioninnen hinter Gitter zu bringen und ihre männlichen Kollegen auf äußerst exemplarische Weise aufzuhängen. Also sollten wir Oberst Berdans Rat lieber befolgen, dachte Rose Ann müde, und aus der Stadt verschwinden. Aber wohin? Nach New York wahrscheinlich. Denn 1861, kurz vor dem Krieg, hatte einer der Bürgermeister tatsächlich vorgeschlagen, daß die Stadt sich von der Union trennte und sich als unabhängiger Stadtstaat erklärte, mit enger Verbindung – sowohl kommerzieller wie politischer Art – zum Süden. Wenn das nicht Hochverrat war!

»Also gut, Greg, alter Junge«, sagte Kurt, nachdem Ferdinand Graf von Zeppelin sich als letzter der Gäste verabschiedet hatte, »schießen Sie los. Aber lassen Sie mich Ihnen zuerst ein wenig von diesem ausgezeichneten Bourbon mit ein wenig Wasser einschenken. Das wird Ihre Nerven beruhigen. Es gibt wirklich keinen Grund, sich so aufzuregen, wissen Sie?«

»O doch, und ob es einen Grund gibt! Und verdammt, Kurt«, fluchte Greg, »es ist hauptsächlich *Ihre* Schuld!«

»Meine Schuld?« fragte Kurt mit aufreizender Ruhe. »Wieso?«

»Weil Sie sich so benehmen. Was Rose Ann betrifft, meine ich, Sie ist das schönste Mädchen auf der ganzen verfluchten Welt, und das netteste und süßeste und beste – und Sie lassen sie mit so gut wie *jedem* ausgehen und so lange ausbleiben, wie sie will – *die ganze Nacht* manchmal, fürchte ich ...«

»Oh, oft sogar«, warf Rose Ann ein. »Wenn die Gesellschaft, mit der ich aus bin, vielversprechend ist oder ich wirklich Spaß mit ihr habe, oder beides. Was ist daran auszusetzen, Greg, mein Herzblatt?«

»Alles!« donnerte Greg. »Es ist unnatürlich! Wenn Sie mein wären, würde ich jeden brünstigen Bastard, der Sie auch nur von der Seite ansieht, erschießen. Ich würde ...«

»Ich fürchte, dazu brauchten Sie die Unterstützung der

ganzen Armee.« Kurt lachte. »Und der Marine. Na, das wäre was! Außerdem ist es sehr unhöflich, schließlich lasse ich sie ja auch mit Ihnen ausgehen!«

»Ja. Und das ist gottverdammt beleidigend, Kurt. Es ist, als würden Sie so wenig von mir als Mann halten, daß Sie sich nicht einmal Gedanken machen müßten! Und . . .«

»Und nicht«, warf Rose Ann ein wenig traurig ein, »daß seine Frau von so zweifelloser Tugend ist, daß er sich *wirklich* keine Gedanken machen muß, Greg? Nicht über Sie noch sonst jemanden?«

»So habe ich es nicht gemeint«, sagte Greg verlegen. »Aber trotzdem – es könnte ja sein, daß ich Sie betrunken mache oder Ihnen irgendwelche Tropfen in Ihren Wein gebe, oder . . .«

»Oder mir einen halben Ziegel über den Schädel schlagen.« Rose Ann kicherte. »Das ist doch die schnellste Methode. Oder vielmehr noch schneller ginge es, wenn Sie mich einfach fragen würden. Ich würde mit fast jedem ins Heu gehen. Nicht wahr, Kurt?«

»Zweifellos«, entgegnete Kurt höflich. »Das ist der Hauptgrund, weshalb ich Sie ermutigte, mit ihr auszugehen, Greg, alter Junge. Nicht nur, daß Sie auf unserer Seite sind, sind Sie wirklich ein gutaussehender Bursche, wissen Sie! Also hoffte ich, daß Sie sie mir abnehmen würden . . .«

»Sie *hofften*, daß ich Ihnen Rose Ann abnehmen würde?« flüsterte Greg.

»Ja, natürlich. Sie ist eine so maßlose Nymphomanin und verflixt pervers obendrein. Wird auf die Dauer lästig . . .«

»Pervers?« krächzte Greg. »Eine Nymphomanin?«

Aber nun wurde ihm bewußt, daß die beiden ihn aufzogen und sich auf ziemlich grausame Weise über seine jugendliche Unschuld amüsierten.

»Na gut«, knurrte er. »Es ist Ihnen gelungen, mich aus der Fassung zu bringen. Aber trotzdem habe ich recht. Das war es, was die ›Bluebellies‹ mißtrauisch gemacht hat. Kein vernünftiger Mann würde eine Frau, die so aussieht wie Rose

Ann, an einem so langen Strick auf die Weide lassen. Also haben sie beschlossen, daß Sie sich nur deshalb als Ehepaar ausgeben, um als maisgefütterte Agenten arbeiten zu können. Wenn Sie einige dieser lüsternen Schweine, die ständig hinter ihr her sind, herausgefordert hätten, hätte jeder das als völlig normal angesehen und man hätte Ihnen nicht so auf die Finger geschaut. Aber jetzt . . .«

»Ja«, seufzte Kurt. »Ich nehme an, daß in diesem rückständigen Land purer Wahnsinn als völlig normal erachtet wird. Aber verstehen Sie denn nicht, Greg, daß die öffentliche Aufmerksamkeit auf sich zu lenken, indem man lüsterne Schweine absticht, nicht gerade die Art und Weise ist, um eine Operation wie die unsere durchzuführen? Das Geschrei, daß ein ›gottverdammter Ausländer‹ gute, blaue Amerikaner tötet, wäre gewaltig gewesen. Und ich hätte sie getötet, denn ich bin ein besserer Schütze als irgendeiner in Berdans Scharfschützen-Regiment. Und als Student war ich der beste Fechter von ganz Deutschland . . .«

»Deutschland? Nicht Österreich?« warf Rose Ann ein. Nicht, daß es sie interessierte, sie wollte ihn lediglich bei einer Lüge ertappen.

»Ich habe in Deutschland studiert, meine Süße. Sowohl an der Universität von Leipzig in Sachsen wie auch an der von Berlin in Preußen. Daher kenne ich auch Heros und Ferdi sowie viele andere prominente Deutsche. Aber Sie haben natürlich recht, Greg, ich hätte wissen müssen, daß Amerikaner einen Mann, der seiner Frau traut, für seltsam halten. Denn, weiß Gott, sie trauen ihren Frauen nicht und sollten es auch nicht tun.«

»Ich bin Amerikanerin«, erinnerte ihn Rose Ann ernst.

»Aber ich bin kein Amerikaner«, entgegnete Kurt. »Ich bin immer noch der Meinung, daß der Grund, weshalb Amerikanerinnen so unausstehlich sind, die amerikanischen *Männer* sind, die der Teufel ihnen auferlegt hat . . .« Er hielt inne und grinste Greg spöttisch an. »Was kann man von den armen Dingern schon erwarten, wenn sie Liebhaber und Ehemänner ertragen müssen, die unfähig sind, sie zu lieben und zu schlagen? Zumindest nicht wirkungsvoll . . .«

»Nun«, sagte Greg. »Bei ersterem kamen nie Beschwerden. Und was letzteres betrifft, Frauen zu schlagen wird bei uns nicht gebilligt. Aber aus reiner Neugier, Kurt, wie würden Sie es angehen?«

»Ihre Formuliering ist falsch: nicht wie *würde* ich es angehen, sondern wie *gehe* ich es an, alter Junge«, sagte Kurt mit selbstgefälligem Grinsen. »Dieser leiblichen kleinen Hexe hier muß – nun, sagen wir, das Fell ständig gegerbt werden. Und was meine Methoden betrifft, fragen Sie wohl am besten sie selbst. Sie kann sich für ihre Wirksamkeit verbürgen, dessen dürfen Sie versichert sein.«

Greg wandte sich an Rose Ann, und seine Augen weiteten sich in schierer Verwirrung. Er fing an zu lernen, daß er nichts, was dieses außergewöhnlich seltsame Paar sagte, so hinnehmen durfte, wie es sich anhörte. Ihre großen Geschichten hatten sich schon so manches Mal als Untertreibungen der Tatsachen erwiesen und ihre Lügen als bittere Wahrheit, ihre Art von Wahrheit . . . Aber sprechen sie je die Wahrheit? fragte er sich in plötzlicher Erkenntnis der spöttischen Spitzfindigkeit ihrer Art zu denken.

»Später«, sagte Rose Ann. »Jetzt ist keine Zeit, meine vielfältigen Abartigkeiten zu erforschen, auch deine nicht, Kurtie-Schatz. Du magst den Schlamassel, in dem wir stecken, ja so leichtnehmen, wie du willst, aber ich, da muß ich ehrlich sein, habe *Angst*! Ich habe das Old-Capitol-Gefängnis gesehen und möchte ihm lieber fernbleiben. Außerdem könnte es den verdammten Yankees eines Tages einfallen, daß es ein recht abschreckendes Exempel wäre, uns Rebellinnen vom Spionieren abzuhalten, indem sie ein paar von uns öffentlich aufhängen. Und bei *meinem* Glück fangen sie vielleicht gerade mit mir an . . .«

»Eine ausgezeichnete Idee, die sehr empfehlenswert wäre«, spöttelte Kurt. »Und nun beruhigt euch alle beide. Kein erfahrener Agent übernimmt eine Mission, ehe er nicht sorgfältig geplant hat, wie er sie gefahrlos abbrechen kann, sobald es sich als unumgänglich erweist, und welcher Alternative oder Alternativen er sich alsdann zuwenden kann. Ich pflichte euch natürlich bei, daß wir Washington umgehend verlassen sollten. Ich werde gleich morgen nach New York reisen, während ihr beide den nächsten Zug in den Mittleren Westen nehmt. Ihr werdet euch als Geschwister ausgeben. Ihr seht euch ähnlich genug, so daß man euch das ohne weiteres glaubt. Und es hat seine Vorteile. Es wird Ihnen, Greg, ermöglichen, Ihren eifersüchtigen Instinkten soweit nachzugehen, als Sie Rose Ann Schutz gegen die Lüstlinge bieten können, die Rose Anns rotes Haar und sylvengleiche Figur in Wahnsinn und Verzweiflung treibt. Dennoch dürfen Sie die Hoffnung gewisser Gentlemen nicht völlig entmutigen, die wir vielleicht beeinflussen müssen und von denen einige sogar ehrenhafte Absichten haben, wer mag das schon wissen? Ihr werdet nach Ohio reisen, genau gesagt, nach Dayton . . .«

Aber inzwischen hatte Gregory Forrester mehr als genug.

»Hören Sie mal, Kurt!« explodierte er. »Und wer soll sie vor *mir* schützen? Allein ihr Anblick macht mich verrückt, und das wissen Sie! Sie sind ihr Gatte vor Gott und den Menschen, und das ist ein Umstand, den ich mich wahrhaftig mit aller Kraft bemühe zu achten, teils, weil ich Sie mag, aber hauptsächlich, weil ich möchte, daß all die armen ausgehungerten Mannsbilder *meine* Frau in Ruhe lassen, wenn ich erst einmal verheiratet bin. Sie können sich auf meine Bewunderung für Sie beide verlassen und auf meine bei Gott ehrlichen Absichten, aber nicht auf meine Willenskraft, denn das kann ich selbst nicht. Nicht in Rose Anns Nähe. Noch ehe die Lokomotive schnaufend um die erste Biegung dampft, hat Rose mich so weit gebracht, daß ich den Mond anheule und meinem eigenen Schwanz nachjage.«

»Trotzdem bin ich sicher, daß ich mich auf Sie verlassen kann, Greg. Gerade Ihre Offenheit wird verhindern, daß Sie gegen Ihr Gewissen vorgehen. Und ich *weiß*, daß ich Rose

Ann vertrauen kann. Sie ist zwar kein vollkommener Engel, aber dumm ist sie ganz gewiß nicht. Und sie kennt bereits die Folgen, wenn sie mich erzürnt. Die hat sie in London zu ihrem Leidwesen kennengelernt – oder zu ihrer Lust. Denn ich will verdammt sein, wenn ich nicht glaube, daß sie es genießt, auf ihrem niedlichen Hintern blutige Striemen zu kriegen . . .«

»Nun widersprichst du dir aber selbst«, sagte Rose Ann mit unnatürlicher Ruhe. »Wenn ich es genösse, warum würde ich mich dann Greg gegenüber beherrschen? Er ist wirklich ein Zuckerbubi, weißt du? Außerdem, welchen Beweis hätte ich, daß es dich auch nur einen Pfifferling schert, was ich tue. Nach London bezweifle ich das nämlich . . .«

»Um Himmels willen!« rief Greg. »Würden Sie beide bitte aufhören, mich verrückt zu machen? Kurt, Sie vergessen etwas, was sehr wichtig ist. Als unsere Abwehr mich im Frühjahr 1861 nach Hartford in Connecticut schickte, wußte sie verdammt gut, daß ein kräftiger gesunder Bursche wie ich ein bißchen arg viel Aufmerksamkeit erregen würde, wenn er sich als feiger Yankee ausgäbe, der sich einen armen Hund als Ersatzmann gekauft hat, um für ihn Rebellenblei aufzufangen, und daß ich als solcher nicht näher als zwanzig Meilen an nützliche Informationen herankäme. Also blicken Sie jetzt auf einen richtigen Yankee-Doodle-Dandy, ganz in patriotischem Blau im Dienst des Yankeetums und des ›Ehrlichen Abe‹. Und wie sind Sie je auf die Idee gekommen, daß ein Soldat, ob nun vom Norden oder Süden, sich einfach in einen Zug setzen und die vorüberziehende Landschaft genießen kann, ganz zu schweigen von . . .«

»Der wandelnden Einladung zur Sinneslust neben sich«, half Rose Ann ihm aus. »So nennt mein Schwager mich . . .«

»Dann würde ich sagen, daß Ihre Schwester gut auf ihren Gatten aufpassen sollte«, sagte Greg düster.

»Und auf *mich.*« Rose Ann seufzte. »Wenn mir eingefallen wäre, wie ich damit hätte durchkommen können, hätte ich mir gleich nach dem ersten Manassas zwei Armvoll Cabe genommen und wäre damit im Wald verschwunden. Aber die arme Gwen *ist* eben meine Schwester, also . . .«

»Warum nach dem ersten Manassas?« fragte Kurt mit ungekünstelter Ruhe. »Du kennst Major Henry doch schon seit deiner Kindheit, wenn ich mich nicht irre.«

»Schon, aber nach dem ersten Manassas habe ich ihn zum ersten Mal wirklich gesehen. Cabe sieht nicht besonders gut aus. Tatsächlich ist er so häßlich wie das Ferkel einer Wildsau, das sich im Zaun verheddert hat und quiekt. Und wie alle jungen Dinger, die nichts zwischen den Ohren haben als Spinnweben und Mondschein, habe ich mich immer Hals über Kopf in so hübsche Jungs verschaut, wie mein Herzblatt Greg einer ist. Ich ging damals ins Hospital, um Cabe zu besuchen . . .«

»Wohin dein hübscher Feigling, in den du so verliebt gewesen bist, ihn in seiner Hast gebracht hat, vom Schlachtfeld zu fliehen«, spottete Kurt.

»Stimmt. Colin hatte dem armen Cabe fast den Arm an der Schulter abgehackt. Was sowohl Cabe wie ich ihm vergeben haben. Ein Mensch, egal ob Mann oder Frau, ist entweder tapfer oder er ist es nicht. Tapferkeit an sich bedeutet nichts. Du bist tapfer. Aber viele Leute, einschließlich mir, würden verdammt besser dran sein, wenn du es nicht wärst. Jedenfalls besuchte ich ihn im Krankenhaus, und da *sah* ich Caleb Henry zum ersten Mal.«

»Wie?« flüsterte Greg.

»Wie er geweint hat. Er hat geweint, weil seine arme, alte, hilflose Großtante Judith Henry durch den Beschuß von beiden Seiten ums Leben gekommen ist. Denn ihr Haus lag genau in der Mitte des Schlachtfeldes. Aber der *Mann*, der weinte, hat die Männer seiner Kompanie davon abgehalten, wie die Ratten davonzulaufen – jedenfalls alle, außer Colin –, und sie zu einem solchen Kampf angespornt, daß der olle ›Felswand‹-Jackson ihm höchstpersönlich eine Auszeichnung für Tapferkeit verliehen hat. Jetzt gehört er zu General Jacksons Stab und war bei jeder größeren Schlacht im Osten dabei. Er hat inzwischen so viele Orden, daß er einen Teil davon schon an den Hintern seiner Hose stecken muß. Tapferkeit, sagte ich, ist nicht von Bedeutung. Aber sie ist es, wenn sie Mitgefühl nicht ausschließt. Wenn der Tapfere sich Sorgen um andere macht. Wenn er sie liebt, wie Cabe es tut . . .«

»Er liebt dich«, sagte Kurt ruhig. »Das war wohl ziemlich offensichtlich . . .«

»Und Sie?« krächzte Greg.

»Nein. Meine Liebesfähigkeit ist verbraucht. Zu Tode gemartert. Zu etwas – Häßlichem pervertiert worden. Luder wie ich würden sogar die Sohlen von Cabes schmutzigen Stiefeln entehren, wenn sie sie küßten. Ich tauge gerade noch für mein Kurtie-Ekel. Aber hören wir damit auf. Wie sollen wir dieses Problem lösen, Kurt? Greg hat recht, weißt du? Sie würden ihn so schnell wegen Fahnenflucht vor ein Standgericht stellen, daß sich ihm der Kopf dreht, und ihn gleich am nächsten Morgen mit ein paar Pfund Miniékugeln durchlöchern.«

»Das ist einfach«, sagte Kurt. »Greg, Sie melden sich gleich morgen früh bei Ihrem kommandierenden Offizier, Oberst Mitchell. Erklären Sie ihm, *ich* hätte gesagt, Ihre Anwesenheit in Dayton/Ohio sei dringend erforderlich, um sicherzugehen, daß dem Exkongreßangehörigen Clement L. Vallandigham nichts zustößt, der gegenwärtig seine Kampagne zur Gouverneurswahl in seinem Heimatstaat durchführt. Für den Süden wäre ein politischer Sieg Vallandighams und seiner Kohorten viele Schlachten wert. Sie müssen wissen, der Plan ist, eine Nordwest-Konföderation zu bilden, die aus Ohio, Indiana, Wisconsin, Minnesota und Michigan besteht. Die soll sich dann von der Union trennen und sich mit uns verbünden. Oberst Mitchell wird Ihnen Order für einen Geheimeinsatz im Westen geben. Vor allem, wenn Sie ihm – das da zeigen.«

Kurt steckte die Hand in die Tasche und brachte etwas Winziges zum Vorschein, das er Greg entgegenstreckte.

Greg nahm es, studierte es, sah, was es war. »Großer Gott!« flüsterte er. »Auch der Oberst, also?«

»Natürlich«, versicherte ihm Kurt. »Eines läßt sich über dumme, verräterische, feige Hunde sagen: Ihre Zahl ist gewöhnlich überwältigend.«

»Darf ich es mir ansehen, Greg-Schatz?« bat Rose Ann.

Greg gab es ihr. Es war ein Liberty-Kopf, sorgfältig aus einem Kupferpenny ausgeschnitten oder herausgefeilt. Rose wußte, was er bedeutete, denn sie hatte desgleichen schon oft gesehen. Er zierte die Knopflöcher vieler prominenter Washingtoner, die damit darauf hinwiesen, daß sie zu den »Copperheads« oder Kupferköpfen gehörten, wie die mit dem Süden und der Sklaverei sympathisierenden Leute im Norden bezeichnet wurden. Sie wandte sich an Kurt:

»Aber warum nennt man sie so?« fragte sie Kurt. »Copperheads, meine ich?«

»Weil irgendein feuriger Journalist sie als Schlangen im Gras beschimpfte und sie mit den Copperheads, sprich Mokassinschlangen verglich, einem äußerst tödlichen Reptil«, erklärte Kurt. »Er hatte recht, sie Reptile zu schimpfen, aber ›Copperheads‹ ist für sie fast ein Kompliment. Sie gleichen viel eher der Wühlnatter, die überhaupt keine Giftdrüse hat. Sie vergräbt sich lediglich in der Erde und ernährt sich von Nagern.«

»Kurt«, sagte Rose Ann erstaunt, »du hast so viel Geld in diese Copperheads hier in Washington investiert, daß du mich reichlich mit Zobel und Brillantschmuck hättest behängen können. Du hast immer behauptet – und nach allem, was ich sie sagen hörte, zu Recht –, daß sie auf unserer Seite sind. Und nun sieht es ganz so aus, als würdest du sie verachten. Warum?«

»Ich verachte sie wirklich«, erklärte Kurt. »Sie sind als Verbündete so wertlos wie als Menschen. Weißt du, meine Süße, als ich dem Totenkopftrupp der österreichischen Polizei als Geheimagent angeschlossen war, wurde mir eines als unerschütterliche Wahrheit bewußt: Es spielt keine Rolle, was jemand glaubt, solange er es voll und ganz glaubt. Ich habe gesehen, wie Männer als Helden starben, die grausamsten Foltern erduldeten, die wir uns nur ausdenken konnten, ohne ihre Kameraden zu verraten oder ihre Ideale, die intellektuell gesehen, absoluter Mist waren. Aber ebenso habe ich gesehen, wie andere, die Anhänger einer wahrhaft hehren Sache waren, sich schon beim Anblick einer Peitsche zutiefst erniedrigten. Ein Mann ohne Treue, der seine eigene Haut oder sein feiges Leben für wichtiger hält als die Sache, für die er eintritt, oder seine Freunde, ist eine Gefahr für beide. Für seine Freunde und für seine Sache. Ich ziehe solchen Leuten einen unerschütterlichen, trutzigen Gegner jederzeit vor. Also gut, ich unterstütze die Copperheads, sporne ihre Bemühungen mit Bargeld an und werde es auch weiterhin tun, solange sie ihren gewissen Wert als Störenfriede behalten. Was bestimmt nicht mehr lange andauern wird, denn diese simple Machiavelli-Abart Lincoln wird eine Möglichkeit finden, ihnen entgegenzutreten. Ich tue es, weil die *einzige* Chance, die unser geliebter Süden überhaupt hat, darin liegt, daß wir das Ganze, solange es nur geht, hinziehen und die Yankees so viel Geld und Blut kosten, daß sie mürb und entmutigt genug sind, dem Krieg ein Ende zu machen, um, wie ein kleinmütiger Schriftsteller schrieb, ›die unartigen Schwestern gehen zu lassen‹.«

»Wer so was denkt, kennt die Yankees nicht«, sagte Greg seufzend. »Ich ging in einer Kleinstadt in Vermont zur Schule, weil mein Pa, der es mit der ehelichen Treue nicht allzu genau nahm, einmal zu oft in fremden Revieren wilderte, so daß ein eifersüchtiger Ehemann, der ein guter Schütze war, meine Mama zur mittellosen Witwe machte. Also hat sie einen Yankee-Trommler aus diesem Bundesstaat geheiratet. Deshalb wuchs ich im Alter zwischen fünf und fünfzehn Jahren dort auf, bis Mama meinen Stiefvater überredete, mit uns in den Süden zurückzuziehen, weil sie diese entsetzlich kalten Winter einfach nicht mehr ertrug. Dadurch bin ich überhaupt erst in dieses verdammte Spionagegeschäft hineingezogen worden – weil ich wie ein verdammter Yankee reden kann . . .«

»Mir ist's aus dem gleichen Grund so ergangen.« Rose Ann seufzte.

»So etwas habe ich mir schon gedacht«, sagte Greg und fiel nun in den Südstaatendialekt. »Aber wie ich grad gesagt habe, wer seine Zukunft auf die vage Chance aufbaut, daß die Yankees aufgeben könnten, hat keine Zukunft. Glauben Sie mir, Kurt, die kennen das Wort nicht einmal. Rose Ann, macht es Ihnen wirklich nichts aus, daß wir als Bruder und Schwester miteinander reisen sollen?«

»Natürlich nicht«, erwiderte Rose Ann spöttisch. »Denn wir werden uns nicht nur so benehmen, sondern es praktisch auch *sein*. Kurt, was wirst du in New York machen? Du hast nicht zufällig auch dort Frau und Kinder?«

»Gott behüte! Natürlich muß ein Mann Söhne haben, damit sein Geschlecht weiterbesteht. Aber wenn sie auf der Welt sind, habe ich lieber nichts mehr mit diesen schreienden, schmutzigen Bälgern zu tun und mit ihrer Mutter auch nicht. Mutterschaft veranlaßt eine Frau dazu, ihre Zeit und Ihre Zärtlichkeiten aufzuteilen. Ich bin jedoch der Meinung, daß beides ausschließlich zu meinem Wohlergehen eingesetzt werden sollte.«

»Ich weiß«, bestätigte Rose Ann düster. »Ich habe Schwielen an beiden Knien, weil ich mich so oft vor meinem Herrn und Meister zu Boden werfe. Komm sag schon: Was hast du in New York vor?«

»Ich werde sehen, ob ich den Plänen der Spinner dort weiterhelfen kann, die die Stadt ernsthaft von der Union lösen wollen. Aber ich beabsichtige, diesmal etwas behutsamer vorzugehen, also werde ich wahrscheinlich länger brauchen. Zunächst werde ich zwei durchaus integre und überaus geachtete Herren aufsuchen, die aus humanitären Gründen für ›Frieden um jeden Preis‹ sind. Ich meine damit Samuel F. B. Morse, den Erfinder des Telegraphen, und Samuel J. Tilden, den gefeierten Anwalt. Danach besuche ich Gouverneur Horatio Seymour und seinen Bruder Thomas, den Exgouverneur von Connecticut. Dann einen gewissen Richard O. Gorham, Esquire, der mit seinen Antiadministrations- und Antiwehrdienstreden ganz schön aufgewiegelt hat. Zuletzt und sehr unauffällig werde ich mich zu Fernando Wood und seinem Bruder Benjamin begeben und ihnen anbieten, Aktien ihrer absolut verachtenswerten *Daily News* zu erstehen, wobei ich diesem Schurkenpaar ein regelrechtes Geschenk in Höhe von zehntausend Dollar machen werde.«

Das traf Rose Anns schottische Seele im tiefsten Innern.

»Aber warum?« rief sie. »Warum willst du *unser* Geld Leuten geben, die du nicht einmal kennst?«

»Für die gute Sache, Püppchen! Soviel können wir leicht entbehren. Ich habe nach dem gegenwärtigen Wechselkurs eine gute halbe Million Yankee-Dollar in London gemacht, weißt du? Außerdem, wenn diese beiden eisengepanzerten Schiffe bei Lairds erst von Stapel laufen und Yankee-Prisen auf allen sieben Meeren aufbringen, werden wir in Geld schwimmen, meine Süße! Aber ich werde meinen Aktienkauf von der Bedingung abhängig machen, daß sie das Schreiben abdrucken, das Fernando Wood im Januar 1861 an den Stadtrat geschickt hat. Zum gegenwärtigen Zeitpunkt dürfte es sich als verdammt wirkungsvoll erweisen. Der ältere Wood war damals Bürgermeister von New York, erinnerst du dich? Was er damals von sich gab, war in etwa: ›Spaltung ist zur feststehenden Tatsache geworden. Deshalb schlage ich nach reiflicher Überlegung vor, daß New York sich von der Union zurückzieht und zur freien Stadt mit der vollen und vereinigten Unterstützung der Südstaaten wird. Denn dort liegen die eigentlichen kommerziellen Interessen unserer schönen Stadt.‹ Dann fügte er einen Punkt hinzu, der die gierigen Bürger dieser Senkgrube von Stadt gar nicht wirkungsvoller hätte ansprechen können: ›Mit nur nominalem Zoll auf Einfuhren könnte die Stadtregierung ohne Besteuerung der Bürger unterhalten werden. So könnten wir steuerfrei leben und Güter fast zollfrei erhalten . . .«

»Phantasterei!« schnaubte Greg.

»Natürlich, aber eine sehr ansprechende. Ich *kann* in New York gar nicht versagen. Im schlimmsten Fall verteile ich unauffällig ein wenig Geld unter den Anführern des stinkigen, brutalen irischen Gesindels und unter den Soldaten auf Urlaub, die jetzt schon brummeln: ›Ich bin Soldat geworden, um die Union zu retten, nicht aber einen Haufen Nigger!‹ Ein schöner, blutiger Aufruhr könnte die reichste und mächtigste Stadt aus der Union heraussprengen. Und wenn ihr beide eure Sache im Mittleren Westen gutmacht, wird die Gründung der Nordwest-Konföderation die Lage des Nordens politisch hoffnungslos machen. Er wird dann um Frieden angehen müssen, obwohl seine Truppen, vor allem im Westen, ziemlich vorankommen. Übrigens, Greg, sobald Sie in Ohio angekommen sind, sollten Sie bei den Rittern des Goldenen Kreises eintreten. Sie wissen doch, was das ist, nicht wahr?«

»Natürlich. Dieser Verein von Spinnern, der 1854 von Dr. Bickley gegründet wurde. 1861 hat ein weiterer bescheuerter Doktor ihn in den Nordstaaten eingeführt. Gouverneur Morgan von Indiana fand heraus, daß sie in diesem Bundesstaat fünfzehntausend Mitglieder hatten. Im Frühjahr 1862 versuchten sie das staatliche Arsenal einzunehmen, aber der Gouverneur war mit der Miliz vor ihnen dort. Resultat: die Schlacht von Pogues Run, von der sie mit zwei Dutzend blutig geschlagenen Nasen davongekommen sind. Viel Lärm um nichts, würde ich sagen.«

»Und in Abes eigenem Illinois? Die Ritter gingen dort in die Politik und brachten sogar eine Resolution hervor, die Konföderation durch das Repräsentantenhaus anerkennen zu lassen. Das sollte der Beginn der Nordwest-Konföderation werden. Narren, die sie sind, haben sie es natürlich nicht richtig angepackt. Aber ein kluger, gerissener Junge wie Sie, mit Ihrem Aussehen und Ihrer starken Persönlichkeit, müßte sich leicht an die Spitze schlängeln und vielleicht sogar die Führung übernehmen können. Überlegen Sie doch, Greg!

Wenn ich New York herauslöse und Sie mit Rose den Mittleren Westen, haben wir den Krieg für die Konföderation gewonnen und sogar mehr erreicht als General Lee bisher mit seinem unbestreitbaren militärischen Genie.«

»Und ich? Was soll ich tun?« fragte Rose Ann.

»Halte dich zur Verfügung für Copperheads, denen ein bißchen Beeinflussung nicht schaden würde. Aber nicht mit vollem Einsatz, natürlich. Nur – verlockend, vielversprechend, nicht mehr. Sie werden so scharf auf dich sein, daß es Greg nicht schwerfallen dürfte, sie hinters Licht zu führen. Und falls sie dir allzu nahe rücken, rufst du deinen lieben großen Bruder, damit er deine jungfräuliche Ehre beschützt. Ich bin sicher, Greg wird dann sofort zu deiner Rettung herbeieilen, nicht wahr, alter Junge?«

»Das werde ich verdammt!« versicherte Leutnant Gregory Forrester – von der US-Armee und dem Geheimdienst der Konföderierten Staaten von Amerika.

II

Rose Anns Blick hing an Greg Forrester. Er schaute durch das Fenster auf die vorbeiziehende Landschaft, ohne sie wirklich zu sehen. Sein jungenhaftes Gesicht wirkte ungewohnt streng, fast finster und abweisend. Sie dachte: Ich bin so verdammt einsam. Und traurig und niedergeschlagen – und ganz einfach am Boden zerstört . . . Und um der Sache die Krone aufzusetzen, muß dieser Teufel mich auch noch dieser Versuchung aussetzen! Er serviert mir diese Verlokkung geradezu auf einem silbernen Tablett! Und ohne was, das mich davon abhalten würde, einfach die Hand auszustrecken und . . .

Eindringlich studierte sie Gregs Gesicht.

. . . ihn mir zu schnappen, fuhr sie in Gedanken fort. Nur daß ich ihn nicht liebe. Ich liebe niemanden! Ich *kann* niemanden mehr lieben. Außer vielleicht Cabe. O Gott, geht das schon wieder los! Muß ich immer nach was greifen, das verboten ist? Und *deshalb* denke ich in letzter Zeit so oft an Cabe. Was ich nicht haben kann, möchte ich haben. Und was ich haben kann – wie den da – nicht. Genau wie ein Held von Shakespeare: »Hyperions Locken, Jupiters Angesicht fürwahr, Mars' Auge zu drohen und befehlen ...« Es würde mir gar nicht schwerfallen, mich vom Samstagabend bis Montagmorgen irgendwo mit ihm einzusperren. Sagen wir, ich möchte ihn nicht für immer haben. Aber um mir ein Wochenend' zu vertreiben, wäre er grad richtig.

Und als Ehemann? Falls ich mich von dem Schwein lösen *könnte*? Nein! Bestimmt nicht! Aber warum nicht? Warum?

Sie dachte darüber nach. Über das weibliche Wesen, die Frau, die sie war. Und über die Art von prächtigem männlichem Geschöpf und Mensch, wie Greg einer war. Daß es bei ihnen zünden und das Feuer ein Wochenende anhalten könnte. Aber danach ...

Er ist so – gut. So wirklich anständig. Fest wie ein Felsen. Mit allen männlichen Tugenden. Und drei Wochen nach unserem Hochzeitstag würde ich ihn schon betrügen. Wenn ich's recht bedenke, würde das fast jede Frau. Der einzige Grund, warum die meisten es nicht tun, wenn Jungs wie mein Herzblatt Jeff sie zu Tode gelangweilt haben, ist bloß, daß sie den Mut dazu nicht haben. Ich habe ihn. Und – die Neigung dazu. Gib's doch zu, Rose Ann, du bist eben verrucht, und daran läßt sich nichts ändern. Hier wäre also meine perfekte Chance, Kurt davonzulaufen. Aber abgesehen von der moralischen Seite, daß es Sünde und Schande wäre, einem Zukkerbubi, so süß wie Greg einer ist, so etwas wie mich an den Hals zu wünschen, würde einfach nichts draus werden. Weil ich *alles* leichter ertrage – und Gott weiß, das hab' ich mit meinem Kurtie-Schatz zur Genüge bewiesen –, als gelangweilt zu werden. Kurt – langweilt mich nie. Er – quält mich. Demütigt mich schlimmer, als jede andere Frau mit auch bloß einem Tropfen Stolz sich gefallen ließe. Er versucht nie, die Tatsache zu verbergen, daß er nur – Verachtung für mich empfindet. Und ich – armes mitgenommenes Luder – krieche auf dem Bauch zu ihm hin, um ihm die schmutzigen Stiefel abzulecken ...

Greg wandte sich vom Fenster ab, schaute sie an und sagte mit einer Stimme, heiser von unterdrücktem Zorn: »Warum siehst du mich so an, Rose Ann?«

»Weil du für Frauen eine Augenweide bist, Greg, mein Herzblatt«, sagte sie schnurrend. »Schon seit wir heute morgen Bruder und Schwester geworden sind, frage ich mich, ob – Inzucht wirklich eine so schreckliche Sünde ist.«

Gregs Gesicht wurde erst rot, dann purpurn.

»Hör damit auf!« knurrte er. »Hör sofort damit auf!«

»Womit denn, Greggie-Liebling?« fragte sie mit süßer unschuldiger Schulmädchenstimme.

»So zu reden! So zu klingen wie – ein Straßenmädchen!«

»Das Wort dafür ist Hure, Greggie-Lämmchen. H-u-r-e, weißt du? Oder Dirne, wenn dir das lieber ist!«

»O Gott!« Greg weinte fast. »Rose Ann, warum – quälst du mich so? Willst du versuchen mich anzuwidern, damit ich von all den wunderbaren Dingen nicht über meine Kräfte versucht werde, die doch jeder Dummkopf sehen kann, daß du bist. Und damit ich vergesse, daß du die Frau eines anderen bist? Ich werde es nicht, das verspreche ich dir. Also sei wieder ganz du selbst – ein kleiner rothaariger Engel, mit süßen Sommersprossen auf der Nase und den Wangen, und mit Augen wie die See und einem Mund – einem Mund ... O Gooott ...«

Weiter kam er nicht. Sie beugte sich schnell vor und küßte ihn bedächtig und mit großem Können, ohne sich um die »Ich-will-verdammt-sein!« der männlichen Reisenden im Wagen und die »Also-wirklich!« und »Unverschämtheit!« der paar Frauen zu kümmern. Dann lehnte sie sich wieder zurück und lächelte ihn voller Schalk an.

»Würdest du jetzt noch Geld darauf setzen, daß ich ein Engel bin, Schatzi? Übrigens, man hat mir gesagt, ich hätte die küssenswertesten Lippen von zwei Kontinenten. Findest du das auch, Greg, mein Herzblatt?«

»Von allen fünfen und sämtlichen Inseln der sieben Meere. Bei Gott, Rose Ann, warum hast du das getan?«

»Ein unwiderstehlicher Impuls, vereint mit übermächtiger Versuchung. Ich gebe solchen Versuchungen immer gleich nach. Spart Zeit. Und gibt mir so viel Muße, es zu büßen.«

»Rose Ann«, sagte er voll Seelenqual. »Tu so etwas nie wieder, bitte – hörst du? Ich versuche ehrlich, deine Ehe zu achten, obwohl sie mir meistens recht merkwürdig vorkommt. So wie ihr miteinander streitet und wirklich *schlimme* Witze übereinander macht, verstehe ich einfach nicht . . .«

»Wie wir je heiraten konnten?« fragte sie bitter. »Die Antwort ist, das haben wir gar nicht. Ich bin nicht Kurt Radetzys Frau. Ich bin sein – Betthäschen. Seine Privathure . . .«

Er war sichtlich einem Schlaganfall nahe. Sie beugte sich vor und streichelte sanft seine Wange.

»Bitte – nimm's nicht so schwer, Greg«, bat sie leise. »Du mußtest es eines Tages herausfinden. Da hielt ich es für ehrlicher, es dir selbst zu sagen.«

»Er – hat dich belogen!« sagte Greg heftig. »Du bist eine Virginierin. Aus einer guten Familie. Und kein Mädchen aus dem Süden . . .«

». . . aus einer guten Familie würde ohne vorherige Erlaubnis durch Kirche und Staat ihr Spitzenhöschen ausziehen, sich hinlegen und für einen brünstigen Wildeber die Beine spreizen? Das solltest du besser wissen, Greg. Noch niemandem ist bisher eine Proklamation der Befreiung von der menschlichen Natur eingefallen. Und selbst wenn, hätte ich sie nicht gehört, halb erdrosselt, wie ich war, weil ich versucht habe, mich von der Kette loszureißen, die mich an meinem Zwinger festgehalten hat, und mehr als nur ein bißchen taub, weil ich mein Heulen hab' anhören müssen.«

»O Gott!« flüsterte er. Dann nach einer Weile: »Ich werde ihn zwingen, dich zu heiraten! Ich stecke ihm den Lauf von meiner Vierundvierziger zwischen die Lippen und . . .«

»Abgesehen davon, daß du dann schnell mausetot wärst, weil Kurt dir mit sechs Schüssen dein hübsches Fell durchlöchert hätte, ehe du den Revolver überhaupt ziehen könntest, kann er es nicht. Seine Frau, seine drei Kinder und die römisch-katholische Kirche hätten etwas dagegen. Sie halten nichts von Scheidung und so, weißt du?«

»Ich bringe ihn um!« knirschte Greg. »Es ist mir egal, wie schnell er zieht oder wie gut er schießt, ich werde . . .«

»Du wirst deinen hübschen männlichen Kadaver durchlöchert kriegen«, erklärte sie. »Und glaub mir, Greg, mein Schatz, das würde mich schrecklich traurig machen. Es würde mir gar nicht gefallen. Außerdem, selbst wenn du den Kerl um die Ecke bringen könntest, wie man bei ihm zu Hause sagt, warum solltest du? Außer natürlich, du willst dem interessierten Publikum deine Version des Hopsers vorführen. Am Ende eines Seils, versteht sich.«

Er starrte sie an. Seine blauen Augen weiteten sich, begannen zu glänzen.

»Stimmt ja!« flüsterte er. »Du bist ja gar nicht mit ihm verheiratet! Du mußt dich gar nicht dieser ganzen häßlichen Prozedur unterziehen und bei der Legislative um deine Scheidung ansuchen! Du mußt ihn bloß verlassen und . . .«

»Und mich mit dir ins Blaue verziehen, mein Herzblatt Greg? Nein, das kann ich nicht. Und ich wäre dir sehr dankbar, wenn du als südlicher Gentleman nicht verlangst, daß ich dir erkläre, weshalb . . .«

Er starrte sie entsetzt an.

»Du – du bist doch nicht in anderen Umständen, Rose?« krächzte er.

»Nein, ich glaub' nicht mal, daß ich Kinder haben kann. Weißt du, ich habe kurz vor Malvern Hill eine Yankee-Kugel in den verkehrten Teil meiner Innereien gekriegt und . . .«

»Mein Gott!« hauchte er. »Ich habe davon gelesen. Es hat

in allen Zeitungen gestanden. Du hast General Lees ganze Armee gerettet und ...«

»Nein. Nur versucht. Und Mist gebaut, wie üblich. Sprechen wir nicht davon, bitte!«

»Und ich bin nie auch nur auf den Gedanken gekommen, daß du *diese* Rose Ann sein könntest! Die größte Heldin in der Geschichte des Südens, die ...«

»Jetzt das größte Luder in der Geschichte des Südens ist. Vergiß diese häßliche kleine Tatsache nicht, hörst du? Und bring die Dinge nicht durcheinander, Schätzchen. Sie richtig zu sehen, führt zwar nicht geradewegs zum Glück, aber bei Gott, es erspart einem eine Menge Kummer und Schwierigkeiten.«

»Rose Ann, verlaß ihn! Geh mit mir fort. Ich werde dich glücklich machen! Ich werde ...«

»Eine anständige Frau aus mir machen?« fragte sie trokken.

»Natürlich! Sobald wir in Dayton sind, suchen wir einen Pfarrer oder einen Friedensrichter und ...«

»Nein. Ich danke dir sehr. Ich fühl' mich geehrt und bin zutiefst gerührt, rief die Jungfer, die alles andere denn das war. Greg-Schatz, frag mich bitte nicht, warum nicht ...«

»Ich frage dich aber«, sagte er streng. Sein Gesicht sah plötzlich wie das eines jungen, bartlosen, aber ausgesprochen zornigen Propheten aus dem Alten Testament aus, wie sie fand und worüber sie sich insgeheim köstlich amüsierte. »Ich *verlange* sogar, daß du mir den Grund erklärst!«

Sie senkte den Kopf. Blickte wieder hoch.

»Ich kann ihn nicht verlassen«, antwortete sie. »Es ist mir einfach nicht möglich. Allein wenn ich es versuchte, würde ich verrückt. Wahnsinnig! Genügt dir mein unwesentliches Wort darauf, Greg, mein Herzblatt?«

»Du meinst ...«, flüsterte er, »du *liebst* ihn so sehr, daß du ...«

»Nein, ich liebe ihn nicht. Ich hasse diesen grausamen, größenwahnsinnigen Schurken. Aber – ich kann ihn nicht verlassen. Dazu fehlt mir – die Willenskraft. Weißt du, du netter, süßer, unschuldiger amerikanischer Junge, ich bin nicht nur seine Konkubine, ich bin auch seine – Sklavin.«

»O mein Gott!« entfuhr es ihm. »Rose Ann, du bist – weiß! Selbst wenn vielleicht ein oder zwei Tropfen farbigen Bluts vor langer Zeit einmal in deiner Familie gewesen wären, könnte er doch nicht . . .«

Sie warf den Kopf zurück und lachte laut.

»Du würdest also sogar so eine dieser schönen Achtelnegerinnen nehmen, wie in den Romanen, Greg-Schatz? Ah, komm! So dumm kannst du doch nicht sein! Nein, in mir ist kein Tropfen Negerblut, soviel ich weiß, und mehr kann ein Abkömmling irgendeiner alten Familie nicht mit Überzeugung behaupten. Wer weiß denn schon genau, wie's früher war? Aber das hab' ich nicht gemeint. Meine Sklaverei hat nichts mit Rasse oder Farbe zu tun . . .«

»Womit dann?« fragte er.

»Mit mir. So, wie ich geschaffen bin. Die Verderbtheit tief in mir, von der ich nicht mal gewußt habe, daß sie da ist – bis er sie ausgegraben und mir unter die Augen gehalten hat . . .«

»Verderbtheit?« schnaubte er. »Du bist ein Engel, Rose Ann!«

»Aber dann ein ziemlich entarteter. Hör zu, Zuckerbubi. Ich habe Kurt von Anfang an durchschaut. Ich habe sofort gewußt, wie er wirklich ist. Sagen wir es so: Alles, was gemein an ihm ist, spricht alles in mir an, was schwach und verabscheuungswürdig ist und – hauptsächlich eben – verderbt . . .«

»Ich glaube dir nicht«, sagte er, doch seine Stimme verriet eine Spur Unsicherheit.

Sie zuckte die Schulter.

»Dann tu's nicht. Es spielt keine Rolle. Aber eines mußt du glauben: Ich werde ihn nie verlassen! Genausowenig, wie ein echter Säufer das Trinken aufgibt. Er ist meine absolute Demütigung, und ich liebe es. Nicht ihn, sondern die Demütigung. Ich kann nicht ohne ihn sein! Ich würde wahnsinnig, wenn ich es versuchte. Ich brauche ihn zu sehr! Mein – Körper – braucht seinen! Ist dir das nun klar genug, Greg?«

»Nu-un«, sagte er gedehnt. Er begann sich ein bißchen besser zu fühlen und glaubte auf vertrautem Boden zu sein, schließlich war er doch einer dieser animalischen Südstaatler, die damit prahlen, daß sie eine Schlange bumsen würden, wenn jemand ihren Kopf stillhielte. »Ein paar feurige Füllen waren mehr als zufrieden mit mir . . .«

»Du bist ein Kind.« Sie seufzte. »Ein Junge. Ein netter kleiner Junge aus dem Süden mit blitzblank gewaschenen Ohren, auf dem Weg in den Gottesdienst. Ich würde dich – verderben, Greg. Dich vernichten. Und du – verdienst Besseres. Also vergiß mich bitte, ja?«

»Nie!« versicherte er ihr, und nun schwang nicht der geringste Zweifel mehr in seiner Stimme. »Ich werde dich erst vergessen, meine süße Rose, wenn sie mir die Augen schließen.«

Sie senkte den Kopf, flüsterte: »O Gott!« Blickte wieder hoch. Sagte: »Muß ich mit dir gleich in der *ersten* Nacht in Dayton ins Heu fallen? Ich meine, um dir zu beweisen, wie ich bin? Ich tät's lieber nicht. Ich würde lieber bis zum letzten Tag damit warten – bis zu dem, an dem wir uns trennen. Das wäre vernünftiger. Ich könnte mich an dich gewöhnen, weißt du? Und ich brauche wirklich nicht noch mehr schlechte Angewohnheiten.«

Er schüttelte den Kopf und sagte mit einer Stimme, in der Gefühle erzitterten. »Nein. Weder – noch. Weder die erste noch die letzte Nacht. Ich möchte *alle* deine Nächte, Rose Ann, mein Liebling. Und alle deine Tage. Ich gebe mich nicht mit einer Nacht mit dir zufrieden. Ich will dich für immer an meiner Seite haben, als meine Frau und Mutter meiner Kinder. Gut, du hast gesagt, daß du vielleicht keine eigenen haben kannst. Dann adoptieren wir eben ein halbes Dutzend, wenn es gar nicht klappt. Aber zuerst versuchen wir's ausgiebig.«

Sie starrte ihn an. Unendliches Mitleid sprach aus ihren grünen Augen, aber sie glänzten auch feucht.

»Greg-Schatz, du bist ein Narr!« Sie seufzte. »Ich fürchte, ich muß doch etwas tun. Daß du dir so lange dein unschuldiges Wesen bewahrt hast, ist ausgesprochen gefährlich. Vor allem in diesem schmutzigen Geschäft, in das man uns hineingezerrt hat. So gebe ich dir vielleicht erst einmal einen Einblick in die Summe aller Dinge – durch französische Arithmethik. Und zeige dir, was oben und was unten ist, auch wenn's gegen alle Naturgesetze verstößt. Dann das Teilen: Was wo hineingeht und umgekehrt. Und Shakespeare sollte ich vielleicht auch auffrischen: ›Es gibt mehr Dinge im Himmel und auf Erden, als Eure Schulweisheit sich träumt, Gregory!‹ Viel schlimmere Dinge, Greg-Schatz. Und jetzt wollen wir nicht mehr reden, jedenfalls nicht *darüber*.«

»Worüber sollten wir dann reden? Es ist noch sehr weit bis Ohio, weißt du?«

»Über unsere ›Mission‹. Aber mit harmloser Miene und dann und wann einem Lachen, damit keiner dieser Wichtigtuer hier, die ich so schockiert habe, auch nur auf den Gedanken kommt, uns zuhören zu wollen. Greg, versprich mir, daß du vorsichtig sein wirst, ja? Denn es kann einfach nicht funktionieren! Unmöglich! Noch keiner von Kurts größenwahnsinnigen Plänen hat sich bisher durchführen lassen. Die kleineren, ja. Er ist sehr gerissen im Kaufmännischen, im Manipulieren der Börse und so. Aber wahre Opiumträume, wie die Trennung New Yorks von der Union und diese Nordwestkonföderation, die seine Copperhead-Freunde da ausgebrütet haben, sind ein bißchen zu groß für jemand, der nicht wirklich das Talent hat, so etwas durchzuziehen. Und als Helfer hat er bloß – Pygmäen. Zwerge. Es ist so, als würde man den Däumling in den Zirkus schicken, damit er mit einem Elefanten ringt. Wer den andern zweimal umwirft, hat gewonnen. Ich würde auf den Elefanten setzen.«

»Ich auch«, sagte Greg verdrießlich. »Rose Ann, seit ihr, du und Kurt, mir quasi zu einer anständigen Parade unserer Freunde aus dem Norden verholfen habt, frage ich mich, ob wir – unsere Seite – nicht im Unrecht sind. Schmeißfliegen umschwärmen immer Kadaver, weißt du? Und je stärker er stinkt, desto mehr ...«

»Umschwärmen sie ihn. Wir *sind* im Unrecht, Zuckerbubi. Mein Opa, der die Kadetten von West Point mit den Klassikern bekannt gemacht hat – der einzige McKenzie seit Anbeginn der Zeit, der je ein bißchen Gehirn gehabt hat –, hat jedem gesagt, der es hören wollte – was seine Zuhörerschaft so gut wie auf mich beschränkte, und ich war erst neun, als er gestorben ist –, daß die ›eigentümliche Institution‹ des Südens, die Sklavenhaltung, keinerlei moralische Berechtigung hat. Er hat recht gehabt. Aber er hat die Hauptsache übersehen, genau wie du sie jetzt übersiehst ...«

»O wirklich? Ich sehne mich nach Erleuchtung, vor allem von diesen so unendlich küssenswerten Lippen ...«

»Was falsch an der Sklaverei ist, ist, daß sie nicht einmal einträglich ist. Wir haben uns da in etwas verrannt – schlimmer als ein Hase in einem winzigen Hohlstamm, an dessen beiden Enden zwanzig Hunde bellen – und alles nur wegen unseres Stolzes. Denn die Moral einer Einrichtung hat so gut wie überhaupt keine Bedeutung. Was zählt ist, wie brauchbar sie ist. Zum Beispiel hat noch kein Land auf der Erde es geschafft, das Herumhuren abzuschaffen. Und niemand, nicht einmal eine Spitzenkraft in diesem Gewerbe wie ich ...«

»O Gott!« keuchte Greg. »Rose Ann, bitte ...«

»Hör auf? Werde ich auch, aber nicht auf Kosten eines süßen Unschuldslamms, wie du eines bist. Wie ich sagen wollte, nicht einmal ich kann behaupten, es sei moralisch, seine Reize für Geld darzubieten. Aber es ist ungemein einträglich? Das Problem mit dieser Meute, die wir durch unseren Salon in Washington paradieren ließen und die nicht einmal das Pulver wert wäre, das sie hätte umbringen können, war nicht, daß sie Stinktiere waren – und das waren sie! –, sondern, daß sie dumm waren. Ersteres ist lediglich ein kleines Vergehen, letzteres jedoch ein Schwerverbrechen. In dieser sündigen Welt kann man sich alles leisten, Greg, mein Schatz, außer Schwäche und Dummheit. Und das Problem mit unserer Grube voller Copperheads ist, daß ihr Gift nicht einmal ein Lämmchen töten könnte und daß sie verdammt noch mal zu laut zischen. Also hast du recht mit deiner Behauptung, daß eine Nation, die Leute wie sie als Freunde anzieht, von Anfang an zum Scheitern verurteilt ist. Also bleibt unserer Konföderation – unter anderem – das ungelöste Problem, unsere Neigung, uns schwachköpfige Stinktiere als Freunde anzulachen – denn *kluge* Stinktiere sind zu sehr damit beschäftigt, als Schieber und Spekulanten Millionen zu machen, als daß sie sich für uns interessieren würden. Und nur ein Idiot würde so etwas Sinnloses wie die Sklaverei verteidigen. Aber mein Opa hat noch etwas gesagt . . .«

»Was hat der alte Herr denn gesagt?« fragte Greg sie ernst.

»Daß ein ernsthaftes Volk ein frivoles immer schlagen wird. Und eine wissenschaftliche, industrielle Zivilisation wird eine rein landwirtschaftliche bei lebendigem Leib verschlingen, selbst wenn einige der Master Nigger haben, die pflügen und Baumwolle zupfen. Und er hat recht. Sag, kennst du den Text von *Dixie*?«

»Aber Rose Ann, mein Liebling – natürlich! Es gibt bestimmt keinen Südstaatler, der ihn nicht kennt.«

»Und kennst du auch den ganzen, Greggie-Lämmchen?«

»Hm, das möchte ich nicht beschwören, aber jedenfalls . . .«

»Hör zu!« flüsterte sie scharf und beugte sich vor, bis ihre Lippen nur noch Zentimeter von seinem Ohr entfernt waren. Dann sang sie ganz leise, daß nur er es hören konnte:

Ein Weibsbild ging zum Traualtar
mit einem Kerl, der ein Gauner war.
Welche Schand'! Welche Schand'! Dixie-Land!
Er war nur dann ihr Ehegatte,
wenn er nicht grad 'ne andere hatte.
Welche Schand'! Welche Schand'! Dixie-Land!
Er war, wie solche Kerle sind,
doch dafür war das Weibsbild blind.

Welche Schand'! Welche Schand'! Dixie-Land!
So hat er schon nach wen'gen Wochen
der treuen Frau das Herz gebrochen.
Welche Schand'! Welche Schand'! Dixie-Land!

»Na und? Was ist daran auszusetzen?« fragte Greg. »Ich finde, daß es gut klingt.«

»Ich auch. Aber ich habe halt eben die Maisbrot-mit-Melasse-Mentalität. Doch jetzt hör dir das an!« Sie lehnte sich noch näher, so daß ihre Lippen sein Ohr fast streiften, und sang in langsamem Trauermarsch-Rhythmus:

Meine Augen sind geblendet von der Glorie unseres Herrn,
er zertritt die Saat des Zorns, die alles Unheil mehrt,
und Blitz und Donner schlagen aus seinem Richterschwert.
Sein Wort marschiert voran.

Und er läßt sein Horn erschallen, vorwärts! Rückzug kennt er nicht.
Er siebt der Menschen Herzen vor seinem ewigen Gericht.
Oh, meine Seele, zu ihm hin, oh, meine Füße, zaget nicht.
Der Herr marschiert voran.

Jenseits des großen Meeres kam Gottes Sohn zur Welt.
Wie er für uns am Kreuze starb, für die Söhne unserer Welt,
werden wir den Tod nicht scheuen, bis Joch und Kette fällt.
Und Gott marschiert voran.

»Sehr feierliche Worte«, sagte Greg. »Und – und beeindrukkend ebenfalls. Das muß ich zugeben . . .«

»Ja, und weißt du was, Lämmchen? Eine Frau hat sie geschrieben. Eine rothaarige Frau, wie ich. Aber das ist nicht das Ausschlaggebende. Verzeih mir, Schäfchen, aber jetzt muß ich zu meinem 50-Dollar-Back-Bay-Wortschatz greifen: Der ausschlaggebende Punkt ist, daß ein Volk mit der intellektuellen Kapazität so etwas zu schreiben, sich nicht von einem aufhalten läßt, dessen sogenannter Verstand etwa so funktioniert ...« Wieder sang sie ihm ins Ohr:

Als die Schlacht bevorsteht, hört der Gen'ral den Radau.
»Die Yankees sind im Anmarsch, das weiß ich nun genau!«
Und als er sich bereitmacht, was hat er da erblickt?
Nur die Georgia-Miliz, die Erdnüsse verdrückt!

»O Gott!« stöhnte Greg. »Schatz, willst du damit sagen, daß wir ein Haufen – Clowns sind?«

»Nein, denn das sind wir nicht. Nur – rückständig, das ist alles. Und jetzt sei so lieb und gib mir meine Reisetasche. Gut ...« Sie öffnete sie und stellte sie vor seine Füße hin, ohne sie zu schließen.

»Jetzt«, forderte sie ihn mit einem spöttischen Grinsen auf, »tastest du in meinen Spitzen und Rüschchen herum, bis du ein in Öltuch gewickeltes Päckchen in der Hand hast. Nimm es nicht aus der Tasche heraus, sondern leg es obenauf und öffne es ganz vorsichtig. Wie du sicher verstehst, kann ich meine Reizwäsche hier nicht herausnehmen, ohne eine wahre Panik auszulösen. Hast du's gefunden? Schön, dann öffne es. Keiner dieser Neugierigen hier kann es sehen, ohne daß er über die Sitzlehne späht, und sie haben zu gute Yankee-Manieren, um so etwas zu tun.«

Greg wickelte das Päckchen aus. Mit riesigen Augen starrte er Rose Ann an.

»Süße«, hauchte er. »Hast du vor, jemanden *umzubringen?*«

»Ja, dich. Aber nicht damit. Ich bring' dich lieber um deine Kräfte, so auf die Bärenringkampfart. Diese niedlichen

Spielsachen, Greg, mein Herzblatt, sind ein Beweis, warum wir diese Meinungsverschiedenheit unter Gentlemen einfach nicht gewinnen können. Das kleine Ding hab' ich von einem Freund, der bei uns zu Haus eine Waffenfabrik hat. Er schwört, daß es die beste Seitenwaffe ist, die es auf Gottes schöner Welt gibt. Es ist nur so, daß weder er, noch sonst jemand auf unserer Seite, die Munition dafür herstellen kann, aus dem ganz einfachen Grund, daß es in unseren wackeren Südstaaten an Maschinen mangelt, die so hübsche kleine Patronen stanzen könnten. Womit ich meine, daß es keine gibt. Nicht eine einzige! Nun könnte mein Freund zwar mit Leichtigkeit so niedliches Spielzeug wie das da herstellen, aber eben nicht das, was man zum Laden braucht. So hat er sie mir geschenkt – zur Verteidigung meiner Ehre, selbstredend ...«

»Und dieses andere Mordinstrument? Sag bloß nicht, daß du auch die Lafette und die Rösser zum Ziehen in deiner Tasche versteckt hast?«

»Und ein paar hübsche Kanoniere dazu, die mir des Nachts Gesellschaft leisten«, spöttelte sie. »Das, Lämmchen, ist ein Sharps-Kavallerie-Karabiner, von dem der Schaft und der größte Teil des Laufs abgesägt worden sind, um ihn klein genug zu machen, daß ich ihn unter der Krinoline von der Taille hängen kann, wenn ich wieder heimkehre. Weißt du, es ist ein Hinterlader, wieder so etwas, was unsere tapferen und ritterlichen Südstaatler nicht haben. Ich habe meinem Freund, dem Waffenschmied, versprochen, ihm einen mitzubringen. Und weil er die gleiche Art von Patronenhülsen aus Papier oder Leinen benutzen kann wie unsere Vorderlader und die üblichen Zündkapseln, ist er imstande, dafür die Munition herzustellen. Ich muß dir die Vorteile eines Hinterladers aber nicht erklären, Süßer, oder?«

»Nein, das hat Oberst Berdan schon fünfzig dutzendmal getan. Hmmm – also wenn man den Abzugs*bügel* hinunterdrückt, gleitet das Verschlußstück einfach hoch, und man braucht bloß Papierpatrone, Miniékugel und alles in die Kammer zu stecken, den Abzugsbügel wieder hochzudrükken, und das wär's. Großer Gott! Wenn die ›Bluebellies‹ damit ausgerüstet wären, wäre der Krieg schon voriges Jahr Weihnachten vorbei gewesen. Warum sind sie es nicht, Rose Ann? Mit ein bißchen Übung könnten sie gemütlich auf dem Bauch jede halbe Minute einen Schuß abfeuern. Kein Wunder, daß Berdans Scharfschützen zu meutern drohten, wenn sie diese Dinger nicht kriegen. Die Yankees müssen verrückt sein, daß sie nicht bereits jeden einzelnen Soldaten damit ausstaffiert haben!«

»Nicht verrückt. Sie haben bloß zu viele Idioten mit Sternen am Kragen – genauso wie andere Armeen überall auch. Eine Militärlaufbahn ist nicht gerade das, was ein kluger Mann aus sich selbst heraus einschlägt. Wie Cabe sagt: Ein Mann, der klug genug ist, einen guten Soldaten abzugeben, ist zu klug, überhaupt Soldat zu werden. Und da hat er recht. Und jetzt wickle es bitte wieder ein. Ich muß gut darauf aufpassen, bis ich es zu meinem waffenschmiedenden Freund bringen kann.«

Wieder machte Greg ein finsteres Gesicht wie ein Prophet im Alten Testament.

»Rose-Schatz«, knurrte er, »ich weiß ja, daß die ›Bluebellies‹ noch keine unserer Spioninnen aufgehängt haben, aber wenn sie dich mit einer so revolutionären Waffe erwischen, überlegen sie sich das vielleicht.«

»Ich laß mich schon nicht erwischen. Außerdem, so revolutionär ist sie auch nicht mehr. Du solltest ein Spencer- oder Henry-Gewehr sehen! Der Bursche, den ich bezahlt habe, mir diesen Hinterlader zu besorgen – ein Copperhead, der in einer dieser Fabriken in Connecticut *arbeitet* –, hat mir auch einen Henry und einen Spencer angebracht. Aber als ich gesehen habe, daß man dafür Messingpatronen braucht, habe ich mich nicht mehr damit befaßt.«

»Rose, ich bring diesen Karabiner für dich über die Grenze. Du mußt mir nur die Adresse von dem alten Knakker geben, der diese Gloria-Hallelujas für unsere Jungs herstellen wird, und . . .«

»Greg, dich *würden* sie hängen! Ich dagegen kann sie vermutlich davon abbringen. Ich kann einen Pferdehandel mit ihnen schließen, ihnen einen hübschen Ersatz für meinen Hals anbieten . . .«

»Einen Ersatz?« knurrte er. »*Was?*«

»Ich sitz' darauf«, erklärte sie freundlich. »Wickel mein Spielzeug bitte wieder ein, Greggie-Süßer. Ich bringe es Colin persönlich. Übrigens, er ist *kein* alter Knacker. Er ist vielleicht ein oder zwei Jahre älter als du, Lämmchen, aber nicht mehr. Ein echt gutaussehender Junge. Ich war mal mit ihm verlobt . . .«

»O Gott! Geht das wieder los! Sag mir, Rose, warum hast du ihn dann nicht geheiratet?«

»Ich war plötzlich nicht mehr in ihn verliebt. Und dann ist Kurt auf der Bildfläche erschienen, und . . .«

»Und du hast es vorgezogen«, knirschte er, »die – die Geliebte eines leicht unheimlichen Ausländers zu werden, statt die angetraute *Frau* eines anständigen Südstaatlers?«

»Nun – ja«, antwortete sie gedehnt. »So ähnlich. Weißt du, Greggie-Schatz, all ihr netten, süßen, anständigen Jungs aus dem Süden kennt eben keine verruchten, unnatürlichen Praktiken, ganz zu schweigen von wirklich schmutzigen Tricks . . .«

»Und er schon?« krächzte Greg.

»Alle, die im Buche stehen, und noch ein paar, die er sich selbst ausgedacht hat«, erwiderte Rose Ann feierlich. »Er versteht es, das Leben interessant zu machen . . .«

»Rose Ann, um Himmels willen! Du mußt ihn verlassen! Geh mit mir und . . .«

»Lämmchen, abgesehen von der Tatsache, daß ich dich innerhalb einer Woche ruinieren würde, wärst du noch nicht an der Reihe. Der einzige, dessentwegen ich Kurtie vielleicht verlassen könnte, wäre mein Schwager.«

»Ohhh, Gott!« stöhnte Greg. »Hast du denn nicht ein bißchen Achtung vor irgend jemand oder irgendwas, Rose Ann?«

»Keine große, jedenfalls. Es ist eine verrückte Welt, in der wir leben, Lämmchen. Weißt du, Cabe hat meine Schwester Gwen geheiratet, weil ich in den Norden gegangen bin, nach Boston, und zu lange dort blieb. Und sie hat ihn geheiratet, weil sie Colin, den sie liebte, nicht kriegen konnte, da er zu der Zeit mit mir verlobt war. Cabe ist zwanzig Colins wert, und das weiß Gwen auch. Aber weil das, was eine Frau weiß, absolut nichts mit dem zu tun hat, was sie empfindet, haben wir hier einen ganz schönen Hexensabatt. Jeder hat den falschen Partner geheiratet oder liebt den falschen, oder genauer gesagt, verzehrt sich nach dem Partner, der nicht zu haben ist. So jedenfalls sieht das verdammte Durcheinander aus, wenn wir ehrlich genug wären, es zuzugeben.«

»Und wie sieht es im Fall deines Schwagers aus?« fragte Greg finster. »Liebst du ihn oder . . .?«

»Oh«, sagte sie spöttisch. »Er war schon immer ein aufregender Bursche, dieser Cabe. Er ist klein. Dürr. Nur einen Kopf größer als ich, was klein für einen Mann ist. Und mein Leben lang habe ich ihn mir vom Hals gehalten und ihm gesagt, daß nicht einmal eine Mutter eine Physiognomie wie seine lieben könnte. Aber er hat das süßeste, traurigste, komischste, schiefste Grinsen, bei dem man unwillkürlich an mit Honig gemischten Essig denken muß. Und er redet wirklich wild daher. Aber eine halbe Stunde nachdem er damit fertig ist, die irrsten Dinge zu sagen, die man je in seinem Leben gehört hat, schleichen sie sich einem in den Kopf zurück, und es wird einem klar, daß man noch nie zuvor mehr Wahrheit gehört hat und mit solcher Eleganz ausgedrückt. Also gut. Ich empfinde alle möglichen Gefühle für Cabe, hauptsächlich der Art, die man niemand gesteht. Solche, wie sie nette, süße, nach Magnolien duftende Mädchen aus dem Süden gar nicht haben dürfen, weil sie sich einfach nicht gehören, weil sie nicht anständig sind. Aber wenn du es auf jede Weise, außer am Sonntag, demonstriert bekommen hast, daß anständig gerade das ist, was du nicht behaupten kannst, daß du bist, dann kannst du dich entspannen und all diese Gefühle so richtig genießen. Ich würde gleich mit Cabe ins Heu kriechen, wenn er nicht Gwens Mann wäre. Aber obwohl sie ihn wirklich nicht liebt, *mag* sie ihn doch. Außerdem ist Gwen so puritanisch, wie eine nur sein kann. Sie wäre also schockiert und entsetzt, wenn ich ihn ihr abnehmen würde. Hauptsächlich aber, obwohl sie unfähig wäre, das zu erkennen, weil ich sie dann als Frau herabsetzen würde. Und das möcht' ich nicht.«

»Da bin ich aber froh, daß es *etwas* gibt, was du nicht tun möchtest«, sagte Greg bitter. »Aber aus reiner Neugier, wenn man bedenkt, was du *tust*, warum würdest du es nicht?«

»Sie ist ein Engel. Sie hat mir das Leben gerettet. Sie ist wochenlang kaum zum Schlafen gekommen, weil sie mich Tag und Nacht gepflegt hat, nachdem ich so dumm gewesen war, mir die Kugel einzufangen. Und ich habe schon genug angestellt, meinst du nicht auch? Wenn dieser Krieg zu Ende ist, werde ich Virginia für immer verlassen. Ich gehe in den Westen. Vielleicht werde ich Puffmutter. *Nachdem* ich genug Geld auf meinem eigenen dünnen Rücken gemacht habe, es mir leisten zu können . . .«

»Himmel!« flüsterte Greg. »Gut, du hast's geschafft und mir die Laune verdorben, für heute nacht, jedenfalls – wenn es das war, was du tun wolltest . . .«

»Schau, es wird schon ziemlich dunkel, findest du nicht auch, Greg-Schatz? Sag, was haben wir heute für einen Tag?«

»Samstag«, brummte Greg verärgert.

»Und das Datum?«

»Der 2. Mai. Und das Jahr ist 1863, falls du das auch noch wissen willst.« Er fühlte sich elend. Er war überzeugt, daß er dieses kleine, zierliche, rothaarige Persönchen über jegliches erträgliche Maß liebte. Daß er ohne sie nicht leben konnte.

»Danke«, sagte Rose Ann süß. »Jetzt sei bitte ein paar Minuten still, ja? Ich muß beten . . .«

»*Du* betest?« sagte Greg sarkastisch.

»Ja. Für meinen Bruder Jeff. Und für Cabe. Nach Gwens

letztem Brief, den ich bekommen habe, kurz bevor wir London verlassen haben, ist Jeff in Alabama. Er hat dort etwas absolut streng Wissenschaftliches zu tun. Also nehme ich an, daß er nicht in Gefahr ist. Aber ich weiß nicht, wo Cabe ist. Und es heißt doch, ›Der Gerechten Gebet vermag viel, wenn es ernstlich ist‹, oder nicht? Also fange ich an: ›Lieber Gott, sorg dafür, daß Jeff in Sicherheit ist, ich meine, daß er weiter sicher ist, so wie du bisher dafür gesorgt hast. Und – Cabe. Laß ihn doch nicht mehr so schrecklich tapfer sein, damit er sich nicht umbringen läßt, stur wie er ist. Gwen – braucht ihn, auch wenn sie zu dumm ist, es zu merken. Und ich – brauche ihn auch, lieber Gott – so sündhaft das auch ist. Aber du hast Sünderinnen immer verstanden, nicht wahr? Also paß bitte auf ihn auf, wo immer er auch ist. Amen.‹«

Oberstleutnant Cabe Henry ritt in diesem Moment an der Spitze eines kleinen V's von Reitern in der zunehmenden Dunkelheit auf die feindlichen Linien zu, und zwar jenseits des kleinen Plateaus, das die Historiker, der örtlichen Angewohnheit zufolge, die es so benannt hatte, Chancellorsville nannten, als wäre es zu der Zeit eine Stadt oder eine Ortschaft gewesen. Tatsächlich aber handelte es sich lediglich um eine Kreuzung von zwei Straßen und ein großes weißes Gebäude, das Chancellor-Haus mit seinen Scheunen, Stallungen und Sklavenunterkünften. Und weiter gab es dort nichts.

Hübsch hier, dachte Cabe, aber das macht es noch lange nicht erstrebenswert, hier zu sterben. O lieber Gott, ich möchte in einem Stück wieder heimkommen; mich mit Gwen vertragen, wenn sie sich nicht inzwischen mit ihrem hübschen verkrüppelten Feigling irgendwohin abgesetzt hat. Und wenn, das verspreche ich dir, lieber Gott, werde ich ihnen nicht folgen. Ich werde ihn nicht erschießen und ihr nicht den zarten, rosigen Hintern verbläuen. Ich laß sie gehen, mit deinem Segen und meinem. Aber du wirst mir vergeben müssen, daß ich mir diese ausländische Schlange vorknöpfe, die mir meine Rose Ann gestohlen hat. Ich weiß, daß das keine christliche Einstellung ist, lieber Gott, aber du wirst mir doch ein paar Tage freigeben von deiner Lehre, damit ich tun kann, was vernünftig und notwendig ist, nicht wahr, lieber Gott? Bitte! Aber zuerst einmal bitte ich dich bloß, daß diese Flachlandbewohner mich nicht treffen.

Die Flachlandbewohner, die er meinte, gehörten zu Generalmajor Oliver O. Howards 11. Union-Armee-Corps, das um Dowdells Taverne herum lag. Auch sie, mit dieser südstaatlichen Gleichmut gegenüber Namen, war ebensowenig eine Taverne, wie Chancellorsville eine Ortschaft war. Dowdells Taverne war das Haus eines Geistlichen, das Haus von Reverend Melzi Chancellor. Und Cabe hätte nicht darauf gewettet, daß dieses Bibelauslegers Name auch nur im geringsten etwas mit dem des Hauses zu tun hatte. Das war im Süden eben so. Aber von Devens Division abgesehen, waren die Flachlandbewohner auch wirklich Flachlandbewohner – oder vielmehr Deutsche, nun, zumindest Deutschamerikaner, obwohl einige vielleicht noch nicht einmal wirklich naturalisiert waren. Und außer Deven und MacLean, das waren die Namen ihrer kommandierenden Offiziere, hatten sie sehr deutsche Namen, wie: von Glisa, Carl Schurz (der später als liberaler Politiker berühmt wurde), Schimmelpfennig, Kryzanowski, von Steinwehr, Buschbeck und Schirmer. Und sie alle waren so gute Soldaten, wie die Deutschen es immer waren, also war Cabe klar, daß nicht damit gerechnet werden konnte, daß sie panikerfüllt davonlaufen würden wie gewöhnlich Yankee-Ladenschwengel.

Er drehte sich im Sattel um und schaute hinter sich. Hinter ihm ritten Hauptmann James Power Smith und an seiner Seite der olle Jack Jackson höchstpersönlich, der wie üblich seine uralte mitgenommene flache Mütze trug und auf seinem alten Fuchs saß, diesem kräftigen, plump wirkenden, häßlichen Pferd, das schneller als eine Dampflokomotive laufen konnte, wenn es sein mußte. Der olle Jack saß zusammengesunken im Sattel. Er sieht müde aus, dachte Cabe, und alt. Dabei ist er noch keine Vierzig, wurde Oberstleutnant Henry plötzlich bewußt. Dieser verfluchte Krieg läßt uns alle viel zu verdammt schnell altern . . .

Weiteren Gedanken konnte er nicht mehr nachhängen, denn ein Trupp dieser »verdammten Flachlandbewohner« erhob sich im Dunkeln und durchschnitt die Nacht mit Flammenzungen. Cabe hörte sein Pferd wie eine Gebärende schreien, dann taumelte es und brach langsam zusammen. Er versuchte aus dem Sattel zu springen, damit er nicht zerquetscht würde, wenn sein tödlich getroffenes Tier sich auf dem Boden wälzte und um sich schlug, wie Pferde mit Bauchschuß es immer tun. Er schaffte es fast, aber eben nur fast. Sein linker Fuß blieb im Steigbügel hängen, und als sein sterbendes Pferd sich aufbäumend und um sich schlagend einen Weg ins Walhall aller mutigen Streitrosse bahnte, flog Caleb Henry schließlich durch die Luft – sein linkes Fußgelenk war glatt und völlig gebrochen.

Er wappnete sich gegen den Aufprall und rollte herum. Aber als er aufstehen wollte, um zu den Linien der Konföderierten zu huschen, denn er wußte, daß es in der zunehmenden Dunkelheit möglich wäre, sie unbemerkt zu erreichen, biß der Schmerz mit spitzen unerbittlichen Zähnen zu. »O Gott!« wisperte er, blieb still liegen und sah, wie der olle Jack ›Felswand‹-Jackson, mit seinem Stab um sich, wie Zentauren reitend, in Sicherheit galoppierte.

Gott segne sie! dachte Cabe. Sieht aus, als wäre ich der einzige, den's erwischt hat. Aber das ist besser als umgekehrt. Sie sind alle gute Männer und treu ergeben, während ich . . .

Da sah er, wie sich schattenhafte Gestalten von den Linien der Konföderierten erhoben. Sie waren die 33. North Carolina unter General Pender. Aber das wußte Cabe nicht. Als er und der Rest von ›Felswands‹ Stab mit dem ollen Jack losgeritten waren, war niemand dort gewesen. Und zu ihrer Rechtfertigung sei gesagt, daß auch die 33. nicht wußte, daß sich Südstaatenreiter zwischen ihnen und den ›Bluebellies‹ befanden. Alles, was aus dieser Richtung kam, mußte ein

Feind sein. Sie erhellten die Nacht mit einer wahren Flammenwand. Zwei der Stabsoffiziere gingen für immer zu Boden. An der Nordseite der Straße erhob sich ein weiterer Trupp der Männer aus Carolina und hüllte den alten Jack in weißes Feuer, das ihn und seinen treuen Fuchs von der Nacht, der Zeit, der Ewigkeit abhob. Der Fuchs ging durch. Thomas Jonathan Jackson, oder vielmehr das kugelzerfleischte Gestell aus Knochen, Blut und Fleisch, das die Kriegerseele behauste, die es bald verlassen würde – wurde abgeworfen.

»O Gott!« wimmerte Cabe. »Warum *er*? Seine Frau und sein Sprößling waren vorgestern erst dagewesen und haben ihn besucht. Er hatte eine ihn liebende Frau und ein Kind zum Großziehen, und die Hochachtung aller, die ihn kannten. Ein großer Mann. Ein wirklich großer Mann, und du holst ihn, o Gott, und läßt mich hier, der niemand hat, nicht einmal wirklich ein Zuhause, zu dem er heimkehren kann. Denn ein Heim muß warm von Liebe sein, und meines . . .«

Da blickte er hoch in das Schimmern von Bajonetten, das in seine Augen fiel.

»Ergibst du dich, Yankee?« fragten sie ihn.

Langsam hob Caleb Henry die Hände. Er war heraus aus diesem Krieg, der noch zwei weitere Jahre dauern und zumindest eine weitere Million Menschenleben kosten sollte.

»Der Gerechten Gebet vermag viel, wenn es ernstlich ist«, hatte Rose Ann McKenzie gesagt.

12

Greg blickte interessiert auf den Festwagen, der neben der Rednertribüne stand. Auf ihm hatten sich die meisten der vierunddreißig gutgewachsenen Mädchen aus Ohio eingefunden, die in der Parade die vierunddreißig Staaten der Union dargestellt hatten. Sie fröstelten, denn der Abend war kühl und ihre Kleidung dünn. Zu seinem Ergötzen hatte er festgestellt, daß er genügend der hervorragenden Charakteristika dieser besonderen Bundesstaaten durch die flatternden Fähnchen erkennen konnte, um eine Auswahl treffen zu können, wo er sich seiner Ansiedlermöglichkeiten bedienen sollte, ohne auf das staatliche Eigentumsrecht zu achten. Entlang der mittleren Grenze, dachte er freudig, in dem Buschwerk nahe der Gabelung, wo die sprudelnden Quellen auf die große Wasserscheide treffen!

Rose Ann riß ihn aus seinen Gedanken.

»Bist du beigetreten?« erkundigte sie sich.

»Kann man wohl sagen.« Greg schnaubte angewidert. »Die unsinnigsten Initiationsriten, die du dir vorstellen kannst. So ähnlich wie bei einem dieser idiotischen geheimen College-Verbände. Regelrecht kindisch, wenn du mich fragst.«

»Jedenfalls bist du jetzt ein Ritter des Goldenen Kreises, oder?«

»Und ein Hüter des unteren Rats der Stadt Cleveland in Ohio«, erklärte Greg feierlich. »Was immer zum Teufel das ist. Hör zu, Süße, nachdem ich die Angehörigen dieser schrecklichen Verschwörung, die Nordweststaaten von der Union zu trennen, kennengelernt habe, habe ich es für richtig gehalten, dafür zu sorgen, daß wir beide von hier verschwinden können, wenn der Himmel auf die Köpfe dieser Idioten herunterfällt. Was er bestimmt tun wird. Hast du General Burnsides allgemeine Order Numero 38 gelesen? Sie stand heute in der Zeitung . . .«

»›Es ist verboten, Sympathien für den Feind kundzutun‹«, zitierte Rose Ann. »Ich wüßte nicht, wie er da einen Riegel vorschieben könnte. Freie Rede ist durch die Verfassung der Yankees geschützt. Er könnte natürlich seine Schutztruppen anweisen, bei der Verhaftung ein bißchen achtlos mit ihren Musketen umzugehen und ein paar deiner Goldenen Ritter ein klein wenig totzuschießen. Aber von solchen oder ähnlichen Tricks abgesehen . . .«

»Jedenfalls verschwinden wir hier. Ich habe einen neuen Marschbefehl von dem netten lieben Yankee-Oberst, an dessen Regiment mich Oberst Mitchell abgestellt hat – für Sondereinsätze, natürlich –, der uns nach Nashville führt. Dieser Oberst hier, Reynolds heißt er, trägt eine Walnuß in der linken und einen Kupferpenny in der rechten Tasche, genau wie Mitchell. Jedenfalls soll ich im guten alten Nashville so richtig unbeschwert herumspazieren und mir die Befestigungen und dergleichen einprägen, und wenn es möglich ist, mich südwärts absetzen und mich General Braggs Truppen unten bei Chattanooga anschließen. Wird schön sein, wieder in einer grauen Uniform zu stecken. Jedenfalls nehme ich dich mit, Zuckerpfläumchen . . .«

»Wie? Indem du mir etwas Schweres über den Schädel haust?«

»Wenn nötig!« entgegnete Greg grimmig. »Nach dem, was er in London mit dir gemacht hat, wie du erzählt hast, laß ich nicht zu, daß du zu diesem verfluchten, verruchten, ausländischen Sohn einer billigen Nutte zurückkehrst.«

»Aber ich laß mich *gern* so behandeln«, erklärte Rose Ann gemessen. »Ich muß zu ihm zurück, Greg. Ich kann nicht ohne – sagen wir, seine sanften Aufmerksamkeiten leben.«

»Gottverdammt!« heulte Greg auf. »Rose Ann, du sprichst von dem Mann, der dich fast totgeprügelt hätte, weil du – weil du dich nicht . . .«

»Prostituieren, meinst du? Das ist wirklich eine vornehme Formulierung, Lämmchen, meinst du nicht? Mit dem alten Trottel, von dem er was wollte. Jetzt tut's mir leid, daß ich dir davon erzählt habe. Wie meine Schwester Gwen immer sagt, leide ich unter Maul- und Klauenseuche, die bei Eselinnen häufig vorkommt. Außerdem entspricht es nicht völlig der Wahrheit. Ich hab' nicht das geringste dagegen gehabt, mich in der Welt ältestem – und edelstem – Gewerbe zu betätigen. Es war nur, daß Kurt mir nicht schon zuvor gesagt hat, wozu es kommen sollte. Als diese dürre alte Vogelscheuche in gestreiftem Nachthemd mich mit einem fast zahnlosen Grinsen beglückte – wobei sein Atem, der mich an ein Plumpsklo erinnerte, mir entgegenschlug –, während er mitten in der Nacht in meinem Schlafzimmer auftauchte – nachdem mein Liebling Kurt natürlich geschickterweise nach London gerufen worden war –, reagierte ich wie ein echtes, nach Magnolien duftendes, blaublütiges Mädchen aus dem Süden: Ich zog seiner Perücke – er hatte nicht ein einziges eigenes Haar mehr – mit der Kugel einen Scheitel ...«

»Und dafür hat dein sogenannter liebevoller Gemahl dich splitternackt an den Handgelenken an den Fensterstock gehängt und ...«

»Und meinen kleinen Hintern so richtig ordentlich mit Striemen versehen«, beendete Rose Ann den Satz für ihn. »Genießt du dieses Bild, so wie du es dir vorstellst, Greggie-Schatz?« schnurrte sie.

Greg errötete tief. Er hatte es wirklich genossen. Aber es zuzugeben, wenn auch nur sich selbst, machte ihn verlegen. Sehr sogar.

»Also wirklich, Rose Ann«, stammelte er.

»Wirklich gar nichts. Weißt du, ich glaube gar nicht wirklich, daß dieser peinliche Zwischenfall mit Seiner Lordschaft viel damit zu tun gehabt hat – außer Kurtie einen guten Grund zu geben, ein wissenschaftliches Experiment, das er schon lange durchführen wollte ...«

»Ein wissenschaftliches Experiment?« unterbrach Greg sie.

»Ja. Um festzustellen, ob der zeitweilige Besitz eines wunden Gesäßes einem Mädchen nicht einen schöneren Gang verliehe.« Sie hielt lange und nachdenklich inne, dann fügte sie mit absoluter Ruhe und ausdruckslos hinzu: »Das tut es wirklich.«

»Ohhh, Gooott ...«, begann Greg, aber Rose Ann griff nach seinem Arm.

»Da ist Seine hochwohlgeborene Ehren ja endlich«, spöttelte sie.

Der Kongreßabgeordnete Clement L. Vallandigham stolzierte zur Rednertribüne. An diesem Mainachmittag im Jahr 1863 versuchte der Kongreßabgeordnete, die Stimmenmehrheit für seine Wahl als Gouverneur zu gewinnen. Er war ein sehr gut aussehender Mann, fand Rose Ann, mit einem gepflegten Backenbart (doch glattrasierter Oberlippe), fast wie Präsident Lincolns, nur war Vallandighams etwas spärlicher. Der Kongreßmann war bald in voller Fahrt, und seine Stimme schallte über die Begeisterungsrufe seiner Anhänger hinweg. Die dünngewandeten Bundesstaaten standen, von der wilden Begeisterung der Menge angespornt, auf, um zu klatschen und zu jubeln, und gewährten Greg so eine bessere Ansicht ihrer Hügel, Täler, Überhänge, ja sogar der Schatten ihrer tieferen Täler. Aus dem Gebrüll und Soprangekreische seiner Anhänger hörte Rose Ann: »Die Toten, die Toten, die unzähligen Toten! Denkt an Fredricksburg! Laßt uns Frieden schließen!«

Sie stupste Greg heftig in die Seite und deutete mit einem Kopfnicken auf eine Gruppe von Männern am Fuß der Rednertribüne. Zwei von ihnen klatschten weder, noch drückten sie ihren Beifall auf andere Weise aus. Sie waren viel zu beschäftigt. Mit einem Notizblock in der Hand schrieben sie, mit der Geschicklichkeit von Gerichtsschreibern, jedes Wort nieder, das Clement L. Vallandigham äußerte.

»Sie sind mir schon länger aufgefallen«, flüsterte Greg ihr zu. »Die Walnüsse an ihren Jackenaufschlägen bedeuten gar nichts. Sie sind bestimmt von der Abwehr, und geschickt hat sie zweifellos der alte Hammelbart . . .«

Amüsiert dachte Rose Ann, daß General Ambrose Burnside – in dieser Zeit, da jede nur erdenkliche Form von Barttracht das Gesicht des Großteils der Männer zierte – fast so etwas wie ein kleines Wunder geglückt war: Er hatte eine völlig neue Bartmode kreiert, und zwar wölbte sein enorm buschiger Schnurrbart sich an den Mundwinkeln abwärts und vereinte sich mit den gewaltigen flaumigen Koteletten, die von den Schläfen herabquollen, während sein wuchtiges Kinn glattrasiert war. Das war fast das genaue Gegenteil der

Bartmode vieler Männer dieser Tage, einschließlich der Lincolns und dieses zeternden Aufrührers Vallandigham. Und so sehr imponierte sie der Allgemeinheit, daß sie diese Barttracht zunächst »Burnsides« nannte und später »Sideburns«. So wurde dem ehrgeizigen General der Union durch Zufall die Gnade zuteil, daß man seine geradezu tragische Unfähigkeit als Stratege und seine tyrannische Zivilverwaltung vergaß und sich nur noch an seinen Bart erinnerte. Viele andere blauuniformierte Knacker hätten ihn um dieses Schicksal beneidet, dachte Rose Ann schon damals.

»Nun«, flüsterte sie zurück. »Ich glaube nicht, daß er bis jetzt etwas gesagt hat, wofür sie ihn einsperren könnten . . .«

»Warte nur, er wird schon noch«, entgegnete Greg gleichmütig. »Ich höre ihn nicht zum erstenmal. Liebt den Klang seiner eigenen Stimme, dieser Vallandigham.«

Was der Kongreßabgeordnete sich sogleich anschickte zu beweisen. »Der Krieg für die Union«, brüllte er, »liegt in Ihren Händen – ein ungeheuer blutiger und teurer Fehlschlag. Trauer herrscht in jedem Haus! Schließen wir einen Waffenstillstand; fordern eine konstitutionelle Konvention! Die Union wird sich neu gestalten . . .«

»Er steuert schon darauf zu, nicht wahr?« wandte sie sich an Greg. Insgeheim *wollte* sie, daß der Kongreßmann Vallandigham wegen einer dem Hochverrat nahekommenden Äußerung ins Gefängnis wanderte. Das würde ihre ungeheure Anspannung beenden. Saß der Kongreßabgeordnete erst hinter Gittern, war es aus mit den Copperheads als politische Partei, da er ihr Herz und ihre Seele und – noch ausschlaggebender – ihr Verstand war. Ohne Clement Vallandigham würden sie zusammenfallen wie ein Kartenhaus. Dann wäre ihre – und Gregs – Mission zu Ende. Greg konnte in den Süden aufbrechen, in die verhältnismäßige Sicherheit der konförderierten Linien. Und sollte er doch den Tod finden, nachdem er sie erreicht hatte, wäre er wenigstens – ehrenhaft. Ein Heldentod – in der Schlacht. Sie sah nicht so recht ein, weshalb die Todesweise eines Mannes irgendeinen

Unterschied machen sollte, aber sie tat es jedenfalls. Ja, natürlich, es war – schändlich, gehängt zu werden wie ein Dieb oder Mörder. Sie wollte selbstverständlich nicht, daß er überhaupt fiel. Sie wünschte ihm, daß er am Leben blieb, ein süßes nettes Mädchen heiratete und alt genug würde, um seine Enkel zu erleben. Aber vor allem wollte sie, daß er weit weg von ihr war, meilenweit aus der Reichweite ihrer sehnenden Arme. Denn nicht nur paßte sie nicht zu ihm und verdiente einen so netten, süßen, anständigen Jungen wie ihn nicht, sondern sie würde ihn zugrunde richten und entsetzlich unglücklich machen – und sich selbst auch. Ich bin korrumpiert, über jede mögliche Heilung hinaus, nicht einmal er mit seiner Reinheit kann mir noch helfen. Also – zurück zu Kurt. Zurück zum Verkommenen. Zurück zu all den unnatürlichen Praktiken, die ich gelernt habe zu – genießen. Und mich selbst zu verachten, weil ich sie genieße. Ich werde erst von Kurt loskommen, wenn ich sterbe oder wenn er mich verläßt. Was dasselbe ist, denn dann werde ich am selben Tag durch meine eigene Hand sterben. Und nicht aus Kummer, weil er mich hat sitzenlassen. *Er* ist mir völlig egal. Ich wäre froh, ihn los zu sein. Nein, ich schneide mir die Kehle durch, um sicherzugehen, daß ich mir nicht einen zweiten zweibeinigen Pfuhl suche, in dem ich mich suhlen und der meine abartigen Angewohnheiten befriedigen kann.

An all diese düsteren und häßlichen Dinge dachte sie, während Clement Vallandigham schrie: »Meine Verachtung für die allgemeine Order Numero 38 könnte nicht größer sein! Meine Verachtung für König Lincoln könnte nicht größer sein! Kommt, vereinigt euch und stürzt den Tyrannen vom Thron! Die Männer an der Macht in diesem Land versuchen einen Despotismus zu errichten, der härter und grausamer ist als je einer in der Geschichte! Ist Ihnen bewußt, daß ein Antrag für die Umgestaltung der Union vorgelegt wurde und die Ablehnung in Lincolns Handschrift noch existiert? Er will diesen Krieg nicht beenden! Er wird ihn weiterführen, solange es noch Schieber und Offiziere gibt, die Geld einsacken wollen!«

Der Kongreßabgeordnete hielt kurz inne, und das spöttische Lächeln, mit dem er geboren zu sein schien, verzerrte sein gerötetes, gutaussehendes Gesicht.

»So sage ich, wir wollen diesen schrecklichen, grausamen und unnötigen Krieg – für die Freiheit der Schwarzen und die Versklavung der Weißen – beenden!«

Ein ohrenbetäubender Lärm brach los. Doch weder Rose noch Greg achteten auf diesen Mob schreiender, kreischender Wahnsinniger beiderlei Geschlechtes. Sie beobachteten die beiden Offiziere in Zivil, die in der brüllenden Menge ruhig vor der Rednertribüne standen. Die beiden nickten einander zu und schlossen ihre Notizblöcke.

»Das ist's«, sagte Greg ruhig. »Noch vor morgen abend wird er Büchsenfleisch und weiße Bohnen in einer Gefängniszelle essen.«

Wie recht Greg hatte, wurde Rose Ann während der folgenden, schrecklichen Woche ein dutzendmal bewußt. Aber die schnelle Lösung, die sie von Vallandighams Verhaftung für das heikle Problem des galoppierenden Hochverrats in den Nordweststaaten und für ihr eigenes erhofft hatte – die Tantalusqualen, die Gregs Anwesenheit in ihrer jungen männlichen Anständigkeit, ihrem Herz verursachten, das sie bereits für jenseits aller Träume und Sehnsüchte gehalten hatte – erwies sich als keine wirkliche Lösung. Vallandigham wurde natürlich verhaftet, ins Gefägnis eingeliefert und vor ein Militärgericht gestellt. »Die Rede des Angeklagten«, stand in der Urteilsschrift, »war in voller Absicht aufrührerisch. Der Angeklagte wird im Sinne der Anklage für schuldig erklärt und zu lebenslanger Haft verurteilt. Bestätigt und genehmigt: Ambrose E. Burnside, Generalmajor, Kommandierender Offizier des Departments von Ohio.«

Doch statt die Sache zu beenden, verschlimmerte das Urteil sie nur noch. Jede Zeitung im Norden und Süden ergriff entweder für oder gegen Clement Vallandigham Partei. Die

Nordweststaaten standen am Rande eines eigenen Bürgerkriegs. Rose Ann und Greg erhielten ein Telegramm von Kurt: »Meinen Glückwunsch. Ihr habt gute Arbeit geleistet. Macht weiter so.«

»Dabei haben wir gar nichts getan!« jammerte Rose Ann.

»Das brauchen wir ihm ja nicht zu sagen«, schnaubte Greg. »Wir müssen diesem Hund überhaupt nichts sagen als auf Nimmerwiedersehen. Und genau das werden wir auch tun!«

»O Gott!« stöhnte Rose Ann. »Ich hatte ja so gehofft, daß die ganze Sache überstanden wäre, wenn sie dieses windige Stinktier erst ins Kittchen gesteckt und den Schlüssel zu seiner Zelle weggeworfen hätten, und daß wir . . .«

»Uns dann irgendwohin verziehen könnten«, sagte Greg inbrünstig. »Nach Oregon, vielleicht. Oder nach Kalifornien. An der Pazifikküste merkt man kaum etwas vom Krieg. Wir könnten uns dort niederlassen und anfangen, unsere kleine Familie zu gründen . . .«

»Greg«, sagte sie ruhig. »Wir werden keine Familie miteinander haben. Wann geht dir das endlich in deinen dicken Schädel? Wenn das hier vorbei ist, kehre ich zu meinem nichtgesetzlichen Ehemann zurück. Er ist ein Schweinehund, und deshalb paß ich zu ihm. Ich würde dich nicht nur zugrunde richten, dich hoffnungslos ruinieren, wenn ich versuchen würde, dein festes Rückgrat als Leiter zu benutzen, um aus dem Pfuhl herauszukommen, in den ich gefallen bin, es würde auch nichts nützen. Ich würde gleich wieder mit einem häßlichen Platschen hineinfallen und, schlimmer noch, dich mit ins Verderben reißen.«

»Wenn du ins Verderben gehst, Rose Ann, dann ist das auch mein Ziel!« erklärte er unerschütterlich. »Hör also auf, dich zu sträuben, es nutzt dir nichts. Du bist ein Engel, und du gehörst *mir*. Jedenfalls bald schon . . .«

»Das glaubst *du*!« sagte sie düster. »O Gott, wenn jemand bloß dieses Stinktier Vallandigham erschießen würde.«

»Das würde nichts nützen«, gab Greg zu bedenken.

»Würde einen Märtyrer aus ihm machen, und alles wäre noch schlimmer . . .«

Das war eine Ansicht, die der »ehrenwerte« Abraham Lincoln, Präsident dieser Vereinigten Staaten, mit ihm teilte. Es machte die Sache schon schlimm genug, den Kongreßabgeordeten im Gefängnis zu behalten, ganz abgesehen davon, daß der kleine Gauner berauscht von der unbezahlbaren Publicity war, die er so bekam. Also stapfte der ehrliche Abe im ovalen Zimmer hin und her, her und hin, und dachte: Im nächsten Jahr sind die Wahlen, und dieser Sohn einer Memme wird mir ein Dorn in der Sohle sein, als ob ich mir nicht schon mehr als genug Dornen eingetreten hätte! Dadurch, daß dieser Narr Burnside ihn überhaupt eingesperrt hat, nimmt man ihn jetzt erst richtig ernst. Aber ich kann ihn nicht einfach auf freien Fuß setzen. Das würde jedem schurkischen Verräter im Land freie Hand geben, und Gott weiß, wir haben mehr als genug von diesem Ungeziefer!

Weiter ging er hin und her, her und hin, die lange, schlaksige Gestalt, die die Freude eines jeden Karikaturisten war, gebeugt unter der Last dieser neuen Sorge.

Plötzlich blieb er stehen. Ein Lächeln stahl sich über sein wundervoll häßliches Gesicht. Er schritt zum Schreibtisch, setzte sich, griff nach einer Feder mit Stahlspitze und klemmte die Brille auf die große Nase voller Warzen. Dann kritzelte der Mann, der unter anderem der größte *Schriftsteller* war, den die Vereinigten Staaten von Nordamerika je hervorgebracht haben, glücklich:

»Die Verurteilung von Clement L. Vallandigham zu lebenslanger Haft durch das Militärgericht des Departments von Ohio wird hiermit zur Verbannung in die Konföderation umgewandelt, wo dieser edle Volkstribun vermutlich die Freiheit genießen kann, die er so preist. Unterzeichnet, A. Lincoln . . .«

Dann lehnte der Präsident sich, mit sich zufrieden, entspannt in seinem Sessel zurück. Er hatte auch Grund, zufrieden zu sein. Wieder einmal hatte Abraham Lincoln bewiesen, daß Niccolò Machiavelli, verglichen mit ihm, der reinste Amateur war.

Was natürlich die Krise zwischen Rose Ann und ihrem Liebsten, der es gern werden wollte, beschleunigt herbeiführte. Clement L. Vallandigham wurde mit all seiner Habe, die mit größter Zuvorkommenheit und Höflichkeit in einen schwarzen Schrankkoffer gepackt worden war, unter der weißen Fahne und Trompetengeschmetter zu den Linien des konföderierten Generals Braxton Bragg gebracht, wo er dem ersten Rebellen, dem er begegnete, pompös erklärte: »Ich ergebe mich Ihnen als Kriegsgefangener!« Woraufhin sich unter dem stürmischen Gelächter, sowohl des Nordens wie des Südens, über die lächerliche Figur, die ihr oberster Führer gemacht hatte, die ganze Copperhead- und/oder Walnuß-Verschwörung auflöste. Am nächsten Tag hatte Rose Ann den Kampf ihres Lebens zu bestehen.

Ein Maultier, wie sie feststellte, war ein Muster an Vernunft, verglichen mit Gregory Forrester, der fest entschlossen war, sie, wenn nötig sogar mit Gewalt, aus ihrem Leben der Schande fortzubringen und in die süßen besinnlichen Bande ehrenhafter Ehe zu zwingen. Sie beging den monumentalen Fehler zuzugeben, daß es keine legalen Gründe gab, die einer Heirat zwischen ihr und Greg im Wege stünden. Die moralischen und psychologischen überforderten ihr, für ihre Zeit sogar eher umfassendes und kultiviertes, Vokabular. Denn die Angewohnheit, die sie mit Cabe teilte, wie ein schwarzer Feldarbeiter oder ein Weißer der untersten Schicht zu reden, war eine der Exzentriken, wie sie in der besseren Gesellschaft gerade zu jener Zeit häufig zu finden waren. Daß Greg diese obskuren und auf niederschmetternde Weise berechtigten Gründe nicht einsehen konnte und vor allem nicht einsehen wollte, machte ihre Bestrebungen, ihn zur Einsicht zu bringen, schwierig, ja fast unmöglich.

So sagte sie schließlich. »Na gut, ich gehe mit dir fort, aber nur unter einer Bedingung, Greg . . .«

»Und die ist?« knurrte er, halb mißtrauisch, halb erfreut.

»Daß du mir – beweist, daß du imstande bist, mich zu befriedigen. Ich bin in dieser Hinsicht ziemlich anspruchsvoll, Zuckerlämmchen. Eine wahre Teufelin. Von Kurt abgesehen, kenne ich keinen einzigen Mann, der mir so viel geben kann, wie ich will, solange ich es will, so hitzig und hart, und – und in so vielen Stellungen. Ich langweile mich schnell, weißt du? Deshalb habe ich gern Abwechslung in Haltung und Tempo, in der Weise, wie wir es angehen, in den – Stellungen. Ich kenne siebenundzwanzig verschiedene, nicht daß ich sie alle wirklich mag. Wie viele kennst du, Greggie-Liebling?«

»Großer Gott!« hauchte Greg.

»Weißt du was: Du gehst jetzt und kaufst uns eine Flasche Whisky, denn ich glaube nicht, daß du mich in dieser puritanischen Stadt in eine Bar mitnehmen kannst. Ich möchte mich betrinken, nicht zu sehr, nur so, daß ich nicht nervös bin und uns den Spaß verderbe. Und mir scheint, du könntest auch ein Glas oder mehr brauchen, um deine Nerven zu beruhigen . . .«

»Da hast du verdammt recht«, entgegnete Greg mit krächzender Stimme.

Sie streckte verspielt die Hand aus und zauste sein Haar.

»Also, besorg uns eine Flasche, Lämmchen. Und wenn du zurück bist, dann komm in mein Zimmer, statt in diesen gemütlichen kleinen Salon. Klopf nicht an. Komm einfach herein. Zuckerbubi . . .«

»Mach' ich«, flüsterte Greg.

Er kam mit dem Whisky zurück. Ohne anzuklopfen betrat er ihr Hotelzimmer, gleich neben seinem. Es war nur durch den winzigen Salon von seinem getrennt, in dem sie sich bisher immer zusammengesetzt hatten. An der Tür blieb er stehen wie ein vom Schlachterbeil getroffener Stier im Augenblick, ehe er fällt.

»Was hast du denn, Liebster?« schnurrte sie. »Gefalle ich dir nicht?«

Er antwortete nicht. Er konnte es nicht. Sie war nicht nackt. Sie trug ein kurzes weißes Fischbeinkorsett, das oben und unten mit bretonischer Spitze verziert war. Breite Spitzenstrumpfbänder hielten silbrig weiße Seidenstrümpfe. Ihre Füße steckten in Tanzschuhen mit hohen Absätzen. Das war es. Das war alles.

Das Korsett schob ihre festen jungen Brüste höher, als sie normalerweise waren. Sie hatte die Brustwarzen und den Hof rundum mit einer in Paris erstandenen Lippensalbe dunkel gefärbt. Das Korsett preßte ihre Taille erbarmungslos zusammen, wodurch ihre schmalen Hüften viel breiter aussahen, als sie wirklich waren. Unterhalb des Korsetts, das bis knapp neun Zentimeter unter den Nabel reichte, bis zu ihren Strümpfen, war natürlich nichts weiter als Rose Ann.

Die Wirkung war, merkwürdigerweise, nicht betörend. Aber sie war genau, wie sie es beabsichtigt hatte: schockierend, ja sogar ein bißchen – obszön.

»Du«, quetschte er heraus, »siehst wie eine Nutte aus!«

»Ich *bin* eine Nutte«, entgegnete sie müde. »Das habe ich dir schon mindestens zwei dutzendmal gesagt. Aber habe keine Angst, Lämmchen. Für dich mache ich's umsonst . . .«

Er stand immer noch wie angewurzelt, mit der Flasche in der Hand, und starrte sie an. Sie ging zu ihm, stellte sich auf Zehenspitzen, verschränkte die Hände hinter seinem Kopf und küßte seinen Mund. Sie drückte ihren in seinen, zwängte seine Lippen, seine Zähne auseinander und gab ihm ihre Zunge mit aller schlangengleichen, beruflichen Geschicklichkeit der eifrigen Expertin.

Sie spürte, wie sein Mund kalt wurde und sich verkrampfte, und erkannte, daß sie zu weit gegangen war. Sie wich einen Schritt zurück und sagte: »Habe ich Mamas kleinen Jungen erschreckt? Mach die Flasche auf, Greggie-Schatz, und trink, damit du mich nicht enttäuschst, denn das würde mir nicht gefallen, *gar* nicht.«

Er öffnete die Flasche und trank. Er goß den Whisky verzweifelt, hastig in sich hinein, um seine Augen zu trüben und seinen Verstand zu betäuben. Er war eine sanfte Seele, und die Träume der Sanften wollen sich nicht so leicht vertreiben lassen. Er war nicht darauf vorbereitet gewesen, mit eigenen Augen zu sehen, wie der Tempel, den er seiner Angebeteten errichtet hatte, von ihr selbst entweiht wurde, noch wie die Göttin seines Herzens von ihrem hohen Altar herunter in den schmutzigen Vorhof stieg, um dort zwischen Schwärmen von Schmeißfliegen und dem verstreuten Kameldung ihre prächtige Robe zu öffnen, ihre Schenkel, ihr Leben, um sich schmutzigen Pilgern in bedeutungslosem Kopulationsritual hinzugeben für einen Dirhem, einen Obolus, einen Dinar – oder auch für nichts, wenn es ihr so gefiel: während alle Hoffnungen, die er je gehegt hatte, selbstverstümmelt ihre blutigen Teile sonnenwärts hob und sich brabbelnd und kreischend aus seinem Leben entfernten.

Rose Ann wartete geduldig, bis seine blauen Augen glasig wurden, dann nahm sie ihm die Flasche weg.

»Das genügt, Lämmchen«, sagte sie traurig. »Wenn du zuviel trinkst, wirst du mich noch mehr enttäuschen.«

Er stand auf und wollte sich ausziehen. »Laß mich«, hielt sie ihn ab und begann, ihn ganz langsam zu entkleiden, und ihre Finger, ihre Lippen, ihre Zungenspitze spielten diabolisch mit seinem gequälten Fleisch. Sie schob seine Hose, seine Unterhose, hinunter zu den Fußgelenken, dann trat sie einen Schritt zurück und betrachtet seine Blöße mit derselben spöttischen Bewunderung, mit der Männer gewöhnlich eine nackte Frau musterten.

»Hmmmmmmmm«, murmelte sie. »Hübsch! Bist ein wirklich großer Junge, nicht wahr, Liebster. Nun, Greggie-Schatz, wollen wir – den Tanz beginnen?«

Was danach geschah, kann nur als Zustand allgemeiner Hyperaktivität eines akrobatischen Schlangenmenschenpaars beschrieben werden. Wenn das Ziel nicht Zeugung ist, sondern raffinierteste Steigerung der Sinneslust, können die Genitalien außer acht gelassen oder zweckentfremdet werden. Der menschliche Körper, ob nun der des Mannes oder der der Frau, hat mehrere erogene Stellen sowie zusätzliche Öffnungen mit dem erforderlichen Maß an Temperatur und Feuchtigkeit, die sich statt jener, welche die Natur für diesen Zweck bestimmt hat, benutzen lassen, wie es auch häufig getan wird. Das weiß jeder einigermaßen erfahrene Tor.

Was jedoch einem Toren überhaupt nicht bekannt ist und was nur wenige weise Leute wissen, ist, daß das sexuelle Hauptorgan des Menschen der Geist ist. Benutzt man ihn richtig, mit Phantasie, Großzügigkeit und der Bereitschaft zu geben, zu teilen, so bringt er dieses seltene Wunder fertig, das Liebe genannt wird. Mißbraucht man ihn jedoch mit Perversität, Bosheit, Grausamkeit und Verachtung, ist seine Zerstörungskraft unbegrenzt. Und sie benutzte ihren mit bedrückender, schmerzhafter Selbstverachtung, um diesen anständigen Mann, auf den sie kein Recht hatte und den sie nicht an sich binden durfte, zu schockieren, zu demütigen, zu ekeln, um ihn zu vertreiben.

Kurz gesagt, sie wollte seine Liebe – morden, seine Zärtlichkeit abwürgen. Wollte den armen Träumer Hoffnung selbstkastriert, selbstgeblendet, heulend in die Wüste schikken, fort von den platschenden feuchten Bäuchen von Göttin und Bettler, von dem Gestank von Brunst, dorthin, wo der Schirokko bläst und nur der Tod gnädig ist . . .

Es glückte ihr nur zu gut. Er brach schließlich die französische geometrische Figur, die zu errichten sie eine Stunde gebraucht hatten, starrte sie mit Augen an, aus denen Todesqual sprach, und sprang auf. Zittrig und unbeholfen schlüpfte er in seine Kleidung und heulte: »Nuttedirneschmutzigperversehure – da! Nimm deine Bezahlung! Du hast sie dir verdient!« Er warf ein Bündel Dollarnoten auf den Boden und stürmte aus dem Zimmer, aus dem Hotel, aus ihrem Leben – dachte sie – für immer . . .

Und sie lag da, starrte auf die zerknitterten Geldscheine.

Sie weinte nicht, weil sie nicht konnte, und dachte plötzlich, wie es gewesen war, als die 44er-Kugel von Leutnant Froschgesicht durch ihren Leib geschmettert war – das Brennen, der Schock, die völlige Taubheit, die klebrige Flut, ehe der Schmerz eingesetzt hatte.

Jetzt war es genauso. Und wenn der unstillbare Schmerz sie schließlich treffen würde, diese tödliche Erkenntnis unbeschreiblichen Verlusts, würde sie nicht einmal schreien. Sie war allein in der Wildnis. Nackt. Spermabesudelt. Schweißglitzernd. Benutzt riechend. Geschändet, nicht so sehr was ihr wundes, geschundenes Fleisch betraf, sondern in ihrer Identität. In ihrer Erkenntnis, was und *wer* sie war.

Ein paar Stunden später stand sie auf. Trat an den Waschtisch, säuberte ihren Körper innen und außen mit ritusgleicher Sorgfalt. Zog die einfachsten, nüchternsten Sachen an, die sie dabei hatte, stieg die Treppe hinunter, bezahlte die Rechnung. Nahm eine Droschke zum Bahnhof, einen Zug nach New York. Zu – Kurt.

Als Mittel zur Selbstopferung, wie ihr bewußt wurde, war diese Wahl so gut wie jede. Langsamer vielleicht, aber sicher.

13

Rose Ann legte die New Yorker *Daily News* zur Seite und wandte sich an Kurt.

»Sieht ganz so aus, als hätten wir aufs falsche Pferd gesetzt, soweit es die Copperheads betrifft.« Sie seufzte. »Selbst die *Daily News* gibt zu, daß Vallandigham sich erst zum Narren gemacht hat, als Lincoln ihn in den Süden abgeschoben hat. Das dürfte wohl das Ende der Copperhead-Bewegung sein, nicht wahr?«

»Nein, mein Liebes, keineswegs«, entgegnete Kurt. »Die Nordweststaaten sind nicht das Herz der Macht in der Union, weißt du? Das ist schon eher die Ostküste, würde ich sagen, vor allem diese bezaubernde Stadt. Und hier haben wir so geschmeidige und schlüpfrige Befürworter wie die Woods, Fernando und . . .«

»Der«, unterbrach ihn Rose Ann, »als er 1861 hier Bürgermeister war, tatsächlich versucht hat, New York von der Union zu trennen und es allein anzugehen, natürlich mit der Unterstützung ›unserer Freunde im Süden‹. Und sein Bruder Ben, dem dieser Fetzen gehört«, sie deutete abfällig auf die *Daily News*, »versucht nicht einmal seinen Groll zu verhüllen. Wenn irgendeine Zeitung in Richmond Leitartikel und Berichte brächte, die so Pro-Nord sind wie die, die Ben Wood zur Rechtfertigung des Südens, der Baumwolle und der Sklaverei veröffentlicht, würde ihr Herausgeber sich schnell in den Flammen seines angesteckten Verlags wiederfinden.«

»Stimmt«, entgegnete Kurt ruhig, »aber eine der Hauptschwächen der Demokratie als System ist eben, daß sie eine andere Meinung auch öffentlich gelten lassen *muß*. Infolgedessen können Opportunisten wie die Woods drucken, was immer sie wollen. Im Grunde genommen ist dieses feine Paar nicht wichtig. Erinnerst du dich an die lautere Schar teurer Freunde unserer geliebten Südstaaten, die am 4. Juni auf der Bühne der Musikakademie dabeigewesen sind?«

»Hmmmmmn . . .«, murmelte Rose Ann und konsultierte ihre Notizen. Das gehörte zu den Arbeiten, die sie jetzt für Kurt erledigte: Sie stellte ihren fliegenden Bleistift und ihr selbst ausgedachtes Kurzschriftsystem in den Dienst dessen, was Kurt »unsere edle Sache« nannte, indem sie alles fast wörtlich mitschrieb, was bei wichtigen öffentlichen Anlässen geäußert wurde. Und vor drei Wochen hatte sie ihr wirklich erstaunliches Geschick im Zeichnen – für das sie als Schülerin in Miß Bradstreets Schule in Boston den ersten Preis bekommen hatte – bei einem von Kurts mysteriösen Projekten bewiesen und eine Straßenkarte von New York in perfekten Einzelheiten abgezeichnet. Als diese Kopie fertig war, hatte Kurt sie noch die größeren Polizeistationen eintragen lassen sowie alle Anwerbungs- und Konskriptionsbüros, die aufgrund des Bundeserlasses – der die ganze Stadt erregte – in jedem Bezirk eingerichtet worden waren, sowie das New Yorker Staatszeughaus auf der Second Avenue bei der Twenty-first Street, und die »Union Steam Works«, einen Blick nördlich davon. Als sie ihn fragte, weshalb er letztere ebenfalls eingezeichnet haben wollte, antwortete er trocken: »Man hat eine Waffenfabrik daraus gemacht. Sie stellen dort jetzt eine neue Karabinerart her . . .«

Von diesem Moment an hatte sie den Mund gehalten und ihn nichts mehr gefragt, nicht einmal, als er ihr die schöne Karte wegnahm und damit ihr Appartement in dem damals noch neuen Fifth Avenue Hotel am Madison Square verließ. Acht oder zehn Tage später hatte ein Lieferkarren vor dem Hotel angehalten, und Hoteldiener und -boys hatten riesige Bündel, die nach frischer Tinte rochen, in ihr Appartement gebracht. Rose Ann öffnete eines, schließlich hatte Kurt nicht gesagt, daß sie es nicht dürfe. Es war ihre Karte. Ein erstklassiger Stecher hatte sie kopiert, und Tausende von Exemplaren waren davon gedruckt worden. Sie fragte Kurt nicht, weshalb er das veranlaßt hatte. Nicht weil er es ihr nicht gesagt hätte, sondern weil sie es nicht wissen wollte. Sie nahm an, daß er die Karte für Saboteure der Südstaaten brauchte, vor allem, nachdem er sie gebeten hatte, das Stück am East River genau auszuführen, wo sich die Schiffswerft Webb & Allen befand. Webb & Allen stellten Panzerschiffe für die US-Kriegsmarine her, also waren ihre Trockendocks, Hellingen und ihre sonstigen Einrichtungen logische Ziele für Rebellenagenten, ja selbst für Copperhead-Sympathisanten. Aber Karten, die für den Geheimdienst der Konföderation bestimmt sind, druckt man nicht zu Tausenden, dafür hätten zwei oder drei gereicht. Nein, diese Karten waren für finstere Unternehmungen gedacht. Und da die Unternehmungen ihres Kurtie-Schatz' wahrhaftig finster sein konnten, legte sie absolut keinen Wert darauf zu erfahren, worum es ich hier handelte.

Nun, da sie die Notizen gefunden hatte, die sie sich während der Feier am Unabhängigkeitstag in der Musikakademie in der Fourteenth Street gemacht hatte, las sie den Anfang der Rede des demokratischen Gouverneurs Horatio Seymour vor: »Ich appelliere an Sie, meine republikanischen Freunde, falls Sie allen Ernstes glauben, daß die nationale Einheit dadurch erreicht werden kann, daß Sie sich unserer Person bemächtigen, unsere Rechte verletzen, unser Zuhause beleidigen und uns unserer geschätzten Vorrechte berauben, für die unsere Väter gekämpft und die wir immer in Ehren gehalten haben . . .«

Sie blickte hoch. »Kurt«, sagte sie düster. »Packen wir. Fahren wir heim . . .«

»Warum?« fragte er sorglos. »Der Krieg ist noch lange nicht vorbei . . .«

»O doch!« Sie seufzte. »Er ist seit dem 4. Juli vorbei. Ich muß dir die Gründe nicht aufzählen, du hast die Zeitungen ja selbst gelesen. Gettysburg, Kurt. Vicksburg. Beides in der gleichen verdammten Woche. Sagt dir das denn gar nichts?«

Er bedachte sie mit seinem eisigen Lächeln des Größenwahnsinnigen.

»Vorübergehende Rückschläge«, erklärte er. »Gewiß, bedeutende. Aber ich werde diese Entwicklung umkehren.«

»Wie?« spöttelte Rose Ann. »Indem du dir von diesen Schweinehunden helfen läßt, die am 4. Juli auf der Rednertribüne der Musikakademie standen? Oder hängst du dich an diesen Wunschtraum, den Richard O. Gorham, Esquire, der letzte Redner des Abends, zwei Stunden lang erläuterte? Daß die New Yorker Miliz unter dem Befehl von Gouverneur Horatio Seymour bis an die Zähne bewaffnet wird, so daß New York ›auf die Militärpolizei und ihre Kommandanten verzichten kann‹? Mit anderen Worten, sich mit Gewalt der Konskription widersetzen und einen kleinen Bürgerkrieg anfangen: der Bundesstaat New York und/oder hauptsächlich die Stadt New York gegen die Unionsregierung! Und den Rest der Zeit verbrachte er damit, darauf hinzuweisen, wie einmalig die Stadt dazu geschaffen sei, als von der Union unabhängiger Staat zu blühen und zu gedeihen! Kurt, Kurt! Wir brauchen keine Freunde wie diese! So verräterische und *dumme* Leute stellen unmögliche Nachbarn dar, selbst wenn wir uns die Yankees vom Hals schaffen könnten. Was jedoch, wie du verdammt gut weißt, nicht möglich ist!«

»Ich pflichte dir völlig bei, daß wir die Yankees auf dem Schlachtfeld nicht schlagen können. Denn um das zu tun, müßten wir sie – so hartnäckig, wie sie sich erwiesen haben – völlig vernichten, und dazu fehlen uns sowohl die Mittel wie auch die Soldaten«, entgegnete Kurt ernst. »Aber es gibt andere Methoden, mein Liebes. Wir können ihre Heimatfront infiltrieren, Kapital aus der Unzufriedenheit unter ihren stinkenden, ungewaschenen Massen schlagen und so viel Unruhe *hinter* ihren Linien stiften, so daß die Unionisten den Kampf aufgeben und ›ihre unartigen Schwestern gehen lassen‹, wie diese Copperhead-Trottel so gern sagen.«

»Aber wie?« flüsterte Rose Ann. »Verrat mir das!«

»Vielleicht«, sagte Kurt kühl, »indem wir die Abschlußworte Gouverneur Seymours an seine applaudierenden Zuhörer in die Tat umsetzen.«

Rose blätterte in ihrem Notizbuch. Als sie die betreffenden Worte gefunden hatte, las sie laut: »Denken Sie daran, daß diese blutige, hochverräterische und revolutionäre Doktrin von allgemeiner Notwendigkeit von einem *Mob* genausogut wie von einer Regierung verkündet werden kann!«

Sie starrte ihren sogenannten Gatten an.

»O nein, Kurt, nein!« hauchte sie.

»O ja, Rose, ja!« spottete er. Dann: »Ich nehme an, du weißt, wie du dich heute abend amüsieren kannst? Ich schlage vor, du schließt dich einigen dieser patriotischen Yankee-Damen an, mit denen du dich im Hotel so angefreundet hast, und besuchst eines der Krankenhäuser. Ich habe gehört, daß sie sich mit den Siegern von Gettysburg füllen. Blutige Sache, das. Und als eine echte Bostonerin, meine Süße, sollten deine abolitionistischen Sentiments ständig erkennbar und dein Partriotismus feurig sein.«

»Schön«, sagte Rose Ann gequält. »Ich werde ein Krankenhaus besuchen. Auch wenn ich es sehr ungern tue. Diese armen Jungs – sind es so sehr wert wie unsere. Das macht das Ganze, diesen grausamen und idiotischen Krieg zwischen Leuten, die Freunde und Brüder sein sollten . . .«

»Und häufig sind«, warf Kurt ein.

»Ja, und häufig sind. Viele aus dem Süden standen zur Union, weißt du? Das macht diesen Krieg noch – übler. Kurt, bleibst du heute nacht lange aus?«

»Wahrscheinlich«, antwortete er kalt. »Vielleicht komme ich auch gar nicht nach Hause. Mein *lieber* Freund John Andrews aus Virginia will mir die Sehenswürdigkeiten zeigen – und mich mit einigen entschlossenen, aber nützlichen Bürgern bekannt machen. Von Five Points, Paradise Square und dem Bloody Auld Sixth und so ähnlich. Ich werde ein kampfergetränktes Taschentuch mitnehmen, um meine natürliche Aversion gegen ihren – und seinen – Gestank zu betäuben.«

»Wieso? Er scheint doch reinlich zu sein. Er ist Anwalt.«

»Behauptet er. Aber ich bezweifle es. Und er ist so reinlich, wie Leute seiner Schicht sind, aber er praktiziert – uh, Rassenmischung, und dieser ranzige Geruch seiner dunkleren Schwester läßt sich offenbar nicht so ohne weiteres abschrubben.«

»Du meinst, er – geht mit einer *Farbigen*?« flüsterte Rose Ann.

»Sagen wir, er ›schläft‹ mit einer. Oder, genauer gesagt, er bleibt ›eifrig mit ihr wach‹. Gegenwärtig mit Josephine Wilson, einer alten Prostituierten, die nun Puffmutter eines Hauses in der Green Street ist. Doch da er gegen den dunkleren Bruder eingestellt ist – was ihn nicht daran hindert, sich mit schwarzen Mädchen zu suhlen – und sein Patriotismus für das alte Feudalreich und seine gute Sache groß ist, und obwohl er ein Dieb, ein Hehler, ein Zuhälter und weiß was ist, müßte er *sehr* nützlich sein, vor allem, wenn die Tatsache in Betracht gezogen wird, daß er eine gewisse akademische Ausbildung hat und ausgesprochen redegewandt ist. Er wird es mir ermöglichen, mich der Bildfläche völlig fernzuhalten, während er – der arme Hund! – genau das tut, was ich ihm sage und wofür ich ihn bezahle.«

»Und du wirst die ganze Nacht ausbleiben und wieder mit so schrecklichen Leuten trinken?«

»Ja, es wird mir nichts anderes übrigbleiben, wenn ich unsere gute Sache verfolgen will. Hast du etwas dagegen?«

»›Ja. Ich – schlafe nicht gern allein, das weißt du. Du – vernachlässigst mich, Kurt. Und wenn du dich nicht bald mehr um mich kümmerst . . .«

»Suchst du dir einen anderen. Tu es. Es wäre eine Erleichterung, das darfst du mir glauben. Bedenke die männliche Psychologie, meine Liebe. Mädchenhaftes Zaudern, ja sogar Widerstand, verleihen dem Spiel seinen besonderen Reiz. Weibliche Lüsternheit dagegen raubt ihm den Reiz.«

»Ich verlaß dich! Für immer!« tobte sie. »Ich gehe zu Greg nach Nashville . . .«

»Nashville? Ah, dort ist der nutzlose Bursche. Also wirklich der unfähigste Agent, der mir je untergekommen ist.« Er fischte seine Uhr aus der Westentasche, warf einen Blick darauf und sagte: »Also gut. Geh ins Schlafzimmer. Zieh dich aus. Ich habe keine Zeit zu vergeuden, weißt du? Ich werde gleich nachkommen. Ich muß mir noch etwas notieren, das ich Andrews sagen will, ehe ich es vergesse.«

»Nein!« brauste sie auf. »Ich will nicht! Ich bin – ein lebender Mensch, Kurt! Eine Frau! Ich brauche – ich möchte . . .«

»Was?« fragte er unendlich müde und völlig gelangweilt.

»Liebe«, flüsterte sie. »Ein Wort, das du nicht einmal verstehst. Sie ist nicht – *das.* Oder vielmehr nicht *nur* das. Also gut. Du bringst es immer fertig, daß ich – reagiere. Daß ich es – mag.«

»Na und?«

»Aber ich – bin es leid, daß ich mich danach immer so – übel fühle. So – benutzt. Ich möchte mich gern warm fühlen – und zärtlich – und geliebt. Ich möchte glücklich sein, Kurt! Nicht erschöpft und müde und angewidert, weil ich so – so leicht für dich zu haben bin. So spreizbeinig und – und billig. Billig? Hah! Du gibst mir ja gar nichts. Nicht einmal ein Lächeln, ein sanftes Streicheln, ein bißchen Güte – ein liebes Wort. Nein – es ist immer nur Peitsche und Sporen, nicht wahr? Du nutzt meinen angeborenen Defekt aus: daß ich in einer Dampfmaschinenfabrik hergestellt worden bin und man vergessen hat, mir ein Ventil einzubauen, damit ich Druck ablassen könnte, ehe ich explodiere. Mein ganzes Leben habe ich dafür bezahlt, daß ich eine rothaarige McKenzie bin. Alle Männer wollten immer nur das eine von mir, nie mich: ein lebender, sehnender, träumender Mensch. Ja sogar manchmal ein denkender. Da ist diese unendliche Sehnsucht in mir. Geh jetzt. Such dir jemand anderen zum Reiten. Eine andere, die du zu einem schwitzenden, klebrigen Häufchen Elend in einem besudelten Bett machst. Die wie nach einer regen Nacht in einem Puff riecht. Die weint, weil ihr eigener Körper sie wieder verraten hat. Die sich wie die Dirne benommen hat, zu der du sie gemacht hast. Wo der Körper doch der Tempel der Seele sein sollte. Der Seele einer – guten Frau, Kurt! Einer Gattin. Einer Mutter. Also geh! Verschwinde! Hörst du?«

Er lächelte, mit Augen wie Eisschollen. Dann packte er sie am Genick wie ein ungezogenes Hündchen. Küßte sie grausam, tat ihr weh, drückte ihre Lippen gegen ihre Zähne, bis sie sie ihm öffnete, bis sie zuckend an seinen erschauerten, erschlafften, blutgeschwellt aufblühten, seufzend, verloren. Er küßte sie weiter, spürte, wie ihr Fleisch in Wellen erschauerte, wie sie wie Wachs schmolz, heftig entbrannte . . .

Dann hörte er auf – bei ihrem ersten schluchzenden Atemzug. Richtete sich auf. Ließ sie stehen.

»O Kurt, Kurt – bitte!« stöhnte sie.

»Deine Lektion für heute abend«, sagte er. »Du wirst immer auf meine Rückkehr warten, Rose Ann, egal, wie lange ich es vorziehe wegzubleiben. Und ja, mach diese armen Teufel im Krankenhaus nicht verrückt, hörst du? Ich fürchte, das ist nichts für ihren Zustand.«

Dann drehte er sich ruhig um und verließ das Zimmer.

Als drei Tage später, am Montag, dem 13. Juli 1863, der Aufruhr begann, der in die Geschichte als der New Yorker Wehrpflichtaufstand eingehen sollte, war nahezu jeder überzeugt, daß er von selbst entflammt war, gespeist von dem Ärger der ärmeren Schichten über die Klausel in der Konskriptions-Verordnung, die es einem reichen Wehrpflichtigen erlaubte, seine feige Haut mit dem zerschossenen Kadaver eines darbenden Bettlers zu panzern, dem er dreihundert Dollar bezahlt hatte, damit er seinen Platz einnehme. Rose Ann jedoch, die ihr Leben lang mit einem freien Geist gesegnet oder verflucht gewesen war, zweifelte zwar nicht am Groll der Massen, sehr wohl aber an der Spontaneität.

Sie war immerhin mit Kurt in der Musikakademie in der Fourteenth Street dabeigewesen, als der Unabhängigkeitstag auf eine, wie sie fand, etwas eigenartige Weise gefeiert worden war. Sie hatte die Reden gehört, und sie hallten in ihrem außergewöhnlich hellen Köpfchen immer und immer wider. Wie spontan ist ein Feuer, wenn man alles mit Petroleum übergießt und dann ein brennendes Streichholz darauf wirft? Und seit dem vergangenen Montag, dem nach dem 4. Juli, hatten die Zeitungen kaum etwas anderes getan, als Kienholz ins Feuer zu werfen. Sie griff nach Benjamin Woods New Yorker *Daily News* und las: »Die Art und Weise, auf die die Einberufung in New York durchgeführt wird, ist beispiellos in ihrer Ungeheuerlichkeit, und eine Entschuldigung dafür ist unmöglich. Das offensichtliche Ziel jener, die in diesem Staat für die Konskriptions-Verordnung zuständig sind, ist, die Zahl der demokratischen Wähler vor der nächsten Wahl zu dezimieren . . .«

The Journal of Commerce prangerte an: »Jene an der

Macht in Washington benutzen die Konskription für ihre eigenen Interessen. Einige schreien: ›Nun, da der Krieg begonnen hat, darf er nicht beendet werden, ehe der Sklavenhaltung nicht ein Ende gesetzt wird!‹« Dann fügte das *Journal* in Kursiv hinzu: *»Männer wie sie sind nicht mehr und nicht weniger als Mörder!«*

Die New Yorker *World* verglich in einem langen heftigen Artikel die Konskriptions-Verordnung mit den »Preßpatrouillen«, die die britische Marine in früherer Zeit eingesetzt hatte, um bedauernswerte junge Männer zu entführen und sie in den Tod auf hoher See zu schicken. »Der einzige Unterschied, den wir erkennen können«, donnerte die *World*, »ist der, daß die Konskription unvergleichbar schlimmer ist.«

Horace Greeleys New Yorker *Tribune* schlug sich auf die andere Seite und veröffentlichte einen Artikel, der schockieren sollte, unter der in Riesenlettern gehaltenen Überschrift: REVOLUTIONSVERSUCH DER PROREBELLEN! Doch dann, erschrocken über seinen eigenen Mut, verbannte er die Story auf eine Innenseite. Rose Ann las sie:

»Daß die entschlosseneren Sympathisanten der Sklavenhalter-Rebellion in dieser Gegend schon seit Monaten konspirierten, um zu einer Revolution im Norden aufzuwiegeln, die die gesamte Reihe freier Bundesstaaten, die an das Sklavengebiet grenzen, zu Verbündeten der Rebellen-Konföderation machen und sie ihr praktisch unterordnen sollte, ist so sicher, wie wir uns im Bürgerkrieg befinden. Wäre Meade bei Gettysburg geschlagen worden – wovon die Copperheads überzeugt gewesen waren, wären sie bereit gewesen, die Flagge der Rebellion zu hissen und McClellan zum Haupt einer provisorischen Regierung auszurufen. Hier folgt eines ihrer Manifeste, das in der Nacht vor dem 4. in unserer Stadt verteilt wurde . . .«

Aber Rose Ann las die Abschrift des Manifestes in der *Tribune* nicht, das war nicht nötig, denn sie hatte das Original oder vielmehr eines der Originale. Sie hatte es am Sonntagmorgen in Kurts Jackentasche gefunden, während ihr *soi-*

disant Gemahl die Nachwirkungen einer ausgiebigen Sauftour ausschlief, die er mit John U. Andrews und seinen noch übleren Kumpanen die ganze Samstagnacht hindurch unternommen hatte. Außer daß er ihn schläfrig machte, übte Alkohol keine merkliche Wirkung auf Kurt aus. Sie wußte, daß er im Grunde genommen gegen ihn war und auch nur selten trank, da er der Ansicht war, daß ein Angehöriger der Herrenrasse sich immer völlig unter Kontrolle haben müsse, aber wenn er dann einmal trank – immer zur Förderung einer verschwörerischen Sache –, vertrug er dieses »abscheuliche Zeug«, wie er es nannte, recht gut.

General McClellan? fragte sie sich jetzt. Was hat er damit zu tun? Zweifellos eine von Greeleys verrückten Ideen. Dieses literarische Juwel ist ein reiner, unverfälschter Kurt Radetzy! Sie las:

»Die unionistische Regierung ist zum schmutzigen Bastard geworden; ein mit dem Blutopfer seiner eigenen Kinder besudeltes Ungeheuer; ein abstoßendes Gebilde aus Verbrechen und Lastern; ein Despotismus, der aus Schicklichkeitsgründen hier nicht beschrieben werden kann . . .«

Hmmmmmm, dachte sie, von Verbrechen und Lastern verstehst du wirklich etwas, Kurtie-Schatz, denn du bist ein Meister in beidem. Und was Schicklichkeit in der Sprache betrifft, nun, es stimmt, du benutzt wirklich sehr selten ein unanständiges Wort. Sie las weiter.

»Sollte die konföderierte Armee Washington einnehmen und die Herde von Dieben, Pharisäern und Meuchlern ausrotten, die dort weidet und den Tempel unserer Freiheit beschmutzt, empfänden wir es als besondere Fügung göttlicher Vorsehung, behufs Gerechtigkeit, Strafe und Erbarmen.«

Rose Ann blickte auf und runzelte nachdenklich die Stirn.

Sie kannte den Fehler, den Gebildete, vor allem Intellektuelle, gern machen: Sie bildeten sich ein, das geschriebene Wort habe oder könne je eine unmittelbare Wirkung auf die

Vorgänge haben. Das ist nicht der Fall. Tatmenschen lassen sich selten durch Überlegungen und Gedankengänge beeinflussen, und Denker handeln nicht.

Außerdem erkannte sie, daß das Problem sogar noch fundamentaler war: Wie zum Teufel gedachte Kurt durch seine viel zu überladene Prosa Leute zu destruktivem Zorn aufzustacheln, die nicht einmal ihren eigenen Namen lesen konnten, und Zeitungen hauptsächlich zu dem Zweck benutzten, zu dem sie – zumindest vom Standpunkt poetischer Gerechtigkeit gesehen – vielleicht am besten paßten? Da kam ihr die Erleuchtung: Leute, die nicht lesen können, lassen sich durch den Donner, die Leidenschaftlichkeit, den Zauber, den Rhythmus, den geistbetäubenden Bann des gesprochenen Wortes gefangennehmen. Das bedeutete – Andrews. John U. Andrews von Virginia, selbsternannter Rechtsanwalt. Rose Ann hatte ihn inzwischen kennengelernt. In der Woche nach dem 4. Juli hatte er Kurt mehrmals aufgesucht. Er war hochgewachsen, sah gut aus, hatte blaue Augen, hellbraunes Haar und einen sandfarbenen Bart. Er sprach gut, flüssig und mit fast kultivierter virginischer Dehnung. Und doch . . .

Er gehörte in die gleiche Kategorie wie der Yankee-Leutnant Froschgesicht. Er war die Art von Mann, die eine Frau mit klarem Verstand nie lieben konnte. Die Tatsache, daß er keineswegs schlecht aussah, änderte an diesem trostlosen Aspekt seiner Persönlichkeit nichts. John Andrews fehlte ganz einfach das mysteriöse Fluidum, mit dem ein Mann eine Frau anzieht. Rose Ann und ihre Generation nannten es »animalischen Magnetismus«; ihre Nachkommen würden »Sex-Appeal« dazu sagen.

Doch was immer es war, John U. Andrews hatte es nicht. Er konnte nur eine jämmerliche, schlechte Fälschung von Liebe mit einer bezahlten Hure in einem gemieteten Bett finden, und da er nicht ganz unempfänglich war, erkannte er bald, daß die Dirnen seiner eigenen Rasse sich nicht in ausreichendem Maß – so daß er es nicht hätte bemerken müssen – die Mühe machten, die instinktive Geringschätzung zu verbergen, die alle Frauen für eine Null links des Kommas empfinden. Also mußte er sich schwarzen Huren zuwenden in der idiotischen Annahme, daß die Aufmerksamkeiten eines göttlichen *weißen Mannes* schmeichelhaft für sie wären – und er hatte Glück: Die armen, mitgenommenen schwarzen Nutten, mit denen er sich zusammentat, konnten sich viel besser verstellen als ihre weißen käuflichen Schwestern. Ihre entsetzlichen Lebensbedingungen und die abgrundtiefe Bigotterie ihrer Zeit zwangen sie dazu. Die Alternative war ein verhältnismäßig schneller Hungertod, statt ihres üblicherweise langsamen Dahinscheidens durch Drogen, Krankheiten und die Mißhandlung, die ihre Kunden und Zuhälter ihnen zufügten.

Trotzdem blieb John U. Andrews – aus Virginia! – eine schwärende Wunde in der tiefsten Tiefe seiner Selbstachtung, die ihn zu einer zweibeinigen Bombe machte, die auf eine Gelegenheit wartete, zu explodieren. Am 13. Juli 1863 und den folgenden vier Tagen, geschickt gezündet durch ein größenwahnsinniges Ungeheuer namens Sisimond Kurt Radetzy, fand er sie. Und die Insel Manhattan ging von einem Ende zum anderen in Flammen auf.

Während der ersten drei Tage des Aufruhrs ging Rose Ann überhaupt nicht aus. Die meiste Zeit blieb Kurt bei ihr in ihrem Appartement im Fifth Avenue Hotel und begab sich nur hin und wieder auf die Straße, um »nachzusehen, wie die Sache sich entwickelt«. Rose Ann nahm an, daß er nach ihrem Debakel in Washington sichergehen wollte, daß weder sein Name, noch sein Gesicht, noch seine Anwesenheit mit dem Ausbruch der absolut destruktivsten Krawalle in der Geschichte der Vereinigten Staaten in Verbindung gebracht würde.

Aber ihr fiel bald etwas auf. Er kehrte von seinen Ausflügen sehr oft in ausgesprochen amouröser Stimmung zurück. Rose Ann machte sich natürlich nicht die Mühe, nach dem Grund dafür zu forschen. Nach Wochen fast völliger Mißachtung durch diese eisige Perversion, die sie geheiratet hatte

– die Legalität der Eheschließung mochte man im Hinblick auf die absolute Ehrlichkeit ihrer Absichten außer acht lassen –, nutzte sie die Chance, sich auszutoben, wie sie es naiv und ehrlich nannte. Da sie war, was sie war – mehrere völlig wiedersprüchliche Charaktere zu einem hübschen Bündel zusammengeschnürt: eine virginische Schönheit aus bestem Haus, eine echte Bostonerin und eine wahre Viktorianerin (letzteres vor allem, denn es bedeutete, daß sie eine echte Angehörige jener sexuell am meisten gequälten Generation der modernen Geschichte war, deren heroische Bemühungen, ihr eigenes, fast vulkanisch leidenschaftliches Wesen zu unterdrücken, ja zu eliminieren, ihnen und ihren unmittelbaren Nachkommen mehr Traumen, Nervenzusammenbrüche, Schrullen, Verirrungen, Abweichungen von der Norm und Verbrechen wider die Natur einbrachten, als irgend jemandem, seit Messalina in Rom geherrscht hatte) –, hatte sie keine Ahnung, was für die erste wundervolle – und wundervoll eifrige – Session mit ihrem Kurtie-Schatz verantwortlich war. Auch Kurt wußte es zunächst nicht. Erst viel später, als er sich die Ereignisse durch den Kopf gehen ließ, wurde ihm bewußt, was sein Bedürfnis ausgelöst hatte.

An jenem Morgen – unrasiert, das Gesicht gekonnt beschmutzt und verschmiert, und in Arbeiterkleidung – hatte Kurt zugesehen, wie der Mob unter der Führung der »Black Jokes«, eines Trupps freiwilliger Feuerwehr (er nannte sich so nach dem Namen, den seine Angehörigen ihrer geliebten, mit der Hand zu pumpenden Maschine gegeben hatte), das Konskriptionsbüro in Nummer 677 in der Third Avenue, nahe der Ecke Forty-sixth Street, angriff. Im Augenblick brannte das Haus bereits. Die Bewohner der oberen Stockwerke – arme irische Familien, genau wie die brüllende Menge auf der Straße – stürzten hinaus auf die Avenue. Der Mob schlug einige zurück, man wollte sie brennen sehen. Inzwischen hatten die Aufrührer bereits zwei Halbkrüppel vom Invaliden-Corps getötet, das man geschickt hatte, um den Mob zu befriedigen. Einer dieser Krüppel war angeblich ein

Veteran von Fredricksburg gewesen, und er hatte, als er auf ihn allein stieß, den Polizei-Superintendenten John A. Kennedy nicht nur bewußtlos geschlagen, sondern auch noch so zugerichtet, daß er nicht mehr erkennbar war. Nun griff das Feuer auch auf die benachbarten Gebäude des Blocks über. Der Mob wälzte sich ziellos durch die Straße und schwenkte Transparente, auf denen mit noch feuchter roter Farbe, in unbeholfen gemalten Lettern, KEINE WEHRPFLICHT stand.

Kurt sah einen Mann – den vielleicht er allein unter all den Tausenden hier kannte – auf das Dach einer Bauhütte gegenüber den brennenden Gebäuden klettern. Zum erstenmal erschien John U. Andrews aus Virginia hier auf der Bühne der Geschichte, von der er innerhalb einer oder zwei Wochen völlig und mysteriös verschwinden sollte.

Er war, wie Kurt feststellte, elegant in eine blaue Jacke und gestreifte Hose gekleidet. Sein kurzer blonder Bart war frisch und ordentlich gestutzt.

»Ihr habt eure Sache gut gemacht!« rief er. »Aber ich sage euch, was ich möchte und was ihr tun müßt, wenn ihr wirklich etwas leisten wollt! Ihr müßt euch organisieren!«

»Nur weiter!« brüllte der Mob. »Du bist der Richtige, Junge!«

»Ihr müßt euch organisieren und zusammenbleiben!« schrie Andrews. »Ihr müßt Führer wählen und diese ganze Negerbefreiungspflicht im Staub zermalmen!«

»So ist's richtig, Junge!« brüllte die Menge. »In die Hölle mit diesen verdammten Niggerfreunden!«

»Wenn ihr keinen Führer findet, führe ich euch!« schrie Andrews. »Bei Gott, ich tu's!«

Kurt schüttelte düster den Kopf. Der Mann war ein Narr, das hatte sich nun also bestätigt. Er hatte ihn angewiesen, den Mob anzustacheln, ihn jedoch gewarnt, eine tragende Rolle zu übernehmen. Denn wenn die Polizisten John U. Andrews verhafteten, würden sie innerhalb von Minuten mit ihren Knüppeln ein Geständnis aus ihm herausprügeln, und dann wäre das Spiel auch für einen gewissen Kurt Radetzy aus. Natürlich war Andrews entbehrlich, doch nicht gleich am *ersten* Tag des Aufruhrs. Kurt schätzte, daß mindestens fünf Tage nötig wären, die Stadt New York so zuzurichten, daß die gegenwärtige republikanische Stadtverwaltung unter dem Bürgermeister Opdyke dem Begehren der starken Copperhead-Bewegung nachgeben müßte, die Metropole von der Union zu trennen und einen separaten Frieden mit der Konföderation zu schließen. Aber als Kurt weiterging, bemerkte er, daß Andrews von der Bauhütte hinuntergestiegen war und sich in der Menge verlor.

Gut, dachte er, der eitle Esel hält sich also doch an die Anweisungen. Der spontane Mob durchschnitt alle Telegrafenleitungen und fällte sogar – ebenfalls spontan, natürlich! – die Telegrafenmasten mit Äxten. In jenen Tagen vor dem Telefon waren alle zweiunddreißig Stadtbezirke durch Samuel Morses Erfindung untereinander verbunden; jeder hatte seinen gutausgebildeten blitzschnellen Telegrafisten. Die Zentrale befand sich im dreizehnten Bezirk in der Mulberry Street. Doch nun machte dieser spontane, unorganisierte Mob die Koordinierung zwischen den Ordnungskräften unmöglich.

Eine Gruppe berückender Irinnen, von denen eine jede gewiß einen erwachsenen Ochsen mit den niedlichen Pranken hätte erwürgen können, und von denen die leichteste knapp unter zweihundert Pfund wog, stemmte mit Brecheisen die Straßenbahnschienen auf der Fourth Avenue heraus. Kurt mußte zugeben, daß auch ein unorganisierter Mob und Spontaneität sich als recht brauchbar erwiesen.

Er beschloß, sich nicht in die Nähe des Zeughauses in der Second Avenue bei der Twenty-first Street oder bei den sogenannten »Steam Works«, einem Block nördlich davon, sehen zu lassen. Er wollte nicht am Angelpunkt jener intrigierten, größeren und kritischen Schlacht des Bürgerkriegs bemerkt werden. Er war sicher, daß sich Kriminalbeamte in Zivil unter den Mob gemischt hatten und daß sie sich ein Gesicht merken würden, so ungewöhnlich wie seines. Außerdem hatte er die Überzeugung gewonnen, daß ein irischer Arbeiter nach dem Genuß einigen Alkohols eine der wildesten Kreaturen der Erde war. Also wäre es unklug, in der Nähe zu sein, wenn diese Burschen die Musketen, Karabiner und Seitenwaffen aus dem Zeughaus in die Hand bekamen. Noch weniger wollte er sich in die Reichweite dieser lieblichen und sanften irischen Mädchen begeben, nachdem er an diesem Vormittag erlebt hatte, wozu sie imstande waren. Alles, wozu ihre Männer fähig waren, konnten sie um Dreifaches übertreffen. Kurt hatte gesehen, wie diese Irinnen – welche die morgigen Zeitungen »Amazonen« nennen würden – den Männern des Invaliden-Corps die Bajonette entrissen und die armen Krüppel damit erstochen und einen Polizisten innerhalb von zwei Minuten mit ihren Küchenmessern zu Hackfleisch gemacht hatten.

Also schloß er sich einem kleineren Mob an, der die Fifth Avenue hochdrängte, mit der Absicht, das prunkvolle Haus des republikanischen Bürgermeisters George Opdyke auszuräumen. Plünderungen waren inzwischen an der Tagesordnung. Jedes Geschäft in dem Block zwischen Twenty-fourth und Twenty-fifth Street auf dem Broadway war bereits ausgeraubt und in Brand gesteckt worden.

Aber aus dem Sturm auf Major Opdykes Haus wurde nichts. Ein gewisser Oberst B. F. Maniere, der in der Nähe wohnte, rief vierzig oder fünfzig der Nachbarn des Bürgermeisters zusammen, damit sie mit Revolvern, Schrotflinten und Gewehren – an denen es ihnen, reiche Sportschützen, die sie waren, nicht mangelte – davor Wache stünden. Diese Herren des Geldadels schüchterten den Mob mühelos ein, der – bis jetzt noch unbewaffnet und nicht so betrunken, wie er bis zum Abend sein würde – nicht den Mumm hatte, gegen eine solche Opposition vorzugehen.

Also zog er südwärts die Avenue hinunter, bis er das Waisenhaus für Farbige zwischen Forty-third und Forty-fourth Street erreichte. Dort hielt er an. Kurt hörte das Gemurmel:

»Verdammte Nigger! Ohne sie gäb's keinen verdammten Krieg und keine gottverdammte Wehrpflicht! Bringt die Nigger um! Und danach jeden verfluchten republikanischen Niggerfreund in der Stadt, und verbrennt ihre feinen Häuser!«

Irgendeine gütige Seele unter ihnen rief: »Die kleinen schwarzen Bastarde sind doch bloß Kinder! Laßt sie in Ruhe, sag' ich!«

»Nein, zum Teufel! 's sind doch Nigger, oder vielleicht nicht? Und sie werden zu feigen, krausköpfigen Affen wie der Rest!«

Kurt stand da und lächelte sein eisiges, irres Lächeln. Daß er Schwarze verabscheute und verachtete, war nicht ungewöhnlich für seine Zeit. Oder für irgendeine Zeit, wie zu befürchten ist. Dieses Gefühl ist instinktiv, tief eingewurzelt und unausrottbar und wohnt der Psyche von hundert Prozent der kaukasischen Rasse inne. Welche geringe Verbesserung sich inzwischen ergeben hat, ist der Tatsache zuzuschreiben, daß eine beachtliche weiße Minderheit gelernt hat, sich dieses Gefühls zu schämen, was ihr freilich beigebracht wurde.

Worin Kurt sich von seinen Mitmenschen unterschied, war nicht in seinem Haß auf die Schwarzen – und natürlich auf die Juden –, sondern seine gleichmütige Überzeugung, daß Genozid nicht nur möglich, sondern durchführbar war. Romanen und Slawen würden genügend Sklaven liefern, um ergebenst nach der Pfeife der Herrenrasse zu tanzen. Also waren solch häßliche, tierische Untermenschen wie die Schwarzen entbehrlich. Daß auch mit den Juden aufgeräumt werden mußte, war eine Idee, die auf einer völlig anderen Ebene seines Gehirns entstanden war. Er ehrte sie, indem er sie nicht für überflüssig, sondern für gefährlich hielt. Auf gewisse Weise fürchtete er sie. Für ihn waren die Juden ethische Krebszellen, die die reine, tapfere, fruchtbare, grausame gesellschaftliche Struktur der Herrenrasse unterwanderten. Also mußten auch die Juden verschwinden.

So stand er also vor Erwartung erschauernd da und genoß den Gedanken, Zeuge des Massakers von zweihundert schwarzen Kindern – alle unter zwölf – sein zu können.

Aber er wurde um sein Vergnügen gebracht. William Davis, der Heimleiter des Waisenhauses, schätzte die Stimmung des Mobs richtig ein. Er ließ durch seine Helfer die Vordertür verriegeln und Möbelstücke dahinter aufhängen, während er die verstörten zitternden Kinder durch den Hinterhof zur Madison Avenue brachte. Sie bestiegen hastig die Busse dort, als Kurt bewußt wurde, daß alle kleinen schwarzen Krausköpfe von den Fenstern des oberen Stockwerks verschwunden waren. Er rannte um die Forty-fourth Street herum zur Madison Avenue und sah, was dort vorging. Er faßte einen riesigen und bereits stark angetrunkenen Iren am Arm und brüllte: »Lauf hinüber zur Fifth Avenue und sag deinen Kumpeln, daß sie die kleinen Nigger entkommen lassen!«

Der Riese stapfte davon. Doch bis er die Fifth Avenue erreichte, hatte er völlig vergessen, weshalb er in diese Richtung ging, und schon gar, daß jemand ihm etwas aufgetragen hatte. Er setzte sich auf einen Randstein und hob die Flasche an die Lippen.

Nach einer Weile erkannte Kurt, daß Davis und seine Helfer all die kleinen Schwarzen in den Bussen haben und unterwegs zur Polizeistation im zweiundzwanzigsten Bezirk und somit in Sicherheit sein würden, ehe der Mob ankam. Also raste er zurück zur Fifth Avenue, um die Menge zu holen. Doch inzwischen war es zu spät, der Mob war bereits im Waisenhaus. In kühler Enttäuschung sah er zu, wie das schöne Gebäude von Leuten zerstört wurde, die en masse von den Vereinigten Staaten von Nordamerika aufgenommen worden waren, weil sie in ihrer Heimat verhungert wären – dies waren die Jahre der Kartoffelknappheit – und denen alle nur möglichen Gefälligkeiten erwiesen worden waren, ja, denen die Republikaner von Tammany Hall innerhalb von vierundzwanzig Stunden die Naturalisationsurkunden ausstellten. Diese gleichen Leute dankten die Großzügigkeit einer viel zu großzügigen Nation durch Krawalle, weil sie nicht in ihren Streitkräften kämpfen wollten, und zerstörten dabei praktisch ihre größte Stadt.

Da zeigte sich ein Mann an einem Fenster im ersten Stock. Er hatte ein Kind in den Armen – ein neunjähriges schwarzes Mädchen. Irgendwie war es bei der Evakuierung übersehen worden.

»Da!« brüllte der Mann. »Feines Niggerfleisch!«

Und stieß das Kind hinunter.

Kurt war zu weit entfernt, das magenumdrehende Platschen zu hören, als der kleine Körper aufschlug. Und schon waren die flinken betörenden Irinnen von Auld Sod da. Mit Brecheisen und Ziegelsteinen kamen sie auf ihren o so zierlichen Füßen herbeigelaufen.

Kurt bahnte sich mit den Ellbogen einen Weg und blickte auf die Überreste hinab. Eine Lache roten Blutes. Ein Häufchen gebrochener Knochen, die aus purpurnem Schwarz und bläulichem Rot herausragten. Ein Sprenkeln zu weißer Zähne. Ein roter Augapfel an der grauen Faser eines Sehnervs über das hängend, was einst eine Wange gewesen war. Ein Kind. Ein Waisenmädchen, neun Jahre alt. Doch die Ethik dieser Sache entging ihm. Ihm war die berserkerhafte Liebe seines Volkes zu Blut und Tod eigen.

Und da geschah es, daß dieses Gefühl ihn packte. Er spürte einen brennenderen Stich der reinsten, tierischsten Lust, die er in seinen dreiunddreißig Jahren je empfunden hatte. Er wirbelte herum und rannte los. Das Hotel Fifth Avenue war nicht weit. Er raste südwärts zum Madison Square.

Aber in den folgenden Tagen zerschlugen sich seine Pläne – und die anderer Verschwörer, wie es sie schon allein nach reiner Logik geben mußte. Hier war Caleb Henrys Paradoxon zutreffend: daß es nie einen brillanten Soldaten oder einen fähigen Sklaven geben konnte. Denn die für die erfolgreiche Ausführung der Aufgaben des einen oder des anderen notwendige Intelligenz würde verhindern, daß ein Mensch sich den Gefahren des einen oder der Schmach des andern aussetzte. Der Mob war schließlich ein Mob. Er *wollte* vermutlich die Anweisungen ausführen, die jemand wie John U. Andrews – aus Virginia! – ihm in die Ohren brüllte. Aber eben weil es ein Mob war, konnte er das nicht.

Erstens: Der Überfall auf das Zeughaus in der Second Avenue bei der Twenty-first Street, der im Grunde genommen recht ordentlich durchgeführt wurde. Die Kühneren und zweifellos Intelligenteren der Horde stürmten ins Obergeschoß des Gebäudes und schnappten sich die alten Musketen mit glattem Lauf, die neueren Springfields mit gezogenem Lauf und die noch neueren Sharps-Hinterlader, deren Wert Oberst Berdans Scharfschützen ein für allemal bei Gettysburg bewiesen hatten. Und möglicherweise waren sogar einige achtschüssige Spencer- und fünfzehnschüssige Henry-Repetiergewehre dabei, wie sie vor Ende September dieses Jahres bei Chickamauga eingesetzt werden sollten; dazu stopften sie ihre Taschen voll mit Papierpatronen (die Bleikugeln an einem Ende mit einem Stück Schnur vom Pulver in der Patrone weggebunden, und das Ganze geschlossen, in dem das lose Ende zu einem Rattenschwanz zusammengezwirbelt wurde); griffen nach Bajonetten, Revolvern und allem, was sie fanden, und warfen es durch die Korridorfenster des zweiten Stocks zu ihren Saufkumpanen auf die Straße hinunter. Doch da kam die Polizei.

Die Iren und Irinnen fanden keinen Gefallen an den Knüppeln, die auf sie herabsausten, und zerstreuten sich in alle Winde. Jene im Parterre versuchten, sich zu verdrücken. Die Polizisten schlugen auf ihre Schädel ein; die, die sich noch auf den Füßen halten konnten, traten den Rückzug ins Haus an. Oben im zweiten Stock verbarrikadierten sich die Amazonen und Kämpen, um einen Angriff abzuwehren.

Und natürlich kam dann einer mit einem Kanister Terpentin – etwas, das dieser spontane Mob in seiner totalen Organisationslosigkeit offenbar immer bei sich trug – auf die Idee, das Zeughaus anzuzünden. Es war ein sehr altes, zundertrockenes Holzhaus. Es brannte wie eine Fackel. Iren und Irinnen quollen aus allen Fenstern. Die Polizisten ließen die in Frieden, die keine Waffen trugen. Die mit einem Gewehr in den Pfoten jedoch schlugen sie nieder, egal, ob Männlein oder Weiblein. Die Plünderer im zweiten Stock wurden schnell mit den Tatsachen der modernen Kriegführung vertraut: daß eine Muskete mit glattem Lauf zu laden etwas anderes war, als eine Kugel in einen gezogenen Lauf zu rammen – das heißt, wenn man überhaupt das Glück hatte, Patronen mit Kugeln von der richtigen Größe bei sich zu haben, und wenn man bei all dem würgenden Rauch überhaupt genug sehen konnte, um sie zu laden. Auszutüfteln, wie man Hinterlader lud, wenn man nie zuvor einen in der Hand gehabt hatte, dazu war keine Zeit. Und die Messingpatronen für die Repetiergewehre waren ihnen ein völliges Rätsel. Außerdem war der Rauch inzwischen von Flammen durchzogen.

Also sprangen sie aus diesen Fenstern im zweiten Stock und starben auf dem Pflaster unten oder blieben querschnittgelähmt schreiend liegen, und da hatten sie noch Glück. Die meisten der Burschen und Mädchen kamen überhaupt nicht mehr aus dem Zeughaus heraus.

Drei Wochen später schleppten die Müllmänner fünfzig mit menschlichen Knochen vollgestopfte Fässer heraus und schafften sie auf den Armesünderfriedhof. Und am nächsten Tag kam die Polizei mit einer Reihe von Wagen zu den »Union Steam Works« und brachte die neuen Karabiner fort.

Zweitens: Natürlich kam der spontan führerlose Mob auf die Idee, Horace Greeleys *Tribune* anzugreifen, welche die zahlreichen Copperheads der Stadt seit Jahren zum Schäumen brachte. Der alte Weißrock, wie der Mob ihn nannte, konnte durchaus zu Recht als Negerfreund bezeichnet werden. Also stürmte der Mob die *Tribune* dreimal und wurde dreimal zurückgeschlagen. Aber die Verteidiger der Theorie der spontanen Entflammung aufgrund berechtigten öffentlichen Zorns taten sich schwer, den Angriff auf die Webb & Allen-Werft zu erklären und den Versuch, das Panzerschiff *Dunderberg* zu verbrennen, das dort für die US-Kriegsmarine gebaut wurde und schon fast fertiggestellt war. Natürlich hatte der Mob seine berechtigten Klagen: »Es ist der Reichen Krieg, doch der Armen Kampf«, paßte eben häufig nur allzugut. Doch die Vernichtung oder vielmehr der Versuch der Vernichtung einer mächtigen Waffe, die nur der Konföderation schaden konnte, paßte so gar nicht in diese populäre Theorie. In ganz New York verstanden zu der Zeit nur die *Tribune* und die *Times*, das Wort »Hochverrat« zu schreiben.

In ihrem Appartement im Hotel Fifth Avenue konnte Rose Ann das Krachen der Kanonen hören, als die Truppen die Straßen mit Kartätschen und Schrapnellen leerten. Während der vergangenen drei Tage hatte ihr Kurtie-Schatz häufiger denn je kurze Ausflüge unternommen. Und jedesmal, wenn er zurückkehrte, kam es zum gleichen: Er hob sie hoch, warf sie aufs Bett und frönte einer meisterlichen Runde fleischlicher Befriedigung, die sie schweißüberströmt, mit wundem Mund, verklebtem Haar und am ganzen Leib vor Erschöpfung zitternd zurückließ.

Sie wußte nicht, daß Kurt aufgegeben und eingesehen hatte, daß sein Plan – und der seiner Copperhead-Freunde – fehlgeschlagen war, die Stadt New York zu zwingen, die Union zu verlassen. Er hätte nur Früchte tragen können, wenn der Angriff auf das Zeughaus und die »Steam Works« – angestachelt durch die Rufe Andrews und anderer Provokateure: »Bewaffnet euch, Jungs! Zum Zeughaus! Zum Zeughaus!« – dem Mob tatsächlich genug Schußwaffen verschafft hätte und – was sich schließlich als noch wichtiger erwies, denn gerade, weil sie so scheinbar unbedeutende Einzelheiten übersahen, scheitern gewöhnlich die grandiosen Pläne von Größenwahnsinnigen – ausreichende und *pas-*

sende Munition, um nicht nur die Polizei zurückzuschlagen, sondern auch die Truppen, die nun ständig in die Stadt quollen. Viele dieser Soldaten hatten bei Gettysburg gekämpft und kochten vor Wut über das, was sie als Verrat an ihren gefallenen Kameraden durch die aufsässigen, zum größten Teil irischen Slumbewohner der Metropole ansahen.

Und es gab noch eine Fehleinschätzung von seiten Kurts und seiner schmierigen Kumpane. Sie hatten ganz einfach nicht geglaubt, daß die New Yorker Polizei, die sich zu achtzig Prozent aus Iren zusammensetzte, so hart gegen ihre eigenen Landsleute vorgehen würde. Aber gerade sie waren überzeugte Staatsbürger, die an Recht und Ordnung glaubten. Mehr noch, sie schämten sich zutiefst des Benehmens der Leute aus ihrer alten Heimat. Ja, sie waren empört darüber und bis auf den Grund ihrer frommen Herzen schockiert wegen der unglaublichen Wildheit und Grausamkeit, die die weiblichen Angehörigen des Mobs an den Tag gelegt hatten. Also zerschmetterten sie hemmungslos keltische Schädel und eröffneten auch das Feuer, wenn es sein mußte. Und um die Wahrheit zu Wort kommen zu lassen, nicht alle der irischen Armen nahmen an dem Aufstand teil. In fast jedem Block gab es wenigstens ein oder zwei Familien, die sich weigerten, am Brandschatzen teilzunehmen. Manche brachten sogar Schande auf ihre Rasse und Religion, indem sie Schwarze bei sich aufnahmen und versteckten, die rasch zu den Hauptopfern der Wut des Mobs wurden.

Außerdem hatten Kurt & Freunde New Yorks zweitgrößte ethnische Minderheit – die Deutschen – völlig vergessen. Manchmal in ihrer Geschichte hat der teutonische Respekt für Autorität und blinden Gehorsam gegenüber jedem ausdrücklichen Befehl sich geradezu als Verbrechen erwiesen, denn gerade diese Eigenschaften hatten es willensstarken Wahnsinnigen ermöglicht, sie ins Desaster zu führen. In der Stadt New York war das im Juli 1863 jedoch die Rettung ganzer Häuserblocks. Die Deutschen schlossen sich dem Mob nicht an. Sie verbarrikadierten ihre Türen, verhielten sich ruhig und warteten auf das Ende des Aufruhrs.

An diesen letzten Tagen, nachdem Kurt Radetzy seine Niederlage eingesehen hatte, ging der Graf nur aus, um das Schauspiel zu genießen, zu dem es durch reine Verrohung kam. Alle politischen Überlegungen waren inzwischen vergessen. Der Mob folgte lediglich seiner natürlichen Neigung zu mutwilliger Zerstörung, zum Plündern und zum Rassenhaß. Für die zahlreiche schwarze Bevölkerung New Yorks war die Stadt zum grauenvollen, gefährlichen Inferno geworden.

Den schwarzen William Jones erwischten sie an der Ecke der Clarkson Street mit einem Laib Brot unter dem Arm, der sein Frühstück hätte werden sollen. Sie hängten ihn an einen Baum und ließen die Weiber auf ihn los. Nachdem diese kreischenden Furien und Vetteln ihn zerfleischt hatten, zündeten sie ein Feuer unter seinen Füßen an. Als die Polizei ihn abschnitt, hielt er den Laib Brot immer noch unter dem Arm, nur war er jetzt schwarz verkohlt. An der Ecke Washington und Leroy Street, einen Block nördlich des Baums, von dem Jones unkenntliche Leiche baumelte, fingen sie einen weiteren Schwarzen namens Williams, an dem sie die gleiche Prozedur vornahmen. Peter Hueston war nicht einmal ein Neger, sondern ein Mohawk-Indianer. Aber was machte das schon? Seine Hautfarbe sagte dem ästhetischen Geschmack der Meute nicht zu. Sie umringten, traten, schlugen ihn und ließen ihn als tot auf dem Bürgersteig zurück. Nur war er nicht tot. Da jedenfalls noch nicht. Erst vier Tage später, von einem Bett im Bellevue-Krankenhaus aus, empfahl er seinen Geist dem großen Manitu.

Lokale, die schwarze Bedienung hatten, wurden demoliert, Mietshäuser, in denen sie wohnten, zerstört. In einem solchen Mietshaus, in dem als New Bowery bekannten Viertel, fanden die Bewohner ein grausiges Ende. Der Mob jagte sie ins Haus zurück, als sie fliehen wollten. Er verbarrikadierte die Tür, bespritzte das Haus mit Terpentin und zündete es an. Vor Begeisterung brüllend, schauten sie zu, wie die Schwarzen, von den Flammen aufs Dach getrieben, an den Regenrinnen hingen, bis ihre Finger versengten. Einer nach dem andern stürzte auf die Straße hinunter, wo der Mob nach ihnen trat und sie totprügelte.

So seine etwas weniger als überwältigende Liebe für seinen dunkleren Bruder in Betracht gezogen, genoß Kurt sein eisiges Mörderleben. Und die arme Rose Ann bezahlte für das Erwecken seiner Sinne, die offenbar auf keine andere Weise wachgerüttelt werden konnten. Zu jener Zeit war Havelock Ellis vier Jahre alt und Sigmund Freud sieben. Zu schade, denn Kurt Radetzy hätte ihnen viel Material für ihre gewichtigen Werke liefern können. Es ist merkwürdig, wie schlecht er seinen Geburtstag wählte, denn die durchaus bemerkenswerte Aberration seines Lebens entging nicht nur der Aufmerksamkeit von Wissenschaftlern, sondern auch den Männern der Literatur. Donatien Alphonse François Marquis de Sade war zu dieser Zeit bereits fast fünfzehn Jahre tot, während Leopold Ritter von Sacher-Masoch, sowohl Kurts Landsmann wie Zeitgenosse und sechs Jahre jünger als er, erst später seine Reihe von Romanen veröffentlichen würde – in denen er einen seiner – streng unterdrückten! – Aspekte seiner Persönlichkeit beschrieb –, nachdem Sisimond Kurt Radetzy längst aufgehört hatte, dieser Welt Schwierigkeiten zu machen.

Und nun, da er Rose Ann ganz dicht an den Rand der Verdammnis gebracht hatte, machte Kurt sich daran, rein zufällig natürlich, ihre zierlichen Füße auf den festen Weg zur Rettung zurückzustellen.

Wie? Um es zu wiederholen: Das sexuelle Hauptorgan der menschlichen Spezies ist der Geist. In der physischen Liebe ist Subjektivität alles. Und eines, was die instinktive Subjektivität dem höher entwickelten weiblichen Geist lehrt, ist, daß keine Frau leben, atmen und vor allem *lieben* kann – ohne Zärtlichkeit.

Und da dieses Element der groben männlichen Psyche *normalerweise* fehlt, ist die unausbleibliche Folge dieser ewigen Fehlfunktion zwischen den Geschlchtern, wenn der Mann als Gottheit Pan, Satyr, Ziegenbock zu den unmöglichsten Zeiten schnaufend, geifernd, prall, wild zur sofortigen Tat schreitet, daß die Frau sich innerlich vor Ekel windet.

Kurzum, Rose Ann stellte fest, daß sie – da sie nicht diese Phantasiegestalt allzu wollüstiger Männerträume, eine Nymphomanin war – sehr oft, verflixt noch mal, in Ruhe gelassen und vor allem *geliebt* werden wollte. Was sie damit meinte, wußte sie selbst nicht so genau, aber ganz sicher war sie sich, daß nicht dazu gehörte, vergewaltigt, geschändet, mißbraucht zu werden, sowohl von vorn wie von hinten durchdrungen, gleichzeitig gewürgt und verschlungen, und sich schließlich von einem Mann, der tierischer als ein Zuchtbulle oder -hengst war, unrechtes fleischliches Wissen aufzwingen zu lassen.

Ihre Klagen, daß etwas genug war, wenn es genug war, nutzten ihr gar nichts, endlich fiel ihr ein, was sie tun könnte. Es war tatsächlich so, daß Geld als solches Kurt nichts bedeutete. Er schätzte es nur als die Macht, die es ihm verlieh. Deshalb war er außerordentlich großzügig. Er hatte einen beachtlichten Teil des Vermögens, das er an der Londoner Börse gemacht hatte – und er machte ein weiteres in der New Yorker Wallstreet, wo sein geradezu unheimliches Gespür für hohen Gewinn bringende Investitionen ihm viele Bewunderer eingebracht hatte, die ihn ständig um »heiße Tips« angingen – für eine Garnitur herrlichen Smaragdschmucks für Rose Ann ausgegeben – Halskette, breites Collier, Ohrringe, Diadem, Ringe, ja sogar eine Bauchkette, um ihre schmale Taille zu tragen, und das alles, weil es zu ihren seegrünen Augen paßte und das Aufsehen und den Neid von Herren und Damen gleichermaßen erregte, wann immer sie es in der Oper, dem Theater oder auf einem Ball trug.

Also brachte sie nun die gesamte Kollektion zu Tiffanys am Union Square, entschlossen, sie zu verkaufen, um mit dem Erlös ihre Flucht zu ermöglichen. Ich werde nach – Nashville reisen, dachte sie. Zu Greg gehen. Das heißt, wenn er überhaupt noch etwas von mir wissen will. Wenn nicht, weiß ich nicht, was ich tun werde. Mich umbringen, möglicherweise. Das ist vielleicht das beste, denn dann werde ich nicht in Versuchung kommen, Gwen von Cabe zu erlösen ...

Beim größten Juwelier von New York ersuchte man sie, ihre Schätze dazulassen – natürlich gegen eine quittierte, genaue Aufstellung aller Stücke –, damit eine exakte und, wie man ihr versicherte, faire Schätzung des Wertes vorgenommen werden konnte. Doch das letzte Mal, während einer von Kurts Abwesenheiten, hatte sie eine Droschke dorthin genommen, deren Kutscher aus Furcht vor dem Mob ständig die Route änderte und viele Straßen aus demselben Grund gesperrt waren. Als sie sich nun wieder auf den Weg machte, doch ehe sie das Hotel verließ – das verbarrikadiert und in dem zu seinem Schutz eine Kompanie Soldaten stationiert war –, erinnerte sie sich an etwas. Bei ihrer letzten Fahrt hatte eine Meute Frauen ihre Droschke aufgehalten. Doch als sie sich herauslehnte und ersuchte, man sollte ihren Kutscher in Frieden lassen, hatten sie ihr feuerrotes Haar unter der Haube gesehen und ihre klaren grünen Augen im sommersprossigen Gesicht. Da hatte eine dieser monströsen Irinnen, von denen keine weniger als zweihundert Pfund wog, gefragt: »Bist du eine Irin, Hübsche?«

Worauf Rose Ann, die überlegte, daß viele ihrer Vorfahren wirklich Iren gewesen waren und der Unterschied zwischen Schotten und Iren ohnehin nicht groß war, mit »ja« geantwortet hatte.

»Dann fahr weiter, Kleines«, hatte die riesige Frau gerufen. Und das war alles gewesen. So kehrte Rose Ann nun ins Appartement zurück mit der klugen Idee, sich zum unauffälligen Abbild einer Irin zu machen. Das erwies sich als nicht sehr schwierig: ein altes braunes Kleid ohne Krinoline darunter – Frauen aus den Slums konnten sich keine *cages améri-*

caines leisten –, ihr prächtiges Haar lose getragen, ein bißchen Ruß vom Kamin auf der Stirn, so würde sie bestimmt echt wirken.

Doch ehe sie das Appartement verlassen konnte, kehrte Kurt zurück und verbat ihr streng, überhaupt auszugehen.

»Wie ich vermutete«, knurrte er. »Die Iren als Rasse sind absolut tollwütige Berserker. Du bleibst also hier, Rose Ann, bis ich wiederkomme!« Dann zog er ein Paar Revolver heraus und machte sich daran, sie neu zu laden. Wozu er eine ganze Weile brauchte, da sie keine Smith & Wessons waren – die einzige Handwaffe, welche die kombinierten Patronen und Kugeln in einer Messinghülle benutzten und die jetzt einfach nur noch Kugeln genannt wurden –, sondern höchstwahrscheinlich Colts. Was bedeutete, daß er zuerst jede Kammer mit losem Pulver aus einem kleinen Pulverhorn laden, dann jede der sechs Kugeln mit dem Ladehebel – der nicht viel mehr als ein gefederter Miniaturladestock war – hineinpressen und schließlich ein kupfernes Zündhütchen auf den Nippel am hinteren Ende einer jeden der sechs Kammern befestigen mußte. Als Rose Ann ihm dabei zusah, wurde ihr klar, weshalb Union-Offiziere, denen es gelungen war, Smith & Wessons zu finden und zu kaufen, sie als unbezahlbar schätzten. Der winzige, den Colin ihr geschenkt hatte, konnte innerhalb einer Minute voll geladen werden, und nun dachte sie auch daran, daß sie sich einen Vorrat der 22er Messingpatronen dafür zulegen sollte – wenn sie überhaupt zu bekommen waren.

Aber sie wartete geduldig, bis er diese ermüdende Prozedur zwölfmal wiederholt hatte. Und als er dann aus dem Appartement stürmte, folgte sie ihm. Er wandte sich auf der Twenty-first Street ostwärts und raste dahin, daß sie Mühe hatte, ihn nicht aus den Augen zu verlieren. Als er die Lexington Avenue erreichte, bog er nordwärts ab. Wieder folgte sie ihm. Danach bedauerte sie es.

Zu jener Zeit hatte die Lexington Avenue oberhalb der Twenty-first Street noch viele unbebaute Grundstücke. Auf einem davon hatte die Meute eine Gruppe Neger gestellt. Es handelte sich offenbar um Familien, denn neben Männern waren auch Frauen und Kinder da. Einige der Kinder auf den Armen ihrer Mütter waren noch Babys, die anderen zwischen fünf und zehn Jahre alt. Trotzdem schlug eine Meute von Rohlingen – unter ihnen auch Frauen – mit Prügeln auf sie ein, oder sie benutzten sie als Zielscheiben, um ihre Karabiner und Pistolen auszuprobieren, die sie aus einem nur einen Block entfernten Geschäft gestohlen hatten, in das sie eingebrochen waren und das sie zertrümmert hatten.

Und dann eröffnete ihr Kurtie-Liebling das Feuer und demonstrierte seine überragende Schießkunst. Besonderen Spaß machte es ihm offensichtlich, die Babys aus den Armen der Mütter zu schießen. Stämmige Iren umgaben ihn, die bei jedem Schuß begeistert losbrüllten.

Aber er hatte noch nicht mehr als drei der kleinen schwarzen Gesichter mit seinen Kugeln zerschmettert, als Rose Ann sich auf ihn stürzte und versuchte, ihm mit den Fingernägeln die Augen auszukratzen. Er wich geschickt seitwärts aus, nahm den schweren Revoler in die Linke und schlug sie so hart mit der Rechten, daß sie der Länge lang auf den Rücken fiel. Sofort drängte eine Schar »Amazonen« herbei. »Tod dem Niggerliebchen!« brüllten sie. »Auf sie!«

Aber Kurt hob lässig eine Hand und sagte gemessen: »Nein, Mädchen, laßt sie in Ruhe. Sie ist meine Frau. Aber ich fürchte, ich habe sie nicht sehr gut erzogen. Heute abend werde ich ihr den Hintern ordentlich versohlen!«

Rose Ann blieb noch eine kurze Weile liegen, um ihre Kräfte zu sammeln. Sie bedauerte es, daß sie ihre kleine Pistole nicht mitgenommen hatte. In diesem Augenblick hätte sie Kurt mit Vergnügen getötet. Sie fragte sich nicht, weshalb. Das war nicht nötig. Jemand, der mit voller Absicht ein Kind umbrachte – egal, ob es nun schwarz oder weiß war –, verdiente den Tod.

Aber sie konnte nicht dableiben. Hier zuzusehen war mehr, als sie ertragen konnte. Sie sagte sich, daß sie Neger zu sehr liebte, um sich anzuschauen, wie sie hingemordet wurden. Was stimmte. Ebenso stimmte es, daß sie Prinz Rupert liebte, ihr Pferd, genau wie alle Hunde auf »McKenzies Hundert« sowie alle Schafe und Sklaven – nur daß die Sklaven sie durch ihr Benehmen manchmal so verärgerten, daß sie sie wirklich für eine Evolutionsstufe tiefer angesiedelt hielt als die übrigen Menschen. Wenn sie, um zu essen, ein Huhn hätte töten müssen, wäre sie lieber verhungert. Sie konnte einfach nicht sehen, wie eines ihrer Tiere getötet wurde, da spielte es keine Rolle, ob es nun zwei oder vier Beine hatte.

Deshalb stand sie auf und rannte in Richtung Süden davon. Kurt versuchte nicht, sie aufzuhalten. Dazu hatte er jetzt viel zuviel Spaß. Inzwischen fuhren weder die Pferdewagen der Straßenbahn noch die Omnibusse (die natürlich ebenfalls von Pferden gezogen wurden, sich jedoch von den Pferdewagen dadurch unterschieden, daß sie länger waren und mehr wie Eisenbahnwagen aussahen, und natürlich dadurch, daß sie nicht auf Schienen liefen), noch die leichteren, kleineren, schnelleren, gelbbemalten Droschken, die »Bobtailed stages« genannt wurden. Der Mob in seiner Spontaneität und Unorganisiertheit hatte sich darangemacht, die Stadt New York zum Stillstand zu bringen – und er hatte es fast geschafft.

Aber die Hansoms, zweirädrige Kutschen, und Droschken fuhren, da der Mob ihre Kutscher zu Angehörigen des Proletariats zählte und sie deshalb gewöhnlich in Ruhe ließ. Allerdings machten sie kaum ein Geschäft. Denn niemand mit ein wenig gesundem Menschenverstand hielt sich in den Straßen einer Stadt auf, die sich in den Händen eines Mobs von solcher Wildheit und Gefährlichkeit befand. Gerade erst hatte er sich an zwei weit auseinanderliegenden Stellen der Thirty-second Street – gestern an der Kreuzung der Second Avenue, und vor keiner Stunde an der der Eighth Avenue – auf Kanonen gestürzt. Es waren allerdings keine besonders schweren gewesen, nur Sechspfünder, aber sie waren mit

Kartätschen und Schrapnells geladen. Und beide Male hatten sie nicht nur einmal, sondern *sechsmal* angegriffen, trotz eines Blutbads, das dem auf den Schlachtfeldern von Antietam und Fredericksburg nicht nachstand. Dann erwischten sie durch einen Zufall – da er zu seinem Haus auf der Second Avenue zurückkehrte, um nach seiner Frau und seinen Kindern zu sehen – Oberst H. J. O'Brien von den 11. New Yorker Freiwilligen, der Leutnant Eagelson gestern *befohlen* hatte, mit diesen Sechspfündern das Feuer zu eröffnen. Er stellte sich ihnen mit Säbel und Pistole in der Hand. Aber sie zwangen ihn nieder, schlugen ihn blutig, banden Stricke um seine Füße und zerrten ihn die Avenue hinauf und hinunter. Ein Geistlicher kam daher. Sie hielten so lange inne, bis der Priester dem Sterbenden die Letzte Ölung gegeben hatte. Dann ging der Geistliche weiter, vielleicht dachte er, daß der für das gestrige grauenvolle Blutbad Verantwortliche sein Geschick verdient hatte. Danach überließen sie den Oberst den Frauen, die ihr Handwerk inzwischen gelernt hatten. Sie zerrten O'Brien in seinen eigenen Hinterhof und bearbeiteten ihn mit ihren Messern mit solcher Kunstfertigkeit, daß er den ganzen Rest des langen heißen Nachmittags zum Sterben brauchte.

Inzwischen hatten nahezu tausend Personen auf den Straßen New Yorks den Tod gefunden. Es mußte ziemlich schwierig sein, so viele Leichen fortzuschaffen, während der Aufruhr weiterging, überlegte Rose Ann. Sie schob die Klappe im Dach des Hansoms zurück und fragte den Kutscher danach.

»Sie verschwinden einfach, Miß. Diese Burschen kommen aus dem Five Pints und dem Auld Sixth und karren sie im Dunkeln fort. Diese Straßen sind nicht gepflastert, wissen Sie, und die Wohnungen haben alle Lehmboden. Bin sicher, daß sie sie vergraben, noch ehe es hell wird . . . Ah, hier sind wir. Union Square, Miß.«

Rose Ann stieg aus der Droschke und bezahlte den Kutscher. Doch ehe sie ihn bitten konnte zu warten, wie sie vorgehabt hatte, kam ein gutgekleideter Mann herbeigeeilt und beanspruchte den Hansom für sich. Was soll's ? dachte sie sich. Ich finde jederzeit eine andere ... Sie täuschte sich sehr. Und diese Tatsache kostete sie fast das Leben.

Tiffanys war geschlossen. Die Geschäftsführer waren keine Narren. Sie hatten gehört, was mit Brookes Brothers Modegeschäft in der Catherine Street passiert war. Juwelen sind die perfekte Beute, sie sind so winzig, daß man sie mühelos einstecken kann. Dazu gab es Dutzende, wenn nicht Hunderte von Hehlern, die sie den Plünderern, ohne Fragen zu stellen, nur zu gern zu einem Bruchteil ihres wirklichen Wertes abnahmen. Also hatten sie ihre Klunkern in den riesigen Safe gesperrt und sich selbst wohlweislich zurückgezogen.

Verzweifelt wandte sich Rose Ann wieder nordwärts, doch nun zu Fuß, weil sie keine Droschke finden konnte. Ein paar Blocks vom Square entfernt fing der Mob sie ein. Aber man tat ihr nichts. Ihr Gesichtchen hatte sichtlich keltischen Schnitt, ihre Augen waren grün, ihr Haar fuchsrot. Und ihr zierliches Figürchen weckte den Beschützerinstinkt der riesenhaften Irinnen. Sie hielten die Jungs davon ab, sie zu belästigen, und faßten sie am Arm. »Komm mit, hübsche Dirn«, forderten sie sie vergnügt auf. »Wir zeigen dir ein bißchen Spaß.«

Danach – inzwischen halbtot vor Müdigkeit – wurde Rose Ann von einer Seite des unteren Teils von Manhattan zur anderen mitgerissen. Und wieder zurück. Um ihre helle, sommersprossige Haut zu retten, nahm sie am Plündern teil und bewarf Schutzmänner mit Ziegelstücken. So sehr sie sich auch bemühte, daneben zu zielen, fällte sie versehentlich doch einen dicken Bullen, was sie den anderen noch teurer machte.

Inzwischen wußte sie nicht einmal mehr, wo sie sich befand. Allerdings nahm sie an, daß es ziemlich weit südlich von dem Bezirk um die Fourteenth Street sein mußte, von wo aus sie sich wieder auf den Heimweg gemacht hatte. Und da verließ ihr Glück sie. Wieder war der Grund dafür ein Kind: ein hübscher, ziemlich hellhäutiger Mulattenjunge. Als sie ihn entdeckten, brüllten ihre vollbusigen Begleiterinnen von der Grünen Insel sogleich: »Nieder mit dem kleinen Nigger!«

Einen Augenblick lang stand Rose Ann wie erstarrt. Sie konnte einfach nicht glauben, daß sie so etwas Entsetzliches tun würden. Aber sie waren dazu durchaus bereit. Und machten sich nun daran. So klein und zierlich sie auch war, zögerte Rose Ann nicht. Wie eine winzige Tigerin warf sie sich auf diese Herde von Elefantenkühen. Für einen Moment war es die Verblüffung, die sie rettete, und danach etwas anderes: Die Mutter des kleinen Jungen tauchte auf und stürzte sich ins Gefecht. Sehen Sie das als historisch an: Sie war eine Weiße und hieß Anne. Der Vater des Jungen, ein schwarzer Matrose namens Derrickson, war auf See.

Als Rose Ann das Bewußtsein wiedererlangte, erfuhr sie, daß sie sich in einem Bett des Bellevue-Krankenhauses befand, daß es Sonntag, der 19. Juli war, und die Wehrpflicht-Unruhen seit fast drei Tagen vorüber waren. Ganz ruhig lag sie da und starrte auf die Zimmerdecke. Sie blinzelte durch zwei schmale Schlitze, die ihre Augen waren und die sie so weit wie möglich geöffnet hatte. Und sie hatte zwei der beachtlichsten blauen Augen in der Geschichte des Boxsports. Sie ließ vorsichtig die Zunge in ihrem Mund wandern und stellte fest, daß ihr durch ein größeres Wunder nicht ein einziger Zahn fehlte. Aber abgesehen davon, daß sie von Kopf bis Fuß, sowohl vorn wie hinten, mit Blutergüssen geschmückt war und eine ihrer Rippen der Länge nach gebrochen war, war sie aus ihrem Kampf gegen die irischen Vertreter rassischer Reinheit ziemlich gut davongekommen.

So lag sie da und dachte darüber nach, was sie tun sollte. Vorrangig galt es zu verhindern, daß Kurt erfuhr, wo sie war. Und da ihr Kopf der einzige Körperteil war, der noch perfekt funktionierte, entschied sie sich sofort, eine Amnesie vorzutäuschen, bis sie mehr wußte.

Sie konnte sich erinnern, so erzählte sie der Schwester in steif gestärkter Tracht, die gekommen war, um ihre Personalien aufzunehmen, daß sie zusammengeschlagen wurde, doch an nichts, was zuvor geschehen war. Nicht einmal an ihren Namen. Die Schwester glaubte ihr; sie hatte Patienten erlebt, die ihr Gedächtnis mehr als zwei Jahre lang nicht wiedergefunden hatten, nachdem sie so schlimm zugerichtet worden waren wie dieses arme zierliche Mädchen. Freundlich beantwortete sie Rose Anns Fragen. Ein junges Persönchen, so niedlich, mit sanfter Stimme und ganz offensichtlich kultiviert, wie dieses arg zugerichtete kleine Ding, gehörte nicht zu der Art von Patienten, mit denen sie es in Bellevue üblicherweise zu tun hatte. Ja, die Unruhen waren vorbei. Ja, sie nahm an, daß die Läden morgen früh wieder öffnen würden. Wie viele Menschen getötet worden waren? Die Zeitungen schätzten etwa zwölfhundert. Nach allem, was sie an angeschossenen, verprügelten und anderweitig mißhandelten Personen gesehen hatte, die man bisher hier eingeliefert hatte, glaubte sie, daß diese Zahl eher verdoppelt, wenn nicht verdreifacht werden müßte. Danach fragte Rose Ann, ob sie mit der anderen armen Frau sprechen dürfe, die mit ihr ins Krankenhaus gebracht worden sei ... Natürlich, das heißt, wenn das bedauernswerte Ding je wieder zu Bewußtsein kam. Die Ärzte hofften, sie durchzubringen, aber sie, Schwester O'Mallory, bezweifelte, daß sie es fertigbrächten. Der kleine Junge? Der kleine *farbige* Junge? Oh, ihn hatte man ins Stadtkrankenhaus auf Blackwells Island gebracht; dort sind all die farbigen Kinder aus dem Waisenhaus, das in der Fifth Avenue niedergebrannt ist. Nein, ihm sei nichts passiert. Nur ...

Hier hielt Schwester O'Mallory inne. Ihre blauen Augen weiteten sich. Sie starrte Rose Ann voll von tiefstem Entsetzen an.

»Miß«, flüsterte sie. »Das Kind hatte – erstaunlich helle Haut. Es ist – es ist doch nicht ...«

»Mein Sohn?« Rose Ann war zu müde, zu deprimiert und

zu wund am ganzen Leib, als daß sie sich hätte gekränkt gefühlt. »Nein. Er ist – ihrer. Der Sohn der anderen Frau. Das möchte ich sie ja fragen. Ich verstehe einfach nicht, wie – eine junge, gutaussehende *weiße* Frau . . .«

Schwester O'Mallory schüttelte in schmerzlicher Verwunderung betrübt den Kopf.

»Ich auch nicht«, murmelte sie.

Zehn Tage später, kurz bevor sie aus dem Krankenhaus entlassen wurde, und einige Wochen bevor Anne Derrickson an den Folgen der Schläge starb, die diese irischen Mädels ihr aufgrund ihrer mangelnden Reinhaltung und Würdigung der weißen Rasse hatten angedeihen lassen, konnte Rose Ann ihr diese Frage stellen. Und sie erhielt die Antwort, die sie verdiente und die ihr für den Rest ihres Lebens zu schaffen machen würde.

»Ich – liebe ihn. Deshalb habe ich ihn ja geheiratet. Was hat – Farbe damit zu tun. Oder mit – irgend etwas anderem?« hatte Anne Derrickson erwidert.

Ja, es dauerte ganze zehn Tage, ehe die Ärzte ihr Einverständnis für Rose Anns Entlassung gaben. Während der ersten fünf Tage zitterte sie vor Angst, daß Kurt jeden Moment im Krankenhaus erscheinen könnte, um sie zu holen. Aber am sechsten oder siebten Tag kam ihr der Gedanke, daß er sich wahrscheinlich gar nicht genug aus ihr machte, um nach ihr zu forschen. Da entspannte sie sich und befaßte sich damit, ihn noch ein bißchen mehr zu hassen, als sie es ohnehin schon tat. Dieses Empfinden trug zu ihrer schnelleren Wiederherstellung bei. Und eines schönen Vormittags verließ sie das Krankenhaus und nahm eine Droschke zum Union Square. Zu Tiffanys.

Sie erklärte ihr abgerissenes Aussehen mit der der Wahrheit entsprechenden Behauptung, daß sie im Krankenhaus gelegen habe, nachdem ein Mob sie zusammengeschlagen hatte. Ihre Wohnung und ihre gesamte Kleidung seien verbrannt, log sie. Sie brauchte Geld für neue Sachen und um eine Wohnung zu mieten. Wären sie bereit, fragte sie, ihr den Smaragdschmuck abzukaufen?

Sie boten ihr für alles zusammen fünfundzwanzigtausend Dollar, gaben aber von Anfang an zu, daß die Smaragde bedeutend mehr wert seien. Aber das sei alles, was sie sich leisten könnten, dafür zu zahlen. Wenn sie es lieber noch bei anderen Juwelieren versuchen wollte oder auch bei privaten Käufern, könnten sie ihr eine Liste mit Namen von möglichen Interessenten geben. Sie zweifelten jedoch daran, daß sie von denen viel mehr bekommen würde. Es herrschte Krieg, die kürzlichen – äh – Unruhen hätten die Preise gedrückt, und ...

Rose Ann nahm das Angebot an. Auf ihren Rat, denn die Tiffany-Leute hatten ihr versichert, daß es gefährlich sei, soviel Bargeld mit sich herumzutragen, ließ sie sich nur fünftausend in bar geben. Und den Rest in Kreditbriefen der Morgan Trust Company, der Bank von Tiffany. Jede Bank der Union würde sie ohne weiteres entgegennehmen, beteuerten sie. Nashville? Aber selbstverständlich, diese schöne Stadt des Südens war nun bereits zwei Jahre in den Händen der Union. Das Leben – und das Geschäftsleben – sei dort völlig normal.

Rose Ann machte während der nächsten drei Tage Einkäufe und wohnte solange in einer bescheidenen Pension. Dann, elegant, ganz in Schwarz gekleidet, nahm sie eine Suite im Metropolitan Hotel am Broadway, Ecke Prince Street. Sie trug sich als Rose Ann McKenzie ein und fügte ihrem Namen das Wort »Witwe« zu. Das war durchaus glaubhaft; Witwen, selbst so betörend schöne, gab es im August 1863 mehr als genug. Und da diese offenbar reichlich mit Bargeld versorgt war, fanden der Hoteldirektor und die feinen Herren oder vielmehr dunklen Ehrenmänner im Foyer, die sich eine lohnende Eroberung erhofften, sie bezaubernd. Aber sie gab den Glücksrittern keine Chance, sondern verbrachte die ganze Zeit in ihrem »Himmelssalon«, eine der besonderen Attraktionen des Metropolitan, der auf den Broadway tief unten hinabsah.

Es gab einen einfachen Grund, weshalb sie nicht sofort

nach Nashville aufbrach. Sie hatte ein brennendes Verlangen zu erfahren, was aus Kurt geworden war. Und wenn ihr auch ihre Sammlung Pariser Modelle, die sich noch im Hotel Fifth Avenue befand, nicht gleichgültiger hätte sein können, wollte sie doch den gestutzten Sharps-Hinterlader haben, den sie ebenfalls dort zurückgelassen hatte. Von einem verwundeten Yankee unter den vielen, die sie mit den Delegationen reicher Damen aus dem Hotel Fifth Avenue im Krankenhaus besucht hatte, um sich einen Ruf als »patriotische Bostonerin« zu schaffen, hatte sie in allen Einzelheiten erfahren, was diese neue Waffe in den Händen von Oberst Berdans Scharfschützen bei Gettysburg alles geleistet hatte. Sie war ausgesprochen hartnäckig: Da sie vorhatte, Weihnachten zu Hause auf »McKenzies Hundert« zu sein – mit Greg Forrester, wie sie hoffte, aber auch allein, wenn es sein mußte –, war sie entschlossen, diesen Hinterlader in Colins Hände zu legen, damit er ihn für ihre geliebten Jungs aus den Südstaaten nachbauen könnte ... Aber wenn Kurt noch dort war? Auf sie wartete? Bei diesem eiskalten Ungeheuer wußte man nie ...

Schließlich kam sie auf die perfekte Strategie. Sie schickte ein Kärtchen an die Hotelleitung und erkundigte sich so, ob Graf und Gräfin Radetzy Gäste des Hauses seien. Sie, so erklärte sie auf dem nicht unterschriebenen Kärtchen, habe sie in Europa kennengelernt und würde gern die Bekanntschaft erneuern ...

Sie bekam umgehend Antwort. Die Gräfin sei während der kürzlichen Unruhen verschwunden. Der Graf sei, obgleich gramgebeugt ... »Kann ich mir vorstellen!« schnaubte Rose Ann laut, als sie das las ..., dringender Geschäfte wegen aus New York fortgerufen worden, habe jedoch ihr Appartement für drei weitere Monate bezahlt und einen Brief sowie eine bedeutende Summe für die Gräfin im Hotelsafe hinterlegt, falls sie sich sehen lassen sollte. Doch nach so langer Zeit befürchtete die Hotelleitung das Schlimmste, aber ...

Rose Ann schlüpfte in Weiß – für Witwen ebenfalls tragbar – und nahm eine Droschke zur Fifth Avenue. Die Geschäftsführer des Hotels waren zuhöchst erfreut, sie wiederzusehen. Sie hatten schreckliche Angst gehabt, es sei ihr etwas Furchtbares zugestoßen, denn immerhin waren es äußerst unruhige Tage für ihre schöne Stadt gewesen ...

Rose Ann war auf charmante Weise pathetisch, als sie ihnen erzählte, daß ihr tatsächlich etwas zugestoßen sei. Sie habe Wochen im Bellevue-Krankenhaus gelegen und aufgrund des Schlages, den ihr ein Aufrührer versetzte, ihr Gedächtnis verloren. Erst gestern sei es zurückgekehrt. Sie habe sich nur Zeit genommen, dieses einfache Kostüm zu kaufen, da die Kleidung, die sie getragen hatte, nur noch aus Fetzen bestehe.

»Und mein geliebter Gemahl?« erkundigte sie sich.

Der Graf, glaubten sie, sei in Boston. Oder vielleicht in Philadelphia; sie wußten es nicht genau. Aber der Brief, den er für sie hinterlassen habe, würde ihr bestimmt Genaueres mitteilen ...

Das tat er auch. Sie zog sich damit in ihr Appartement zurück und las ihn. Kurt schrieb:

Püppchen,

dieser absolute Esel mit dem kurzen blonden Bart – keine Namen – Du verstehst? – ließ sich verhaften. Die Polizei spürte ihn in einem seiner üblichen Verstecke auf, Bett natürlich, wie gewöhnlich, mit seinem üblichen Stück dunklen Fleisches.

Da mir weder der Mut dieses Gentlemans noch sein Widerstand gegenüber – nun, nennen wir es Druck, sehr vertrauenerweckend erscheinen, ziehe ich mich zurück, solange es noch geht. Kleine dunkle Räume, mit zu gut geschützten Fenstern und unschöner Aussicht, wecken betrübliche Gefühle in meiner Brust. Und Leute, die in der Nähe von Steinmauern sorglos mit Schußwaffen umgehen, sogar noch mehr.

Also komm zu mir nach Chikago, wo ich dem alten Ko-

telettenbart ein wenig einheizen werde. Ich steige im Hotel Clifton im Norden ab.
Seltsamerweise fehlst Du mir. Und falls sie Dir den reizenden Rotkopf eingeschlagen haben, werde ich sogar, glaub es mir, eine Träne um Dich weinen. Nein, sogar zwei.

Dein Kurt

Rose Ann ließ diesem Liebesbrief die Behandlung angedeihen, von der sie fand, daß er sie verdiene. Sie zerknüllte ihn zu einem kleinen Ball und warf ihn auf den Boden. Die nächsten drei Tage verbrachte sie mit Packen. Sie ließ den Großteil ihrer Kleidung an ihre Tante Cornelia in Boston schicken und erklärte ihr auf einem beiliegenden Kärtchen, daß sie nach dem Krieg alles abholen würde. Von der Hotelleitung ließ sie sich alle Ausgaben der bekannteren Zeitungen heraufschicken, die während ihrer Abwesenheit erschienen und die noch zu finden waren. Sie hatte keine Schwierigkeiten, zu entdecken, was sie suchte. John Andrews aus Virginia war tatsächlich verhaftet worden. Und – zur Empörung aller Reporter, die zwar für die Freiheit der Schwarzen plädierten, jedoch einstimmig fanden, daß mit ihnen zu schlafen die Gleichberechtigung zu weit treiben hieße – zwar im Bett bei seiner schwarzen Geliebten, Josephine Wilson, die sie als die Madam eines »Hauses von schlechtem Ruf« in der Green Street bezeichneten. Sein Versteck war in der Eleventh Street gewesen. Und die Beamten, die ihn verhaftet hatten, waren Thomas Dusenbury und John McCord, die dies mit der Unterstützung der Streifenpolizisten Radford und Farley vollbracht hatten, deren Vornamen nicht genannt wurden. Er hatte keinen Widerstand geleistet. Einige Zeitungen ließen durchblicken, daß man ihn hereingelegt hatte. Auf dem Weg zur Polizeistation in der Mulberry Street hatte er erklärt, daß er sich nie lebend hätte festnehmen lassen, wenn er gewußt hätte, was sie vorhatten.

Dem Reporter der *Tribune*, der ihn in seiner Zelle interviewte, tischte er einen Haufen Lügen auf, die die Zeitung hitzig als solche hinstellte. Danach, unter Berücksichtigung der Tatsache, daß sich in der Mulberry-Street-Polizeistation sowohl weiße wie schwarze Flüchtlinge nur so drängten, die mehr als genug Grund hatten, Andrews Abschied aus dem Land der Lebenden zu beschleunigen, wurde er »aus Sicherheitsgründen« in eine Zelle von Fort Lafayette am New Yorker Hafen überführt.

Es folgten nur noch ein paar Stories über ihn, die mit jedem Tag knapper und uninteressanter wurden.

Und dann, zu Rose Anns großem Staunen, verschwand John U. Andrews aus Virginia, der Mann, der an einem Tag auf einem prächtigen Kavalleriepferd säbelschwingend durch die Stadt geritten war, um den Mob zu größerer Wildheit anzuspornen, von der Bildfläche. Er wurde nie vor Gericht gestellt. Die Zeitungen, egal, welcher politischen Richtung, hörten ganz einfach auf, seinen Namen zu erwähnen. Nicht eine einzige brachte auch nur einen kurzen Artikel mit der Überschrift heraus: »Was ist aus Andrews geworden?« – wie es doch eigentlich logisch gewesen wäre. Ob er nun in hohem Alter im Gefängnis starb oder nach einem Monat oder so freigelassen wurde, Tatsache ist jedenfalls, daß er verschwand. Das ärgerte Rose Ann ungemein und widersprach ihrem Gerechtigkeitsgefühl. Hartnäckig wie immer, erkundigte sie sich noch viele Jahre nach dem Krieg, was aus John U. Andrews aus Virginia geworden war. Sie fand es nie heraus. Genausowenig wie sonst jemand.

Aber in diesem Augenblick beschäftigte sie Wichtigeres. Nachdem ihre Sachen gepackt waren, nahm sie einen Zug nach Nashville in Tennessee. Sie beabsichtigte einen Sturm auf die Festung von Greg Forresters Herz, die ohnehin schon zu drei Vierteln von ihr niedergerissen worden war. Also glaubte sie nicht, daß sie viel Mühe haben würde, sie ganz einzunehmen.

Das Problem lag anderswo. Das Fort, das sie wirklich

erobern und für immer behalten wollte, war bereits von ihrer Schwester besetzt.

Also würde sie sich mit dem armen Greg zufriedengeben müssen. Richtig angelernt, würde er gar keinen so schlechten Ersatz abgeben. Und was Sisimond Kurt *Graf* Radetzy betraf, sollte er doch diese Träne vergießen!

14

Kaum in Nasville angekommen, sah Rose Ann sich dem – für sie schlüssigen – Beweis gegenüber, daß Kurt im Mittleren Westen emsig wie eine Biene dabei war, mit seiner inzwischen klassischen Taktik die Unzufriedenheit der Massen zu schüren. Über alle Maßen durch die gefärbte Berichterstattung und den Ton der Leitartikel provoziert, ließ General Burnside das Verlagshaus der Chikagoer *Times* von einem Trupp Soldaten besetzen. Eine solche Illoyalität, so schnaubte der General unter seinem Schnurrbart, würde nicht länger geduldet. Ganz Chikago tat seinen gut abgestimmten Ärger kund – dahinter sah Rose Ann Kurts geschickte machiavellische Hand: Zwanzigtausend nahmen an der öffentlichen Protestkundgebung auf dem Courthouse Square der windigen Stadt teil.

Der Bürgermeister, der Gouverneur von Illinois und wenigstens fünf Generale der Gegend schickten Telegramme an Präsident Lincoln in Washington: Diese Art von anmaßender militärischer Einmischung in immerhin Zivilangelegenheiten durfte nicht geduldet werden! Seufzend stimmte der »Ehrliche Abe« dem bei. Er hatte schon genug Schwierigkeiten, ohne daß diese Idioten mit Schnurrbart und Koteletten sie auch noch vermehrten. Diese Idioten, die nicht einmal verstanden, was Demokratie war; und daß sie das Recht einschloß, auch unpopuläre Meinungen zu äußern, selbst wenn diese dem Feind moralische Unterstützung bieten und ihn ermutigen mochten. Also hob der Präsident mit einer Durchführungsverodrnung das Druckverbot für die Chikagoer *Times* auf, riet General Burnside, seine modische Barttracht zu kämmen, aber die Bürgerschaft, einschließlich gewisser schlüpfriger Individuen der Copperhead-Art, schreiben und sagen zu lassen, was immer sie wollte. Denn Hochverrat erfolgte mit *Taten*, nicht mit Worten. Und um zu beweisen, daß es die Redefreiheit in der Union wirklich gab, befahl er dem Staatsminister Stanton (dessen Barttracht noch komischer aussah als die von General Burnside), alle Dissidenten freizulassen, die dieser übellaunige Beamte bereits dorthin geschickt hatte, »wo sie nicht einmal die Hunde bellen hören«!

Also schloß Rose Ann, daß Kurt & Freunde in ihrem hinterhältigen, gemeinen, dreckigen Krieg, den sie durch Hochverrat hinter den Linien führten, wieder einen Sieg errungen hatten. Sie wollte, daß der Süden gewann und die Konföderation zur unabhängigen Nation wurde. Aber, wie sie es bitter formulierte: Wenn man einen Stock aufhebt, der benutzt wurde, um das zu entfernen, was man gewöhnlich unter dem Sitz eines Plumpsklos findet, um ihn dem Feind auf den Kopf zu schlagen, was passiert dann mit den Händen? Es ist nicht richtig, eine gute Sache mit schmutzigen Tricks zu gewinnen, und außerdem ...

Außerdem dachte sie an die netten Yankee-Jungs, mit denen sie in Boston getanzt und geflirtet hatte, und an die netten Südstaaten-Jungs, mit denen sie das gleiche in Richmond getan hatte, und ihr wurde bewußt, was sie wirklich wollte, daß nämlich beide Seiten aufhörten sich umzubringen und sich statt dessen die Hand schüttelten, ja einander brüderlich umarmten und miteinander einen hoben und die Sache vergaßen. Es war ihr völlig klar, daß die Tatsache, daß eine Schar nichtsnutziger Nigger als Sklaven gehalten würden, keinen Kampf *wert* war; vielleicht wäre es sogar das beste, sie einzusammeln, auf Dampfer zu verfrachten und sie geradewegs nach Afrika zurückzubefördern, wo sie das Rassenproblem für immer beenden könnten, indem sie einander allabendlich als Nachtmahl verzehrten, bis keine dieser nutzlosen Kreaturen mehr übrig war ...

Was, wie sie selbst erkannte, lediglich ein Hinweis darauf war, wie abgrundtief elend sie sich fühlte. Sie wollte nicht, daß die armen Blackies ausgerottet wurden; sie wollte, daß sie am Leben blieben und so glücklich waren, wie sie nur sein konnten. Sie befürchtete, daß es ihnen schlecht ergehen würde, wenn sie erst frei waren, daß der weiße Abschaum des Südens sich wahrscheinlich mit dem Gezücht des Nordens – aufgestachelt durch ein paar mörderische Irre, wie ihr Kurtie-Schatz einer war – zu einem nationenweiten Lynchvergnügen zusammentun würde. Also wäre es vermutlich wirklich das beste, die hilflosen, kindischen Schwarzen zurück nach Afrika zu transportieren ...

Aber das trug nicht im geringsten zur Besserung ihrer düsteren Laune bei. Nichts schaffte das. Nicht einmal die Nachricht in der Morgenzeitung, daß Dr. George Bickley, der oberste »Grand Imperial Potentat«, der Ritter des Goldenen Kreises, in New Albany/Indiana verhaftet worden war und man den zweitobersten »Großherrscher«, Dr. Bowles, in einer der »Burgen« des Ordens festgenommen hatte, während er mit prominenten Copperheads aus Indiana die detaillierten Pläne eines Pro-Südstaaten-Aufstandes in den Nordweststaaten studierte, die vor ihm auf dem Tisch lagen. Die Nashviller Zeitungen holten aus dieser Story heraus, was sie konnten. Denn diese beiden Agitatoren waren unmittelbar außerhalb der Hauptstadt von Tennessee in konföderierten Uniformen bei den Union-Linien aufgetaucht. Sie hatten behauptet, Ärzte aus Ohio und von den Rebellen in den Militärdienst gezwungen worden zu sein, da sie sich bei Kriegsausbruch zufällig im Süden befunden hatten. Sie hatten um Passierscheine gebeten, um nach Hause zurückkehren zu können. General Rosecrans, der die Cumberland-Union-Truppen befehligte, hatte sie ihnen ohne ein Wimpernzucken ausgestellt. Aber unmittelbar darauf hatte er zwei seiner besten Abwehrleute – in Zivil selbstredend – zur Beschattung hinter ihnen hergeschickt. Ein Telegramm an Gouverneur Mortons Spionageabwehr-Hauptquartier hatte veranlaßt, daß ein Aufgebot ganz Indiana durchkämmte – mit äußerst zufriedenstellendem Ergebnis: Nicht nur die beiden Führer der Copperhead-Bewegung konnten gefaßt werden, sondern neben Bickley und Bowles wurden auch die Mitgliederlisten der Ritter gefunden. Sie enthielten genügend unwiderlegbare Beweise des Hochverrats, um die Copperheads in Massen zu hängen.

Was bedeutete, daß die Pro-Südstaaten-Bewegung endgültig niedergeschlagen war. Rose Ann gestand sich ehrlich, daß sie froh darüber war. Denn diese sogenannten Freunde des Südens hatten für ihr Land und seine gute Sache absolut nichts Gutes geleistet, ja ihm möglicherweise sogar geschadet. Denn wenn andere anständige Nationen erkannten, welche Schweinehunde und Schlangen die Sezessionisten unterstützten, sahen sie die verzweifelten Bitten der Konföderation um Anerkennung in einem neuen Licht. Ein Mensch wird schließlich nach seinem Umgang beurteilt und also eine Nation vermutlich auch, dachte Rose Ann.

Aber etwas Gutes hatte das Debakel der Copperhead-Bewegung für sie doch, wie sie sich sagte: Ihr Liebling Kurtie würde sich schleunigst nach Kanada oder gleich nach Europa absetzen. Nur ...

Nur, was brachte das ihr ein, wenn sie jedesmal bei ihrem Abendspaziergang Greg Forrester begegnete, der triumphierend mit einer hochgewachsenen, dünnbeinigen, schlaksigen unionistischen Hinterwäldlerin aus Ost-Tennessee vorbeistolzierte, die liebevoll an seinem männlichen Arm hing?

Also wirklich! Greg hatte absolut keinen Geschmack! Sie kochte vor Wut. Na gut, ich – ich habe ihm wirklich übel mitgespielt. Habe ihn unerträglich schockiert, weil ich mir dachte, ich müßte ihn von mir kurieren, weil ich einfach keinen Weg gesehen habe, von Kurt loszukommen. Jetzt bin ich frei vom Kurtie-Ekel. Er hat meinen Freilassungsschein mit

Kugeln in den Köpfen von armen, kleinen Wollköpfen unterzeichnet. Also ist da nur noch eine Sache: Angenommen, ich kann mir Greg von dieser lehmfressenden Hinterwäldler-Frau zurückholen – falls sie überhaupt eine *Frau* ist! Sie hat ein Kinn, mit dem Samson die Philister hätte erschlagen können; und was vorn oder hinten ist, läßt sich bloß sagen, wenn man schaut, wohin ihre Füße deuten, so flach ist sie vorn, und hinten ist's auch nicht viel besser –, will ich das überhaupt? Ich meine, habe ich dazu ein Recht? Ich habe mir damals gedacht, daß ich nicht wert bin, die Frau eines anständigen Mannes zu sein. Aber bin ich es denn jetzt?

Sie dachte darüber nach. Sie war eine ehrliche kleine Seele, deshalb neigte sie nicht zu der üblichen weiblichen Moraleinstellung, daß Sünde das ist, wobei man in flagranti ertappt wird, während Tugend alles ist, womit man davonkommt, während man der Öffentlichkeit ein Bild erhabener Sittsamkeit bietet. Nein, für sie war die Sünde von der Art, gegen die die Bibel herzog. Sie erregte Gottes Zorn und wurde mit dem Höllenfeuer bestraft.

Aber gab es nicht so etwas wie Reue und Erlösung? Erbarmen und Vergeben? Die sanfte, liebevolle Güte eines strengen, aber gerechten Gottes? Hat er sich nicht des verlorenen Lämmchens angenommen? Mitleid mit dem sterbenden Spatzen gehabt? Mehr noch, hat er nicht gefallene Geschöpfe erhoben wie die Sünderin Maria Magdalena, die ihm parfümiertes Wasser über die Füße gegossen und sie dann mit ihrem Haar getrocknet hatte? Und was hat er zu der Ehebrecherin gesagt, die der Mob steinigen wollte. Wie waren doch diese Worte? Diese sanften, süßen, o so schönen Worte? »Ich verdamme dich nicht. Geh und sündige nicht mehr . . .« So ähnlich jedenfalls.

Sie fühlte sich plötzlich selbst erhoben, geläutert, rein. Mit einem gehauchten: »Ich danke dir, lieber Gott!« sprang sie aus dem Bett, in dem sie den ganzen Nachmittag gelegen hatte – mehr aus bedrückender Mattigkeit denn aus Faulheit – und . . .

Ihr Blick fiel auf die oberste eines ganzen Stoßes von Morgenzeitungen, die sie morgens gekauft hatte, als sie ausgegangen war, um eben das zu tun und sich eine Tasse Kaffee in einer kleinen Teestube nahe dem Tennesseer Capitol zu leisten. Die Schlagzeilen sprangen ihr erst jetzt ins Gesicht: BUNDESBEHÖRDEN BESCHLIESSEN MASSENVERHAFTUNG DER COPPERHEADS!

Benommen und elend sank sie aufs Bett zurück. Ihre Kugelnarben schmerzten plötzlich, wie immer dann, wenn sie sich in die Enge getrieben fühlte und Angst hatte. Denn plötzlich erinnerte sie sich an etwas. Auf Kurts wie üblich diabolische Befehle war der arme Greg den Rittern des Goldenen Kreises *beigetreten*! Man hatte ihm sogar irgendeinen Posten in diesem Verschwörerorden der Copperheads gegeben. Und er war Offizier der US-Armee. Daß er auch Offizier der Armee der Konföderierten Staaten von Amerika war, erschien ihr weniger schlimm zu sein, denn das würden sie vielleicht gar nicht herausfinden. Aber inzwischen wußte der Geheimdienst *bereits*, daß Oberleutnant Gregory Forrester – ja, was war er denn? Ah ja! Ein Hüter des unteren Rats, Ritter des Goldenen Kreises im Bezirk Cleveland, Ohio! Die Zivilisten des Ordens würden die nächsten vierzig Jahre die Gitter ihrer Zellen von innen zählen können. Aber ein Armeeoffizier?

Sie konnte das Schmettern des Horns scharf und klar hören, den rosigen Schimmer am dämmernden Himmel sehen. Sie hörte den dumpfen, gemessenen Schlag einer Trommel; die Marschschritte eines Trupps vor ihr und eines anderen hinter ihr. Und sie sah ihn: erhobenen Hauptes und stolz, die Arme am Rücken gefesselt – ihr Greg. Ihr ehrlicher, anständiger, süßer Zuckerbubi mit dem Gesicht eines Propheten. Wie er zu der Wand marschierte. Dieser schrecklichen Wand. Würde er sich dagegen wehren, daß sie ihm die schönen rauchblauen Augen verbanden? Würde er einige große, in die Geschichte eingehende letzte Worte von sich geben? Nein, so etwas konnte sich nur ein billiger Schreiberling ausdenken. Wenn man in die Läufe von zwölf Gewehren blickte, die nur drei Meter entfernt waren, verschnürte es einem bestimmt die Kehle, und man wäre viel zu sehr damit beschäftigt, sich zusammenzureißen, um nicht auf die Knie zu fallen, zu bitten und zu betteln oder seine Fesseln zu sprengen, um davonzulaufen. Oder man würde sich auf andere Weise erniedrigen, sich beispielsweise in die Hose machen, wie Kurt erzählt hatte. Manche Verurteilte taten das angeblich; da kommen einem bestimmt keine großen letzten Worte in den Sinn.

Und er, der süße, liebe, verdammte Narr ist in der Früh mit dieser Fahnenstange in Röcken zur Kirche gegangen. In die presbyterianische natürlich – welcher anderen könnte ein Besenstielgeschöpf wie dieses Flüchtlingsweib aus der Tannenöde schon angehören?

Sie zog sich hastig an, wozu sie nicht lange brauchte, weil sie nicht alles ausgezogen hatte, nur ihr Kleid, ihren Petticoat und ihre Krinoline, damit sie sich niederlegen konnte. Minuten später eilte sie schon die Straße hinauf, auf die Pension zu, in der Greg wohnte, wie sie bereits herausgefunden hatte.

Seine Wirtin war eine riesige, dicke Irin. Rose Ann hatte schon in New York mehr als genug von großen kräftigen Irinnen gehabt, aber die da schien offenbar anderer Ansicht zu sein. Wie Rose Ann erriet, war sie auf der Seite dieses weiblichen Hillbillys, dieser Hillwilhelmine, und wie viele von der Natur stiefmütterlich bedachten Frauen, erfüllte sie eine sofortige Abneigung gegenüber allem, was Männern eine Augenweide war, wie dieses Geschöpf aus flammendem Feuer, seegrünen Tiefen, das voll Unfug und Freuden, goldgesprenkeltem Schnee und süßestem Wein war. Sie nahm sich nicht einmal genug Zeit, sich durch Rose Anns elegante Kleidung beleidigen zu lassen. Für sie trugen Mädchen wie Rose Ann stets ihre Nacktheit zur Schau, selbst dann, wenn sie unter vierzig Ellen Stoff verborgen war.

»Verschwind, du unverschämtes Ding! Kommt da in

mein anständiges Haus und fragt nach einem Mann! Hinaus!« brüllte sie. »Oder du kriegst meinen Besenstiel zu spüren!«

»Warum schwingen Sie sich nicht darauf und fliegen damit dreimal um den Kirchturm?« schlug Rose Ann mit süßer Stimme vor. »Aber jetzt, Madam, seien Sie so freundlich und rufen Sie Greg! Ich bin seine Schwester. Ich erhielt soeben eine Depesche von zu Haus. Es geht um Leben und Tod!«

»Glaub' ich nich!« schnaubte die Wirtin.

»Sagen Sie Greg, daß seine Schwester Rose Ann da ist. Und daß Mama gerade telegrafiert hat, daß unser Onkel – der Junker des Unterrats zu Haus in Cleveland, Ohio, im Sterben liegt und wir gleich heimkommen sollen.«

»Ich sag' ihm, daß du wie eine verdammte Yankee redest. Gut, ich ruf ihn. Dann könnt ihr zwei euch auf der Straße unterhalten. Ich führ' ein anständiges Haus und dulde nix Sündhaftes hier. Seine Schwester – hah!«

Mit elefantenhafter Würde drehte sie sich um und eilte davon. Eine reife Leistung für eine Frau ihres Gewichts, dachte Rose Ann. Innerhalb von Minuten stand Greg vor ihr. Seine blauen Augen weit aufgerissen und wild. Rose Ann bekam sofort den Beweis dafür, daß seine Wirtin ihre Nachricht genau übermittelt hatte – Greg trug die einreihige Uniformjacke, wie sie für Leutnants und Hauptleute bestimmt war (die höheren Ränge hatten eine zweireihige) und hatte sie falsch geknöpft. Einige Knöpfe saßen in den verkehrten Knopflöchern, andere in gar keinen, weil er in seiner Eile nicht damit zurechtgekommen war. Er packte Rose Ann so fest am Ellbogen, daß es weh tat, und drängte sie auf die Straße hinaus. Er sah jetzt mehr denn je wie ein strenger Prophet aus dem Alten Testament aus, aber – ein Propheten-Leutnant, dachte Rose Ann trocken, nicht einmal ein -Oberst, geschweige denn ein -General . . . Sie sagte: »Das ist weit genug. Bleib stehen und laß dir von Mama die Jacke zuknöpfen, Babyboy. Sonst denken die Leute gar noch, wir kommen direkt aus dem Bett. Und du möchtest doch nicht, daß die kleine Miß Hillwilhelmine so häßliches Gerede hört, nicht wahr?«

»Hillwilhelmine!« heulte er auf. »Rose Ann, du bist das letzte!«

»Na ja, ich kann sie schließlich nicht Hillbilly nennen, oder? Sie ist doch weiblichen Geschlechts, oder? Allerdings, nach ihrem Aussehen würde ich darauf nicht wetten. Platt wie ein Brett! Du suchst dir die richtigen aus, Babybubi . . .«

Doch inzwischen hatte Greg die Spitzen echter Eifersucht herausgehört, und das besänftigte ihn beachtlich.

»Du hast gut reden, du kleine Hexe«, sagte er selbstzufrieden. »Ich gebe ja zu, daß Milly vielleicht nicht so übermäßig gut aussieht, aber sie ist ein nettes, süßes Mädchen und . . .«

»Kann ich mir vorstellen«, spöttelte Rose Ann. »Halt endlich still! Ich wundere mich nicht, daß sie keine Knöpfe zumachen kann, denn in den Bergen, von wo sie herkommt, gibt's gar keine. Halten ihre Lumpen mit Tannennadeln zusammen, wie ich gehört habe. Aber ich habe dich nicht aus der Höhle dieser irischen Elefantin gezerrt, um über die kleine ›Miß Alles-klar‹ zu reden. Greg, Zuckerschatz, Liebster für den Rest meines Lebens – hoffe ich! –, du steckst in der Tinte. Gaaaanz tief. Und jetzt komm!«

»Keinen Schritt, ehe du mir nicht allerhand erklärst, du Pfefferhexe . . .«

Rose Ann stand für einen Augenblick ganz still.

»Bist du wirklich sicher, daß man das mit einem ›h‹ schreibt?« schimpfte sie. »Gott, Greg, komm schon! Streiten können wir uns später.«

»Nein! Zuerst verrätst du mir, warum du Milly ›Miß Allesklar‹ genannt hast. Das macht doch überhaupt keinen Sinn . . .«

»Postensprache«, erklärte Rose Ann ihm feierlich. »Bedeutet: ›vorne nichts und hinten bloß zwei olle magere Plänkler‹.«

»Ohhhh, Gott!« flüsterte Greg. »Wieso bist du zu meiner Pension gekommen und hast solches Zeug zu Mistreß

Murphy gesagt? Sie ist nicht dumm, weißt du? Ich habe eine Weile gebraucht, bis ich dahintergekommen bin, was du mir mitteilen wolltest. Ich hatte die Sache mit den verrückten Rittern vom Goldenen Kreis ganz vergessen ...«

»Aber jetzt solltest du dich vielleicht besser wieder daran erinnern«, sagte Rose Ann trocken. »Abgesehen davon, daß ich dich aus den Klauen der modrigen Milly aus den Tennesseer Bergen hole, wär's mir lieber, wenn der Vater aller meiner zukünftigen Kinder, einschließlich der, die ihm *gar* nicht ähnlich sehen, sein langes, liebes Gestell nicht von einem Yankee-Exekutionskommando durchlöchert kriegt. Löchrige Haut ist ziemlich zugig, weißt du? Du könntest dich erkälten oder so was. Greggie-Schatz, Liebe meines Lebens, sie haben Dr. Bickley vor zwei Tagen in einem Ort namens New Albany in Indiana geschnappt. Und unter anderem haben sie ihm die Mitgliederliste der Junker des grünspanigen Messingrings abgenommen. Verstehst du? Als ich das gelesen habe, habe ich nachgedacht, und was ich da gedacht habe, ist, daß wenn irgend so jemand in einer hübschen dunkelblauen Uniform, selbst wenn er nicht einmal weiß, wie man sie zuknöpft, also wenn dessen Name auf dieser Liste auftaucht, ist er *ipso facto*, *per se* und *a priori* des Hochverrats schuldig. Und die verdammten Yankees *erschießen* Verräter, weißt du? Das heißt, außer du stellst dich und gestehst, daß du ein netter, unschuldiger, maisgefütterter Sezessions-Spion bist, dann hängen sie dich statt dessen. Ist wie sechs von einer Sorte und ein halbes Dutzend von einer anderen, scheint mir.«

»Großer Gott!« flüsterte Greg.

»Es sind mehr als fünfzehntausend Namen auf dieser Liste, also wird es eine Weile dauern, bis die Yankees alle erwischt haben. Aber es könnte natürlich sein, daß sie die Zivilisten überspringen, weil sie ihnen nicht so wichtig erscheinen. Und falls diese Liste in alphabetischer Reihenfolge abgefaßt ist, wie ich annehme, dann kommen sie für meinen Geschmack ein bißchen zu schnell zum F, wie Forrester. Also heißt's abhauen, Babyboy. Sofort. Gut, daß es Sonntag ist. Du kannst ganz einfach einen kleinen Ritt ins Blaue unternehmen – mit mir. Nachdem du dir von diesem Copperhead-Oberst einen Marschbefehl nach Chattanooga besorgt hast. Von dem Oberst, bei dem du dich melden mußtest, als du hierhergekommen bist. Solche wie ihn gibt's offenbar überall. Wie heißt er denn?«

»Newton. Oberstleutnant William S. Newton. Das ist eine verdammt gute Idee! Aber wenn ich den Marschbefehl erst habe, warum treffen wir uns dann nicht ganz einfach wie durch Zufall im Zug? Ein Sonntagabend-Ausritt ist Zeitvergeudung. Außerdem, was sollen wir mit den Gäulen tun? Sie einfach irgendwo laufenlassen? Oder sie in die Stallung hier in der Stadt zurückbringen? Dann würden wir den Zug bestimmt verpassen . . . Oder meinst du, daß wir bis nach Murfreesboro reiten und ihn erst dort nehmen sollten? Idiotisch so ein Ritt. Kompliziert alles bloß . . .«

»Nein, keineswegs.« Rose Ann seufzte. »Du hast deine Hausaufgaben nicht gemacht, Greg, mein Herzblatt. Nat Forrest und seine Irregulären haben in der Mitte vom Nichts, zwischen hier und Chattanooga, die Schienen in die Luft gesprengt, und zwar auf einer längeren Strecke. Schon wieder. Und wie üblich. Also ist Reiten die einzige Möglichkeit, um zu General Rosencrans blauuniformierten Helden zu kommen. Allein. Denn ich komme nicht mit. Ich begleite dich nur ein Stück, damit du aus der Stadt herauskommst, ohne Aufmerksamkeit zu erregen, außer vielleicht die von Hillymilly. Und wenn du diese schöne Stadt erreicht hast, rate ich dir, in Zivil zu schlüpfen und weiterzureiten – südwärts. Über die Grenze von Georgia. Also heißt's heute Abschied nehmen für uns, Greg. Abschied – für immer. Ich nehme an, das ist doch das beste für alle Beteiligten . . .«

»Von wegen!« donnerte Greg. »Ich nehme dich mit, Rose Ann!«

»O nein, das tust du nicht. Du brauchst keine – was waren doch all diese netten, süßen schmeichelhaften Namen, die du mir gegeben hast? O ja! Nutte und Dirne und schmutzige perverse Hure. Eine billige Hure. Nun, vielleicht nicht ganz so billig. Du hast mir die Ehre gemacht und das Kompliment, daß ich dir ganze fünfundsiebzig Dollar wert war. Weißt du, ich habe mir diese Scheine in mein Notizbuch geklebt. Um sie meinen Enkeln zu zeigen. ›Schaut her, meine Süßen‹, werde ich sagen, ›das ist das erste ehrliche Geld, das sich eure arme, alte Oma je verdient hat.‹«

»Erwarte nicht, daß ich mich dafür entschuldige«, sagte Greg streng. »Du hast es verdient, Rose Ann. Du hattest dir vorgenommen, mir zu beweisen – mich zu überzeugen, daß du die gemeinste, schmutzigste Schlampe auf Gottes weiter Welt bist. Ich bin dir ein bißchen zu sehr unter die Haut gegangen, nicht wahr? Also hast du dein verdammt Bestes getan, mich aus der Fassung zu bringen. Ich gebe ja zu, daß ich dumm bin, aber *so* dumm auch wieder nicht. Die Art von Bettakrobatin, die schreit: ›Komm, Schatzi, schmeiß die Whiskyflasche auf die Lampe und dann zeig'n wir's dem Teufel!‹ sieht auch danach aus. Mitgenommen, mit hängenden Mundwinkeln, faltigem Hals, stumpfen Augen. Eine Nutte sieht immer wie eine Nutte aus, selbst die Edelhuren, die schauen zwar teuer und vornehm aus, aber trotzdem wie Huren . . .«

»Und ich? Wie sehe ich aus, Greg?« wisperte sie.

»Wie ein Engel. Geradewegs aus dem Himmel. So rein und gut, daß nicht mal dieser elende Halunke, auf den du da reingefallen bist – Gott weiß warum! – dir deine Anständigkeit nehmen konnte . . .«

»Ich bin nicht auf ihn reingefallen«, sagte Rose Ann. »Ich habe ihn geheiratet – mit kirchlichem Segen und allem. Weil ich gedacht habe, daß ich ihn irgendwie liebe. Oder zumindest, daß ich ohne ihn nicht mehr sein könnte. Nur hat er mir endlich beigebracht, daß ich das sehr wohl kann. Ich – ich habe ihn verlassen, Greg.«

»Dem Himmel sei Dank!« hauchte Greg inbrünstig. »Aber – aber was ist mit der Frau und den drei Kindern, von denen du mir im Zug nach Dayton erzählt hast? Damals hast du mir gesagt, daß du *nicht* mit ihm verheiratet bist, und jetzt . . .«

»Ich bin's auch nicht. Als er mich geheiratet hat, hat er vergessen mir zu sagen, daß er – nun, schon gebunden war. Das habe ich durch Zufall in Paris erfahren, während unserer Flitterwochen. So eine Nichtigkeit wie Bigamie erschien ihm nicht wichtig, nicht im Vergleich zu all seinen anderen Sünden – und Verbrechen. Jedenfalls haben wir für den Augenblick genug geredet. Kehr jetzt lieber in deine Pension zurück und pack deine Sachen zusammen. Aber nimm nichts mit, was du nicht wirklich brauchst. Du darfst dich nicht mit unnötigem Gepäck belasten. Und um Himmels willen, vernichte alles, was dir schaden könnte. Was du übermitteln mußt, übermittle mündlich. Sie sind vielleicht wegen der Copperhead-Ritter-Sprache noch gar nicht hinter dir her. Aber wenn sie dich aus irgendeinem Grund aufhalten und Material bei dir finden, das dich als Spion verdächtig macht, hängen sie dich erst auf und stellen die Fragen später . . .«

»Rose Ann, komm mit! Ich ziehe Zivil an und . . .«

»Wir würden auffallen wie ein Gipsbein. Ein junges Paar, das durch Nat Forrests Tummelplatz reitet? *Das* würde niemand glauben, Greg. Widerspricht jeglicher südlichen Ritterlichkeit, weißt du? Und jetzt sag mir noch etwas, aber red schnell, weil keine Zeit mehr ist. Wenn wir zusammenkämen, nachdem der Krieg vorbei ist, könntest du – *vergessen*, was ich gewesen bin? Vielleicht sogar diese grauenvolle einmalige Übung aus deinem süßen Kopf löschen?«

»Nein«, antwortete er streng. »Das könnte ich nicht.«

»Dann heißt es Lebewohl, Greg«, sagte sie ruhig. »Wenn ich heirate – falls ich es je tue –, möchte ich als – als Gattin behandelt werden. Geliebt, geehrt und geschätzt. Genau wie ich vorhabe, meinen Gatten zu lieben, zu ehren, ihm zu gehorchen und ihm treu zu sein, bis wir beide sterben. Seinen Kindern eine wirklich gute Mutter zu sein, wenn ich je welche haben kann. Ich war – eine ausgehaltene Frau, Greg. Eine mehr oder weniger verwöhnte Konkubine. Deshalb weiß ich, wie es ist, Tag für Tag, Stunde um Stunde, mit jedem schmerzenden Atemzug in Schande zu leben. Das werde ich nie wieder tun. Lieber sterbe ich. Oder bleibe den Rest meines Lebens allein ...«

»So will ich dich nicht, Rose Ann«, sagte er feierlich. »Ich will dich als meine Gemahlin und die Mutter meiner Kinder. Um dich zu lieben, zu ehren und zu schätzen, genau wie du es gesagt hast.«

»Was du, weil du nicht imstande bist zu vergessen, nicht wirst tun können«, entgegnete sie traurig. »Eine Ehe, die auf Mißtrauen, Verdächtigungen und Eifersucht beruht, wäre die Hölle auf Erden. Weißt du was, Greg? Verlangen wir nichts Unmögliches von der menschlichen Natur, hm, Babyboy? Wenn es nach mir geht, machen wir lieber jetzt und hier ein schnelles und sauberes Ende, als daß unsere Liebe Tropfen um bittere Tropfen zu Ende blutet. Also ...«

»Du vergißt so allerlei, Rose Ann. Jetzt liebst du mich nicht sehr, wenn überhaupt. Aber ich werde dich dazu bringen, daß du mich ganz fest liebst, indem ich dich liebe, wie noch keine Frau geliebt worden ist, seit Gott der Allmächtige Adam und Eva aus dem Paradies vertrieben und das Flammenschwert vors Tor gestellt hat. Ich habe vor, dich in Liebe einzuhüllen – und mich mit Leib und Seele dieser Aufgabe zu widmen –, bis du so von ihr durchtränkt bist, daß du im Dunkeln glühst. Ich werde nicht mißtrauisch oder eifersüchtig oder sonst was sein. Ich werde dir trauen mit der heiligen Ehre unseres zukünftigen gemeinsamen Hausstands, mit meinen weltlichen Gütern, mit meinem letzten Atemzug, mit meinem Leben. Du hast gerade von – Unmöglichem gesprochen. Dazu habe ich noch etwas zu sagen: Daß eine Frau, die geliebt wird, wie ich dich lieben werde, überhaupt nicht betrügen *könnte*! Daß sie daran nicht einmal denken würde, geschweige denn es wollen! Deshalb werde ich auch ganz bestimmt nicht eifersüchtig sein. Eifersüchtig auf wen? Eifersüchtig worauf? Unser Haus wird auf einem Felsen erbaut sein – dem Felsen der Gottesfurcht, der Liebe christlich Vermählter – und dagegen, Rose Ann, kommen auch die Heerscharen der Hölle nicht an, so wahr mir Gott helfe, Amen.«

Da schlang sie, während Tränen über ihre Wangen rannen, die Arme um seinen Hals. Er drückte sie an sich, küßte ihre Lippen, und seine Tränen vermischten sich mit ihren. Es war einer dieser inbrünstigen Augenblicke, der ein Leben voll Kummer aufwiegen sollte. Es aber nicht tut. Im Gegenteil, er macht den Kummer noch schlimmer.

Sie begleitete ihn zur Pension zurück. Sie sprachen sehr wenig. Als sie schließlich anlangten, sagte er verlegen: »Ich bitte dich nicht gern darum, hier auf der Straße auf mich zu warten, aber ich wage nicht, dich nach oben zu bitten, damit du mir beim Packen helfen könntest. Die alte Mistreß Murphy denkt immer gleich ans Schlimmste. Dabei wär mir deine Hilfe wirklich nützlich, vor allem, weil ich ein paar Sachen verstecken muß, die ich unbedingt mitnehmen muß – so belastend sie auch sind. Sachen, derentwegen man mich hierhergeschickt hat. Und ich kann meinen Vorgesetzten im Geheimdienst unmöglich weismachen, daß ich sie nicht beschaffen konnte, denn dazu habe ich mehr als genügend Zeit gehabt . . .«

»Was für Sachen?« fragte Rose Ann tonlos.

»Karten. Von den Befestigungsanlagen der Stadt hier. Für den Fall, daß General Bragg einmal nicht nur davon spricht, sondern wirklich angreift. Aber ich glaube, das will er gar nicht wirklich. Wie die Karte da. Habe sie heute morgen gemacht, bevor ich mit Milly in die Kirche gegangen bin. Das heißt, ich habe sie abgezeichnet. Kommst du damit klar? Ich war noch nie gut im Zeichnen . . .«

»Das sieht man«, sagte sie kopfschüttelnd. »Noch schlechter ginge es gar nicht. Niemand, der je in Nashville war, würde damit klarkommen, Greg. Wie viele hast du gemacht?«

»Bloß drei. So viele Befestigungen gibt es nicht. Aber ich muß zugeben, daß sie genauso schlecht sind wie die Karte da.‹

»Geh, hol sie«, forderte Rose Ann ihn auf. »Bring sie mir herunter. Während du packst und die Pferde mietest, zeichne ich sie neu für dich. Ich habe in der Schule den ersten Preis fürs Zeichnen gekriegt. Und verstecken – wir werden die Karten in Öltuch wickeln und sie unter den Sattel direkt aufs Pferd legen. Sie werden zwar möglicherweise deine Satteltaschen durchsuchen und dich bis auf die Haut – aber ich kann mir nicht vorstellen, daß sie dort nachsehen werden. Willst du sonst noch etwas Belastendes mitnehmen?«

»Ja, Ma'am. Ich meine, ja. Liebling – ein Gewehr. Einen Henrystutzen.«

»Großer Gott, du Idiot, warum?« knirschte Rose Ann. »Ich habe dir doch gesagt und immer wieder gesagt . . .«

»Daß es sinnlos ist, Yankee-Repetiergewehre zu stehlen, weil wir die Messingpatronenhülsen dafür nicht herstellen können. Aber da bin ich mir jetzt gar nicht mehr so sicher, Rose-Schatz. Ich kenne einen Burschen in Mobile – den Marineoffizier H. L. Hunley . . .«

»Oh – mein Bruder Jeff arbeitet für ihn!« erklärte Rose Ann.

»Dann arbeitet er für den Besten! Wenn es je ein Genie gegeben hat, dann ist's der olle H. L. Ich habe mir gedacht, wenn ich ihm diesen großartigen Karabiner bringen könnte, würde ihm bestimmt eine Maschine einfallen, die auf einer Seite Patronen ausspuckt, während sie auf der anderen Kartoffeln schält und aufs Baby aufpaßt. Ich habe zwischen dem Spencer und dem Henry geschwankt, aber der Spencer kann bloß siebenmal schießen, bevor man nachladen muß, der Henry dagegen faßt fünfzehn von den hübschen Patronen. Ich habe den Stutzen einem Burschen in Wilders Brigade von der berittenen Infanterie Indianas abgekauft. Er hat zwei gehabt und etwas zum Essen gebraucht. Die Indiana-Boys mußten bessere Schußwaffen aus der eigenen Tasche bezahlen, da die Feldzeugmeisterei etwas zurückhaltend mit der Ausgabe von Repetiergewehren war . . .«

»Ich weiß, sie sind ein bißchen arg rückständig in der Feldzeugmeisterei – Gott sei Dank! Dadurch leben wenigstens *einige* unserer Jungs noch. So, jetzt hol mir die Karten. Was deinen Henry betrifft, versuch gar nicht, ihn zu verstecken. Schieb ihn in deine Kavalleriekarabinerhülle. Du kommst durch unsicheres Gebiet, da glaube ich nicht, daß sie sich für einen Karabiner interessieren werden. Und wenn wir losgeritten sind, erklärst du mir vielleicht, was ein berittener *Infanterist* ist. Ich dachte immer, wenn man auf einem Pferd sitzt, natürlich außer man ist ein General oder einer seiner Stabsoffiziere, ist man automatisch ein Kavallerist ...«

»Oh, da gibt's einen grundlegenden Unterschied«, entgegnete Greg grinsend. »Statt zu brüllen und schreien und mit Revolvern zu ballern und Säbel zu schwenken, wie die Reiterei es tut, galoppieren die Infanteristen zum Schlachtfeld, sitzen ab, schicken die Gäule mit ein paar Korporalen zur Nachhut, holen ihre Repetiergewehre hervor, legen sich auf den Bauch und *kämpfen*! Ich glaube, daß noch niemand einen toten Kavalleristen geseh'n hat, dabei dauert diese kleine Auseinandersetzung jetzt schon drei Jahre ...«

»Das ist unfair! Ich kenne Jeb Stuart gut, und seine Jungs kämpfen!«

»Ich kann mir nicht vorstellen, wie sie dazu Zeit haben, so beschäftigt wie die sind, den Mädchen nachzustellen«, sagte Greg. »Na gut, aber jetzt fange ich wohl besser mit dem Packen an.«

Sie zeichnete die drei Karten wunderschön und ganz genau. Küßte dann ihren jetzt wahrhaft versprochenen Verlobten Lebewohl. Ließ ihn drei heilige Eide schwören: daß er nicht desertieren; daß er aus dem Geheimdienst ausscheiden würde, für den er fast groteskerweise völlig ungeeignet war; und daß er sich nie, nie, nie für etwas freiwillig melden würde, außer vielleicht, wenn es darum ging, einen Versorgungswagen für den Nachschub zu kutschieren oder sich neben dem Latrinentrupp auf eine Schaufel zu lehnen.

»Liebster, für den Rest meines Lebens, hoffentlich!« sagte

Rose Ann zu ihm. »Ich möchte ein Zuhause, wenn's nicht anders geht, mit einem *lebendigen* Feigling. Ziemlich kalter Trost, Blumen auf ein Heldengrab zu legen. Also denk jedesmal daran, wenn du Lust verspürst, die gesamte ›Bluebelly‹-Armee eigenhändig zu schlagen, daß es die Schützengräbenbuddler sind und die, die sich wirklich schnell zurückziehen, die heimkommen – als Tröster für uns so lange allein gelassene Mädchen. Ich sage dir was, wenn du zuläßt, daß man dich umbringt, dann schlüpfe ich in Schwarz und trauere um dich – zwei Wochen lang. Und neun Monate und fünf Minuten später werde ich mein erstes Kleines nach dir nennen, egal, wer sein Papa ist . . .«

»Liebling«, versicherte ihr Greg, »du hast gerade einen Streifen auf meinem Rückgrat auf und ab gemalt, der so gelb für feig ist, daß mein Nabel sich ansteckt und Gelbsucht bekommt. So, und jetzt spitz die Lippen und küß mich noch einmal, denn dann muß ich losreiten . . .«

Eine Stunde später verfing Greg Forrester sich in dem Kavallerienetz, das General Rosencrans ausgeworfen hatte, um all die blaubewamsten Ritter des Goldenen Kreises einzufangen, die, wie er scharfsinnig vermutete, sich jetzt überall abzusetzen versuchen würden, nachdem sein intuitiver Einblick in ihre falschen Seelen zur Verhaftung der beiden obersten Potentaten des Ordens geführt hatte. Gregs Name befand sich auf der Liste der Copperhead-Verräter in den Union-Streitkräften. Der General hatte sie sich innerhalb einer Nacht von fünfundzwanzig ausgebildeten Schreibkräften zusammenstellen lassen. Er hatte die Seiten der Mitgliederliste des Ordens über sie verteilt, wodurch sie gleichzeitig daran arbeiten konnten. Glücklicher- oder unglücklicherweise, je nachdem, auf wessen Seite man stand, hatte Bickley die Militärs unter seinen Anhängern nach Name, Rang und Einheit aufgeführt, was sie herauszusuchen zum Kinderspiel für den Yankee-Geheimdienst machte. Gregs Name befand sich auf dem Marschbefehl, den Oberstleutnant William S.

Newton für ihn hatte ausstellen lassen. Und sowohl Gregs wie Newtons Name befanden sich auf Bickleys Liste.

Greg überlegte einen Augenblick lang, ob er davongaloppieren oder sie sich mit dem Henrystutzen vom Halse schaffen sollte. Aber wie die meisten Kavalleristen dieser Tage waren sie mit Sharps-Hinterladern bewaffnet. Und die Patrouille bestand aus mehr als zwanzig Mann. Die Chancen für ihn waren zu gering, selbst mit dem großartigen Henrygewehr. Vielleicht konnte er sich aus der Sache herausreden, am Leben bleiben und zu Rose Ann heimkehren.

Von wegen. Erstens einmal war da der Henry. Inzwischen wurde der Spencer-Repetierhinterladerkarabiner nach und nach in kleinen Mengen an die Truppen verteilt. Henrystutzen aber wurden von der Regierung nicht zu diesem Zweck gekauft. Manche Elite-Einheiten, gewöhnlich Kavallerie oder berittene Infanterie, griffen ganz tief in die Taschen ihrer Uniformhosen und beschafften sie sich mit ihrem eigenen Geld. Mit ihnen war Wilders Indiana-Brigade nicht ganz einen Monat später imstande, konföderierte Truppen von zwanzigfacher Stärke so lange aufzuhalten, bis General George Thomas, ein großer Führer der Union, obwohl er genau wie Robert E. Lee aus Virginia war, Stellung bezogen und die Linie halten konnte, wodurch er sich den Beinamen »Fels von Chickamauga« erwarb. Also wußte die Patrouille, die Greg gestellt hatte, eines mit tödlicher Sicherheit: Kein abkommandierter Yankee-Leutnant hatte, verdammt noch mal, einen fünfzehnschüssigen Henry in seiner Sattelhülle zu haben! In der Armee von Cumberland besaßen *nur* Wilders berittene Infanteristen Henrys. Mit einem Sharp hätte er davonkommen können, mit einem Spencer schon weniger leicht; aber ein blaugewandeter Soldat von einer anderen als Wilders Einheit, der mit einem Henrystutzen in seiner Hülle ritt, steckte ganz tief in der Tinte.

Ihre Durchsuchung war sehr gründlich. Als Spion, wie schon Kurt Radetzy festgestellt hatte, war Greg absolut untauglich. So schaute er nun, als sie ihn gestellt hatten, immer wieder nervös zu seinem Pferd hinüber. Infolgedessen beschäftigten sie sich auch mit dem Tier und fanden diese wundervollen genauen Karten, die Rose Ann gezeichnet hatte.

Sie hätten Greg fast das Leben gerettet.

Zum Hauptquartier gebracht, wurden sie General Rosencrans' Chefkartographen gezeigt, der bei ihrem Anblick vor Entzücken und Staunen durch die Zähne pfiff.

»General«, bat er seinen kommandierenden Offizier, »versprechen Sie ihm *alles*, damit er uns verrät, wer diese Karten gezeichnet hat. Eine Strafmilderung, ein Festessen und eine Nacht in Nashvilles bestem Freudenhaus, ehe wir ihn in den Norden in das Gefangenenlager von Springfield schaffen . . .«

General Rosencrans runzelte die Stirn. Er war ein frommer Katholik, und der Vorschlag mit dem Freudenhaus verletzte seinen Moralbegriff.

»Und wenn er uns den Namen dieses Kartographen genannt hat, was dann?« fragte er.

»Dann führe ich höchstpersönlich ein Überfallkommando und nehme diesen Burschen fest!« erwiderte Major Lewis begeistert. »Ich bringe ihn hierher, stell ihm ein Zelt aus rotem Baumwollplüsch mit Teppichen auf dem Boden zur Verfügung und taktiere ihn täglich mit Kaviar und Sekt. Bis er mir eine Karte von jedem Punkt in diesem Sektor zeichnet, General, Sir! Mit Karten wie diesen falle ich den ›Rebs‹ mit einer Korporalschaft in die Flanken und treibe sie bis Atlanta und weiter!«

»Stimmt, die meiste Zeit wissen wir nicht, wo wir uns hier in diesen Bergschluchten und Flußtälern befinden.« Der General seufzte. »Also gut, Major, Sie dürfen mit dem Gefangenen verhandeln – eine Strafmilderung für Namen und Adresse dieses äußerst geschickten Kollaborateurs.«

Aber davon wollte Greg nichts wissen. In den Unions-Zeitungen in Nashville und jenen in Ohio hatte man sich so oft empört, daß die Kriegsgerichte der Union Spioninnen mit Glacéhandschuhen anfaßten, und sie hatten strengere Bestrafung gefordert. »Schließlich«, donnerte ein Journalist in einem Leitartikel, »sind diese Rebellenhexen verantwortlich für den Tod von Tausenden unserer tapferen Jungen! Es wird Zeit, dem ein Ende zu bereiten, diesen Weibern, die – alles andere als Südstaatendamen – gewöhnlich Angehörige des ältesten Gewerbes sind, Gottesfurcht einzuflößen. Hängt ein paar dieser schönen und verräterischen Lieblinge auf, und sogleich wird der Rest in wärmere Gefilde zurückhuschen!«

Rose Ann konnte einen so auf die Palme bringen, daß man die Beherrschung verlor. Das wußte Greg aus trauriger Erfahrung. Von allen Mädchen, die er je gekannt hatte, hatte keine je die noblen und ritterlichen Instinkte eines Mannes so schnell gedämpft, ja vergessen lassen. Sie verspottete alles, einschließlich sich selbst. Er konnte sich leicht vorstellen, daß sie ein Gericht so verdammt wütend machen konnte, daß man sie aufhängte, nachdem sie – o Gott! – ganz sicher erst durchs ganze Regiment gereicht worden war.

So hielt Greg vier volle Tage durch, so sehr Major Lewis ihm auch unentwegt gut zuredete, ihn anflehte, ihn zu überreden versuchte. Er sei jung, betonte der Major, gut aussehend. Er habe noch sein ganzes Leben vor sich. Warum beharrte er darauf, auf diese idiotische Weise zu sterben? Der Krieg sei so gut wie zu Ende, und der Süden habe ihn bereits verloren. Dieser »Reb«-Kartograph müsse ein besonders guter Freund sein. Ein Verwandter vielleicht? Ein Bruder?

Als er dieses zärtliche Leuchten in Gregs Augen bemerkte, kam Major Lewis plötzlich eine Idee. Und er setzte sie alsbald in die Tat um. Er bediente sich eines Tricks, wie er in politischen Kreisen des zwanzigsten Jahrhunderts so beliebt werden würde. Er ließ mit voller Absicht für die führende Zeitung Nashvilles durchsickern, daß ein junger Rebelleninfiltrator und -spion mit geschlossenen Lippen zum Galgen gehen würde, obgleich man ihm sein Leben für den Namen seines beispiellos geschickten Komplizen geboten hatte.

Mit dieser Zeitung unter dem Arm hastete Rose Ann zum Mietstall. Als sie am Capitol Hill vorbeikam, blickte sie zur Brustwehr aus Baumwollballen und der Palisade aus Kiefernstämmen hoch, die der Militärgouverneur Andrew Johnson rundum hatte errichten lassen, aus Angst, des Teufels Zwillingsbruder, Nat Forrest, würde plötzlich auftauchen und das Capitolgebäude niederbrennen. Sie wünschte sich, Nat Forrest würde jetzt wirklich hier erscheinen. Sie würde behaupten, Greg sei ein entfernter Verwandter von ihm: Forrest, Forrester – bloß zwei Buchstaben mehr –, und sie würde mit ihm geradewegs in General Rosencrans' Hauptquartier reiten und Greg herausholen. Nathan Bedford Forrest war der größte Kavallerieführer des Krieges. Er sah nicht so gut aus wie Jeb Stuart, aber er war ein viel besserer Krieger. Er kämpfte mit kalter Wildheit, entschlossen zu siegen, während Jeb zum Zeitvertreib kämpfte, mit Sweeney, der das Banjo zupfte, an seiner Seite. Man erzählte sich entsetzliche Lügen über Nat, erfand Geschichten, daß er schlimmer daherredete als ein Nigger-Feldarbeiter. Ein Stadtreporter besuchte einmal sein Lager und fragte ihn, wie er es fertiggebracht hatte, so viele Siege zu erringen. Nats Antwort war: »Ich sorge für Bewegung. Ein Mann, der sich regt, ist besser als drei, die herumsitzen.« Der Reporter hatte das mit »i' bin schnell'r da un' mit mehr Leit« ausgelegt. Was vielleicht eine bessere Story ergab.

Nun, sie war jetzt jedenfalls auch in Bewegung. Sie beabsichtigte ins Yankee-Hauptquartier zu reiten und ihren Hals für Gregs anzubieten. Vielleicht würden sie sie aufhängen. In den Zeitungen stand, daß sie das mit der nächsten Rebellenspionin tun würden, die sie erwischten. Na und? Was war ihr Leben denn schon anderes gewesen als ein dummes, heilloses Chaos voll Sünde und Scham. Ein Leben, in dem sie nichts Ehrliches erreicht hatte. Wenn sie schon nicht mit einem netten, anständigen, ehrlichen, süßen Jungen wie Greg vor den Traualtar treten konnte, damit er ihr helfen könnte, ihr verdammt törichtes Wesen auf die Dauer zu ändern, dann wollte sie den Galgen auf sich nehmen, damit er freikam und ein nettes, süßes, unberührtes Mädchen heiraten konnte, wie er es schon längst hätte tun sollen. Sie war sowieso schon lange fällig. Am Ende. In ihren ganzen zwanzig Jahren hatte sie nie etwas auch nur halb richtig gemacht. Sie war mit Joe-Joe durchgebrannt; mit Colin ins Bett gefallen, in einem gräßlichen, stinkenden, alten Haus, das für flüchtige Fleischeslust zur Verfügung stand; hatte sich mit Kurt eingelassen und sich des Ehebruchs, der Bigamie, oder wie immer man es nennen wollte, schuldig gemacht. Und jetzt war sie bereit, in die Hölle zu plumpsen, daß Feuer und Schwefel überallhin spritzten, wenn Gott der Allmächtige mit dem weißen Bart sie hinunterschleuderte, wie sie es verdient hatte, um für immer zu brennen, solange nur der gute, süße Greg freikam, den sie wirklich mochte, ja vielleicht sogar ein bißchen liebte. Die Zeitungen hatten geschrieben, daß die Yankees den Mann wollten, der die genauesten Karten von militärischen Anlagen in diesem ganzen Krieg gezeichnet hatte. Nun, dieser Mann war sie: Rose Ann McKenzie von »McKenzies Hundert«. Greg wußte, wie sehr sie ein Mann war; er hatte es auf die harte Weise herausgefunden in jener Nacht in Ohio, als sie ihn nach einer Flasche Whisky geschickt und ihm dann übel mitgespielt hatte. Ohhh, Gooott! stöhnte sie. Ich bin einfach zu entsetzlich! Bitte, lieber Gott, vergib mir, läutere meine schwarze Seele, aber laß mich Greg aus dem Schlamassel ziehen, in das Kurt und ich ihn gebracht haben!

All das dachte sie, als eine Hand ihren Arm umklammerte und eine Stimme dicht an ihrem Ohr ruhig, zischelnd und knirschend wie zerspringendes Eis sagte:

»Miete zwei Pferde für uns, Püppchen. Eins für dich und eins für mich. Die Pinkertons sind nur noch einen Sprung hinter mir. Und da ich mir vorgenommen habe, an Altersschwäche im Bett zu sterben, umgeben von all meinen weinenden Weibern und Bälgern, sollten wir möglichst schnell aus dieser bezaubernden Stadt verschwinden!«

»Nein!« fauchte Rose Ann. »Sie sollen dich ruhig erwischen, Babymörder!«

»Welche Babys soll ich denn ermordet haben?« fragte er ehrlich erstaunt. Dann: »O Gott! Diese kleinen schwarzen Schimpansen! Aber Rose Ann, meine Süße, Schwarze sind keine Menschen – Sie sind – im Darwinschen Sinn – ein kleines bißchen weiter entwickelte Affen. Sie zu erschießen hat mir Spaß gemacht, also warum nicht? Hol schon die Pferde! Wir müssen uns wirklich beeilen, hörst du?«

»Ich hoffe, sie erwischen dich! Ich hoffe, sie hängen dich! Ich hoffe, sie kastrieren dich wie ein Schwein. Laß mich los!«

»Süße, sei nicht dumm! Du brauchst mich! Hol uns die Pferde. Ich helfe dir gern, Forrester aus seiner Zelle zu befreien und euch Turteltäubchen zur Flucht zu verhelfen. Wer weiß. Vielleicht verdient ihr einander. Außerdem sind deine geliebten Südstaaten am Ende. Egal, wie viele Schlachten sie noch gewinnen, der Krieg ist für sie verloren. Nur ich hätte ihn für sie gewinnen können, wenn ich besseres Material gehabt hätte. Aber was hatte ich schon? Holzköpfe und Esel! Jetzt setze ich meine Talente anderswo ein. Ich kehre ins müde, alte Euorpa zurück, meine Süße. Nach Preußen, wahrscheinlich. Die Preußen sind Barbaren, aber sie haben Achtung vor technischem Fortschritt. Eines Tages werden sie über Europa herrschen, das darfst du mir glauben . . . Ah, hier sind wir. Also, besorg uns die Pferde, Schatz.«

»Kurt«, flüsterte sie. »Willst du – mir wirklich helfen, Greg freizubekommen?«

»Natürlich«, versicherte er ihr mit dem eisigen Lächeln des Wahnsinnigen. »Du hältst mich doch nicht für eifersüchtig oder neidisch? Du warst eine sehr angenehme Gesellschaft, Rose Ann. Aber in Deutschland, in den Kreisen, in denen ich verkehren werde, wärst du eine Katastrophe. Es gelang mir nie, dir auch nur fünf Worte Französisch in dein niedliches, rotes Köpfchen zu hämmern, wie könnte ich dir da je Deutsch beibringen? Außerdem, wo *les grandes dames françaises* deine *gaucheries* charmant fanden, würden sie eine hochwohlgeborene preußische Dame schockieren. Aber du hast mir gute Dienste geleistet, deshalb werde ich dich belohnen. Ich werde es dir ermöglichen, dich mit deinem hübschen Tölpel in einem Blockhaus häuslich niederzulassen und dutzendweise kleine Dümmlinge zu produzieren. So, aber jetzt die Pferde!«

Sie verließen Nashville Richtung Norden. Ritten fort von den Linien der Union, natürlich erst, nachdem Rose Ann noch einmal in ihre Pension zurückgekehrt war, um wenigstens das Nötigste zu holen, was sie zu brauchen glaubte, darunter, was sie Kurt jedoch nicht sagte, den kleinen 22er Smith & Wesson, den Colin Claiborne ihr geschenkt hatte, und – obgleich sie lange überlegte, ob es jetzt noch einen Sinn hatte – den schaftlosen, abgesägten Sharps-Hinterlader, von dem sie sich in all diesen Monaten nicht getrennt hatte, in der ziemlich unsinnigen Hoffnung, ihn durch die feindlichen Linien schmuggeln zu können, damit Colin ihn nachmache. Jedenfalls nahm sie ihn nach reiflicher Überlegung mit, denn es mochte ja sein, daß sie und Kurt und – hoffentlich! – Greg einen ganzen Trupp von Yankees abwehren mußten, um ihre Flucht durchzuführen. Tatsächlich lud sie ihn, um ihn bereit zu haben, für den Fall eines Falles. Und von dieser kleinen Einzelheit sollten ihr Geschick und Kurts und Gregs – und letztendlich auch das ihres Vaters – abhängen.

Sie machte ihre Sache recht geschickt, denn sie war durchaus nicht so unwissend in technischen Dingen, wie Damen ihrer Zeit es hätten sein sollen. Außerdem war es nicht schwierig, einen Sharps zu laden. Denn gerade in der Schnelligkeit und Leichtigkeit, mit der dieser einschüssige Karabiner geladen werden konnte oder vielmehr – was während einer Schlacht wichtiger war – mit der er nachgeladen werden konnte, lag sein Wert, vor allem als Lückenbüßer, bis die neuen Repetiergewehre ihn ersetzen konnten. Also ging Rose Ann es durchaus richtig an. Sie zog den klappbaren Abzugsbügel herunter, wodurch der schwere Verschluß sich nach oben schob, bis die leere Kammer offen war. In sie legte sie eine Papierpatrone mit ihrer 52er Kugel, drückte den Abzugsbügel hoch, bis der Verschluß an seiner Führung entlangglitt und das Ganze wieder schloß. Danach zog sie vorsichtig den Seitenhammer, steckte ein Zündhütchen auf den Nippel der Zündkammer, und der Sharps war schußbereit. Allzusehr bereit. Denn Rose Ann hatte die Papierpatronen selbst gemacht.

Auch hier hatte sie ihre Sache fast richtig gemacht. Sie hatte in Colins kleiner Waffenfabrik gesehen, als sie sie mit Kurt besucht hatte, wie die alten Männer, Krüppel und Frauen, die Colins dazu angestellt hatte, Patronen herstellten. Es war nicht schwierig. Man legte die runde oder auch konische Bleikugel genau in die Mitte eines schweren, ziemlich steifen Blattes Papier, dann faltete man das Papier um sie herum hoch und band ein Stück Bindfaden, so fest es ging ohne durchzudringen, wie eine Schlinge drum herum. Damit würde der Teil des Papiers, der die Kugel enthielt, vom Rest getrennt. Danach rollte man die freien Enden des Papiers um ein glattes zylindrisches Holzstück hoch, bis man über der abgetrennten Kugel eine Röhre hatte, die genau wie eine fette Zigarre ohne Tabak aussah. In diese Röhre schüttete man das Schießpulver, nachdem man es genau abgewogen hatte, da für jedes Kaliber nur eine bestimmte Menge verwendet werden durfte und nicht mehr. Zuletzt drehte man das überschüssige Papier der Röhre über der genauen Pulvermenge zu einer Art Rattenschwanz zusammen. Und das war es. Rose Ann hatte zwar gesehen, wie Colins Patronenmacher das Pulver sorgfältigst abgewogen hatten, ehe sie es in die Papierhülle schütteten, aber sie besaß keine Waage. Sie hatte das Pulver lose in einem Sportgeschäft gekauft, aber dort hatten sie nicht die Präzisionswaagen, die sie gebraucht hätte, um die Sache richtig zu machen. Und außerdem glaubte sie nicht, daß es einen großen Unterschied machen würde, solange nur genug Pulver in der Patrone war, daß die Kugel richtig flog. Aber damit täuschte sie sich. Da sie sicher nicht die genau richtige Menge hatte, wäre es besser gewesen, ein bißchen zuwenig als zuviel Pulver in ihre selbstgemachte Papierpatrone zu füllen. Tatsächlich aber schüttete sie doppelt oder dreimal soviel Pulver hinein, wie nötig war, um mit einer 52er Kugel die maximale Schußweite zu erlangen.

Was natürlich bedeutete, daß, wenn sie je mit diesem Stück abgesägter Handartillerie feuern müßte, ganz sicher eins von mehreren Dingen passierte: Die überhöhte Pulvermenge würde den Verschluß von der Kammer sprengen, Flammen in ihr hübsches Gesicht sprühen, daß es grauenvoll versengt und sie wahrscheinlich für den Rest ihres Lebens blind sein würde; oder, wenn die Kammer standhielt, würde der Sharps so heftig stoßen, daß der Arm, mit dem sie schoß, gebrochen würde; oder der kurze Lauf würde sich sternförmig zurückschälen wie eine Banane und sie schlimm zurichten; und/oder, wenn sie dieses überladene Monstrum aus dem Sattel abfeuerte, würde sie ganz sicher in hohem Bogen herunterfliegen, und was dann mit ihr passierte, hing davon ab, wie und wo sie auf dem Boden aufschlug. Und wie jeder Reiter weiß, können die Folgen von gebrochenen Armen, Beinen oder Rippen bis zur Querschnittslähmung durch eine verletzte Wirbelsäule oder völlige Lähmung durch ein gebrochenes Genick oder der Tod durch Schädelbruch sein.

Es hing viel davon ab, ob die Papierpatrone, mit der sie den abgesägten Sharps geladen hatte, sagen wir, ein bißchen weniger als die doppelte Menge Schießpulver enthielt, als sie haben sollte, oder mehr als dreimal soviel. In letzterem Fall waren ihre Chancen zu überleben, wenn sie mit dieser Handkanone auf jemanden schoß, gelinde gesagt, gering.

Als sie mehrere Kilometer ostwärts von Nashville waren, bogen sie südwärts ab. Rose Ann wußte, daß sich General Rosencrans' Hauptquartier irgendwo südlich von Nashville befand, doch mehr wußte sie nicht. Tatsächlich war es weit unterhalb von Tullahoma, nahe der winzigen Ortschaft Stevenson in Alabama, nahe der Grenze von Georgia. Aber sie mußten sich ohnehin südwärts halten, weil sie Rebellenstreitkräfte unter General Bragg, die – jetzt durch General Bruckner verstärkt – um Chattanooga konzentriert waren, und sie mußten – mit oder ohne Greg – den Tennessee erreichen, wollten sie in Sicherheit gelangen. Wie weit war das? Je nach der Route, die sie gezwungen wurden zu nehmen, zwischen hundertsechzig und hundertneunzig Kilometer. Vier oder fünf Tage, wenn sie die Pferde zuschanden ritten. Sie brauchten jedoch nicht so lange, weil sie zwischen Wartrace und Tullahoma auf ein riesiges Nachhut- und Nachschublager stießen, dessen Aufgabe es war, für die Erhaltung der wichtigen Bahnverbindung von Nashville zu Rosencrans' Hauptquartier bei Stevenson in Alabama zu sorgen. Die Pioniere der Union hatten inzwischen neue Schienen gelegt, und Kavalleriepatrouillen von diesem Nachschublager und zwei weiteren, eines bei Shelbyville und das andere bei Manchester, waren rund um die Uhr unterwegs, um Nat Forrest, des Teufels Zwillingsbruder, daran zu hindern, erneut sechzig Kilometer oder mehr an Schienen herauszureißen.

Die Hoffnung sagte Rose Ann, daß dieses Nachhutlager Rosencrans' Hauptquartier war. Lange militärische Erfahrung plus eiskalte Intelligenz, die nicht von seinem paranoischen Größenwahn beeinflußt wurden (denn Paranoiker sind gewöhnlich nicht nur brillant, sondern auch außergewöhnlich logisch in jeder Hinsicht, außer in der Prämisse, von der sie ausgehen), sagten Kurt, daß zwei Personen unmöglich jemanden aus einem solchen Lager befreien konnten, und falls sie es betraten, selbst gefangengenommen oder getötet wurden. Aber als er das Rose Ann erklärte, legte sie die Hand auf seinen Arm und sagte kategorisch: »Leb wohl, Kurt.«

Hier war es, wo Kurt seinen großen Fehler beging, der sich als sein letzter herausstellen sollte. Er hätte sie gehenlassen sollen. Es wäre ihr nicht viel passiert. Nicht einmal vergewaltigt hätte man sie, denn so etwas taten während des Sezessionskrieges nur Trottel und Lebensmüde. Reguläre Soldaten beider Seiten wußten, daß sie dafür sogleich baumeln würden. Aber trotz all seiner abwertenden Verleugnungen mochte Kurt Rose Ann, ja er liebte sie sogar ein wenig, soweit er eben überhaupt imstande war, jemanden zu lieben. Also sagte er: »Sei nicht dumm, Schatz! Warum willst du dich unbedingt mit Gewalt in Schwierigkeiten bringen? Komm, reiten wir weiter . . .«

Sie schüttelte den leuchtendroten Kopf.

»Nein«, flüsterte sie. »Ich gehe ins Lager. Ich stelle mich für ihn, damit sie ihn freilassen. Vielleicht hängen sie mich. Vielleicht nicht. Was macht das schon für einen Unterschied?«

Kurt starrte sie an.

»Und wenn sie den verdammten Dummkopf bereits gehängt haben, was wahrscheinlich der Fall ist?« fragte er gedehnt.

»Ergebe ich mich trotzdem. Und *bitte* sie, mich aufzuhängen! Denn wenn er auf diese schreckliche Weise gestorben ist, wären du und ich daran schuld, Kurt. Und dann möchte ich nicht mehr leben . . .«

»Der Himmel bewahre mich vor weiblicher Melodramatik und Torheit!« knirschte Kurt und griff nach dem Zügel ihres Pferdes. Während er damit beschäftigt war, kramte Rose Ann in der Satteltasche hinter sich und brachte ihren kleinen Smith & Wesson zum Vorschein.

»Laß mein Pferd los, Kurt«, warnte sie.

Kurt war ein ausgezeichneter Reiter. Er berührte sein Pferd mit einer Spore und zog leicht am Zügel, so daß sein nervöser Wallach tänzelte und gegen Rose Anns Pferd prallte. Kurt schlug mit der Reitgerte über den Rücken ihrer behandschuhten Rechten. Trotz des schützenden Leders war der Schmerz betäubend. Ihre Finger öffneten sich, der kleine Revolver fiel in den Staub zwischen den Pferdehufen.

»Jetzt komm, Püppchen«, sagte Kurt sanft. »Sei ein gutes Mädchen. Strapaziere meine Geduld nicht . . .«

Wieder fummelte Rose Ann in der Satteltasche. Diesmal holte sie den abgesägten Sharps heraus.

»O Gott!« Kurt lachte. »Wo hast du Lafette und Pferd?«

Wütend zog Rose Ann am Abzug. Der Sharps krachte, spuckte eine meterlange Flammenzunge aus. Himmel und Erde schlugen einen Salto und wechselten den Platz. Rose Ann flog mit aufgebauschtem Rock und mit von krinoline-, baumwoll-, spitzen- und seidebedeckten Beinen himmelwärts, dann stürzte sie abwärts und prallte in tiefster Schwärze auf.

Kurt zog einen bestiefelten Fuß aus dem Steigbügel, um abzusitzen. Da sah er blauuniformierte Reiter, die blitzenden blanken Säbel erhoben, auf sich zustürmen. Er riß den Kopf seines Wallachs herum, gab dem Tier die Sporen und ritt, einem Zentauren gleich, den Oberkörper vorgebeugt, in sichtverschwimmendem Galopp davon. Er hörte Revolver hinter sich knallen, was ihn jedoch absolut nicht beunruhigte. Der Mann, der im Sattel eines galoppierenden Pferdes etwas mit einem Revolver traf, mußte erst geboren werden. Er hatte bereits einen guten Vorsprung, als das Glück ihn verließ. Ein Infanterietrupp, der wußte, wie man stürmende Reiter aufhielt, formierte sich Schulter an Schulter auf der Straße vor ihm und wartete, mit der vorderen Reihe kniend, damit die hintere über ihre Köpfe schießen konnte. Diese Doppelsalve hielt Pferd und Reiter auf wie eine unsichtbare Mauer. Die Vorderbeine des Wallachs knickten ein. Beim Umdrehen brach er seine eigene Wirbelsäule, noch ehe er auf dem Boden aufschlug. Ein Dampfhammer bearbeitete Kurts Brust, seine Eingeweide. Er spürte, wie sein Brustkorb zerschmettert wurde; wie heiße, harte, unerträglich schwere Geschosse in seinen Oberkörper, seine Mitte drangen, sie zermalmten und zerfetzten. Seiner Lunge blieb kein Platz zum Atmen, sie war zu Schwamm geworden, der sein dahinfließendes Leben aufsog; die würgende rote Flut quoll seinen Hals hinauf, brach aus seinem zum Schrei geöffneten Mund heraus, aus den Nasenflügeln, die sich nach Luft ringend aufblähten, färbte sein Kinn, seinen Hals, seine Brust mit klebrigem Rot. Einen grauenvollen Augenblick bei vollem Bewußtsein, litt er unglaubliche, unvorstellbare, mehr als höllische Pein. Denn nichts ist schmerzhafter als solche Schußwunden. Glücklicherweise dauerte es nicht lange. Er spürte das Sprudeln, das Hinausschießen, den schrecklichen Erguß, die sich ausbreitende Schwäche. Dann wurde es plötzlich sehr dunkel, und dann sehr kalt, und danach war es – still. Die donnernde, krachende, dröhnende Stille des – Nichts. Nichts, nichts, nichts – gar nichts.

»Leb wohl, mein süßer Liebling!« dachte dieser galante Wahnsinnige, Sisimond Kurt Radetzy, mit dem letzten flakkernden Wellenmuster seines einst mächtigen, wenn auch exzentrischen Geistes. Dann war es vorbei. Ganz vorbei. Ihm blieb sogar der gewaltige, platschende Aufprall seiner hoch- und gutgewachsenen Gestalt erspart. Ihm blieb von diesem Augenblick an alles erspart. Er hatte Glück. Weit bessere Menschen hatten einen viel schlimmeren Tod erlitten.

Greg Forrester beispielsweise.

15

»Ich habe diese Karten gezeichnet«, sagte Rose Ann. »Ich war Leutnant Forresters unmittelbare Kontaktperson. Ich übermittelte ihm alle Informationen, die unser Geheimdienst benötigte. Das gehörte zu den Dingen, die ich tat . . .«

»Und die anderen?« erkundigte sich der Yankee-Oberst, der ihr Verhör leitete.

»Agitation und Propaganda. Mein Gemahl war mein vorgesetzter Offizier . . .«

»Ihr *verstorbener* Mann«, sagte der Oberst etwas grimmig.

»Ja.« Rose Ann weinte eine Träne ehrlicher Trauer. Sie hatte Schlimmes mit Kurt erlebt, aber auch manchmal wirklich Wunderschönes. Nun, da er tot war, zog sie es vor, das

Schlimme zu vergessen und sich nur an das Gute zu erinnern. Sie war eine von Grund auf anständige Seele mit der bewundernswerten Fähigkeit zu vergeben. Sie hatte Kurt all den Schmerz verziehen, die Qualen, die Verachtung, alles, was er ihrer Psyche, ihrer Persönlichkeit, ihrem Stolz angetan hatte. Außerdem spielte das keine Rolle mehr. Nichts spielte mehr eine Rolle. Sie würde sterben.

»Hören Sie, meine Liebe«, sagte der Oberst mit echter Güte. »Warum sagen Sie mir nicht die Wahrheit? Weshalb trieben Sie und Graf Radetzy sich um unser Lager herum? Und verschonen Sie mich mit einer schrecklichen Penny-Geschichte über Ihre Aktivitäten als Rebellenspionin. Ich habe persönlich zwei der besten Spioninnen der Konföderation verhört. Ich meine damit natürlich Aurelia Burton und Rose O'Neal Greenhow. Belle Boyd, dieses kesse kleine Hexchen aus Virginia – die inzwischen ziemlich bekannt ist für ihre in letzter Zeit reichlich amateurhaften Versuche, unsere Offiziere hier zu verführen –, kenne ich zwar nicht persönlich, aber ich habe eine sehr genaue Beschreibung von ihr, womit ich meine, welche *Art* Frau sie ist, also mehr ihr Benehmen als ihr Aussehen. Deshalb sage ich, daß Sie keine Spionin sind. Sie könnten ganz einfach keine sein! Darauf würde ich meinen Ruf als Geheimdienstchef setzen.«

Rose Ann blickte durch den Eingang des Zeltes, in dem sie sich befand. Ihr linker Arm war wegen eines Bruchs an zwei Stellen geschient. Ihr ganzer Oberkörper war verbunden, und zwar so fest, daß sie kaum Luft holen konnte. Der Verband sollte die drei gebrochenen Rippen in Ruhestellung halten. Auch diese Verletzung hatte sie sich bei ihrem Aufprall zugezogen, nachdem sie sich durch ihren abgesägten Karabiner – der so mit Schießpulver überladen gewesen war, daß er fünfzig Meter von dem Fleck entfernt gefunden worden war, an dem sie ihn abgeschossen hatte – selbst in die Luft gesprengt hatte. Die Kugel, schworen die Feldmeisterleute, lag vermutlich im Atlantik. Die Yankee-Medikusse hatten das Zelt neben dem Feldhospital des Camps aufgestellt und sie dort untergebracht, weil ihr mittviktorianischer Moralbegriff nicht duldete, daß eine einzelne Frau in eine behelfsmäßige Lagerklinik voll kranker und verwundeter Männer gelegt wurde. Abgesehen davon, daß das nicht schicklich war, überzeugte sie schon ein Blick auf Rose Ann, daß sie den Blutdruck aller Patienten so erhöhen, daß es der Tod der schwerer Verwundeten sein würde, während es beim Rest zu hohem Fieber führen könnte. Ganz zu schweigen davon, daß sie die armen Ärzte und Sanitäter so sehr ablenken würde, daß sie noch mehr der armen blauuniformierten Jungs ins Jenseits beförderten als ohnehin schon. So war der Hauptgrund, daß man nach Oberst Stephanson geschickt hatte, um sie zu vernehmen, damit man herausfand, woher sie kam. Und um sie umgehend dorthin zurückzuschicken, ehe sie einen beachtlichen Teil der Armee der Union um den Verstand brachte.

»Und welche Art von Person sollte eine Spionin sein?« fragte sie den Oberst jetzt.

»Jedenfalls keine wie Sie, meine Liebe«, entgegnete Oberst Stephanson schmunzelnd. »Die meisten sind ziemlich – schamlos, um ehrlich zu sein. Schon fast so etwas wie – Huren, wenn Sie mir verzeihen, daß ich so offen bin . . .«

»Nun gut«, sagte Rose Ann. »Dann hören Sie mir zu, Oberst: Ich war nicht mit Graf Radetzy verheiratet. Ich lebte das vergangene Jahr über lediglich in Sünde mit ihm. Und Leutnant Forrester war – mein Geliebter . . .«

Der Oberst starrte sie an. Rose Ann hatte wenigstens mit einem recht gehabt: Der arme Greg war hier vor ein Kriegsgericht gestellt worden, weil es das nächste größere Lager in der Nähe des Ortes seiner Verhaftung gewesen war. Und sie hatten ihn außerhalb davon vor zwei Tagen im Morgengrauen gehängt. Oberst Stephanson, als oberster Sicherheitsoffizier, war mit Major Lewis, General Rosencrans' Chefkartographen, für seine Verhöre zuständig gewesen. Daß ein so gutaussehender Bursche wie Gregory Forrester der Liebste dieses atemberaubende Rotköpfchens gewesen war, mochte durchaus im Bereich des Möglichen, ja Wahrscheinlichen liegen. Der Oberst hatte eine echte Zuneigung für Greg Forrester empfunden. Tatsächlich hatte er kaum noch richtig gegessen, seit er Zeuge der schrecklichen acht Minuten gewesen war, die der Hingerichtete um sich schlagend, würgend und durch die Strangulation allmählich blau anlaufend, gebraucht hatte, bis er endlich starb, weil der zur Durchführung der Hinrichtung eingeteilte Trupp vom Anfang bis zum Ende geschludert hatte. Denn der Widerwille der Soldaten, einen tapferen Feind, mit dem sie alle Mitleid gehabt hatten, auf diese entsetzliche Weise töten zu müssen, hatte sie unbeholfen gemacht. Aber daß diese niedliche Gefangene – die ihm all die geisttötenden Jahre in der militärischen Abwehr lohnte – die Person war, die der arme, nette, dumme Rebellenjunge in Hinsicht auf diese ausgezeichneten Karten geschützt hatte, war nicht vorstellbar, geschweige denn möglich.

Oberst Stephanson lebte in ruhiger Beschaulichkeit auf der breiten Ebene der absoluten Überzeugungen eines viktorianischen Gentleman. Zu ihnen gehörte die, daß Frauen gewöhnlich reizende Geschöpfe waren, die um sich zu haben meistens ein Vergnügen war, daß sie jedoch nicht sonderlich mit Verstand gesegnet waren. Er war ungemein gütig zu ihnen, behandelte sie mit untadeliger Höflichkeit, denn weiterhin gehörte zu seinen Überzeugungen, daß es die *Pflicht* eines Gentleman war, ritterlich zu diesen armen, süßen, flatterhaften, dummen, kleinen Lieblingen zu sein und sie gut zu behandeln. Er gab sogar zu, daß sie in ihrem Bereich – zu Hause, wo es darum ging, seine Anweisungen widerspruchslos auszuführen, für jedwede häusliche Bequemlichkeit und auch für seine heimlichen Bedürfnisse zu sorgen und ihm prächtige Söhne zu schenken, um sein Geschlecht fortzuführen – unentbehrlich waren. Aber sobald sie sich in militärische Angelegenheiten einmischten, ob nun als Spioninnen und/oder als leichte Mädchen, die sich um die Lager herumtrieben, waren sie ein Ärgernis. Und was das Zeichnen von

Karten wie diesen betraf – »Also, meine Herren, das übersteigt die Fähigkeiten jeder Frau!«

So sagte er nun väterlichen Tons: »Sie verzeihen mir doch, meine Liebe, wenn ich mich weigere, die eine sowie die andere Behauptung zu glauben, nicht wahr? Oh, es fällt mir nicht schwer, mir vorzustellen, daß beide der – Dahingeschiedenen in Sie verliebt waren, und es im Falle des jungen Forrester sogar – sagen wir – auf Gegenseitigkeit beruhte. Aber diese Selbstbeschuldigung ungeheurer Unmoral Ihrerseits klingt einfach nicht glaubhaft. Außerdem tut es nichts zur Sache. Mich interessiert einzig und allein, *weshalb* Sie hierhergekommen sind.«

»Ich habe es Ihnen bereits gesagt. Ich wollte Greg freikriegen. Ich hatte schon Angst gehabt, daß Sie diese Karten, die ich für ihn gezeichnet hatte, unter seinem Sattel finden und ihn als Spion hängen würden. Und das haben Sie auch. Ich habe wieder nur Unheil angerichtet. Wie üblich . . .«

Doch nun betrachtete Oberst Stephanson sie nachdenklich. Er war völlig sicher, daß niemand mit dieser äußerst ungewöhnlichen Gefangenen über des jungen Forresters Festnahme und seine folgende Verhandlung gesprochen hatte. Woher wußte sie also so genau, *wo* diese Karten gefunden worden waren? Das fragte er sie.

»Weil ich ihm geraten habe, sie dort zu verstecken«, antwortete sie bedrückt. »Ich dachte mir, daß man – dumm wie Männer im allgemeinen und Yankees noch dazu sind – sie da nicht finden würde. Ich nehme an, daß der arme Greg sich irgendwie selbst verraten hat, nicht wahr?«

Oberst Stephanson starrte sie an, und nun verriet sein Blick ein wenig Härte und Kälte. Er war es nicht gewöhnt, daß seine männliche Würde mit solchem Gleichmut verletzt wurde.

»Sie beharren also darauf, daß Sie diese Karten gezeichnet haben?« knurrte er.

»Oberst, schicken Sie einen Ihrer netten Yankee-Jungs nach ein paar Blatt Papier für mich und einem Bleistift – oder nach Feder und Tinte. Und einem Zeichenbrett oder sonst etwas als Unterlage. Ich werde es Ihnen vorführen . . .«

»Aber – aber, wie können Sie das? Ihr Arm ist zweimal gebrochen, wie der Arzt mir versicherte. Und Sie sind offensichtlich Linkshänderin, denn sonst hätten Sie diese Handkanone nicht mit der *Linken* abgefeuert. Durch den Rückstoß wurde nicht nur Ihr Arm gebrochen, sondern Ihr Handrücken und die Finger durch die Detonation versengt. Sie sind doch nicht beidhändig, oder?«

»Nein, rechtshändig, Oberst, wie die meisten Leute«, entgegnete Rose Ann. »Das Problem war, daß ich den abgesägten Sharps in meine linke Satteltasche gesteckt hatte, also habe ich mit der Hand, die ihm am nächsten war, danach gegriffen. Und ich hatte auch Angst, Kurt würde ihn mir mit seiner Reitgerte aus der Hand schlagen, wie er es mit meinem kleinen Smith & Wesson getan hatte. Also habe ich gleich geschossen, sobald ich ihn herumgedreht und ausgerichtet hatte. Ich dachte, aus dieser Entfernung könnte ich nicht danebentreffen, selbst wenn ich mit dem linken Fuß schießen müßte. Kurt hatte mich so wütend gemacht, daß . . .«

»Und doch haben Sie danebengeschossen«, sagte der Oberst trocken.

»Ja, doch nur, weil ich zuviel Pulver in die Patronen gefüllt habe. Ich habe sie selbst gemacht. Aber ich hatte keine Waage, um das Pulver abzuwiegen. Also habe ich es geschätzt. Und falsch – wie üblich. Niemand von uns McKenzies war je besonders klug . . . Also seien Sie ein netter, alter Vogeloberst und lassen Sie mir Zeichenzeug bringen, ja? Ich möchte das gern hinter mich bringen . . .«

»Vogeloberst?« fragte Stephanson mit gehobener Braue.

Sie deutete mit der gesunden Hand auf seine Achselklappen.

Jede schmückte ein kleiner goldfarbener Adler, dessen Schwingen und Beine gleichermaßen gespreizt waren. Sieht mehr nach einem dürren Huhn als nach einem Adler aus, dachte Rose Ann. Und noch dazu eins, das man gebraten hat, ohne es zuvor zu rupfen. Das war das Rangabzeichen eines Obersten. Ein Oberstleutnant hätte doppelte Eichenblätter gehabt statt dieses lächerlichen Vogels, das wußte sie.

»Ich verstehe«, murmelte der Oberst. »Also gut. Ich lasse Ihnen Papier, Bleistifte und Federn bringen. Aber ehe ich es tue, die Möglichkeit in Betracht gezogen, daß Sie eine einigermaßen annehmbare Karte zeichnen können – wenn ich es recht bedenke, manche Frauen sind ganz gut im Zeichnen –, warum wollen Sie das Risiko eingehen, auf viele Jahre in die staatliche Strafanstalt von Washington geschickt zu werden? Warum befördern wir Sie nicht einfach heim und vergessen die ganze unangenehme Sache? Sie hat bereits zwei Männern das Leben gekostet. Ich würde sagen, das ist mehr als genug ...«

»Nein. Nicht genug. Zuviel!« flüsterte Rose Ann. »Durch meine Dummheit sind nun sowohl Kurt wie Greg tot. Darum will ich nicht mehr leben. In allen Zeitungen steht, daß ihr Yankees die nächste ›Reb‹-Spionin aufhängen werdet, die ihr erwischt. Nun, ich bin eine. Ich bitte nur um gleiche Rechte. Sie haben meinen Greg aufgehängt. Hängen Sie jetzt mich auf. Ich wäre Ihnen sehr dankbar für diesen Gefallen. Was könnte mir das Leben denn schon noch bedeuten, daß ich weiterleben möchte! Jeden Morgen würde ich aufwachen, mit einem neuen Tag vor mir – um zu grübeln. Mich zu erinnern. O nein! Bitte, Oberst, lassen Sie mir Papier und Schreibzeug kommen. Das ist alles, worum ich Sie jetzt bitte ...«

Oberst Roderick Stephanson nahm die drei Karten, die sie ihm entgegenstreckte, und studierte sie neben dem schmalen Feldbett, auf dem sie lag. Seine Hände begannen zu zittern, anfangs fast unmerklich, doch dann wurde es so schlimm, daß das gute, steife Papier von Kartengewicht und -qualität nahezu rasselte. Es gehörte beachtliche Kraft dazu, die Welt eines Mannes um ihn herum zusammenstürzen zu lassen. Und Rose Ann hatte das mit diesen Karten vollbracht. Mit diesen meisterhaft gezeichneten, hundertprozentig perfekten Karten der Befestigungen um Nashville. Sie hatte sie aus der Erinnerung gezeichnet und dabei nicht die winzigste Einzelheit vergessen. Jeder Geschützstand war da, jeder Wachturm, jede Brustwehr, die inneren Gräben mit ihrer Verbindung zueinander. Sie wußte nicht, daß sie ihm das emotionale Fundament unter seinem männlichen Chauvinismus weggezogen hatte, der so selbstzufrieden und komplett gewesen war, daß er nicht nur sein eigenes Wesen nicht erkannt hatte, sondern daß ihm sogar das Vokabular fehlte, ihn zu beschreiben. Eine Frau – ein Mädchen – ein hübsches kleines rothaariges Ding, das aussah wie dem Opiumtraum eines Bohemien vom Harem entsprungen, hatte freihändig und aus dem Gedächtnis drei der perfektesten Karten der Kartographenzunft oder -kunst gezeichnet, die Oberst Stephanson je untergekommen waren.

Mit einem unterdrückten, aber nichtsdestoweniger explosiven »Ich will verdammt sein!« drehte er sich um und verließ das Zelt. Er begab sich geradewegs zu der Baracke neben der nun zweigleisigen Eisenbahnlinie, die General Rosencrans mit allem versorgte, was er für seinen bevorstehenden Angriff auf Chattanooga brauchte, und betrat das Büro des Lagertelegraphisten. Von dessen Schreibtisch nahm er ein Blatt Papier und einen Bleistift aus der Schachtel daneben und kritzelte: »Major T. A. Lewis, Camp Stevenson. Habe Ihren Rebellen-Kartograhen festgenommen. Absolut erforderlich, daß Sie sofort kommen. Unterzeichnet: R. B. Stephanson, Oberst der Abwehr, Tullahoma.«

Mit einer Hand, die immer noch leicht zitterte, hielt er dem Telegraphisten das Blatt direkt unter die Nase.

»Da, Sergeant!« bellte er. »Sofort durchgeben!«

Fünfundzwanzig Minuten später saß Major Theodore Albert Lewis, Chefkartograph von General Rosencrans' Armee, in einem nordwärts ratternden Zug.

»Jesus und Maria!« entfuhr es Major Lewis. »Oberst, wollen

Sie wirklich und wahrhaftig sagen, daß eine *Frau* das gezeichnet hat?«

»Sie haben mich schon das erste Mal richtig verstanden, Ted«, entgegnete Oberst Stephanson. »Was ist Ihr Urteil als Fachmann?«

»Daß sie ohne Ausnahme der verdammt beste Kartograph in diesen Vereinigten Staaten von Amerika ist!« erklärte Major Lewis und seufzte. »Woraus zu schließen ist, daß sie des Spionierens für die ›Rebs‹ so schuldig ist, wie ein Spion es nur sein kann.«

»Ganz meine Meinung«, bestätigte Oberst Stephanson gereizt. »Aber die Frage ist: Was machen wir mit ihr?«

»Was *können* wir machen? Sie wissen selbst, was mit Spioninnen passiert, Rod. Sie werden strengstens verwarnt, ein paar Monate ins Gefängnis gesteckt und dann unauffällig in den Süden abgeschoben, wo sie wieder von vorn anfangen können. Das ist die starre offizielle Verfahrensweise, seit ich in dieser Armee bin. Wie sieht diese denn aus?«

»Ein Höchst-Alarmfeuer, das eine ganze Stadt niederbrennen könnte«, antwortete Oberst Stephanson.

»Ha! Die vollkommene Horizontalistin also, eh? Die ›Rebs‹ werden es nie lernen. Sie schicken uns immer Huren . . .«

»Und wir zahlen Gleiches mit Gleichem heim. Aber diesmal ist es anders. Sie sieht wie ein Engel aus. O ja, das Feuer, das ich erwähnte, ist da. Aber es schwelt, ist unterdrückt, gut verborgen . . .«

»Dann eine strenge Mahnung und Strafaussetzung. Sie wird nächste *Woche* wieder in Dixieland sein. Darf ich sie besuchen?«

»Ja, aber später. Erst möchte ich etwas mit Ihnen besprechen, solange Sie Ihre fünf Sinne noch beisammen haben. Nachdem Sie bei ihr waren, würde ich nicht mehr darauf schwören.«

»Sie waren doch auch bei ihr und . . .«

»Ja, aber ich würde keinen lächerlichen Penny darauf setzen, daß mein Verstand noch klar funktioniert. Und ich möchte lieber nicht daran denken, was passiert wäre, wenn sie mich mit ihrer weichen süßen Stimme – ich schwöre bei Gott, daß sie Felsen zum Schmelzen bringen kann, Ted – um die kompletten Pläne von Freund Rosies bevorstehendem Angriff auf Chattanooga gebeten hätte. Ich bin nicht sicher, daß ich nicht einfach losmarschiert wäre und sie ihr umgehend gebracht hätte – im Austausch für ihre Gunst, mich ein wenig mit ihrer niedlichen Anatomie beschäftigen zu dürfen, natürlich. Aber sie hat mich nicht darum gebeten. Und mehr noch: Sie will unbedingt alles gestehen. Wofür Sie, mein Freund, verantwortlich sind . . .«

»*Ich*? Um Himmels willen, wie denn, Rod?« fragte Major Lewis verblüfft.

»Sie, Major, haben in grober, schamloser Mißachtung jeder militärischen Bestimmung, die ich kenne«, sagte der Oberst trocken, »mit voller Absicht einem dieser tintenbekleckten, schmutzigen Schmierfinken der öffentlichen Presse die Geschichte von Gregory Forresters nobler Weigerung erzählt, die Namen seiner Kontaktleute und Komplizen zu nennen. Jetzt, wo ich sie kenne, verstehe ich, *wieso* er sich weigerte. Sie sagt, er sei ihr Geliebter gewesen. Und ich will als Sünder verdammt werden, wenn ein kleiner Ausflug ins Heu mit *ihr* nicht wert wäre, sich aufhängen zu lassen. Doch nun zurück zu *Ihnen* und Ihrem groben Verstoß gegen die Armeedisziplin, mein Freund. Die Story, die Ihr verfluchter Reporter verbrochen hat –Gott, wie ich diese Zeitungsleute hasse! –, war der Grund, daß die kleine Miß McKenzie und ihr sogenannter Gemahl – was er nach ihren eigenen Worten nicht war – beschlossen, in unser Lager einzudringen. Um Forrester zu befreien! Also hören Sie sich meinen Vorschlag an: Wir sollten die Bestimmungen noch ein wenig mehr ignorieren. Laden Sie durch Ihren Reporterfreund die führenden Nashviller Zeitungen ein, Journalisten zu ihrer Verhandlung zu schicken. Glauben Sie, daß sie das tun werden?«

»Ganz sicher! Nichts von Interesse für die Öffentlichkeit ist seit der Schlacht von Gettysburg und dem Fall von Vicksburg passiert. Außer vielleicht die New Yorker Wehrpflicht-Unruhen . . .«

»Hinter denen, wie sie behauptet, ihr dahingeschiedener Liebhaber steckte. Nachdem ich diese Karten gesehen habe, neige ich nicht mehr dazu, an ihren Worten zu zweifeln. Ich habe ein komplettes Dossier über die Aktivitäten ihres ›Gatten‹ von der Washingtoner Pinkerton-Agentur angefordert. Tyler, der für dieses Department arbeitet, bis die Copperheads den mittleren Westen unsicher machten, schwört, daß es stimmt und dick wie die Bibel ist. Das meiste haben sie aus London von Scotland Yard. Radetzy war offenbar in halb Europa ein Kandidat für den Galgen. Was natürlich jetzt keine Rolle mehr spielt. Ich beabsichtige jedenfalls noch vor Beginn des Verfahrens, das Gericht von der absoluten Weisheit zu überzeugen – und daß jetzt der richtige Zeitpunkt ist –, eine Spionin zum erstenmal in der Geschichte dieses Landes zum Tode zu verurteilen . . .«

Major Lewis starrte seinen guten Freund, den Oberst, an.

»Rod«, flüsterte er. »Ich muß gestehen, ich bin – entsetzt! Zutiefst erschüttert! Das hätte ich von *Ihnen* nie erwartet! Ich habe Sie immer als das Musterbeispiel des Ehrenmannes angesehen! Und jetzt, bloß weil dieses hübsche Ding Sie abgewiesen hat . . .«

»Nein, nein, nicht weiter, Ted! Sie hat mich nicht abgewiesen. Und ich glaube nicht, daß sie irgend jemanden in Hosen abweisen würde, vorausgesetzt diese Hosen sind blau und ihre Träger haben Zugang zu der Information, hinter der sie her ist. Zur Frage ihrer Gunstbezeigung kam es überhaupt nicht. Sie ist völlig *hors de combat* mit drei gebrochenen Rippen und einem doppelten Bruch des linken Arms . . .«

»Und doch wollen Sie, daß das Mädchen *gehängt* wird? Würden Sie mir erklären, warum?«

»Das ist einfach: Das will ich gar nicht! Ich möchte nur, daß sie zum Hängen *verurteilt* wird. Danach werde ich persönlich beim Gericht um einen Hinrichtungsaufschub ersuchen, aufgrund ihrer körperlichen Verfassung. Während dieses Aufschubs wird ihre Strafe natürlich zu langer Haft herabgesetzt, denn *niemand* in unseren Vereinigten Staaten würde es wagen, eine hübsche Frau zu hängen, selbst wenn man sie mit einem blutigen Beil in der Hand über die zerstükkelte Leiche ihres Gatten gebeugt vorfände. Ich will von Gouverneur Johnson, von General Rosencrans und selbst von Präsident Lincoln lediglich das Versprechen, daß sie ihre Strafe nicht *öffentlich* mildern oder aussetzen. Bis es sich herumspricht, was wirklich mit ihr geschehen ist – was, wie du verdammt gut weißt, nichts oder so gut wie nichts ist –, möchte ich, daß dieser Krieg vorbei ist. Ein Wunsch, der viel schneller in Erfüllung geht, wenn all diese Flittchen, die die ›Rebs‹ auf uns angesetzt haben, hastig nach Hause huschen, was sie sicher tun werden, wenn sie erst einmal davon überzeugt sind, daß ihre niedlichen Hälse in ernsthafter Gefahr sind, gestreckt zu werden. Ja, ich möchte diese Südstaaten-Schönheiten, denen das Spionieren nicht nur Spaß macht, sondern die auch recht erfolgreich dabei sind, davon abbringen. Sie sind nämlich wirklich gefährlich. Daran schuld ist dieses erstklassige kleine Informations-Sammel-Hilfsmittel und/oder Überzeugungsmittel, das die Natur ihnen zwischen den Beinen geschenkt hat!«

»O Gott!« Major Lewis lachte. »Wie recht Sie haben! Und wissen Sie was? Ihre Idee ist gar nicht so schlecht, wenn ich es mir recht überlege. Ihre Hauptschwäche liegt darin, daß die hohen Herren, die Sie erwähnten, sich vielleicht dem öffentlichen Druck beugen, der ungemein stark sein wird, und die Sache verderben, indem sie eine großartige ritterliche Geste machen. Wie beabsichtigen Sie, mit diesem Problem fertig zu werden, Rod?«

»Gehen Sie gleich heute abend oder morgen, wenn Sie wieder in Stevenson sind, zum General und weihen Sie ihn in unsere Pläne ein. Die Tatsache, daß er sowohl römisch-katholisch wie sehr sittenstreng ist, wird ihn veranlassen mitzumachen, dessen bin ich sicher. Falls nötig, können Sie ja – behutsam – Miß McKenzies Lebensweise erwähnen, die doch mehr oder weniger eine *ménage à trois* war. Das wird die Flammen der Ritterlichkeit in seiner Brust ein wenig dämpfen, nehme ich an. Ich wiederum werde gleich morgen mit Gouverneur Johnson in Nashville sprechen. Dem Himmel sei Dank für die Eisenbahn! Wir können in Stunden erledigen, wozu unsere Väter Wochen gebraucht hätten. Ah ja, ich werde noch heute abend eine Depesche an Allan Pinkerton senden: ›Wichtige Spionin festgenommen. Ersuchen Sie den Präsidenten, sich nicht einzuschalten. Erklärung mit Kurier unterwegs.‹ Wie lange, glauben Sie, wird Tyler mit dem Zug von Nashville nach Washington brauchen?«

»Drei Tage im Höchstfall.«

»Dann werde ich wohl die ganze Nacht aufbleiben müssen, um das Schreiben an den Präsidenten zu verfassen. Das wird der beste Propaganda-Coup des ganzen verdammten Krieges werden, also dürfen wir nicht zulassen, daß Zimperliesen und Zimtzicken ihn uns verderben . . .«

Die Verhandlung von Rose Ann McKenzie – ein Vorläufer der Schauprozesse, die ein Schandmal des zwanzigsten Jahrhunderts werden sollten – geriet bald außer Kontrolle und führte zu Nebenwirkungen, die seine Urheber nicht bedacht und sich nicht vorgestellt hatten. Erstens einmal passierte während seiner achttägigen Dauer vom 1. bis 8. September 1863 – denn Stephanson und Lewis schlachteten ihn aus, so gut sie nur konnten – überhaupt nichts von Bedeutung an den weit auseinanderliegenden Fronten, da die Evakuierung der Konföderierten von Fort Wagner in Charleston Harbor am 6. September nicht zu den Dingen gehörte, für die die Öffentlichkeit sich sonderlich interessiert hätte, und General Rosencrans zuvorkommenderweise Chattanooga erst am 9. September einnahm, nachdem die geschmacklose Schau vorbei war. Doch schon lange zuvor war Rose Ann wieder einmal zur Berühmtheit geworden. Schon am dritten Prozeßtag strömten Reporter nach Nashville. Sie kamen von so weit her wie Chikago, Pittsburg, Baltimore, Philadelphia, New York und sogar Boston. Die Schlagzeilen, die immer die Worte SCHÖNE REBELLENSPIONIN enthielten, wurden von Tag zu Tag größer und fetter. Zum erstenmal in der Geschichte setzte ein geschäftstüchtiger Herausgeber eine Reporter*in* von der rührseligen Art ein, um Rose Ann zu interviewen. Diese Reporterin war *gut*! Sie brachte es fertig, daß Leserinnen die Seiten mit Tränen aufweichten und Leser sich in rechtschaffener Entrüstung empörten, daß »so ein armes kleines Geschöpf von diesen verfluchten Soldaten so absolut gottverdammt gemein behandelt wurde!« Und das war die Meinung der gesamten nördlichen Hälfte der jetzt geteilten Nation. Doch was zum größten Aufschrei der Empörung führte, seit General »Silberlöffel« Ben Butler befohlen hatte, daß die Weiblichkeiten von New Orleans, die Yankee-Besatzungstruppen beleidigten, als »Straßenmädchen behandelt werden, die ihrem Gewerbe nachgehen«, war Rose Anns Antwort auf die Frage – nachdem sie zum Tod durch den Strang verurteilt worden war, mit der frommen Beifügung, daß Gott ihrer Seele gnädig sein möge –, ob sie noch etwas sagen wolle oder noch einen Wunsch habe. Sie sagte: »Ich bin schuldig. Ich möchte sterben, weil ich den Tod von zwei Männern verursachte, die ich – liebte. Deshalb danke ich dem vorsitzenden Offizier und dem Hohen Gericht für die Todesstrafe, die ich als eine – Gnade ansehe. Und mein einziger Wunsch ist, daß man mir einen Strick unterhalb der Knie um meine Röcke binde, wenn man mich hängt, damit mein Schamgefühl nicht verletzt wird.«

Dieser letzte Satz führte zum Aufschrei journalistischer Seelenqual im ganzen Land. Und zu Unruhen auf den Straßen von Nashville, die jedoch glücklicherweise ohne Verluste von Menschenleben niedergeschlagen werden konnten. Trotz seines Versprechens, das er Oberst Stephanson und Major Lewis vor der Verhandlung gegeben hatte, mußte Gouverneur Andrew Johnson von den beiden Verschwörern fast mit Gewalt zurückgehalten werden, die Gefangene vorbehaltlos zu entlassen. General Rosencrans war zu der Zeit anderweitig zu beschäftigt, um sich einzumischen. Und Präsident Lincoln, zu dessen guten Eigenschaften es gehörte, daß er Frauen als Personen, als menschliche Wesen mochte und in ihnen nicht nur Lustobjekte sah, studierte mit großer Sorgfalt das Schreiben, das Hauptmann Philip Tyler ihm per Bahn aus Nashville gebracht hatte, nachdem das Haupt des Geheimdienstes, der große Detektiv Allan Pinkerton, ihn gebeten hatte, sich erst eine Meinung zu bilden, wenn er mit seinem Inhalt vertraut war. Und nun war er zu der Meinung gekommen, daß der Propagandawert dieses Schauprozesses als abschreckendes Beispiel für Spioninnen der Rebellen weit von der Empörung der Massen in den Nordstaaten übertroffen wurde, als seine Gemahlin in das ovale Büro trat, um sich zu erkundigen, was ihn so lange aufhielt, und sich zu beschweren, daß das Abendessen – wie üblich – kalt wurde, während er hier mit seinen Papieren herumtrödelte.

Also fragte er sie nach ihrer Meinung – als Frau und Vertreterin ihres Geschlechts – in dieser Sache. Sie zischte, daß Hängen noch viel zu milde für solche unverschämten Weibsbilder wie Rose Ann McKenzie und die Prinzessin Salm-Salm sei, und wenn *sie* etwas zu sagen hätte, sie gevierteilt und danach in kochendes Öl geworfen würden!

Da sank dem langen Abe wie üblich vor seiner kleinen Mary der Mut, und der Schauprozeß von Tennessee nahm seinen Lauf.

Inzwischen war die Story natürlich durch die poröse Grenze gesickert, die die Union von der Konföderation trennte. Doch aufgrund der militärischen Lage, die sich am 19. desselben Monats zu dem grauenvollen Gemetzel von Chickamauga Creek im nördlichen Georgia zuspitze, sikkerte sie entlang der Telegraphenlinie neben den neu gelegten Schienen südwärts nach Georgia, statt geradewegs ostwärts nach North Carolina und Virginia. So erreichte sie Richmond mit beachtlicher Verzögerung, nachdem sie sich durch Georgia und die Carolinas in einem weiten Bogen herumgewunden hatte, statt den direkten Weg zu nehmen. Und unterwegs, während sie durch die Hände und Tasten vieler Telegraphisten ging, von denen manche nicht so tüchtig waren, wie sie hätten sein sollen, wurde sie grauenvoll entstellt. So kam es, daß Caesar, der älteste der McKenzie-Sklaven, der mit einer Flasche Fusel, für den sein Herr, Dave McKenzie, irgendwie das Geld aufgebracht und ihn danach geschickt hatte, im Hemd durch die Straßen der konföderierten Hauptstadt trottete, den Zeitungsverkäufer wie einen Wahnsinnigen brüllen hörte:

»Schändliche Ungeheuerlichkeit! Unglaubliche Greueltat der Yankees! Hiesiges Mädchen von der Union als Spionin gehängt! Rose Ann McKenzie eine Märtyrerin für den Süden! Lesen Sie alles darüber!«

Caesar blieb stehen, und sein Gesicht wurde aschgrau. Er fühlte sich schon nicht mehr wohl, seit sein Sohn Brutus zu den Yankees übergelaufen und in einem Arbeitsbataillon Soldat geworden war. Deshalb war er nicht so sicher, daß er das noch ertragen konnte. Konnte es denn wahr sein? Ja, bei Gott! Jeder, der Missy Rose Ann gekannt hatte, hatte sich denken können, daß sie es in ihrer Torheit einmal so weit brachte, daß man sie erschoß oder aufhängte! Und wild, wic sie immer gewesen war, hatte sie beides geschafft. Zuerst war sie erschossen, dann aufgehängt worden! Die ganze Arbeit war umsonst gewesen, die sich Missy Gwen und diese nette kleine Missy Mary Sue Hunter, die Master Jeff geheiratet hatte, gemacht und ihr das Leben gerettet hatten, als die verdammten Yankees ihr mit einem 44er einen zweiten Nabel – jedenfalls nach Cindys und Venus' Worten – geschossen hatten. Wie ein Ferkel am süßen kleinen Hals aufgehängt! Wo sie immer so gut zu uns armen Niggern war, trotz all ihrer Bissigkeit...

Schleppend ging er zu dem Zeitungsverkäufer hinüber und zupfte ihn leicht am Ärmel.

»Bitte, Sir«, würgte er hervor. »Ich habe kein Geld, aber

ich bin einer von den McKenzie-Niggern. Ich bringe Ihnen das Geld morgen, Mr. Zeitungsmann, Sir. Ich *muß* eine von den Zeitungen da zu mein' weiß'n Leut'n mitnehm'n. Missy Rose Ann is' ihr klein's Mädch'n, Sir!«

Der Zeitungsverkäufer wirbelte herum. Knurrte: »Pranken weg, Nigger!« Es war eine rein impulsive Reaktion. Dann sah er die Tränen, die über die aschgrauen Wangen des alten Caesar strömten.

»Ja, du bist wohl ein McKenzie-Nigger, nicht wahr, Onkel?« sagte er rauh. »Gut, nimm die Zeitung. Gib sie deinem Herrn von mir. Ein feiner, freundlicher Gentlemann, der Dave McKenzie. Sag ihm, daß alle in Richmond, die seine Tochter gekannt haben, mit ihm trauern. Vergiß das nicht, Onkel, sag's ihm . . .«

»Ja, Sir, ich sag's ihm bestimmt.« Caesar trottete davon. Hinter ihm kamen die Leute aus allen Häusern gerannt, drängten sich um den Zeitungsverkäufer, entrissen ihm die Zeitungen nur so, daß der Stoß wie Schnee in der Sonne schmolz. Und dann waren sie ausverkauft und die Stimmen erhoben sich, redeten und brüllten durcheinander.

»Verdammte Yankees! Habe ihnen ja alles zugetraut, aber doch nicht, daß sie Frauen umbringen!«

»Jetzt gibt's nichts mehr, wir müssen sie schlagen, bei Gott! Womit? Mit unseren bloßen Händen, wenn's nicht anders geht!«

»Arme kleine Rose Ann . . . Temperamentvollstes, kleines Ding, das mir je untergekommen ist!«

»Und das hübscheste«, fügte eine andere Männerstimme bedauernd hinzu. »So sterben zu müssen! Gehenkt wie ein Dieb!«

»Wie der gute Dieb am Kreuz neben unserem Herrn«, sagte Bischof Erwell feierlich, aber sein rotes Gesicht war tränenüberströmt. Dann machte er einen schnellen Sprung vorwärts und faßte Colin Claiborne, der offensichtlich gegen eine Ohnmacht kämpfte, an beiden Armen. »Beruhigen Sie sich, Sohn.« Seine tiefe, klangvolle Stimme war vor Mitleid zu einem kratzenden Wispern geworden. »Kommen Sie mit mir. Wir wollen beten in dieser Stunde des großen Leids ...«

Wie ein Spastiker taumelnd, am ganzen Leib zitternd, schwang Colin sein brettsteifes, selbstverstümmeltes Bein in einem weiten verzweifelten Bogen vor sich her und folgte dem alten Geistlichen in die Kirche. Alles Geschrei und Gebrüll und die Verwünschungen erstarben abrupt, als die beiden durch die Menge gingen. Und dieses Schweigen war – das der Ewigkeit. Herzeleid. Ein Schrei.

Und noch etwas. Als Caesar ins große Haus von »McKenzies Hundert« trat, brüllte Dave McKenzie ihn an: »Gottverdammt! Warum hast du so lange gebraucht, du alter Nigger! Wenn du an meiner Flasche genuckelt hast, zieh' ich dir die runzlige schwarze Haut in Streifen ab!« Dann hielt er inne, starrte Caesar an, und die seegrünen Augen, die alle seine Kinder außer Gwen von ihm hatten, weiteten sich in dem krebsroten Gesicht, das bereits erbleichte, während er flüsterte: »Du – weinst! Und dein nichtsnutziger, durchgebrannter Niggersohn ist völlig sicher in dem verdammten Yankee-Niggerlager. So – so – mein Junge Jeff! O Gott, Caesar, du alter Bote schlechter Nachrichten, sag nicht ...«

»Nein, Sir!« krächzte Caesar. »Master Jeff fehlt nichts, soviel ich weiß. 's ist – 's ist Missy Rose Ann, Master Dave. Die verdammten Yankees, die ...« Tränen schnürten ihm die Kehle zu. Wortlos streckte er dem Mann, dem er wie ein Maultier gehörte, den er jedoch trotzdem mochte, die Zeitung entgegen.

Dave griff danach, faltete sie auseinander, breitete sie aus. Die Schlagzeilen waren in fettem Schwarz auf der Titelseite: YANKEE-GREUELTAT! HIESIGES MÄDCHEN ALS SPIONIN GEHÄNGT! ROSE ANN MC KENZIE ERSTE MÄRTYRERIN DES SÜDENS!

Seine großen haarigen, sommersprossigen und fleckigen Hände verkrampften sich um die Zeitung. Die konvulsivisch zuckenden Finger zerissen sie. Seine Zähne schnappten zusammen wie die eines tollwütigen Hundes. Schaum quoll zwischen ihnen hervor, weiß zunächst, dann scharlachrot durchzogen, schließlich völlig rot. Das Blut eines jetzt auch physisch gebrochenen Herzens toste in dicker heißer würgender Flut die Kehle hoch. Seine blutunterlaufenen Augen stierten wild auf diese Schlagzeilen. Sie starrten sie noch an, nachdem sie nichts mehr sehen konnten. Sie starrten zu Caesars schwarzem Gesicht hoch, als dieses sein Eigentum, dieses zweibeinige Lasttier, die sterbliche Hülle seines Herrn, dem sein Leben gehört hatte, seine Arbeitskraft, die Kinder, die er gezeugt hatte, ja vielleicht sogar seine unsterbliche Seele, ihn behutsam auf den Boden legte. Während eines meßbaren Teils dieser rückwärtsschwellenden ebbenden Flut der Wellenform, die die Menschen Zeit nennen, ins Nichts, kniete er neben ihm und weinte leise. Dann streckte er die schwarze, rauhe, schwielige Pranke des Sklaven, des geistlosen Lasttiers, aus und schloß sanft, ja liebevoll diese starrenden Augen.

»Lieber Gott«, betete er. »Nimm seine Seele zu dir. Er war auf seine Weise ein guter, alter, rothaariger Kerl. Ein bißchen dumm, aber das sind ja alle Weißen. Hat nie den Unterschied zwischen einem Kind Gottes und einem Maultier begriffen. Aber das könn'n wir ihm verzeih'n, nicht wahr, lieber Gott?«

Er richtete seinen müden schmerzenden Körper auf. Und blickte geradewegs in Gwendolyn McKenzie-Henrys blaßblaue Augen.

Sie starrte auf ihren Vater hinunter, auf ihren Erzeuger.

»Ist – er . . .?« würgte sie hervor.

»Ja, Ma'am. Hab' ihm die Zeitung gebracht un' er hat geles'n, wie die schlecht'n weiß'n Yankees die arme kleine Missy Rose Ann aufgehängt hab'n. 's war zuviel für ihn, glaub ich. Is' mit der Zeitung in der Hand tot umgefall'n. Wenn ich gewußt hätt', daß 's ihn so mitnimmt, hätt' ich sie ihm nicht mitgebracht! Aber er hätt's ja auch so erfahr'n, nicht wahr, Miß Gwen?«

»Die – Yankees – haben Rose Ann – *aufgehängt*?« Gwen

hauchte die Worte, formte sie zu einer Spur unter den spürbaren Vibrationen, die das Ohr aufnehmen und als Laut verstehen kann. Das war alles, was sie fertigbrachte.

»Ja, Ma'am«, antwortete Caesar. »Steht da in der Zeitung. Vielleicht krieg' ich sie aus seiner Hand ...«

Er bückte sich und entriß den verkrampften Fingern die verschmierte Zeitung, aber ein halbkreisförmiges Stück blieb in der erstarrenden Hand zurück. Er streckte sie Gwen entgegen. Ihre blaßblauen Augen blitzten bleicher als ein neuer Morgen in der Arktis, als sie die Schlagzeilen las. Dann wirbelte sie herum und rannte los.

Und prallte gegen Colin Claiborne, der gerade durch die Tür schwankte.

Er legte die Arme um sie, zog sie an sich. Sie schmiegte sich, am ganzen Körper zitternd, benommen an ihn.

»Ich habe versucht, diesem Nigger zuvorzukommen«, sagte Colin rauh. »Ich wußte, daß er nicht genug Verstand hat, euch die Zeitung nicht gleich unter die Augen zu halten. Habe fast die Pferde umgebracht, um eher dazusein. Nur ...«

»Nur was, Colin?« wisperte Gwen und machte seinen Namen zu Eiderdaunen, zu blauem Samt, zu einer spürbaren Liebkosung.

»Nur – ich konnte mich nicht mehr halten und habe hinausgeschrien. Ich mußte mich erst wieder fassen.«

Sie erstarrte in seiner Umarmung. Machte eine Bewegung, als wollte sie sich losreißen. Er hielt sie fest, flüsterte in ihr Haar, das wie Sonnenschein auf Schnee glänzte: »Das ist vorbei, Gwen. Durch die Hand – des Allmächtigen. Was ist, ist vielleicht Fügung. Geh jetzt hinauf und leg dich ein bißchen hin. Caesar, ich und eure Mädchen werden uns um deinen armen, alten Herrn kümmern. Gleich morgen bringe ich dann Bischof Erwell heraus. Möchtest du, daß sonst noch jemand an der Beerdigung teilnimmt?«

Gwen schüttelte den Kopf.

»Nein, Colin«, flüsterte sie. »Niemand sonst – nur du.«

16

Rose Ann blickte auf die Reihe von kleinen Strichen, die sie an die Wand ihrer Zelle im Old-Capitol-Gefängnis in Washington gekratzt hatte. Sie hatte am Morgen, nachdem sie in der Hauptstadt der Union angekommen war, damit angefangen. Zwei große häßliche Geheimdienstmänner hatten sie mit dem Zug und in Handschellen von Nashville hierhergebracht. Durch reinen Zufall hatte sie genau die richtige Stelle für diese Kratzer ausgewählt, denn sie war früh am Morgen aufgewacht und hatte gesehen, auf welchen Flecken der modrigen, abbröckelnden Wand die Sonne als erstes fiel, wenn sie morgens durch die Gitterstäbe schien. Jeder der kleinen Striche stand für einen Tag. Am siebten Tag zog sie durch die sechs einen Schrägstrich und markierte so eine Woche. Sofern ihre Berechnung stimmte, müßte jetzt der 15. oder 16. Februar sein. Die ungefähr fünfzig Tage mitgerechnet, die sie in Nashville inhaftiert gewesen war, war sie jetzt schon fast fünf Monate im Gefängnis.

Sowohl Major Lewis wie Oberst Stephanson hatten sie im Gefängnis in Tennessee besucht, um ihr zu sagen, daß sie sich keine Sorgen machen müsse, daß sie nicht gehängt werden würde. Und als sie ihnen erklärt hatte, daß sie sich lieber hängen ließe als den Rest ihres Lebens hinter Gittern zu verbringen, hatten sie ihr beide auf ihre Ehre als Gentlemen versprochen, daß sie am gleichen Tag, da der Krieg endete, für ihre Entlassung sorgen würden.

Aber nach der Schlacht von Chickamauga waren sie nicht mehr wiedergekommen, und Rose Ann hatte herausgefunden, daß beide in der Schlacht von Chickamauga gefallen waren, obwohl sie keine Frontsoldaten gewesen waren. Um vierzehn Uhr am ersten Tag der blutigsten Schlacht des ganzen Krieges war General Hood durch das Zentrum der Union-Linien den ganzen Weg bis zu General Rosencrans' Hauptquartier vorgestoßen, wo sich die beiden befunden hatten. Also hatten sie kämpfen müssen wie alle anderen auch, und waren genauso gefallen wie andere auch. Daß sie nun aus dem Gefängnis entlassen würde, ehe sie siebenundneunzig war, hing davon ab, daß jemand, der sie kannte und liebte, herausfand, wo sie war und ein schreckliches Geschrei darüber anstimmte. Aber seit sie England im vergangenen Jahr verlassen hatte, hatte sie keinen Kontakt mit irgend jemand mehr gehabt und konnte so damit nicht rechnen. Trotzdem machte sie sich keine Sorgen. Sie glaubte, daß der liebe Gott selbst sie befreien würde. Und ihre Gründe für diesen Glauben waren ein gutes Beispiel für die McKenziesche Logik:

Wenn der liebe Gott mich hätte zu sich holen oder mich kopfüber und schreiend für meine gerechte Strafe in die Hölle hätte werfen wollen, hatte er schon lange jede Gelegenheit dazu, die er brauchte. Und jetzt bin ich in diesem Pestloch gefangen, wo die Leute nur so dahinsterben von verdorbenem Essen, Schmutz, Wanzenbissen und jeder Krankheit, die man sich bloß vorstellen kann.

Sie hielt inne und fügte in Gedanken hinzu: Aber hauptsächlich sterben sie wohl, weil sie aufgeben. Aber ich gebe nicht auf. Keine Ahnung warum. Wohl zum Teil, weil ich mir einbilde, daß nach allem, was ich durchgemacht und trotzdem überlebt habe – und sogar bei klarem Verstand, obwohl ich da lieber nicht darauf herumreiten möchte –, der liebe Gott mich doch wohl für irgend etwas aufgespart haben muß. Vielleicht, damit ich etwas Gutes auf dieser Welt tun kann. Um einen anständigen, aufrechten Mann – Cabe bitte so ähnlich wie nur möglich, lieber Gott! – glücklich zu machen. Oder wenn nicht, daß ich eine nette alte Jungfer werde – Jungfer, von wegen! –, also eine liebe alte, ledige Tante für meine unzähligen Nichten und Neffen, mit denen Jeff und Mary Sue mich bestimmt beglücken werden . . .

Und weil ich gerade dabei bin, lieber Gott, hier ist ein Brief für dich, durch Gedankenexpreß zu dir geschickt. Es geht dabei um Cabe. Bitte rette ihn, lieber Gott. Nicht für mich. Vielleicht für Gwen, falls sie je diese – zu blassen blauen

Augen aufmacht und *sieht*, was sie an ihm hat. Ein kleines Meisterstück aus deinen Händen, aus Lehm und Blut geformt, aber mit deinem Odem in ihm, dem Hauch des Geistes, so süß wie Wein. Du hast ihn ihm an einem Tag eingehaucht, als du dich besonders gut gefühlt hast, nehme ich an. Mit – Glühwürmchen, Eulen und Fledermäusen in seinem Kopf – und deinem höchstpersönlichen gesegneten Sternenschein in den Augen. Verrückt? Ja, lieber Gott! Aber warum hast du nicht ein paar mehr wie ihn gemacht – *einen* wenigstens noch, nur für mich – statt all diese nüchternen, weisen, würdevollen Leute, die Kriege – Kriege, lieber Gott! – über so etwas anfangen wie die Frage, ob man das Recht hat, eine Meute krausköpfiger Nichtsnutze von Niggern mit der Peitsche zur Arbeit anzutreiben. Gehört das zu den Dingen, deswegen man Leute *töten* darf, lieber Gott? Männer wie Cabe? Wie meinen Bruder Jeff?

Und schon sind wir beim zweiten Teil, lieber Gott. Bei ihm, Jeff. Mary Sue würde *wahnsinnig* werden ohne ihn. Und Pa würde tot umkippen, hörst du? Und ich, und ich ...

Sie konnte ihr Gebet nicht zu Ende führen. In ihrer schmutzigen, eiskalten, stinkenden Zelle senkte sie den Kopf und weinte.

Um Caleb Henry hätte sie sich keine Sorgen machen müssen. Er war inzwischen nur noch Haut und Knochen, und von Kopf bis Fuß von Ungeziefer angenagt. Aber er hatte beschlossen zu überleben, dort in diesem Kriegsgefangenenlager der Union unmittelbar außerhalb von Jersey City, ganz einfach, weil er sich sagte, daß er nach so viel verdammtem Elend irgendwann bestimmt Glück haben mußte. Er dachte nicht näher über die Art des Glücks nach, denn er wußte nur zu gut, daß die Art, die er wollte, und das Mädchen, mit dem er es wollte, allzu nah an das herankam, was gute Christen gewöhnlich Sünde nannten. Also war das nichts, wofür er beten oder das er sich allzu klar ausmalen konnte. Denn soviel Hoffnung, Sehnsucht und Verlangen kamen einem Gebet schon arg nahe, und er wollte den lieben Gott schließlich nicht zu sehr bedrängen ...

So war das einzige Gebet, das er manchmal laut, aber stumm *jeden* Abend sagte, während er wenigstens so viele Wanzen von seiner gequälten Haut entfernte, daß er schlafen konnte. Es lautete folgendermaßen:

»Lieber Gott, du bist allmächtig, sagen die Pfarrer. Du kannst alles tun, was du nur willst. Also sei so gut und will, während der ersten paar Tage, die ich in Virginia zurück bin, daß du taub und stumm und blind bist, bis dieser arme Sünder hier so einiges in Ordnung gebracht hat. Auf schnelle, wenn auch vielleicht rauhe Weise. Und danach vergiß doch bitte, während ich mich um meine Frau kümmere, um die Plantage und die Ernte und meine Kinder aufziehe, Bastarde oder nicht – wirst *ihnen* doch nicht die Schuld dafür geben, wie sie erschaffen wurden, lieber Gott? –, ihnen das Reiten beibringe, das Schießen, anständige Frauen zu achten und sich mit den anderen zu vergnügen, aufrechte Männer zu werden, die Wahrheit zu sprechen und deinen Geboten zu gehorchen. Und, o ja, daß sie auch beim Trinken etwas vertragen und noch so einiges, was mir im Augenblick nicht einfällt. Danach ist alles dir überlassen, lieber Gott. Wenn du mich für immer schön langsam über einem Feuer rösten willst, für ein Programm, das so *vernünftig* ist, wie das da unten, bist du wohl im Recht ...«

Aber ihr Bruder, Jeff McKenzie, konnte in diesem gleichen Augenblick ganz gut ein Gebet brauchen. Er stand am Hafen von Charleston in South Carolina und betrachtete das merkwürdige Objekt vor ihm mit abgrundtiefem Abscheu.

Dieses merkwürdige Objekt war ein Unterseeboot. Selbst an diesem Nachmittag des 16. Februar 1864 war das nicht das erste U-Boot, das je erbaut worden war. Das erste, von dem Jeff McKenzie wußte (allerdings war er durchaus bereit einzuräumen, daß irgendein verdammter Narr unter den alten Ägyptern oder Babyloniern oder sonst jemand vielleicht schon vor einigen tausend Jahren vor Christus versucht hatte, so verfluchte Mordwaffen zu konstruieren), war 1775 in Saybrook in Connecticut von David Bushnell gebaut worden. Er hatte es *Turtle* getauft, und in und mit ihm hatte Sergeant Ezra Lee aus Lyme in Connecticut, ein dreifach verfluchter Narr von einem Helden, es doch fast fertiggebracht, die *Eagle*, das mit vierundsechzig Geschützen bestückte Flaggschiff der britischen Flotte, zu versenken, als es während des Unabhängigkeitskrieges im Long Island Sound vor Anker gelegen hatte. Obwohl die *Turtle* aus Holz erbaut war – feste Eiche, wie ein Faß mit Eisenbändern zusammengehalten und das ganze selbstmörderische Ding mit Teer bestrichen –, hatte Sergeant Lee nicht nur dieses Manöver überlebt und alles genau beschrieben, sondern auch den ganzen Krieg.

Was vermutlich mehr ist, als jemand von mir wird sagen können, dachte Jeff grimmig.

Danach hatte es Robert Fulton, der Erfinder des Dampfschiffs, versucht. Er hatte ein U-Boot gebaut – wie Bushnells mit Muskelkraft angetrieben, und zwar Hände und Füße an Pedalen und einer Kurbel –, das ein gewaltiger Fortschritt zu dem des Yankees aus Connecticut war. Aber er hatte die US-Regierung nicht im geringsten dafür interessieren können. Also hatte er es nach Frankreich gebracht, um es Napoleon Bonaparte zu verkaufen. Doch der Kaiser der Franzosen war Berufsoffizier gewesen und hatte in etwa genausoviel Verstand besessen, wie ihn Berufssoldaten üblicherweise haben. Also, wie Jeff längst verzweifelt erkannt hatte, so gut wie keinen – in diese düstere Diagnose schloß er selbst Robert E. Lee ein, nachdem er die Schlachten von Malvern Hill und Gettysburg studiert hatte –, infolgedessen hatte er diese Erfindung nicht gekauft, mit der er die britische Flotte hätte versenken können, was seine Invasion von England so gut wie gesichert hätte. Danach brachte Fulton seine Erfindung zu den Briten, die sie zwar kauften, doch nur, um sie mit Schmiedehämmern zu vernichten, während sie die Pläne dazu hinter Schloß und Riegel verwahrten, um sicherzugehen, daß niemand ihre Herrschaft über die sieben Meere je wieder auf eine so gemeine Weise bedrohen konnte, so gar nicht nach der Art von Gentlemen. Diese Pläne waren, wie Jeff McKenzie – weißhaarig und wohlbeleibt mit vierundsiebzig – annahm, als er 1914 in den Zeitungen von den deutschen Angriffen mit Unterseebooten las, immer noch in irgendeinem Safe der Admiralität in London eingeschlossen.

So war die Sache verblieben, bis Jeffs guter Freund, H. L. Hunley in New Orleans ein neues konstruierte, das schließlich in den Werften von James R. McClintock und Baxter Watson gebaut wurde und im Februar 1862 in den Regierungsanlagen von New Basin vom Stapel lief. Dieses U-Boot war aus Eisen und hatte den Namen *Pioneer* erhalten. Bei seinem Probelauf im Pontchartrain-See hatte es mit seinem ersten Torpedo ein Schiff in die Luft gejagt. Doch diese Art von Torpedo, wie Jeff im Ersten Weltkrieg seinen Enkeln erklären mußte, war kein wie inzwischen mit zwei gegenläufigen Propellern angetriebenes Unterwassergeschoß, sondern eine antriebslose, schwimmende Bombe, die sie Mine nannten. Doch im April 1862, als die *Pioneer* unter Wasser auslief, um die Flotte der Union unter Admiral Farragut anzugreifen, hatte sie sich mit der Nase in den Schlamm gebohrt und ihre Besatzung ertränkt.

Wirklich charakteristisch für diese Dinger, dachte Jeff bitter, während er die unförmige Konstruktion vor sich betrachtete. Er hatte mehr als ein Jahr mit unvermindertem Fleiß und voll Hingabe daran gearbeitet. Den größten Teil dieser Zeit hatte er sich geplagt, einen elektromagnetischen Antrieb für den Propeller zu konstruieren, aber vergebens.

Als uns das nicht gelang, hätten wir aufgeben sollen, sagte Jeff sich, denn da liegt der Haken bei Tauchmanövern – im Sauerstoffverbrauch. Ich hab' H. L. gesagt, daß Bushnells und Fultons mit Händen und Füßen betriebene Tauchboote deshalb funktionierten, weil sie eine Besatzung von nur *einem* Mann hatten. Also selbst wenn er Pedale und Kurbel bediente, reichte ihm die Luft in seiner Spielzeugwanne eine ganze Weile, vor allem wenn er das idiotische Ding mit der Strömung treiben ließ. Aber H. L. mußte dieses Ding ja für eine *neun*köpfige Besatzung konstruieren. Für einen Kapitän, einen Bootsmann und sieben Matrosen. Also wenn sie sich körperlich stark anstrengen, was nötig ist, wenn sie einigermaßen Geschwindigkeit herausholen wollen, wie beispielsweise bei Ausweichmanövern, verbrauchen sie die Luft viel zu schnell. Infolgedessen müssen sie entweder auftauchen und sich ergeben, oder lange genug durchhalten, bis sie außer Reichweite sind, aber dabei kann ihnen schwindlig werden. Und dann macht vielleicht irgend jemand etwas falsch. Und nur *ein* Fehlverhalten in diesem Blechsarg kann tödlich sein – und er taucht nie wieder auf.

Der arme alte H. L. Er war so stolz darauf gewesen, daß er ihm seinen eigenen Namen gab: die *Hunley*. Er hat Shakespeare zitiert, als er von seinem feinen Unterwassertorpedo sprach – nein, es war nicht Shakespeare gewesen, sondern Ben Jonson. Und was war doch gleich die Zeile gewesen, die er zitiert hatte? O ja: »Ein gar unerschrocken Ding, ihr flach' Gesäß zu morden . . .« Und jetzt hatte es ihn gemordet.

Und niemand hatte es je *Hunley* genannt. Selbst in Mobile war sein Spitzname nur *Fischboot* gewesen, jedenfalls, bis es seine erste Besatzung ertränkt hat. Und seit wir es mit der Eisenbahn von Alabama hierhergeschafft haben, haben vier weitere Mannschaften ihr Leben gelassen. Sechsunddreißig gute Männer. Nein, fünfundvierzig mit den bei Mobile verlorenen. Also nennen die Jungs es jetzt *Treibsarg*. Sehr passend! Der arme alte H. L. mußte natürlich sein Vertrauen zu seinem – unseren, verdammt, weil ich auch eine Menge dazu beigetragen habe: die fußbetriebenen Pumpen, um das Wasser aus den Ballasttanks zu leeren; die Schnellausklinkvorrichtung, mit der sich der abwerfbare Gußeisenkiel abstoßen läßt, wenn man in aller Eile auftauchen muß; die . . . O zum Teufel, warum soll ich all meine klugen Ideen aufzählen, die ich in diese monströse Mordmaschine gesteckt hab'? Wo war ich überhaupt? O ja, der arme alte H. L. mußte unbedingt sein Vertrauen zu seiner – Erfindung beweisen, also ist sie vergangene Woche unter seinem Kommando gefahren, oder vielmehr *gesunken*. Und jetzt ist er auch tot. Genauso wie der Rest der vierten Besatzung ...

Und morgen laufe *ich* damit aus. Zum ersten Angriff! Auf diese Blockadeschiffe da draußen. Ich habe mich freiwillig gemeldet! Großer Gott, als ob ich nicht wüßte, daß Regel Numero eins, um in dieser Marine zu überleben, nicht ist, sich für *nichts* freiwillig zu melden. Nicht einmal wenn es darum geht, die hübsche Tochter des Admirals zu einem Ball zu begleiten. Nur war ich da so verdammt bedrückt wegen der armen Zigi und so verflucht wütend und durcheinander, und wollte nichts als Rache an diesen »Bluebelly»-Hunden – eine *Frau* aufzuhängen, bei Gott, die noch dazu meine kleine Schwester war –, daß es mir nichts ausgemacht hat. Zu sterben, meine ich. Aber jetzt ...

Er holte den Brief aus seiner Tasche, faltete ihn zum zwanzigstenmal auseinander, seit er ihn gestern bekommen hatte. Die Worte sprangen ihm von dem Blatt Papier wie Licht entgegen, wie Feuer, versengten sein Herz, verbrannten es aus höchster Freude.

> »O Jeffi, Liebster, Schatz, Liebling, mein Süßer! Ich bin, ich bin, ich bin, ich bin wirklich und wahhaftig! Und ich kann Dir garantieren, daß es rotes Haar und grüne Augen und ein sommersprossiges Gesicht haben und genau wie sein Papa aussehen wird! Du kannst Deine Duellpistolen also zur Seite legen, Du oller Schnellzünder, Du! Sieht ganz so aus, als hätte Dir jemand Unterricht im Fleckschußfeuern gegeben, und wenn ich nach Charleston komme, werde ich sie umbringen! Oh, ich bin ja so glücklich! Ich wollte es Dir eigentlich noch gar nicht sagen. Ich war schon einen Monat nachdem Du zu Vater Daves Beerdigung heimgekommen warst, sicher. Das ist jetzt schon fünf Monate her, nicht wahr? Armer Mann! Er hat seine dahingeschiedene Tochter

wohl sehr geliebt. Und als die Yankees seine süße wilde Zigeuner-Rose umbrachten, war ihm das Leben nichts mehr wert. Und weißt Du was? Ich habe sie auch sehr gern gehabt, vor allem, nachdem sie ihre Meinung geändert hatte und sich nicht mehr gegen unsere Verbindung sträubte und anfing, wirklich lieb zu mir zu sein. Jedenfalls bin ich jetzt entsetzlich dick, dabei habe ich noch vier Monate vor mir.

Und bevor Du auch nur davon sprichst, falls unser Baby ein Mädchen wird, möchte ich es Rose Ann nach seinem Tantchen nennen, die es nie kennengelernt hat. Und es ist mir völlig egal, wenn es Deiner Schwester nachgerät und genauso wild und verrückt, ja regelrecht *keß* wird, wie Zigi es *war*! Aber das bin *ich* wohl auch, nicht wahr? Dich so zu beanspruchen, wo Dein Papa noch nicht einmal eine ganze Nacht im Grab gelegen hat. Aber ich wußte ja nicht, wann ich Dich – wenn überhaupt je – wieder in meine liebenden Arme schließen dürfte, und für den schlimmsten aller Fälle wollte ich ein Andenken an Dich haben – ein kleines zweites *Du*. Dein Abbild. Unsere zu Fleisch gewordene Liebe. O verflixt! Jetzt muß ich die Schrift auch noch mit dummen Tränen verwischen, dabei hätte dies doch ein glücklicher Brief werden sollen!

Wie ich schon erwähnte, wollte ich es Dir eigentlich noch gar nicht sagen, sondern warten, bis mein kleines Duplikat von Dir, oder vielleicht von der armen Zigeuner-Rose, da ist. Aber Gwen meint, Dein letzter Brief an sie klänge so bedrückt, daß sie es für besser hielte, wenn ich es Dir gleich schreibe, weil sie Angst hat, Du könntest vielleicht – und hier zitiere ich sie wörtlich: ›eine verdammte, echte McKenziesche Eselei begehen, wie beispielsweise, Dich zu einer Selbstmordmission melden‹. O Jeffie, so etwas Törichtes würdest Du doch nicht tun, nicht wahr? Bitte komm heim zu mir und unserem Baby, und . . .«

Aber Geoffrey McKenzie las nicht weiter. Er stopfte den Brief seiner Frau, ohne ihn richtig zu falten, in seine Uniformtasche. Dann wirbelte er herum und rannte geradewegs zur South Battery, am Fuß der Meeting Street, wo Kommodore Murray Wilkes, der kommandierende Offizier des Kriegshafens von Charleston, und dadurch sein Vorgesetzter, sein Büro hatte.

Es sollte nicht verschwiegen werden, daß die militärische Disziplin in der Konföderation nicht zu streng eingehalten wurde. Gewöhnlich bestand ein gutes kameradschaftliches Verhältnis zwischen den Offizieren und ihren Männern. Als pflichtbewußter junger Offizier stand Leutnant McKenzie bei seinem kommandierenden Offizier in gutem Ansehen, aber darauf wollte er sich jetzt nicht verlassen. Was er von diesem Augenblick an vorhatte, war am Leben zu bleiben: selbst daß er für den Rest des Krieges wegen Befehlsverweigerung zu einer Gefangenenbrigade abkommandiert werden sollte, würde er in Kauf nehmen. Wenn es nicht anders ginge, würde er sogar desertieren. Aber zunächst wollte er etwas weniger Drastisches versuchen.

»Sir«, platzte er heraus, nachdem er zackig gegrüßt hatte, »was geschieht mit einem Offizier, der ersucht, von einer Mission zurückzutreten, zu der er sich freiwillig gemeldet hat, oder sich davon entbinden zu lassen?«

Kommodore Wilkes blickte ihn streng an.

»Meinen Sie damit den morgigen Unterseebootangriff auf die Blockadeschiffe, Leutnant?« fragte er.

»Ja, Sir, Kommodore, Sir«, antwortete er.

»Nennen Sie mir Ihre Gründe!« forderte der Kommodore ihn auf.

»Feigheit, Sir!« gestand Jeff. »Ganz einfach Feigheit. Ich habe solche Angst, daß mir weiße Federn hinter den Ohren *wachsen* und mein Rückgrat sich die grellste Gelbsucht holt, die Sie sich nur vorstellen können, Sir.«

Kommodore Wilkes warf den Kopf zurück und lachte laut.

»So etwas nenne ich eine ehrliche Antwort«, sagte er. »Die Sache ist nur, daß ich Ihnen das nicht glaube, Leutnant. Sie sind mit einem der Davids hinausgefahren und haben einen Spierentorpedo geradewegs in die Seite einer Yankee-Fregatte gejagt, und das ist noch keine Woche her, wenn ich micht recht entsinne . . .«

Die Davids waren eine weitere Erfindung der Konföderierten, und eine ziemlich gute, wie sich erwies. Es handelte sich um dampfbetriebene Torpedoboote, die so tief im Wasser lagen, daß sie praktisch überspült wurden, und meistens waren die Schornsteine das einzige, was sichtbar war. In ruhigem Wasser waren sie großartig, aber schon bei leichtem Wellengang wurden sie überschwemmt und sanken, so daß in ihnen mehr Männer untergegangen waren als in des armen Hunleys Unterseeboot. Aber einen bedeutenden Unterschied gibt es, dachte Jeff: Die Davids kommen hin und wieder von einem Auftrag zurück, was man bisher von keinem von Hunleys drei Booten – *Pioneer I, Pioneer II,* die im Schlepptau untergegangen waren, glücklicherweise ohne Mannschaft an Bord, und der *Hunley* – behaupten konnte.

»Aber der Torpedo ging nicht los, Sir«, sagte Jeff verlegen, »und die Yankees halbierten meinen Schornstein mit Revolverschüssen. Wir erstickten auf dem Rückweg fast im Rauch. Und als wir an Land gingen, fehlte nicht viel und der Sheriff hätte uns als entsprungene Nigger eingesperrt. So schwarz waren wir vom Ruß, Kommodore, Sir!«

»Ah, machen Sie einen Punkt, Leutnant!« Kommodore Wilkes schmunzelte. »Sie sind mit dem David ausgefahren. Haben eine Yankee-Fregatte mit ihm gerammt, oder vielmehr mit einem Torpedo an einer verdammt kurzen Spiere am Bugspriet. Daß der Torpedo nicht detonierte, war nicht Ihre Schuld, sondern das Verschulden der Feldzeugmeisterei. Und Sie haben Ihr Boot mit Besatzung trotz starken Beschusses sicher zurückgebracht. Das sieht mir nicht nach Feigheit aus, Leutnant . . .«

»Sie haben recht, Sir.« Jeff seufzte. »Das war nicht Feigheit, das war Wahnsinn, Kommodore. Ich war verrückter als ein Hund, den eine Schlange gebissen hat und der einen nicht vorhandenen Mond anheult. Wissen Sie, was meiner kleinen Schwester passiert ist, hat mich sehr mitgenommen . . .«

»Ich habe davon gehört«, sagte der Kommodore ernst. »Mein Beileid, Leutnant. Sie war wahrhaftig eine sehr tapfere, kleine Dame . . .«

»Nun, Sir, ich weiß nicht, ob meine Schwester eine Dame war, aber tapfer war sie ganz sicher, jawohl, Sir. Jeden Tag in der Woche und doppelt am Sonntag. Ich hatte regelrecht durchgedreht, Sir, und ein brennendes Verlangen, ein paar Yankees umzubringen. Doch das einzige brennende Verlangen, das geblieben ist, ist das, meine Enkel auf den Knien zu schaukeln.«

»Sehr lobenswert, natürlich. Aber würde es Ihnen etwas ausmachen, mir zu erzählen, wie es zu diesem Sinneswandel gekommen ist?«

»Durch diesen Brief, Sir«, antwortete Jeff und zog ihn aus seiner Brusttasche. »Bitte lesen Sie ihn, Sir. Er ist privat und persönlich, aber ich wüßte keine bessere Art, Sie davon zu überzeugen, daß Sie hier den schlimmsten, armseligsten Feigling in der ganzen Geschichte des Südens – ganz zu schweigen von der Marine – vor sich haben, Sir. Und da diese Feigheit bestimmt von Dauer ist, ersuche ich Sie, Kommodore, mich zum Matrosen *dritter* Klasse zu degradieren – Sie wissen schon, verminderte geistige Fähigkeiten – und mich zum Kartoffelschälen in der Offiziersmesse einzuteilen.«

»Sie haben gewonnen, Leutnant.« Er seufzte. »Das ist wahrhaftig ein überzeugendes Argument, das muß ich zugeben. Vor allem angesichts der Tatsache, daß das Unterwasserseeboot des armen Hunley ja wirklich praktisch eine Todesfalle ist. Das morgige Unternehmen ist absolut freiwillig. Ich befehle es weder, noch verbiete ich es. Wenn es funktioniert, vielleicht mit einigen Verbesserungen, könnte das U-Boot eine sehr wertvolle Waffe werden, vor allem in einer Lage wie der, in der unser Land ist.«

»Nein, Sir.« Jeff schüttelte den Kopf. »Die einzige Verbesserung, die ihm helfen würde, ist ein Motor, der keine Luft verbraucht. Und das wäre ein elektromagnetischer, von Batterien nach der Art einer Leidener Flasche angetrieben. Aber davon sind wir noch hundert Jahre entfernt, Sir. Ansonsten ist die Konstruktion in Ordnung. Doch die armen Burschen verbrauchen eben durch Treten und Kurbeln, um das Boot zu bewegen, die ganze Luft. Und dann – ersticken sie, Sir. Dort drunten darf die Besatzung sich so wenig wie möglich körperlich anstrengen, sonst ...«

»Ich verstehe. Aber ungeschoren kommen Sie mir nicht davon, Leutnant. Aufgrund Ihrer wohlbekannten Fähigkeiten, Materialien zu organisieren und etwas aus so gut wie nichts zu machen, erteile ich Ihnen einen neuen und sehr wichtigen Auftrag. Aber auch in Ehrung Ihrer dahingeschiedenen Schwester Rose Ann. Sie werden mit dem schnellsten Schiff nach England reisen und unser Verbindungsoffizier bei einer bestimmten Werft werden. Sie bauen dort einen schnellen Dampfer ihrer London-Bombay-Linie für uns zu einem Kreuzer um. Treiben Sie diese Engländer an, daß sie nicht trödeln, und verhindern Sie – wie, ist mir egel –, daß der Yankee-Botschafter Adams sie durch Bluff oder Drohungen einschüchtert, ihre Verträge mit uns zu erfüllen, wie er es 1862 bei diesen beiden großartigen Panzerschiffen getan hat ...«

»Ich habe davon gehört«, sagte Jeff. »Er drohte den Briten mit Krieg, nicht wahr?«

»›Ich bin mit den genauen rechtlichen Umständen nicht vertraut‹«, zitierte Kommodore Wilkes erbittert, »›aber wenn diese Schiffe ausgeliefert werden, muß ich Eure Lordschaft wohl nicht besonders darauf hinweisen, daß das Krieg bedeutet!‹ Dieser arrogante Laffe! Reiner Bluff natürlich, aber er hat seinen Zweck erfüllt. Wir bekamen die Panzerschiffe nicht. Dazu darf es diesmal nicht kommen, Leutnant. Sie müssen dafür sorgen, daß Adams nicht einmal erfährt, daß sie damit fertig sind, fahren Sie mit diesem Kreuzer als einfacher Seemann der Handelsmarine bis Lissabon. Dort nehmen Sie eine portugiesische Mannschaft an Bord und bringen das Schiff zur Insel Madeira. Nachdem es bestückt ist und Heizstoff geladen hat, wird Kapitän Waddell es übernehmen. Ich könnte mir vorstellen, daß er Sie als ersten Geschützoffizier mitnehmen wird. Das ist Ihre große Chance, McKenzie! Ihr Name wird in die Geschichte eingehen, mein Junge.«

»Vielen Dank. Sir«, murmelte Jeff düster. »Ich nehme an, das kann ich wohl nicht abschlagen, oder? Ich glaube zwar, daß Kapern nicht sehr gefährlich ist, aber bei Gott, Sir, wann werde ich dann *je* meine Frau und mein Baby sehen?«

»Wir haben Krieg, Leutnant, falls Sie das vergessen haben sollten«, sagte der Kommodore trocken. »Aber da die *Shenandoah* erst etwa Mitte August fertig ist, daß Sie sie nach Madeira bringen können, kann ich Ihnen – sagen wir – zehn Tage Urlaub geben, bevor Sie sich nach Wilmington in North Carolina und von dort nach England begeben. Und nun hinaus mit Ihnen, Sie impertinenter junger Spund, ehe ich es mir anders überlege!«

»Jawohl, Sir!« Jeff strahlte. »Ich danke Ihnen sehr, Sir! Gott segne Sie, Sir! Ich bin schon unterwegs!«

Am 17. Februar 1864, in der Nacht, nachdem Leutnant Geoffrey McKenzie von der Kriegsmarine der Konföderierten Staaten dem Heldentum und seinem Synonym der absoluten Torheit für immer abgeschworen hatte, versenkte das konföderierte Unterseeboot *Hunley* unter dem Kommando eines Freiwilligen, der nicht einmal Seemann war und George E. Dixon hieß – er war Leutnant der Artillerie von den Alabama-Truppen – die Union-Fregatte *Housatonic*, die etwa neun Kilometer außerhalb von Fort Sumter im Hafen von Charleston vor Anker lag. Die *Housatonic* ging mit Mann und Maus unter. Vom Sog mitgerissen, versank auch die *Hunley*. Da es keine widersprüchlichen Unterlagen gab, war dies das erste Mal in der Geschichte, daß ein U-Boot ein Kriegsschiff versenkte.

Und das letzte Mal für die nächsten fünfzig Jahre.

17

Am 2. September 1864, an dem Tag, da Sherman Präsident Lincoln telegraphierte: »Atlanta eingenommen. Ein fairer Sieg«, wurde Rose Ann McKenzie aus dem Old-Capitol-Gefängnis in Washington entlassen. Inzwischen war sie fast ein Jahr inhaftiert gewesen, und währenddessen war die Zeit für sie so gut wie stehengeblieben. So kehrte sie denn als lebender Geist in die Welt zurück, als Geschöpf aus einer Vergangenheit, die es nicht mehr gab, einer Zukunft ausgesetzt, von der ihr lieber gewesen wäre, daß es sie ebenfalls nicht gäbe.

Was kann über ihre Freilassung, über deren Art, wirklich gesagt werden? Nennen wir es einen glücklichen Zufall, einen ironischen Sport der gleichgültigen, lüsternen, brünstigen, alten Hurenböcke, die über einen heruntergekommenen Kosmos herrschten, in dem alles dem Zufall überlassen war und nichts Sinn ergab, nicht einmal zufällig. Oder wurde es durch die direkte Einmischung eines bestimmten unter ihnen arrangiert, dem Nektar und Ambrosia etwas mehr als üblich in den Kopf gestiegen waren, und der – sagen wir – von Euripides, mit Hilfe einer verrückten Konstruktion aus Seilen und Rollen und Kloben, herunter auf diese stümperhaft errichtete Bühne aus (beschränkter) Zeit und (vorübergehendem) Sein geholt worden war, um das wirre Durcheinander zu ordnen, in das der müde alte Tragiker, dessen Kräfte nachließen, seine Akteure geschrieben hatte? Vielleicht etwas von allem. Nur daß die Handlung oder ihr Fehlen reines Theater des Absurden war, und der Gott, der von diesem Flaschenzug torkelte und vor dem höhnenden Publikum das Haupt verbarg, gewiß keine Schöpfung des tragischen Dichters Euripides war, sondern wohl eher die des spöttischen Komödiendichters Aristophanes.

Oder vielmehr – um schon wieder zu berichtigen – der Göttin.

Ihr Name – oder vielmehr ihr *Nom de guerre* – war Sal. Saucy (wie keß) Sal. Aber in Washington, einer im wesentlichen südlichen Stadt, kam dieses Saucy von Sassy und wurde gewöhnlich als Sass abgekürzt und das Sal wurde ganz fallengelassen. Sie war groß, korpulent, schlampig und blond (durch die häufige Anwendung der damals erhältlichen Chemikalien plus Zitronensaft). Sie zog als Ersatz die Benutzung von solchen Parfüms, die ihr Geldbeutel sich leisten konnte und die nach ihrem grauenvollen Geschmack waren, der mühsamen Beschäftigung vor, sich auch nur einmal in der Woche zu waschen; mit dem Ergebnis, daß ihre Anwesenheit vorangekündigt und selbst einem Blinden aus fünf Metern Entfernung kundgetan wurde. Was ganz gut war, denn einige ihrer Kunden *waren* Blinde. Weit über vierzig und immer mehr Fett ansetzend, konnte Sass es sich nicht leisten, wählerisch zu sein, und das wußte sie auch.

An dem Tag – um den 25. August herum –, an dem sie durch reinen Zufall zur Veränderung von Rose Ann McKenzies Schicksal beitrug, war sie mit Volldampf unterwegs zum Old-Capitol-Gefängnis, aus dem einzigen Grund, Rose Ann zu besuchen. Das Old Capitol war Sal nahezu ein zweites Zuhause. Da allein schon die Existenz der Schwesternschaft, zu der sie gehörte, die frömmelnden, viktorianischen Damen von Washington bis in ihre tiefste, puritanische Seele beleidigte, war sie so oft wegen »Herumlungerns und Erregung öffentlichen Ärgernisses« dort zu Gast gewesen, daß sie Rose Ann einmal bei einem solchen Anlaß vergnügt anvertraute: »Verdammt, wenn ich nicht manchmal glaube, hier *geboren* zu sein!«

Doch noch ehe sie das Wachhaus erreichte, wo sie ihren Namen und den der Person, die sie besuchen wollte, angeben und alles, was sie bei sich trug, durchsuchen lassen mußte, allerdings nicht sich selbst – eine solche Unverschämtheit wurde nur Frauen zugemutet, die auf dem Weg in den Süden eine Grenze überqueren wollten –, rief ein angenehmer Bariton: »Hallo! Wenn das nicht Sass ist, wie sie leibt und lebt!« Spöttisch fuhr die Stimme fort: »Welche Missetaten und faulen Tricks führst du heute im Schild, mein hübsches Mädchen?«

»Oh, du bist's!« brummte Sassy Sal verärgert und fiel aus ihrer Rolle als kokette – allerdings etwas übergewichtige – Verführerin, die sie sofort beim Klang der Männerstimme angenommen hatte. »Hab' gedenkt, die ›Rebs‹ hätten dich inzwischen abgemurkst, nach all dem Prahlen und den Lügen, die sie in dem Fetzen, für den du schreibst, über deiner Unterschrift abdrucken, Ray, mein verflixter Bub. Darf man fragen, was du hier willst? Du bist doch kein kleiner Polizeireporter für ein billiges Schmierblatt mehr, sondern ein berühmter Kriegsberichterstatter, wie's in deiner Zeitung zu lesen ist. Ha'ms dich vielleicht durchschaut, und du mußt wieder hinter Unfällen herjagen und Mädchen wie mich befragen wie früher, Mr. Raymond Carr, Gentlemanreporter?«

»Keineswegs, Sassy, Schätzchen.« Raymond Carr grinste. »Ich wette, du würdest deinen Augenzahn aus purem Messing dafür geben, wenn ich eins auf den Deckel bekäm', eh, Sassy? Hast dir wohl auch nicht gedacht, daß dir der Spitzname bleiben würde, den ich dir damals gab, als du den armen alten Richter McGinnis so beschimpft hast, daß die Luft im Gerichtssaal zum Schneiden dick wurde. Das war gar nicht klug von dir, Sass, mein Mädchen. Dafür hat er es dir aber gegeben: Noch weitere neunzig Tage zu den dreißig, die er dir schon aufgebrummt hatte, weil du einen Kongreßabgeordneten vom Pfad der Tugend locken wolltest. Also bist du den ganzen Stammbaum seiner Ehre mit Nagelschuhen auf und ab getrampelt. Und ich schrieb diesen Lobgesang auf deinen unvergleichbaren Wortschatz. Mit dem Ergebnis, daß man dich seither Sassy Sal nennt, nicht wahr?«

»Ja, und das tät' ich dir gern heimzahlen! Gibt nichts Schlimmeres als Zeitungsleut', nicht mal Schlangen und Spinnen!«

»Tu doch nicht so, Sass!« Carr lachte. »Ich weiß doch, daß ich deine große Liebe bin, der Traum deiner schlaflosen Nächte. Und jetzt verrätst du mir, was du da in dem riesigen Korb hast. Was mich daran erinnert, daß ich verdammt hungrig bin . . .«

»Wenn du deine Pranke in die Richtung streckst, ziehst du sie als blutigen Stumpf zurück!« erklärte Sass grimmig. »'s ist was zum Essen für einen Engel aus Gott sei'm eig'nen Himmel! Netteste kleine Missy, die dir je vor Augen gekommen ist, Ray, mein Bub. Hat das Leben der Hälfte der Frauen da drin eigenhändig und ganz allein gerettet . . .«

»Wenn sie *deine* Freundin ist, Sass«, sagte Carr lachend, »ist das einzige, was sie je gerettet hat, ein paar Dollarscheine, indem sie sich zuvorkommend auf den Rücken legte!«

»Da irrst du dich aber sehr, mein Bub«, sagte Sass stolz. »Meine Freundin ist sie, aber trotzdem eine Dame. Redet wie eine Herzogin oder so was, so vornehm, daß ich sie manchmal gar nicht hab' verstehen können. Und damit du's weißt, Raymond Carr, sie ist keine Hure. Sie haben sie wegen Hochverrats eingesperrt. Die Mädchen dort schwören, daß sie für die ›Rebs‹ spioniert hat. Sitzt schon fast ein Jahr da drin, und man sagt, der olle Abe hat auf seine Bibel geschworen, daß er sie nicht rausläßt, solang' sie noch schnauft. Die Information, die sie den ›Johnnies‹ geliefert hat, soll der Union zwei ganze Divisionen oder so gekostet haben – bei einem Ort, der wohl Chickaloogah oder so ähnlich heißt . . .«

»Chickamauga«, verbesserte Carr sie automatisch. »Ich war dort, weißt du, Sass? Und danach war ich am Lookout Mountain und am Missionary Ridge mit den Generalen Grant und Thomas, wo wir Braxton Bragg am Boden zerstört haben und . . .« Plötzlich unterbrach er sich und starrte Sassy Sal mit Augen an, die immer größer wurden.

»Heiliger Bimbam!« flüsterte er. »Ihr Name, Sass! Wie heißt sie?«

»Rose Ann McKenzie«, antwortete Sassy Sal.

»Aber sie wurde gehängt!« heulte Carr auf. »Es stimmt, daß man sie in der Nähe des Tullahoma-Lagers beim Spionieren erwischt hat. Aber sie haben das kleine Mädchen aufgehängt, um dem Rest dieser Rebellenhexenn Gottesfurcht einzujagen . . .«

»Das glaubst du!« schnaubte Sass. »Wenn du mir nicht glaubst, dann komm halt mit und überzeug dich selbst.«

»Ja«, sagte Rose Ann zu dem Reporter, als sie im Besucherraum, oder vielmehr -käfig saßen. Denn so sah er aus, mit den Gitterstäben überall da, wo man sie nur anbringen konnte, und einem besonders dichten Gitter – damit man nichts hindurchreichen konnte, nicht einmal ein Messer oder eine Feile, geschweige denn eine Pistole – zwischen Strafgefangenem und Besucher. »Ich wurde zur Hinrichtung durch den Strang verurteilt, aber aus irgendeinem Grund hat man mich nicht gehängt. Ich weiß nicht, warum nicht, außer vielleicht, daß die Armeeleute sich dachten, es würde den gleichen Zweck erfüllen, oder vielmehr dieselbe Wirkung auf andere Spioninnen haben, wenn sie die Welt glauben ließen, ich wäre hingerichtet worden, ohne daß sie ihr Gewissen mit dem Tod einer Frau belasten müßten. Also trafen sie die verrücktesten, absurdesten Vorsichtsmaßnahmen, um mich von Nashville hierherzubringen, ohne daß irgendwelche Zeitungen davon erfuhren. Ich muß gestehen, daß ich ihrer Logik nicht ganz folgen konnte. Warum sollte es für ein Verbrechen verschiedene Strafen geben, je nachdem, ob es von einem Mann oder einer Frau begangen wurde? Straftat ist Straftat, würde ich sagen. Außerdem hat man mir keinen Gefallen getan. Mir wäre der Tod damals lieber gewesen. Tatsächlich auch jetzt noch . . .«

Raymond Carr mußte seinen faszinierten Blick von ihrem Gesichtchen reißen. Es war nun hohlwangig und knochig und die Augen dominierten. Sie waren wie smaragdene Doppelseen, in denen ein Mann versinken konnte, dachte er. »Ist das der Grund«, fragte er, »weshalb Sie all die guten Sachen, die Sally Ihnen zu essen gebracht hat, an andere verteilten, ohne sie auch nur zu kosten?«

»Nein.« Sie seufzte. »Ich habe nur ganz einfach keinen Appetit. Absolut keinen. Vielleicht wenn ich hier heraus könnte, nach Haus dürfte, wüßte, wie's meiner Familie geht, ja, vielleicht käme er dann zurück. Sicher zu sein, daß mein Bruder nicht gefallen ist und auch mein Schwager nicht, daß es meiner Schwester gutgeht und meinem Vater – das würde möglicherweise Wunder wirken ...«

»Sonst gibt es niemanden?« fragte Carr eifrig. In diesem Moment hatte er seine mürrische, keifende Frau und die ungezogenen Bälger vergessen, die ihm das Risiko des Frontreporters, das gewöhnlich nicht geringer als das eines Soldaten war, häufig den endlosen, täglichen, stündlichen Qualen einer schlechten Ehe vorziehen ließen.

»Nein«, flüsterte sie. »Gar niemanden sonst.«

»Seltsam«, sagte er rauh, da er sich inzwischen an seinen unerfreulichen Familienstand erinnert hatte. »So schön wie Sie sind, müßte man doch denken ...«

»Denken Sie nicht«, sagte sie sanft. »Ich habe festgestellt, daß es nichts nützt. Es erinnert mich nur an Dinge, an die ich nicht erinnert werden möchte ...«

»Bei Gott, das stimmt!« rief er. »In den Zeitungen wurde Ihr Mann erwähnt, der ...«

»Der bei Tullahoma den Tod fand«, unterbrach sie ihn mit ausdrucksloser Stimme.

»Tut mir leid«, flüsterte Raymond Carr.

»Nicht nötig. Wir sind nicht sehr gut miteinander ausgekommen. Er war manchmal sogar grausam zu mir. Physisch grausam. Aber mir ist klargeworden, daß ich mehr als ein bißchen – verrückt war. Also habe ich ihm vergeben. Außerdem meinte ich nicht ihn, sondern den Mann, an dessen Tod ich schuld bin. Denn er war überzeugt, daß ich an seiner Stelle gehängt würde, wenn er gestände, daß ich die Karten gezeichnet habe, mit denen er erwischt wurde. Wie sich herausstellte, hat er sich getäuscht, aber das ändert nichts mehr an der Tatsache, daß er meinetwegen starb. Das ist eine zu schwere Last, als daß ich sie noch lange tragen könnte . . .«

»Hören Sie . . .«, sagte er mit atemloser, rauher Stimme, »Sie haben doch nicht vor . . . ich meine . . .«

»Mir selbst etwas anzutun? Nein. Das wäre – feige, und feig war ich nie. Außerdem wäre das auch gar nicht nötig. Das Gefängnis hier macht mich fertig, ohne daß ich auch nur einen Finger rühren müßte.«

»Ich hole Sie hier heraus!« sagte er heftig. »Ich weiß noch nicht genau wie, aber ich habe bereits eine Idee. Die Macht der Presse, wissen Sie, Miß McKenzie. Erzählen Sie mir Ihre Geschichte. Die ganze. Fangen Sie mit dem an, was immer eine kultivierte Damen aus New England wie Sie dazu veranlaßt hat, sich für den sklavenhaltenden Süden einzusetzen . . .«

»Eine kultivierte Dame aus New England?« fragte sie erstaunt. Dann warf sie plötzlich den Kopf zurück und lachte. »Sie meinen, meine Art zu sprechen? Ah, das ist Täuschung. Ich bin aus Old Virginia und eine Südstaatlerin durch und durch. Bin mit Maisbrot und Melasse großgezogen worden, daran ist nicht zu rütteln . . .«

»Aber – aber . . .«, stammelte er. »Ich hätte geschworen, daß Sie am Beacon Hill geboren sind.«

»Geboren, nein. Aber ich habe viele Jahre dort zugebracht und bin auf eine Yankee-Schule gegangen, in die mein Pa mich geschickt hat, um zu verhindern, daß ich auf dumme Gedanken käme, wie es das Los aller McKenzies ist. War vergebliche Liebesmüh. Aber das ist alles schon so lange her. Was möchten Sie denn, daß ich Ihnen erzähle, Mr. Carr?«

»Alles, was nützlich sein könnte, die öffentliche Meinung zu Ihren Gunsten zu beeinflussen.«

»Ich fürchte, darum ist's schlecht bestellt. Meine Lebensgeschichte schwarz auf weiß, würde die Yankee-Regierung nur dazu bringen, daß sie mich doch noch aufhängen läßt.

Mein Pa hat immer gesagt, ich wäre die richtige Kandidatin für die Präsidentschaft der H. R. & V.-Eisenbahnlinie . . .«

Carr durchforschte sein Gedächtnis. »Hm, von ihr habe ich noch nie was gehört«, gestand er schließlich.

»Gibt es auch nicht«, erklärte sie. »Pa hat sie erfunden. Die Initialen stehen für – ah, nun hinterlastig, rückwärts und verkehrt. Trifft alles auf mich zu . . .«

»Erzählen Sie mir Ihre Geschichte trotzdem«, bat er. »Lassen Sie mich selbst urteilen, inwieweit sie zu gebrauchen ist. Eine Story ins recht Licht zu rücken, ohne je wirklich zu lügen, gehört zu den subtilsten Aspekten der Kunst der Reportage . . .«

»Na gut.« Sie seufzte. »Aber da wird alles Ins-rechte-Licht-Rücken nichts helfen.«

Sie hatte, wie er eine Stunde später erkannte – denn aufgrund der politischen Schlagkraft seiner Zeitung war seine Besuchszeit nicht beschränkt –, fast recht. Nicht einmal ihr letzter Satz ehrlichen Bedauerns würde daran viel ändern. »Es tut mir leid, daß ich – wir – das alles getan haben. Es hat ganz sicher einen Krieg verlängert, den wir ohnehin nicht gewinnen können. Und jeder Tag, den er länger dauert, kostet nur weitere gute Jungs, sowohl aus dem Norden wie aus dem Süden, das Leben . . .« Nein, auch das änderte oder verbesserte die Tatsache nicht, daß sie streng juristisch gesehen eine zwanzigfache Todesstrafe verdient hätte. Aber er konnte sie doch nicht in diesem klammen, kalten, übelriechenden Pesthaus verrecken lassen! Sie war so dünn, so zerbrechlich. Und hin und wieder konnte sie ein Husten nicht zurückhalten, das sich arg ominös anhörte. Er gestand sich selbst ein, daß er töricht war, aber inzwischen war ihm klargeworden, wie so manchem anderen vor ihm und noch vielen weiteren in ihrem langen Leben, daß gut und schlecht, falsch und richtig, ja selbst das Gesetz und die Propheten merkwürdig unwichtig wurden, wenn man es mit Rose Ann zu tun hatte. Aber sosehr er sich den Kopf zerbrach, fiel ihm absolut nichts ein, was . . .

Doch plötzlich durchzuckte ihn ein Gedanke. Was hatte Sassy Sal gesagt? »Netteste kleine Missy, die dir je vor Augen gekommen ist, Ray, mein Bub. Hat das Leben der Hälfte der Frauen da drin eigenhändig und ganz allein gerettet . . .«

Er beugte sich eifrig vor und fragte: »Aber was ist mit all den Frauen, denen Sie hier im Gefängnis das Leben gerettet haben? Sal erwähnte es.«

Rose Ann zuckte die Schultern.

»Viel Lärm um nichts«, entgegnete sie müde. »In Virginia gibt es die meisten fieberhaften Erkrankungen des gesamten Südens. Wir holen uns alle nur vorstellbaren, wenn wir noch ziemlich klein sind. Und dann sterben wir entweder oder überleben. Und wenn wir unter diesen Umständen überleben und groß werden, sind wir offenbar so gut wie gegen alle Krankheiten gefeit. So etwas wie Jenners Impfstoff gegen Pocken, würde ich sagen. Als Fieber in den Frauenzellenreihen im zweiten Stock ausbrach und die armen Dinger wie die Fliegen dahinstarben, habe ich gebeten, sie pflegen zu dürfen. Ich habe es aus zwei Gründen getan. Ich dachte mir, wenn sie mich anstecken, mit was immer sie haben, kann der liebe Gott mir nicht vorsätzlichen Selbstmord vorwerfen. Und wenn ich es nicht bekäme, würde ich vielleicht ein bißchen etwas Gutes tun können. Ich habe mich nicht angesteckt. Und dann ging es den armen Dingern allmählich besser, hauptsächlich wohl, weil es mir gelungen ist, ihnen ein bißchen von den zwei Dingen zu geben, ohne die kein Mensch leben kann . . .«

»Und was sind diese beiden Dinge?« fragte er.

»Liebe und – Hoffnung«, antwortete Rose Ann McKenzie.

Also hatte Raymond Carr seine Story. Oder vielmehr fast. In den nächsten Tagen erhielt er die Erlaubnis des Gefängnisdirektors, dreißig der Frauen, die die – wie selbst die Gefängnisverwaltung zugeben mußte – wirklich ernste Epidemie einer Art Malaria unter den Inhaftierten des zweiten Stocks überlebt hatten, je eine halbe Stunde zu interviewen. Die Tiefe, Innigkeit und Zärtlichkeit der Liebe – eine andere Formulierung dafür wäre nicht stark genug –, die diese armen, heruntergekommenen Frauen für Rose Ann empfanden, überwältigte ihn schier. Mit dem unerschütterlichen, angeborenen Snobismus der sehr Armen hatten sie erkannt, daß da eine Dame war. Eine wirklich echte Dame. Und diese gütige Dame hatte sie mit dem Löffel gefüttert, sie mit den zarten sommersprossigen Händen gebadet, ihr verfilztes, verlaustes Haar gekämmt, die Schüssel für sie gehalten für das dunkle, mit blutigem Schaum durchzogene Erbrochene, hatte sie auf die Bettpfannen und Nachttöpfe gesetzt und dort gestützt, damit sie nicht umkippten. Und sie hatte herzerweichend um die geweint, die gestorben waren, und das war etwas, das keine von ihnen je vergessen würde.

»Ich tät' für sie sterben«, hatte mehr als eine ihm versichert. »Für sie tät' ich mich zerstückeln und auf heißen Kohlen rösten lassen!«

»Ich war schon auf dem ›Nüberweg‹«, erzählte ihm ein anderes hartgesottenes Straßenmädchen, »aber sie hat meine Hand genommen, dieser kleine rothaarige Engel direkt aus dem Himmel, hat sie gedrückt und mich festgehalten und geweint, als wär' ich ihre Schwester oder ihre Ma, und hat gesagt: ›Geh nicht, Jenny-Jo‹ – das sind meine Namen, Mr. Carr, Jane Josephine, oder vielmehr sie waren es, wie ich noch anständig gewesen bin –, ›bitte geh nicht. Ich könnt's nicht ertragen, wenn du stirbst!‹ Un' warum? Bloß, weil ich dafür gesorgt hab', daß ein paar dieser Weibsstücker von der South Side sie in Ruh' gelassen haben, wie sie zum erstenmal gehört haben, wie sie redet – wie eine Großherzogin, eine Königin – und für so was Unbedeutendes war sie dankbar. Und sie hat's ehrlich gemeint, Sir. Wissen Sie, wie es ist, wenn jemand sich *wirklich* was aus einem macht, wenn man dreißig Jahr bloß geprügelt und geschimpft worden ist? ‹Un' wenn dieser Jemand auch noch himmelhoch über einem steht? Also hab' ich mich entschlossen, noch nicht zu verrekken. Zwei Tag' später hab' ich ihr mit den anderen helfen können . . .«

Er hatte seine Story. Und er legte all diese Inbrunst hinein, alle diese Zärtlichkeit. Die Zeitung, für die er schrieb, war eine der ältesten und besten der Hauptstadt; sie wurde von Senatoren, Kongreßabgeordneten, hohen Offizieren, Kabinettsmitgliedern und den Frauen all dieser Männer gelesen und gelangte auch ins Weiße Haus.

Die fette kleine, im Süden geborene Mary Todd schmetterte ein Exemplar neben des langen Abes Eßteller. Für alle anderen auf der Welt war er der Präsident der Vereinigten Staaten, aber für die kleine Mary war er nur ihr Gatte, und sie hatte keine Hemmungen dafür zu sorgen, daß er nicht vom rechten Weg abwich. Sie hatte ihn schon von dieser idiotischen Idee abgebracht, ihrem kleinen Liebling Robert zu gestatten, an die Front gehen und sich umbringen zu lassen. Denn ihn vom Feld der Ehre fernzuhalten, war Abe sehr peinlich. Nun, als Präsident konnte es ihm peinlich sein, soviel es ihm beliebte, aber ihr *Gemahl* hatte dafür zu sorgen, daß man ihr einundzwanzigjähriges Baby ja nicht auch nur in die Nähe von schießenden Kanonen schickte, oder beim Allmächtigen, er würde diesen Tag bereuen! Also hörte Hauptmann Robert Todd Lincoln nie einen im Ernst gefeuerten Schuß, nicht einmal von einem Gewehr – auf beachtliche politische Kosten seines Vaters. Der lange Abe regierte über das Land, aber die kleine Mary regierte über Abe. Und nicht sehr überlegt noch dazu.

»Abe«, sagte sie jetzt. »Du mußt etwas wegen dieses Mädchens unternehmen.«

»Beispielsweise?« fragte der Gatte der kleinen Mary.

»Sie freilassen. Aus dem Gefängnis holen!«

»Aber Mary, das ist das gleiche Mädchen, von dem du gesagt hast, daß sie gehängt gehört!«

»Nun, ich habe meine Meinung geändert. Das steht uns Frauen zu. Abe, du läßt dieses Mädchen frei, hörst du?«

»Ja, Schatz«, sagte Mary Todds Gemahl.

Am nächsten Abend, lange nach Dienstschluß, kam La Fayette C. Baker vorbei, das Haupt des Geheimdienstes (denn Präsident Lincoln hatte inzwischen längst erkannt, daß Allan Pinkerton zwar der größte lebende Detektiv sein mochte, daß er aber als Geheimdienstchef in einem Stadium ständiger Verwirrung gelebt hatte. Infolgedessen hatte er ihn durch diesen hochgewachsenen, gutaussehenden, bärtigen Mann abgelöst, der mit ausgesprochen schmutzigen Methoden vorging). Er versicherte dem Präsidenten, daß der Fall Rose Ann McKenzie zufriedenstellend geregelt sei.

»Wir haben sie in einer ehrbaren Pension untergebracht, Sir«, erklärte Baker. »Und übermorgen schicken wir sie heim . . .«

»Wie denn, La Fayette?« erkundigte sich Abraham Lincoln.

»Per Schiff, Sir. Die Küste entlang und den James hoch zu unserem Hafen von City Point, von dort unter weißer Fahne zu ihren Linien. Ich bin sicher, die Rebellen werden sie gut behandeln, sie ist immerhin so etwas wie eine Heldin für sie, wie Sie wissen, Sir.«

»Gut.« Der Präsident seufzte. »Ich bin froh, daß das erledigt ist. Sagen Sie der kleinen Lady, daß ich ihr alles Gute wünsche und hoffe, sie eines Tages begrüßen zu dürfen – als treue Bürgerin der Union, natürlich . . .«

»Sir, weil Sie gerade davon sprechen, sie hat mich gefragt, ob ich Sie vielleicht um ein paar Minuten ersuchen könnte. Sie würde Ihnen gern persönlich für ihre Freilassung danken.«

»Wie ist sie?« erkundigte sich der Präsident.

»Außergewöhnlich«, erwiderte Baker. »Klein, zierlich, ja fast zerbrechlich – aber bezaubernd schön, auf unendliche eindringliche Weise. Ich glaube, kein Mann, der je auch nur fünf Minuten in ihrer Gesellschaft zugebracht hat, wird sie je vergessen. *Ich* ganz sicher nicht. Und dabei bin ich wahrhaftig nicht sehr empfänglich für die Reize des anderen Geschlechts. Das kann ich mir in meinem Beruf nicht leisten . . .«

»Sie überraschen mich, La Fayette«, sagte der Präsident. »Es gibt sehr viele schöne Frauen in Washington, sogar einige im Gefängnis, nehme ich an. Wieso beeindruckt da gerade diese Sie so sehr?«

»Nicht wegen ihrer Schönheit«, entgegnete der Geheimdienstchef, »oder vielmehr nicht allein wegen ihrer Schönheit, obwohl sie wahrhaftig außergewöhnlich ist. Aber wenn man Verstand hinzufügt, Persönlichkeit, Charme, das Herz einer Löwin, Nerven wie Drahtseile, ein mehr als reichliches Maß an Kultiviertheit, eine Stimme – rauchig, sanft, süß – wie die einer Großherzogin in der einen Minute und in der nächsten wie ein Nigger-Feldarbeiter, dann fragt man sich, warum sie sie nicht als Instrument zur Flucht aus dem Gefängnis benutzt hat, da sie damit buchstäblich Steine erweichen kann . . .«

Abraham Lincoln warf den Kopf zurück und lachte laut.

»La Fayette«, sagte er schmunzelnd, »man könnte fast meinen, Sie hätten sich in sie verliebt.«

»Das kann schon sein, Sir. Und ich möchte wetten, daß fast jeder Mann, den die kleine Miß McKenzie zu beeinflussen versucht, sich mit rasendem Puls und verdrehtem Kopf von ihr verabschiedet. Diese junge Frau kommt der Personifizierung des Adjektivs ›unwiderstehlich‹ näher als irgend jemand, der mir in meiner langjährigen Laufbahn untergekommen ist . . .« Er hielt inne und fügte schließlich trocken hinzu: »Auch im Privatleben ist mir so jemand nie begegnet.«

Der Präsident blickte ihn nun ernst an.

»Sie meinen also, ich sollte ihr diese fünf Minuten nicht gewähren?«

»Ich glaube, Sie *können* es nicht, Sir«, entgegnete der Geheimdienstchef ruhig. »Oh, ich meine damit nicht, ob es ratsam wäre oder nicht, sich mit dieser jungen Damen nett zu unterhalten. Das zu entscheiden liegt bei Ihnen allein, Mr. President. Es geht um die Umstände eines solchen Treffens – sie sind ein Alptraum . . .«

»Wieso?« fragte Abraham Lincoln.

»Ehe sie aus dem Gefängnis entlassen wurde, hätte ich vielleicht für Sie einen Besuch im Old Capitol arrangieren können, Mr. President, sagen wir als Inspektionsgang – ein Beweis Ihrer Besorgnis für die dortigen Zustände. Aber jetzt? Ich bin der Chef Ihres Sicherheitsdienstes, Sir; mit aller Bescheidenheit darf ich sagen, daß ich gute Arbeit leiste. Ich kann den Geheimdienst der Rebellen jederzeit überlisten. Aber wenn ich ein so aufregendes junges Ding in einer Pension besuche, wäre Mrs. Baker, noch ehe ich nach Hause komme, davon bereits vom besten Geheimdienst der *Welt* unterrichtet – der Schwesternschaft der Washingtoner Klatschbasen. Worunter sowohl unser Eßgeschirr als auch mein armer Kopf leiden würden, Sir!«

»Frauen!« sagte der Präsident mit leicht ironischem Lächeln.

»Aber es gibt eine Alternative, mein Freund. Ich könnte die kleine Miß McKenzie hierherbringen lassen, oder nicht?«

»Natürlich, Sir, was Sie vor zwei Alternativen stellen würde: Sie könnten diesen Besuch Mrs. Lincoln verheimlichen, in welchem Fall sie es ein wenig später erfahren würde. Und dann müßte ich Sie untertänig bitten, Mr. President, mich zum Botschafter in *China* zu machen, und mich umgehend auf den Weg schicken. Oder Sie könnten die First Lady einladen, an dem Gespräch teilzunehmen ...«

»Genau, was ich vorhatte«, versicherte ihm der Präsident.

»Dann sollten Sie jedoch darauf vorbereitet sein, daß Mrs. Lincoln die Rückkehr der kleinen Miß McKenzie ins Gefängnis verlangen wird, doch nur so lange, bis ein besonders hoher Galgen im Gefängnishof errichtet ist. Es ist zwar die reine Wahrheit, daß ihre Mitinhaftierten dieses niedliche Geschöpf regelrecht anbeteten, doch da waren auch keine männlichen Wesen im Spiel – weder Liebhaber noch Ehemänner. Mr. President, ich habe den starken Verdacht, daß die Reaktion der Gattung *Ehefrau* auf unsere reizende Exgefangene sowohl negativ wie explosiv wäre, Sir!«

»Ich verstehe.« Der Präsident seufzte. »Sie haben völlig

recht, La Fayette. Aber es tut mir leid. Ich hatte mich eigentlich darauf gefreut, diese berühmteste Spionin der Rebellen persönlich kennenzulernen . . .«

»Und Sie hätten ihren Besuch genossen, das versichere ich Ihnen, Sir. Aber in diesem Fall erscheint mir der Preis, der für ein wenig unschuldiges Vergnügen bezahlt werden müßte, denn doch zu hoch. Ich werde der kleinen Miß McKenzie ausrichten lassen, daß dringende Staatsgeschäfte leider verhinderten, daß Sie . . .«

Der Präsident hob eine große knochige Hand.

»Nein, nicht das, La Fayette.«

»Was soll ich ihr denn sonst sagen, Sir?«

»Daß die First Lady dagegen wäre. Sehr! Oder heftig! Ich überlasse die nähere Bestimmung Ihnen, mein Freund.«

Das Haupt des Geheimdiensts blickte den Präsidenten der Vereinigten Staaten an. Dann, ganz langsam, lächelte er. Schüttelte den Kopf in fast neidischer Bewunderung.

»Sie wird sich – außerordentlich geschmeichelt fühlen. Sie kennen Frauen wahrhaftig, Sir!«

Von dem Augenblick an, da sie mit einer einsamen Reisetasche, und die war fast leer, am Nordufer des James, gegenüber dem Stützpunkt der Union bei City Point, aus dem Ruderboot ausstieg, spürte Rose Ann, daß der Krieg verloren war. Ihre Eskorte – ihre zweite, denn die erste war mit dem Boot ans Südufer des James zurückgekehrt – war ein Trupp von Union-Kavalleristen. Und so wie die ersten gewesen waren, ja, wie alle Union-Soldaten waren, die sie sah, trugen sie ordentliche Uniform, strotzten vor Gesundheit, waren selbstsicher und überzeugt, daß der Krieg bald zu Ende gehen würde und sie ihn gewinnen würden. Natürlich waren die einzigen »Johnny Rebs«, die sie gesehen hatte, ein paar Kriegsgefangene bei City Point gewesen – und die hatten ausgesehen wie wandelnde Leichen, mit Lumpen, die von ihren Skeletten hingen, zu erledigt, um auch nur zu versuchen, mit ihr zu flirten. Und wenn ein Südstaatler nicht mit allem, was in Röcken steckt, flirtet, selbst wenn es wie selbstgemachte Sünde aussieht, so wie vermutlich ich jetzt, dann ist er bei Gott geschlagen, dachte sie traurig.

Sie saß hinter dem jungen Leutnant, der den Trupp führte, auf dem Pferd und hatte die Arme um seine Mitte geschlungen. »Das ist mein erster angenehmer Auftrag, seit ich bei dieser Armee bin«, versicherte er ihr glücklich. Sie kamen am Malvern Hill vorbei, den zu retten ihr einen Schuß in den Leib eingebracht hatte, dann ritten sie nordwärts, am Rand des White Oak Swamp entlang, zu Seven Pines hinunter, wo ihr Gatte einer Nacht, Giuseppe Lucarelli, ihr Joe-Joe, vor einer Million Jahren – wie ihr schien – damals 1861 gefallen war, nachdem er über sein Alter geschwindelt hatte, damit die Armee ihn aufnahm. Genau wie er zuvor in Massachusetts vor dem Friedensrichter gelogen hatte, damit er sie hatte heiraten können. Ich sollte meinen Namen ändern, dachte sie bitter. In – Beulenpest-McKenzie, vielleicht. Denn wer mit mir ins Heu steigt, mit dem ist es aus. Giuseppe. Greg. Kurt. Sogar – Colin. Sein Körper hat's zwar überlebt. Aber was ist aus seinem Ich geworden? Seinem Herzen, seiner Männlichkeit?

Sie verschloß sich diesem Gedanken, hörte überhaupt zu denken auf. Inzwischen waren sie auf die alte Williamsburger Poststraße eingebogen und ritten geradewegs zu den konföderierten Linien. Diese Linien waren ganze sechzig Kilometer lang, hatte der Yankee-Leutnant ihr erklärt. Sie reichten vom Chickahominy den ganzen Weg an Richmond vorbei nach unten, und dann halb um Petersburg herum in einem riesigen Halbkreis. Wenn der Kreis erst einmal ganz geschlossen war, wären alle Eisenbahnlinien, die diesen beiden Städten vom Süden Nachschub brachten, – »Wenn Sherwood ihnen überhaupt etwas gelassen hat, das sie bringen könnten!« meinte der junge Leutnant patriotisch – Eisenbahnlinien, wie die South Side, die Danville und die Weldon, abgeschnitten und der Krieg damit zu Ende. Mit seiner Hauptstadt in Händen der Union würde der Süden nicht mehr das Herz haben weiterzukämpfen, dessen war der junge Leutnant sicher.

»Sie kennen eben uns Südstaatler nicht«, entgegnete Rose Ann seufzend.

Und nun nahm er seinem Feldwebel den Lanzenstab mit der Kompaniestandarte ab und befestigte darüber eine riesige, weiße Fahne. »Wartet hier auf mich, Jungs«, befahl er. »Den ›Rebs‹ zuckt vielleicht der Finger am Abzug, wenn sie mehr als einen Reiter zur gleichen Zeit auf sich zukommen sehen.«

Also trottete er langsam auf die konföderierten Linien zu. Die Posten dort riefen ihm entgegen: »Die weiße Fahne, Yankee? Worüber willst du unterhandeln? Habt ihr vor, mit diesem verdammten Krieg Schluß zu machen und euch in den Norden zurückzuziehen, wie ihr es solltet?«

»Keineswegs, ›Johnny‹!« rief der Leutnant zurück. »Wir haben vor, euch in den Golf von Mexiko zu jagen. Aber im Augenblick bringe ich euch Burschen ein Geschenk: eine kleine Josephine ›Reb‹, die aus der Nähe von Richmond ist, wie sie sagt. Haben sie beim Spionieren erwischt, aber sie ist so verflixt hübsch, daß wir's nicht übers Herz bringen konnten, sie zu hängen. Also verurteilten wir sie statt dessen zu zweihundert Küssen. Deshalb sind ihre süßen Lippen auch ein bißchen geschwollen, aber ansonsten geht's ihr gut . . .«

Rose Ann beuge sich hinter seinem breiten Rücken nach vorn und rief süß: »Wie geht's euch, Jungs?«

»Großer Gott! Der Yank lügt nicht! Er hat uns doch wirklich einen niedlichen Engel geradewegs aus dem Himmel gebracht! Ich werd' verrückt. Zuckerpüppchen, bist du echt? Oder träum' ich im Steh'n?«

»Ich bin wirklich da.« Rose Ann seufzte. »Aber ist das die Art und Weise, wie ihr üblicherweise eine Dame begrüßt? Man könnte ja glauben, daß ihr seit zwanzig Jahren keine Mädchen mehr gesehen habt!«

»Eines, das wie *du* aussieht, Zuckerpüppchen, noch *nie*!« riefen sie im Chor. »Als dein Papi und deine Mami dich gemacht hatten, haben sie wohl das Rezept weggeschmissen und die Form zerbrochen! Komm, laß dir von mir von diesem verdammten Yankee-Pferd helfen, und dann setzt du dich ein bißchen zu uns, Engelchen, Honigkuchen. Dann sagst du uns, welches Stück Yankee-Land du gern hätt'st, und wir erobern's für dich! Washington, Boston, New York – du mußt es bloß sagen.«

»Ich möchte, daß ihr euch bei dem Leutnant bedankt, daß er mich heimgebracht hat«, sagte Rose Ann förmlich, »und daß ihr mich danach zu eurem kommandierenden Offizier führt . . .«

»O Püppchen!« stöhnten sie. »Er ist *uralt*! Schau dagegen uns an! Wirklich hübsche Jungs, wie alle Mädchen sagen. Voll Feuer und . . .«

»Kann ich mir denken«, entgegnete Rose Ann streng. »Bitte bringt mich zu eurem Offizier!«

Als sie sich in der Mietdroschke dem McKenzie-Haus näherte, waren keine der Schwarzen in Sicht. Die »Hundert« sah – heruntergekommen aus, als wäre seit Monaten nur noch das Allernötigste getan worden. In Richmond hatte sie bereits gehört, daß die Neger in Scharen davonliefen, um sich zu den Union-Linien durchzuschlagen, die immer näher kamen und um sich zu Arbeitsbataillonen zu melden – wo sie, wie man sich bitter erzählte, nicht den geringsten Sold bekamen. Richmond war vollgepfropft mit Flüchtlingen, sowohl aus dem Tal, wo Early Phil Sheridan zunächst vernichten, dann aufhalten wollte, und von der Gegend um Petersburg, wo die Zustände noch schlimmer als in Richmond waren und sich von Stunde zu Stunde verschlechterten. Männer über sechzig und Jungen von knapp vierzehn hielten diese dünnen Linien um Petersburg jetzt. Krüppel. Die Lahmen und Gebrechlichen, alle, außer den Blinden. So verändert war die Hauptstadt, daß sie Pferd und Einspänner von einem ihr völlig Fremden gemietet und die Stadt verlassen hatte, ohne auch nur mit einem einzigen Bekannten zu reden. Tatsächlich hatte sie auch nur einen einzigen gesehen: Bischof Erwell von St. Paul. Aber da sie voll Besorgnis so schnell wie möglich zur »Hundert« wollte, hielt sie nicht an, sondern winkte ihm nur zu. Da hatte der Geistliche sich sichtlich ungläubig die Augen gerieben, die Stirn gerunzelt und sich umgedreht.

Die Tür war verschlossen und verriegelt, was sie nicht wunderte. Sie hatte von Deserteuren und Drückebergern gehört, die einsame Plantagen überfielen. So hämmerte sie lange Minuten mit der Faust darauf. Selbst als ihre Hände bereits rot und wund waren, öffnete immer noch niemand.

Verdammte Taugenichtse von Niggern! dachte sie. Tante Cindy könnte natürlich bereits schlafen, spät wie es ist, und dann würde nicht einmal Artilleriefeuer sie wachkriegen. Und die faule Venus turtelt wahrscheinlich mit irgendwelchen Nigger-Arbeitern von einer anderen Plantage herum. Von Fairdale, vermutlich. Und die anderen, Caesar, Brutus und Cassius – wer konnte schon wissen? Caesar war sicher nicht weggelaufen, dazu war er zu alt. Aber die beiden anderen? Angenommen, Gwen ist ganz allein da drin, von Pa abgesehen, der inzwischen schon seinen Rausch ausschläft, und sie hat ganz einfach *Angst* aufzumachen?

Sie machte einen Schritt rückwärts, legte die Hände als Trichter an die Lippen und schrie: »Gwen! Ich bin's, Rose Ann!«

Sie lauschte. Schleppend näherten sich innen Schritte. Dann klang Gwens Stimme schwach, zitternd, furchterfüllt durch die Tür.

»Wer – haben – Sie – gesagt – daß – Sie – sind?« fragte sie.

»Rose Ann, Dummerle! Bitte mach die Tür auf. Ich komme gerade aus Washington. Habe fast drei Wochen dazu gebraucht, aber jetzt bin ich hier! O Gwen-Schatz, ich . . .«

Vor unterdrückter Wut würgend klang Gwens Stimme durch das Holz: »Gehen Sie weg! Ich weiß nicht, welches Spiel Sie treiben, Miß, wer immer Sie sind. Aber meine arme Schwester können Sie nicht sein, weil – sie tot ist!«

»Ohhh, Gooott!« stöhnte Rose Ann. »In diesem Fall, Gwen-Schatz, redest du mit der verdammt lebendigsten Leiche, die du je gesehen hast! Ohhh, Gott, ohhh, Gott! Ich weiß, du hast vermutlich in der Zeitung gelesen, daß die Yankees mich aufgehängt haben! Gwen-Schatz, es ist nicht wahr! Es war nur ein Trick! Propaganda, um den anderen Spioninnen angst zu machen ! O Gott, Gwen, *bitte* mach die Tür auf!«

Sie hörte, wie der Riegel zurückglitt und die Angeln knarrten. Die Tür öffnete sich vorsichtig zunächst ein paar Zentimeter, dann schwang sie weit auf. Gwen streckte ihrer kleinen Schwester die Arme entgegen. Rose Ann faßte sie, drückte sie heftig und küßte ihr ganzes bleiches Gesicht und weinte, weinte, weinte . . .

Sie brauchten beide über zehn Minuten, um sich so weit zu beruhigen, daß sie reden konnten. Und dann wollte Gwen offenbar nicht.

»Ich mache dir Sassafrastee«, sagte sie nervös. »Aber wenn du Hunger hast, mußt du dich mit Maisbrot begnügen, mit *kaltem.* Tante Cindy ist krank. Und Venus ist kurz nach Brutus und Cassius davongelaufen . . .«

»*Mit* Cassius, hoffentlich!« sagte Rose Ann. Cassius und Venus hatten vor Jahren geheiratet, waren jedoch nie sonderlich gut miteinander ausgekommen. Menschliche Natur bleibt eben menschliche Natur, egal, in welche Hautfarbe sie eingewickelt ist.

»Das bezweifle ich«, entgegnete Gwen. »Die Schwarzen nehmen ihren Hochzeitsschwur nicht sehr ernst, weißt du. Aber was das betrifft . . .« Sie unterbrach sich. »Möchtest du Tee?«

»Ja, bitte. Aber kein Maisbrot. Ich würde es nicht vertragen. Ich habe mir im Gefängnis den Magen verdorben, da habe ich Schwierigkeiten mit dem Essen.«

»Du bist dünn wie eine Bohnenstange!« Gwen seufzte. »Aber hier wirst du kein Fett ansetzen können. Wir sind praktisch am Verhungern . . .« Sie stand auf, müde, schwerfällig. Dabei verfing sich das Baumwollnachthemd kurz an der Armlehne des Stuhls, auf dem sie gesessen hatte, und schmiegte sich eng an ihre schlanke Gestalt. Rose Ann unterdrückte einen Aufschrei. Sie sagte nichts. Sie wollte erst mit ihren eigenen Gefühlen über diese abrupte Wendung im Familiengeschehen fertig werden, und dazu brauchte sie ein bißchen Zeit.

Cabe hat also Urlaub bekommen, dachte sie bitter. Und das Glück lachte ihm – ihnen – schließlich. Ich hoffe, sie werden jetzt endlich glücklich sein und es auch bleiben. Das wünsche ich ihnen ehrlich. So sei es denn, lieber Gott. Wenn der Krieg vorbei ist, werde ich – fortgehen. Hier ist – es nichts für mich, oder? Aber das war es auch nie . . .

Sie fuhr mit den sommersprossigen Händen über die plötzlich brennenden Augen und rief der in der Küche verschwindenden Gwen nach: »Ich nehme an, Papa schnarcht schon, nicht wahr? Na ja, dann muß ich eben bis morgen warten, bis ich ihm das Haar zausen und kitzeln kann. Denn wenn er sich vorher einen angetrunken hat, ist er ja doch nicht wach zu kriegen . . . Er schläft doch schon, oder?«

»Ja. Vater schläft.« Gwens Stimme klang – merkwürdig. Eisig, gequält, dumpf.

Rose Ann sprang auf, rannte in die Küche, nahm ihrer totenbleichen Schwester den Schürhaken ab, mit dem sie in der Glut des riesigen Steinherds stocherte, auf dem die McKenzies – die wesensbedingt nicht imstande waren, etwas zur rechten Zeit oder richtig zu tun, ja, die nicht einmal in ihrem eigenen Jahrhundert lebten – jetzt noch kochten, weil sie noch immer nicht daran gedacht hatten, sich einen gußeisernen Herd anzuschaffen.

»Komm, laß mich das tun«, sagte sie sanft. »Du darfst dich wirklich nicht mehr so anstrengen, weißt du . . .«

Gwens rosa Lippen wurden schneeweiß, verschwanden in der Blässe ihres Gesichts.

»O mein Gott!« hauchte sie. »Du meinst – man sieht es schon? Daß man es schon – merken kann?«

»Nicht wenn du Hänger oder ähnlich weite Sachen trägst

und dich bemühst, den Atem anzuhalten«, neckte Rose Ann sie schwach. »Aber was soll's, Gwen-Schatz? Du und der olle Cabe habt solch ein wirklich hübsches Stück Papier mit allen möglichen Siegeln und Bändchen, das euch alle Rechte der Ehe gestattet, jederzeit, wenn euch danach ist, würde ich meinen. Und da Cabe einer Sauftour mit seinen Freunden nicht widerstehen kann, wenn er Urlaub kriegt, werden all die langnasigen Hexen es sich bald an den Fingern abzählen, wann's soweit ist. Übrigens, wie geht's diesem etwas zu kurz geratenen Filou?«

Gwen starrte ins Feuer. Die jetzt lodernden Flammen – denn Rose Ann hatte bereits mehrere Scheite harziges Kiefernholz nachgelegt – verliehen ihrem fast silbrigen, aschblonden Haar einen warmen orangefarbenen Schimmer. Dann drehte sie sich zu Rose Ann um und sagte dumpf, langsam, gequält: »Das weiß ich nicht. Vielleicht ist er tot.« Nach einer kurzen Pause fügte sie mit gespenstischer Ruhe hinzu: »Ich *hoffe*, daß er tot ist . . .«

»Großer Gott!« flüsterte Rose Ann.

»Da er seit dem 25. April 1863, das sind übermorgen ein Jahr und fünf Monate, nicht mehr daheim war, wäre es besser für alle. Sogar, wahrscheinlich, für ihn.«

Rose Ann deutete mit einem Kopfnicken auf den noch ganz winzigen Bauch ihrer Schwester.

»Colin?« fragte sie.

»Ja«, antwortete Gwen.

Rose Ann stand kurz da wie Lots Frau. Als sie sich schließlich rührte, war ihre Bewegung so schnell, daß sie vor den Augen verschwamm. Ihre Rechte griff durch die Luft und knallte laut wie ein Pistolenschuß ins Gesicht ihrer Schwester.

Gwen taumelte, wäre gefallen, wenn Rose Ann sie nicht schnell aufgefangen hätte.

»Diese Ohrfeige«, erklärte sie, »war für Cabe. Er ist nicht der Mann, den man betrügen darf. Und schon gar nicht mit einem, wie dem, mit dem du es getan hast. Aber *das*«, fuhr sie weicheren Tons fort, »ist von mir . . .« Sie lehnte sich schnell vor und drückte einen sanften, feuchten Kuß auf Gwendolyn McKenzie-Henrys Wange, wo der weiße Abdruck ihrer Hand sich allmählich rot färbte.

»Willkommen in der Schwesternschaft armer mitgenommener kleiner Luder, Gwen«, sagte sie. »O zum Teufel mit dem Sassafrastee. Komm, setzen wir uns irgendwohin, und du erzählst mir alles.«

Da lächelte Gwen ein tiefinnerliches, geheimnisvolles Lächeln.

»Es gibt nichts zu erzählen«, sagte sie weich. »Ich liebe Colin. Ich habe ihn immer geliebt und werde ihn immer lieben, bis ich sterbe. Ich sage nur soviel: Da war eine Nacht im vergangenen Juni – alles war nur so getränkt vom betäubenden Duft des Geißblattes, so süß und fast schwindelerregend – und da kam er hierhergefahren – unter einem gelben Mond, der fast den halben Himmel ausfüllte. Was gibt's da noch mehr zu sagen, Zigi? Ist es überhaupt nötig?«

»Nein.« Rose Ann seufzte. »Damit ist alles gesagt. Aber setzen wir uns trotzdem in den kleinen Salon. Oder gehen wir hinauf in dein Schlafzimmer, dann kannst du dich wenigstens ausstrecken. Wir müssen gut auf meine kleine illegitime Nichte aufpassen. O Gott, wird sie schön werden! Eine Kombination von dir und Colin ist schon fast eine schriftliche Garantie für Schönheit . . .«

»Dein – absolut illegitimer *Neffe*«, unterbrach Gwen sie. »Ich habe Colin – einen Sohn versprochen, Zigi.«

»Schatz, verzeih mir, wenn ich wieder vorlaut bin, aber das bin ich wohl immer, nicht wahr?« Rose Ann seufzte. »Aber so, wie ich es sehe, würde die Kombination – die geistige meine ich jetzt, nicht die körperliche – von Colin und dir sich in einem Mädchen viel besser machen. Colin ist ein wirklich netter Junge, aber er hat offen zugegeben, daß ihm ein winziges bißchen von den wesentlichen Elementen des Mannestums fehlt. Gwen-Schatz, und das ist der Mut. Das hat er bewiesen, indem er sich selbst die Kniekappe durchschossen hat. Ein Mädchen aber muß nicht tapfer sein . . .«

»Du bist tapfer«, warf Gwen trocken ein.

»Ich bin ja auch ein Außenseiter, der immer gegen den Strom schwimmen muß. Man hätte mich schon als Kätzchen ertränken sollen. Na, ist das nicht eine hübsche Mischung von Metaphern, Gwen-Schatz? Genau das bin ich nämlich, wenn ich's mir recht überlege: eine gemischte Metapher, ein Außenseiter, eine arme mitgenommene streunende Katze. Eine Schande für die Weiblichkeit und die Menschheit überhaupt, und . . .«

»Unendlich liebenswert. Der liebenswerteste Mensch, den ich kenne«, entgegnete Gwen ruhig. »Und was Colin betrifft, täuschst du dich. Am Morgen, nachdem wir uns – geliebt hatten, zum erstenmal, glaub mir . . .«

»Wie war er?« spöttelte Rose Ann. »Ein Schnellzünder, würde ich wetten!«

»Mit dir, vielleicht«, antwortete Gwen gleichmütig. »Oh, ich habe mir schon gedacht, daß ihr eine – Affäre gehabt habt, aber er war natürlich viel zu sehr Gentleman, um es zuzugeben. Doch bei mir war er – wundervoll. Meisterhaft und meisterlich, und es ist mir sogar egal, ob du den Unterschied, den ich da zu machen versuche, erkennst oder nicht . . .«

»Ich weiß, was du meinst«, sagte Rose Ann ernst.

»In der Liebe bedeutet das *Wer* viel mehr als das *Wie*, Zigi. Wenn dir allein schon durch die Anwesenheit deines Liebsten vor Glück schwindelig wird, wenn allein seine Nähe, ohne daß er dich berührt, dich entflammen läßt, kann ein Kuß mehr erreichen, als Caleb es mit einer Stunde größter Mühe und aller diabolischen schwarzen Künste fertiggebracht hat, zu denen meine Kälte und Gleichgültigkeit meinen armen, vermutlich gefallenen Mann gezwungen haben und in denen er zum Meister geworden ist. Schnellzünder, sagst du? Wie könnte ich das beurteilen, wenn ich noch schneller zünde?«

»Süßes Jesuskind!« hauchte Rose Ann.

»Amen! Aber ich wollte dir ja eigentlich erzählen, daß wir uns am nächsten Morgen gestritten haben. O nein! Nicht über die wundervollste, die unvergeßlichste Nacht meines Lebens, sondern über seine Beharrlichkeit, mich überreden zu wollen, daß ich mit ihm durchbrenne. Nach Kansas, wo die Leichtigkeit, mit der man ein Scheidungsersuchen durch die Legislatur kriegt, geradezu ein öffentlicher Skandal ist. Ich weigerte mich – mit der Begründung, daß ich nicht um eine Scheidung von einem Mann ansuchen kann, von dem ich nicht weiß, ob er lebt oder tot ist. Denn wenn Caleb gefallen ist, wäre die Scheidung unnötig, und wenn er lebt, bin ich es ihm als anständigen Menschen, als Soldaten, ja sogar als Helden im Dienste unseres Vaterlandes, schuldig, daß ich ihn um die Scheidung bitte und um seine Mithilfe – mit der Warnung natürlich, daß ich sie auch einreichen würde, wenn er dagegen wäre . . .«

»Gwen, Schatz, damit unterzeichnest du Colins Todesurteil, das ist dir doch klar? Cabe wird ihn *töten* und dich für sechs Monate ins Krankenhaus bringen . . .«

»Das glaube ich nicht«, entgegnete Gwen kühl. »Cabe hat eine tiefe Ader – reinster Zivilisiertheit in sich, trotz all seiner Großmäuligkeit. Ich kann leicht daran appellieren. Das habe ich schon oft getan. Und was Colins Todesurteil betrifft, das habe vielleicht *ich* bereits unterzeichnet . . .«

»Wie?« fragte Rose Ann.

»Ich sagte bitter zu ihm, da ich einen Mann liebe, der von den zwei Männern in meinem Leben offenbar der geringere ist, daß ich es dem besseren schulde, mich nicht hinter seinem Rücken davonzustehlen – daß es ihm gegenüber unfair wäre, wenn ich einfach nicht mehr da bin, falls er aus irgendeinem Yankee-Gefangenenlager zurückkommt . . .«

»Glaubst du, daß Cabe in Gefangenschaft geraten ist?« unterbrach Rose Ann sie, wobei in ihrer Stimme Hoffnung wie ein Waldfeuer knisterte.

»Nein. Ich glaube, Cabe ist – tot, Rose. Die Umstände, unter denen er verschwand, deuten darauf hin. Aber da ich es nicht mit Sicherheit *weiß*, ist es nur fair zu warten, bis der Krieg vorbei ist, um ihm die Chance zu geben heimzukommen, falls er doch noch lebt . . .«

»Und was waren diese Umstände?« erkundigte sich Rose Ann klopfenden Herzens.

»Später. Ich möchte erst von Colin weitererzählen. Es ist wichtig für mich, daß du aufhörst, ihn für einen Feigling zu halten. Er ist tatsächlich der Tapferste der Tapferen, der Mann, der nobel handelt, indem er seine zugegebene Furcht überwindet . . .«

»Dazu gehört aber allerhand, Schatz«, warf Rose Ann ein.

»Ja. Aber er hat es geschafft. Am 16. Juni, dem Tag, nachdem Colin und ich uns so bitter stritten, warf General Grant – nachdem er in vier Tagen und Nächten General Lee umgangen und es so geschickt gemacht hatte, daß unser Oberbefehlshaber die verzweifelten Telegramme nicht glauben wollte, die General Beauregard ihm wiederholt von Petersburg schickte – über fünfundsechzigtausend Mann gegen die Linien, die Beauregard mit knappen zehntausend zu halten versuchte. Colin hat noch am selben Abend davon erfahren, Gott weiß wie! Zu Tode verwundet durch meine grausamen Worte, führte er am nächsten Morgen einen Kavallerietrupp, den er aus Arbeitern seiner Fabrik zusammengestellt hatte, nach Petersburg, um – wie er es jetzt zugibt – es mir zu zeigen oder zu sterben.«

»Einen *Kavallerie*trupp?« rief Rose Ann. »Aber Gwennie-Schatz, Colin kommt ja nicht einmal auf ein Pferd, wie könnte er da . . .«

»Einen Trupp Reiter anführen? In einem *Einspänner*, Rose, von dem er ein Stück des Schmutzbretts so hat abschneiden lassen, daß sein steifes Bein hinausragt. Und mit *sechs* Hinterladerkarabinern von dem Modell, das er und der schwedische Ingenieur, der für ihn arbeitet, gemeinsam konstruiert haben, auf dem Sitz neben sich, so daß er sechsmal schießen konnte, ohne anzuhalten, um neu zu laden. Hier also ist *mein* Held, Zigi – der zugibt, daß er geweint und gebetet und sich vor Angst sogar die Hose naßgemacht hat. Mit seinem Trupp alter Männer und bartloser Jungen auf *Maultieren* zum größten Teil, weil Pferde kaum noch zu kriegen sind, hat er sich Schrapnell-, Kartätschen- und Kettenschußfeuer gestellt und Bombenexplosionen, dem Beschuß durch Hinterlader und Repetiergewehre – jene, von denen unsere Jungs sagen, daß die Yankees sie am Sonntag laden und die ganze Woche damit schießen – Gatlings-Gewehre nennt man sie. Weißt du, was das ist?«

»Ja, und ob ich das weiß. Es ist ein Schnellfeuergewehr mit zehn rotierenden Kammern, für das man Randzündpatronen mit Messinghülsen braucht. Diese Patronen werden durch die sich vorwärtsbewegenden Schlösser in die Kammern geschoben, wenn man die Kurbel dreht. Niemand weiß, wie schnell diese verdammten Dinger schießen können. Aber jedenfalls schnell genug, *fünfzig* Kavallerietrupps in seinem Schußfeld zu töten, nicht nur einen. Tut mir leid, Gwen, mein Herzblatt, aber Colin lügt schon wieder. Es hat noch *niemand*, ich wiederhol' es, *niemand* versucht, gegen ein Gatling-Gewehr zu stürmen, der es überlebt hätte!«

»Außer Colin! Er hat das, das er und sein Trupp erobert haben, in seine Fabrik gebracht, wo Lindsholm sich alle Mühe gibt, es so umzuarbeiten, daß man normale Munition verwenden kann. Denn Colin sagt, es sei unmöglich, die herzustellen, die dazu nötig wäre . . .«

»Ich weiß. Man braucht eine Maschine zur Prägung der Patronenhülsen aus Messing, eine zweite, um die Verschlußplättchen, die wie Miniaturtellerchen voll Zündstoff aussehen, aufs hintere Ende zu setzen und anzubringen, eine dritte . . .«

»Zigi, wie in aller Welt, weißt du, eine Frau, soviel über Schußwaffen?«

»Ich war Spionin, Schatz, ehrlich. Ich hab' all diesen hochtechnischen Kram Ingenieuren in Connecticut und New York entlockt, zu denen ich richtig nett war, bis sie mir alles erzählten. Und frag' mich nicht, wie ich das gemacht habe.

Du könntest natürlich herausfinden, daß das Synonym für Spionin ein Wort ist, das mit einem großen H anfängt . . .«

»Hure? Das hab' ich schon gehört. Doch in deinem Fall, meine teuerste Schwester, weigere ich mich, das zu glauben. Aber laß mich weitererzählen. Colin gibt ja erfreut zu, daß er durch einen reinen Glücksfall zu diesem Gatling-Gewehr gekommen ist. Offenbar hat der alte Benjamin ›Biest‹ und/oder ›Silberlöffel‹ Butler, ehemals von den Besatzungsstreitkräften von New Orleans, nicht weniger als zwölf Gatling-Gewehre und dazu zwölftausend Patronen aus dem Fonds seiner eigenen Division gekauft und sie nach City Point mitgenommen. Gerade zur richtigen Zeit, um ein paar davon bei Petersburg ausprobieren zu können. Unsere Artillerie vernichtete das erste, und Colin eroberte mit seinem Trupp das zweite, nachdem er bemerkt hatte, daß es seine Ladung innerhalb von zwei Minuten verschoß und man dann fast zehn Minuten brauchte, bis es nachgeladen war. Also griffen er und seine Opas und kleinen Jungs an, während die Yankees sich plagten, ein weiteres dieser Dingsdas voll Patronen oben anzubringen . . .«

»Patronenbehälter«, erklärte Rose Ann, »auch Magazin genannt. Das war kein Glücksfall, Schatz, das war ausgesprochene Klugheit. Also muß ich mich jetzt bei Colin entschuldigen. Du hast recht, er ist kein Feigling. Feiglinge nehmen sich keine Zeit zum Überlegen. Sie laufen erst und denken später. Schatz, glaub mir, ich bin so froh . . .«

»Und ich erst.« Gwen seufzte. »Ehrlich, Colins berüchtigte Feigheit hat mich gestört. Aber er und sein Trupp blieben an der Front, selbst als ihre Maultiere und Pferde, auch die vom Einspänner, tot waren. Sie kämpften als Infanteristen den Rest des 16., den ganzen 17. und 18., bis General Lee schließlich überzeugt war, daß Grant sich an ihm vorbeigeschlichen hatte, und endlich selbst nach Petersburg kam. Inzwischen war die Hälfte von Colins kleinem Trupp tot und der Rest, einschließlich ihm, verwundet . . .«

»Schwer?« fragte Rose Ann krächzend.

»Gott sei Dank nicht. Eine Miniékugel in seinem rechten Oberarm. Er wird ein bißchen lahm sein, von jetzt an, oder vielmehr noch ein bißchen lahmer als sowieso schon, aber . . .«

»Gwen-Schatz, hol diesen Jungen lieber schnell heim, ehe er etwas *Brauchbares* verliert«, meinte Rose Ann lächelnd.

Gwen lachte darüber so fröhlich, daß Rose Ann bewußt wurde, wie sehr die Liebe sie verändert hatte. Das macht sie regelrecht *menschlich*, endlich, dachte Rose Ann.

»Oh, er dürfte für die nächste Zeit außer Gefahr sein«, sagte Gwen. »General Beauregard gab ihm und seinen Leuten eine wundervolle schriftliche Auszeichnung, die auch General Lee mitunterschrieb, als er ankam. Dann dankte Lee ihm zunächst für seinen Einsatz und den Mut, den er mit seinen ›Irregulären‹ bewiesen hatte, aber danach sagte er ziemlich scharf – der arme Mann, er ist ziemlich fertig mit den Nerven –, ›Leutnant Claiborne, ich habe übergenug Helden, die es offenbar ständig fertigbringen, den Heldentod zu sterben, was mich zutiefst betrübt und ihre Nützlichkeit für unsere gute Sache für immer beendet. So wie es jetzt steht, ist ein erfahrener, tüchtiger Waffenhersteller, wie Sie es sind, für mich mehr als eine Division Helden wert. Also sehen Sie zu, daß Sie nach Hause kommen und weiterhin Waffen und Munition herstellen, die wir so dringend brauchen. Und das, Leutnant, irregulär oder nicht, ist ein Befehl!‹ «

Rose Ann stieß einen Seufzer der Erleichterung aus. »Ich werde ihn, wenn ich das nächste Mal in die Stadt komme, in der Fabrik besuchen – das heißt, wenn du nichts dagegen hast, Schatz?«

»Natürlich nicht! Colin liebt jetzt *mich*, Zigi. Liebt mich wirklich. Ich glaube, du könntest ihn mir nicht wegnehmen, selbst wenn du es darauf anlegen würdest, was du offenbar nicht vorhast. Wird – Kurt auch bald kommen?«

»Kurt ist tot, Gwen. Er wurde erschossen, als man mich gefangengenommen hat.«

»Das tut mir leid. Nein, das ist eine Lüge. Eine halbe zumindest. Es *tut* mir leid, daß er tot ist, aber ich bin froh, daß du ihn los bist. Er war ein absolut entsetzlicher Mensch, fand ich jedenfalls.«

»Das war er auch. Gwen, bitte erzähl mir von Cabe. Wieso bist du so sicher, daß er tot ist?«

»Ich bin nicht sicher, aber es ist leider allzu wahrscheinlich. Du weißt doch, was General Jackson passiert ist, nicht wahr?«

»Nein«, flüsterte Rose Ann.

»Er wurde versehentlich von unseren eigenen Leuten erschossen. Er ritt mit seinem Stab, unter ihnen Caleb, am ersten Tag von Chancellorsville aus, um festzustellen, was die Yankees vorhatten. Während sie unterwegs waren, bezogen neue Truppen von North Carolina ihre Stellungen. Und als ›Felswand‹ und seine Leute zurückritten, war es schon dunkel, jedenfalls so weit, daß man Farben nur noch schlecht unterscheiden konnte. So kam es, daß diese North Carolina sie für Yankee-Kavalleristen hielten und das Feuer eröffneten. Die meisten von General Jacksons Stab waren sofort tot, er selbst so schwer verwundet, daß er nach acht Tagen starb. Seine letzten Worte waren ergreifend . . .«

»Was sagte er denn?« fragte Rose Ann.

»›Nein, nein‹«, zitierte Gwen. »›Laßt uns den Fluß überqueren und im Schatten der Bäume ausruhen . . .‹«

»Amen«, murmelte Rose Ann. »Und – Cabe?«

»Seine – Leiche wurde nicht gefunden. Die Leichen aller anderen schon. Auch Cabes totes Pferd fanden sie – es war von Kugeln zerrissen – fast regelrecht zerstückelt. Aber Cabe konnten sie nirgendwo entdecken.«

»Vielleicht«, brachte Rose Ann hervor. »Vielleicht . . .«

»Und vielleicht auch nicht. Es könnte sein, daß er einfach nicht mehr – erkennbar gewesen ist. Oder von Artilleriefeuer völlig vernichtet. Das kommt häufig vor, weißt du. Vor allem in der Art von Schlachten, die wir jetzt führen . . .«

»O Jesus!« flüsterte Rose Ann. »Jesus, Jesus, Jesus!«

»Rose Ann – du liebst Caleb, nicht wahr?«
Fast trotzig hob Rose Ann den Kopf.
»Ja«, sagte sie fest. »Hast du etwas dagegen?«
»Nein«, antwortete Gwen sanft. »Absolut nichts. Ich finde, ihr zwei paßt großartig zusammen. Wenn dieser schreckliche Krieg vorüber ist, werden die Leute über diese dummen Vorurteile hinauswachsen, die es einem Paar fast unmöglich machen, eine schlechte Ehe zu brechen – und ihr Leben neu zu gestalten. Zumindest hoffe ich das.«
»Ich auch«, sagte Rose Ann inbrünstig. »Was weißt du über andere, die ich kannte?«
»Jeb Stuart ist am 25. Mai an einem Ort namens Yellow Tavern gefallen . . .«
»Ohhh, Gooott!« rief Rose Ann und fing an zu weinen. Plötzlich erstarrte sie. »Gwen«, hauchte sie, »was ist mit – *Jeff*?«
»Oh, Jeff geht's gut. Er ist in London, um was für unsere Regierung zu beschaffen. Er könnte es gar nicht besser getroffen haben.«
»Und Mary Sue?«
»Ist überglücklich – seit ihr Baby da ist.«
»Ihr – *Baby*!« rief Rose Ann. »Wie – wundervoll! Großartig! O Gott, ich bin so glücklich, daß ich wieder weinen muß!«
»Ja, es ist inzwischen vier Monate alt. Ein rothaariger kleiner Schelm, der dir mit jedem Tag ähnlicher sieht. Sie haben sie dir zu Ehren sogar Rose Ann getauft. Natürlich dachten sie, du seist tot, als sie es getan haben, aber trotzdem . . .«
»Gwennn . . .«, sagte Rose Ann düster. »Jeffie war wenig zu Haus, wie die meisten Männer in diesem Krieg. Und du und ich, wir haben beide bewiesen, wie modern wir Frauen sein können. Ich hoffe bei Gott, daß Miß Niedlich . . .«
»Unseren geliebten Bruder nicht betrogen hat? Natürlich nicht. Außerdem war Jeff genau neun Monate vor dem freudigen Ereignis zu Hause. Er kam zu Vaters Beerdigung – und . . .«
Rose Ann stand auf. Ihre grünen Augen wurden wie die von

Pallas Athenes heiligen Eulen – riesig, und wuchsen, wuchsen, bis nur noch sie zu sehen waren; wurden zu brennenden Smaragdteichen; grundlos in ihrem Entsetzen.

»Du – du hast gesagt, daß Pa – schläft!« krächzte sie.

»Das tut er«, bestätigte Gwen traurig. »Für immer. Hör zu, Rose Ann, ich wollte nicht schon heute abend davon sprechen. Über Vaters Tod, meine ich. Weißt du, er . . .«

»Er hat in der Zeitung gelesen, oder jemand hat ihm gesagt, daß ich – tot bin. Daß man mich – *gehängt* hat. Da blieb sein Herz stehen, nicht wahr?«

Gwen starrte über die leichte Rundung ihres schwangeren Leibes auf ihre Füße. Dann blickte sie wieder hoch. Tränen glitzerten auf ihren Wangen.

»Ja, Rose Ann«, sagte sie.

Diese riesigen Augen schienen zu erlöschen, sich aufzulösen, zu schmelzen, überfluteten das jetzt fast knochige Gesichtchen mit der Essenz, dem Destillat des Leides.

»Zigi – bitte!« flehte Gwen.

Aber da war Rose Ann schon herumgewirbelt und rannte davon.

Gwen wußte, wo sie sie finden würde. »McKenzies-Hundert« war zu weit von der Stadt entfernt, um eine Beerdigung auf dem Friedhof von St. Pauls oder einem der städtischen Friedhöfe zu gestatten – vor allem bei einem Todesfall im heißen Sommer. So hatte diese, wie viele andere Plantagen, ihre eigenen Gräber. Als Gwen in einem gefütterten Morgenrock dort ankam, fand sie ihre Schwester mit dem Gesicht auf ihres Vaters Grab lieben – bewußtlos.

Rose Ann hatte sich die Fäuste auf der Erde blutig geschlagen, die die sterblichen Überreste von David McKenzie bedeckte, und ihr Gesicht in einer kleinen Lache Schlamm begraben.

Schlamm, den ihre eigenen Tränen verursacht hatten.

18

»Sie hab'n bei Gott kein Glück mitgebracht, wie sie heimgekommen sin', nicht wahr, Miß Rose Ann-Schätzchen?« brummte Tante Cindy.

»Wann hab' ich das je?« entgegnete Rose Ann müde. »Wo zum Teufel bleibt Caesar? Vor Stunden habe ich ihn nach Brennholz geschickt! Wenn er nicht bald kommt, haben wir nicht genug, um das Wasser heißzuhalten! Das Baby wird nicht warten, weißt du? Kinder kommen, wann sie bereit sind, egal ob man selber bereit ist oder nicht . . .«

»Das erste Kind«, erklärte Cindy trocken, »braucht gewöhnlich recht lange. Sind die nächsten, nachdem das erste kleine fette mit dem dicken Schädel da drin alles ausgedehnt hat, die schnell komm'n. Is' keine Eile, Missy. Caesar kommt, wann er kann. Er is' ziemlich alt, wie Sie wiss'n. Un' er muß Holz find'n, was halbwegs trocken is'. Mitte Februar, Miß Rose Ann – un' wir ha'm den schlimmsten Winter, solang man sich erinnern kann. Die armen Bursch'n da drauß'n in ihr'n Gräb'n, die sterb'n. Im Frühling werd'n die verdammten Yankees nicht mehr kämpf'n brauch'n. Sie müß'n bloß einmarschier'n und die fein' jung'n Gentlemen aus'm Süd'n wie Klafterholz einsamm'ln. Werd'n zu schwach sein bis dahin, um auf den Bein'zu steh'n, un' schon gar, um mit dies'n Gewehr'n zu schieß'n . . .«

»Tante Cindy, wenn du jetzt nicht sofort aufhörst«, rief Rose Ann, »laß ich dich auspeitschen!«

Tante Cindy stieß ein tiefes Gelächter hervor, das wie dunkler Samt in der dampfenden Küchenluft zu hängen schien.

»Sie und welche Armee, Missy!« schnurrte sie. »Erstens mal, is' die Südstaat'narmee gar nicht imstand, eine riesige schwarze Bärin wie mich festzuhalt'n, un' schon gar nicht, meine ledrige Haut zu schlag'n, weil die Bursch'n viel zu ausgehungert sin', daß sie überhaupt noch Kraft hätt'n. Un' diese Yankees hab'n ihr Wort über die Bibel gegeb'n, daß sie uns arme Nigger freilass'n. Selbst wenn sie es nicht tät'n, hat Massa Robert vorig'n Monat selber in die Zeitung'n geschrieb'n, daß die hoh'n und mächtig'n Weiß'n von die Südstaat'n jetzt gar nix anderes mehr tun könn' . . .«

Rose Ann starrte sie verblüfft an. Sie erinnerte sich an ihr Staunen, als sie General Lees Worte in der Ausgabe des Richmond *Dispatch* vom 11. Januar gelesen hatte:

»Es ist die unverhohlene Politik des Feindes, Soldaten aus allen tauglichen Männern zu machen und alle zu emanzipieren. Sein Verfahren wird mit der Sklaverei auf eine Weise Schluß machen, die sich sehr nachteilig für das Wohl unseres Volkes erweisen wird. Welche Folgen unser Einsatz von Negertruppen auch haben mag, sie können nicht so schlimm sein. Ich glaube deshalb, daß wir uns überlegen sollten, ob die Sklaverei von unseren Feinden aufgehoben und die Sklaven gegen uns benutzt werden sollen, oder ob wir sie selbst einsetzen und das Risiko der Folgen auf uns nehmen, die das für unser soziales Gefüge haben wird . . .

Die beste Möglichkeit, sich der Leistungsfähigkeit und Loyalität dieser Hilfstruppen zu versichern, wäre, diese Maßnahme Hand in Hand mit einem wohldurchdachten Plan allmählicher und allgemeiner Emanzipation durchzuführen. Da ein fortgesetzter Krieg dies zur Folge haben wird, und mit absoluter Sicherheit, wenn der Feind sich durchsetzt, erscheint es mir ratsam, sogleich damit zu beginnen und uns dadurch alle Vorteile zu sichern, die er für uns mit sich bringt . . .«

Aber wie in aller Welt hatte Tante Cindy davon erfahren? Das fragte sie die Schwarze.

»Wir könn' les'n, Schätzch'n«, erklärte Tante Cindy stolz. »Ihr eign'r Großpapa, den der liebe Gott bei ihm im Himm'l hat, hat uns gelernt wie. Natürlich ha'm wir die da groß'n Worte lang studier'n müß'n, bis wir alles verstand'n ha'm. Aber das war's doch, was Gener'l Lee gemeint hat, nicht wahr Schätzch'n?«

»Ja«, flüsterte Rose Ann. Das bedeutete es, und auch, daß die Welt – ihre Welt zu Ende ging. Denn William Smith, der Gouverneur von Virginia, hatte um die Weihnachtszeit in der Legislative darauf aufmerksam gemacht, daß die Union bereits zweihunderttausend Schwarze in ihre Streitkräfte aufgenommen hatte und die Zahl sich mit jedem Tag erhöhte. Na gut, dachte sie düster, ich mache mir absolut nichts aus der Erhaltung der Sklaverei, ich glaube, ich hab's nie. Aber wenn wir soweit nachgeben, warum machen wir dann nicht gleich Schluß mit dem Krieg? Warum wollen wir noch mehr unserer Jungs umbringen lassen, wenn wir ohnehin schon so gut wie ausgeblutet sind. Warum wollen wir die armen Nigger auch noch abschlachten lassen? Um vom Norden unabhängig zu bleiben? Das können wir nicht. Durch Geldgeschäfte, Handel und Schwerindustrie erniedrigen sie uns zu Holzfällern, Wasserträgern und einfachen Bauern, die nach ihrer Pfeife tanzen müssen – also warum geben wir nicht zu, daß wir im Unrecht waren, und kehren so unverfänglich wie nur möglich in die Union zurück und machen das Beste daraus?

So sagte sie denn, gereizt von Tante Cindys ganz offenbar zunehmender Unverschämtheit – etwas, dem sich Sklavenhalter zu dieser Zeit, Mitte Februar 1864, nun sehr häufig gegenübersahen: »Eh' es soweit ist, kann ich dir immer noch die schwarze Haut in Streifen abziehen lassen, und das werde ich auch, wenn du deine lose Zunge nicht hütest, Tante Cindy! Nur weil Pa tot ist und Jeff und Master Caleb fort sind, bedeutet das noch lange nicht, daß du sagen kannst, was du willst!«

»Nein«, sagte Tante Cindy mit unnatürlicher Ruhe. »Sie hab'n recht. Das bedeut's nicht. Aber da is' was anders, was was bedeut', Missy. Und das is', wo der liebe Gott selber eingegriff'n hat. Sie ha'm Ihren armen Pa umgebracht mit Ihr'm Leichtsinn da ob'n im Nord'n, wo man Sie fast aufg'hängt hätt'. Ha'm ihm damit vieleicht sogar ein' G'fallen 'tan, glaub' ich. So hat er nicht mehr miterlebt, wie sein' ält're Tocht'r sei'm Nam'n für imm'r Schande gemacht hat, indem sie ihr'n

Mann betrog'n hat und zur Hur' g'wordn is'. Ich hab' mein Bestes getan, als eure Ma euch allein g'lass'n hat. Ich hab' imm'r v'rsucht, euch Mädchenkind'r auf'm richtig'n Weg zu halt'n. Aber ich bin ja bloß eine arme alte dumme Niggerin, darum habt ihr zwei leichtsinn'g'n Ding'r euch gedenkt, daß ihr nicht auf mich hör'n braucht. Un' wie is' es mit euch gekomm'? Ein unehelich's Kind wird im Bett eurer gut'n süß'n Mama auf d' Welt komm'n. Ein *weißes* Bastardkind. Ich hoff' bloß, der liebe Gott laßt sein' Zorn nicht an dem arm'n klein' Ding aus, denn es hat ja keine Schuld. Aber Sie ...« Tante Cindy senkte den Kopf, und als sie ihn wieder hob, glitzerten Tränen wie schwarze Brillanten und Mondschein auf ihren dunklen Wangen. »... Sie red'n davon, mein' arme schwarze Haut auszupeitsch'n. Is' nicht nötig, Missy Rose Ann, denn so was Ähnlich's ha'm Sie schon gemacht. Sie und Miß Gwen ha'm mir alles Fleisch von mein'r arm'n Seel' geriss'n, indem ich mich so schäm'n muß über meine zwei klein' Babys, die wo ich an mein'r eignen schwarz'n Brust gestillt hab', daß ich am liebst'n sterb'n möcht'.«

Da schoß Rose Ann hoch, rannte durch die Küche und warf die Arme um Tante Cindy, die einzige wirkliche Mutter, die sie je gehabt oder gekannt hatte, und klammerte sich schluchzend an sie.

»Tut mir leid, Tante Cindy«, wimmerte sie. »Tut mir ja sooo leid! Du hättest mich nicht retten sollen, als ich auf die Welt gekommen bin. Pa hat gesagt, ich habe ausgesehen wie eine ertränkte Ratte und nicht mal ein ganzes Pfund habe ich gewogen, und ...«

»Pssst, Baby. Halt dein' arm' klein' Mund«, gurrte Tante Cindy. »Du bist wild und verrückt, aber nicht *bös.*« Unwillkürlich fiel sie ins alte vertraute Du zurück. »Du hast dies'n nichtsgut'n ausländisch'n Gentleman geheirat', was nicht klug war, aber auch nicht *schlecht*, so ...«

»Was geht hier vor?« erkundigte sich eine angespannte und dadurch hohe Männerstimme.

»O Colin!« keuchte Rose Ann. »Du hättest nicht herkommen sollen! Wirklich nicht! Ich habe ja gewußt, daß das Baby sich auf die Dauer nicht würde verheimlichen lassen, aber die Leute brauchten doch nicht zu wissen, wer sein Papi ist! Und jetzt . . .«

»Und jetzt«, sagte Mary Sue Hunter-McKenzie streng von der Tür. »Kommst du mit Tante Cindy schnell und hilfst mir. Denn es ist gleich soweit . . .«

Während sie warteten, das heißt, wenn Rose Ann nicht mit weiteren Kannen von heißem Wasser und Tüchern ins Schlafzimmer rannte und kurz zusah, wie ihre Schwester stumm und tapfer kämpfte, den Lohn ihrer Sünde auf die Welt zu bringen, unterhielt sie sich mit Colin – mit zögernden Worten und vielen Pausen, während sie einander nicht anschauten, sondern ins Kaminfeuer starrten.

»Was werdet ihr tun?« fragte Rose Ann.

»Fortziehen«, antwortete Colin leise. »In den Westen, nach Kansas oder Nebraska oder Oregon, vielleicht sogar nach Kalifornien. Wir können nicht mehr hierbleiben, nicht wahr, Zigi?«

»Das fürchte ich auch. Aber das bedeutet das Ende von Fairdale. Ein Jammer!«

»Fairdale ist bereits am Ende«, entgegnete Colin düster. »Der ganze Süden, Zigi. Kannst du dir die Bewirtschaftung einer Plantage von dieser Größe mit Stunden- oder Tagelöhnern vorstellen? Angenommen, die Neger würden bleiben und sich einverstanden erklären, für Lohn zu arbeiten – wie würde man auch nur ein einigermaßen annehmbares Tagespensum ohne Peitsche bekommen? Du – und Cabe ganz gewiß – ihr könntet die ›Hundert‹ bewirtschaften. Sie ist klein genug, daß mit wirklich intensivem Anbau – wozu natürlich Geld für die Düngung gehört . . .«

»Ich habe Geld«, erklärte Rose Ann. »Oder werde es zumindest haben, wenn der Krieg aus ist . . .«

»Ja?« fragte Colin.

»Ich habe Kreditbriefe. Union-Geld. Ich habe den Schmuck verkauft, den Kurt mir in New York geschenkt hat. Zwanzigtausend Dollar. Nur kann ich sie nicht abheben, ehe Virginia nicht wieder in der Union ist und die grünen Dollar auch hier wieder Zahlungsmittel sind.«

»Du hast also aufgegeben?« Colin lächelte sie an.

»Ja«, gestand sie, »du nicht?«

»Schon lange.« Er seufzte. »Ich habe nur für einen ehrenhaften Frieden gekämpft. Der Krieg war von Anfang an Selbstmord für die Südstaaten. Er war schon an dem Tag verloren, als Edmund Ruffin am Abzugsseil der Kanone zog – oder noch wahrscheinlicher, als er den Luntenstock an dem Zündloch anlegte, um den ersten Schuß in der Schlacht um Fort Sumter abzufeuern. Wir waren eine Meute Hitzköpfe, und wenn die Yankees auch nicht so übermäßig klug sind, haben sie doch kühlen Kopf behalten und verstehen zu organisieren. Während es bei uns nur Desorganisation und Auflösung gibt. Nimm nur Gouverneur Vance aus North Carolina und Gouverneur Brown aus Georgia . . .«

»Ein schändliches Paar.« Rose Ann nickte.

»Nein. Sie führen lediglich die Staatsrechte bis zur logischen Konsequenz durch und vergessen, daß keine Nation ohne starke Zentralregierung je einen Krieg gewonnen hat . . . Großer Gott, kommt der arme kleine Bastard denn nicht endlich auf die Welt?«

»Gib ihm Zeit, und beruhige dich. Das erste Kind braucht immer Stunden, sagt Tante Cindy. Unterhalt dich mit mir, das hast du schließlich schon seit Jahren nicht mehr getan. Wieso bist du so verdammt sicher, daß wir den Krieg verloren haben? Smart wie General Lee ist, zieht er vielleicht noch etwas durch und . . .«

»Womit?« fragte Colin bitter. »Wenn Phil Sheridan aus dem Tal kommt, was er jederzeit tun kann, sobald Grant ihn ruft, weil er in Paradeformation über Earlys Truppen marschieren kann, wird die Union hundertzwanzigtausend Mann um Richmond und Petersburg versammelt haben.

Und wenn Sherman aus Savannah hierherkommt, das er am 1. den Monats, also vor jetzt fünfzehn Tagen, verlassen hat, sehen wir uns einer *vier*fachen, statt der jetzt *drei*fachen Übermacht gegenüber ... Grant braucht nicht einmal Thomas aus Tennessee zu rufen ...«

»Ihr Jungs habt doch immer geprahlt, daß drei Yankees auf einen Südstaatler – Verzeihung, Southeron – das richtige Verhältnis sei, denn so vieler würde einer von euch mit Leichtigkeit Herr«, erinnerte ihn Rose Ann. Sie dachte: Lenk ihn ab, denn der Arme kann ja nicht einmal hin und her laufen wie andere werdende Väter.

»Ich habe beim ersten Manassas mit der Prahlerei aufgehört«, entgegnete Colin und deutete auf sein steifes Knie. Er machte diese Geste mit der Linken, denn den rechten Arm konnte er jetzt nur noch langsam und ganz behutsam bewegen, sollte der Schmerz ihn nicht überwältigen. »Hör zu, Rose-Schatz, eine Industrienation kann eine landwirtschaftliche Nation mit genügend Menschenmaterial, Geld und Zeit immer schlagen, und von allen dreien haben die Yankees ausreichend. Und am Willen dazu fehlt's ihnen auch nicht, jedenfalls nicht, seit Sherman Lincoln Atlanta zum Geschenk gemacht und so seine Wiederwahl gesichert hat. Und natürlich ganz zu schweigen von der Tatsache, daß Abe diesen eiskalten Granitblock Grant zum Oberbefehlshaber seiner Streitkräfte gemacht hat. Um sie zu besiegen, benötigen wir eine Rüstungsindustrie. Wir haben eine auf die Füße gestellt. Sie ist zwar armselig und technisch rückständig, aber sie funktioniert. Da du als Lady Spionin alles über Waffen weißt ...«

»Vergiß die ›Lady‹, Colin. Ich habe alles Notwendige getan und alle vorhandene Ausrüstung benutzt. Ist dir aufgefallen, daß ich nicht mit einem Sandkorn, geschweige denn einem Stein in Gwens – oder deine – Richtung geworfen habe?«

»Erzähl mir nichts davon«, sagte Colin bitter. »Ich möchte es nicht wissen. Und wenn Cabe heimkommt, dann fang um

Gottes willen keine häusliche Beichtstunde mit *ihm* an. Cabe ist ein guter Junge, aber Selbstbeherrschung gehört nicht zu seinen Tugenden . . .«

»Ich weiß, und ich habe auch keine Lust, sechs Monate im Krankenhaus zu liegen. Aber weil wir schon von Cabe sprechen, was wirst . . .«

»Was werde ich tun? Ich weiß es nicht. Wenn ich meinem angeborenen Feiglingsinstinkt folgen dürfte, würde ich mit Gwen und dem Kind verschwinden, ehe er hierherkommt, und es dir überlassen, ihn davon abzubringen, daß er uns nicht wenigstens mit einer kleinen Artillerie-Einheit verfolgt. Aber Gwen besteht darauf, daß wir ehrenhaft handeln, was bedeutet, daß ich höchstwahrscheinlich ehrenhaft tot sein werde und sie . . .«

»Ein Krüppel. Und ich eine alte Jungfer. Nein, eine alte Witwe, noch dazu eine doppelte.«

»Ja, ich habe gehört, daß Kurt tot ist. Tut mir leid. Irgendwie hab' ich ihn gemocht . . .«

»Mir tut's nicht leid, denn *ich* hab' ihn nicht gemocht. Aber erzähl du jetzt weiter. Es ist sehr interessant, Colin.«

»Ich weiß, daß du mich nur ablenken willst, süße Zigeuner-Rose«, sagte Colin trocken. »Aber das gelingt dir leider nicht.« Mit einem Kopfnicken deutete er in die Richtung der Schlafzimmertür. »Ich würde ja gern hineingehen. Gwens Hand halten und sie trösten, aber ich bin nicht sicher, daß ich nicht umkippen würde. Aber eben weil ich nicht sicher bin und es eine ziemliche Arbeit wäre, mein verkrüppeltes Gestell herauszuzerren, bleibe ich lieber hier sitzen und unterhalte mich. Wo war ich?«

»Du hast von unserer Waffenindustrie gesprochen.«

»Ein Beispiel dafür ist, daß Lindsholm sich im Augenblick verzweifelt bemüht, ein Doppelmagazin herzustellen, das sowohl Papierpatronen und Zündhütchen getrennt, aber gleichzeitig in das Gatling-Gewehr transportiert, das meine Jungs erobert haben – das gleiche System, das Dr. Gatling vor zwei Jahren selbst versucht und als undurchführbar aufgegeben hat. Nur können wir keine Messingpatronen herstellen, deshalb *müssen* wir es schaffen, falls Gott – und General Grant – uns genügend Zeit dazu geben. Ein weiteres Beispiel ist, daß Grant völlige Bewegungsfreiheit hat, denn er kann ganze Abschnitte seiner Linien in der Obhut lediglich einer Korporalschaft zurücklassen, da er weiß, daß wir es nicht wagen würden dort durchzubrechen, wo noch vor zwei Jahren eine regelrechte Lücke in seiner Verteidigung gewesen wäre. Denn diese Korporalschaften sind jetzt mit Spencers und Henrys bewaffnet und haben damit eine Feuerkraft, für die sie 1861 noch ein Zwanzigfaches ihrer Zahl gebraucht hätten. Während wir noch Vorderlader, Papierpatronen und Zündhütchen verwenden! Trotzdem ist unsere Rüstungsindustrie auf ihre Art erfolgreich. Unseren Jungs ist noch in keiner größeren Schlacht die Munition ausgegangen. Aber was uns wirklich den Krieg verloren hat, Zigi-Schatz, ist die Tatsache, daß wir weder das Geld noch das Material haben, um Schuhe herzustellen, und erst recht nicht die Zeit, es zu lernen.«

»Schuhe!« keuchte Rose Ann.

»Ja. Weißt du, weshalb wir in Gettysburg kämpfen mußten und so den Yankees die beste Verteidigungsmöglichkeit der Welt gegeben haben? Weil Generlmajor Harry Heth herausgefunden hatte, daß die ›Bluebellies‹ dort ein ganzes Lagerhaus voller *Schuhe* hatten. Deshalb hat er einen regelrechten Angriff gestartet, um unseren armen barfüßigen Bastards ein paar Schuhe zu besorgen. Und dabei ist er der ganzen Yankee-Armee in die Arme gelaufen . . .«

»Großer Gott!« hauchte Rose Ann.

»Amen! Die von Nashville zurückgekommen ist, nachdem George Thomas – der verdammt beste General der Union-Armee (obwohl ich, ein anderer Virginier, der sich jedesmal in die Hosen macht, wenn Schüsse knallen, kaum behaupten darf, daß es etwas damit zu tun hat, daß er aus dem alten Feudalreich stammt) – der Konföderierten Armee nicht nur die erste größere Niederlage zugefügt, sondern sie auch zum allererstenmal in die Flucht geschlagen hat . . .«

»Das wußte ich nicht«, murmelte Rose Ann.

»Die Zeitungen haben es zu verschönern versucht, aber so war es jedenfalls«, erklärte Colin grimmig. »Jedenfalls, da Nat Forrests Kavallerie den Rückzug deckte – ich hatte die Idee, das Schmutzbrett meines Einspänners abzuschneiden, aus einer Zeitung, in der ich gelesen habe, daß Nat das getan hat, als er eine Kugel in den Fuß bekommen hatte –, hat Hood die Soldaten, die keine Schuhe hatten, in Wagen verladen und südwärts geschafft, damit ihre bloßen Füße nicht den Boden berühren mußten. Und jedesmal, wenn Wilsons Union-Kavallerie – und laß dir sagen, Zigi, daß Wilson nach Nat Forrest der größte Kavallerieführer des Krieges ist, denn dein Jeb Stuart war ein romantischer Tor, der ständig spektakuläre Überfälle durchführte, statt für Lee zu kundschaften, wie er es bei Gettysburg hätte tun sollen . . .«

»Das weiß ich. Aber ich war regelrecht verliebt in Jeb. Alle Mädchen waren es . . .«

»Einschließlich seiner Frau, die jetzt seine Witwe ist. Die Tochter von Generalmajor Philip St. George Cooke von der *Union*-Kavallerie. Verteufelter Krieg, nicht wahr?«

»Kann man wohl sagen! Aber irgendwie bist du vom Hundertsten ins Tausendste gekommen. Worum ging es eigentlich?«

»Um Schuhe – oder vielmehr, um nicht vorhandene Schuhe. Ich wollte sagen, daß jedesmal, wenn Wilsons Kavallerie sie einholte, Hoods Jungs aus den Wagen kletterten und in die Schlacht humpelten, so daß ihre armen frierenden Füße am Boden klebten und blutige Abdrücke zurückließen. Von da an sind sie jedesmal, wenn sie an einem toten Pferd oder Maultier vorbeikamen, heruntergesprungen, haben es gehäutet und sich aus dem Fell Mokassins gemacht. Oder sie haben ihre Mützen zerschnitten und die blaugefrorenen Füße damit eingewickelt. Dieser Krieg hier, Babymädchen, ist einer der ersten in der Geschichte, der je wegen fehlender Schuhe verloren wurde. Schon damals bei Antietam befahl General Lee, daß kein barfüßiger Soldat bestraft werden dürfe, wenn er mit seiner Kompanie nicht Schritt halten konnte . . .«

»Und jetzt?« wisperte Rose Ann.

»Noch schlimmer. Jetzt schwindet unsere Moral. General Hill, D. H., nicht Ambrose, sagt, daß die Moral unserer Fußsoldaten bei Chickamauga einen nicht wiedergutzumachenden Knacks erlitt, denn da hätten sie erkannt, daß sie nicht gewinnen können. Im vergangenen Sommer hat General Lee unsere Männer angewiesen, Sassafrassprossen und Knospen von wildem Wein zu sammeln, als ›zusätzliche Ration‹ oder ›Grünzeug‹, damit sie nicht Skorbut bekommen würden. Aber jetzt kriegen sie ihn doch und Schlimmeres. In den Schützengräben um Petersburg sind schon manche verhungert, Zigi. Halbe Rationen werden als Festessen betrachtet. Was sie kriegen, sind gewöhnlich Viertelrationen – ein Viertelpfund Fleisch – meistens von Maultieren – und eine Handvoll Maisflocken für den ganzen Tag, Baby. Also desertieren sie, obwohl wir angefangen haben, Fahnenflüchtige zu erschießen – sie werden vor ihr eigenes offenes Grab gestellt, damit ihr durchlöcherter Kadaver nur noch hineinfallen muß. Wir haben diesen Krieg mit nichts angefangen, und beenden ihn mit noch weniger. Wie wir je erwarten konnten, daß wir ihn gewinnen würden, ist mir schleierhaft . . .«

»Wir haben es erwartet und ihn auch fast gewonnen. Weil wir Generale wie Robert E. Lee und ›Felswand‹-Jackson hatten und die beiden Hills, Longstreet, Hood, Bishop Polk und ein Dutzend weitere. Und die tapfersten Soldaten in der Geschichte der Menschheit – einschließlich Colin Claiborne, der sich selbst Feigling schimpft und ein gottverdammtes Gatling-Gewehr in einem Einspänner stürmte, aus dem sein steifes Bein herausragte«, sagte Rose Ann, der die Tränen nun über die Wangen rannen. »Und den ich jetzt gleich hier und ganz fest küssen werde, egal was meine Schwester davon hält!«

»Rose . . .«, wehrte er mit gequälter Stimme ab.

In diesem Augenblick hörten sie das Klatschen, und dann einen dünnes, flüchtiges Weinen.

»Ich hoff', Sie schäm'n sich, Mass'r Colin!« knurrte Tante Cindy, als sie ihm seinen Erstgeborenen in den unverletzten, aber heftig zitternden Arm legte.

»Halt! Gib ihn mir, du armes zerschossenes Wrack!« schrie Rose Ann auf. »Sonst läßt du ihn ganz sicher fallen!«

»Nein, mir!« forderte Mary Sue fest. »Was weißt *du* schon davon, wie man Babys hält, Rose Ann?«

»Schätzchen, ich hatte selber drei, während ich von zu Hause weg war«, erklärte Rose Ann feierlich. »Bloß war ich zu sehr mit Spionieren beschäftigt und konnt' es mir nicht leisten, meine Figur zu verlieren oder mir die Zitzen bis unter die Knie ziehen zu lassen, drum hab' ich sie zum Adoptieren freigegeben . . .«

»Also wirklich!« entsetzte sich Tante Cindy. »Missy, schäm'n Sie sich denn gar nicht?«

»Ist es – menschlich?« fragte Colin verwundert. »Und wenn, was ist es? Außer einem Äffchen, meine ich, ist es ein Bub oder ein Mädchen?«

»Aber – Colin!« krächzte Gwen und begann zu weinen.

»Da«, sagte Colin, »sei so lieb und nimm Darwins Beweis, Zigi, ja? Ich muß Gwen etwas sagen . . .«

Er legte die gesunde Hand aufs Kopfende des Bettes, beugte den Oberkörper, da er sich nicht niederknien konnte, und küßte Gwens tränennasses Gesicht.

»Ich dank dir, Gwen-Liebling«, sagte er rauh, »es ist – wunderschön, was immer es ist . . .«

»Ein – Junge«, wisperte Gwen. »Dein Sohn und Abbild, Colin. Aber Erbe nur der Schande und der Sorgen, die wir beide auf sein kleines Köpfchen geladen haben . . .«

»Wir bringen das wieder in Ordnung«, versprach Colin, dann blickte er hoch und in Mary Sue Hunter-McKenzies Augen.

»Ich möchte dir danken, Mary Sue«, sagte er. »Ganz fest und demütig. Ich würde vor dir niederknien, wenn ich es könnte. Ich kenne deine Familie. Und stolzere Virginier als die Hunters von ›Hunters Point‹ müssen erst noch geboren werden. Deshalb weiß ich, was es dich gekostet hat, hierherzukommen. Ich wette, Brad Hunter ist einem Anfall nahe, und deine Mama liegt im Bett und drückt ein Fläschchen Riechsalz an die Nase. Du aber hast - Freundschaft über arg sittenstrenge Konventionen gestellt, die niemals die einfache menschliche Natur in Betracht gezogen haben, und nach denen selbst ein Paar, das gar nicht zusammenpaßt und für das die Ehe nur noch auf dem Papier besteht, für immer zusammenbleiben soll. Das ist eine schlimmere Sklaverei als die, in der wir je unsere Nigger gehalten haben. Aber wie auch immer, ich danke dir, und wenn du dich herabläßt, die Hand eines Sünders zu nehmen, hier ist sie . . .«

Mary Sue streckte eine kleine, zitternde, weiße Hand aus.

»Das ist keine Herablassung, Colin«, versicherte sie ihm mit ihrer klaren, süßen Stimme. »Ich bin schon lange dahintergekommen, daß eine anständige Frau eine solche ist, die das Glück – oder Pech – gehabt hat, nie mit dem richtigen Mann – oder vielleicht mit dem wirklich falschen – in einer lauen Juninacht alleingelassen worden zu sein, wenn der Vollmond am Himmel steht und der Ziegenmelker ruft. Außerdem ist Steinewerfen nicht die richtige Beschäftigung für einen Christen. Mein kleiner Balg ist ehelich, und das habe ich Jeffs Manieren zu verdanken, die eines Gentleman würdig sind. Denn ich würde keinen Penny darauf setzen, was passiert wäre, wenn er's wirklich versucht hätte. Vorher, meine ich . . . Ich hoffe ehrlich, daß ihr das Ganze in Ordnung bringen könnt, wenn – und falls – Caleb heimkommt . . .«

Colin blickte auf die höchste anwesende Obrigkeit, den Schutzdrachen dieses entehrten Hauses.

»Tante Cindy«, sagte er flehend. »Dürfte ich bitte über Nacht bleiben? Du könntest mich im Gästezimmer unterbringen – oder ich würde sogar auf dem Heuboden über dem Stall schlafen . . . Ich möcht' nur sichergehen, daß Gwen und mein Kind – in Ordnung sind . . .«

»Nein!« donnerte Tante Cindy. »Kommt überhaupt nicht in Frage, Mass'r Colin. Ha'm Sie der Familie hier nicht schon genug Schande angetan? Wenn Sie hierbleib'n, würd'n die Leut denk'n, daß Sie um Miß Gwen herumscharwenz'ln oder um Miß Rose. Nein, Sir! Geh'n Sie jetzt, bevor ich mit dem Besenstiel komm' und . . .«

»Schon gut.« Colin seufzte. »Du bist der Boß hier, Tante Cindy.« Er beugte sich erneut nieder und küßte Gwen wieder, ganz lange und zärtlich. Beim Aufrichten sagte er: »Begleitest du mich zu meinem Einspänner, Zigi? Ich brauche jemanden, auf den ich mich stützen kann, um hochzuklettern.«

»Kann ich mir vorstellen«, sagte Gwen bitter.

»O wirklich, Liebling. Ich habe vor, dir bis in den Tod treu zu sein. Außerdem hat die Zigeunerin mich schon vor langer Zeit fallenlassen.«

»Aber es wäre nicht das erste Mal, daß sie in ihrem Leichtsinn ihre Meinung ändert«, erklärte Gwen düster.

»Nur habe ich's diesmal wirklich nicht vor, Gwen, mein Herzblatt«, versicherte ihr Rose Ann. »Komm, Colin, es wird Zeit, daß du heimfährst!«

Auf dem Weg zum Einspänner fragte sie: »Colin, was wird aus deiner Mutter? Ich meine, wenn du mit Gwen von hier weggehst. Sie hängt doch so an dir und . . .«

»Oh, mach dir um Mama keine Sorgen. Sie ist wie eine Katze und landet immer auf den Füßen. Zwischen ihr und Tyler Ellis vom Obersten Gerichtshof tut sich etwas. Sie werden bald heiraten. Ich habe den Fehler gemacht, zu schnell mein Einverständnis dazu zu geben und mir vielleicht meine Erleichterung anmerken zu lassen, daß ein so feiner Herr in ihrem eigenen Alter sich um sie kümmern wird. Er ist schon sechzig, weißt du? Und nun schmollt sie und macht mir Vorwürfe, daß ich sie nicht liebe. Aber sie wird schnell darüber hinwegkommen . . .«

»Und die Sache mit Gwen? Wie nimmt sie die auf?«

»Das Thema ist in stillschweigendem Einverständnis tabu.

Denn beim geringsten Wort darüber bekommt sie einen hysterischen Anfall, wie du ihn dir kaum vorstellen kannst«, sagte Colin mit verlegenem Grinsen. »Viel Lärm um nichts. Was geschehen ist, ist geschehen . . .«

»Was ist mit Caleb, Colin? Wie lange habt ihr vor zu warten?«

»Gwen meint, sechs Monate. Finde ich fair. Ich bin sicher, daß die Yankee-Regierung, wenn der Krieg erst vorbei ist, die Kriegsgefangenen in einen Zug setzen und heimschicken wird. Ich würde sagen, von jedem, der nach zwei Monaten nicht zu Hause ist, selbst als Krüppel, oder der nicht zumindest einen Brief geschrieben hat, kann mit Sicherheit angenommen werden, daß er tot ist . . .«

»Mit Sicherheit – tot?« flüsterte Rose. »Cabe?«

Da trat sie ganz dicht vor Colin. Ihr Gesicht war im Mondschein sehr weiß. Als sie sprach, klang ihre Stimme ein wenig rauh. Sie knirschte.

»Ist denn noch keinem von euch in den Sinn gekommen, daß man erst ein bißchen überlegen sollte, ehe man sich den Mund verbrennt? – Oh, vergiß es. Leg die Hand auf meine Schulter. Stemm dich hoch. So ist's gut. Gute Nacht, süßer Prinz, mögen Engel dir ein Schlaflied singen!«

19

Als es soweit war, ging es sehr schnell. Der Frühling kam wie ein schöner blühender Tod über das heimgesuchte Land. Am 2. April 1865 ging Rose Ann in die St.-Pauls-Kirche. Sie wollte beten. Das Bedürfnis, demütig zu Gott zu beten, brannte in ihrer Brust. In der McKenzie-Bank kniend, ließ sie, ohne sich ihrer zu schämen, die Tränen vor allen Anwesenden fließen. Gwens Schande war inzwischen in ganz Richmond bekannt, so war der Platz drei Meter in alle Richtungen um Rose Ann in der ansonsten gedrängt vollen Kirche leer. Denn die frömmelnden Damen von Richmond kamen lieber in nahe, obgleich unangenehme Berührung mit anderen, als daß sie sich der unmoralischen Ansteckung aussetzten. Einige gestanden sich ein, daß sie unfair waren. Was war über Rose Anns eigene Sünden, wenn es überhaupt welche gab, denn schon wirklich bekannt? Sie hatte einen Ausländer geheiratet, war fortgezogen, von den Yankees der Spionage angeklagt und zum Tode durch den Strang verurteilt worden. Auch der hartnäckige allgemeine Verdacht, daß Spioninnen Frauen von leichter Moral sein mußten, konnte nicht immer aufrechterhalten werden. Rose O'Neal Grennhow war eine absolut anständige Frau, eine Witwe, die Mutter einer reizenden Tochter – und sie war Spionin gewesen. Mehr noch, sie hatte ihre Hingabe für die gute Sache des Südens durch ihren Märtyrertod gekrönt. Im September 1864 war sie vor Wilmington in North Carolina ertrunken, als sie mit einem Blockadebrecher Botschaften zur Konföderation bringen wollte.

Zwar hatten sie keinerlei *Beweise* gegen die arme Rose Ann, aber bei den an diesem schönen Sonntagmorgen in St. Pauls Versammelten galt die Theorie der Sippenhaft. Wenn sie selbst nichts Böses getan hat, warum weinte sie dann so? Weil sie sich ihrer Schwester und für sie schämte? Das war unwahrscheinlich. Alles, was sie über die weibliche Natur wußten – und sie gingen dabei natürlich von sich selbst aus! – ließ sie an einer solchen unverfälschten Selbstlosigkeit zweifeln. Aber gerade hier täuschten sie sich. Doch sie konnten Rose Anns verzweifeltes stummes Flehen ja schließlich nicht hören.

Lieber Gott, bitte laß Cabe noch am Leben sein. Laß ihn heimkommen. Und wenn er zu Hause ist, dann laß zu, daß ich oder Gwen, oder wir beide, ihn zur Vernunft bringen können. Wenn uns das nicht gelingt und du ein Blutopfer verlangst, für all die Sünden, in der diese verrückte, wilde Familie McKenzie sich gesuhlt hat, dann laß *mich* dieses Opfer sein, lieber Gott. Denn wenn du Colin oder Gwen für die

Sünde bestrafst, die sie gemeinsam begangen haben, wird das eigentliche Opfer doch schließlich ein unschuldiges Kind sein, und das, lieber Gott, wäre einfach nicht fair, so fein deine Mühlen auch mahlen oder so unergründlich deine Wege sein mögen. Bitte laß nicht zu, daß Cabe Colin tötet. Habe nie eine Einschränkung oder eine Bedingung in der Bibel gelesen, was dein Gebot »Du sollst nicht töten!« anbetrifft. Man soll *niemanden* töten, nicht einmal blaunasige Yankees, die einem das Recht nehmen, sich eine Schar krausköpfiger, nichtsnutziger Nigger als Sklaven zu halten; und natürlich auch keinen, der Ehebruch mit seiner Frau begangen hat. Hörst du das, Cabe? Und du Colin? Denn wenn du Cabe töten würdest – auch in Selbstverteidigung – wäre es einfach entsetzlich! Mit der Frau zu schlafen und dann ihren Mann zu erschießen, wäre . . . O Jesus, was? Eine Anhäufung von Greueltaten. Also nimm mich, lieber Gott. Ich biete dir mein Leben, mein Blut, meine Schmerzen, damit du die verschonst, die ich liebe. Wenn mein Tod sie dazu führt, dich zu fürchten, deine Gebote einzuhalten und den Rest ihres Lebens auf dem Pfad der Tugend zu wandeln, dann zerschmettere mich mit deinem Schwert des heiligen Zorns, denn mir scheint, daß ich die einzige Entbehrliche bin . . .

Weiter kam sie nicht, denn das sich ausbreitende Wispern in der Kirche drang schließlich selbst durch ihre Konzentration. Als sie sich umdrehte, sah sie einen Mann mit besorgter Miene neben Präsident Jefferson Davis' Bank stehen. Obgleich offensichtlich verlegen, schien der Mann doch darauf zu beharren, daß der Präsident der Konföderation das Schreiben nehme, das er in der Hand hielt.

Mr. Davis tat es und überflog es. Sein schmales geierhaftes Gesicht lief rot an, dann wurde es weiß wie Schnee. Ohne ein Wort zu Bischof Erwell auf der Kanzel oder sonst jemandem, nicht einmal zu seiner Frau, griff er mit zitternden Fingern nach seinem Hut und eilte zur Tür. Natürlich folgte Mrs. Davis ihm sofort.

Dem alten Geistlichen blieb nichts übrig, als den Gottesdienst abrupt zu beenden, denn alle seine Schäfchen strömten hinter dem Präsidenten her aus der Kirche. Sie wagten nicht, ihn zu fragen, was los war, aber sie wären auch gar nicht mehr dazu gekommen. Der Präsident und die First Lady waren bereits in ihren Wagen gestiegen, und ihr schwarzer Kutscher peitschte die Pferde in unverhohlener Hast.

Alle standen noch verblüfft herum, als der erste ohrenbetäubende Knall vom Fluß kam. Ringsum zerbrachen die Fenster von der Gewalt der Explosion. Nun rannten einige Leute in Richtung des Flusses, während andere genau in die entgegengesetzte Richtung flüchteten, als müßten sie um ihr Leben rennen. Dann erklangen, wie von einer Flutwelle vom Hafen bis zum Kirchplatz getragen, die Schreie: »Die Panzerschiffe! Sie sprengen die Panzerschiffe!«

Jemand wagte ein schüchternes oder ungläubiges: »Warum? In Gottes Namen, warum?«

Mit einer Bestimmtheit, die alle erschaudern ließ, kam die Antwort:

»Petersburg ist gefallen! Alle Eisenbahnlinien sind nun in Feindeshand. Richmond ist abgeschnitten!«

Die Menge wirbelte davon wie Spreu im Wind, wie Blätter im Herbststurm. Jeder rannte nach Hause, um alle tragbaren Wertsachen zu packen und kopflos zu den Bahnhöfen zu laufen. Wo wollten sie hin? Die Union-Armee lag an allen Linien, die süd- und westwärts führten, im Nordwesten hatte Phil Sheridan – wie er geprahlt hatte – das Shenandoah Valley so verwüstet, daß eine Krähe, die darüber flog, ihre eigene Verpflegung mitnehmen müßte. Und im Nordosten lag – Washington. Wollten sie Zuflucht im Yankee-Land suchen? Ein Großteil wälzte sich ziellos herum. Die Menge war noch nicht zum Mob geworden, würde es jedoch zweifellos bis zum Abend werden. Schon jetzt begannen sich Gruppen von Männern – deren verkniffene Münder, außer dort, wo ein Priem sie löste und Saft aus den Lippen sickerte, und kleine unstete Augen sie als kleine Gauner verrieten – vor den

Geschäften zu sammeln. Einige hatten sogar schon Handkarren bereit, um damit an Plündergut fortzuschaffen, was sie nur würden ergattern können.

Immer noch kamen Explosionen vom Fluß. Seufzend ging Rose Ann zu dem Platz, wo sie den uralten, arg mitgenommenen Einspänner ihres Vaters abgestellt hatte, das einzige Fahrzeug, von zwei ebenso mitgenommenen Plantagenwagen abgesehen, das die McKenzies jetzt noch hatten, und band den alten Dobbin los, ihren senkrückigen grauweißen Wallach, von dem Caleb immer behauptet hatte, daß er geradewegs aus Noahs Arche nach Virginia gekommen sei. Das war auch der Grund, daß sie ihn noch hatten. Denn all ihre anderen Pferde, einschließlich ihres geliebten Prinz Rupert, waren längst von der Konföderierten Kavallerie requiriert worden. Dann kletterte sie in den Einspänner und fuhr westwärts zu den Brücken über den James zu dem Manchester genannten Vorort.

Während sie mit dem Tempo einer behinderten Schnecke dahinfuhr, denn zu mehr war der alte Dobbin nicht mehr imstande, sah sie da und dort Rauch aufsteigen, hinter sich in Richmond und vor sich in Manchester, als Regierungsarsenale und -lagerhäuser in Brand gesteckt wurden, um zu verhindern, daß die Vorräte dem Feind in die Hände fielen. Zu ihrem Glück steckte man zuerst die Lagerhäuser an und erst gegen Abend die Arsenale, denn andersherum hätte ihr Schneckentempo durch Manchester sich als sehr gefährlich erweisen können. Doch das wußte sie nicht. Alles, woran sie friedlich dachte, war: Jetzt kann ich endlich mein kleines Namensschwesterchen kennenlernen ...

Bisher war sie noch nicht dazu gekommen, ihr niedliches Nichtchen zu besuchen, das Jeff und Mary Sue ihr zu Ehren nach ihr genannt hatten, weil »Hunters Point« im Südosten lag, wo der James sich fast zu einem Meeresarm weitet, bevor er sich mit dem Appomattox zusammentut. Das bedeutete, daß es nun schon fast seit einem Jahr auf der anderen Seite der Yankee-Linien lag. Zwar gestatteten die Offiziere der Union Zivilisten – vor allem Frauen mit überzeugenden Gründen – den Zugang über die äußersten oberen und unteren Enden ihrer Linie, wo ein Kampfausbruch unwahrscheinlich war, aber der Weg von »Hunters Point« zur »McKenzie-Hundert« war dadurch so weit und unsicher und im gewissen Maß auch gefährlich geworden, daß Mary Sue klug daran getan hatte, Rose Ann II bei ihrer Mutter zu lassen, als sie sehr gegen den Willen ihrer Eltern zur »Hundert« geritten war, um Gwen in ihrer schweren Stunde beizustehen.

So ist es nun endlich vorüber, dachte Rose Ann. Keine netten Jungs in Blau mehr, noch sogar nettere – oder zumindest stürmischere – in Grau – Grau, von wegen! In walnußbraunem Niggerstoff, und der in Fetzen –, die jetzt noch den Tod fürchten mußten. Dafür dank' ich dir, lieber Gott. Wenn ich nun nur noch Cabe dazu bringen könnte, daß er seinen Privatkrieg gegen den armen Colin aufgibt, wenn und falls – nein, nicht *falls*, lieber Gott, bitte – er heimkommt . . .

Sie mußte lange warten. Ebenso die arme Gwen, deren ruhige Zuversicht, daß sie ihren wilden verrückten Gatten bändigen könnte, inzwischen zum großen Teil verflogen war und mit jedem weiteren Tag noch mehr schrumpfte.

Eines der Probleme war, daß der Bürgerkrieg – in späteren Jahren würde Cabe brummen: »Was war denn daran so *bürgerlich*?« – nicht sofort endete, nachdem sich Lee im Haus von Wilmer McLean Grant ergeben hatte, und zwar in der Ortschaft Appomattox Court House, am 9. April 1865. Nun galt es, die verstreuten Truppen beider Seiten wissen zu lassen, daß die Feindseligkeiten offiziell eingestellt waren. Natürlich war Samuel Morses Telegraph eine wunderbare Erfindung, aber sie hatte den Fehler, daß man sich in der Nähe eines Telegraphenamts aufhalten mußte, wollte man eine Depesche bekommen, oder man mußte warten, bis ein berittener Bote vom Telegraphenamt sie, wo immer man war, zustellte. Die Folge war, daß es nach Lees Kapitulation bei West Point in Georgia zu einem Scharmützel kam, das Menschenleben forderte; und fast einen Monat später, am 13. Mai, in der letzten Kampfhandlung an Land in diesem Krieg noch ein größerer Schußwechsel stattfand.

Auf der See sah es weit schlimmer aus. Marconis Erfindung der drahtlosen Nachrichtenübermittlung lag noch Jahre in der Zukunft. So kam es, daß ein unbekannter Marineleutnant auf Befehl von Korvettenkapitän Geoffrey McKenzie, dem ersten Geschützoffizier, unter Kapitän Waddell, auf dem konföderierten Kaperschiff *Shenandoah*, irgendwo im nördlichen Teil des Pazifiks, am 28. Juni den letzten Schuß im Bürgerkrieg abfeuerte. Dieser Schuß pfiff, als Warnung beizudrehen, über den Bug eines Dampfers, auf dem das Sternenbanner flatterte. Der einzige Grund, daß er der letzte blieb, lag darin, daß der Kadett, den Kapitän Waddell mit einem Beiboot geschickt hatte, die Papiere des nun beigedrehten Yankee-Schiffs zu holen, nicht nur mit einem Protest des Yankee-Kapitäns zurückkam, daß das, was sie sich hier erlaubten, Piraterie sei, da der Krieg längst vorbei war, sondern auch mit einigen San Franziskoer Zeitungen, um es zu beweisen. Also ließ Kapitän Waddell das Yankee-Schiff ziehen, machte Dampf auf und fuhr südwärts zum fernen *Cabo de Hornos*, dem Kap des Ofens, der äußersten Spitze von Südamerika, die die Angelsachsen in ihrer absoluten Gleichgültigkeit gegenüber dem, was etwas in einer anderen als ihrer eigenen Sprache bedeutet, Kap Hoorn nennen, weil *Hornos* (Ofen) so klingt und weil die südlichste Spitze der beiden Amerikas tatsächlich ein wenig wie ein Stierhorn aussieht. Von dort wollte er, nachdem er das Kap in den Südatlantik überquert hatte, nordostwärts gegen den Passat nach England, wo sich die *Shenandoah* möglicherweise verkaufen ließe. Diese Fahrt war eine reine Bagatelle von nur siebzehntausend Seemeilen. Das erklärt, daß Jeff McKenzie, als er schließlich Weihnachten 1865 zur »McKenzie-Hundert« zurückkehrte, einen gewaltigen Bart hatte, der ihn, wenn auch vielleicht nicht wie Blaubart, doch zumindest wie König Barbarossa aussehen ließ. Und das wiederum erschreckte seine kleine Tochter, die inzwischen nicht nur gehen, sondern rennen konnte, so sehr, daß sie schreiend bei ihrer Mutter Schutz suchte.

Am 4. Juli 1865 taumelte Oberstleutnant Caleb Henry in die Einfahrt der »McKenzie-Hundert«. Er taumelte, nicht weil er betrunken, sondern so geschwächt war vor Hunger, Gefangenenlagerfieber und den Läusen, die ihn regelrecht von Kopf bis Fuß auffraßen. Er hätte sich betrinken können, wenn er es gewollt hätte, denn eine gewaltige Unabhängigkeittagsfeier der Yankees war in Richmond in vollem Gang, als der Zug ankam. Und als Cabe aus dem hintersten Wagen schwankte, waren die Feiernden bereits in einem Zustand benommener, zufriedener Euphorie, so daß sie die brüderlichsten Gefühle für ihre ehemaligen Feinde hegten. Cabe mußte mindestens zwei dutzendmal angebotene Drinks ablehnen, einige sogar von schwarzen Union-Kavalleristen, die mit einigen der hübschesten schwarzen Mädchen, die Cabe je gesehen hatte, herumstolzierten, das brach Cabe fast das Herz. Denn das demonstrierte ihm besser, als irgend etwas anderes es vermocht hätte, in welchem Maße seine Welt verändert worden war.

Er lehnte alle Drinks ab, weil er sich vernünftigerweise sagte, daß er es nie zur »Hundert« schaffen würde, wenn er auch nur beschwipst wäre, da er keinen roten Heller in der Tasche hatte und den weiten Weg zu Fuß machen mußte. Und wie sollte er Gwen mit benommenem Kopf erklären, warum sie die Scheidung von ihm beantragen mußte – sobald Virginia wieder in der Union war –, damit sie beide in Frieden leben konnten. Waren sie erst geschieden, konnte sie heiraten, wen sie wollte, sogar ihren hübschen Feigling, Colin Claiborne, solange er frei war, Rose Ann zu heiraten – natürlich erst, wenn er diesen öligen Ausländer, den sein Liebling Zigi geheiratet hatte, zerstückelt oder erschossen oder sonstwie vom Leben zum Tod gebracht hatte.

Als er in die Auffahrt torkelte, verschärfte er seine Argumente mit der geschichtlich beweisbaren Feststellung, daß Scheidungen, wenn auch selten, so doch in den Vereinigten Staaten keineswegs unbekannt waren. Selbst ein Präsident, Andrew Jackson, hatte eine geschiedene Frau geheiratet. Tatsächlich hatte er sie zweimal geheiratet, da die erste Trauung durchgeführt worden war, ehe die Scheidung gesetzlich anerkannt worden war. Also hatten der alte Hickory und seine Rachel sich noch einmal trauen lassen müssen, damit ihre Ehe auch gültig war. Er konnte auch noch auf einen nicht so weit zurückliegenden Fall hinweisen: auf die Scheidung der britischen Adeligen Fanny Kemble von dem hohen und mächtigen Pierce Butler von den bekannten Butlers aus Georgia, kurz vor dem Krieg. Es gab eine ganze Menge solcher Fälle, und wenn es erforderlich war, konnte er immer noch einen befreundeten Anwalt bitten, sie für ihn herauszusuchen und ihm eine Liste davon zu machen, damit er Gwen überzeugen könnte . . .

Soweit ging Cabe mit einwandfreier Logik vor. Gwen liebte ihn nicht. Das hatte sie ihm oft genug gesagt. Was ihn verwunderte und worüber er sich Gedanken machte, war die Tatsache, daß sie im Bett erstaunlich gut miteinander zurechtkamen. Cabe konnte das Gefühl nicht loswerden, daß etwas völlig unmoralisch an einer nahezu perfekten, intimen ehelichen Beziehung (er mußte sich dieser Umschreibung bedienen, denn zu seiner Zeit wurde das Wort Sex nur zur Unterscheidung des Geschlechts benutzt; es als Synonym für den Akt selbst zu verwenden, war für seine Generation nicht nur undenkbar, sonder unvorstellbar) zwischen zwei Menschen war, die wie Hund und Katze zueinander waren, wenn immer sie aufrecht standen und vollbekleidet waren. Aber so war es eben. Er vermutete stark, daß es zwischen ihm und Rose Ann, die er nicht nur heftig begehrte, sondern *liebte*, im Bett einem Wunder nahekommen würde, denn unter anderem, wenn Rose Ann ihn nicht liebte, war sie doch so nahe dran, daß es nichts ausmachte; nur aus Achtung vor ihrer Schwester hatte sie ihm bisher nicht gezeigt, was sie wirklich für ihn empfand.

So weit kam er. Von diesem Augenblick an ging alles schief.

Denn Rose Ann sah ihn zuerst. Sie stieß einen Schrei aus, wie genau berechnet, um Glas zum Zerspringen zu bringen, raste aus dem Haus und warf sich in seine Arme. Normalerweise hätten nicht einmal ihre inzwischen klatschnassen neunzig Pfund genügt, den armen Cabe umzuwerfen, aber er war fast eine ganze Woche von dem Kriegsgefangenenlager nahe Jersey City, in New Jersey, unterwegs gewesen, und die paar Mahlzeiten, die er hatte schnorren können, waren zuwenig gewesen und hatten zu weit auseinandergelegen. Außerdem konnte durchaus behauptet werden, daß – zumindest bis Grant den Oberbefehl übernommen und versucht hatte, Lee mit gewaltiger Übermacht zu überrollen – ein Mann in den vordersten Linien, wie bei Antietam, Fredericksburg und Chickamauga, nicht *viel* schlechter dran sein konnte als in irgendeinem Gefangenenlager, ob nun vom Norden oder Süden. Der Norden hängte Major Henry Wirz wegen der Zustände im Gefangenenlager Andersonville in Georgia, für die er nicht verantwortlich war und die zu mildern er auch nicht die Macht hatte; aber von den einhundertneunzigtausend Unionisten, die im Süden gefangengehalten wurden, starben dreißigtausend, während von den zweihunderttausend Konföderierten in Union-Lagern im Norden sechsundzwanzigtausend an Erfrierungen, Unterernährung und diversen Krankheiten starben.

Jedenfalls warf Rose Ann Caleb auf den Hintern, an dem kaum noch Fleisch war, und lag auf ihm, küßte gierig seinen Mund. Daß er nur so von Ungeziefer wimmelte und ein Gestank von ihm aufstieg, von dem selbst einem achtbaren Ziegenbock übel geworden wäre, störte sie nicht.

Gwen, die aus dem Haus kam, sah es. Es machte sie – aus irgendeinem verdrehten, tief in der Psyche wurzelnden Grund – fuchsteufelswild. Sie hatte, wenn man sich recht erinnerte, schändlichen Ehebruch mit allen Konsequenzen begangen und hatte als Beweis dafür einen hübschen, dicken, lebhaften Bastard, der das genaue Ebenbild seines hochgewachsenen ehebrecherischen Hundesohns von Papa war. Aber der Anblick ihrer Schwester, die ihren Gatten wie eine Kannibalin küßte, die sich kopfüber bei einem Menschenfresserbankett auf das Hauptgericht stürzte, machte sie wütend. Sie vergaß, daß sie ihren Gatten nicht liebte, daß sie vorhatte, ihn zu bitten, sowohl vernünftig zu sein sowie sich wie ein zivilisierter Mensch zu benehmen und in eine Scheidung einzuwilligen, damit sie den Vater ihres Kindes heiraten konnte, den sie wirklich liebte. Sie vergaß alles, außer daß er *ihr* gehörte!

Also kam ihr die perfekte Methode, ihn zu bestrafen, in den Sinn, weil er zuließ, daß diese durchtriebene Hündin von einer Schwester hier regelrecht Ehebruch mit ihm beging. In grimmiger Entschlossenheit marschierte sie ins Haus zurück und kam mit Klein-Colin II. auf den Armen wieder heraus.

»Da, Cabe!« knirschte sie. »Sieh ihn dir an!«

So sehr er seine augenblickliche Lage auch genoß, wurde er sich dieses Tons doch bewußt. Er schob Rose Ann mit erstaunlicher Kraft von sich. Setzte sich auf. Starrte Gwen an und den schönen Babyjungen, der ein Abklatsch Colins war. Er starrte eine lange Weile, während der die Zeit stillzustehen schien.

Dann tat Caleb Henry, Held im Dienst seines Vaterlands, der mit jeder Tapferkeitsmedaille ausgezeichnet worden war, die die Konföderation nur zu vergeben gehabt hatte, etwas, das das letzte war, womit jemand bei ihm gerechnet hätte.

Er senkte den Kopf und weinte.

Es war, gelinde gesagt, unerträglich. Er saß da und bebte am ganzen Körper. Eine Unzahl von Schlangen kroch sichtlich all seine Nerven und Adern entlang. Dann hob er das schmutzige Gesicht, durch das die Tränen weiße Rinnen gezogen hatten, zum Himmel und flüsterte mit rauher Stimme, die über den Rand der Ewigkeit zum Ende des sichtbaren Universums reichte, wo Raum und Zeit eine völlig bedeutungslose Einheit bilden:

»Lieber Gott, bitte laß mich sterben!«

Danach lehnte er sich in die Richtung von Gwen und dem Kind, verbeugte sich ehrerbietig vor ihnen. Dann erschlaffte er völlig und lag im Gras vor dem McKenzie-Haus, und seine von Entbehrungen geschwächte Gestalt wirkte ganz dünn und klein und war sehr, sehr still.

Rose Ann wußte nicht, was sie lieber tun wollte: Cabe retten oder ihre Schwester umbringen. Doch als sie hochschaute, sah sie Gwen weinen, und das war, wenn überhaupt möglich, noch schlimmer als Cabes Weinen gewesen war, und so schmolz sie. Rose Ann McKenzies größte Schwäche war, daß sie – wie Cabe später versicherte – »auch nicht eine Spur von Bosheit oder Gemeinheit in sich hat«, und diese Tatsache besiegte sie nun.

»O Gott, Gwen, vergiß es!« seufzte sie. »Bring das Kind ins Bettchen zurück, und dann hilf mir, Cabe ins Haus zu schaffen, ja?«

Gemeinsam hatten sie damit keine Schwierigkeiten, denn der arme Cabe wog nur noch etwa soviel wie ein mittelgroßer Junge von zehn oder zwölf. Die Schwierigkeiten – für Rose Ann zumindest – begannen erst, als sie ihn im Haus hatten. Denn Gwen wandte sich unter strömenden Tränen an sie und sagte ernst – und sie meinte es: »Du – kümmerst dich doch um mein Baby, Zigi, nicht wahr? Du – und Cabe, wenn er am Leben bleibt? Ich – werde mich umbringen. Ich kann jetzt nicht mehr leben! Das könnte niemand – mit soviel Schande . . .«

»Und was soll ich dann mit Colin und Cabe tun?« fragte Rose Ann scharf. »Mormonin werden? Sei vernünftig, Gwen! Komm, hole eine Schere und sein Rasierzeug und Seife, und sag Tante Cindy, daß sie soviel Wasser aufstellen soll, wie sie nur heiß kriegen kann. Und . . . O Jesus! Schau dir sein Haar an!«

»Was ist mit seinem Haar?« flüsterte Gwen.

»Es krabbelt, Schatz, ja, es krabbelt regelrecht!« Rose Ann

seufzte. »Geh hole eine Schaufel voll glühender Kohle, denn wenn wir uns nicht beeilen, müssen wir das ganze Haus niederbrennen!«

Gemeinsam schnitten sie Cabes Haar bis auf die Haut ab und rasierten danach sowohl Kopf wie Gesicht. Das gesamte Haar warfen sie auf die Kohlen – das war die übliche Behandlung von heimkehrenden Veteranen im Frühjahr und Sommer 1865 –, denn sonst hätten sie aus dem McKenzie-Haus ausziehen müssen. Danach schnitten sie ihm die Uniformfetzen vom Leib und was von seiner kaum noch vorhandenen Unterwäsche geblieben war, und verbrannten alles im Küchenfeuer – und hätten damit fast die chemische Kriegführung entdeckt, und das neunundvierzig Jahre vor 1914.

»Ich werde ihn baden«, erbot sich Gwen. »Schließlich ...«

»War ich auch schon verheiratet«, unterbrach Rose Ann sie, »und habe verdammt mehr nackte Männer gesehen als du, Gwen, mein Herzblatt. Oder wollen wir eine Liste aufstellen, und der Gewinner kriegt den Preis? Außerdem werden zwei nötig sein, um ihn umzudrehen ...«

Sie mußten ihn schließlich am ganzen Körper rasieren, so daß er nackt wie ein Neugeborenes war, und ihn in einer schwachen Karbollösung baden, um ihn von all den Läusen zu befreien, die drohten, ihn aufzufressen. Ehe sie ganz fertig waren, kam Cabe zu sich und hob die Lider.

»Was zum Teufel macht ihr Salemhexen da?« brüllte er. Da fiel sein Blick auf das Rasiermesser in der Waschschüssel mit dem Wasser, das rotgetönt von seinem Blut war von all den Stellen, an denen sie ihn in ihrer Nervosität und Hast versehentlich geschnitten hatten.

»Großer Gott!« keuchte er. »Diese Besenstielreiterinnen haben mich kastriert!«

Er tastete nach dem überfallenen Territorium, dann stahl sich ein Lächeln reinster, glücklicher Erleichterung über sein hageres, häßliches Gesicht.

»Schon gut, schon gut!« brummte er. »Du hast dich also zurückgehalten, obwohl ich dir hilflos ausgeliefert war, Gwen. Kann ich mich jetzt auch noch darauf verlassen, daß du mich nicht vergiftest, wenn ich dich bitte, mir etwas zu essen zu richten?«

»Ich weiß nicht«, entgegnete Gwen bitter. »Möglicherweise übersteigt die Verlockung meine Kräfte ...«

»Ich gehe das Risiko ein«, versicherte Cabe. »Rose Ann, hol den Kleinen und bring ihn zu mir.«

»Was?« keuchte Gwen.

»Möchte bloß feststellen, ob sein Gehänge kräftig genug ist«, erklärte Caleb. »Wenn es ordentlich ist, behalte ich ihn und zieh' ihn groß. Ich werde ihm täglich Haue mit dem Streichriemen verpassen, bis ich einen Mann aus ihm gemacht habe, auch wenn sein Papi ein eierloses Wunder ist. Er darf sogar jedes Jahr am Ostersonntag Lilien auf das Grab seines feigen, alten Herrn legen ...«

»Caleb Henry!« rief Gwen. »Du ...«

»Komm, mach mir endlich etwas zu essen«, unterbrach Cabe sie. »Da ich vorhabe, dir einen ganzen Monat voll Sonntagen den rosigen Hintern zu versohlen, werde ich wieder Kraft brauchen. Also geh schon! Verschwinde, hörst du! Die Zigeunerin und ich haben etwas zu besprechen ...«

Gwen starrte ihn an. Ihr Gesicht verzog sich zu einer bitteren Grimasse. Aber sie überlegte es sich und verschluckte, was immer sie hatte sagen wollen, und verließ mit hängendem Kopf und zuckenden Schultern das Zimmer.

»Cabe«, flüsterte Rose Ann, »möchtest du wirklich, daß ich dir das Baby bringe?«

»Und ob ich das will, Zigi-Schatz!« antwortete Cabe.

Rose Ann stand auf und ging den Korridor entlang zur hinteren Veranda, wo Klein-Colin friedlich in seiner Korbwiege schlummerte, unter einem Moskitonetz, das ihn vor den Fliegen schützte. Sie schlug das Netz hoch und hob das Baby heraus. Als sie es tat, hörte sie Gwens empörtes – oder verängstigtes? – Keuchen.

»Rose Ann!« rief Gwen. »Leg sofort das Baby wieder hin! Bring Klein-Colin auf keinen Fall auch nur in die Nähe dieses Wilden! Er könnte . . .«

»Ihn küssen und Tränen vergießen«, unterbrach Rose Ann sie gequält. »Großer Gott, Gwen, kennst du Cabe denn immer noch nicht? Er ist so empfindsam wie eine Frau und doppelt so sanft. Deshalb war er auch so mutig! Er hatte ein bißchen mehr Angst davor, daß seine Kameraden sehen könnten, wieviel Angst er hatte, als davor, sich in Gefahr zu begeben. Ich wette, er mußte sich vor jeder Schlacht arg zusammenreißen, ehe er es anging. Also geh aus dem Weg, er tut dem Kleinen ganz bestimmt nichts.«

»O Gott, Rose, aber wenn . . .«

»Keine Angst, Gwen. Das da drin ist Caleb Henry, Schatz. Ein Gentleman und in vielerlei Hinsicht ein Weiser. Hast du ihm je zugehört, wenn ihm mal danach war, sich vernünftig zu unterhalten?«

»Also gut«, flüsterte Gwen hoffnungslos. »Aber wenn er . . .«

»Er wird nicht«, versicherte ihr Rose Ann und ging den Korridor zurück.

»Laß mich ihn halten«, bat Cabe. »Ich schwöre dir auf die Bibel, daß ich ihn nicht fallen lassen werde, auch nicht unbeabsichtigt. Komm her, du kleines Wildferkel, du. Laß dich richtig anschauen, du lebendes Wunder, das ohne Mannheit gezeugt wurde! Denn dein Papi ist kein Mann, weißt du?«

»Cabe«, sagte Rose Ann, »du täuschst dich!«

»Von wegen? Beim ersten Manassas . . .«

»Ich weiß. Er hat mir selbst davon erzählt – genau, wie es war, ohne zu lügen oder eine Entschuldigung für sich zu suchen. Aber bei Petersburg hat er drei volle Tage, vom 16. bis 19. Juni im vergangenen Jahr gekämpft, trotz seines selbstverstümmelten Beins. Bis sie ihn wegtragen mußten, nachdem die Hälfte seines Trupps Freiwilliger gefallen war und er eine Miniékugel in den Arm gekriegt hatte, damit der Arm seinem lahmen Bein Gesellschaft leisten konnte. Und wenn du mir nicht glaubst, dann schau dir die Auszeichnung an, die er nicht in seinem Büro hängen hat, sondern in der Werkstatt, um die alten Opas und bartlosen Jungen aus seiner Fabrik zu ehren, die während dieser drei Tage den Heldentod gestorben sind. Die Auszeichnung ist von Beauregard *und* von General Lee unterschrieben. Für außergewöhnlichen Heldenmut, wie auf diesem Blatt Papier steht, wenn ich mich recht entsinne . . .«

»Großer Gott!« flüsterte Cabe und starrte sie an. »Du«, krächzte er schließlich, »sagst die Wahrheit. In einem solchen Fall wäre Lügen dumm, ich könnte die Tatsachen ja schnell überprüfen . . .« Er blickte auf das Baby hinunter, das jetzt wach war und vergnügt in seinen Armen quietschte. »Was hast du gemacht, kleiner Mann?« gurrte er. »Ihm etwas von dir abgetreten? Nettestes, fettestes und vergnügtestes Baby, das ich je gesehen habe! Und ich kann es nicht einmal bei diesen niedlichen rosigen Füßchen nehmen und das goldige Köpfchen gegen einen Zaunpfosten schmettern! Er – *er* kriegt ein solches Kind, und ich hab' *gar* keins! Das ist nicht fair, Zigi! Das ist es wirklich nicht!«

Das Baby blickte verwundert zu dem Mann hoch, dem die Tränen über die hohlen Wangen rollten. Rose Ann trat ans Bett und nahm ihm Klein-Colin wieder ab.

»Das kommt daher«, sagte sie mit einem trockenen Lächeln, »weil du es noch nicht mit mir versucht hast. Zufriedenheit garantiert oder doppelter Preis zurück . . .«

»Zufriedenheit, ja, o Gott, ganz sicher. Aber – Ergebnisse, Zigeuner-Rose? Es könnte an mir liegen, weißt du?«

»Oh, das glaube ich nicht«, versicherte ihm Rose Ann. »Bin gleich wieder da.«

»Wohin bringst du denn das kleine Bürschchen? Ich bin ja noch nicht einmal dazu gekommen, es zu verdreschen!«

»An dem Tag, an dem du das tust, sorgst du besser dafür, daß du eine Lilie bereit hast, die ich dir in die Hand stecken kann, denn weiß Gott, es wird dein letzter sein! So, und da hast du dein Essen, mit Schweinfurter Grün gewürzt und mit gemahlenem Glas nachgesalzen. Möchtest du, daß Bischof Erwell deine Grabrede hält?« drohte Gwen, die inzwischen zurückgekehrt war.

»Ja, warum nicht? Er wird es bestimmt sehr gut machen, nicht wahr? Jesus - richtige, echte Kartoffeln und dampfend heiß noch dazu! Es ist wirklich schade, Gwen, daß ich dich zu Tode prügeln muß! Und so ein Stück Fleisch! Weißt du was? Du kriegst jedesmal bloß zwanzig Hiebe. Auf diese Weise wirst du länger durchhalten . . .«

»Caleb Henry, wenn du auch nur einen Finger gegen mich erhebst«, begann Gwenn grimmig, doch da sie sah, wie er das wirklich gute Essen verschlang, das sie für ihn zubereitet hatte, mußte sie wider Willen lächeln. »Warte«, sagte sie. »Ich werd' dir noch ein bißchen was mehr machen . . .«

»Würz ruhig noch ein wenig mehr mit Schweinfurter Grün!« rief er ihr nach. »Und geh auch nicht zu sparsam mit gemahlenem Glas um. Lieber Gott, so gut habe ich schon seit Kriegsanfang nicht mehr gegessen!«

Rose Ann kam zurück. Sie setzte sich neben das Bett und schaute ihm beim Essen zu. Seine unglaubliche Magerkeit erfüllte sie mit ungeheurer mütterlicher Zärtlichkeit.

»Cabe«, sagte sie langgezogen. »Was hast du mit mir vor?«

»Montags, mittwochs und freitags bist du dran, Püppchen. Mit Hinterngerben und so, meine ich. Du hast es ebenfalls verdient, weißt du? Habe nicht vor, dich davonkommen zu lassen, mein kleines Mädchen . . .«

»Wenn du die Hand oder deinen Gürtel in meine Richtung erhebst, endest du in einem Rollstuhl!« versicherte ihm Rose Ann grimmig. »Cabe, du verdammter Narr, du hast doch nicht vor, Colin zu fordern, oder?«

»Jesus Christus! Hör dir diese Frau an! Schätzchen, wie kannst du bloß so dumme Fragen stellen! Natürlich werde ich ihn fordern! Er hat nicht nur mit meiner Frau geschlafen, sondern, wie sie selbst gestanden hat, mit dem süßen Babymädchen, das ich *liebe*! Oder hast du das nur behauptet, um mich zu ärgern, Zigi? Willst du es zurücknehmen?«

»Nein, will ich nicht. Er hat – wie du es so hübsch ausdrückst – mit mir geschlafen. Mit meiner freudigen Einwilligung und begeisterten Mitarbeit. Was dich gottverdammt nichts anging und nichts angeht, Caleb Henry! Sagen wir, diese unschöne Sache mit Gwen und dem Kind, ist – auf gewisse Weise . . .«

»Darauf kannst du deinen niedlichen Hintern verwetten!« heulte Cabe auf, ehe sie überhaupt geendet hatte. »Und ich werde . . .«

»Warte doch erst mal ab, und laß mich reden! Colin – ist ein Krüppel, Cabe. Er kann seine Rechte so gut wie gar nicht heben. Er müßte mit der Linken schießen. Dabei ist er Rechtshänder. Das wäre kein – Duell. Das wäre eine Hinrichtung!«

»Das hätte er sich überlegen sollen, bevor er meinen Frauen die Hosen runtergezogen hat!« entgegnete Cabe grimmig.

»Hat er gar nicht getan. Wir haben sie beide selber ausgezogen. Von mir weiß ich's jedenfalls bestimmt. Und mach uns nicht zu Unschuldslämmchen in diesem Fall!«

»Das tue ich auch nicht, Zigi! Sobald ich wieder bei Kräften bin, werde ich meinen Gürtel nehmen und dafür sorgen, daß ihr beide wie ein Paar Zebras ausseht! Das heißt, wenn ich eines Tages nicht *richtig* wütend bin und statt dessen die Niggerpeitsche nehm'!«

»Du wirst ein paar Unzen Blei in deine ausgehungerten Eingeweide kriegen, wenn du's versuchst – als Geschenk von *mir*«, versicherte Rose Ann. »Aber jetzt mal ernst, Cabe, vergiß, daß du ein zurückgebliebener Idiot von Südstaatler bist, und versuche, dich zur Abwechslung einmal wie ein Mensch zu benehmen und wie einer zu denken! Angenommen, du *könntest* alles tun, was du gesagt hast – was du aber aus vielen guten Gründen nicht kannst, einer davon ist schon einmal, daß du über meine Leiche steigen müßtest, um auch nur damit anfangen zu können, dich wie ein heulender Wilder aufzuführen –, wärst du dann bereit, die Konsequenzen deines Benehmens zu tragen? Und hör auf, wie ein Feldarbeiter zu reden, hörst du?«

»Die Konsequenzen?« krächzte Caleb.

»Ja, Gwen zu verlieren, zunächst einmal. Du glaubst doch nicht, daß sie bei dir bleiben würde – wenn du den Vater ihres Kindes ermordet hast, oder?«

»Jesus Christus!« heulte Caleb hinaus. Dann beruhigte er sich ein bißchen. »Na gut«, sagte er dumpf. »Hör zu, ich kann ohne Gwen leben. Mit wem ich jedoch nicht leben könnte, das wäre ich selbst, wenn ich diese Ehrenbeleidigung ungestraft hinnähme!«

»Und du willst dein Ehrgefühl beruhigen, indem du einen hilflosen Mann mordest?« fragte Rose Ann ruhig. »Und einer Frau das Herz brichst? Und sie dadurch vielleicht um den Verstand bringst? Und ein unschuldiges Baby – weiß Gott, der Kleine konnte bei seiner Zeugung nicht mitreden! – vaterlos machst und mutterlos höchstwahrscheinlich ebenfalls! Eine feine Art von Ehre hast du da, Junge!«

»Jesus, du schaffst es ganz gut, jemanden in die Enge zu treiben, eh, Zigi? Der Kleine – er hätte nichts zu befürchten. Ich würde ihn adoptieren. Zu meinem eigenen Sohn machen. Ihm das Reiten beibringen und das Schießen und die Wahrheit zu sprechen. Und . . .«

»Und zu lesen, hoffe ich«, sagte Rose Ann ironisch.

»Natürlich. Und einen Schnaps zu vertragen wie ein Gentleman; seine Karten dicht an die Nase zu halten; anständige Frauen zu achten und sich mit der anderen Art zu vergnügen!«

»Der Kodex des Südstaatlers!« sagte Rose Ann verzweifelt. »Kein Wunder, daß wir den Krieg verloren haben. Du würdest das Kind nicht adoptieren, weil *ich* das nicht zuließe! Ich würde dir nicht gestatten, daß du dich um deinen sogenannten und angeblich vorhandenen Verstand bringst und zusiehst, wie der Junge Colin an jedem Tag ähnlicher sieht und sich vermutlich auch bewegt. Ich würde nicht dulden, daß du ein nervöses Wrack aus ihm machst, wie du es bestimmt tun würdest, weil du gar nicht anders könntest! Also vergiß dieses Vorhaben! Er ist ein süßes Baby und im Augenblick liebst du ihn, aber später würdest du es nicht mehr, weil du es nicht könntest; und ein Junge *braucht* die Liebe seines Vaters. Doch vergiß das alles einmal für den Augenblick! Beschäftigen wir uns mit Konsequenz Numero zwei. Bist du auch bereit – *mich* aufzugeben?«

Caleb starrte sie düster an.

»Zigi-Schatz, ich habe dich ja gar nicht!« Er seufzte.

»Manchmal glaube ich, daß du auch nicht ein bißchen Hirn in deinem Kopf hast, Caleb-Junge. Du stellst nicht mal die richtigen Fragen. Bist du beispielsweise überhaupt nicht interessiert, was aus – Kurt geworden ist?«

»Stimmt, Kurt! Mir war doch, als hätte ich was vergessen! Wo ist dieses ölige, ausländische Wildschwein? Ich werde ihn ganz schön zurichten, ehe ich ihn fertigmache! Wo ist er, Zigeuner-Rose?«

»Tot«, antwortete Rose dumpf. »Die Yankees haben ihn umgebracht . . .«

»Wer hätte das gedacht! Daß die verdammten Yankees doch zu was gut waren, meine ich. Dem Himmel sei Dank! Zigi-Süße . . .«

Da sagte sie: »Cabe, verrate mir, bist du ganz klar im Kopf? Kein Delirium, Fieberwahn oder so etwas? Könnte nämlich sein, weißt du? Falls ja, warte ich nämlich lieber bis morgen. Denn worüber wir miteinander reden müssen, ist mir zu wichtig, als daß ich in den Wind reden möcht' . . .«

»Und worüber willst du reden, Rose-Baby?«

»Über dich. Mich. Uns. Ich – liebe dich, Cabe, ich nehme an, das hast du aus meiner Begrüßung erkannt . . .«

»Nun«, spottete er schwach. »Es liegt mir fern, mir etwas einzubilden, aber . . .«

»Na gut, dann höre, was ich zu sagen habe. Morgen werde ich Colin holen und hierherbringen. Auf deinen heiligen Eid, daß du seine Entschuldigung annimmst . . .«

»Jesus Christus! Allmächtiger Gott! Nein! Dieser Bastard muß sterben! Er hat's mit meinen *beiden* Frauen getrieben! Mit Gwen *und* dir! Das mit Gwen könnte ich vielleicht vergessen. Aber das mit dir, süße Zigeuner-Rose, nie! Ich könnte nicht leben in dem Bewußtsein, daß da ein zweibeiniger, hosentragender Hund triumphierend herumläuft und sich bis in den tiefsten Winkel seines armseligen Herzens darüber freut, daß er die ganze Nacht in den Armen eines Mädchens gelegen hat, das ich liebe . . .«

»Du meinst, zwischen den nackten Schenkeln des Mädchens, das du zu lieben behauptest«, korrigierte sie bitter. »Ein Spaten macht noch keinen Pflanzer, Mass'r Caleb Henry! Hör zu, ich könnte das als Drohung hinstellen, wenn ich jetzt sage, daß du weder Haut noch Haar von mir mehr sehen wirst, wenn du Colin nicht in Frieden läßt. Aber es ist eher ein Gelöbnis als eine Drohung. Du würdest mich wirklich nicht mehr wiedersehen, weil ich ganz einfach nicht anders könnte. Ich habe mit einem – Mörder gelebt, Cabe. Einen zweiten hielte ich nicht mehr aus . . .«

»Jesus!« stöhnte er. »Rose, du willst damit doch nicht sagen, daß ich es stillschweigend und mit eingezogenem Schwanz wie ein feiger Hund hinnehmen muß, weil du sonst nicht . . .«

»Nein, das werde ich nicht sagen, jedenfalls nicht jetzt. Später vielleicht, wenn du mich dazu zwingst. Ich würde die Sache lieber auf eine höhere Ebene stellen, Cabe. Ich will nicht einmal darauf hinweisen, daß, wenn du Gwen nicht gehen läßt und gestattest, daß sie mit Colin nach Kansas zieht, wo sie sich scheiden lassen kann, ich dich auf keinen Fall heiraten werde; noch will ich hinzufügen, daß ich ganz bestimmt nicht in Sünde mit dir oder einem anderen Mann leben werde. Da werde ich schon lieber Lehrerin und sterbe als alte Jungfer – na ja, wohl eher als alte, einsame Frau. Wie ich schon sagte, ich würde die Sache lieber von einer höheren intellektuellen und moralischen Warte angehen, mein zurückgebliebender Junge aus dem Süden.«

»Was meinst du eigentlich?«

»Die Tatsache, daß du von Besitz sprichst, der Aneignung gekaufter oder übertragener Rechte. So frage ich dich: Von welchem Sklavenhändler hast du mich gekauft, Caleb? Du sagst, ich sei deine Frau, und Gwen ebenfalls. Wieviel hast du denn für dein Betthäschenpaar bezahlt, Freund? Wo ist dein Kaufvertrag? Wie sieht es mit deinem Eigentumsrecht aus? Dieser Körper gehört *mir*! Ich habe das Recht, ihn, wie es mir gefällt, irgendeinem Mann eine Stunde oder auch eine Nacht lang zu leihen. Oder ihn einem für ein ganzes Leben zu versprechen, wenn ich je den einen Mann finde, der ein solches Versprechen wert ist! Gwen *gehört* dir? Sagen wir lieber, sie ging eine Partnerschaft mit dir ein, die ihr beide längst beendet habt. Du sagst, du liebst *mich*. Das ist gegen dein Gelöbnis am Traualtar. Ich werde dich nicht fragen, ob du Gwen je betrogen hast, denn du bist sowohl ein Südstaatler wie ein Virginier, was allein schon Antwort genug ist. Also hör dir das an, Herr selbsternannter Gott, der du glaubst, das Recht zu haben, Frauen blutig zu schlagen, für genau dieselbe Sünde, der ihr Männer jeden Tag in der Woche und sonntags zweimal frönt – und mit schwarzen Weibern noch dazu! Ich will nicht den Rest meines Lebens neben – oder mit – einem Mörder schlafen. Ich will keinen Ehemann, der sich anmaßt, meinen Leib und meine Seele als sein Eigentum zu betrachten. Aber ich kann ihm beides garantieren, und werde es auch – als Gegenleistung für Verständnis und Einfühlung, für Zärtlichkeit und – Liebe, und dafür, daß er mir so treu ist, wie ich es ihm auf meine heilige Ehre sein werde, bis zu unserem Todestag. Willst du das, Cabe? Weniger kannst du von *mir* nicht haben. Und mehr gibt es nicht. Willst du das – und mich?«

Er starrte sie an. Und seine dunklen Augen begannen von innen heraus zu leuchten, strahlten.

»Ja, Zigi, ich möchte – beides«, versicherte er ihr.

»Dann laß Gwen gehen. In den Westen, mit Colin und ihrem Kind. Und laß sie ein neues Leben anfangen. Während wir – du und ich – hier neu beginnen. Auf diesem dunklen und bitteren Land, das mit Blut von Jungen getränkt ist, die über Fragen des – Eigentumsrechts niedergemetzelt wurden. Über die Erniedrigung von Menschen, Schwarzen, wenn dir das lieber ist, zu – Dingen. Ich werde nicht dein Ding sein, Caleb. Ich kann es nicht. Ich bin ich. Ich muß gleichberechtigt mit dir sein und – deine Frau. Darf ich Colin morgen hierherbringen, damit du seine Hand nehmen und ein für allemal beweisen kannst, daß du die einzige Art von Mut hast, die zählt?«

»Und die ist?« flüsterte er.

»Ein – Mensch zu sein. Im Gegensatz zu einem – Tier. Und dazu gehört – Verständnis, Mitgefühl, die Bereitschaft zu – vergeben. Alles Eigenschaften, die zur – nennen wir es – Zivilisation führen. Ich wiederhole: Darf ich Colin morgen hierherbringen?«

Atemlose Stille senkte sich über sie.

Er neigte den Kopf. Blickte wieder hoch. Sagte: »Ja. O Gott, ja! Bring ihn her!«

Er griff nach ihrer kleinen sommersprossigen, heftig zitternden Hand. Saß da, hielt sie und schaute Rose Ann mit fast eulenhaftem Staunen an. Dann, unendlich langsam, begann er zu grinsen. Sein ganzes von Entbehrung gezeichnetes Gesicht strahlte.

»Nein«, murmelte er bedächtig. »Kein Bart. Säuft nicht und raucht keine Zigarillos. Aber trotzdem . . .«

»Cabe! Wovon in aller Welt redest du da?« fragte Rose Ann scharf.

»Du hast sie. Bedingungslose Kapitulation. Hast mir was beigebracht. Hast mir gezeigt, wie man Appomattox schreibt. Aber – Gott sei Dank! – bist du ein *bißchen* hübscher als Gen'ral Grant«, sagte er.